岩 波 文 庫

30-143-3

太　　平　　記

（三）

兵藤裕己校注

岩 波 書 店

凡　例

一、本書の底本には、京都の龍安寺所蔵(京都国立博物館寄託)の西源院本『太平記』を使用した。西源院本は、応永年間(十五世紀初め)の書写、大永・天文年間(十六世紀前半)の転写とされる『太平記』の古写本である(本書・第四分冊「解説」参照)。

一、西源院本は、昭和四年(一九二九)の火災で焼損しているが(第三十八―四十巻は焼失)、東京大学史料編纂所に、大正八年(一九一九)制作の影写本がある。本文の作成にさいして、龍安寺所蔵本、東京大学史料編纂所蔵影写本を用い、影写本の翻刻である鷲尾順敬校訂『西源院本太平記』(刀江書院、一九三六年)、影写本の影印である黒田彰・岡田美穂編『軍記物語研究叢書』第一―三巻(クレス出版、二〇〇五年)を参照した。

一、本文は読みやすさを考え、つぎのような操作を行なった。

1　章段名は、底本によったが、本文中の章段名と目録のそれとが異なるときは、本文中の章段名を採用した(一部例外はある)。また、「并」「付」「同」によって複数の内容をあわせ持つ章段は、支障がないかぎり複数の章段にわけた(たとえば、第六巻の「楠出天王寺事并六波羅勢被討事同宇都宮寄天王寺事」は、「楠天王寺に出づる事」「六波羅勢討たるる事」「宇都宮天王寺に寄する事」の三章段にわけた)。なお、各章段には、アラビア数字で章段番号を付けた。

2 本文には、段落を立て、句読点を補い、会話の部分は適宜「 」を付した。

3 底本は、漢字・片仮名交じりで書かれているが、漢字・平仮名交じりに改めた。

4 仮名づかいは、歴史的仮名づかいで統一し、助動詞の「ん」「む」の混在は、用例の多い「ん」に統一した。底本にある「ゝ」「ゞ」「〱」等の繰り返し記号(踊り字)は用いず、仮名を繰り返して表記した。なお、仮名の誤写は適宜改めた(アとナ、カとヤ、スとヌ、ソとヲ、など)。

5 漢字の旧字体・俗字体は、原則として新字体・正字体または通行の字体に改めた。また、誤字や当て字は、適宜改めた(接家→摂家、震襟→宸襟、など)。なお、用字の混用は、一般的な用字で統一したものがある(芳野→吉野、宇津宮→宇都宮、打死→討死、城責め→城攻め、など)。

6　漢字の送り仮名は、今日一般的な送り仮名の付け方に従った。振り仮名は、現代仮名づかいによって、校注者が施した。

7　漢文表記の箇所は、漢字仮名交じり文に読みくだした。返り点などの読みは、可能なかぎり底本の読みを尊重したが、誤読と思われる箇所は、他本を参照して改めた。

8　底本に頻出する漢字で、仮名に改めたものがある(有→あり、此→この、然り→しかり、為→ため、我→われ、など)。また、仮名に漢字をあてたものもある。

9　底本の脱字・脱文と思われる箇所は、他本を参照して、( )を付して補った。使用した本は、神田本、玄玖本、神宮徴古館本、簗田本、天正本、梵舜本、流布本などである。

一、校注にさいしては、岡見正雄、釜田喜三郎、後藤丹治、鈴木登美恵、高橋貞一、長谷川端、増田欣、山下宏明の諸氏をはじめとする先学の研究を参照させていただいた。また、藤本正行(武具研究)、川合康三(中国古典学)両氏からご教示をえた。ここに記して感謝申し上げる。

目　次

第十七巻

第十八巻

第十九巻

第二十巻

第二十一巻

付　録

全巻目次

第一巻

第二巻

第三巻

第四巻

第五巻

第六巻

（以上、第一分冊）

第十巻

第十一巻

第十二巻

第十五巻

（以上、第二分冊）

第十六巻

第十七巻

第十八巻

第十九巻

第二十巻

第二十一巻

（以上、第三分冊）

第二十二巻　（欠）

第二十三巻

第二十四巻

第二十五巻

第二十六巻

第二十七巻

第二十八巻

第二十九巻

（以上、第四分冊）

第三十巻

第三十一巻

第三十二巻

第三十三巻

第三十四巻

（以上、第五分冊）

第三十八巻

第三十九巻

第四十巻

（以上、第六分冊）

太平記　第十六巻

第十六巻　梗概

建武《けんむ》三年(一三三六)春、京都の合戦で後醍醐《ごだいご》方は勝利したが、新田《にった》義貞《よしさだ》は勾当内侍《こうとうのないし》に心を奪われ、足利《あしかが》方を追撃する機を逸した。その間、中国地方で赤松円心《あかまつえんしん》らが蜂起した。新田一族の江田《えだ》行義《ゆきよし》・大館《おおたち》氏明《うじあきら》が赤松追討に向かい、緒戦に勝利したが、義貞率いる新田軍本隊が白旗城《しらはたのじょう》に迫ると、赤松は降伏と偽って城の防備を固めてしまう。義貞は中国勢を味方につけるべく船坂峠へ向かい、それに呼応して和田《わだ》(児島)高徳《たかのり》が備前熊山で挙兵した。四月末、足利尊氏《あしかがたかうじ》は太宰府を発ち、安芸の厳島明神に参籠。結願の日、都から光厳院《こうごんいん》の院宣がもたらされた。備後鞆《とも》の浦《うら》で軍勢の手分けをした足利軍は、尊氏が海路から、直義《ただよし》が陸路から東上した。五月十五日、直義軍が備中福山城を落とすと、義貞は摂津兵庫まで退却した。後醍醐帝は、楠《くすのき》正成《まさしげ》に兵庫下向を命じた。死を覚悟して兵庫へ下る正成は、途中、桜井の宿で嫡子正行《まさつら》に遺訓した。二十五日、足利軍が海路兵庫に着くと、新田方の本《ほん》間《ま》重氏《しげうじ》が遠矢を射て、戦闘が開始された。正成は弟の正氏《まさうじ》とともに足利直義の命を狙ったが、事成らず、二人は七生まで朝敵を滅ぼすことを誓って湊川で自害した。生田の森で奮戦した義貞も、衆寡敵せず退却した。義貞敗戦の報せに、後醍醐帝は比叡山へ向かった。持明院統《じみょういんとう》の法皇・上皇・親王は、比叡山へ赴く途中で足利方の武士に助けられた。六条河原にさらされた正成の首は、尊氏の情けで、河内の妻子のもとへ返された。父の首を見た正行は、腹を切ろうとしたが、母は父の遺訓を説き聞かせて、自害を思いとどまらせた。

西国蜂起《さいごくほうき》の事　1

将軍尊氏卿[1]《たかうじきょう》、筑紫《つくし》へ没落し給ひし刻《きざみ》に、四国、西国の朝敵ども、機を損じ[2]、度《ど》を失ひ、或いは山林に隠れ、或いは所縁《しょえん》を尋ねて、新田殿《にったどの》の御教書[3]《みきょうじょ》を給はらぬ者もなかりけり。この時、もし早速《さっそく》に下向《げこう》せられたらましかば、一人《いちにん》も降参せぬ者はあるまじかりしに、例の[4]新田の長僉議《ながせんぎ》なる上、その比《ころ》、世に聞こえし勾当内侍[5]《こうとうのないし》を貴寵[6]《きちょう》せられける初めにて、暫時《ざんじ》の別れをも悲しみて、建武《けんむ》三年三月の末まで、西国下向《げこう》の事を延引《えんいん》せられけるぞ、誠《まこと》に傾城傾国[7]《けいせいけいこく》の謂《い》はれなりける。

これによつて、丹波国《たんばのくに》には、久下[8]《くげ》、中沢《なかざわ》、荻野《おぎの》、波々伯部《ほうかべ》の者ども、仁木[9]《にき》左京大夫《さきょうのだいぶ》頼章《よりあき》を大将として、高山寺[10]《こうせんじ》の城に楯籠《たてご》もる。播磨国《はりまのくに》には、赤松入道円心[11]《あかまつにゅうどうえんしん》、白旗峯[12]《しらはたがみね》を構へて、討手《うって》の

1

1　建武政権の樹立に貢献したが、やがて政権から離反し、建武三年(一三三六)二月、後醍醐方との戦いに敗れ九州に退去した。第十五巻・13、参照。なお、尊氏が正式に征夷大将軍に任命されたのは、建武五年八月。

2　気勢をなくし、あわて惑い。

3　将軍の命令書。ここでは、新田義貞の発給する所領安堵の文書の意。

4　第十四巻・8など。

5　一条行房(後醍醐帝の側近)の娘。「尊卑分脈」は妹とする。勾当内侍は、内侍(後宮女官の三等官)の長。

6　貴び寵愛し始めた頃で。

7　美女が城や国を傾ける故事のとおりである。

下向を支へんとす。美作国《みまさかのくに》には、[13]江見《えみ》、弘戸《ひろと》、菅家《かんけ》の者、[14]奈義《なぎ》能山《のせ》、[15]菩提寺《ぼだいじ》の城を拵《こしら》へて、国中を押領《おうりょう》す。備前《びぜん》には、[16]田井《たい》、飽浦《あくら》、内藤《ないとう》、頓宮《はやみ》、[17]松田《まつだ》、福林寺《ふくりんじ》の者ども、[18]石橋左衛門佐《いしばしさえもんのすけ》を大将として、[19]甲斐川《かいがわ》、[20]三石《みついし》二箇所を構《かま》へて、船路《ふなじ》、陸路《くがじ》を支へんとす。備中《びっちゅう》には、[21]庄《しょう》、真壁《まかべ》、陶山《すやま》、成合《なりあい》、新見《にいみ》、多地部《たじめ》の一族、[22]勢山《せやま》を切《き》り塞《ふさ》いで、[23]鳥も翔《かけ》らぬやうに拵《こしら》へたり。

これより西、備後《びんご》、安芸《あき》、周防《すおう》、長門《ながと》は申すに及ばず、四国、[24]九国《くこく》も、悉《ことごと》く付[25]かでは叶《かな》ふまじければ、志《こころざし》なき者もあるも、将軍方に順《したが》ひ靡《なび》かずと云ふ事なし。

新田義貞進発《にったよしさだしんぱつ》の事　2

所々《しょしょ》の城郭《じょうかく》、国々の蜂起《ほうき》、悉《ことごと》く京都へ聞こえしかば、東国《とうごく》を敵になしては叶《かな》ふまじとて、[1]北畠源中納言顕家卿《きたばたけのげんちゅうなごんあきいえきょう》を、[2]鎮守府《ちんじゅふの》

8　以下、丹波の武士。第十四巻・11、参照。
9　義勝の子。丹波守護。
10　兵庫県丹波市氷上町の弘浪山上にあった高山寺を山城としたもの。
11　播磨の豪族。一族を率いて六波羅攻めに大功があったが、恩賞は播磨佐用庄を安堵されたのみだった。第十二巻・4、参照。

12　兵庫県赤穂郡上郡町の白旗山上にあった城。
13　以下は、美作（岡山県北東部）に勢力を張った菅原氏一族、菅家党の武士。
14　岡山県勝田郡奈義町と鳥取県八頭（やず）郡智頭（ちず）町との境の那岐山（なぎさん）にあった城。
15　那岐山の東南、勝田郡奈義町高円にある菩提寺の西南にあった城。
16　以下は、備前の武士。

将軍《しょうぐん》になして奥州国司《おうしゅうのこくし》にて下さる。

新田義貞朝臣《にったよしさだあそん》には、[3]十六ヶ国の管領《かんれい》を許されて、尊氏追討《たかうじついとう》の宣旨《せんじ》をぞなされける。義貞朝臣、綸命《りんめい》を蒙《こうぶ》つて、すでに西国《さいごく》へ立たんとし給ひけるその刻《きざみ》に、[4]瘧病《ぎゃへい》をし出《い》だして煩《わずら》はしかりければ、先《ま》づ、[5]江田兵部大輔行義《えだひょうぶのたいふゆきよし》、大館左馬助氏明《おおたちさまのすけうじあきら》二人《にん》を、播磨国《はりまのくに》へ差し下さる。

赤松入道円心《あかまつにゅうどうえんしん》、これを聞いて、敵に[6]足をためさせては叶ふまじとて、備前、播磨両国の勢《せい》を并《あわ》せて、[7]書写坂本《しょしゃさかもと》へ押し寄せける間、江田、大館、[8]室山《むろやま》に懸け出でて相戦ふ。赤松、軍《いくさ》利なくして、官軍勝《かつ》に乗りしかば、江田、大館、勢ひを得て、西国退治たやすかるべき由《よし》、頻《しき》りに[9]羽書《うしょ》を馳《は》せて、京都へ注進《ちゅうしん》す。

さる程に、新田左中将義貞朝臣、病気よくなつてければ、五万余騎の勢を率《そっ》し、西国へ下向《げこう》し給ふ。後陣《ごじん》の勢を待《ま》ち調《そろ》へんために、播磨国[10]賀古川《かこがわ》に、四、五日逗留《とうりゅう》ありける程に、[11]宇都宮《うつのみや》

17 底本「舩田」を改める。
18 名は和義。足利一族。
19 不詳。
20 備前市三石にあった城。
21 以下は、備中の武士。
22 倉敷市真備町の妹山(やせま)。
23 鳥も通えぬほど厳重に。
24 九州。
25 尊氏方に味方しないと立ちゆかないので。

2

1 北畠親房の長男。
2 奥州平定のために置かれた軍府の長官。顕家が鎮守府将軍になったのは、前年(建武二年)十一月。陸奥守になったのは元弘三年(一三三三)八月。
3 山陰道・山陽道の各八か国の政務全体の管理。
4 おこり病い。
5 江田・大館は、新田一

治部大輔《じぶのたいふ》、[12]紀伊常陸守《きいのひたちのかみ》、[13]菊池次郎《きくちのじろう》、三千余騎にて下着《げちゃく》す。その外《ほか》、摂州《せっしゅう》、播州《ばんしゅう》、丹後《たんご》の勢《せい》ども、思ひ思ひに馳《は》せ参《まい》りける間、程なく六万余騎になりにけり。

　さらば、[14]やがて赤松《あかまつ》を退治すべしとて、[15]斑鳩《いかるが》の宿《しゅく》まで打ち寄せ給ひければ、赤松入道円心《あかまつにゅうどうえんしん》、[16]小寺藤兵衛尉《こでらとうひょうえのじょう》を以て、新田殿《にったどの》へ申しけるは、「円心、不肖《ふしょう》の身を以て、元弘《げんこう》の初め、[17]大敵に当たり逆徒《ぎゃくと》を攻め退けし事、恐らくは第一の忠功とこそ存ぜしに、[18]恩賞の地、降参不義の輩《ともがら》よりも、なほ卑しく候ふ間、[19]一旦の恨みによつて、多日《たじつ》の大功を棄《す》て候ひき。さりながら、[20]兵部《ひょうぶ》卿親王《きょうのしんのう》の御恩、[21]生々世々《しょうじょうせぜ》忘れ難く存じ候へば、[22]全く御敵《おんかたき》に属《しょく》し候ふ事、本意《ほい》とは存ぜず候ふ。[23]所詮《しょせん》、当国の守護職《しゅごしょく》をだに、綸旨《りんし》に[24]御辞状《ごじじょう》を添へて下《くだ》し賜《たまわ》り候はば、元《もと》の如《ごと》く御方《みかた》に参じ、忠節《ちゅうせつ》を致すべく候ふ」と申したりければ、義貞朝臣《よしさだあそん》、これを聞き給ひて、[25]「この事、さらば子細あるまじ」と、やがて京都へ

族。
6 踏み留まらせては。
7 兵庫県姫路市北西部の書写山の麓。山上に、天台宗の大寺円教寺がある。
8 兵庫県たつの市御津町室津。
9 急を告げる文書。緊急を示す鳥の羽をつけた。
10 加古川市にあった宿場。
11 公綱。下野の宇都宮氏の惣領。
12 城井（きい）冬綱（高房と改名）。豊前宇都宮氏。
13 武重。武時の子。
14 ただちに。
15 揖保郡太子町鵤（いかるが）。
16 播磨の赤松一族。
17 第八巻、参照。
18 恩賞で得た土地が、降参した卑怯な敵方よりも少なかったので。第十二巻・4、参照。
19 一時の恨みにより、長

飛脚《ひきゃく》を立てて、守護職補任《ぶにん》の綸旨をぞ申し成されける。その使節の往反《おうへん》、すでに十余日を過ぎける間に、赤松、城を拵《こしら》へすまして、「当国の守護国司をば、将軍より給はつて候ふ間、手[26]の裏を翻《ひるがえ》すやうなる綸旨をば、何《なに》かは用ゐ候ふべき」と、嘲《あざけ》つてこそ返しけれ。

新田《にった》左中将《さちゅうじょう》、これを聞き給ひて、「王事[27]もろい事なし。恨みを以て朝敵となるとも、天[28]を戴《いただ》いて天を欺《あざむ》かんや。その儀ならば、ここにて数月《すげつ》を送るとも、かの城を攻め落とさでは通るまじ」とて、六万余騎にて、白旗《しらはた》の城を百重千重《ひゃくじゅうせんじゅう》に取り囲み、夜昼《よるひる》五十日、息を継《つ》がせずして攻められける。されども、この城四方《しほう》皆嶮岨《けんそ》にて、人上《のぼ》るべき様《よう》もなく、兵粮《ひょうろう》、水木《すいぼく》卓散《たくさん》[29]なる上、播磨《はりま》、美作《みまさか》に名を得たる射手《いて》ども、八百余人籠《こ》もりたりける間、攻むれども、ただ寄手《よせて》[30]手を負ひ、射らるるばかりにて、城中には恙《つつが》なかりけり。

年の大功を棄てて背いた。
20　大塔宮護良(もりよし)親王。
21　いつまでも末長く。
22　足利方についたのは、全く本意ではありません。
23　要は。
24　任命書。辞令。円心は、播磨守護職を召し返されていた。第十二巻・4、参照。
25　この件はそれならば問題あるまい。
26　綸旨への不信は、第十四巻・12、参照。
27　帝の事業は堅固であり、それへの務めはいい加減ではならない。「王事盬(もろ)きこと靡(な)し」(詩経・唐風・鴇羽ほか)。
28　天の下に生きて天を欺くことができようか。
29　沢山。
30　負傷し。

[31]脇屋《わきや》左京大夫《さきょうのだいぶ》義助《よしすけ》、これを見給ひて、新田殿《にったどの》に申されけるは、「先年、[32]正成《まさしげ》が籠もりたりし金剛山《こんごうせん》の城を、日本国の勢《せい》どもが攻めかねて、結句《けっく》、天下を覆《くつが》へされし事は、[33]先代《せんだい》の後悔にて候はずや。わづかなる小城《こじろ》一つに取り懸かり、[34]そぞろに日数《ひかず》を送り候はば、御方《みかた》の軍勢は、皆[35]兵粮に疲れ、敵陣の城は、いよいよ強《つよ》り候はんか。その上、尊氏《たかうじ》すでに、筑紫《つくし》を平らげて上《しょう》洛《らく》する由《よし》聞こえ候へば、近づかぬ先に、備前《びぜん》、備中《びっちゅう》を退治して、安芸《あき》、周防《すおう》、長門《ながと》の勢を[36]付けられ候はでは、ゆゆしき御大事になり候ひぬと存じ候ふ。さりながら、今まで攻め懸かりたる城を落とさで引かば、天下の嘲《あざけ》りともなりぬべく候へば、御勢《おんぜい》を少々残されて、[37]自余《じよ》の勢を、[38]船坂《ふなさか》へ差し向けられ、先《ま》づ[39]山陽道《せんようどう》を開《あ》けて、中国の勢を付けて、押して九州へ御下り候へかし」と申されければ、義貞朝臣《よしさだあそん》、「尤《もっと》もこの儀、宜《よろ》しかるべし」とて、やがて宇都宮《うつのみや》と菊池《きくち》とを差し添へ、[40]伊東大和守《いとうやまとのかみ》、[41]頓宮六郎《はやみのろくろう》

31 新田義貞の弟。
32 元弘三年(一三三三)の千剣破城合戦をさす(第七巻・3)。
33 北条氏の悔いるところ。
34 漫然と。
35 兵糧の乏しさに苦しみ。
36 味方に付けなければ、大変な事態になってしまうと思います。
37 それ以外の軍勢。
38 兵庫県赤穂郡上郡町梨ヶ原と岡山県備前市三石の間の峠(山)。
39 山陽道を攻め開いて中国の軍勢を味方に付けて、九州へ攻め下りなさいませ。
40 元弘三年三月十二日の合戦の赤松勢に名がみえる。第八巻・3。
41 名は忠氏。備前の豪族。

を[42]案内者《あんないしゃ》として、二万余騎を船坂山へぞ向けられける。

かの山と申すは、山陽《せんよう》第一の難所にて、二つの嶺《みね》[43]峨々《がが》として聳《そび》えたる中に、一の字をなす細道あり。谷深く、石滑《なめ》らかにして、[44]路羊腸《みちようちょう》を踏んで登る事二十余町、[45]雲霧窈溟《うんむようめい》として末《すえ》は見えず。[46]一夫《いっぷ》怒りて関《かん》に臨《のぞ》まば、万侶《ばんりょ》通ることを得難《えがた》し。況《いわ》んや、岩石を穿《うが》ち、細橋を渡し、大木を倒して[47]逆木《さかもぎ》に引いたれば、何百万騎の勢にても、攻め破るべしとも見えず。されば、さしも勇める菊池、宇都宮が勢ども、麓《ふもと》にひかへて進み得ず。案内者に憑《たの》まれたる伊東、頓宮の者どもも、山を向上《みあ》げて、[48]徒《いたず》らに日《ひ》数《かず》をぞ送りける。

船坂熊山等合戦《ふなさかくまやまとうかっせん》の事　3

かかりける処《ところ》に、備前国の住人[1]和田三郎高徳《わだのさぶろうたかのり》、去年の冬、

42　土地の地理に詳しい者。
43　急峻なさま。
44　道が羊の腸のように曲がりくねったさま。一町は、約一〇九メートル。
45　雲と霧がたちこめて暗く、先が見えない。
46　一人の男が猛って関を守れば、万人の兵士たりとも通ることができない。「一夫怒って関に臨まば百万も未だ傍(そ)ふべからず」(杜甫・剣門)。
47　棘のある木の枝で作った防御の柵。
48　なすこともなく。

3
1　児島高徳。和田範長の子。終始宮方に尽くした備前児島の武士。児島とも三宅とも和田とも称する。

[2]細川卿律師《ほそかわきょうのりっし》定禅《じょうぜん》四国より攻《せ》め上《のぼ》りし時、備前《びぜん》、備中《びっちゅう》数ヶ度の合戦に打ち負けて、山林に身を隠し、[3]会稽《かいけい》の恥を雪《きよ》めんと、義貞朝臣《よしさだあそん》の下向《げこう》を待ち居たりけるが、船坂山《ふなさかやま》を官軍[4]越えかねたりと聞いて、ひそかに、使ひを新田殿《にったどの》へ立てて申しけるは、「船坂より御勢《おんぜい》を越さるべき由承《よしうけたまわ》り及び候ふ。事実《まこと》に候はば、かの[5]用害《ようがい》たやすく破《やぶ》られ難《がた》く候ふらん。高徳《たかのり》、来たる十八日、当国[6]熊山《くまやま》に出でて、[7]義兵を挙ぐべく候ふ。さる程ならば、船坂を堅めたる凶徒等《きょうとら》、定めて熊山に寄せ来たり候はんか。敵の勢《せい》の[8]透《す》きたる間《ひま》を得て、二手《ふたて》に分かれ、一手《ひとて》をば船坂へ差し向けて、攻むべき勢ひを見せ、一手をば[9]三石山《みついしやま》の南に当てて、樵《きこり》の通《かよ》う路《みち》一つ候ふをひそかに廻《まわ》つて、三石の宿より西へ出でられ候はば、船坂の敵、前後を韜《つつ》まれて、定めて[10]度を失ひ候はんか。高徳、国中に旗を挙げ、船坂を前《さき》に破り候はば、西国《さいごく》の軍勢、御方《みかた》に参らずと云ふ者あらじと覚え候ふ。急ぎこの相図《あいず》を

2　頼貞の子。足利一族。建武二年(一三三五)十一月の定禅の挙兵のことは、第十四巻・11。
3　復讐すること。中国春秋時代、会稽山の戦いで呉王夫差に敗れて辱めを受けた越王勾践が、二十余年後に呉を滅ぼした故事による(第四巻・5、史記・越王勾践世家)。
4　新田軍。
5　要害。地勢がけわしく守りやすい地。
6　岡山県赤磐(あかいわ)市南東部にある山。
7　正義の兵。
8　手薄になったところ。
9　備前市の三石山の山頂にあった城。
10　あわてふためく。

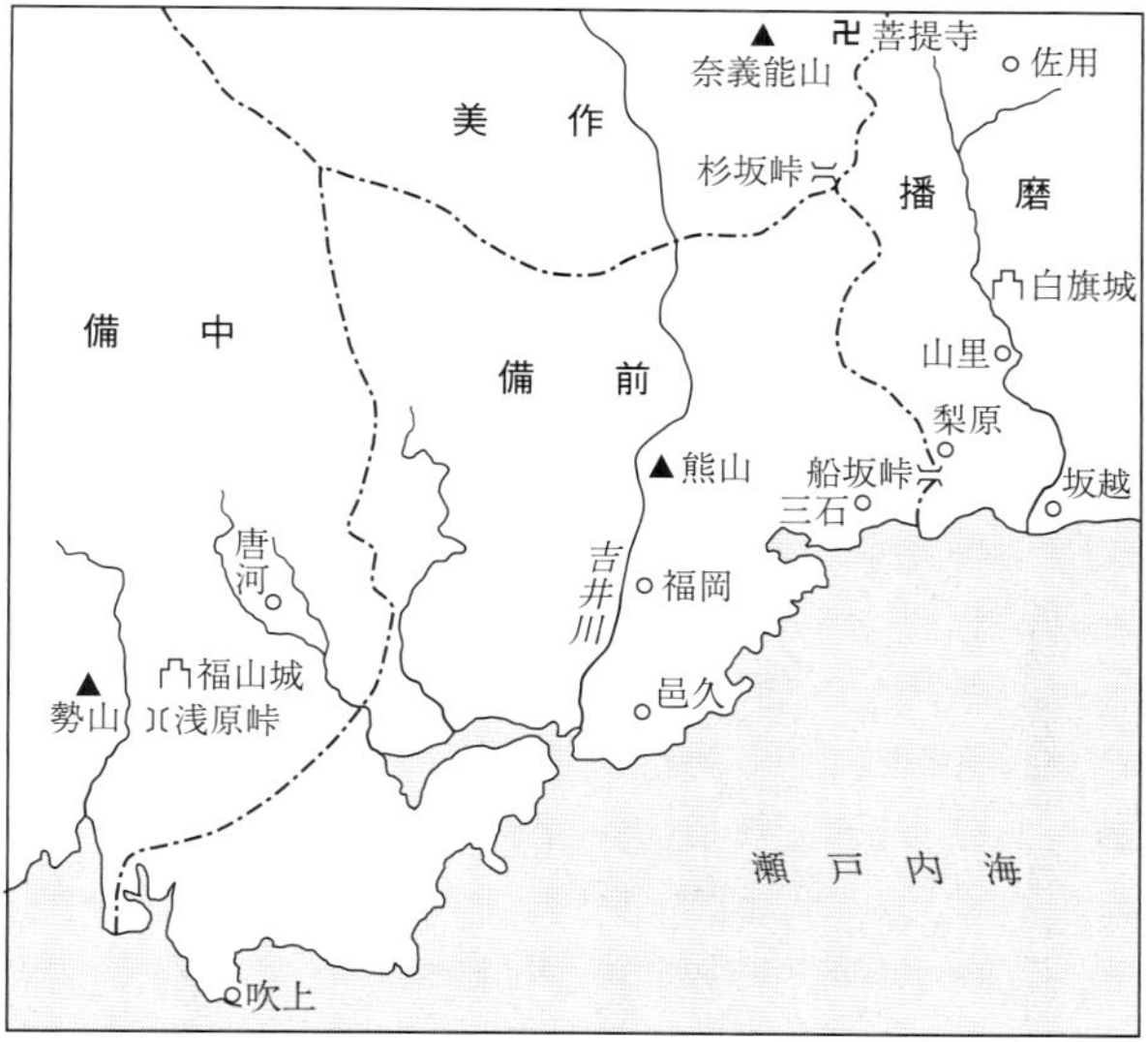

船坂・熊山・福山合戦関係図

以て、御合戦あるべく候ふなり」とぞ、申し送りける。その比《ころ》、播磨国《はりまのくに》にのみ集まり居てせん方なかりける処《ところ》に、高徳《たかのり》が使ひ来たつて[11](事の由《よし》を申しければ)、義貞朝臣《よしさだあそん》、斜《なの》めならず悦《よろこ》びて、[12]即ち相図《あいず》の様《よう》を定められ、使ひをば急ぎ返されけり。

使者《ししゃ》備前《びぜん》に帰り、相図の様を申しければ、四月十七日夜半《やはん》ばかりに、和田三郎《わだのさぶろう》高徳、己れが館《たち》に火を懸けて、その勢《せい》わづかに二十五騎、旗を進めて打つて出づ。国を隔《へだ》てて境を越ゆる一族どもは、事の急なるによつて[13]相催《あいもよお》さず、近辺《きんぺん》の親類どもに、事の子細《しさい》を告げたりければ、[14]今木《いまき》、大富《おおとみ》、射越《いのこし》、原《はら》、松崎《まつざき》の者ども馳《は》せ加《くわ》はつて、その勢三百余騎になりにけり。

[15]かねては、夜半《やはん》に熊山《くまやま》に取り上がりて、四方に篝火《かがりび》を焼《た》いて、大勢《おおぜい》の籠もりたる体《てい》を敵に見せんと、[16]巧《たく》みたりけるを、馬よ、[17]物具《もののぐ》よと、周章《あわ》て騒ぐ程に、夏の夜《よ》程なく明けにけり。[18]事の体《てい》あさまなりけれども、力なく、相図の時刻を移さじと、熊山

11　玄玖本により補う。

12　早速。

13　召集しない。

14　今木・大富は、岡山県瀬戸内市邑久(おく)町、射越は、岡山市東区西大寺射越(いこし)に住んだ武士。松崎は備前の武士。原は不詳。いずれも児島(和田)高徳の同族。

15　事前には。

16　たくらんでいたのだが。

17　鎧・兜などの武具。

18　軍勢の準備は手薄だったが、仕方なく、合図の時間を違えまいと熊山へ登った。

へぞ取り上がりける。案の如く、三石《みついし》、船坂《ふなさか》の勢ども、これを聞いて、「国中に敵出で来たりなば、ゆゆしき大事なるべし。[19]万方《ばんぼう》を閣《さしお》いて、先《ま》づ熊山を攻めよ」とて、船坂、三石の勢三千余騎を引き分けて、熊山へぞ向かひたりける。

かの熊山と申すは、[20]高さは比叡山《ひえいざん》の如くにて、四方に七つの道あり。その道いづれも、麓《ふもと》は岩嶮《けわ》しうして、峰は平らなり。和田、わづかの勢を七つの道に差し分けて、四方の敵を防きける。追《お》ひ下《お》ろせば攻《せ》め上《のぼ》り、攻め上れば追ひ下ろし、終日《ひねもす》戦ひ暮らして、夜に入りける時、寄手《よせて》の中に、[21]石戸《おしこ》彦三郎《ひこさぶろう》とて、この山の案内者《あんないしゃ》のありけるが、思ひも寄らぬ方《かた》より抜け入つて、[22]本堂の後ろなる峰にて、[23]時《とき》の声《こえ》をぞ揚げたりける。

和田、四方の麓へ勢をば皆分《わ》け遣《つか》はして、わづかに十四、五騎にて本堂の庭にひかへたるが、石戸彦三郎が二百余騎の中へ懸け入り、呼《おめ》いて火を散らしてぞ闘ひける。大山《たいざん》の木陰《こかげ》月暗う

19　なにもかもさしおいて。

20　比叡山は、約八四〇メートル。熊山は、約五百メートル。

21　岡山県和気郡和気町の武士。

22　熊山山上にあった天台宗霊仙寺の本堂。

23　鬨(とき)の声。

して、敵の太刀を請《う》け損《そん》じて、和田《わだ》が[24]内甲《うちかぶと》を突かれ、馬より倒《さかさま》に落ちにけり。敵二騎、これに落ち合うて、首を取らんとしける処《ところ》に、高徳《たかのり》が甥[25]松崎彦四郎《まつざきひこしろう》、[26]和田四郎《わだのしろう》、馳《は》せ合《あ》はせて、二人の敵を追ひ払ひ、和田を馬に引き乗せて、本堂の縁《えん》にぞ下ろしける。

　高徳、内甲の疵痛手《きずいたで》なりける上、馬より落つる時、[27]胸板《むないた》を馬に強く踏まれて、[28]目昏《く》れ肝《きも》消しければ、且《しばら》く絶入《ぜつじゅ》したりけるを、父[29]備後守範長《びんごのかみのりなが》、枕に倚《よ》つて、「昔、[30]鎌倉権五郎景政《かまくらごんごろうかげまさ》は、左の眼を射させながら、三日三夜までその矢を抜かずして、[31]当《とう》の矢《や》を射たりとこそ申し伝へたれ。これ程の小疵《こきず》に弱りて、死すると云ふ事やはあるべき。それ程云《い》ひ甲斐《がい》なき心を以ては、この大事を思ひ立ちけるか」と、荒《あら》らかに[32]恥ぢしめたりければ、高徳、忽《たちま》ち生き出でて、「われを馬に舁《か》き乗《の》せよ。一軍《ひといくさ》して敵を追ひ払はん」と申しければ、父、大きに喜びて、「今は、この者よ

24　兜の正面の内側、額のあたり。
25　範家。
26　範氏。
27　鎧の胴の前面の最上部にある板。
28　目がくらみ肝をつぶしたので、しばらく気絶していたのを。
29　和田範長。岡山県玉野市和田、岡山市東区西大寺射越(宇和田)の武士か。
30　平安後期の武将。源義家に属して後三年の役に従軍し、眼を射られつつ奮戦して剛勇をうたわれた(奥州後三年記、源平盛衰記)。桓武平氏の鎌倉氏(梶原、大庭)の祖。
31　敵に射返す矢。
32　叱責したので、高徳はすぐに息を吹き返し。

も死なじ。[33]いざや、殿原《とのばら》、ここにありつる敵ども、追つ散らさん」とて、[34]今木太郎範秀《いまきのたろうのりひで》、舎弟小次郎範仲《こじろうのりなか》、中西四郎範顕《なかにしのしろうのりあき》、和田四郎範氏《のりうじ》、松崎彦四郎範家《のりいえ》、主従十七騎にて、敵二百余騎が中に懸け入りけるが、石戸彦三郎《おしこひこさぶろう》、これを小勢《こぜい》とは知らざりけるにや、[35]一《ひと》立ち合はせもせず、[36]南面《みなみおもて》の長坂を、[37]福岡《ふくおか》までこそ引き退きけれ。このまま両陣相支《あいささ》へて、互ひに軍《いくさ》には及ばざりけり。

さる程に、相図《あいず》の日にもなりければ、脇屋左京大夫義助《わきやさきょうのだいぶよしすけ》を大将として、[38]梨原《なしがはら》へ打ち臨《のぞ》み、二万余騎を三手《みて》に分けたる。一《ひと》手《て》には、[39]江田兵部大輔《えだひょうぶのたいふ》を大将として三千余騎、[40]杉坂《すぎさか》へ向かはる。菅家《かんけ》、[41]南三郷《なんさんごう》の者どもが堅めたる所を追ひ破つて、美作国《みまさかのくに》へ入らんためなり。一手は、[42]大井田式部大輔《おいだしきぶのたいふ》を大将として、菊《きく》池《ち》、宇都宮《うつのみや》が兵五千余騎を、船坂《ふなさか》へ差し向けらる。これは、敵を遮《さえぎ》り留《とど》めて、搦手《からめて》の勢《せい》をひそかに後ろより廻さんためなり。

33　さあ、おのおのがた。
34　以下は、和田（児島）高徳の一族。
35　ひと勝負をもしないで。
36　熊山の南斜面の長い坂。
37　瀬戸内市長船町福岡。吉井川沿いに、一〇キロメートル余り退却したことになる。
38　船坂峠の東麓。兵庫県赤穂郡上郡（かみごおり）町梨ヶ原。
39　行義。新田一族。
40　底本「舟坂」を改める。玄玖本・流布本の「杉坂」が正しい。杉坂は、兵庫県佐用郡佐用町から岡山県美作市へ至る杉坂峠。山陰道の要所。
41　菅家の一族。岡山県真庭市に住んだ武士。
42　氏経。新田一族。

一手は、伊東大和守《いとうやまとのかみ》を案内者《あんないしゃ》[43]にて、頓宮六郎《はやみのろくろう》、畑六郎左衛門尉《はたろくろうざえもんのじょう》[44]、当国の目代少納言房範猷《もくだいしょうなごんのぼうはんゆう》[45]、由良新左衛門尉《ゆらしんざえもんのじょう》[46]、小寺六郎《こでらのろくろう》[47]、三津山城権守《みつやましろのごんのかみ》[48]以下《いげ》、わざと小勢《こぜい》を勝《すぐ》りて、三百余騎を差し向けらる。その勢《せい》の轡《くつばみ》の七寸《みずつき》[49]を紙を以て巻き、馬の舌をぞ結《ゆ》うたりける。この勢、ひそかに狗子《きうこ》[50]の北、三石《みついし》の南に当たつて、鹿《しし》の渡る道一つあり、敵、これを知らざりけるにや、堀《ほり》切つたる所もなく、逆木《さかもぎ》の一つも引かざりけり。この道、余りに木の繁り、枝の支へたる所をば、下《お》りて馬を引くなどして、三時《みとき》[51]ばかりに、とかくして嶮岨《けんそ》を凌《しの》いで、三石の宿《しゅく》の西へ打ち出でたれば、城中の者も船坂《ふなさか》の勢も、遥《はる》かにこれを顧みて、思ひ寄らぬ方なれば、熊山《くまやま》の寄手《よせて》が帰りたると心得て、更に仰天《ぎょうてん》[52]もせざりけり。

三百余騎の兵ども、宿の東なる小社《こやしろ》の前に打ち寄り、中黒《なかぐろ》[53]の旗を打つ立てて、東西の宿に火を懸け、時《とき》の声《こえ》をぞ揚《あ》げたりける。城中の勢《せい》をば、大略《たいりゃく》船坂へ差し向けぬ、三石にある勢は、

43　土地の地理にくわしい者。
44　時能。新田の家来。
45　国司の代官。範猷は不詳。
46　群馬県太田市由良町の武士。新田の家来。
47　赤松一族の小寺(木寺)か。
48　不詳。神田本「三沢」、玄玖本・流布本「三津沢」。
49　轡(くつわ)の一部で、手綱を結びつける部分。そこに紙を通して馬の舌を押さえ、いななかぬようにしたもの。
50　不詳。神田本「坂越」。岡山県備前市三石周辺の地名だろう。流布本「杉坂越」は誤り。
51　約六時間。
52　驚きもしなかった。
53　新田の旗。

皆熊山へ向かひたる時分なれば、戦はんとするに勢なく、防かんとするに便りなし。されば、船坂へ向かひたる勢ども、前後の敵に打ち囲まれて、すべき様《よう》もなかりけり。ただ馬、物具《もののぐ》を棄て、城へ続いたる山の上へ逃げ登らんとぞ騒ぎける。これを見て、[54]大手《おおて》、搦手《からめて》攻め合はせて、余りに手痛く追つ懸けける間、逃《に》げ方《かた》を失ひける敵ども、ここかしこに行《ゆ》き迫《つま》つて、自害をする者百余人、虜《いけど》らるる者五十余人なり。

ここに、[55]備前国一宮《びぜんのくにいちのみや》の在庁《ざいちょう》、[56]美濃権守佐重《みののごんのかみすけしげ》と云ふ者、引くべき方なくして、すでに腹を切らんとしけるが、[57]きつと思ひ返す事ありて、脱《ぬ》いだる甲《よろい》を取つて着、棄てたる馬に打ち乗つて、向かふ敵の中を押し分け押し分け、播磨国《はりまのくに》の方へぞ通りける。船坂より入る大勢《おおぜい》ども、「これは何者ぞ」と尋ねければ、「これは、搦手の案内者仕《つかまつ》りたる者にて候ふが、合戦の様委《くわ》しく新《にっ》田殿《たどの》に申し入れ候はんために、早馬《はやうま》を打ち候ふなり」と答へけ

54　底本「追手」。

55　岡山市北区一宮にある吉備津彦神社。在庁は、在庁官人(国司の庁に在勤する目代以下の役人)。

56　備前一宮吉備津彦神社の神主で、大藤内氏。助重とも(第七巻・9)。

57　ふっと。

れば、打ち逢ふ数千騎の勢《せい》ども、めでたく候ふと感じて、道を開《あ》けてぞ通しける。佐重《すけしげ》、惣大将《そうだいしょう》の侍所《さぶらいどころ》[58]長浜《ながはま》が前に跪《ひざまず》いて、「備前国《びぜんのくに》の住人、在庁《ざいちょう》美濃権守《みののごんのかみ》佐重、三石《みついし》の城より降人《こうにん》に参つて候ふ」と申しければ、惣大将、「神妙《しんびょう》なり」と仰せられて、即ち着到《ちゃくとう》[59]にぞ付けられける。佐重、若干《そこばく》[60]の敵を出し抜いて、その日の命をぞ助かりける。これも暫時《ざんじ》の智謀《ちぼう》なりとて、後《のち》には讃《ほ》めぬ者こそなかりけれ。

船坂《ふなさか》すでに破れければ、江田《えだ》兵部大輔《ひょうぶのたいふ》は、三千余騎にて美作国《みまさかのくに》へ打ち入りて、奈義能山《なぎのせ》、菩提寺《ぼだいじ》、三ヶ所[61]の城を打ち囲みければ、脇屋《わきや》左京大夫《さきょうのだいぶ》義助《よしすけ》は、五千余騎にて三石の城を攻められけり。大井田《おいだ》式部大輔《しきぶのたいふ》は、二千余騎にて備中国《びっちゅうのくに》へ打ち越え、福山《ふくやま》[62]の城にぞ陣を取られける。

58 戦時の軍奉行。長浜は、武蔵七党の丹党の武士。
59 軍勢の来着を記す名簿。
60 たくさんの。
61 奈義能山には城が二か所あり(第三十六巻・6、参照)、菩提寺城とあわせて、三か所となる。流布本「二箇所」。
62 岡山県総社市南部にあった山城。

尊氏卿《たかうじきょう》持明院殿《じみょういんどの》の院宣《いんぜん》を申《もう》し下《くだ》し上洛《しょうらく》の事　4

さる程に、尊氏卿は、[1]多々良浜《たたらはま》の合戦の後《のち》、九州の兵一人《いちにん》も残らず付《つ》き順《したが》ひしかば、靡《なび》かぬ草木もなかりけり。[2]就中《なかんずく》、中国の敵強《こわ》くして道を塞《ふさ》ぎ、[3]東関王化《とうかんおうか》に順ひて、御方《みかた》と云ふ者少なければ、[4]左右《そう》なく攻《せ》め上《のぼ》らん事はいかがと、[5]この春の敗北に怖《お》ぢ懲《ご》りして、諸卒《しょそつ》あへて進む[6]義勢はなし。

かかる処《ところ》に、赤松入道円心《あかまつにゅうどうえんしん》が三男[7]則祐律師《そくゆうりっし》、[8]得平因幡守秀光《とくひらいなばのかみひでみつ》、播州《ばんしゅう》より筑紫《つくし》へ馳《は》せ参《まい》つて、「京都より下《くだ》されたる敵軍、備前、備中、美作に充満して候ふと云へども、これ皆、城を攻めかねて、[9]機疲れ粮尽《かてつ》きたる時節《おりふし》にて候ふ間、大勢《おおぜい》にて御上洛候ふとだに承《うけたまわ》り及《およ》び候はば、ひとたまりも怺《こら》へじと存じ候ふ。御進発延引《ごしんばつえんいん》候ひて、白旗《しらはた》の城攻め落とされなば、自余《じよ》の城一日

4

1　福岡市東区多々良。第十五巻・18、参照。
2　流布本「然共(シカレドモ)」。
3　東国は宮方に付いて、尊氏の味方は少なかったので。
4　熟慮せずに。
5　建武三年(一三三六)正月の京合戦。第十五巻・6－8。
6　志気。
7　元弘の変で、大塔宮護良(もりよし)親王に従って転戦し、六波羅攻めでは、父や兄とともに軍功があった人物。
8　兵庫県佐用郡佐用町の武士。赤松一族。
9　気力を失い兵糧も尽きた頃ですので。
10　奈義能山二か所と菩提寺と三石の城の計四か所(本巻・3)。

も怺《こら》へ候ふまじ。四[10]ヶ所の用害《ようがい》、敵の城になり候ひなば、何十万騎の御勢《おんぜい》候ふとも、御上洛《ごじょうらく》は叶《かな》ふまじく候ふ。これ、[11]趙王《ちょうおう》城を秦《しん》の兵に囲まれて、[12]楚《そ》の項羽《こうう》が船を沈め釜甑《ふそう》を焼いて、戦ひ負けば、士卒一人も生きて帰らじとせし軍《いくさ》に候はずや。[13]天下の成功、ただこの一挙《いっきょ》にあるべきにて候ふものを」と、言《ことば》を残さず申しければ、[14]将軍、げにもと思ひ給ひて、「さらば、[15]夜《よ》を日《ひ》に継《つ》いで上洛すべし」とて、同じき四月二十六日に、太宰府《だざいふ》を打つ立ちて、二十八日の順風に纜《ともづな》を解きしかば、五月一日、安芸《あき》の[16]厳島《いつくしま》に船を寄せて、三日参籠《さんろう》し給ふ。

その結願《けちがん》の日、[17]三宝院《さんぼういん》の[18]賢俊僧正《けんしゅんそうじょう》、京都より馳《は》せ下《くだ》り、[19]持《じ》明院殿《みょういんどの》より成されたる院宣《いんぜん》をぞ奉られける。将軍尊氏《たかうじ》、院宣を拝見し給ひて、「[20]函蓋《かんかい》すでに相応《そうおう》して、心中の所願忽《しょがんたちま》ちに叶へり。向後《きょうこう》の合戦に於ては、必ず勝つべし」とぞ、喜び給ひける。去んぬる卯月《うづき》六日、法皇は、[21]持明院殿にて崩御《ほうぎょ》なりしかば、

11　趙の都邯鄲(かんたん)が秦の大軍に囲まれ、落城寸前のところを、魯仲連(ろちゅうれん)の策と楚や魏の救援で切り抜けたこと(史記・魯仲連鄒陽列伝)。

12　秦の将軍章邯(しょうかん)と戦った楚の項羽が、黄河を渡河してから船を沈め、釜や甑(こしき=蒸し器)を焼いて、兵士に退路がないことを示して決死の戦闘を促した故事(第二十八巻・9、史記・項羽本紀)。

13　天下を取るかどうかは、ただこの一戦にかかる。

14　尊氏。

15　昼夜兼行で。

16　広島県廿日市市の宮島にある厳島神社。

17　京都市伏見区にある真言宗醍醐派の本山、醍醐寺の院家(塔頭)で、院主は、醍醐寺座主を兼ねた。

後伏見院《ごふしみいん》とぞ申しける。[22]かの崩御以前に申《もう》し下《くだ》しし院宣なり。
将軍は、厳島の奉幣《ほうへい》事終りて、同じき五月四日、厳島を立ち給へば、伊予《いよ》、讃岐《さぬき》、安芸《あき》、周防《すおう》、長門《ながと》の勢《せい》、五百余艘にて馳《は》せ参《まい》る。同じき七日、備後《びんご》の[23]鞆《とも》へ着き給へば、備後、備中《びっちゅう》、出雲《いずも》、石見《いわみ》、伯耆《ほうき》の勢、六千余騎にて馳《は》せ加《くわ》はる。その外、国々の軍勢、招かざるに集まり、攻めざるに従ふ事、ただ吹く風の草木を靡《なび》かすに異ならず。

新田左中将義貞朝臣《にったさちゅうじょうよしさだあそん》、備前《びぜん》、備中、播磨《はりま》、美作《みまさか》に勢を差し分けて、国々の城を攻むる由《よし》聞こえしかば、鞆の浦より、[24]左馬頭直義朝臣《さまのかみただよしあそん》を大将にて、二十万六千余騎を差し分けて、陸路《くがじ》を上《のぼ》せ給ふなり。将軍は、[25]吉良《きら》、石塔《いしどう》、仁木《にき》、細川《ほそかわ》、荒川《あらかわ》、斯波《しば》、吉見《よしみ》、渋川《しぶかわ》、桃井《もものい》、畠山《はたけやま》、山名《やまな》、一色《いっしき》、加子《かこ》、岩松《いわまつ》等を始めとして、[26]宗徒《むねと》の一族四十余人、[27]高《こう》の一党五十余人、[28]上杉《うえすぎ》の一類三十九人、[29]土岐《とき》、佐々木《ささき》、赤松《あかまつ》、千葉《ちば》、宇都宮《うつのみや》、小田《おだ》、佐竹《さたけ》、小《お》

18 日野俊光の子。資朝、資明の弟。尊氏の信任を得て醍醐寺座主、東寺長者となった。
19 後伏見院。
20 箱と蓋がぴったり合うように、念願がたちどころに的中した。「函蓋相応す」(大燈国師語録、ほか)。
21 後深草院の皇統、持明院統の院の御所。京都市上京区安楽小路町にあった。
22 尊氏に院宣を下したのは、光厳院。ここに後伏見院とあるのは誤り。第十九巻・1、参照。
23 広島県福山市鞆町の港。一帯の海岸を鞆の浦という。
24 尊氏の弟、直義。
25 以下は足利一族。
26 主だった。
27 足利譜代の家臣。
28 尊氏・直義の外戚。
29 以下は、東国から九州

山《やま》、結城《ゆうき》の一党、三浦《みうら》、河越《かわごえ》、大友《おおとも》、厚東《こうとう》、菊池《きくち》、大内《おおうち》等を先として、外様《とざま》の大名百六十[30]頭《とう》、その船七千五百六十余艘の内、宗徒《むねと》の大船《たいせん》、[31]蓬莱《ほうらい》、須弥山《しゅみせん》をも載すばかりの船、将軍の御座船《ござぶね》已下《いげ》三十艘なり。思ひ思ひに纜《ともづな》を解き、[32]小舟を舫《もや》いで、帆《ほ》を揚《あ》げ、[33]舷《ふなばた》を輾《きし》りて、漕《こ》ぎ並《なら》べてぞ上《のぼ》られける。

同じき(十)五日、備後《びんご》の鞆《とも》を立ち給ひけるが、一つの不思議あり。将軍、屋形の中《うち》に暫《しば》し睡眠《まどろみ》し給ひける夢に、南方より光明[34]赫奕《かくやく》たる観世音菩薩《かんぜおんぼさつ》飛び来たり御座《ましま》して、船の[35]舳《へ》に立ち給へば、その眷属《けんぞく》[36]二十八部衆、おのおの[37]弓箭兵杖《きゅうせんひょうじょう》を帯《たい》して、擁《おう》護《ご》し給ふ体《てい》に見え給ひけり。将軍、夢醒《さ》めて後《のち》、これ、ひとへに[38]円通大士《えんつうだいし》の[39]擁護の威《い》を加へて、勝軍《かちいくさ》の利を得《う》べき瑞夢《ずいむ》の告げなりと思はれければ、[40]杉原《すいばら》を短冊《たんじゃく》の寛《ひろ》さに切つて、自ら大悲観《だいひかん》世音菩薩《ぜおんぼさつ》を書き奉り給ひて、船の帆柱《ほばしら》ごとにぞ押されける。かくて順風《じゅんぷう》[41]追帆《おうほ》なりしかば、将軍の御船は備前《びぜん》の[42]吹上《ふきあげ》に着けば、

の有力大名をほぼ網羅した記述。
30 武士団の頭領をかぞえる語。
31 蓬莱は、中国古代の神仙思想で東方海上にあるとされた理想郷。須弥山は、仏教で世界の中心にそびえるとされる山。それらを載せるほど大きく豪華な船。
32 小船をつなぎとめて。
33 船のへりがこすれ合う程ぎっしりと。
34 きらめき輝くさま。
35 船の先端。
36 観音に従い行者を守護する二十八の善神。眷属は従者の神。
37 弓矢・太刀などの武器。
38 観世音菩薩の別称。円通は、すべてにわたって滞ることのない意。
39 底本「奉護」。他本により改める。

陸路《くがじ》の大将左馬頭直義朝臣《さまのかみただよしあそん》は、備中国《びっちゅうのくに》[43]草壁庄《くさかべのしょう》にぞ着き給ひける。

福山合戦《ふくやまかっせん》の事　5

さる程に、[1]福山に楯籠《たてご》もる処《ところ》の官軍ども、この由《よし》を聞いて、「この城、未だ拵《こしら》へ得ざるに、大勢《おおぜい》を敵に受けて[2]支へん事、叶《かな》ふべしとも覚えず」と申しけるを、大井田式部大輔《おいだしきぶのたいふ》、且《しばら》く思案して宣《のたま》ひけるは、「合戦の習ひ、勝負は時の運に依《よ》ると云へども、御方《みかた》の小勢《こぜい》を以て敵の大勢に闘はんに、勝つ事千に一つも利あるべからず。さりながら、国を越え都を隔《へだ》てて、足利《あしかが》の上洛《しょうらく》を支へんとて向かひたる者が、[3]大勢なればとて、聞き逃げにいかがすべき。[4]よしや、ただ[5]一業所感《いちごうしょかん》の者どもが、この所にて皆《みな》死すべき果報にてこそあらめ。死を軽んじ名を重んずる者を

40　杉原紙(播磨国多可郡杉原で産し、公用文書に使われた紙)を短冊の形に切って。
41　追風の意か。神田本・玄玖本「帆を送りしかば」。
42　岡山県倉敷市下津井吹上。
43　小田郡矢掛町にあった庄園。

5
1　岡山県総社市南部にあった山城で、新田一族の大井田氏経が立て籠もる。
2　防ぎこらえる。
3　敵が大勢だからといって、噂を聞いただけで逃げることなどできない。
4　ままよ。
5　同じ業(ごう)により現世で同じ報いを受ける者たち。

こそ、人とは申せ。[6]誰々《たれたれ》も討死《うちじに》して、名を子孫に遺《のこ》さんと思ひ定められ候へ」と諫《いさ》められければ、[7]紀清《きせい》の党等《とうら》を始めとして、相順《あいしたが》ふ兵悉《ことごと》く、「申すにや及び候ふ」と[8]領状《りょうじょう》して、[9]討死を一《いっ》篇《ぺん》に思《おも》ひ儲《もう》けてければ、なかなか今涼しくぞ覚えける。

さる程に、五月十五日の宵《よい》より、左馬頭直義《さまのかみただよし》、二十万騎にて[10]勢山《せやま》を打ち越え、福山《ふくやま》の麓《ふもと》四、五里が間、[11]尺地《せきち》もなく陣を取つて、大篝火《おおかがりび》を焼《た》かせける。この大勢《おおぜい》の勢ひを見て、いかなる鬼《き》神《じん》とも云へ、今夜落ちぬ事はあらじと覚ゆるに、城の篝火も焼《た》き休《や》まず、[12]怺《こら》へたりと見えしかば、夜《よ》すでに明けて後《のち》、先《ま》づ備《びっ》中《ちゅう》、備後《びんご》の勢《せい》、三千余騎にて押し寄せて、[13]浅原手向《あさばらとうげ》よりぞ挙《あ》げたりける。これまでも、城中鳴りを静めて音《こえ》もせず。「さては、早や落ちたりける」と喜びて、時《とき》の声《こえ》を揚げたりければ、敵なほ音もせず。[14]「さればこそ」と訇《ののし》りて、[15]切岸《きりぎし》の塀の際《きわ》に着かんと争ひ進む処《ところ》に、城中の東西の[16]木戸口《きどぐち》に、太鼓を鳴らし、ただ

6 いずれの面々も。
7 宇都宮氏配下の紀氏・清原氏の二つの党の武士団。
8 承諾して。
9 討死をひたすら覚悟したので、かえって今は心中さわやかに感じられた。
10 倉敷市真備町の妹山（せやま）。
11 少しの土地も余さず、びっしりと立て込んで。
12 退却せず踏みとどまっている。
13 福山の南、総社市と倉敷市の間の峠。
14 「やはり敵は逃げたのだ」と喚声を上げて。
15 城壁のように切り立たせた崖。
16 城柵の門。

一切《ひとしき》り時《とき》をどつとぞ合はせたりける。寄手《よせて》の大勢、これを聞いて、「新田《にった》の一族の大将にて籠《こ》もられたらんずる城の、小勢《こぜい》なればとて、[17]聞き落ちにはよもし給はじと思ひつるが、はたして未だ怺へたるぞ。[18]侮《あなど》りて手合はせの軍《いくさ》し損《そん》ずな。四方を取り囲んで同時に攻めよ」とて、[19]国々の勢、一方(々々)を請《う》け取《と》つて、谷々峰々《たにだにみねみね》よりぞ攻《せ》め上《のぼ》りける。

城中の兵、かねてより思ひ儲けたる事なれば、雲霞《うんか》の勢に囲まれぬれども、少しも騒がず、ここかしこの木陰《こかげ》に、[20]楯を突きしとみ、矢種《やだね》を惜しまず散々《さんざん》に射けるに、寄手、[21]稲麻竹葦《とうまちくい》の如くに立ち並びたれば、[22]あだ矢一つもなかりけり。敵に矢種を尽《つ》くさせんと、わざと寄手は射ざりけり。城の兵は、未だ一人《いちにん》も手を負はず。大井田《おいだ》式部大輔《しきぶのたいふ》、これを見て、「さのみ精力《せいりき》の尽《つ》きぬ先に、いざや打つて出で、左馬頭が陣一散《ひとち》らし懸け破らん」とて、徒立《かちだち》の兵五百人を留《とど》めて、馬強《つよ》げなる兵千余騎を引《いん》

17　聞いただけで恐れて逃げ出すことはまさかなさるまいと思ったが。
18　敵を小勢と侮って手始めの合戦をし損じるな。
19　諸国の軍勢が城の四方のそれぞれ一方を受け持って。
20　楯を突き並べて防御のための覆(おお)いとする。
21　稲・麻・竹・葦が群生するように透き間もなく。
22　射損じた無駄な矢。

率《そっ》し、木戸を開《ひら》かせ、逆木《さかもぎ》を引き退《の》けて、北の[23]尾崎《おさき》より喚《おめ》いてぞ懸け出でたる。一方の寄手《よせて》、これに懸け落とされて、谷底に馳《は》せ込《こ》み、いやが上に重なり臥しぬ。

大将式部大輔《しきぶのたいふ》、これを見て、少しもこの敵をば追つ懸けず、「東の[24]離れ尾に[25]二引両《ふたつひきりょう》の旗の見ゆるは、左馬頭《さまのかみ》と覚ゆるぞ。真《まん》中《なか》に馳《は》せ入《い》つて、直《じき》に勝負を決せよや」とて、轡《くつばみ》を並べて入り、時移るまでぞ闘ひける。「これも左馬頭にてはなかりける」とて、大勢《おおぜい》の中を懸け抜けて、遥《はる》かに顧《かえり》みれば、敵早や入り替はりぬと見えて、櫓《やぐら》、[26]掻楯《かいだて》に火を懸けたり。大井田《おいだ》式部大輔《しきぶのたいふ》、その兵を一所に并《あわ》せて、「今日の合戦、今はこれまでぞ。いざや、一方《いっぽう》打ち破つて、備前《びぜん》へ帰つて、播磨《はりま》、三石《みついし》の勢《せい》と一つにならん」とて、[27]板倉《いたくら》の橋《はし》を東へ向けて落ち給へば、敵二千騎、三千騎、ここかしこの道を塞《ふさ》ぎ、打《う》ち留《とど》めんとす。四百余騎の兵ども、とても遁《のが》れぬ処《ところ》ぞと思ひ切つたる事なれば、近づく敵の中

23 山の尾根が下がってくる先端。

24 周囲の山から孤立した山の尾根。

25 足利の紋。

二引両

26 垣根のように並べた楯。

27 板倉川。岡山市高松の辺を流れていた川。

へ破《わ》つて入つて、十文字に懸け散らして、板倉川の端《はし》より唐河《からかわ》[28]の宿《しゅく》まで、十六度までぞ返し合はせて闘ひける。されども、思ふ程は討たれず、大将も恙《つつが》なくて、虎口《ここう》の死を遁《のが》れ、五月十八日の早旦《そうたん》[29]に、三石の宿《しゅく》にぞ着き給ひける。

左《さ》馬頭《まのかみ》直義朝臣《ただよしあそん》は、福山《ふくやま》の敵を追ひ落として、事始《ことはじ》め吉《よ》しと、喜び給ふ事斜《なの》めならず。その日は一日、唐河の宿に逗留《とうりゅう》あつて、頸《くび》ども実検しけるに、虜《いけどり》、討死《うちじに》の頸、千三百五十三人とぞ注しける。当国吉備津宮《きびつのみや》[30]に参詣の志《こころざし》おはしけれども、軍《いくさ》の最中なれば触穢《しょくえ》[31]の憚《はばか》りありとて、願書《がんしょ》[32]ばかりを籠められて、次の日、唐河の宿を立ち給へば、将軍も船を出だして、順風に帆をぞ揚げられける。

さる程に、五月十八日の晩景《ばんけい》に、脇屋左京大夫《わきやさきょうのだいぶ》、三石より使者を以て、義貞朝臣《よしさだあそん》の方《かた》へ、福山の合戦の次第、委細に注進《ちゅうしん》せられにけり。新田殿《にったどの》、返事せられけるは、「合戦の様《よう》、先《ま》づ

28　岡山市北区辛川。

29　早朝。

30　岡山市北区吉備津の備中国一宮の吉備津神社。

31　死の穢れに触れた憚り。

32　神に祈願する文書。

[33]神妙《しんびょう》に候ふ。[34]白旗《しらはた》、三石《みついし》、菩提寺《ぼだいじ》の城、いづれも未だ攻め落とさざる処《ところ》に、尊氏卿《たかうじきょう》、直義朝臣《ただよしあそん》、大勢《おおぜい》にて船路《ふなじ》と陸路《くがじ》と同じく攻《せ》め上《のぼ》ると聞こえ候ふ。水陸の敵に侵《おか》されん事疑ひなし。ただ速やかに西国《さいごく》の合戦を打ち棄て、摂津国《つのくに》辺に引き退き、水陸の敵を一所に待ち請け、帝都を後ろに当てて合戦を致すべし。急ぎ[35]それよりも[36]山里《やまのさと》辺へ出で合はれ候へ。美作《みまさか》へもこの旨を申《もう》し遣《つか》はし候ひつるなり」とぞ仰せられける。

　これによつて、五月十八日夜半ばかりに、官軍、皆三石を打ち棄て、船坂《ふなさか》をぞ引かれける。城中の勢《せい》ども、これに機を得て、船坂山に出で合ひ、道を塞《ふさ》いで散々《さんざん》に射る。

　月曇り、山昏《くら》くして、前後もさだかに見えぬ事なれば、父誅《ちゅう》せられ、子誅せらるれども顧みず、ただ一足《ひとあし》も前《さき》へと進みける処に、菊池《きくち》が若党、[37]原源五《はらのげんご》、源六《げんろく》とて、名を得たる大剛《だいこう》の者のありけるが、わざと跡に引き下がつて、御方《みかた》を落とさんと

33 立派である。
34 白旗城は赤松円心、三石城は石橋和義、菩提寺城は菅家の一族が立て籠もる。本巻・1、参照。
35 そちらからも。
36 兵庫県赤穂郡上郡町山野里。
37 菊池の家来だが、系図未詳。

防き矢をぞ射たりける。矢種《やだね》尽きければ、[38]打物《うちもの》の鞘《さや》をはづし、「菊池殿の御中《おんなか》に、原源五、源六と云ふ大剛の者討死《うちじに》するぞ。[39]傍輩《ほうばい》あらば返せ」とぞ呼ばはりける。菊池が若党、これを聞いて、遥《はる》かに落ち延びたりける者ども、「某《それがし》ここにあり」、「誰《たれ》がしここにあり」と名乗つて、返し合はせ返し合はせ闘ひける間、城より下《お》り合《あ》はせける敵ども、さすが近づき得ずして、ただ余所《よそ》の峰に立ち渡つて、時《とき》の声《こえ》をのみ作りける。その間に、御方《みかた》の官軍、一人《いちにん》も討たれず、その夜のあけぼのには、山里に着きけるとかや。[40]

義貞船坂《よしさだふなさか》を退《しりぞ》く事　6

さる程に、新田左中将義貞朝臣《にったさちゅうじょうよしさだあそん》は、備前《びぜん》、美作の勢どもを待《ま》ち調《そろ》へんために、[1]賀古川《かこがわ》の西なる岡に陣を取つて、二日まで

38　太刀。
39　仲間がいるなら引き返せ。
40　流布本・梵舜本は、このあとに、児島高徳の父和田備後守範長の最期を記す。

6
1　兵庫県加古川市を流れる川。

逗留《とうりゅう》し給ひける。

時節《おりふし》、[2]五月雨《さみだれ》降り続いて、川水《かわみず》増したりければ、「跡より敵の懸かる事もこそ候へ。惣大将《そうだいしょう》、宗徒《むねと》の人々ばかり、船にて向かうへ御渡り候へ」と、諸人《しょじん》口々に申しけるを、義貞朝臣《よしさだあそん》、「怖《おそ》るる事やあるべき。渡らぬ先に敵懸からば、[3]なかなか引くべき方なくして、死を軽《かろ》んぜんに便りあり。されば、[4]韓信《かんしん》が水を背にして陣を張れるはこれなり。軍勢を渡し終つて、義貞後《のち》に渡らんに、何の痛みかあるべき」とて、先《ま》づ[5]馬弱《うまよわ》なる勢《せい》、手《て》負《おい》どもを[6]漸々《ぜんぜん》にぞ渡されける。

かかりし程に、水一夜《ひとよ》に干《ひ》落ちて、備前《びぜん》、美作《みまさか》の勢ども馳《は》せ集《あつ》まりければ、[7]馬筏《うまいかだ》を組みて、六万余騎、同時に川をぞ渡されける。ここまでは、西国《さいごく》の勢十万余騎ありしが、将軍上洛《しょうらく》し給ふと聞いて、いつの間にか落《お》ち失《う》せけん、義貞朝臣[8]兵庫《ひょうご》に着き給ひける時は、その勢わづかに二万騎にも足らざりけり。

2 梅雨時の雨。

3 かえって退却しようがなくて、決死の戦いを行うのに都合がよい。

4 漢の高祖の臣、韓信が、川を背にして趙の軍勢と決死の戦いをした故事(第十九巻・10、史記・淮陰侯列伝)。

5 馬が戦い弱った軍勢。

6 順々に。

7 馬を筏のように並べ泳がせて川を渡ること。

8 神戸市兵庫区の辺。

正成《まさしげ》兵庫《ひょうご》に下向《げこう》し子息《しそく》に遺訓《いくん》の事　7

さる程に、将軍、左馬頭《さまのかみ》、大勢《おおぜい》にて上洛する間、要害《ようがい》の地に出でて防き戦はんために、兵庫へ引き退きぬる由《よし》、義貞朝臣、早馬《はやうま》を進《まいら》せて奏聞《そうもん》しければ、[1]主上《しゅしょう》、大きに[2]御騒ぎあつて、楠《くすのき》正成《まさしげ》を召されて、「急ぎ兵庫へ罷《まか》り下《くだ》り、義貞に力を合はすべし」と仰せ下されしかば、正成、畏《かしこ》まつて奏しけるは、「尊氏《たかうじ》卿《きょう》、九州の勢を率《そっ》して上洛し候ふなれば、定めて雲霞《うんか》の如くに候ふらん。御方《みかた》の疲れたる小勢《こぜい》を以て、[3]敵の機に乗つたる大勢《おおぜい》に懸けて、尋常《よのつね》の如く合戦を致し候はば、御方[4]決定《けつじょう》打ち負けぬと覚え候ふ。あはれ、新田殿《にったどの》をも京都へ召され候ひて、前《さき》の如く[5]山門《さんもん》へ臨幸《りんこう》成り候へかし。正成も河内《かわち》へ馳《は》せ下《くだ》り候ひて、畿内《きない》の兵を以て[6]川尻《かわじり》を差し塞《ふさ》いで、両方より京都を攻め、兵粮《ひょうろう》

7
1　後醍醐帝。
2　あわてて。
3　敵の勢いづいた大軍と戦って。
4　きっと。
5　比叡山延暦寺に帝が避難すること。第十四巻・16、参照。
6　淀の大渡あたり。北に天王山、南に男山があり、山城と摂津・河内の国境に位置する交通の要衝。

を[7]疲《つか》らかす程ならば、敵は次第に落ち候ふとも、御方《みかた》は日に随つて多くなり候はんか。その時、新田殿《にったどの》は山門《さんもん》より寄せられ、正成《まさしげ》[8]搦手《からめて》に廻《まわ》り候はば、朝敵を一戦に亡ぼす事ありぬと覚え候ふ。新田殿も、定めてこの[9]料簡《りょうけん》をぞ廻《めぐ》らされ候ふらめども、道の間にて一戦もせずは、[10]無下《むげ》に云《い》ひ甲斐《がい》なしと、人の思はんずる処《ところ》を恥ぢて、[11]兵庫《ひょうご》には支へられたりと覚え候ふ。合戦はただ、とてもかくても[12]始終《しじゅう》の勝《かち》こそ肝要《かんよう》にて候へば、よくよく[13]御遠慮《ごえんりょ》を廻《めぐ》らされ、公議《こうぎ》を定めらるべく候ふらん」と申しければ、「誠《まこと》にも謂《い》はれあり」とて、諸卿僉議《せんぎ》あつて、重ねて仰せられけるは、「[14]征罰《せいばつ》のために差《さ》し下《くだ》されたる[15]節刀《せっと》の使ひ、未だ戦はざる先に、帝都を棄てて、一年の内に二度まで臨幸《りんこう》成らん事、且《かつう》は帝位の軽《かろ》きに似たり。また、[16]官軍の道を失はるる処《ところ》なり。たとひ尊氏《たかうじ》九州の勢《せい》を率《そっ》して上洛《しょうらく》すとも、[17]去春《きょしゅん》、東《とう》八ヶ国を順《したが》へて上《のぼ》りし時の勢ひにはよも過ぎじ。戦ひの始めより、

7　欠乏させる。
8　敵の背後を攻める軍勢。ここは河内・摂津をさす。
9　この作戦をお考えだろうが。
10　ひどくふがいない。
11　兵庫の辺で応戦されるのだと思われます。
12　最終的な勝利。
13　遠い先までの思慮。
14　他本は、以下を、坊門清忠が諸卿僉議で述べた言とする。梵舜本は底本と同じ。流布本は、両者を混合したかたち(第四分冊「解説」、参照)。
15　節度使。帝からしるしの刀を拝領して朝敵征伐に向かう将軍。
16　官軍としての面目を失うことになる。
17　尊氏が大軍を率いて上洛したのは、この年(建武三年)正月。第十四巻・12。

敵軍敗北の時に至るまで、御方小勢《こぜい》なりと云へども、毎度敵を攻《せ》め[18]靡《なび》かさずと云ふ事なし。これ全く[19]武略《ぶりやく》の勝《すぐ》れたるにあらず。[20]ただ聖運《せいうん》の天に叶《かな》へる事の致す処なれば、何の子細《しさい》かあるべき。ただ時を替へず罷《まか》り下《くだ》るべし」と仰せ出だされければ、正成、[21]「この上は、さのみ異儀を申すに及ばず。且《かつ》は恐れあり。さては、[22]大敵を欺《あざむ》き虐《しえた》げ、勝軍《かちいくさ》を全くせんとの智謀《ちぼう》、叡慮《えいりょ》にてはなく、[23]ただ無弐《むに》の戦士《もののふ》を大軍に充《あ》てられんとばかりの仰せなれば、討死《うちじに》せよとの勅定《ちょくじょう》ごさんなれ。義を重んじ、死を顧みぬは、忠《ちゅう》臣勇士《しんゆうし》の存ずる処なり」とて、その日やがて、正成は五百余騎にて都を立つて、兵庫へとてぞ下りける。

　楠《くすのき》、これを最後と思ひ定めたりければ、嫡子の[24]正行《まさつら》が十一歳にて、これも供《とも》せんとてありけるを、[25]桜井《さくらい》の宿《しゅく》より河内《かわち》へ返《かえ》し遣《つか》はすとて、泣く泣く[26]庭訓《ていきん》を遺《のこ》しけるは、「獅子《しし》は、子を産《う》んで三日を経《ふ》る時、[27]万仞《ばんじん》の石壁《せきへき》より、母これを投ぐれば、それ獅[28]

東八ヶ国は、相模・武蔵・安房・上総・下総・常陸・上野・下野の関東八か国。
18　服従させないことはなかった。
19　武士の立てた戦略。
20　ひとえに帝(私)の運が天命に叶っていたための勝利なので、このたびの戦いにもなんの支障があろう。
21　正成の言、他本は簡略。玄玖本は底本に近い。
22　大敵を策をもって懲らしめ、勝利を確実なものにするという謀は、帝のお考えにはなく。
23　ひとえに忠義無類の武士を大敵に向かわせようとの仰せなので。
24　正成の長男。成長してのち、南朝方として戦い、四条畷で戦死する。
25　大阪府三島郡島本町桜井にあった宿場。

子の子の機分《きぶん》あれば、教へざるに、中《ちゅう》より身を翻《ひるがえ》して飛《と》び揚《あ》がり、死する事を得ずと云へり。況《いわ》んや、汝《なんじ》はすでに十歳に余れり。一言《いちごん》耳の底に留《とど》まらば、わが教誡《きょうかい》に違《たが》ふ事なかれ。今度の合戦、[29]天下の安否《あんぴ》と思ふ間、今生《こんじょう》にて汝が顔を見ん事、これを限りと思ふなり。正成《まさしげ》すでに討死すと聞きなば、天下は必ず将軍の代となるべしと心得《こころう》べし。しかりと云へども、[30]一旦《いったん》の身命《しんみょう》を助けんために、多年の忠烈《ちゅうれつ》を失ひて、降参不義の行跡《ふるまい》を致す事あるべからず。一族若党一人《いちにん》も死に残つてあらん程は、[31]金剛《こんごう》山《せん》に引《ひ》き籠《こ》もり、敵寄せ来たらば、命を兵刃《へいじん》に堕《お》として、名を後代《こうだい》に遺《のこ》すべし。これを汝が孝行と思ふべし」と、涙を拭《のご》ひて申し含め、おのおの東西に別れにけり。その有様を見聞く人、猛《たけ》き軍士《もののふ》も、父子の心底《しんてい》を思ひやられて、鎧の袖をぞ濡らされける。

　昔の[32]百里奚《ひゃくりけい》は、穆公晋《ぼくこうしん》の国を伐《う》ちし時、軍《いくさ》の利なからん事を

26　父が子に与える教訓。
27　一万ひろ(ひろは、両腕を横にのばした長さ)の意で、非常に高いこと。
28　獅子の子に獅子としての資質があれば。
29　天下の分け目の合戦。
30　当座の命を助かるために、長年の忠節を失う。
31　大阪府と奈良県境の金剛山地の主峰。その西麓一帯が楠氏の本拠。
32　秦の穆公が羊五頭の皮で買いとり、丞相に任用した人物(史記・秦本紀)。
33　百里奚の子で、秦の功臣。孟明視が穆公の命で晋に出陣する際、父の百里奚が、自分は老齢ゆえ子が還る頃にはもう会えまいから哭くのだといった故事(史

鑑《かんが》みて、その将[33]孟明視《もうめいし》に向かつて、今を限りの別れを悲しみき。今の正成は、敵軍都の西に近づくと聞きしより、国の必ず亡びん事を愁《うれ》へて、その子正行《まさつら》を留《とど》め、[34]亡き跡までの義を勧《すす》む。かれは[35]秦《しん》の代《よ》の[36]良弼《りょうひつ》、これはわが朝の忠臣なり。時千歳《せんざい》を隔《へだ》つと云へども、[37]前聖後聖《ぜんせいこうせい》一致にして、比類なき賢佐《けんさ》なりと、知るも知らざるも感歎せぬ者はなかりけり。

尊氏義貞《たかうじよしさだ》兵庫《ひょうご》湊川《みなとがわ》合戦《かっせん》の事 8

かくて、楠正成《くすのきまさしげ》は兵庫に下着《げちゃく》しければ、新田《にった》左中将《さちゅうじょう》、やがて対面し給ひて、叡慮《えいりょ》の趣《おもむき》を尋ね問はれけるに、正成、所存の趣《おもむき》、勅定《ちょくじょう》の様委《ようくわ》しく語り申しければ、「誠《まこと》に敗軍の小勢《こぜい》を以て、[1]機を得たる大敵に戦はん事、叶《かな》ふべきにあらねども、去年、[2]関東の合戦に打ち負けて上洛《しょうらく》せし時、[3]路《みち》にて相支《あいささ》へざりし事、

記・秦本紀)。底本「孟将視」を改める。

34 自分の死後までも一族の忠義を促した。

35 底本「晋」を改める。神田本・流布本「異国」。

36 良臣。弼は、補佐の意。

37 昔の聖人も今の聖人(正成)も行うところは同一であり、比類のない優れた補佐の臣である。

8

1 勢いに乗った。

2 建武二年十二月の箱根竹下合戦。第十四巻・8、9。

3 道中で防ぎ止めなかったこと。

4 世の人々の嘲りを避けることができない。それだけでなく。

5 西国。

6 余りにふがいなく思わ

[4]人口《じんこう》の嘲《あざけ》り遁《のが》るる所を得ず。それこそあらめ、今度[5]関西《かんさい》に下されて、また数ヶ所の城一つも落とし得ず、結句《けっく》敵の大勢《おおぜい》なるを聞いて、一支《ひとささ》へもせず、京都まで遠引《とおび》きしたらんは、余りに[6]云《い》ひ甲斐《がい》なく存ずる間、戦ひの勝負をば見ずして、一戦《いっせん》に義を勧《すす》めばやと存ずるばかりなり」と宣《のたま》へば、正成《まさしげ》申しけるは、「[7]衆愚《しゅぐ》の愕々《がくがく》たるは、一賢《いっけん》の喉《のんど》には如《し》かず」と申す事の候へば、道を知らざる人の譏《そし》りをば、必ずしも[8]御意《ぎょい》に懸けらるまじきにて候ふ。ただ戦ふべき所を知りて進み、退くべき処《ところ》を見て退くを良将とは申し候ふなれば、さてこそ、「[9]暴虎憑河《ぼうこひょうか》して、死すとも悔いなからん者には与《くみ》せじ」と、孔子《こうし》も[10]子路《しろ》を誡《いまし》められし事なれ。その上、元弘《げんこう》の初めには、[11]平太守《へいたいしゅ》の威猛を一時《いっし》に摧《くだ》かれ、この年の春は、尊氏卿《たかうじきょう》を九州へ退けられし事、聖運《せいうん》とは申しながら、ひとへに御計略の武徳《ぶとく》に依《よ》りし事にて候はずや。合[12]戦の方《かた》に於ては、誰《たれ》かは偏執《へんじゅう》申し候ふべき。殊更《ことさら》今度西国《さいごく》より

れるので、勝敗を度外視して、この一戦で忠義のほどを示そうと考えるばかりだ。

7 愚かな大勢の者が言い立てる意見は、一人の賢人のことばに劣る。「千人の諾々たるは、一士の諤々たるに如かず」(史記・商君列伝)。

8 気にかける必要はありません。

9 虎に素手で向かったり大河を徒歩で渡ったりして、死んでも後悔しないような無謀な者とは、行動をともにすべきではない(論語・述而)。

10 孔子の門下で、勇を好んだ人物。

11 北条高時。北条氏は平家。太守は本来、親王任国の上総・常陸・上野の国主をさす。

12 合戦のやり方について

御上《おんのぼ》りの事、御沙汰《ごさた》の次第、一々[13]その道に当たつてこそ存じ候へ」と申しければ、義貞《よしさだ》、誠《まこと》に[14]顔色《がんしょく》解けて、終夜《よもすがら》の閑談《かんだん》怠《おこた》りなし。「さては、[15]義貞が武功も、さのみ慮外《りょがい》に処《しょ》せられざる条、勇《いさ》みなきにあらず」とぞ曰《のたま》ひける。その夜は、数盃《すはい》の興《きょう》にぞ明かされける。

さる程に、明くれば[16]延元《えんげん》元年五月二十五日、[17]辰《たつ》の一点に、[18]陰《いん》霖《りん》の雲漸《ようや》くに晴れ、[19]風濤《ふうとう》やや幽《かす》かなる折節《おりふし》なるに、沖《おき》つ塩風《しおかぜ》に漂ふ小舟《こぶね》見えたりけり。朝凪《あさなぎ》に出でたる漁父《ぎょふ》の艇《こぶね》か、[20]浦路《うらじ》を伝ふ旅客《りょかく》の舟かと見る程に、塩路《しおじ》遥《はる》かに見わたせば、漁船《ぎょせん》、[21]旅艇《りょてい》にもあらずして、[22]取梶面梶《とりかじおもかじ》繁く立てて、[23]掻楯《かいだて》を掻き、櫓《やぐら》を挙げて、大旗《おおはた》、小旗《こはた》打つ立てたる数万《すまん》の兵船《ひょうせん》、順風を得たりと帆《ほ》を挙げて、[24]煙波渺々《えんぱびょうびょう》たるに、十四、五里が程波間《なみま》も見えず漕ぎ並べて、[25]舷《ふなばた》を輾《きし》り、舳艫《へとも》を並べたれば、海上頓《かいしょうにわ》かに陸地《くがち》になつて、[26]帆影《ほかげ》に見ゆる山もなし。[27]呉魏《ごぎ》天下を争ひし赤壁《せきへき》の戦ひ、[28]太《たい》

は、誰も非難しません。
13 合戦の道理にかなっていると思われます。
14 顔があかるくなり。
15 私(義貞)の武勲も、一概に軽くは見られていないのは、励みになることよ。
16 北朝の建武三年(一三三六)。
17 午前八時頃。
18 暗い長雨の雲。
19 風と波がやや収まったちょうどその時に。
20 海岸沿いの船路をたどる旅人。
21 旅の船。
22 舵を左・右へとさかんにあやつり。
23 垣根のように並べた楯。
24 先がかすむほど波が果てしなく広がった中に。
25 船がすれあうほど船首・船尾を並べているので。
26 船の帆陰になり対岸の

元宋朝《げんそうちょう》を亡ぼせし黄河《こうが》の兵もこれには過ぎじと、目を驚かして見る処《ところ》に、[29]鹿嶋岡《かしまのおか》、[30]鵯越《ひよどりごえ》、[31]須磨《すま》の上野《うえの》より、[32]二引両《ふたつひきりょう》、[33]四目結《よつめゆい》、[34]片折違《かたすじかい》、[35]巴《ともえ》、[36]寄懸《よせかか》り輪違《わちがい》の旗、[37]六、七百流れ飛揚《ひよう》して、片々《へんぺん》たるその影に、雲霞《うんか》の兵 轡《くつばみ》を並べてぞ寄せ来たる。

海上《かいしょう》の兵、陸地《くがち》の(勢《せい》)、思ひしよりもおびたたしく、聞きしにもなほ過ぎたれば、官軍、御方《みかた》を顧《かえり》みて、[38]退屈《たいくつ》してぞ覚えたる。されども、義貞朝臣《よしさだあそん》も正成《まさしげ》も、[39]大敵《たいてき》を見ては欺《あざむ》き、小敵《しょうてき》を見ては侮《あなど》らざる[40]世祖光武《せいそこうぶ》の心の様《よう》、写して得たる勇者なれば、少しも機[41]を失ひたる気色《けしき》なくして、先《ま》づ[42]和田《わだ》の御崎《みさき》の小松原《こまつばら》に打ち出でて、閑《しず》かに手分けをぞせられける。

[43]脇屋左京大夫義助《わきやさきょうのだいぶよしすけ》を大将として、末々《すえずえ》の一族二十三人、その勢《せい》五千余騎、[44]経島《きょうのしま》にひかへらる。[45]大館左馬助《おおたちさまのすけ》を大将として、相随ふ一族十六人、その勢三千余騎、[46]燈籠堂《とうろうどう》の南の浜にひかへらる。一方には、楠 判官《くすのきほうがん》正成、わざと他《た》の勢を交へず七百余

紀州の山も見えない。

27 中国、三国時代に呉・蜀の連合軍と魏が戦った赤壁(湖北省赤壁市)の戦い。

28 元が宋を滅ぼした黄河の戦い。

29 玄玖本「鹿松(カシマ ツノ)岡」。兵庫県神戸市長田区鹿松(かしま)町。

30 神戸市兵庫区から北区一帯の地。

31 神戸市須磨区の須磨寺(上野山〈じょうやさん〉福祥寺)のある山。

32 足利の紋。本巻・5、参照。

33 宇多源氏、佐々木の紋。目結(くくり染めの白抜き)を四つ並べた紋。

34 直違(すじかい)紋に同じ。二個の直線を斜めに交差させた紋。

35 宇都宮、小山、結城の紋。

騎、[47]湊川《みなとがわ》の西の宿《しゅく》に陣を張つて、陸地の敵に相向かふ。新田左《にったさ》中将義貞《ちゅうじょうよしさだ》は、惣大将《そうだいしょう》にておはしましければ、諸将の命《めい》を行ひて、その勢二万騎、和田の御崎に[48]帷幕《いばく》を引いて陣を張る。

さる程に、海上の船ども、帆を下ろして礒《いそ》近く漕ぎ寄すれば、陸地の勢も、旗を靡《なび》かして相進む。両陣互ひに攻め寄せて、先づ澳《おき》の船より大鼓を鳴らし、時《とき》の声《こえ》を挙ぐれば、陸《くが》の搦手《からめて》五十万騎、請《う》け取《と》つて声をぞともに合はせたる。その声三度《みたび》になりければ、官軍また五万余騎、楯の板、[49]胡簶《えびら》を扣《たた》いて時を作る。敵御方《みかた》の時の声、南は淡路《あわじ》の[50]絵島《えじま》、[51]鳴渡《なると》の奥《おき》、西は播磨路《はりまじ》、須磨の[52]板屋戸《いたやど》、東は摂津国《つのくに》[53]生田《いくた》の森《もり》、四方三百余里に響《ひび》き渡《わた》つて、[54]天維《てんい》も忽《たちま》ちに落ち、坤軸《こんじく》も砕《くだ》けて傾《かたぶ》くかとぞ聞こえける。

36 二つの輪を寄せて重ねた紋。高(高階)氏の紋。
37 六、七百本。流れは、旗を数える語。
38 戦意を失って。
39 「平生小敵を見るも怯え、今大敵を見て勇む」(後漢書・光武帝紀)。
40 後漢の初代皇帝。王莽を亡ぼして漢を再興した。
41 士気を失う様子はなく。
42 神戸市兵庫区和田岬の松林。
43 新田義貞の弟。
44 和田岬の近くに平清盛が築いた人工の島。
45 氏明。新田一族。
46 平清盛が、和田岬で万燈会を行った古跡。経島の築造工事で死んだ人びとを弔った寺。
47 神戸市兵庫区湊川町。
48 陣幕。
49 箙(えびら)。矢を入れて背

本間《ほんま》重氏《しげうじ》鳥《とり》を射《い》る事　9

足利新田《あしかがにった》両家の兵ども、互ひに相支《あいささ》へて未だ戦はざる処《ところ》に、本間《ほんま》[1]孫四郎重氏《まごしろうしげうじ》、黄河原毛《きかわらげ》[2]なる馬の太く逞《たくま》しきに、紅下濃《くれないすそご》[3]の冑《よろい》着て、ただ一騎、和田《わだ》の御崎《みさき》の浪打《なみう》ち際《ぎわ》に打つて出でて、馬の蹄《ひづめ》を渚《なぎさ》の波にひたして、白泡《しらあわ》かませてひかへたる処に、

雎《みさご》[4]一羽浪の上に飛び落ちて、二尺ばかりなる魚《うお》を一つ爴《つか》んで澳《おき》の方《かた》へ飛び行きける処に、重氏思ひけるは、この大事の中にて、この鳥を射て人に見せばやと思ひ、上差《うわざし》[5]の鏑《かぶら》を一つ抜き出だいて、二所籐《ふたところどう》[6]の大弓《おおゆみ》に取つて番《つが》ひける処に、鳥漸《ようや》く遠ざかり、波の上六、七町[7]延びぬらんと見ゆる程になりければ、鐙《あぶみ》[8]を波超《こ》すばかり潮《うしお》に懸《か》け浸《ひた》して、追様《おっさま》[9]に懸鳥《かけどり》にぞ射たりける。わざと生けながら射落とさんとや思ひけん、鏑はひやうど長鳴りして、

負う道具。
50　兵庫県淡路市岩屋にある島。月の名所。
51　淡路島南の鳴門海峡。
52　神戸市須磨区板宿町の辺。南に山陽道が走る。
53　神戸市中央区生田神社の周辺。
54　天維は、天を支える綱。坤軸は、地軸。

9

1　底本「本馬」。後出「本間」(他本同じ)に従う。名は、神田本・玄玖本「資氏」。流布本「重氏」。神奈川県厚木市に住んだ武士。新田方。
2　黄色がかった河原毛(朽ち葉色を帯びた白毛で、たてがみと尾が黒)の馬。
3　紅色の縅(おどし)の革を下方ほど濃く染めた鎧。
4　海辺などに住むタカ科

雲海《うんかい》に遠ざかる鳥の[10]片羽《かたは》交《が》ひをはたと射切つて、鏑は[11]大内介《おおうちのすけ》が船の帆柱に、一揺《ひとゆ》り揺りてぞ立つたりける。雎は魚を瞰みながら、将軍の御座船《ござぶね》の右手に傍《そ》うてありける大友《おおとも》が船の屋形の上に落ちて、鳥は片羽を煽《あお》りて走りふためきけり。

本間これを見て、大音《だいおん》を揚《あ》げて呼ばひ、立ち揚がつて申しけるは、「将軍、筑紫《つくし》より御上洛《ごしょうらく》候へば、定めて[12]鞆《とも》、尾道《おのみち》の傾城《けいせい》は多く召し具せられ候ふらん。そのために御肴《おんさかな》を推《お》して進《まいら》せ仕《つかまつ》り候ふ」とぞ呼ばはりける。敵御方《みかた》、陸《くが》、海の上、「あ射たり、射たり」と感ずる声、且《しばら》くは鳴りも静まらず。将軍、これを見給ひて、「わが弓勢《ゆんぜい》の程を見せんと、この鳥をば射たれども、御方の船中に落ちたるは、吉事《きちじ》とこそ覚ゆれ。[13]いかさまこれはいかなる者ぞ。名を聞かばや」と仰せられければ、[14]小早川《こばいかわの》七郎《しちろう》、船の艫《とも》に立ち出でて、「比類なく見所あつて遊ばされつるものかな。さても御名字《おんみょうじ》をば誰《たれ》と申し候ふやらん。承《うけたまわ》らば

の鳥。背面は茶褐色。
5　箙(えびら)に差す矢のうち、表側の二本の鏑矢(かぶらや)。
6　弓の籐の巻き方の一つ。二箇所ずつ一定の間をおいて籐を巻いた弓。
7　一町は、約一〇九メートル。
8　鞍につり下げて足を乗せる馬具。
9　飛ぶ鳥(懸鳥)を追うように射た。
10　片方の羽の付け根。
11　大内弘幸。周防の豪族。
12　鞆(広島県福山市鞆町)と尾道(尾道市)の遊女。
13　ともあれ。
14　桓武平氏土肥の一族で、安芸・備後の武士。

や」と申しければ、本間《ほんま》、馬をば[15]汀《みぎわ》の沙《いさご》に打ち揚げ、[16]弓杖《ゆんづえ》にすがり、「その身人数《ひとかず》ならず候へば、名字《みょうじ》を申し候ふとも、誰とも御存知《ごぞんち》候はじ。但し、弓矢取りては坂東《ばんどう》八ヶ国の中に、名を御存知候ふ人も御渡り候ふらん。この矢にて御覧候へ」とて、[17]五人張りに十五束三伏《そくみつぶせ》引きしぼりて、二引両《ふたつひきりょう》の旗打つ立てたる船を指してぞ放ちける。その矢、海上《かいしょう》五、六町を射渡して、将軍の御船に漕ぎ並べたる[18]佐々木筑前守《ささきちくぜんのかみ》が[19]舷《ふなばた》を篦《の》摺《ず》りして、上《あ》げ様《ざま》に行きて、屋形の外に立つたる兵の冑《よろい》の[20]草摺《くさずり》に裏をぞ掻かせたる。

将軍、この矢を取り寄せて見給ふに、「相模国《さがみのくに》の住人、本間《ほんま》孫四郎重氏《まごしろうしげうじ》」と、小刀の鋒《さき》にて[21]矢箆《やの》にぞ書いたりける。諸人《しょじん》、この矢を取り伝へて、「[22]あないぶせ。いかなる不運の者が、鏃《やさき》に廻《まわ》つて死なんずらん。[23]この船の中の輩《ともがら》をば放るまじき」とて、[24]かねて胸をぞ冷やしける。本間孫四郎、扇を揚げて、澳《おき》の方を

15 なぎさの砂。
16 弓を杖がわりにして。
17 五人がかりで張る強い弓に、十五束三伏(束は一握りで親指を除いた指四本、伏は指一本の幅)の長い矢。矢は十二束を標準とした。
18 信胤。備前の佐々木一族。
19 船端を矢がら(矢竹)がこすって。
20 草摺(鎧の胴に垂れ下げて腿を守る防具)の裏に突き通った。
21 矢がら(矢竹)。
22 ああ恐ろしい。
23 この船の中の誰か。
24 早くも肝を冷やした。

麾《さしまね》いて、「合戦の最中にて候へば、矢の一つも惜しく存じ候ふ。その矢、こなたへ返させ給ひ候へ」とぞ招きける。将軍、これを聞き給ひて、「御方《みかた》には、この矢返すべき程の者誰《たれ》かある。[25]さすが多勢と云ひながら、東国《とうごく》四十余[26]頭《とう》、九国《くこく》三十余頭、その外《ほか》、中国、四国、北国《ほっこく》の輩《ともがら》、大略残り少なくこそ相随ふらめ。この内に、この矢射る程の者、などかなかるべき。射返し候へ」と仰せられければ、皆[27]片唾《かたず》を呑んで音もせず。[28]高武蔵守《こうのむさしのかみ》師直《もろなお》、畏《かしこ》まつて申しけるは、「本間が射て候はんずる遠矢《とおや》を、同じき[29]坪《つぼ》に射返し候はんずる者、東国の兵の中にはなほも候ふらん。但し、佐々木《ささき》筑前守信胤《ちくぜんのかみのぶたね》こそ、西国一《さいごくいち》の[30]精兵《せいびょう》にて候ふなれ。かれを召されて、仰せ付けられ候へかし」と申しければ、「尤《もっと》もしかるべし」とて、佐々木信胤をぞ召されける。

信胤、召しに随つて御船に参りたり。将軍、近く召されて、かの本間が矢を給はつて、「この矢返すべき[31]仁《じん》候はず。射返さ

25 それほどの大軍勢ということだから。
26 武士団の頭領をかぞえる語。
27 固唾。
28 師重の子。尊氏の執事(家老)として、初期足利政権で権勢を振るう。
29 矢坪(矢のねらい所)。
30 弓を強く引く兵。
31 人。

れ候へ」と仰せられければ、信胤《のぶたね》畏《かしこ》まつて、叶《かな》ひ難《がた》き由《よし》再三辞しけれども、強《し》ひて仰せられければ、辞するに処《ところ》なくして、己れが船に立ち帰り、[32]火威《ひおどし》の鎧に、鍬形《くわがた》打つたる甲《かぶと》の緒《お》をしめ、[33]銀《しろかね》の竿《つく》打つたる繁籐《しげどう》の弓の反高《そりだか》なるを、帆柱《ほばしら》に当ててきりきりと押し張り、件《くだん》の矢を取り添《そ》へて、船の舳前《へさき》に立ち出でて、[34]弦食《つるく》ひ湿《しめ》したる体《てい》、誠《まこと》に射つべくぞ見えたりける。

かかる処に、いかなる[35]推参《すいさん》の者にてかありけん、小舟を佐々《さ さ》木《き》が船の真前《まっさき》に漕《こ》ぎ出《い》だして、「讃岐勢《さぬきぜい》の中より申し候ふ。先《ま》づこの矢一つ請《う》けて、弓勢《ゆんぜい》の程御覧ぜよ」と、高く呼ばはつて、声と均《ひと》しく鏑《かぶら》をぞ一つ射出だしたる。佐々木も暫《しばら》く弓を引かず、これを見る。諸人も「あはや」と見る程に、[36]胸板《むないた》に弦《つる》をや打ちたりけん、元来《がんらい》[37]小兵《こひょう》にやありけん、その矢、敵の前へ二町までも行き付けず、中《ちゅう》より落ちて、浪の上にぞ浮かびける。本間《ほんま》が後ろにひかへたる勢《せい》二万余騎、同音《どうおん》に「あ射たり、射たり」

32 緋色の糸で縅(おど)した鎧に、鍬形の前立物(まえだてもの)＝兜正面の飾り)をつけた兜。
33 銀のつく(つがえた矢を固定する折れ釘状の金具)をつけ、籐を繁く巻いて漆で固めた弓。反高は、弦をはずした時に高く反りかえる強弓。
34 弦を口につけて湿らせた様子。
35 でしゃばり。
36 鎧の胴の最上部の板。
37 力の弱い射手。

と嘲《あざけ》り咲《わら》ふ声、且《しばら》くは休《や》まざりけり。かかりしかば、この後《のち》は、「[38]なかなか射ても曲《きょく》なし。略せよ」とて、佐々木が遠矢《とおや》をば止《や》められけり。

さる程に、さきの推参の者、御方《みかた》の面《つら》を汚《よご》し、敵御方に笑はれ悪《にく》まれければ、恥を雪《きよ》めんとや思ひけん、小舟一艘に二百人ばかり取り乗つて、経島《きょうのしま》へ差し寄せて、同時に礒《いそ》へ飛《と》び下《お》りて、敵の真中《まんなか》へ打つて懸かりければ、[39]脇屋京兆義助《わきやけいちょうよしすけ》の兵五百余騎、これを中に取《と》り籠《こ》めて、[40]弓手馬手《ゆんでめて》に相付けて、手綱《たづな》を廻《まわ》してぞ射たりける。二百余人の者ども、心は勇めども、射手《いて》も少なく徒立《かちだち》なれば、馬武者の蹄《ひづめ》に懸け悩まされて、一人も残らず討たれにけり。乗り捨てたる舟は、空しく礒《いそう》打つ波にぞ漂ひける。

[41]細川卿律師定禅《ほそかわきょうのりっしじょうぜん》、これを見て、「続く者なければこそ、[42]若干《そこばく》の御方は討たせつれ。[43]いつを期《ご》すべき合戦ぞや。[44]揚《あ》がり場《ば》のよからんずる所へ船を着けて、馬を追ひ下ろし追ひ下ろし、打

38　(これでは)なまじ射てもおもしろくない。とりやめよ。
39　京兆は、京の長官(左・右京大夫)の唐名。
40　弓を持つ左手側と、馬の手綱をもつ右手側の両方から。
41　四国勢の大将。頼貞の子。
42　多くの。
43　いまこそ戦う時だ。
44　上陸するのに都合のよさそうな所。

つて上がれ」と下知《げじ》せられければ、四国の兵ども、大船七百艘、[45]紺部《こんべ》の浜《はま》より上がらんとて、[46]渚《みぎわ》に添うてぞ上がりける。[47]兵庫《ひょうごの》島《しま》三ヶ所にひかへたる官軍五万余騎、船の敵を上げ立てじ[48]と、漕ぎ行く船に随ひ、遮《さえぎ》つて渚を東へ打つて行く間、船路《ふなじ》の勢《せい》は、自然に追つて進む体《てい》に見え、陸地《くがち》の官軍は、ひとへに逃げて引くとぞ見えたりける。

海と陸と両陣互ひに相伺《あいうかが》うて、渚に付いて上がれば、新田左《にったさ》中将義貞《ちゅうじょうよしさだ》、楠判官正成《くすのきほうがんまさしげ》、両陣その間《あいだ》遠ざかりて、兵庫島の舟着《ふなつき》には、支《ささ》ふる勢《せい》もなかりけり。これによつて、九国《くこく》、中国の兵船《ひょうせん》六千余艘、和田《わだ》の御崎《みさき》へ漕ぎ寄せて、同時に陸にぞ揚《あ》がりける。

正成討死《まさしげうちじに》の事 10

45 神戸。摂津国八部郡神戸郷。兵庫県神戸市中央区の生田神社近くの浜。
46 底本「河」。神田本により改める。玄玖本・流布本「礒」。
47 経島のこと。
48 上陸させまい。

10

楠判官正成、舎弟[1]正氏《まさうじ》に向かつて申しけるは、「敵[2]前後《ぜんご》を遮《さえぎ》つて、御方《みかた》に陣を隔《へだ》たりたり。今は遁《のが》れぬ所と覚ゆるぞ。いざや、先《ま》づ前なる敵を一散《ひとち》らし追《お》ひ捲《まく》つて、後ろなる敵に闘はん」と申しければ、正氏、「尤《もつと》もしかるべし」と同《どう》じければ、七百余騎を前後に立てて、大勢《おおぜい》の中へぞ懸け入りける。

左馬頭直義《さまのかみただよし》の兵ども、[3]菊水《きくすい》の旗《はた》に[4]見会《みあ》ふを幸ひの敵と思ひければ、取《と》り籠《こ》めて討たんと懸け合はせ、思ひ思ひに[5]揉《も》みけれども、正成、正氏は、元来《もとより》[6]名士《めいし》なれば、小勢《こぜい》なれども、ちとも[7]漂《ただよ》はず、東西へ破《わ》つて通り、南北へ[8]追《お》ひ靡《なび》けて、「よき敵と見えんをば、馳《は》せ並《なら》べて[9]組んで落ちよ。[10]会はぬ敵と思はんをば、一太刀《ひとたち》打つて懸け散らせ」と下知《げじ》して、正成、正氏、[11]面《おもて》も振らず、七つ寄り八つ寄せてぞ攻め合ひける。その心、ひとへに左馬頭に近づかば、組んで討たんと思ふ処《ところ》にあり。されば、[12]大軍を率《ひき》ゐる名将なれども、楠が勇猛に勝《すぐ》れねば、左馬頭五十万騎、

1 流布本「正季」。梵舜本・群書類従本「橘氏系図」など「正氏」。
2 敵が我々の前後をふさいで、味方とは陣が隔たってしまった。
3 楠の紋。

菊水

4 出くわす。
5 激しく攻めたが。
6 評判の勇士。
7 ひるまず。
8 追い散らして。
9 組み打ちして馬から落とせ。
10 格下の敵。
11 わき目も振らず、何度も何度も攻撃をかけた。
12 直義は大軍を率いる名将だが、楠の武勇には劣るので。

正成《まさしげ》が七百余騎に懸け散らされて、須磨《すま》の上野《うえの》へ引き退く。

大将左馬頭《さまのかみ》、いかがしたりけん、[13]蹄《ひづめ》の際《きわ》射させて、右の前足を曳《ひ》きける間、楠《くすのき》が兵ども攻め近づいて、[14]すでに討たれぬべく見えける処《ところ》に、[15]薬師寺《やくしじ》十郎次郎《じゅうろうじろう》、ただ一騎返し合はせて、馬より飛んで下《お》り、二尺五寸の[16]小長刀《こなぎなた》の石突《いしづき》を取り延べて、懸かる敵の馬の[17]平頸《ひらくび》、[18]胸懸《むながい》のはづれ切つて廻《まわ》り、突き落とし、七、八騎が程打ち落としければ、その隙《ひま》に、直義朝臣《ただよしあそん》、馬を乗り替へて、遥《はる》かに[19]伸《の》び給ひにけり。

左馬頭の兵、正成に追《お》ひ靡《なび》けられて引き退くを、将軍、遥かに見給ひて、「大将の引くをば見ぬか。人々[20]荒手《あらて》を入れ替へて攻め返せかし。直義討たすな」と下知《げじ》せられければ、この詞《ことば》を聞きもあへず、われもわれもと懸け合はする人々には、一家《いっか》に、[21]吉良《きら》、石塔《いしどう》、渋川《しぶかわ》、荒川《あらかわ》、小俣《おまた》、今川《いまがわ》、一色《いっしき》、岩松《いわまつ》、仁木《にき》、畠山《はたけやま》、外様《とざま》には、[22]大友《おおとも》、厚東《こうとう》、大内介《おおうちのすけ》、土岐《とき》、赤松《あかまつ》、千葉《ちば》、小《お》

13 馬の足の、蹄の上。
14 今にも打たれてしまいそうに見えたところへ。
15 名は公義（きんよし）。小山一族か。高師直の家来。歌人で「元可法師集」（公義集）がある。
16 短い長刀の柄の先端を持ち長くさしのばして。
17 馬の首のたてがみの下、左右平らな部分。
18 馬の胸から鞍にかける紐。
19 逃げのびる。
20 新手。ひかえの新しい軍勢。
21 以下は、足利一族。
22 大友は豊後、厚東は長門、大内は周防、土岐は美濃、赤松は播磨、千葉は下総、小山は下野、小田・佐竹は常陸の豪族。

山《やま》、小田《おだ》、佐竹《さたけ》の人々、おのおの手勢の中を分《わ》け勝《すぐ》つて七千余騎、湊川《みなとがわ》の東へ打ち出でて、[23]跡を切らんとぞ取り巻きける。

楠兄弟、また[24]色も替へず取つて返し、大勢《おおぜい》の荒手に打つて懸かる。大勢はこれを見て、「すでに[25]前《さき》に機力《きりょく》を悩ます小勢《こぜい》の、荒手をも替へず、心の勇猛なるを先として返し合はする者なり。戦はずして[26]開き合はせて、後ろへ抜かさず懸《か》け籠《こ》めて、矢種《やだね》を尽《つ》くし、人馬《じんば》の機を尽くさせよ」と定めてければ、正成が兵、思ひ切つて懸け入り、[27]馳《は》せ合《あ》はすれば、懸け違ひ、馳せ開いては引《ひ》つ裹《つつ》む。楠、いよいよ猛き心を振るひ、[28]根機《こんき》を尽くして、左に打つて懸かり、右に取つて返し、前を破り、後ろを払ふ。敵、[29]あながち戦はんとはせねども、思ひ切つたる小勢《こぜい》なれば、抜け違ひ、懸け廻りければ、組んで落ち、切つて落とすも多かりけり。人馬の息を継《つ》がせず、[30]三時《みとき》ばかりぞ揉み合ひける。されば、その勢《せい》次第に減じて、わづかに七十余騎にぞなりにける。

23　楠の退路を絶とうと。
24　ひるむことなく。
25　戦う力を使い果たした小勢で、新手に入れ替えもせず、ただ勇敢な気力だけで応戦してくる者だ。
26　軍勢を散開させて、敵を後ろへ突破させずに包囲して。
27　楠軍が駆け合わせると、駆け違い、軍勢を開いて包囲した。
28　気力の限りを尽くして。
29　むやみに。
30　約六時間。

この勢《せい》にても、[31]なほ打ち破つて落つべかりけるを、楠《くすのき》、京を出でしより、世間の事今はこれまでと思ひ切りければ、一足《ひとあし》も引かんとはせず、なほも返し合はせ返し合はせ、所々《しょしょ》にて手のかぎり闘つて、[32]機すでに疲れければ、湊川《みなとがわ》の北に当たつて、[33]在《ざい》家《け》の一村《ひとむら》ありける中へ走り入り、腹を切らんとて、甲《よろい》を脱《ぬ》いでわが身を見れば、斬疵《きりきず》、射疵《いきず》、十一ヶ所までぞ負うたりける。この外《ほか》、舎弟已下《いげ》七十余人の者どもも、五ヶ所、十ヶ所、疵を被《こうぶ》らぬもなかりけり。

　楠の一族宗徒《むねと》の者ども十六人、手の者五十余人、思ひ思ひに並び居て、押膚脱《おしはだぬ》いで念仏申し、一度に腹をぞ切りにける。正《まさ》成《しげ》、正氏《まさうじ》兄弟も、すでに腹を切りけるが、正成、舎弟正氏が顔を打ち見て、「そもそも最後[34]の一念によつて、善悪の生《しょう》を得《う》と云へり。[35]九界《くかい》の中には、いづこをば御辺《ごへん》の願ひなる」と問ひければ、正氏、打ち笑うて、「[36]七生《しちしょう》までも、ただ同じ人界同所《にんがいどうしょ》に

31　まだ敵を打ち破って落ちのびることはできたが。

32　精も根も尽き果てたので。

33　民家。

34　臨終の一念次第で、来世での生まれの善し悪しが決まるという。

35　迷いと悟りの世界を分けた十界のうち、仏界を除いた残りの世界。地獄・餓鬼・畜生・修羅・人間・天上(以上が迷界)・声聞・縁覚・菩薩(以上が悟界)。迷界の六道を衆生は輪廻する。

36　七たび生まれ変わっても、同じ人間界に生まれて。七は、六道輪廻を超える数で、未来永劫の意。

託生《たくしょう》して、つひに朝敵をわが手に懸けて亡ぼさばやとこそ存じ候へ」と申しければ、正成、よにも快《こころよ》げなる顔色《がんしょく》にて、「[37]罪障《ざいしょう》はもとより膚《はだえ》に受く。悪念《あくねん》も機縁《きえん》の催《もよお》すによる。生死《しょうじ》は念力《ねんりき》の曳《ひ》くに順《したが》ふ。尤《もっと》も欣《よろこ》ぶ処《ところ》なり。いざさらば、[38]須臾《しゅゆ》の一生を替へ、忽《たちま》ちに同じき生《しょう》に帰つて、この本分《ほんぶん》を遂せん」と契《ちぎ》つて、兄弟手に手を取り組み、差し違へて同じ枕に臥しにけり。

[39]菊池七郎武朝《きくちのしちろうたけとも》は、兄肥前守《ひぜんのかみ》が使ひに、須磨口《すまくち》の合戦の体《てい》を見に来たりけるが、正成が腹を切る所へ行き合ひて、いかでかこの体《てい》を見捨て、をめをめとは帰るべきとて、[40]やがて下人《げにん》に、「この様《よう》を、兄に急ぎ走り帰つて告げよ」と云ひて、火を取つてその家《や》に差《さ》し付《つ》けて、同じく自害をして焔《ほのほ》の中に臥しにけり。

そもそも元弘《げんこう》よりこのかた、忝《かたじけ》なくも[41]この君に憑《たの》まれ奉つて、忠を致し功に誇《ほこ》る輩《ともがら》、幾千万の人ぞや。しかれども、またこの乱出で来て後《のち》、仁《じん》を知らぬ者は、[42]朝恩《ちょうおん》を棄てて忽ちに敵に属《しょく》し、

37　罪業は肌身にしみ込んでいる。煩悩も時と場合による。来世は最期の一念で決まる。

38　つかのまの一生をおえて、すぐさま人間界に帰ってこの念願を遂げよう。

39　「菊池系図」は、このとき戦死したのを、菊池七郎武吉とする（武朝は、「菊池武朝申状」〈一三八四年〉の執筆者で、時代が合わない）。兄肥前守は、武吉の兄武重。

40　ただちに。

41　後醍醐帝。

42　朝廷の恩。

43勇《ゆう》を得ざる輩《ともがら》は、苟《いやしく》も死を遁《のが》れんとて却《かえ》つて刑戮《けいりく》に遭《あ》ふ。智なき者は、時の変を弁《わきま》へずして、44自《みずか》ら迷ひ進み退く処《ところ》に、45智仁《ちじん》勇《ゆう》の三徳《さんとく》を兼ねて、死を善道《ぜんどう》に守り、功を天朝《てんちょう》に播《ほどこ》す事は、古《いにし》へより今に至るまで、正成程《まさしげほど》の者は未だあらず。就中《なかんずく》、46国の興《こう》廃《はい》、時の機分《きぶん》をかねて量《はか》り、遁《のが》れぬべき処を遁れずして、兄弟ともに失せけるこそ、誠《まこと》に47王威武徳《おういぶとく》を傾《かたぶ》くべき端《はし》なれと、眉を顰《ひそ》めぬ人はなかりけり。

義貞朝臣以下《よしさだあそんいげ》の敗軍等《はいぐんら》帰洛《きらく》の事 11

さる程に、楠 正成《くすのきまさしげ》すでに討たれしかば、官軍力を失ふ由《よし》、やがて新田《にった》、早馬《はやうま》を立てて注進《ちゅうしん》しければ、京都の仰天斜《ぎょうてんなの》めならず。しかれども、新田相支《あいささ》へらるるを憑《たの》み思し召《おぼめ》しけり。

かかりければ、将軍、左馬頭《さまのかみ》、一所《いっしょ》になつて、新田左中将《にったさちゅうじょう》に

43 臆病な者は、一時的に死を逃れようとして降参して刑罰を受ける。
44 自分の進退に迷う中にあって。
45 智仁勇の三徳を守って、大義の正道に殉じ、朝廷に武勲を立てること。「智仁勇の三は天下の達徳なり」(中庸)、「死を善道に守る」(論語・泰伯)。
46 国家の興廃の機運を前もって察し。
47 帝の威光が武の徳を失うであろう端緒であると。

懸かり給ふ。義貞、義助《よしすけ》、これを見給ひて、「紺部《こんべ》の浜《はま》より上ぐる敵は、旗の[1]文《もん》を見るに、四国、中国の者どもと覚えたり。湊川《みなとがわ》より懸かる勢《せい》こそ、足利《あしかが》兄弟と覚ゆれ。これこそ願う所の敵なれ」とて、[2]脇《わき》の浜《はま》より取つて返して、生田《いくた》の森《もり》に後ろを当て、四万余騎を三手《みて》に分けて、敵を三方《さんぼう》にぞ請《う》けられける。

両陣互ひに勢ひを振るうて、時《とき》を作り声を合はす。先《ま》づ一番に、[3]大館左馬助《おおたちさまのすけ》、江田兵部大輔《えだひょうぶのたいふ》、三千余騎にて、[4]仁木《にき》、細川《ほそかわ》、斯波《しば》、渋川《しぶかわ》六万余騎に懸け合はせて、火を散らして闘つて、両方へさつと引き退く。

二番に、[5]中院中将定平《なかのいんちゅうじょうさだひら》、大井田《おいだ》、里見《さとみ》、鳥山《とりやま》、五千余騎にて、[6]高《こう》、上杉《うえすぎ》、佐々木《ささき》、赤松《あかまつ》八万余騎が真中《まんなか》に馳《は》せ入《い》つて、[7]半時《はんとき》ばかり黒煙《くろけぶり》を立てて揉み合うたり。

三番に、[8]脇屋左京大夫《わきやさきょうのだいぶ》、宇都宮治部大輔《うつのみやじぶのたいふ》、菊池肥前守《きくちひぜんのかみ》、[9]土《ど》居《い》、得能《とくのう》、一万余騎にて、[10]典厩《さまのかみ》、吉良《きら》、石塔《いしどう》、畠山《はたけやま》、小俣《おまた》、一《いっ》

11

1 紋。

2 兵庫県神戸市中央区脇浜町の海岸。

3 大館氏明と江田行義。新田一族。

4 足利一族。

5 定成の子。村上源氏。大井田以下は、新田一族。

6 高は、足利譜代の家臣。上杉は、尊氏・直義の外戚。佐々木は、佐々木（京極）道誉か。赤松は円心の一族。

7 一時間ほど。

8 脇屋義助、宇都宮公綱、菊池武重。

9 ともに伊予の河野一族。

10 典厩は、馬寮(めりょう)の唐名。左馬頭直義をさす。吉良以下は、足利一族。

色《しき》十万余騎に懸け合はせて、天を響《ひび》かし地を動かし、或いは引つ組んで首を取るもあり、取らるるもあり、或いは討ち違へて死ぬるもあり。[11]両虎二龍《りょうこじりゅう》の戦ひに、討たるる者多ければ、両陣東西に引き退いて、人馬《じんば》の息をぞ休めける。

新田義貞《にったよしさだ》見給ひて、「[12]荒手《あらて》の兵すでに尽《つ》きて、闘ひ未だ決せず。これ義貞が自ら当たる処《ところ》なり」とて、二万余騎を左右に進め、将軍の二十万余騎が中に懸け入り、兵刃《へいじん》互ひに交へて、[13]旄《ぼう》戟《げき》争ひ翻《ひるがえ》る。ともに[14]命を鴻毛《こうもう》よりも軽《かろ》くして、義を金石《きんせき》に比して闘ふなり。これは官軍の惣大将《そうだいしょう》として、[15]新田の家嫡《かちゃく》なり。かれは[16]武家の上将《じょうしょう》として、足利《あしかが》の正統《しょうとう》なり。されば、名と云ひ、家と云ひ、互ひに相争ふべき器《うつわ》なり。仍《すなわ》ち互ひに自《みずか》ら相当たる軍《いくさ》なれば、おのおのその身を顧みず、射落とさるれども、矢を抜くに間《ひま》なし、組んで下になれども、落ち合はせて助くる者なし。ただ子は父を棄てて討ち合ひ、郎従《ろうじゅう》は主《しゅ》を扶《たす》けずして戦ひ、

11 二人の勇士の戦いのたとえ。
12 新手。ひかえの新しい軍勢。
13 旗と鉾(こほ)がきそって翻る。
14 命を鴻(おお)(とり)の羽毛より軽くして、節義を金石の如く重んじて。
15 新田家の嫡流。
16 全軍の首将。上将は、「官軍の総大将」新田に対して、武家方の首将の意。

馬の馳《は》せ違《ちが》ふ音は地を動かし、[17]馬煙《うまけぶり》は天を隔《へだ》つ。剣戟《けんげき》、刃《やいば》を合はする響《ひび》き、[18]姓名を揚《あ》げて檄《げき》する声、[19]乾坤《けんこん》に達す。弦音《つるおと》、[20]矢叫《やさけ》びは山海《さんかい》に応《こた》へておびたたし。

さる程に、[21]已前《いぜん》二、三度相戦《あいたたか》つて、暫《しばら》く人馬《じんば》の息を継《つ》がする両方の猛卒《もうそつ》ともに、互ひに今は[22]いつをか期《ご》して休息すべきとて、[23]四隊《したい》の敵と敵と、両方の士卒《しそつ》同時に相交はり、[24]大中黒《おおなかぐろ》と二引《ふたつひき》両《りょう》と東へ靡《なび》き、西へ流れ、礒山風《いそやまかぜ》に飛揚《ひよう》して、龍蛇《りゅうじゃ》の如くゆらめいて入り違ふ。両陣士卒の家々の紋《もん》の旗、入れ替へ入れ替へ乱れ合ふ。喩《たと》へば、[25]野分《のわき》に起き臥す尾花《おばな》の如し。両方の大軍懸け違ひ、混雑《あいまじ》はりければ、いづれを敵、いづれを御方《みかた》と互ひに見分くる者ぞ希《まれ》なりける。されども、官軍元来小勢《もとよりこぜい》なれば、命を捨てて戦ふと云へども、つひに懸け負けて、残る勢《せい》わづかに三千余騎、生田《いくた》の森《もり》の東より[26]丹波路《たんばじ》を差して、京都へこそ引かれけれ。

17　馬の蹴立てる土埃は天を隠した。
18　名乗りを上げてふれ告げる声。
19　天地を揺るがす。
20　矢を射たときの射手の喚声。
21　すでに。
22　いつまでも休んでいられない。
23　四方の全軍。
24　新田の旗と足利の旗。
25　秋の暴風に起きては倒れる薄（すすき）のようである。
26　丹波へ向かう道。
27　勝った勢いにまかせて。
28　義貞が退却する味方の

数万の敵軍、[27]勝《かつ》に乗つて、これを攻め追ふ事甚《はなは》だ急なりけり。されども、[28]いつもの事なれば、惣大将義貞《よしさだ》は、御方《みかた》の軍勢をば落とさんために、後陣《ごじん》に引き下がりて、返し合はせ返し合はせ闘ひける程に、義貞の乗られたる馬に、矢三筋《みすじ》まで負うたりければ、[29]小膝《こひざ》を折つて倒れにけり。義貞朝臣は、[30]求塚《もとめづか》の上におり立つて、騎馬の乗《の》り替《が》へを待ち給へども、かつて御方これを知らざりける上へ、[31]目に懸かる御方も折節《おりふし》遠かりければ、乗せんとする人ぞなかりける。

敵やこれを見知りけん、数百騎の兵争ひ進んで、中に取り籠《とこ》めて討たんとしけるに、義貞朝臣、近づく敵の真前《まっさき》に進みけるを、[32]よつ引《び》いて射られければ、[33]中冑《うちかぶと》にぞ射込まれける。[34]足も引かずして倒《まろ》びにける。[35]その勢ひに僻易《へきえき》して、近づく者はなかりけり。ただ十方より[36]矢ぶすまを作つて、遠矢《とおや》に射ける間、その矢雨の如くなり。しかれども、義貞は、[37]薄金《うすがね》と云ふ累代《るいだい》の甲《よろい》を

軍勢を落ちのびさせるために、いつも後方に残りとどまったことは、第十四巻・10、参照。

29 膝。「小」は接頭語。

30 神戸市灘区都通、求女塚西公園あたり。「大和物語」一四七段の生田川伝説の地。

31 義貞から見える味方の兵もその時遠くにいたので。

32 弓を十分に引きしぼって。

33 兜の正面の内側、額のあたり。

34 (敵は)馬を後ろへ引かずに前のめりに倒れた。

35 義貞の弓の勢いにしりごみして。

36 矢を透き間もなく一面に射かけること。

37 源氏累代の八領の鎧の一つ(保元物語上・新院為義を召さるる事)。薄い金

着、鬼切《おにきり》[38]と云ふ相伝《そうでん》の太刀を抜いて、甲突《よろいづ》[39]きを透《す》き間《ま》なく揺り合はせ、或いは立つ矢を射向《いむけ》[40]に受け留《と》め、或いは来たる矢を鬼切にて払《はら》ひ切《ぎ》りに切つて落とされければ、身には恙《つつが》もなかりけり。

ここに、小山田太郎高家《おやまだのたろうたかいえ》[41]、遥《はる》かにこれを見付けて、諸鐙《もろあぶみ》[42]を合はせて馳《は》せ来《き》たり、飛んで下《お》り、己れが馬に大将義貞を急ぎ昇《か》き乗《の》せ奉り、わが身は徒立《かちだち》になつて、追つ懸くる敵を防きけるが、敵あまたに取り籠められ、つひに討たれにけるとかや。その間に、義貞朝臣は、御方の敗軍に馳《は》せ加《くわ》はり、虎口《ここう》[43]の害を遁《のが》れて、且《しばら》く気をぞ継《つ》がれける。[44]

重《かさ》ねて山門臨幸《さんもんりんこう》の事　12

これより前《さき》に、正成討死《まさしげうちじに》の由《よし》、義貞朝臣早馬《よしさだあそんはやうま》にて注進《ちゅうしん》の後《のち》、

属板で縅（おど）した鎧。
38　源頼光に命じられた渡辺綱が、鬼の腕を切ったとされる源氏累代の名刀（第三十二巻・11）。
39　鎧を揺すって札（さね）の透き間をなくす動作。
40　鎧の左袖。
41　武蔵小山田（今の東京都町田市内）の武士。桓武平氏、秩父氏の一門。
42　両方の鐙で馬の腹を打って。馬を全速力で走らせる動作。
43　きわめて危険な状態を脱して。
44　流布本はこのあと、小山田が義貞の命に替わった理由を語る（「小山田太郎高家青麦を刈る事」）。

12
1　京都中が色を失い、後醍醐帝は困惑された。

[1]洛中《らくちゅう》色を損《そん》じ、宸襟《しんきん》を悩まされける。義貞《よしさだ》の防戦を、[2]さりともと憑《たの》み思《おぼ》し召《め》し、今朝《こんちょう》[3]やがて敵卒《にわ》かに競《きお》ひ近づくべしとは、上下思ひ寄らざる処《ところ》に、官軍の惣大将《そうだいしょう》義貞朝臣、わづかに千騎に足らず討ちなされて、すでに[4]引いて帰洛《きらく》せられければ、京中の貴賤《きせん》、思《おも》ひ儲《もう》けざる事のやうに、[5]騒動周章《そうどうしゅうしょう》斜《なの》めならず。男女東西に迷ひ、君臣[6]足手《あしで》を空《そら》にす。

官軍もし戦ひに利を失ふ事あらば、[7]去んぬる正月の如く、また山門《さんもん》へ幸《みゆき》成すべき由《よし》、[8]兼日《けんじつ》より議を定められければ、[9]延元《えんげん》元年五月二十五日、主上《しゅしょう》、[10]三種《さんじゅ》の霊器《れいき》を先立《さきだ》て奉つて、再び[11]龍駕《りょうが》を叡山《えいざん》に促さる。

[12]あさましや、[13]元弘《げんこう》元年には、武威《ぶい》に恐れて王者帝都《ていと》を出奔《しゅっぽん》し、同年には、すでに戎士《えびす》に囚《とら》はれましまして、遠島に宸襟《しんきん》を悩ましかども、皇位朽《く》ちせざれば、立《た》ち所《どころ》に[14]累代権柄《るいだいけんぺい》の戎士を亡ぼし、はじめて公家、天下を一統せられ、再び旧代《きゅうだい》に復せしに、

2 (正成が討死した)とはいえなんとか。
3 敵が急に勢いづいて近づくだろうとは。
4 退却して。
5 あわて騒ぐことはひととおりでない。
6 呆然として地に足がつかない。
7 建武三年(一三三六)正月。第十四巻・16、参照。
8 かねてから朝議を決めていたので。
9 北朝の建武三年。五月二十五日は、二十七日が正しい。第十七巻・1。
10 皇位継承のしるしである鏡・剣・玉の三種の神器。
11 帝の輿。
12 底本「於戯悲哉」。
13 元弘元年(一三三一)、笠置に臨幸した後醍醐帝が鎌倉幕府方に捕らえられ(第三巻・6)、隠岐に流さ

未だ三年《みとせ》をだに過ぎぬに、またこの乱出で来て、[15]四海《しかい》の民安《やす》き事を得ざりしに、[16]去んぬる正月の合戦に、朝敵《ちょうてき》敗北せしかば、これ聖徳《せいとく》の至れる所なり、今はよも上を犯さんと好み、乱を起こす者あらじとこそ覚えつるに、[17]西戎《せいじゅう》、また程なく襲来して、[18]半年が内に二度まで、天子都を避《さ》らせ給へり。今は日月《じつげつ》も昼夜を照らす事なく、君臣も上下を知らざる世になつて、仏法、王法ともに滅《めっ》すべき時分にやなりぬらんと、人皆《みな》心を迷はせり。

されども、今春《こんしゅん》も山門へ臨幸《りんこう》なつて防かれしかば、朝敵の猛威拉《とりひし》ぎ難《がた》しとて[19]或いは身を顧《かえり》み、或いは後足《うしろあし》を踏みしかども、[20]げには皇威《こうい》地に堕《お》ちざれば、程なく追罰《ついばつ》せられにき。[21]先代《せんだい》は九《く》代《だい》世を掌《たなごころ》にして、一門親類四海《しかい》にはびこりしかども、[22]この君の聖智《せいち》にてこそ、忽《たちま》ちに跡なく征罰《せいばつ》せられしか。[23]去年、東《とう》八ヶ国の大勢《おおぜい》を相順《あいしたが》へし上は、叛逆《ほんぎゃく》の最初にて勇力《ゆうりき》日に新《あら》たなりしかばこそ、官軍をも一旦《いったん》追《お》ひ靡《なび》けて攻《せ》め上《のぼ》りしかども、げに京

れたこと(第四巻・3)。
14　代々権勢を振るった東夷(北条氏)。
15　天下。
16　建武三年正月の、京都での後醍醐方と足利方の合戦。第十五巻・6－8。
17　西の戎《えびす》。九州から攻め上った足利軍のこと。
18　建武三年正月と五月の二度。
19　ある者は保身を考え、ある者は尻込みしたが。
20　実際には帝の威光が地に落ちなかったため、まもなく(朝敵は)撃退された。
21　先代の北条氏は九代の間天下を掌中にして。
22　後醍醐帝。
23　(尊氏は)去年関東の大軍を随えたのち、謀叛の当初は日々に勢いを増したので。
24　日ならず。まもなく。

洛にては、朝威《ちょうい》に圧《お》されて[24]不日《ふじつ》にこそ没落せしかば、さればまたさこそあらんずらんと、[25]不定《ふじょう》を憑《たの》む減《へ》らぬ体《てい》をし、空《そら》からくる本所《ほんじょ》の人のみ多かりけり。

[26]先度《せんど》不参《ふさん》の人々は、朝儀《ちょうぎ》に違《い》する輩《ともがら》のみ多かりし上、已前《いぜん》に程なく[27]無為《ぶい》の還幸《かんこう》ありしかばとて、今度は諸家《しょけ》の貴賤、諸道《しょどう》の輩、[28]官外記《かんげき》、[29]医陰《いおん》、諸社《しょしゃ》の司官《しかん》、[30]諸大夫《しょたいふ》の侍《さぶらい》、[31]諸門跡《しょもんぜき》の僧綱《そうごう》まで、われ劣らじとぞ山門《さんもん》へ争《あらそ》ひ参《さん》じける。臨幸《りんこう》の供奉《ぐぶ》に加はらざる人は、追ひ追ひにこそ参りけれ。元来《もとより》[32]弓箭《きゅうせん》の本末《もとすえ》を知る輩は、所を得たる事なれば申すに及ばず、軍《いくさ》をば未だ目にだに見ぬ卿相雲客《けいしょううんかく》、[33]諸亭《しょてい》の殿原《とのばら》も、ここにて手並みを顕《あらわ》さんずる由《よし》の[34]空義勢《そらぎせい》をぞ先とする。

今度山門の臨幸に参候《さんこう》する[35]宗徒《むねと》の人々には、[36]関白《かんぱく》左大臣《さだいじん》経忠《つねただ》公《こう》、[37]洞院《とういん》右大臣《うだいじん》公賢公《きんかたこう》、[38]吉田《よしだ》前内大臣《さきのないだいじん》定房公《さだふさこう》、[39]三条《さんじょう》大納言《だいなごん》公《きん》明公《あきらこう》、[40]洞院《とういん》権大納言《ごんのだいなごん》公泰公《きんやすこう》、[41]御子左《みこひだり》権中納言《ごんのちゅうなごん》為定卿《ためさだきょう》、[42]四条《しじょう》

25 不確かなことをあてにする懲りない様子で、むやみに武器などをもてあそぶ朝廷警固の滝口の武士。本所は、滝口の詰め所。
26 前回の叡山臨幸に参らなかった者は、朝恩の評議に漏れる者が多かったのに加えて。
27 何事もなく平穏なこと。
28 太政官の書記官。
29 医師（くすし）と陰陽師（おんみょうじ）。
30 五位の役人。
31 門跡寺の僧官。
32 武芸の嗜みのある者。
33 公家の諸家の人々。
34 から元気。
35 主だった人々。
36 近衛家平の子。
37 実泰の子。実世の父。
38 後醍醐帝の近臣。
39 実仲の子。
40 公賢の弟。
41 為世の孫、為通の子。

右衛門督《うえもんのかみ》隆資卿《たかすけきょう》、[43]徳大寺《とくだいじ》中納言《ちゅうなごん》公清卿《きんきよきょう》、[44]洞院《とういん》左衛門督《さえもんのかみ》実世卿《さねよきょう》、[45]西園寺《さいおんじ》左兵衛督《さひょうえのかみ》公重卿《きんしげきょう》、[46]菊亭《きくてい》中宮《ちゅうぐう》権《のごんの》大夫《だいぶ》実真《さねまさ》、[47]北畠《きたばたけ》別当《べっとう》顕家卿《あきいえきょう》、[48]吉田《よしだ》中納言《ちゅうなごん》光継卿《みつつぐきょう》、[49]坊門《ぼうもん》参議《さんぎ》藤原清忠卿《ふじわらきよただきょう》、同じき[50]実治《さねはる》卿《きょう》、[51]三条《さんじょう》坊門《ぼうもん》源《げん》宰相《さいしょう》中将《ちゅうじょう》通冬卿《みちふゆきょう》、[52]勧修寺《かじゅうじ》藤原《ふじわらの》経顕卿《つねあききょう》、[53]千《ち》種《くさ》宰相《さいしょう》中将《ちゅうじょう》忠顕卿《ただあききょう》、[54]禅林寺《ぜんりんじ》宰相《さいしょう》中将《ちゅうじょう》有光卿《ありみつきょう》、[55]葉室《はむろ》中宮《ちゅうぐうの》亮《すけ》長光卿《ながみつきょう》、[56]頭《とうの》大膳《だいぜんの》大夫《だいぶ》経秀朝臣《つねひであそん》、[57]日野《ひの》正三位《しょうさんみ》藤原資明卿《ふじわらのすけあきらきょう》、

[58]前官《ぜんかん》には、[59]前権大納言《さきのごんのだいなごん》藤原師基卿《ふじわらのもろもときょう》、[60]前権中納言《さきのごんのちゅうなごん》季雄卿《すえおきょう》、[61]藤原公雅卿《ふじわらのきんまさきょう》、[62]藤原冬房卿《ふじわらのふゆふさきょう》、同じき[63]公脩卿《きんなかきょう》、同じき[64]資親卿《すけちかきょう》、同じき[65]実任卿《さねとうきょう》、[66]平惟継卿《たいらのこれつぐきょう》、[67]前参議《さきのさんぎ》雅孝《まさたか》、[68]藤原光業卿《ふじわらのみつなりきょう》、同じき[69]実守卿《さねもりきょう》、同じき[70]資房《すけふさ》、同じき[71]俊氏《としうじ》、[72]源親光《みなもとのちかみつ》、[73]藤原光顕《ふじわらのみつあき》、[74]従三位《じゅさんみ》平宗経《たいらのむねつね》、[75]正四位下《しょうしいげ》藤原宗兼《ふじわらのむねかね》、[76]二位中将良忠《にいのちゅうじょうよしただ》、[77]正《しょう》三位《さんみ》兼高《かねたか》、[78]藤原房衡《ふじわらのふさひら》、同じき[79]経康《つねやす》、同じき[80]隆朝《たかとも》、[81]菅原在仲《すがわらのありなか》、[82]藤原宗緒卿《ふじわらのむねおきょう》、[83]伯三位《はくのさんみ》資継王《すけつぐおう》、[84]鼎王《あきらおう》、この外、房高《ふさたか》、実廉《さねかど》、清房卿《きよふさきょう》已下《いげ》、末々《すえずえ》の公卿《くぎょう》は注するに及ばず。

42 後醍醐帝の近臣。
43 実孝の子。
44 後醍醐帝の近臣。
45 公宗の弟。
46 実尹。兼季の子。
47 親房の子。南朝の忠臣。
48 光朝の子。
49 後醍醐帝の近臣。
50 不詳。
51 通顕の子。村上源氏。
52 定資の子。
53 後醍醐帝の近臣。
54 千種忠顕の兄。
55 長隆の子。　56 不詳。
57 資名の弟。
58 辞任するまで任じられていた官職。
59 二条兼基の子。
60 富小路実教の子。
61 三条公泰の子。
62 松殿良嗣の子。
63 季雄の弟。
64 資高の子。　65 不詳。
66 高兼の子。

[85]雲客《うんかく》には、[86]中院左中将定平《なかのいんさちゅうじょうさだひら》、[87]頭大夫《とうのだいぶ》藤原行房朝臣《ふじわらのゆきふさあそん》、[88]左中弁宣明《さちゅうべんのぶあきら》、[89]式部少輔藤原範国《しきぶのしょうふじわらののりくに》、[90]右衛門権佐藤原光守《うえもんのごんのすけふじわらのみつもり》、[91]皇后宮大進定親《こうごうぐうのだいしんさだちか》、[92]左近中将　源　具光《さこんのちゅうじょうみなもとのともみつ》、[93]右少弁藤長《うしょうべんふじなが》、[94]勘解由次官光任《かげゆのじかんみつとう》、[95]弁少将藤原実夏《べんのしょうしょうふじわらのさねなつ》、[96]高倉右衛門佐範貞《たかくらうえもんのすけのりさだ》、[97]持明院中将保有《じみょういんちゅうじょうやすあり》、[98]園中将基隆《そののちゅうじょうもとたか》、[99]佐々木少将守賢《ささきしょうしょうもりかた》、[100]室町中将実郷《むろまちちゅうじょうさねさと》以下《いげ》、四位、五位、六位の[101]職事《しきじ》弁官《べんかん》、われ劣らじと参り集まれり。注するに及ばぬ諸道《しょどう》の輩《ともがら》、[102]衛府《えふ》の諸司《しょし》、上北面《しょうほくめん》、滝口所《たきぐちどころ》の衆、検非違使《けびいし》の輩《ともがら》は謂《い》ふに及ばず、諸家《しょけ》の諸大夫《しょたいふ》の侍、門跡の僧達に至るまで、残り少なく聞こえけり。

武家は、惣大将新田左中将義貞朝臣《そうだいしょうにったさちゅうじょうよしさだあそん》、子息越後守義顕《えちごのかみよしあき》、脇屋左京大夫義助《わきやさきょうのだいぶよしすけ》、子息式部大輔義治《しきぶのたいふよしはる》、[103]堀口美濃守貞満《ほりぐちみののかみさだみつ》、大館左馬助義氏《おおたちさまのすけよしうじ》、江田兵部少輔氏明《えだひょうぶのしょううじあきら》、大井田式部大輔氏経《おいだしきぶのたいふうじつね》、岩松兵衛蔵人義正《いわまつひょうえのくろうどよしまさ》、鳥山左京亮氏頼《とりやまさきょうのすけうじより》、額田掃部助正忠《ぬかだかもんのすけまさただ》、羽川越中守時房《はねかわえっちゅうのかみときふさ》、桃井兵庫助顕氏《もものいひょうごのすけあきうじ》、里見大膳亮義益《さとみだいぜんのすけよします》、田中修理亮《たなかしゅりのすけ》、

67　飛鳥井雅有の子。
68　広橋兼仲の子。
69　洞院公賢の弟。
70　吉田定房の弟。
71　五辻俊雅の子。
72　中院光忠の子。
73　光定の子。
74　経親の子。
75　宗嗣の子。
76　二条道平の子。
77　楊梅(やまもも)兼行の子。
78　四条房名の子。
79　永輔の子。
80　隆教の子。
81　淳兼の子。
82　難波宗継の子。
83　資通王の子。花山源氏。
84　惟明親王(高倉帝皇子)の曾孫。
85　殿上人。
86　後醍醐帝の近臣。定成の子。
87　後醍醐帝の近臣。勾当内侍の父。「尊卑分脈」は兄。

[104]千葉介貞胤《ちばのすけさだたね》、宇都宮《うつのみや》治部大輔《じぶのたいふ》公綱《きんつな》、同じき美濃将監泰藤《みののしょうげんやすふじ》、狩《か》野将監貞綱《ののしょうげんさだつな》、武田《たけだ》甲《か》斐守盛正《いのかみもりまさ》、小《お》笠原十郎蔵人政道《がさわらじゅうろうくろうどまさみち》、仁《に》科信《しなしな》濃守氏重《ののかみうじしげ》、[105]春日部《かすかべ》治部大輔《じぶのたいふ》時賢《ときかた》、[106]名和《なわ》伯耆守長年《ほうきのかみながとし》、同じき太郎《たろう》判官長生《ほうがんながたか》、[107]土屋《つちや》左近将監《さこんのしょうげん》、今木《いまき》新蔵人範家《しんくろうどのりいえ》、頓宮六郎忠氏《はやみのろくろうただうじ》已下《いげ》を宗徒《むねと》の侍として、その勢《せい》都合六万余騎。この内、臨幸《りんこう》の時、[108]輦路《れんろ》に供奉《ぐぶ》する卿相雲客《けいしょううんかく》、少々は衣冠直衣《のうし》に[109]柏夾《かしわばさ》みにて供奉《ぐぶ》する人もあり。衛府《えふ》の官の人々は、おのおの弓箭《きゅうせん》を帯《たい》しける。その外の卿相雲客は、大略《たいりゃく》武具をぞ着《ちゃく》しける。

供奉に加はらぬ人々、われもわれもと追ひ追ひに参り集まりければ、山上《さんじょう》、坂本《さかもと》に充満して、公家武家[110]履《くつ》の子《こ》を打つて混雑しければ、[111]旅宿《りょしゅく》の相論、兵粮の費《つい》へ、朝夕喧《かまびす》しくぞ聞こえける。

88　中御門経宣の子。
89　範嗣の子。
90　後醍醐帝の近臣。経守の子。
91　定光の子。
92　光忠の子。親光の弟。
93　甘露寺隆長の子。
94　光方の子。
95　公賢の子。実世の弟。
96　範定。範世の子。
97　保藤の子。
98　基成の子。
99　為守の子。
100　公春の子。
101　職事は、蔵人。弁官は、太政官の書記官。
102　衛府は宮中警固の役所の総称。上北面は院、滝口は内裏警固の武士。
103　堀口から田中(氏政)まで、新田一族。
104　千葉は下総、宇都宮は下野、狩野は伊豆、武田は甲斐、小笠原・仁科は信濃の豪族。

持明院殿《じみょういんどの》八幡《やわた》東寺《とうじ》に御座《ぎょざ》の事　13

さる程に、公家、武家、御輿《おんこし》の前後に打ち囲んで、[1]今路越《いまみちごえ》に行幸《ぎょうこう》なる。

[2]持明院殿の君主《くんしゅ》、法皇《ほうおう》、上皇《しょうこう》、親王《しんのう》をば、[3]洞院大納言公泰《とういんだいなごんきんやす》卿《きょう》勅使にて、山門《さんもん》に同じく[4]御所御所《ごしょごしょ》を遷幸《せんこう》成し奉るべき由《よし》申されければ、[5]旧院《きゅういん》の御喪籠《ごそうろう》の法事の中《うち》なれども、[6]御遁避《ごとんひ》あるべきならねば、すでに遷幸なるべき由《よし》申さる。即ち[7]大田判官全職《おおたほうがんまさもと》、路次《ろし》を警固《けいご》し奉つて供奉《ぐぶ》仕《つかまつ》りけり。しかるに、すでに出御《しゅつぎょ》なりけるが、俄《にわ》かに[8]御不豫《ごふよ》の事あつて、暫《しばら》く出御を押さへられけり。後日に事の心を案ずるに、尊氏卿《たかうじきょう》に院宣《いんぜん》を[9]故院《こいん》なされし事なれば、[10]御世務《ごせいむ》の事、思《おぼ》し召《め》しはなたざりけるにや、その上、尊氏卿も内々申し入るる旨やありにけん。

105　埼玉県春日部市に住んだ武士。

106　隠岐脱出後の後醍醐帝を助けた建武の功臣。

107　土屋は不明、今木・頓宮は備前の武士。

108　帝の輿の道中。

109　非常の際に冠の纓（えい＝後ろに垂らした部分）を巻いて留めること。

柏夾み

110　沓底の鋲（びょう）のようにびっしりと。

111　宿取りの争い。

13

1　京都市左京区修学院から雲母坂（きららざか）を経て比叡山を越え、滋賀県大津市坂本（東坂本）へ至る道。

さる程に、全職已下《いげ》の軍兵《ぐんびょう》、出御を急《いそ》がせ申しける間、すでに上皇御輿に召され、臨幸《りんこう》なりけるに、河原の辺より、なほ[11]御《ご》違例《いれい》苦々《にがにが》しくならせ給ひければ、暫《しばら》く御輿を舁《か》き居《す》ゑ奉つて、[12]御立ち直しを待ち奉りける程に、時刻移りける処《ところ》に、逆徒《ぎゃくと》等すでに乱れ入りぬと見えて、兵火《ひょうか》四方に揚《あ》がり、時《とき》の声《こえ》[13]街衢《がいく》に響《ひび》きければ、全職申しけるは、「御違例を押して嶮岨《けんそ》を越え奉らんも、行末《ゆくすえ》の御煩《おんわずら》ひ、[14]御不豫御増気《ごぞうき》の基《もとい》なるべし。逆臣《ぎゃくしん》すでに京洛に入《い》り、方々《ほうぼう》に合戦の始まるを見ながら、[15]暗然《あんぜん》として待ち奉るべきにあらず。全職は先《ま》づ山門へ急ぎ馳《は》せ参《さん》ずべし。敵に路《みち》を押《お》し隔《へだ》てられなば、[16]悔《く》ゆるに益《えき》あるまじければ、全職は先づ東坂本《ひがしさかもと》へ参ずべし。面々は[17]御違例の様《よう》によりて、急ぎ山門に[18]成し奉るべし」と、供奉の人々に申し置いて、全職は山へ参りけり。

この折節《おりふし》、尊氏卿、持明院殿に御兵士《おんもののふ》を進《しん》じければ、「未明《びめい》

2　持明院統の君である花園法皇、光厳上皇、豊仁（ゆたひと）親王（後の光明帝）。
3　公賢の弟。
4　持明院殿の法皇・上皇・親王の方々。
5　故後伏見院の喪（も）。同院はこの年四月に没した。
6　避けられないので。
7　備前の武士。前出、第十四巻・11「朝田判官全職（マサモト）」。　8　御病気。
9　尊氏に院宣を下したのは光厳院（第十五巻・9）。故院（後伏見院）は誤り。
10　御政務をあきらめてはおられなかったのだろう。
11　御病気が悪化したので。
12　御回復。　13　巷（ちまた）。
14　御病気が悪化する因。
15　意気消沈して待機している場合でない。
16　悔いてもどうしようもないので。

に山門《さんもん》へ出御《しゅつぎょ》」と仰せければ、面々[19]あきれて、もし臨幸《りんこう》にや参《さん》会《かい》すると、馳《は》せ廻《まわ》り、尋ね申しけるが、聖運《せいうん》やしからしめけん、あやまたず[20]石捨の辺にて参会しければ、斜《なの》めならず喜び申し、「尊氏卿《たかうじきょう》の使ひ」と申しければ、君も喜《よろこ》び思《おぼ》し召《め》し、供奉《ぐぶ》の人々、[21]資名《すけな》卿《きょう》、[22]重資朝臣《しげすけあそん》等も、おのおの[23]色を直しければ、やがて武将の命《めい》として、先《ま》づ[24]六条長講堂《ろくじょうちょうこうどう》を御所として、武家衛護《えいご》し奉る。

その後《のち》、京中の合戦、両方の勝劣《しょうれつ》未だ落居《らっきょ》せざるの間、同じき六月三日、[25]三主の臨幸を八幡《やわた》に成し奉る。同月十四日に八幡より御帰洛あつて、[26]東寺《とうじ》に幸《みゆき》し、[27]灌頂堂《かんじょうどう》を御所に構《かま》ふ。これ尊氏卿の沙汰《さた》によりてなり。これは尊氏卿、洛中戦場の間、東《とう》寺《じ》を城郭とする故《ゆえ》なり。これによつて、また[28]山門祇候《しこう》の外《ほか》の人々、并《なら》びに持明院無弐《じみょういんむに》の佞臣《ねいしん》は、おのおの東寺に参じけり。

同年六月二十日より、[29]山門の合戦に利を得ざりしかば、将軍に

17 ご病状の様子次第で。
18 お連れ申し上げよ。
19 途方にくれて、ひょっとして院の御幸に行き会えるかと、馬で駆け回り。
20 不詳。玄玖本「石拾」。
21 日野資名。資朝の兄。
22 茂賢の子。宇多源氏。
23 ほっとしたので。
24 元来は、後白河上皇の御所、六条殿(六条西洞院)内に建てられた持仏堂。持明院統に伝領された。幾度かの焼失・再建を繰り返し、当時は土御門東洞院にあった。
25 花園法皇、光厳上皇、豊仁親王を石清水八幡宮に臨幸させ申した。
26 京都市南区九条町の教王護国寺。
27 灌頂院。東寺内にある真言秘密の道場。
28 比叡山に参向しなかっ

馳《は》せ付《つ》く勢《せい》日々に重なり、すでに四海《しかい》を掌《たなごころ》にせしかば、同年八月十五日に、[30]押小路烏丸《おしのこうぢからすま》の[31]二条中納言中将良基卿《にじょうちゅうなごんちゅうじょうよしもときょう》の宿所にして、後伏見院《ごふしみいん》の第二王子、[32]豊仁親王《ゆたひとしんのう》を皇位に定め奉りにけり。これを、尊氏卿の運の開かるる始めなりけりと、それも後にぞ思ひ合はせける。

それ日本開闢《かいびゃく》の始めを尋ぬれば、[33]二儀《にぎ》すでに分かれ、[34]三才《さんさい》漸く顕《あらわ》れて、[35]人寿《じんじゅ》二万歳の時、[36]伊弉諾《いざなぎ》、伊弉冉《いざなみ》の二尊、夫婦となつて、天《あま》の浮橋《うきはし》の下にて妻夫《ふうふ》交合《みとのまぐわえ》して、一女三男を生み給ふ。その一女と申すは、[37]天照太神《あまてらすおおみかみ》、三男と申すは、月神《つきのかみ》、[38]蛭子《ひるこ》、素戔烏尊《そさのおのみこと》これなり。第一の御子《みこ》、天照皇太神、この国の主《あるじ》となつて、伊勢国渡会郡《いせのくにわたらいのこおり》、[39]御裳濯川《みもすそがわ》の[40]神瀬下津岩根《かみがせしもついわね》に跡を垂れてより以来《このかた》、或る時は[41]垂跡《すいじゃく》の仏となつて、[42]番々出世《ばんばんしゅっせ》の化儀《けぎ》を調《ととの》へ、或る時は本地《ほんじ》の神に帰つて、[43]塵々刹土《じんじんせっと》の利生《りしょう》を成し給ふ。これ則ち[44]本《もと》高くして跡《あと》下るなり。

た人々、ならびに持明院統に一途にこびへつらう臣。玄玖本「陪臣」。
29 第十七巻・5―7。
30 押小路と烏丸小路との交点。
31 関白二条道平の子。
32 光明帝。
33 天と地。
34 天・地・人。
35 人の寿命。
36 日本の創造神とされる男女の二神。
37 日の神で皇室の祖先神。
38 夷神ともされる。
39 伊勢神宮の内宮の前を流れる五十鈴川。
40 神域の川瀬の下の巌（いわお）にご降臨になってより。
41 神が仏となって。中世神道の神本仏迹の思想を反映した説。
42 次々に衆生を救うための変化の姿を現わし。

[45]ここに、[46]第六天《だいろくてん》の魔《ま》王《おう》鳩《あつま》つて、「この国に仏法弘《ひろ》まらば、魔《ま》障《しょう》は弱くして、その力失ふべし」とて、かの[47]応化《おうげ》利生《りしょう》を妨げんと欲す。時に天照太神《あまてらすおおみかみ》、かれが障碍《しょうげ》を休めんため、「われ[48]三宝《さんぼう》に近づかじ」と云ふ誓ひを成し給ひける。これによつて、第六天の魔王、怒りを休めて五体より血を出だし、「[49]尽未来際《じんみらいさい》に至るまで、天照太神の[50]苗裔《びょうえい》たらん人を以て、この国の主《あるじ》とすべし。もし王命《おうめい》に違《たが》ふ者あつて、国を乱し民を苦しめば、われら十万八千の[51]眷属《けんぞく》、朝《あした》に翔《かけ》り夕《ゆうべ》に来たつてその罰を行ひ、その命を奪ふべし」と、堅く誓約を書いて天照太神に奉る。今の[52]神璽《しんじ》の異説これなり。誠《まこと》に[53]内外宮《ないげくう》の有様、自余《じよ》の社壇には替はりて、[54]錦《きん》帳《ちょう》に本地《ほんじ》を顕《あらわ》す鏡をも懸けず、念仏読経《どきょう》の声を止《とど》めて、僧尼《そうに》の参詣を許さず。これ[55]併《しか》しながら、当社の神約《しんやく》を違《たが》へずして、[56]化《け》俗結縁《ぞくけちえん》の方便《ほうべん》を下に秘する者なるべし。

されば、天照太神より以来《このかた》、[57]継体《けいたい》の君九十六代、その間に朝

43 塵のように無数の国土の民を利益（りやく）なさる。「利生」は、底本「群生」を改める。
44 本地の神が垂迹の仏よりもまさる意。流布本「迹高本下」。
45 以下の天照太神と第六天魔王の神約の話は、神田本・玄玖本にない。
46 欲界六天の第六天、他化自在天（たけじざいてん）の主で、多くの眷属をひきいて仏法を妨げる魔王。
47 神仏が姿を変えて衆生を仏道に導き利すること。
48 仏・法・僧。仏教。
49 未来の果てに至るまで。
50 子孫。 51 従者。
52 三種の神器の一、八坂瓊勾玉（やさかにのまがたま）に関する異説。「中臣祓訓解」ほか。
53 伊勢神宮の内宮（ないくう）と外宮（げくう）の様子は、他の社

敵となつて亡びし者を数ふれば、[58]神日本磐余彦尊《かんやまといわれひこのみこと》の御宇《ぎょう》[59]天平四年に、[60]紀伊国名草郡《きのくになくさのこおり》に[61]長《たけ》二丈余りの蜘《くも》あり。手足長くして力《ちから》人に越えたり。網を張る事数里《すうり》に及んで、往来の人を[62]喰害《ざんがい》す。しかれども、官軍勅命《ちょくめい》を蒙《こうぶ》り、鉄《くろがね》の網を張り、鉄《くろがね》の湯を沸《わ》かして四方より攻めしかば、この蜘《くも》つひに害されて、その身寸々《つだつだ》に爛《ただ》れにき。

また、[63]天智天皇《てんちてんのう》の御宇《ぎょう》、[64]藤原千方《ふじわらのちかた》と云ふ者あり。金鬼《きんき》、風《ふう》鬼《き》、水鬼《すいき》、隠形鬼《おんぎょうき》と云ふ四つの鬼を使へり。金鬼は、その身堅固にして、矢を射るに[65]立たず。風鬼は、大風《おおかぜ》を吹かせて、敵の城を吹き破る。水鬼は、洪水を流して、敵を溺《おぼ》らかす。隠形鬼は、その形を隠して、俄《にわ》かに敵を拉《とりひし》ぐ。かくの如きの神変《じんぺん》、凡《ぼん》夫《ぶ》の力を以て防くべきにあらざれば、伊賀《いが》、伊勢《いせ》の両国、千方《ちかた》のために妨げられて、[66]王化《おうか》に順《したが》ふ者なし。ここに、[67]紀友尾《きのともお》と云ひける者、宣旨を蒙《こうぶ》つてかの国に下《くだ》り、一首の歌を読んで、鬼

壇と異なって。
54 錦のとばりに仏をかたどる鏡をも懸けず。
55 すべて。
56 俗世の衆生を教化し仏縁を結ばせて救う手だて。
57 皇位を継ぐ帝。「九十六代」目は後醍醐帝。第一巻・1の冒頭、参照。
58 神武帝。
59 天平四年(七三二)は、聖武帝の年号。
60 和歌山県海草郡。
61 一丈は、約三メートル。
62 食い殺す。
63 中世の古今集注釈などの世界で、「日本紀」の所伝として以下の説話が行われた(古今和歌集序聞書三流抄、ほか)。
64 藤原秀郷の孫。鎮守府将軍。
65 矢が突き刺さらない。
66 帝のまつりごと。

の中へぞ出だしける。

草[68]も木もわが大君の国なればいづくか鬼の棲家《すみか》なるべき

四つの鬼、この歌を見て、「さては、われら悪逆無道《あくぎゃくぶとう》の臣に順《したが》つて、善政有徳《ぜんせいうとく》の君を背《そむ》き奉りける事、天罰遁《のが》るる所なし」とて、忽《たちま》ちに方々へ去つて失せければ、千方《ちかた》勢ひを失ひ、やがて友尾《ともお》に討たれけり。

これのみならず、朱雀院《ずざくいん》の御宇に、[69]将門《まさかど》と云ひける者、東国に下つて[70]相馬郡《そうまのこおり》に都を立て、百官を召し使うて自ら平親王《へいしんのう》と号す。官軍挙《こぞ》つてこれを討たんとせしかども、その身皆鉄身《てつしん》にて、弓箭《ゆみや》にも傷《いた》まず、[71]剣戟《けんげき》も通されざりしかば、諸卿僉議《しょきょうせんぎ》あつて、俄《にわ》かに鉄《くろがね》の[72]四天《してん》を鋳《い》奉《たてまつ》つて、比叡山に定置《じょうち》し、[73]四天合行《してんごうぎょう》の法を行はれしに、天より白羽《しらは》の矢一筋《ひとすじ》降り来たつて、将門が眉《まゆ》の間に立つ。その矢つひに抜けずして、[74]俵藤太秀郷《たわらのとうたひでさと》に首を刎《は》ねられてけり。

67 不詳。
68 日本の国土は草も木もすべて帝のものであって、鬼の住処などあろうはずがない。
69 平将門。鎮守府将軍良将(よしまさ)の子。承平の乱を起こした(将門記)。
70 下総国相馬郡。茨城・千葉両県にまたがる地。
71 剣と鉾(ほこ)。
72 四天王。仏教の守護神。
73 四天王を本尊として行う修法。
74 藤原秀郷。第十五巻・5、参照。
75 次の歌の作者を「藤六」とする説は、ほかに「平治物語」中巻。
76 将門の首は、俵藤太のはかりごとでこめかみから斬られた。こめかみと米を掛け、米と俵は縁語。なお、室町物語の「俵藤太物語」

その首、獄門《ごくもん》に懸けて三月《みつき》が間まで、眼《まなこ》をも塞《ふさ》がず、色をも変ぜず、常に牙嚙《きばがみ》をして、「斬られしわが五体、いづれの処《ところ》にかあらん。ここに来たれかし。わが頸《くび》を続《つ》いで今一軍《ひといくさ》せん」と夜々《よなよな》呼ばはりける間、聞く人これを恐れずと云ふ事なし。その比《ころ》、[75]藤六《とうろく》と云ふ者路《みち》を通りけるが、これを聞いて、

[76]将門は米かみよりぞ斬られける俵の藤太が謀《はかりごと》にて

と読みたりければ、この頸、吐《しい》と咲《わら》ひけるが、眼《まなこ》忽ちに塞《ふさ》がりて、その尸《かばね》つひに枯れにけり。

これのみならず、わが朝に皇命《こうめい》を叛《そむ》き、乱逆を企《くわだ》てし輩《ともがら》をあらあら案ずるに、[77]大石山丸《おおいしのやままる》、[78]大山王子《おおやまのおうじ》、[79]大友真鳥《おおとものまとり》、[80]守屋大臣《もりやのだいじん》、[81]蘇我入鹿《そがのいるか》、[82]豊浦大臣《とよらのだいじん》、[83]山田石川《やまだのいしかわ》、[84]左大臣長屋《さだいじんながや》、[85]大臣豊成《だいじんとよなり》、[86]伊予親王《いよのしんのう》、[87]氷上川継《ひかみのかわつぐ》、[88]橘逸勢《たちばなのはやなり》、[89]文屋宮田《ふんやのみやた》、[90]恵美押勝《えみのおしかつ》、[91]井上皇后《いがみのこうごう》、[92]早良太子《さわらのたいし》、[93]大友皇子《おおとものおうじ》、[94]藤原仲成《ふじわらのなかなり》、相馬将門《そうまのまさかど》、天慶《てんぎょう》の[95]純友《すみとも》、康和《こうわ》の[96]義親《よしちか》、[97]安倍貞任《あべのさだとう》、宗任《むねとう》、[98]清原武衡《きよはらのたけひら》、家衡《いえひら》、[99]宇治悪《うじのあく》

によると、将門の体は黄金だが、こめかみだけが唯一肉身であると女房から聞いた藤太は、一矢で将門を射殺す。

77　文石小麻呂(あやしのおまろ)。春日小野大樹(かすがのおののおおき)に討たれた(日本書紀・雄略天皇十三年)。以下の人名列挙は、「平家物語」巻五「朝敵揃へ」に類似する。

78　応神帝の皇子、大山守皇子。皇太子位をねらい殺された(日本書紀・仁徳天皇即位前紀)。

79　平群真鳥(へぐりのまとり)。大伴金村に討たれた(日本書紀・武烈天皇即位前紀)。

80　物部守屋。聖徳太子と蘇我馬子に亡ぼされた。

81　蝦夷(えみし)の子。中大兄皇子と中臣鎌足に討たれた。

82　蘇我蝦夷。馬子の子。

83　蘇我倉山田石川麻呂。

左府《さふ》、[100]右衛門督信頼《うえもんのかみのぶより》、[101]平相国清盛《へいしょうこくきよもり》、[102]木曾左馬頭義仲《きそさまのかみよしなか》、[103]阿佐八郎為頼《あさのはちろうためより》、[104]高時法師《たかときほうし》に至るまで、朝敵となつて叡慮《えいりょ》を悩まし、仁義《じんぎ》を乱して人民を苦しましむる輩《ともがら》、つひに身を[105]刑戮《けいりく》の下に悔《く》い、尸《かばね》を獄門《ごくもん》の前に曝《さら》さずと云ふ事なし。

されば、尊氏卿《たかうじきょう》、この春、東《とう》八ヶ国の大勢《おおぜい》を率《そっ》して上洛《しょうらく》ありしかども、朝敵たりしかば、[106]私の武運なほ保《たも》ち難《がた》かりしによつて、数度《すど》の合戦に打ち負けて九州に没落せしかば、今その先非《せんぴ》を悔いて、[107]一方の皇統を立て申し、征伐《せいばつ》を院宣《いんぜん》に任《まか》せられしかば、威勢上《うえ》に理《おさま》り、大功下《した》に成りなんとすと、人皆これを軽《かろ》くせず。されば、東寺《とうじ》すでに[108]仙居《せんきょ》となり、武将城郭《じょうかく》を構へて警固《けいご》し奉つて籠《こ》もられければ、[109]人民憑《たの》みを全くせり。これは、山門《さんもん》より敵遥々《はるばる》と寄せ来たらば、小路小路《こうじこうじ》を遮《さえぎ》つて、縦横《じゅうおう》に合戦を致すべき便りあるべしとて、この城郭を構へらる。

馬子の孫。讒せられて自害。
84 天武帝の孫。長屋王。讒せられて自害。
85 藤原武智麻呂の子。橘奈良麻呂の変で左遷。
86 平城帝の異母弟。藤原仲成に讒せられて自害。
87 天武帝の曾孫。桓武帝の即位翌年に流罪。
88 橘奈良麻呂の孫。承和の変で流罪。
89 文室宮田麻呂。新羅に通じた嫌疑で流罪。
90 藤原仲麻呂。武智麻呂の子。道鏡と対立し、乱を起こして死罪。
91 聖武帝皇女、光仁帝の皇后。叛逆罪により幽閉、毒殺。
92 桓武帝の弟。皇太子を廃され、淡路流罪の途中に死去。追号崇道(すどう)天皇。
93 天智帝の皇子。壬申の乱に敗れて自害。

正行父《まさつらちち》の首《くび》を見《み》て悲哀《ひあい》の事　14

かかりしかば、湊川《みなとがわ》にて討たれし楠《くすのき》正成《まさしげ》が首をば、六条《ろくじょう》河原《がわら》に懸けられにけり。[1]去春《きょしゅん》も、あらぬ首を正成ぞとて懸けたりき。去んぬる元弘《げんこう》にも、討たれぬ正成が首を、度々《どど》懸けたりしかば、「[2]これまたさこそあるらめ。例の恐ろしき正成、またよも討たれじ」と、人々申しければ、

　[3]うたがひは人によりてぞ残りけるまさしげなるは楠が頸《くび》

と、狂歌《きょうか》を札に書いてぞ立てたりける。

その後《のち》、「正成が[4]跡の妻子ども、今一度、(空しき)容貌《かたち》をも、さこそ見たく思ふらめ」とて、子息の正行がもとへ送《おく》り遣《つか》はされける、情けの程こそ有難けれ。

[5]後室《こうしつ》、正行、これを見て、この度兵庫《ひょうご》へ立ちし時、様々《さまざま》申し

94　藤原種継の子。薬子の変を起こして殺された。
95　藤原良範(よしのり)の子。西海で叛して天慶三年(九四〇)小野好古(よしふる)に討たれた。
96　源義家の子。九州で叛して康和四年(一一〇二)平正盛に討たれた。
97　前九年の役で源頼義に討たれた。宗任は弟。
98　後三年の役で源義家に討たれた。家衡は甥。
99　左大臣藤原頼長。保元の乱で敗死。
100　藤原忠隆の子。平治の乱で敗れて処刑。
101　平清盛。相国は太政大臣の唐名。
102　源義仲。源義経軍と戦って敗死。
103　浅原為頼。小笠原氏の一族。正応三年(一二九〇)内裏に乱入し伏見帝を襲う

置き事ども多かる中に、「今度の合戦には、必ず討死《うちじに》すべし。正行《まさつら》をば、同じ道にもと思へども、[6]後栄《こうえい》のために」とて、留《とど》め置《お》きし事なれば、[7]出でしを限りの別れとは、かねて思《おも》ひ儲《もう》けし事なれども、最後の詞《ことば》にも違《たが》はず、形を見れば、[8]それながら、目塞《ふさ》ぎ色変じて、変はり果てたる顔を見るに、悲哀の心胸《こころ》に塞《せ》き、哭泣《こくきゅう》の涙袖に余る。

今年十一歳になる正行、父が首の有様、母の歎きの色を見るも聞くも、[9]せん方《かた》なき思ひに、堪《た》へてあるべきにもあらぬ心地して、落つる涙を押さへつつ、持仏堂《じぶつどう》の方《かた》へ行きけるを、母、[10]あぶなく思ひて、急ぎ行きて見ければ、父が兵庫《ひょうご》へ向かはんとて形見《かたみ》に留《とど》めて賜《た》び給ひたりし、[11]菊水作《きくすいづくり》の刀を抜き、袴《はかま》の腰を押し下げて、自害をせんとぞしたりける。

母走り寄つて、刀と手とに取り付いて、涙を押さへ(て)申しけるは、「[12]栴檀《せんだん》は二葉《ふたば》より香《こうば》しきと云へり。汝少《なんじおさな》くとも、父が

が、失敗して自害。
104 北条高時。
105 刑罰、とくに死刑。
106 私的な望みに基づく武運はやはり長つづきするものではなかったため。
107 一方の皇統をお立てし、朝敵征伐の院宣に従ったので、威勢に道理が加わり、偉業が道理のもとに達せられようとする。
108 上皇の御所。
109 人々は安心した。

14

1 別人の首を正成の首としてさらしたことは、第十五巻・8、参照。
2 偽の首であろう。
3 今度討たれた首は本物らしいが、正成ゆえに疑いが残る。疑いに討つ、正成に正しげ(本当らしい)を掛ける。

子ならば、[13]これ程の理《ことわ》りにや迷ふべき。幼《いとけ》なき心にも、よくよく事の様《よう》を思ふべし。父が兵庫へ向かひし時、汝を返《かえ》し留《とど》めし事、全く腹を切れとて残し置かず。われたとひ討死《うちじに》すとも、汝残《のこ》り留《とど》まらば、[14]一族若党《わかとう》をも扶《たす》け置《お》き、身を全くし、[15]君いづくにも御座《ぎょざ》あらば、今一度義兵を挙げ、朝敵を亡ぼして、君をも安泰になし奉り、父が遺恨をも散《さん》じ、孝行の道にも備へよとてこそ残し置きし身なるを、その[16]庭訓《ていきん》を具《つぶ》さに聞いて、われにも語りし事なるに、いつの程にか忘れて、当座の歎きに引かされ、行末《ゆくすえ》を顧《かえり》みず、父の恥を雪《すす》がず、われになほ愁《う》き目《め》を見せんとする、[17]うたてのあどなさよ。かくてされば、父が訓《おし》へを違《たが》へ、[18]祖父の跡を失はんと思ふか、悲しや」と、声も惜しまず泣き口《く》説《ど》き、諫《いさ》め留《とど》め、[19]「とてもなほ、ともかくもなるべくは、愁《う》き目を重ねて見せんより、われを先《ま》づ殺せや」とて、悶《もだ》へ焦《こ》がれければ、さすが正行、幼少の心にも[20]げにもと思ひつづけつつ、

4　遺族の妻子は、今一度さぞ死んだ正成の顔を見たいと思うだろう。
5　未亡人。
6　子孫の栄え。
7　出陣したのを最後の別れとは。
8　面影はあるが。
9　やり場のない思いに、絶えられぬ気持ちで。
10　気がかりに思って。
11　菊水の紋の短刀。天正本「菊作ノ刀」。後鳥羽上皇が作らせて臣下に与えたという「菊御作」の刀か。
12　香木である栴檀は、芽を出した二葉の頃から香ばしい(平家物語巻一・殿下の乗合ひ、ほか)。
13　この程度の道理がわからないことがあろうか。
14　一族家来を養い。
15　帝が危急の時に立ち至ったら。

自害の事は止《や》めにけり。

父の遺言《ゆいごん》、母の教訓《きょうくん》に深く染まりにければ、その後《のち》は、一筋《ひとすじ》に身を全くして、[21]あだなる戯《たわぶ》れにも、ただこの事をのみ思ひつつ、武芸智謀《ちぼう》の稽古《けいこ》の外《ほか》、また為《す》る態《わざ》もなかりけり。これぞ誠《まこと》の忠孝なると、正行《まさつら》を感ぜぬ者はなし。されば、幼少より敵を滅ぼす智謀を挟《さしはさ》みける、行末の心の中《うち》こそ恐ろしけれ。

16 父が子にさずける教訓。
17 情けない幼さよ。
18 先祖の名跡。
19 どうしてもなお、自害するならば。
20 母の言が道理であると納得して。
21 あどけない子供の遊び。

太平記 第十七巻

第十七巻　梗概

建武《けんむ》三年（一三三六）六月初旬、足利《あしかが》方は比叡山に攻め寄せ、西坂では千種忠顕《ちくさただあき》が戦死した。十七日、寄せ手の先陣熊野八庄司《くまののはっしょうじ》が、本間重氏《ほんましげうじ》らの弓勢に恐れて逃走した。そんな中、八王子権現の託宣があり、搦め手の大将高師久《こうのもろひさ》の敗北を予言した。はたして二十日、宮方の急襲で寄せ手は総崩れとなり、高師久は捕らえられて斬られた。その頃、延暦寺は興福寺に加勢を求めたが、尊氏《たかうじ》から庄園を寄進された興福寺は約諾を翻した。宮方は京を囲み、新田義貞《にったよしさだ》は東寺の門前まで攻め寄せ、尊氏に一騎打ちを挑んだが、尊氏は上杉重能《うえすぎしげよし》の諫めで思いとどまった。この合戦で名和長年《なわながとし》が戦死した。信濃から上洛した小笠原貞宗《おがさわらさだむね》は、近江の宮方を退けて戦功があったが、佐々木道誉《ささきどうよ》は尊氏から近江管領職を申し受け、小笠原はむなしく京に上った。近江を押さえられた比叡山の宮方が兵糧につまった頃、尊氏は密書を送り後醍醐帝《ごだいごてい》に京への還幸を促した。還幸を企てる帝を、義貞の臣堀口貞満《ほりぐちさだみつ》が諫めると、帝は義貞に東宮を託し、北国で再起を期すよう命じた。十月十日、帝は還幸して花山院に幽閉された。北国へ向かう義貞軍は、木目峠《きのめとうげ》で多くの凍死者を出したが、十三日、敦賀の金ヶ崎城《かねがさきのじょう》に入った。脇屋義助《わきやよしすけ》と義顕《よしあき》（義貞の長男）は杣山《そまやま》へ行き、瓜生保《うりゅうたもつ》に援軍を求めたが、保は偽の綸旨にだまされて足利方となり、弟の義鑑房《ぎかんぼう》は、義助の子義治《よしはる》を大将として預かった。義助・義顕一行は、包囲された金ヶ崎城に無事帰った。足利方の金ヶ崎城攻めが開始され、小笠原貞宗は城の背後から、今川頼貞《いまがわよりさだ》は船で攻めたが、撃退された。

山攻《やまぜ》めの事、并《ならびに》千種《ちくさ》宰相《さいしょう》討死《うちじに》の事 1

[1]延元《えんげん》元年五月二十七日、主上《しゅしょう》二度《ふたたび》山門《さんもん》へ臨幸《りんこう》なりしかば、三千の衆徒《しゅと》、[2]去んぬる春の勝軍《かちいくさ》に[3]積習《せきしゅう》して、二心《ふたごころ》無く君を擁護《おうご》し奉り、北国《ほっこく》、奥州《おうしゅう》の勢《せい》を待つ由《よし》聞こえければ、[4]将軍、左馬頭《さまのかみ》、[5]高《こう》、上杉《うえすぎ》の人々、[6]東寺《とうじ》に会合して合戦の評定《ひょうじょう》あり。事延引《えんいん》して、義貞《よしさだ》に勢《せい》付きなば叶《かな》ふまじ、未だ微《び》なるに乗じて、山門を攻むべしとて、六月二日、四方の手分けを定めて、[7]大手《おおて》搦手《からめて》五十万騎の勢を、山門へ差し向けらる。

大手には、[8]吉良《きら》、石塔《いしどう》、渋川《しぶかわ》、畠山《はたけやま》を大将として、その勢五万余騎、大津《おおつ》、[9]松本《まつもと》の東西の宿《しゅく》、[10]園城寺《おんじょうじ》の焼け跡、[11]志賀《しが》、唐崎《からさき》、[12]如意峯《にょいがみね》まで充満したり。搦手には、[13]仁木《にき》、細川《ほそかわ》、今川《いまがわ》、荒川《あらかわ》を大将として、四国、中国の勢八万余騎を、[14]今路越《いまみちごえ》に[15]三石《みついし》の麓《ふもと》

1

1　北朝の建武三年（一三三六）。
2　建武三年春、比叡山の宮方が、足利方を京から追い落としたこと。第十五巻・8−13。
3　慣れきって。積習は、悪い意味での慣れ。
4　足利尊氏、直義。
5　高は、将軍の執事。上杉は外戚。
6　京都市南区九条町の教王護国寺。
7　敵の正面を攻める軍勢。搦手は、側面や背後から攻める軍勢。
8　いずれも足利一族。
9　滋賀県大津市松本。
10　建武三年一月の合戦で炎上。第十五巻・3。
11　大津市滋賀里。同唐崎。
12　京都市左京区、東山の

を経て、[16]無動寺《むどうじ》へ寄せんと志《こころざ》す。[17]西坂本《にしさかもと》へは、[18]高豊前守《こうのぶぜんのかみ》、同じき[19]土《と》佐守《さのかみ》、[20]大高伊《だいこうい》予守《よのかみ》、[21]南遠江守《みなみとおとうみのかみ》、[22]岩松《いわまつ》、桃井《もものい》を大将にて三十万騎、[23]八瀬《やせ》、藪里《やぶさと》、松崎《まつがさき》、赤山《せきさん》、降松《さがりまつ》、修学院《しゅがくいん》、北白河《きたしらかわ》まで支へて、[24]音無《おとなし》の滝《たき》、[25]不動堂《ふどうどう》、[26]白鳥《しらとり》よりぞ寄せたりける。

山門《さんもん》には、敵これまで寄すべしとは思ひも寄らざりけるにや、道々をも警固《けいご》せず、[27]木戸《きど》、逆木《さかもぎ》の構へもなし。さしも嶮《けわ》しき道なれども、岩石を馴れたる馬どもなれば、上《のぼ》らぬ所もなかりけり。その時しも、大将[28]新田《にった》左兵衛督《さひょうえのかみ》を始めとして、[29]千葉《ちば》、宇都宮《うつのみや》、土居《どい》、得能《とくのう》に至るまで、皆[30]東坂本《ひがしさかもと》に集まり居て、山上には、[31]行歩《ぎょうぶ》にも叶《かな》はぬ宿老《しゅくろう》、[32]稽古《けいこ》の窓を閉ぢたる修学者《しゅがくしゃ》の外《ほか》は、兵一人《いちにん》もなかりけり。この時、もし[33]西坂《にしざか》より寄する大勢《おおぜい》ども、暫《しば》しも滞《とどこお》りなくして、[34]四明《しめい》の巓《いただき》まで打ち上がりたりしかば、山上も坂本も、防くに便りなくして、一時《いっし》に落とされぬべかりしを、なほも[35]山王大師《さんのうだいし》の御加護やありけん、俄《にわ》かに朝霧深く立ち

主峰、如意ヶ岳。
13　いずれも足利一族。
14　京都市左京区修学院から雲母坂（きららざか）を経て比叡山を越え、滋賀県大津市坂本（東坂本）へ至る道。
15　日吉大社の西北にある三石岳。
16　比叡山東塔無動寺谷にある修験道場。
17　比叡山の西麓。左京区修学院のあたり。
18　師久。師直・師泰の弟。
19　師秋。師直らの従兄弟。
20　重成。高一族。
21　宗継。高一族。
22　ともに足利一族。
23　いずれも比叡山西麓の地（京都市左京区）。藪里は、左京区一乗寺辺の古称。
24　左京区大原来迎院町にある滝。
25　今路越えの入り口にある雲母坂（きららざか）の不動堂。

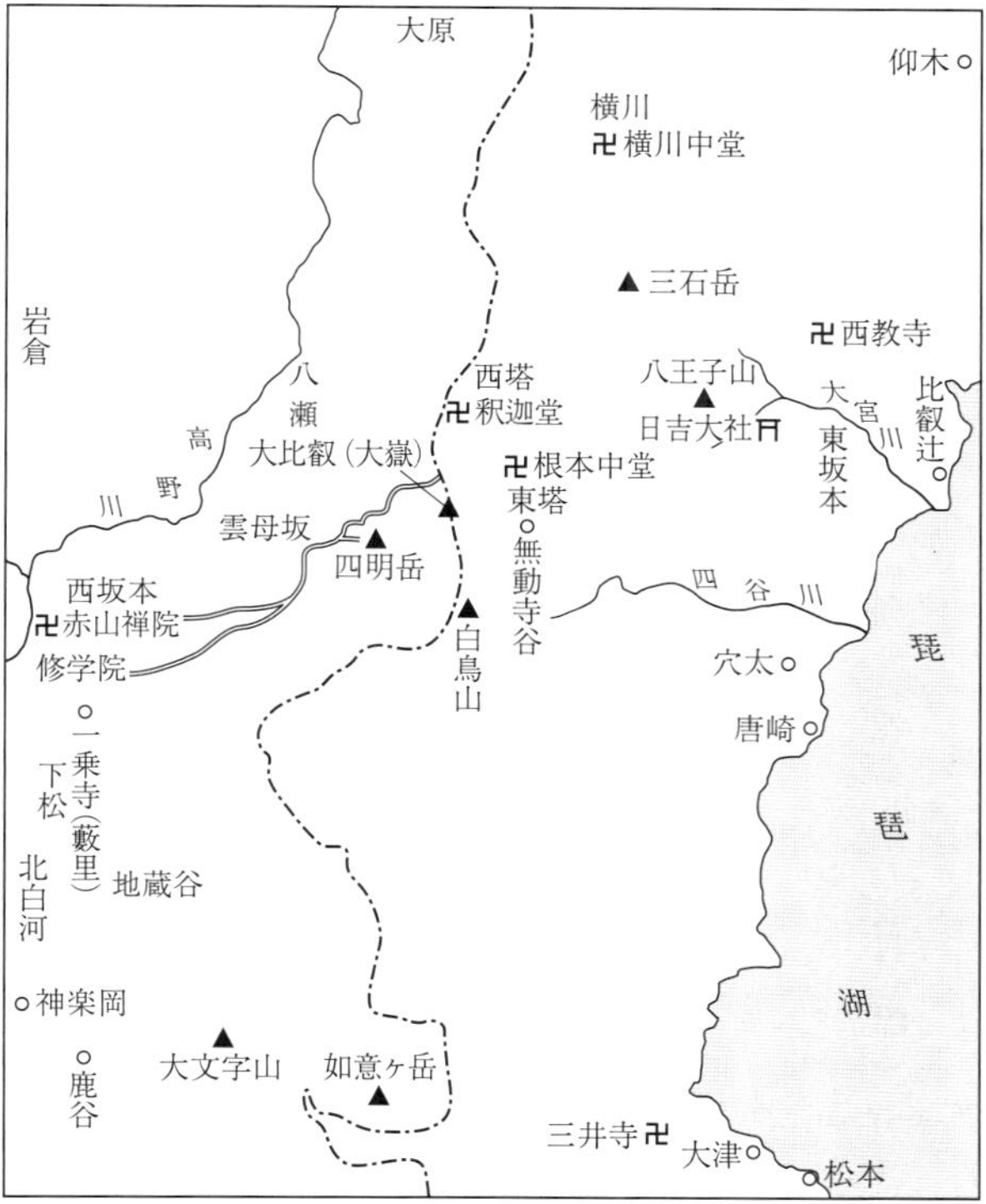

大原
仰木
横川
横川中堂
三石岳
西教寺
岩倉
八瀬
高野川
西塔
釈迦堂
八王子山
大宮川
比叡辻
大比叡（大嶽）
日吉大社
東坂本
根本中堂
東塔
雲母坂
四明岳
無動寺谷
四谷川
西坂本
赤山禅院
白鳥山
琵
修学院
穴太
一乗寺（藪里）
唐崎
下松
琶
北白河
地蔵谷
湖
神楽岡
大文字山
如意ヶ岳
鹿谷
三井寺
大津
松本

比叡山周辺図

隠して、[36](咫《し》)尺《せき》の内をも見分けぬ程なりしかば、前陣《せんじん》に作る御《み》方《かた》の時《とき》の声《こえ》を、敵の防く[37]矢叫《やさけ》びの声ぞと聞きなして、後陣《ごじん》の大《おお》勢《ぜい》続かねば、[38]そぞろに時をぞ移しける。

かかる処《ところ》に、[39]大宮《おおみや》へ降《お》り下《くだ》つて[40]三塔会合《さんとうかいごう》しける大衆《だいしゅ》ども、帰《き》山《さん》して、将門《まさかど》の[41]童堂《わらわどう》の辺に相支《あいささ》へ、ここを[42]先途《せんど》と防きける間、面《おもて》に進みける寄手《よせて》、三百余人討たれて、前陣《せんじん》あへて懸からねば、後陣《ごじん》はいよいよ進み得ず。ただ[43]水飲《みずのみ》の木影《こかげ》を陣に取り、[44]堀切《ほりきり》を堺《さか》ひて[45]掻楯《かいだて》を掻き、互ひに遠矢《とおや》を射違《いちが》へて、その日は徒《いたず》らに暮れにけり。

西坂《にしざか》に合戦始まりぬと覚えて、時の声《こえ》山に響《ひび》いて聞こえければ、志賀《しが》、唐崎《からさき》の寄手十万余騎、東坂《ひがしざか》の西、[46]穴太《あのう》の前へ押し寄せて、時の声をぞ揚《あ》げたりける。

ここにて、敵の陣を見渡せば、無動寺《むどうじ》の麓《ふもと》より湖の波打《なみう》ち際《ぎわ》まで、空堀《からぼり》を[47]二丈余りに掘り通して、所々《しょしょ》に橋を渡し、岸の上

26 白鳥越え(古路越え)。雲母坂より無動寺南の白鳥山の南を越えて滋賀県大津市穴太(あのう)へ至る道。
27 城柵と防御の柵。
28 義貞。
29 千葉は下総、宇都宮は下野の豪族。土居・得能は、伊予の河野一族。
30 比叡山の東麓。大津市坂本。
31 歩くこともできない長老の僧。
32 僧坊に籠もって学問に励む学僧。
33 雲母坂。
34 比叡山の頂上をいう。
35 東坂本の日吉大社にまつられる比叡山延暦寺の鎮守神。山王権現。
36 ごく近い距離。
37 矢を射たときの射手の喚声。
38 漫然と。

に塀を塗り、木戸《きど》、逆木《さかもぎ》を厳しうして、[48]渡櫓《わたりやぐら》、高櫓《たかやぐら》三百余ヶ所に掻き並べたり。塀の上より見越せば、これぞ大将の陣と覚えて、[49]中黒《なかぐろ》の旗三十余流れ、[50]山颪《やまおろし》に吹かれて龍蛇《りゅうじゃ》の如くなり。その下に、陣屋を並べて[51]油幕《ゆばく》を引き、爽《さわ》やかに鎧ひたる兵二、三万騎、馬を後ろに引き立てさせて、[52]一勢一勢《いっせいいっせい》並み居たり。無動寺の麓、白鳥《しらとり》の方《かた》を見上げたれば、千葉《ちば》、宇都宮《うつのみや》、土居《どい》、得能《とくのう》、四国、中国の兵ども、ここを堅めたりと覚えて、[53]左巴《ひだりともえ》、右巴《みぎともえ》、月に星、[54]三引両《みつひきりょう》、[55]折敷《おしき》に三文字《みつもんじ》、色々の旗ども六十余流れ、木梢《こずえ》に翻《ひるがえ》つて片々《へんぺん》たる。その影に、甲《かぶと》の緒《お》をしめたる兵三万余騎、近づかば、[56]横合《よこあ》ひにかさよりまくり落とさんと、轡《くつばみ》を並べてひかへたり。また、海上《かいしょう》の方を直下《みおろし》たれば、西国《さいごく》、北国《ほっこく》、東海道の船軍《ふないくさ》に馴れたる兵どもと覚えて、[57]亀甲《きっこう》、下濃《すそご》の瓜《うり》の紋、連銭《れんぜん》、三星《みつぼし》、[58]四目結《よつめゆい》、[59]赤旗、水色、[60]三〓《みつすはま》、家々の紋書いたる旗三百余流れ、[61]塩ならぬ海に影見えて、漕ぎ並べたる船に、射手《いて》

39　日吉山王七社の第一、大宮権現。
40　延暦寺の東塔・西塔・横川の僧徒が、全山の方針を評議すること。
41　雲母坂の水飲峠にあった和労堂。「将門の」は、平将門が比叡山に登り、平安城を見下ろして藤原純友とともに国家転覆の陰謀を企てたという伝説によるか。
42　勝敗の分け目。
43　比叡山を登る人のために湯水を提供した場所。雲母坂の途中にあった。
44　堀割。
45　垣のように楯を並べて。
46　大津市穴太。
47　一丈は、約三メートル。
48　渡櫓は、左右の石垣にまたがらせて造った櫓。高櫓は、高く築いた櫓。
49　新田の紋。流れは、旗を数える語。

の兵ども数万人、掻楯《かいだて》の陰に弓杖《ゆんづえ》[62]ついて、横矢[63]を射んと構へたり。

寄手《よせて》、誠《まこと》に大勢《おおぜい》なりと云へども、敵の勢ひに機[64]を呑まれて、矢懸《やが》[65]かりまでも近づかず、大津《おおつ》、唐崎《からさき》、志賀《しが》の里《さと》、三百余ヶ所に陣を取つて、遠攻《とおぜ》めにこそしたりけれ。

六月六日、大手《おおて》の大将の中《なか》より、西坂《にしざか》の寄手の中へ使者を立てて、「こなたの敵陣を伺《うかが》ひ見候へば、新田《にった》、宇都宮《うつのみや》、千葉《ちば》、河野《こうの》を始めとして、宗徒《むねと》[66]の武士ども、大略東坂本《たいりゃくひがしさかもと》を堅めてありと見えて候ふ。西坂[67]をば、嶮《けわ》しきを憑《たの》みて、公家の人々、山法師どもを差し向けて候ふなる。一充《ひとあ》[68]て手痛く攻めて御覧候へ。はかばかしき[69]合戦はよも候はじ。思《おも》[70]ふ図《ばか》りに大嶽《おおだけ》[71]の敵を追ひ落とされて、大講堂《だいこうどう》[72]、文殊楼《もんじゅろう》の辺にひかへて火を揚げられ候へ。同時に攻め合はせて、東坂本の敵を一人も余さず、湖水に追つぱめて亡ぼし候ふべし」と、牒《ちょう》[73]せられける。

50 山から吹きおろす風。
51 雨をしのぐため油を塗った陣幕。
52 軍勢ごとに。
53 左巴は、結城、右巴は、宇都宮、月に星は、千葉の紋。
54 他本「片引両」。片引両は中黒に同じ。
55 河野の紋。
56 敵の側面を嵩（さか＝高所）から攻め落とそうと。
57 亀甲は、亀の甲羅をかたどった紋。下濃の瓜の紋は、下にいくほど濃く染めた、瓜の輪切りを図案化した紋。連銭は、銭形六つを二列に並べた紋。三星は、星三つを品の字形に配した紋。
58 佐々木の紋。
59 赤や水色の旗。
60 浜辺にできた島形の洲をかたどった紋。常陸の小

西坂の大将豊前守《ぶぜんのかみ》、これを聞いて、諸軍勢に向かつて[74]法を出《い》だしけるは、「山門《さんもん》を攻め落とすべき諸方《しょほう》の相図《あいず》明日にあり。この合戦に[75]一足も退《しりぞ》きたらんずる者は、たとひ前々《さきざき》抜群《ばっくん》の忠ありと云へども、無に処《しょ》して本領を没収《もっしゅ》し、その身を追放すべし。一太刀《ひとたち》も敵に打《う》ち違《ちが》へ、陣を破り分捕《ぶんど》りをもしたらんずる者をば、[76]凡下《ぼんげ》ならば侍《さぶらい》になし、[77]家人《けにん》ならば直《じき》に恩賞を申し与ふべし。さればとて、独《ひと》り高名《こうみょう》せんとて抜け懸けすべからず。また[78]傍輩《ほうばい》の忠を猜《そね》みて、危ふき処《ところ》を見放すべからず。互ひに力を合はせ、ともに志《こころざし》を一つにして、斬るとも射るとも用《もち》ゐず、乗り越え乗り越え進むべし。敵引き退かば、立ち返らぬ先に攻め立て、山上に攻《せ》め上《のぼ》り、堂舎仏閣に火を懸けて、一宇《いちう》も残さず焼き払ひ、三千の衆徒《しゅと》の頸《くび》を一々に大講堂の庭に斬り懸けて、[79]将軍の御感《ぎょかん》に預《あずか》り給はぬか」と、諸人を励《はげ》まして下知《げじ》しける、[80]悪逆《あくぎゃく》の程こそあさましけれ。諸国の軍勢等《ら》、この命《めい》を聞いて、勇み進

田の紋。

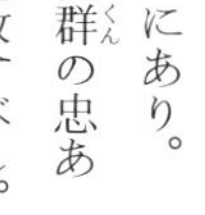

三つ洲浜

61 淡水である琵琶湖。
62 弓を杖にして。
63 敵の側面から射る矢。
64 気勢をそがれて。
65 矢の届く距離。
66 主だった。
67 西坂を、険阻を頼りにして、公家の侍や叡山の法師で守っているらしい。
68 一度相手に激しく仕掛けてみてはいかがですか。
69 これといった合戦は決して起こらないだろう。
70 思いどおりに。
71 比叡山の主峰、大比叡（おおひえ）。
72 ともに東塔にある堂舎。
73 連絡をとり合った。

まぬ者はなし。

夜すでに明けければ、三石《みついし》、[81]松尾《まつのお》、水飲《みずのみ》より三手《みて》に分かれて二十万騎、太刀、長刀《なぎなた》の鋒《きっさき》を並べて、[82]射向《いむけ》の袖を差しかざいて、[83]えい声を出だしてぞ揚《あ》げたりける。先《ま》づ一番に、[84]中書王《ちゅうしょおう》の副将軍に憑《たの》まれたりける[85]千《ち》種《くさ》宰相《さいしょう》中将《ちゅうじょう》忠顕《ただあき》、[86]坊門《ぼうもん》少将《しょうしょう》正忠《まさただ》、三百余騎にて防かれけるが、松尾より攻《せ》め上《のぼ》る敵に後ろを裹《つつ》まれて、忠顕卿、口惜しき事にしてここを限りに散々《さんざん》に戦はれけるが、つひに一人も残らず討たれにけり。さしも[87]忠貞弐無《ちゅうていにな》く、[88]抽賞《ちゅうしょう》人に過ぎて、君も深く御憑《おんたの》みありけるによつて、一命を軽《かろ》くして失《う》せにけるこそあはれなれ。

これを見て、後陣《ごじん》に支へて防きける[89]護正院《ごしょういん》、禅智房《ぜんちぼう》、道場房《どうじょうぼう》以下《いげ》の衆徒《しゅと》七千余人、一太刀《ひとたち》打つては引き上がり、暫《しばら》く支へては引き退き、次第次第に引きける間、寄手《よせて》いよいよ勝《かつ》に乗つて、追つ立て追つ立て息をも継《つ》がせず、さしも嶮《けわ》しき[90]雲母坂《きららざか》、蛇池《じゃのいけ》

74 おきて。命令。
75 一歩でも後退した者。
76 侍身分でない中間以下の者。
77 侍身分の者。
78 同輩の手柄を妬んで。
79 将軍(尊氏)から褒賞を受けたいと思わぬか。
80 (寺を焼き僧侶の殺害を命じる)非道の程はなんともあきれたことだ。
81 雲母坂の中腹の地。
82 鎧の左袖をかざして。
83 えいやという掛け声。
84 中務卿の唐名。尊良(たかよし)親王。史実では、このときの後醍醐方の大将軍は、式部卿宮恒明親王(亀山帝の皇子)。
85 六条有忠の子。後醍醐帝の隠岐遷幸にも同行した建武の功臣。
86 不詳。坊門家は藤原道隆の子孫。第九巻・2「坊

を弓手《ゆんで》に見なして、大嶽《おおだけ》までぞ攻め上りける。

さる程に、院々に鐘を鳴らして、西坂《にしさか》すでに攻め破られぬと、[91]本院《ほんいん》の谷々騒ぎければ、行歩《ぎょうぶ》にも叶《かな》はぬ老僧は、[92]鳩《はと》の杖《つえ》に携《たずさ》はつて、[93]中堂《ちゅうどう》、常行堂《じょうぎょうどう》、法華堂《ほっけどう》なんどへ参つて、本尊とともに焼け死なんと悲しむ。[94]稽古《けいこ》讃仰《さんぎょう》の修学者《しゅがくしゃ》どもは、[95]経論聖《きょうろんしょう》教《ぎょう》を胸に当てて落ち行く。或いは[96]悪僧《あくそう》の太刀、長刀《なぎなた》を奪ひ取つて、[97]四郎谷《しろうだに》の箸塚《はしづか》の上に走り上がり、命を捨ててぞ闘ひける。

ここに、数十万人の中より、「備後国《びんごのくに》の住人、[98]江田源八泰武《えだのげんぱちやすたけ》」と名乗つて、[99]洗皮《あらいがわ》の大鎧《おおよろい》に[100]五枚甲《ごまいかぶと》の緒《お》をしめ、四尺六寸の太刀に血を付けて、ましぐらにぞ懸かりたりける。これを見て、[101]杉本《すぎもと》の山神大夫定範《やまのかみのたいふじょうはん》と云ひける悪僧、[102]黒糸の鎧に龍頭《たつがしら》の甲《かぶと》の緒《お》をしめ、[103]大立挙《おおたてあげ》の臑当《すねあて》に、三尺八寸の長刀《なぎなた》[104]茎短《くきみじ》かに取り直し、乱れ足を踏み、人交《ひとま》ぜもせずただ二人《ににん》、火を散らしてぞ斬り合ひたる。源八は、遥《はる》かの坂を上《のぼ》つて、数ヶ度《すかど》の戦いに[105]腕緩《たゆ》み機

門少将雅忠」。
87 忠節が比類なく。
88 褒賞も抜きん出て。
89 いずれも延暦寺にあった僧坊。
90 比叡山に登る雲母坂を、途中の蛇池を左手に見ながら。
91 東塔。
92 頭部に鳩の形を彫った老人用の杖。鳩は食べ物にむせばないことにあやかった中国の習慣。
93 中堂は、東塔の本堂、根本中堂。常行堂・法華堂は、西塔の堂舎。
94 学問と仏への祈りをもっぱらとする学僧。
95 経典とその注釈。聖教は経論に同じ。
96 勇猛な荒法師。
97 東塔にあった地名だろうが、不詳。
98 広島県三次市（三谿郡

疲《つか》れけるにや、ややもすれば請《う》け太刀《だち》になりけるを、定範《じょうはん》、[106]得たり賢《かしこ》しと、長刀《なぎなた》の柄《え》を取り延べ、源八《げんぱち》が冑《かぶと》の鉢を、破《わ》れよ砕《くだ》けよと、重ね打ちにぞ打つたりける。源八、甲《かぶと》の[107]吹返《ふきかえし》を目の上へ切り下げられて、着直さんと振《ふ》り仰《あお》のきける処《ところ》を、定範、長刀をからりと打ち捨て、走り懸かつてむずと組む。二人《ににん》が踏みける[108]力足《ちからあし》に、山の片岸《かたぎし》崩れて、[109]足もたまらざりければ、二人引つ組みながら、数千丈高き小篠原《こざさはら》を、上になり下になり覆《ころ》びけるが、中の程より別々になつて、両方の谷の底へぞ落ちたりける。

この外《ほか》の禅侶《ぜんりょ》、法華堂《ほっけどう》の衆に至るまで、[110]忍辱《にんにく》の衣《ころも》の袖を結んで肩に懸け、[111]降魔《ごうま》の利剣《りけん》を拉《とりひし》いで、向かふ敵に走り懸かり、命を風塵《ふうじん》よりも軽《かろ》くして防き戦ひける程に、寄手《よせて》の大勢《おおぜい》進みかねて、四明《しめい》の頂《いただき》、[112]西谷口《にしたにぐち》、[113]今三町ばかりに見上げて、一気《ひといき》休めてぞひかへたる。

江田郷)の武士。神田本・流布本「泰氏」。

99 鹿のなめし皮で緘(おど)した大鎧(略式の胴丸・腹巻などに対して正式の鎧)。

100 錣(しころ=鉢から垂らす首おおい)の板が五段からなる兜。

101 杉本は坊の名か。

102 黒糸で緘した鎧に、龍頭の細工を前立物(まえだてもの=兜の正面の飾り)につけた兜。

103 膝から大腿部の外側を防御する大きな臑当。

104 長刀の柄を両手で(刃の近くまで)しっかり握り、激しい足づかいをして、他人をまじえず。

105 腕の動きも鈍り気力も失われたのか。

106 してやったり。

107 兜の錣の前面の、左右に開いた部分。

108 力をこめて踏んだ足。

ここに、大講堂《だいこうどう》の鐘を鳴らして事の急を告げたりける間、[114]小《さ》竹《さ》の峯《みね》を堅めんとて、昨日横川《よかわ》へ向かはれたりける宇都宮《うつのみや》五百余騎、[115]鞭《むち》に鐙《あぶみ》を并《あわ》せて西谷口へ馳《は》せ来《き》たる。皇居を守護して東《ひがし》坂本《さかもと》に座《ざ》せられたる新田《にった》左中将《さちゅうじょう》義貞《よしさだ》、六千余騎を率《そっ》して四明の上へ馳《は》せ登《のぼ》り、[116]紀清両党《きせいりょうとう》を進ませ、[117]江田《えだ》、大館《おおたち》を[118]魚鱗《ぎょりん》に連《つら》ねて、[119]真倒《まっさかさま》に懸け立てられけるに、寄手二十万騎の兵ども、水《みず》飲《のみ》の南北の谷へ懸け落とされて、人馬ともに上が上に落ち重なりしかば、さしも深き谷二つ、死人に埋《う》まりて平地《ひらち》になる。

寄手、この日の合戦に打ち負けて、相図《あいず》の支《し》度《たく》相違しければ、水飲より下に陣を取つて、敵の隙《ひま》を伺《うかが》ふ。義貞は、東坂本を閣《さしお》いて、大嶽《おおだけ》を陣に取り、[120]昼夜《ちゅうや》旦暮《たんぼ》に闘ひて、互ひに陣を破られず、西坂《にしざか》の合戦は、このままにて休《や》みぬ。

[121]その翌日《つぎのひ》は、高豊前守《こうのぶぜんのかみ》、大津《おおつ》へ使者を立てて、「宗徒《むねと》の敵どもは、皆《みな》大嶽に向かひたりと見えて候ふ。急ぎ大手《おおて》の合戦を始

109　足もこらえきれず。
110　侮辱や迫害に耐え忍び、怒りを抑え、身を守る僧衣。袈裟のこと。
111　悪魔を降伏(ごうぶく)させる鋭利な剣を手にして。
112　四明岳から雲母坂への降り口。
113　あと三町(一町は、約一〇九メートル)。
114　横川の西の篠峰。
115　全速力で駆けるさま。
116　宇都宮配下の紀氏・清原氏の二つの党の武士団。
117　ともに新田一族。
118　先頭を細くして敵陣を突破する魚の鱗形の陣形。
119　四明岳の上から下へ一気に攻め立てたので。
120　朝夕。
121　底本傍書「六月七日」。

められて、東坂本《ひがしさかもと》を攻め破り、神社、仏閣、僧房、民屋《みんおく》に至るまで、[122]一宇《いちう》も残らず焼き払ひて、敵を山上に追ひ上げ、東西両塔の間に打ち上がりて、煙を上げられ候はば、大嶽《おおだけ》の敵も前後に心を迷はして、[123]進退《しんだい》定めて度《ど》を失ひつと覚え候ふ。その時、西坂《にしざか》より同じく攻め上《のぼ》つて、戦ひの雌雄を一時《いっし》に決すべし」とぞ牒《ちょう》せらる。[124]吉良《きら》、石塔《いしどう》、仁木《にき》、細川《ほそかわ》の人々、これを聞いて、「昨日はすでに、大手《おおて》の勧めによつて、高家《こうけ》の一族ども、[125]手《て》の定《つ》めの合戦致されぬ。今日はまた、搦手《からめて》よりこの陣の合戦を勧めらるる事、誠《まこと》に理《り》に当たれり。[126]黙《もだ》すべきにあらず」とて、十八万騎を三手《みて》に分けて、[127]田中《たなか》、浜道《はまみち》、山添《やまぞえ》より、わざと夕日に敵を向けよとて、東坂《ひがしざか》へぞ寄せたりける。

城の中の大将には、義貞《よしさだ》の舎弟脇屋《わきや》左京大夫《さきょうのだいぶ》義助《よしすけ》を置かれたりければ、東国《とうごく》、西国《さいごく》の[128]強弓《つよゆみ》、手だれを勝《す》ぐつて、[129]土矢間《つちさま》、櫓《やぐら》の上に[130]置き、土居《どい》、得能《とくのう》、[131]仁科《にしな》、春日部《かすかべ》、[132]伯耆守《ほうきのかみ》以下《いげ》の四国、

122 一軒。
123 進退窮まり必ずやとり乱すだろうと思われます。
124 いずれも足利一族。
125 激しく攻め寄せた。
126 黙って捨て置くべきではない。
127 田の中の道、湖岸の道、山際の道から。
128 強い弓の射手と、弓矢の名手。
129 土狭間。土塀にあけた矢を射る小窓。
130 底本「上ニハ」を改める。
131 仁科氏重、春日部時賢。
132 名和長年。

北国《ほっこく》の懸け武者[133]どもを二万余騎、白鳥《しらとり》[134]が岡にひかへさせ、船軍《ふないくさ》に馴れたる国々の兵に、和仁《わに》[135]、堅田《かただ》の地下人《じげにん》[136]どもを差し添へて五千余人、兵船《ひょうせん》七百余艘に掻楯《かいだて》を掻いて、湖水の澳《おき》に浮かべ(た)り。敵軍の構へ緊《きび》しくして、人近づくべき様《よう》なしと云へども、軍《いくさ》[137]をせでは、敵の退くべき様なしとて、三方の寄手《よせて》十八万騎、相近づいて時《とき》[138]を作れば、城中の勢《せい》六万余騎、矢間《さま》の板《いた》を敲《たた》き、時の声を合はす。大地もこれ[139]がために裂《わ》れ、太山《たいざん》もこの時に崩れやすらんとおびたたし。

寄手、すでに堀の前までかづき寄せ[140]、埋め草[141]を以て堀を埋め、焼き草[142]を積んで櫓《やぐら》を焼き落とさんとしける時、三百余ヶ処の櫓、土矢間、出塀《だしべい》[143]の内より、雨の降る如く射ける矢、更に浮矢《あだや》[144]一つもなかりければ、楯のはづれ[145]、旗の本《もと》に射伏せられて、死生《ししょう》[146]の堺《さかい》を知らざる者三千人に余れり。寄手、余りに多く射殺されける間、持楯《もちだて》[147]の陰に隠れんと、少し色めき[148]ける処《ところ》に、城の内より

133　命知らずのはやり武者。
134　無動寺南の白鳥山。
135　滋賀県大津市和邇、同堅田。
136　その土地の住民。
137　戦わなければ、敵が退くわけがない。
138　鬨(きと)の声。
139　鬨の声が余りにおびただしいために。
140　楯をさしかざして押し寄せ。
141　城攻めの際、堀などを埋めるのに用いる草。
142　物を焼くのに用いる枯れ草。
143　射撃や物見のために、城の塀の一部を外へ突きだしたもの。
144　むだな矢。
145　楯の端や旗の下に。
146　生死の境をさまよう者。
147　携帯用の楯。
148　浮き足だつ。

見すまして、脇屋《わきや》、堀口《ほりぐち》、江田《えだ》、大館《おおたち》の人々六千余騎、三つの木戸を開かせて、ただちに敵の中へ懸け入る。土居《どい》、得能《とくのう》、仁科《にしな》、伯耆《ほうき》が勢《せい》二千余騎、白鳥《しらとり》より懸け下《お》りて横合《よこあ》ひに会ひ、湖水に浮かべる国々の兵ども、[149]唐崎《からさき》の一つ松の辺へ漕ぎ寄せ、[150]差矢《さしや》、遠矢《とおや》透《す》き間《ま》もなく、矢種《やだね》を惜しまず射たりけり。寄手《よせて》大勢《おおぜい》なりと云へども、山と海との横矢《よこや》に[151]射しらまされ、田中《たなか》、[152]白井《しろい》、白鳥の官軍に懸け立てられて、叶《かな》はじとや思ひけん、また本《もと》の陣《じん》へ引つ返す。

その後《のち》よりは、日夜朝暮《にちやちょうぼ》に兵を出《い》だし合《あ》はせて、矢軍《やいくさ》ばかりを始むれども、寄手は、遠攻めにしたるばかりにて過ごしけり。官軍は、城を落とされぬを勝《かつ》にして、[153]はかばかしき合戦なかりけり。

149 大津市唐崎にあった名所の一本松。
150 矢継ぎ早に射る矢や遠方をねらって射る矢。
151 射すくめられ。
152 大津市坂本の地。
153 これといった。

2

1 熊野の周辺に住んだ土豪。庄司は、荘園代官。湯川・玉置・新宮・安田・芋瀬・中津川・野長瀬・湯浅の八氏。第五巻・8、参照。
2 新手。ひかえの新しい軍勢。
3 黒皮の太い緒で幅広の札(さね)を荒めに縅(おど)した鎧。
4 錣(しころ＝鉢から垂らす首おおい)の板が五段からなる兜。
5 指先まで鎖を編み込ん

熊野《くまの》勢軍《ぜいいくさ》の事　2

　同じき十六日、熊野[1]の八庄司《はっしょうじ》ども、五百余騎にて上洛《しょうらく》したりけるが、荒手《あらて》[2]なれば一軍《ひといくさ》せんとて、やがて西坂《にしざか》へぞ向かひける。

　ここに、黒皮[3]の大荒目《おおあらめ》の鎧、同じ毛の五枚冑《ごまいかぶと》[4]に、指の先まで[5]鏁《くさり》たる小手《こて》、臑当《すねあて》、半首《はつぶり》[6]、涎懸《よだれかけ》[7]、透《す》[8]き間《ま》もなく裹《つつ》みたる一様《いちよう》なる武者、䁈《おぎ》[9]ろ事柄《ことがら》、誠《まこと》[10]に尋常《よのつね》の兵どもの出で立つたる風情《ふぜい》を替へて、物の用に立ちぬと見えければ、高豊前守《こうのぶぜんのかみ》[11]、悦《よろこ》び思《おも》ふ事斜《なの》めならず。やがて対面して、合戦の異見を訪《たず》ね問ひければ、湯浅庄司《ゆあさのしょうじ》[12]、殊更《ことさらすす》前み出《い》でて申しけるは、「紀伊国《きのくに》そだちの者どもは、少《おさな》くより悪処岩石《あくしょがんせき》[13]に習ひて、鷹を仕《つか》ひ、狩りを旨《むね》と仕《つかまつ》る者にて候ふ間、馬の通《かよ》はぬ程の嶮岨《けんそ》をも、平地《ひらち》の如くに存ずるにて候ふ。ましてや申し候はん、この山なんどを見て、難所な

だ手の防具。

6　前額部から両頰にかけてを覆う鉄製の防具。半頰（はんぼお）とも。

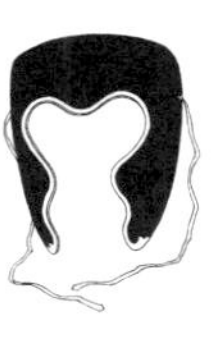

半首

7　喉の防具。

8　防具で隙間もなく覆った同じ装いの武者。

9　強そうな様子。䁈（おぎ）ろは、甚だしいさま。

10　普通の兵が出陣した様子とは異なり、大いに活躍しそうに見えたので。

11　師久。西坂（搦め手）を攻める足利方の大将。

12　和歌山県有田郡湯浅町に住んだ武士。熊野八庄司の一。他本「湯河庄司」。

13　難所の岩場を馬で駆けることに慣れて。

りと思ふ事は、露《つゆ》ばかりも候ふまじ。[14]威毛《おどしげ》こそよくも候はねども、[15]自ら撓《た》め拵《こしら》へて候ふ物具《もののぐ》をば、いかなる[16]筑紫八郎殿《つくしのはちろうどの》も、[17]左右《う》なく裏かかする程の事は、よも候はじ。将軍の御大事、ただこの時にて候へば、われら武士の矢面《やおもて》に立つて、[18]敵の矢を射ば、物具にて請《う》け留《と》め、斬らば、その太刀、長刀《なぎなた》に取り付けて、敵の中へ破《わ》り入《い》る程ならば、いかなる新田殿《にったどの》も、[19]やはか怺《こら》へられ候ふ」と、傍若無人《ぼうじゃくぶじん》に申しければ、聞く人見る人、いづれも[20]偏執《へんじゅう》の思ひをなさず、さぞあらんと見たりけり。

やがて、「これを[21]先武者《さきむしゃ》にて攻めよ」とて、六月十七日[22]辰《たつ》の刻《こく》に、二十万騎の大勢、熊野《くまの》の八庄司《はっしょうじ》が五百余騎を先に立てて、[23]松尾坂《まつのおさか》の尾立《おさき》より、[24]かづき連れてぞ上《のぼ》りたりける。

官軍の方《かた》に、[25]四月一日《わたぬき》五郎左衛門《ごろうざえもん》、[26]池田九郎《いけだのくろう》、[27]本間孫四郎《ほんままごしろう》、[28]相馬四郎左衛門《そうましろうざえもん》とて、十万余騎が中より四人撰《えら》び出《い》だされたる強弓《つよゆみ》の手だれあり。池田と四月一日とは、[29]時節《おりふし》、東坂本《ひがしさかもと》へ遣《つか》

14 鎧こそ立派でないが。
15 自分で鍛え拵えた鎧。
16 源為朝。保元の乱で活躍した超人的な弓の名手。
17 たやすく射通す。
18 敵が矢を射たら、鎧で受け止め。
19 どうしてもちこたえられようか。
20 ねたみ恨む心などなく。
21 先頭に立って攻めかかる武者。 22 午前八時頃。
23 雲母坂の途中の地。尾立(尾崎)は、山の尾根の下がってくる先端。
24 楯をかざし並べて。
25 群馬県高崎市綿貫町に住んだ武士。「四月一日」は、綿抜きの単衣に衣替えする日。
26 他本「五郎」。上野国那波郡池田郷の武士か。
27 重氏。新田軍を代表する弓馬の名手。第十六巻・

はされて居合はさず。本間と相馬と二人《ににん》、義貞《よしさだ》の前に候ひけるが、「今日の合戦は、熊野《くまの》人《びと》先懸《さきが》けして登り候ふなる。今日は御方《みかた》の兵には、太刀をも抜かせ候ふまじ。矢の一つをも射させ候ふまじ。われら二人《ににん》、先《ま》づ罷《まか》り向《む》かつて、一矢《ひとや》仕《つかまつ》つて奴原《きやつばら》に肝《きも》つぶさせ候はん」と申して、いと心閑《こころしず》かに座席をぞ立つたりける。なほ弓を強く引かんために、着たる鎧を脱《ぬ》ぎ置《お》いて、[30]脇立《わいだて》ばかりに[31]大童《おおわらわ》になり、[32]剣樋《けんのひ》かきたる白木《しらき》の弓の、短くは見えたれども、尋常《よのつね》の弓に立ち並べたれば、今二尺余り[33]曲高《そりだか》なるを、大木に押《お》し側《そば》めゆらゆらと張り、[34]鴾《とき》の羽《はね》にて矯《は》ぎたる矢の[35]十五束三伏《そくみつぶせ》ありけるを、百矢《ももや》の中よりただ二筋《ふたすじ》抜きて、弓に取り添へ、[36]そぞろ歌《うた》うたうて、しづしづと向かひの[37]尾《お》へ渡りければ、跡に立ちたる相馬、[38]銀《しろかね》の竿《つく》打つたる弓の、[39]普通の弓四、五張并《はりあわ》せたる程なるを、道にて撓《た》め直《なお》し、[40]矢爪寄《つまよ》りて、一村茂《ひとむらしげ》る松影《まつかげ》に、人交《ひとま》ぜもなく二人、弓杖《ゆんづえ》つきてぞ立つたりける。

9、参照。
28 忠重。下総の武士。千葉氏の一族。
29 ちょうどその時。
30 鎧の胴の右脇の合わせ目に当てる防具。
31 兜を脱いださま。兜着用時は髻を解くので、兜を脱ぐと童髪になる。
32 弓の内側、弓腹(ゆはら)に刻む浅い溝の両端をとがらせたもの。白木は、木地のままで何も塗ってない木材。
33 弦を張らない時の弓の反りが、通常より二尺余り高い強弓。
34 トキの羽をつけた矢。神田本「白鳥(くぐ)」。
35 束は、一握りで親指を除く指四本、伏は、指一本分の幅。矢の長さは、十二束が標準。
36 鼻歌。 37 尾根。
38 つがえた矢を固定する

ここに、これこそ聞こえたる八庄司《はっしょうじ》が内の大力《だいぢから》よと覚えて、長《たけ》八尺ばかりなる男の[41]一荒《ひとあ》れ荒れたるが、[42]鏁《くさり》の上に黒皮《くろかわ》の鎧を重ねて着、五枚甲《ごまいかぶと》の緒《お》をしめ、半首《はつぶり》の面《おもて》に朱を差して、八尺ばかりに見えたる柏木《かしわぎ》の棒を右の手に振り、[43]猪《い》の目《め》透《す》かしたる鉞《まさかり》の、歯の亘《わた》り一尺ばかりあるを左の手に振りかたげて、少しもためらふ処《ところ》もなく、小跳《こおど》りして上《のぼ》る風情《ふぜい》を見れば、[44]大阿修羅王《だいあしゅらおう》、帝釈《たいしゃく》の軍《いくさ》に打ち勝つて[45]三十三天へ追《お》ひ上《のぼ》せ、須弥《しゅみ》の半腹《はんぷく》へ攻《せ》め上《のぼ》る勢ひ、これに過ぎじと覚えたり。[46]あはひ二町ばかり近づいて、本間《ほんま》、小松の影より立ち出で、件《くだん》の弓に十五束三伏《そくみつぶせ》、[47]忘るるばかり引きしぼり、ひようつと射渡す。志《こころざ》す矢処《やつぼ》少しも違《たが》へず、[48]絃走《つるばしり》より[49]総角付《あげまきづけ》の板まで、裏面五重《うらおもていつえ》を懸け通して、矢《や》先《さき》三寸ばかり血潮《ちしお》に染《そ》みて出でたりければ、鬼か神かと見えつる熊野人《くまのびと》、持ちたる鉞を打ち捨て、小竹《こざさ》の上にどうと臥す。

その次に、これも先の男に[50]一かさ増して、二王《におう》を作り損じた

折れ釘状の銀製の金具。

39 底本「甲ニ普通ノ弓四五人張取添テ」。玄玖本により改める。

40 矢羽を指先で整えて。

41 一段と荒々しそうな。

42 くさりかたびら。

43 猪の目に似たハート型の孔を透かし彫りにした鉞。

44 悪神阿修羅が護法の善神帝釈天の住む須弥山に攻め上った話は、「倶舎論」などにみえる。

45 忉利天とも。欲界の第二天。須弥山(世界の中心にそびえるという高山)の頂上にあり、帝釈天を主神とする。

46 二町ほどの間に。一町は、約一〇九メートル。

47 矢の長さを忘れるぐらい、いっぱいに。

48 鎧の胴の正面。矢を射た時、弦が当たるので、染

る如くなる武者、眼逆様《まなこさかさま》に裂け、髭《ひげ》左右へ分かれたるが、[51]射向《いむけ》の袖を差しかざし、[52]鎧突《よろいづ》きして上《のぼ》りける処《ところ》を、相馬《そうま》四郎左衛門《しろうざえもん》、五人張りに十四束三伏の[53]金磁《かなじん》(頭《どう》)、[54]沓巻《くつまき》を残さず引き懸けて、弦音《つるおと》高く切つて放つ。その矢、あやまたず[55]甲《かぶと》の真向《まっこう》を射砕《いくだ》き、[56]鉢付《はちつけ》の板《いた》の横縫《よこぬい》切れて、矢尻《やじり》の見ゆるばかりに射込みたれば、あつと云ふ声とともに倒れて、矢庭《やにわ》に二人《ににん》死ににけり。

次に続ける熊野勢五百余人、この矢二筋《ふたすじ》を見て前へも進まず、後ろへも退かず、皆身をつづめてぞ立つたりける、本間と相馬と二人ながら、これをば少しも見ぬ由《よし》して、御方《みかた》の兵の二町ばかり隔《へだ》たつたる向かひの尾に、陣を取つて居たりけるに向かつて、「[57]例ならず敵どものはたらき候ふは、軍《いくさ》の候はんずるやらん。[58]習はしに一矢づつ射て見候はん。[59]何にても的《まと》に立てさせ給へ」と云ひければ、[60]「これをあそばし候へ」とて、[61]皆紅《みなぐれない》の扇の月出だしたるを矢に挟《はさ》みて、遠的《とおまと》にぞ立てたりける。本間は前

め革で包む。
49　鎧の背の総角結びの飾り紐をつけた部分。
50　一回り大きくし、二王(仏法守護の金剛力士)を作り損なったような。
51　鎧の左の袖。
52　鎧を揺すって札《さね》＝鎧を作る革や鉄の小板)の透き間をなくす動作。
53　磁頭は、鏑形で中が空洞でない鏃《やじり》。その鉄製のものが金磁頭。
54　沓巻(鏃を差し込んで糸で巻きしめた矢の先端部分)まで目一杯に引き絞って。
55　兜の正面。
56　兜の鉢に錣《しころ》を取り付けた部分。横縫は、鉢付けの板を綴じ付けた紐。
57　いつになく敵勢が動いているのは、合戦が始まろうとしているのか。

に立ち、相馬《そうま》は後ろに立ち、「月を射ば、天の恐れもあり、両[62]方のはづれを射んずるぞよ」と約束して、本間《ほんま》はたと射れば、相馬もはたと射る。矢処《やつぼ》の約束に少《ち》とも違《たが》はず、中なる月をぞ残しける。

その後《のち》、[63]百矢《ももや》二腰《ふたこし》取り寄せて、[64]張り替への弓の[65]寸引《すび》きして、「相模国《さがみのくに》の住人本間《ほんま》孫四郎重氏《まごしろうしげうじ》、下総国《しもうさのくに》の住人相馬四郎左衛門《そうましろうざえもん》忠重《ただしげ》二人、この陣を堅め候ふぞ。矢少々請けて、[66]物具《もののぐ》の札《さね》の程御覧候へ」と、高らかに名乗れば、跡なる寄手《よせて》二十万余騎、誰《たれ》が追ふともなけれども、われ先にと逃げふためいて、また本《もと》の陣《じん》へ引き退く。

金輪院少納言夜《こんりんいんのしょうなごんよ》討《うち》の事 3

今の如く、矢軍《やいくさ》ばかりにて日を暮らし、夜《よ》を明かさば、何年

58 手慣らし。
59 何でもいいから的として立てなさい。
60 これを射てはいかがか。
61 紅の地に銀で三日月を描いた扇。
62 開いた扇の両端。
63 百本の矢を入れた箙（えびら）を二つ。
64 弦を張り替えて使う予備の弓。
65 素引き。矢をつがえずに試しに弦を引くこと。
66 鎧の札のよしあし。

を経《ふ》るとも、山門《さんもん》落つる事あるべからず。諸人、攻めあぐんで迷ひける処《ところ》に、山徒[1] 金輪院律師《こんりんいんのりっし》[2]光澄《こうちょう》がもとより、今木少納言《いまきのしょうなごん》[3]隆賢《りゅうけん》と申しける同宿《どうじゅく》[4]を使ひにて、高豊前守《こうのぶぜんのかみ》に申しけるは、「新《にっ》田殿《たどの》の支[5]へられて候ふ四明山《しめいさん》の下は、山上第一の難所《なんじょ》にて候へば、たやすく攻め破らん事難《かた》しとこそ存じ候へ。よく物馴れて候はん西国方《さいごくがた》の兵を四、五百騎、この隆賢に相添へられて、無《む》動寺《どうじ》の方《かた》より忍び入り、文殊楼《もんじゅろう》[6]の辺、四王院《しおういん》の辺《あた》りにて、時《とき》の声《こえ》を揚げられ候はば、光澄 与力《よりき》[7]の衆徒等《しゅとら》、東西両塔《とうざいりょうとう》の間に旗を上げ、時の声を并《あわ》せて、山門をば時《とき》の間《ま》に攻め落とし候ふべし」とぞ申したる。山徒の中に御方《みかた》仕《つかまつ》る者、一人《いちにん》なりとも出で来《こ》よかしと思ひける処に、隆賢、忍びやかに来たつて、夜討《ようち》すべき様《よう》を申しければ、高豊前守、大きに悦《よろこ》びて、播磨《はりま》、美作《みまさか》、備前《びぜん》、備中《びっちゅう》四ヶ国の勢《せい》の中より、夜討に馴れたる兵五百余人勝《すぐ》つて、六月(十)八日の夕闇に、四明の巓《いただき》へぞ上《のぼ》せける。

3

1 山門(延暦寺)の僧。
2 延暦寺にあった僧坊だが不詳。律師は、僧綱の第三位。僧都に次ぐ僧官。
3 今木氏(児島高徳の同族)出身の叡山僧。
4 同じ僧坊に住み、師を同じくする僧。
5 守り固めて。
6 ともに東塔の堂舎。
7 味方の。

隆賢《りゅうけん》、[8]多年の案内者《あんないしゃ》なる上、敵のある処《ところ》、なき処、委《くわ》しく見置いたる事なれば、少しも道に迷ふべきものにてはなかりけるが、天罰にてやありけん、俄《にわ》かに目[9]昏《く》れ心迷ひして、終夜《よもすがら》、四明《めい》の麓《ふもと》を南北へ迷ひ行きける程に、夜すでに明けければ、紀清《きせい》両党《りょうとう》に見つけられて、中に取《と》り籠《こ》められける間、跡なる武者百余人討たれて、谷底へころび落ちぬ。隆賢一人《いちにん》、深手《ふかで》あまた処負うて、腹を切らんとしけるが、[10]上帯《うわおび》を解く隙《ひま》に組まれて、生《い》け虜《ど》られにけり。[11]大逆《たいぎゃく》の張本《ちょうぼん》なれば、[12]やがてこそ斬るべかりしかども、[13]大将、山徒の号に宥免《ゆうめん》せられて、御方《みかた》にある[14]一族の中へ出だされ、「生けて置かんとも、斬らんとも、面々の心に任《まか》すべし」と仰せられければ、[15]今木《いまき》中務丞《なかつかさのじょう》範景《のりかげ》、「畏《かしこ》まつて承《うけたまわ》り候ふ」とて、[16]則ち使者の見ける処にて、その首を刎《は》ねてぞ捨てたりける。

忝《かたじけ》なくも[17]万乗《ばんじょう》の聖主《せいしゅ》、[18]医王《いおう》山王《さんのう》の擁護《おうご》を御憑《おんたの》みあつて臨幸《りんこう》な

8 長年比叡山の地理を知った者。
9 目がくらみ思い惑って。
10 鎧の胴の上を巻き締める帯。
11 叛逆の首謀者。
12 すぐさま。
13 義貞は、延暦寺の僧であることで許して。
14 備前の今木、和田など、児島高徳の一族。
15 今木一族だが、不詳。
16 即刻。
17 帝。万乗は、中国、周代の制で、戦時に天子は一万台の兵車を出したことからいう。
18 医王は、根本中堂の本尊の薬師如来。山王は、日吉大社の山王権現。

りたるゆゑに、三千の衆徒《しゅと》、悉《ことごと》く[19]仏法と王法と相比《あいひ》すべき理《ことわ》りを存じて、二心《ふたごころ》なく忠戦を呈《あらわ》す処に、金輪院《こんりんいん》一人、山徒の身としてわが山を背《そむ》き、武士の家にあらずして将軍に属《しょく》し、剰《あまっさ》へ弟子の同宿《どうじゅく》を出だし立てて、山門《さんもん》を亡ぼさんと企《くわだ》てけることそあさましけれ。されば、悪逆《あくぎゃく》忽《たちま》ちに顕《あらわ》れて、手引《てび》きしつる同宿《どうじゅく》ども、或いは討たれ、或いは生け虜られ、光澄《こうちょう》は、いく程なくて最愛の子に殺されぬ。その子はまた、[20]一腹一生《いっぷくいっしょう》の[21]英澄《えいちょう》に討たれて、世に類《たぐ》ひなき不思議を顕《あらわ》しける、神罰《しんばつ》の程こそ恐ろしけれ。

般若院《はんにゃいん》の童神託《わらわしんたく》の事　4

越前《えちぜん》の守護[1]尾張守高経《おわりのかみたかつね》、北陸道《ほくろくどう》の勢《せい》を率《そっ》して、[2]仰木《おうぎ》より押し寄せて、[3]横川《よかわ》を攻むべしと聞こえければ、[4]楞厳院《りょうごんいん》、[5]九《く》の谷《たに》の衆徒《しゅと》、所々《しょしょ》[6]つまりつまりに木戸を結《ゆ》ひ、逆木《さかもぎ》を引いて、[7]用害《ようがい》

19　仏法と王法とが互いにささえ合う道理。
20　同じ父母から生まれること。
21　他本「弟」。

4
1　斯波高経。尾張足利家、宗氏の子。
2　滋賀県大津市仰木。
3　延暦寺三塔の一。
4　首楞厳院（しゅりょうごんいん）。横川の本堂。
5　比叡山三塔十六谷のうち、横川を構成する谷。都卒・般若・香芳・戒心・解脱・飯室の六谷が知られる。
6　要所要所。
7　要害。

を構へける。

その比《ころ》、[8]大師《だいし》の御廟《ごびょう》修造のためとて、材木を多く山上に引《ひ》き登《のぼ》せたりけるを、櫓《やぐら》の柱、矢間《さま》の板にせんとて、坂本《さかもと》へ運びける。その日、[9]般若院《はんにゃいん》の法印がもとに召し仕ひける童《わらわ》、俄《にわ》かに物に狂ひて、様々《さまざま》の事を口走りけるが、「われに[10]大八王子《だいはちおうじ》権現《ごんげん》付かせ給ひたり」と名乗つて、「この廟《びょう》の材木を急《いそ》ぎ本《もと》の所へ返し運ぶべし」とぞ申しける。大衆《だいしゅ》、これを不審して、「誠《まこと》に八王子権現の付かせ給ひたる者ならば、[11]本地《ほんじ》の内証朗《ないしょうほが》らかにして、諸教の通儀《つうぎ》[12]明らかなるべし」とて、古来の碩学相承《せきがくそうじょう》し来たれる[13]一念三千《いちねんさんぜん》の法門、[14]唯受一人《ゆいじゅいちにん》の口訣《くけつ》ども、様々にこそ問ひたりけれ。この童、からからと打《う》ち咲《わら》ひて、「われ[15]和光《わこう》の埃《ちり》に交はる事年久しくして、[16]三世《さんぜ》了達《りょうたつ》の智も浅くなりぬと云へども、[17]如《にょ》来出世《らいしゅっせ》の御時《おんとき》、会座《えざ》に列《つら》なつて聞きし事なれば、あらあら言ひて聞かせん」とて、大衆の立てたる処《ところ》の不審、一々に[18]言《ことば》に花を

8 伝教大師最澄の廟所、東塔の浄土院。
9 横川の般若谷にあった。法印は、僧位の最上位。
10 日吉山王上七社の一。その祭神が取り憑いた。
11 本地仏の内に悟った真理を明らかに知り、諸々の教えに通達しているだろう。
12 底本「明ナル処ヲ」。他本により改める。
13 人の一念に三千世界(宇宙存在の全てのあり方)が具足する。天台宗の根本教説。
14 ただ一人が受ける秘密の口伝。
15 仏・菩薩が知徳の光を隠して、衆生と同じ世俗の塵に交わること。和光同塵(老子四)。
16 前世・現世・来世を知り尽くす知恵。
17 釈迦在世の時、法会に

咲かせ、玉を磨《みが》いてぞ答へける。

大衆、これに皆信《しん》を取つて、山門《さんもん》の安否《あんぴ》、軍《いくさ》の勝負を問ふに、この物付《ものつ》き、涙をはらはらと流して申しけるは、「われ内には円宗《えんしゅう》[19]の教法を守り、外には百王《ひゃくおう》[20]の鎮護《ちんご》を致さんために、当山[21]開基《かいき》の始めより跡を垂れし事なれば、いかにもわが山の繁昌《はんじょう》、朝廷の静謐《せいひつ》をこそ、心に懸けて思ふ事なれども、叡慮《えいりょ》[22]の向かふ処も、富貴栄耀《ふっきえいよう》のためにして、利民治世《りみんちせい》の故《ゆえ》にあらず、衆徒《しゅと》[23]の願ふ心も、皆驕慢放逸《きょうまんほういつ》の基《もとい》にして、私をのみ本として、更《さら》に仏法紹隆《ぶっぽうじょうりゅう》[24]のためにあらざる間、諸天善神《しょてんぜんしん》も擁護《おうご》の手を休め、四所三聖《ししょさんしょう》[25]も加被《かひ》[26]の力を廻《めぐ》らされず。悲しいかな、今より後《のち》、朝儀《ちょうぎ》久しく塗炭《とたん》[27]に落ちて、公卿大臣蛮夷《ばんい》の奴《やっこ》となり、国主《こくしゅ》[28]替はる替はる帝都を去り、臣は君を殺し、子は父を殺す世になりぬる事のあさましさよ。大逆《たいぎゃく》[29]の積《つ》もり、却《かえ》つてその身を譴《せ》むる事なれば、逆臣《ぎゃくしん》の猛威を振るはん事も、また久しからじ。嗚呼《うらめしきかなや》、

列して聞いた事なので。
18 華やかで流麗な言葉で。
19 完全円満な天台宗の教えを加護し。
20 末永く王室を護持するために。「百王鎮護の伽藍」は、延暦寺の異称。
21 延暦寺草創の初めより仏の身を神に変えて現れたので。
22 帝のお考えは自らの栄華ばかりで、民を利し世を治めるものではなく。
23 僧徒たちの祈願も、慢心と破戒の元になる自分のことばかりで。
24 仏法を盛んにする。
25 四所は、興福寺の鎮守春日大社の四神（武甕槌命〈たけみかづちのみこと〉・経津主命〈ふつぬしのみこと〉・天児屋根命〈あめのこやねのみこと〉・比売神〈ひめがみ〉）、三聖は、日吉大社に祭る大宮・二宮・聖真子（しょうしんじ）をさす。

[30]師重《もろしげ》のわが山を攻め落として、堂社仏閣を焼き払はんと議する事、見よ見よ、悪逆《あくぎゃく》をば。明日[31]午刻《うまのこく》に、[32]早尾《はやお》、大行事《だいぎょうじ》を差《さ》し遣《つか》はして、逆類《ぎゃくるい》を四方に退けんずる上は、わが山に何の怖畏《ふい》かあるべき。その材木皆本《もと》の如《ごと》く運び返せ」と託宣《たくせん》して、この童《わらわ》、自《みずか》ら四、五人して持つ程なる大木を一つ打ちかたげて、御《ご》廟《びょう》の前に打ち捨て、手足を縮めて振るひけるが、五体より汗を流して、物怪《もののけ》は則ち醒めにけり。

大衆《だいしゅ》、不思議の事なりとて、やがて[33]奏聞《そうもん》を経《へ》んとしけるが、「明日の午刻に敵を追ひ払ふべしと云ふ神託《しんたく》、余りに事遠からず。誠《まこと》とも覚えず。一事《いちじ》もし相違せば、なかなか[34]申す処《ところ》皆虚《きょ》説《せつ》なるべし。暫《しばら》く明日の様《よう》を見て、思ひ合はする事あらば、後日にこそ奏聞を経《へ》め」と申して、その日の奏《そう》し事《ごと》を止《や》めければ、神託《しんたく》空しく衆徒《しゅと》の胸中に隠されて、知る人更《さら》になかりけり。

26 仏が衆生を助け守るために加える慈悲の力。
27 泥にまみれ火で焼かれるような苦しい境遇。
28 帝。
29 君主や親を殺す悪行を重ねれば、当然その報いを受けることなので。
30 「師久」の誤り(諸本同じ)。師重は、師久の父。
31 正午頃。
32 日吉山王中七社の早尾・大行事の両権現。
33 すぐに帝に奏上しようとしたが。
34 なまじ童子の申したことは皆根も葉もないことだろう。

高豊前守虜《こうのぶぜんのかみいけど》らるる事　5

山門《さんもん》には、かねてより、西坂《にしざか》に軍《いくさ》あらば、本院《ほんいん》[1]の鐘を撞《つ》き、東坂《ひがしざか》に合戦あらば、生源寺《しょうげんじ》[2]の鐘を鳴らすべしと、その約束をぞ定めたりける。

ここに、六月二十日の早旦《そうたん》に、早尾の社《やしろ》の猿[3]ども、あまた群《むら》がり来たつて、生源寺の鐘を、東西両塔《とうざいりょうとう》に響《ひび》き渡《わた》る程にぞ撞《つ》きたりける。諸方の官軍、九院《きゅういん》[4]の衆徒《しゅと》、これを聞いて、「すはや[5]、相図《あいず》の鐘を鳴らすは。さらば、攻め口へ馳《は》せ向《む》かつて防かん」とて、われ劣らじと渡り合ふ。東西の寄手《よせて》、この形勢を見て、山より逆寄《さかよ》[6]せに寄するぞと心得て、水飲《みずのみ》、今路《いまみち》、八瀬《やせ》、藪里《やぶさと》、志賀《しが》、大津《おおつ》、松本《まつもと》の寄手ども、楯よ、物具《もののぐ》よと、周章《あわ》て色めきける間、官軍、これに利を得て、山上《さんじょう》、坂本《さかもと》の勢《せい》十万余騎、木

5

1　東塔。
2　日吉大社近くにある西塔の里坊。最澄の生誕地。
3　猿は、日吉山王権現の使者。
4　延暦寺は三塔九院からなる。比叡山全山の意。
5　それ、合図の鐘を鳴らすことよ。
6　攻め寄せられた軍勢が、逆に打って出ること。

戸を開《ひら》き、逆木《さかもぎ》を引きのけて、同時にぞ打つて出でたりける。寄手《よせて》の大将、踏《ふ》み留《とど》まつて、「敵は小勢《こぜい》ぞ、[7]きたなし、返せ」と下知《げじ》して、暫《しばら》く支《ささ》へたりけれども、[8]引き立つたる大勢《おおぜい》なれば、一足《ひとあし》も留《とど》まらず。脇屋左京大夫義助《わきやさきょうのだいぶよしすけ》の兵五千余騎、志賀《しが》の[9]炎《えん》魔堂《まどう》の辺にありける敵の[10]向かひ城、五百余ヶ所に火を懸けて、喚《おめ》き叫《さけ》んでこそ[11]揉《も》うだりける。敵陣、これより破れて、東西の寄手八十万騎、さしも嶮《けわ》しき今路《いまみち》、[12]古路《ふるみち》、音無《おとなし》の滝、白鳥《しらとり》、三《みつ》石《いし》、大嶽《おおだけ》より、[13]人雪頽《ひとなだれ》をつかせてぞ逃げたりける。谷深くして行先《ゆきさき》つまりたりければ、人馬《じんば》上が上に落ち重なりて死にける有様は、伝へ聞く、[14]治承《じしょう》の古《いにし》へ、平家十万余騎の兵、木曾の夜討《ようち》に懸け立てられて、倶利伽羅谷《くりからがたに》に埋《うず》もれけんも、これには過ぎじと覚えたり。

大将[15]高豊前守《こうのぶぜんのかみ》は、太股《ふともも》をわが太刀に突《つ》き貫《つらぬ》いて[16]引きかねたりけるを、[17]船田長門守《ふなだながとのかみ》が手の者、これを虜《いけど》つて、白昼に山、坂

7 見苦しい。
8 浮き足だった大軍。
9 滋賀県大津市滋賀里の崇福寺跡にあった閻魔堂。
10 城攻めのとき、敵の城に相対して築く城。
11 攻め立てた。
12 東塔から大津市穴太(あのう)へ降る道。
13 人が雪崩をうつよう崩れ落ちて。
14 治承・寿永の乱の寿永二年(一一八三)、加賀と越中の国境、砺波(となみ)山中の倶利伽羅谷で、木曾義仲が平家を破った戦い(平家物語巻七・倶利迦羅落し)。
15 師久。師直の弟で猶子(養子)。
16 退くことができないでいるのを。
17 経政。義昌の子。

本を渡し、大将[18]左中将《さちゅうじょう》の前に面縛《めんばく》[19]す。「これは仏敵神敵《ぶってきしんてき》の最《さい》たれば、重衡《しげひら》[20]の例に任《まか》すべし」とて、山門《さんもん》の大衆《だいしゅ》、これを申し請けて、則ち唐崎《からさき》の浜にて首を刎《は》ねてぞ懸けられける。

この豊前守は、将軍の執事《しつじ》高武蔵守師直《こうのむさしのかみもろなお》が猶子《ゆうし》の弟にて、一方の大将を承《うけたまわ》る程の者なれば、身に替はり、命に替はらんと思ふ者、幾千万と云ふ数を知らざりしかども、扶《たす》くる若党一《わかとういち》人《にん》もなくして、[21]云《い》ひ甲斐《がい》なく敵に虜《いけど》られけるは、ひとへに[22]医王《いおう》山王《さんのう》の御罰《おんばつ》なり。[23]今日は昨日の神託《しんたく》に、げにやと思ひ合はせられて、身の毛もよだつばかりなり。

初度《しょど》の京軍《きょういくさ》の事　6

六月五日より同じき二十日まで、山門数日《すじつ》の合戦に、討たるる者、疵《きず》を被《こうぶ》る者、何千万と云ふ数を知らざるに、結句《けっく》、寄手、

18 新田義貞。
19 両手を後ろ手に縛って顔を前に差し向けること。
20 平重衡。南都焼き討ちの張本人として、木津川の河原で斬られた(平家物語巻十一・重衡斬られ)。
21 ふがいなく。
22 医王は、根本中堂の本尊薬師如来。山王は、日吉大社の山王権現。
23 今日になって昨日の神託がなるほどと思い合わせられて。

東西の坂より追つ立てられて、引《ひ》き退《しりぞ》きぬる兵どもは、京中にもなほ足を留《とど》めず、十方へ落ち行きける間、洛中[1]以《もっ》ての外《ほか》に無勢《ぶぜい》になつて、いかがせんと仰天《ぎょうてん》す。この時、もし山門《さんもん》より[2]時《じ》日《じつ》を廻《めぐ》らさず寄せたりしかば、敵、京都にはよも怺《こら》へじと見えけるを、山門に様々《さまざま》の[3]異儀《いぎ》多くして、十余日を過ごされける、これぞ宮方山門の運の尽《つ》くる処《ところ》なれ。

さる程に、[4]辺土《へんど》洛外《らくがい》に逃げ隠れたる兵ども、[5]機を直してまた立ち返りける間、洛中の勢《せい》、また大勢《おおぜい》になりにけり。これをば知らぬ山門には、京中無勢なりと聞いて、六月晦日《つごもり》、十万余騎を二手《ふたて》に分けて、今路《いまみち》、西坂《にしざか》よりぞ寄せたりける。[6]将軍、始めはわざと小勢《こぜい》を河原へ出だして、矢一筋《ひとすじ》射違《いちが》へて引かせられける間、千葉《ちば》、宇都宮《うつのみや》、土居《どい》、得能《とくのう》、[7]仁科《にしな》、高梨《たかなし》が勢、勝《かつ》に乗つて、追つ懸けて攻め入る。[8]あくまで敵を近づけて後《のち》、東寺《とうじ》より、用意の兵五十万騎を出だして、[9]立小路《たてこうじ》、横小路《よここうじ》に[10]魚鱗《ぎょりん》の陣を張

6

1 思ってもみなかったほど。
2 時間をおかず。
3 異なる意見。
4 都から離れた片田舎や都の郊外。
5 気を取り直して。
6 尊氏。
7 仁科・高梨は、信濃の武士。
8 存分に。
9 京の南北、東西の小路。
10 先頭を細くし敵陣を突破する魚の鱗形の陣形。

り、東西南北より押《お》し隔《へだ》てて、四方に当たり八方に囲んで、余《あま》さじと戦ひける間、[11]千葉新介《ちばのしんすけ》を始めとして、宗徒《むねと》の兵ども千余人討たれて、日すでに暮れければ、[12]汗馬《かんば》の足を休めんとて、敗軍の兵、[13]気を助けて西坂を差して引っ返す。

　さてこそ、京勢《きょうぜい》はまた勢ひに乗り、山方《やまがた》は力を落として、牛《ご》角《かく》の戦ひになりにけり。

二度《にど》の京軍《きょういくさ》の事　7

　かくて暫《しばら》くは合戦もなかりけるに、[1]二条帥大納言師基卿《にじょうそつのだいなごんもろもときょう》、北国《ほっこく》より[2]敷地《しきじ》、上木《うえき》、山岸《やまぎし》、瓜生《うりゅう》、河島《かわしま》、深町以下《ふかまちいげ》の者ども三千余騎を率《そっ》して、七月五日、東坂本《ひがしさかもと》へ着き給ふ。山門、またこれに力を得て、同じき十八日、京都へぞ寄せられける。「前には、京中を経て東寺まで寄すればこそ、[3]小路切《こうじぎ》りに前後左右の

11　不詳。「千葉新介」(千葉高胤。貞胤の子)の討死は、第十五巻・3に語られた。古本系同じ。
12　汗をかかせて戦場を駆けめぐった馬。
13　士気を奮い起こして。

7

1　摂政関白二条兼基の子。道平の弟。終始大覚寺統・南朝に仕えた。
2　敷地・上木は、石川県加賀市大聖寺、山岸は、福井県坂井市三国町山岸、瓜生は、越前市瓜生、河島は、大野市川嶋、深町は、坂井市に住んだ武士。
3　小路を横切って出てきて前後左右からかかってくる敵を防ぎかねて。

敵に防きかねて、その囲みを破りかねつれ。この度《たび》は、一勢《いっせい》は二条《にじょう》を西へ内野[4]《うちの》へ懸け出でて、大宮[5]《おおみや》を下《くだ》りに押し寄せ、一勢は河原[6]を下りに押し寄せ、東西より京を中に挟《さしはさ》みて、焼き攻め[7]にすべし」と議せられける。

この謀《はかりごと》、いかなる野心[8]《やしん》の者か京都へ告げたりけん、将軍、これを聞きすましてければ、五十万騎の勢《せい》を三手《みて》に分け、二十万騎を東山《ひがしやま》と七条河原[9]《しちじょうがわら》に置かれたり。これは、河原より寄する敵を、東西より却《かえ》つて中に取り籠めんためなり。二十万騎をば船岡山[10]《ふなおかやま》の麓と神祇官[11]《じんぎかん》の南に隠し置かれたり。これは、内野より寄する敵を、南北より引《ひ》き裹《つつ》まんためなり。残る十万余騎をば、西八条[12]《にしはちじょう》、東寺《とうじ》の辺にひかへさせて、軍門[13]の前に置かれけり。これは、諸方の隻候[14]《せきこう》懸け散らされば、荒手[15]《あらて》に替はらんためなり。

さる程に、明くれば十八日卯刻[16]《うのこく》に、山門《さんもん》の勢、北白川《きたしらかわ》の辺、八瀬《やせ》、藪里《やぶさと》、降松《さがりまつ》、修学院《しゅがくいん》の前に打ち寄せて、東西二陣の手を

4 北野（京都市上京区北西部）の南、大内裏のあった野。
5 大宮通りから南下して。
6 鴨川の河原。
7 火攻め。
8 裏切り者。
9 七条大路東端の鴨川の河原。
10 大徳寺の南、京都市北区紫野舟岡町にある小山。
11 大内裏の中にあった朝廷の祭祀を司る役所の跡地。
12 東寺の北のあたり。
13 軍営の門。
14 斥候。前線の兵。
15 新手（ひかえの新しい軍勢）として。
16 午前六時頃。
17 下賀茂神社の森。
18 北区大徳寺のあたり。
19 左京区浄土寺真如町にある天台宗寺院。
20 組織された軽装の歩兵。

分かつ。新田《にった》一族五万余騎は、[17]紏《ただす》の杜《もり》を南に見て、[18]紫野《むらさきの》を内野へ懸け通る。二条帥大納言《にじょうそつのだいなごん》、千葉《ちば》、宇都宮《うつのみや》、仁科《にしな》、高梨《たかなし》、春日部《かすかべ》は、[19]真如堂《しんにょどう》の西を打ち過ぎて、河原を下りに押し寄する。その手の[20]足軽《あしがる》ども走り散つて、京中の[21]在家《ざいけ》数百ヶ処に火を懸けたれば、猛火《みょうか》満天に翻《ひるがえ》つて、黒煙《こくえん》四方に吹《ふ》き覆《おお》ふ。

[22]五条河原《ごじょうがわら》より軍《いくさ》始まつて、射る矢は雨の如く、[23]剣戟《けんげき》は電《いなびかり》の如し。やがて内野にも合戦始まつて、[24]右近《うこん》の馬場《ばば》の東、神祇官の南北に、汗馬《かんば》の馳《は》せ違《ちが》ふ音、時《とき》の声《こえ》に相交《あいま》ざつて、ただ百千《ひゃくせん》の雷《いかずち》の大地に振るふが如くなり。暫くあつて、五条河原の寄手《よせて》、一戦に打ち負けて引きける程に、内野の大勢《おおぜい》、いよいよ重なつて、新田左中将《にったさちゅうじょう》兄弟の勢《せい》を十重二十重《とえはたえ》に取り巻いて、喚《おめ》き叫《さけ》んで攻め戦ふ。されども、義貞《よしさだ》の兵ども、元来《もとより》[25]機変磬控《きへんけいこう》、[26]百《ひゃく》鍛千錬《たんせんれん》して、己れが物と得たる処《ところ》なれば、一挙《いっきょ》に百重《ももえ》の囲みを解いて、[27]左副右衛《さふうえ》一人《いちにん》も討たれず、返し合はせ返し合はせ戦つ

南北朝期から活躍が目立つようになる。

21 民家。

22 五条大路東端の鴨川の河原。　23 剣と鉾(ほこ)。

24 右近衛府の管理する馬場。北野神社の東南の地。

25 臨機応変に馬を操ること。磬は、馬を走らせる、控は、馬を止める(詩経・鄭風・大叔于田)。

26 百度も千度も鍛えて。

27 左右を護衛する兵。

28 七部の兵法書。「孫子」「呉子」「六韜(りくとう)」「三略」「司馬法」「尉繚子(うつりょうし)」「李衛公問対(りえいこうもんたい)」をさす。

29 「三略」上略の詞。大将の謀が洩れると勝ち目がない。敵が味方に内通していると禍いを防げない。

30 なかだちする者。

31 心を隔て、警戒しあう。

て、また山上へ引つ返す。

それ[28]武《ぶ》の七書《しちしょ》に言へる事あり。曰《い》はく、「[29]将の謀《はかりごと》泄《も》るる則《とき》は、軍《いくさ》利無し。外より内を闚《うかが》ふ則《とき》は、禍《わざわ》ひ制せられず」と。この度《たび》、洛中の合戦に、官軍打ち負けぬる事、ただ、敵陣内通《ないつう》の[30]中者《ちゅうしゃ》ども御方《みかた》にありけるゆゑなりとて、[31]心を置きあへり。

山門《さんもん》の牒南都《ちょうなんと》に送《おく》る事　8

官軍、両度の軍《いくさ》に打ち負けて、[1]気《き》疲れ、勢《せい》薄くなりにければ、山上《さんじょう》、坂本《さかもと》にいかなる[2]野心《やしん》の者か出で来て、[3]不慮《ふりょ》の儀かあらんずらんと、主上《しゅしょう》、[4]扆《い》を安くし給はず、[5]叡襟《えいきん》を傾《かたぶ》けさせ給ひければ、先《ま》づ衆徒《しゅと》の心を勇《いさ》めしめんために、[6]七社《しちしゃ》の霊神《れいじん》、[7]九院《きゅういん》の仏閣へ、おのおの[8]大庄《だいしょう》二、三ヶ所づつ寄附《きふ》せらる。その外《ほか》、[9]一所《いっしょ》住《じゅう》とて、衆徒《しゅと》八百余人[10]早尾《はやお》に群居《ぐんきょ》して、軍勢の兵粮以下《ひょうろういげ》の事

8

1 気力が衰え、軍勢も少なくなったので。
2 謀叛を起こそうとする者。
3 不測の事があるのではないか。
4 天子の座席の後ろに立てるついたて。転じて、玉座の意。
5 帝のお心が不安におなりなので。
6 日吉山王七社の神。
7 延暦寺全山を構成する九院。
8 大きな荘園。
9 一か所に集まり住み、延暦寺内で兵糧などを手配する衆徒。
10 日吉山王中七社の一。
11 近江の荘園で、領主がいなくなった分を与えて。
12 国府の役所。それが治

取《と》り沙汰《さた》しける衆徒の中へ、[11]江州《ごうしゅう》の闕所分《けっしょぶん》三百余ヶ所を行はれて、当国の[12]国衙《こくが》を山門永代管領《えいたいかんれい》すべき由《よし》、宣旨《せんじ》を(成して)[13]補《ふ》任《にん》せらる。今もし官軍戦ひに勝つ事を得《え》ば、山門の繁昌この時にありぬと見えけれども、三千の衆徒悉《ことごと》くこの[14]抽賞《ちゅうしょう》に預《あず》からば、誰《たれ》か[15]稽古《けいこ》の窓に向かつて[16]三止《さんし》三観《さんかん》の月を弄《もてあそ》び、[17]鑚仰《さんぎょう》の嶽《たけ》を攀《よ》ぢて[18]一色一香《いっしきいっこう》の花を折らん。[19]富貴《ふっき》の季《すえ》は却《かえ》つて法滅の基《もとい》たるべければ、神慮もいかがあらんと、智ある人はこれを悦《よろこ》ばず。

同じき日、三千の衆徒、[20]大講堂《だいこうどう》の大庭《おおにわ》に[21]三塔会合《さんとうかいごう》して僉議《せんぎ》しけるは、「それ吾が山は[22]王城《おうじょう》の鬼門《きもん》に当たつて、神徳の霊地たり。ここを以て、[23]百王の宝祚《ほうそ》を保つことは、一山《いっさん》の懇誠《こんせい》に依《よ》る。[24]四夷《しい》の擾乱《じょうらん》を鎮《しず》むることは、七社《しちしゃ》の擁護《おうご》に任《まか》せり。ここに、源家《げんけ》の余裔《よえい》、尊氏《たかうじ》、直義《ただよし》と言へる者あり。まさに[25]王化《おうか》を銷《け》し、仏法を亡ぼさんと欲す。[26]大逆《たいぎゃく》を異国に訪《とぶら》ふに、禄山《ろくざん》比するに堪《た》へず。[27]積悪《しゃくあく》を本朝に尋ぬれば、守屋《もりや》却《かえ》つて浅かるべし。そもそ

める土地。
13 任命された。
14 褒賞。
15 古書を読み学問すること。
16 天台宗でいう悟りの境地。その澄み渡った境地を月にたとえた。
17 仏徳讃仰の嶽、比叡山。
18 天台宗の教義を花にたとえた。「一色一香中道に非ざる無し」(摩訶止観)。
19 富み栄えた果ては、かえって仏法破滅の元になるものなので。
20 東塔にある堂舎。
21 比叡山延暦寺の僧徒全員が、全山の方針を評議すること。
22 京の鬼門(東北)。
23 百代の帝王の位を保つことは、全山の真心こめた祈願による。
24 四方の朝敵(東夷・西

も[28]普天《ふてん》の下、王土《おうど》ならざることなし。たとひ釈門《しゃくもん》の徒たりと雖《いえど》も、この時蓋《なん》ぞ[29]致命《ちめい》の忠義を尽くさざらん。故《ことさら》、[30]北嶺《ほくれい》は天子本《ほん》命《みょう》の伽藍《がらん》なり。仍《よ》つて[31]朝廷輔危《ふき》の計略を運《めぐ》らす。[32]南都《なんと》は博陸輔《はくろくふ》佐《さ》の氏寺《うじでら》なり。須《すべか》らく[33]藤氏《とうし》類家《るいけ》の淹屈《えんくつ》を救ふべし。しかれば、早く東大《とうだい》、興福両寺《こうふくりょうじ》に[34]牒送《ちょうそう》し、義《ぎ》戦合力《せんごうりき》の一諾《いちだく》を結ばるべし」と、三千の衆徒《しゅと》、一同《いちどう》に僉議《せんぎ》して、則ち南都へ牒状《ちょうじょう》を送りける。

その詞《ことば》に云はく、

延暦寺《えんりゃくじ》、興福寺の[35]衙《が》に牒《ちょう》す　[36]定海法印草書す

早く両寺[37]一味《いちみ》の籌策《ちゅうさく》を廻らし、源尊氏直義《みなもとのたかうじただよし》以下《いげ》の逆《ぎゃく》徒《と》を追罰《ついばつ》し、弥《いよいよ》仏法王法の昌栄《しょうえい》を致さんと請《こ》ふ状

牒す。仏法わが邦《くに》に伝はつて、七百余年と号す。皇統を祝《しゅく》し、[38]蒼生《そうせい》を益《えき》するは、[39]法相円頓《ほっそうえんどん》の秘賾《ひさく》、最も勝《すぐ》れたり。[40]神《しん》明権跡《めいごんじゃく》を垂れて、七千余座と号す。[41]宝祚《ほうそ》を鎮《しず》めて威光《いこう》を耀《かかや》かすは、[42]四所三聖《ししょさんしょう》の霊験《れいげん》、他《た》に異なり。是《ここ》を以て、先には

戎・南蛮・北狄)の騒乱を鎮定することは、日吉山王七社の加護による。

25　王者の徳で世の中を治めることを消し去り。

26　大逆を異国の例に求めれば、唐の玄宗皇帝に叛した安禄山よりひどい。

27　たび重なる悪事の数々を我が国の例に求めれば、物部守屋(仏教を排斥して聖徳太子に討たれた)ですら罪が軽いといえよう。

28　天が普(あまね)くおおうかぎりの地は、すべて王の土地である(詩経・小雅・北山)。

29　命がけの忠義。「士危うきを見ては命を致し」(論語・子張)。

30　北嶺(都の北の比叡山)は帝の本命星(ほんみょうじょう＝陰陽道で九星のうち生年に当たる星)を祈念して国家を鎮

[43]淡海公《たんかいこう》興福寺を建てて、以て[44]八識五重《はっしきごじゅう》の明鏡《めいきょう》を瑩《みが》き、後《のち》には桓武《かんむ》皇帝《こうてい》比叡山《えいざん》を開いて、以て[45]四教三観《しきょうさんかん》の法燈《ほっとう》を挑《かか》げしより爾降《このかた》、南都北嶺、共《とも》に護国護王《ごこくごおう》の[46]精誠《せいぜい》を致す。天台法相、互ひに[47]権教実教《ごんきょうじっきょう》の奥旨《おうし》を究《きわ》む。寔《まこと》に是《こ》れ、仏法を以て王法を守る[48]濫觴《らんしょう》、王法を以て仏法を弘むるの根源なる者なり。茲《これ》に因《よ》つて、当山に愁へ有るの時は、[49]白疏《はくしょ》を通じて愁懐《しゅうかい》を談じ、朝家《ちょうけ》に故《こと》有るの日は、丹心《たんしん》を同じうして安静を祈る。

而《しか》るを、五、六年より来《このかた》、天下大きに乱れて、民間聊《しず》かならず。就中《なかんずく》、尊氏直義等《ら》、[50]辺都《へんと》の酋長《ゆうちょう》より起こつて、飽くまで[51]超涯《ちょうがい》の皇沢《こうたく》に浴《よく》す。未だ君臣の道を知らず、忽《たちま》ちに[52]豺《さい》狼《ろう》の心有り。党を樹《た》てて[53]戎虜《じゅうりょ》を誘引《ゆういん》し、詔《しょう》を矯《いつわ》りて[54]藩籬《はんり》を賊害《ぞくがい》す。倩《つらつら》[55]王業《おうぎょう》再興の聖運《せいうん》を思へば、更《さら》に尊氏一人《いちにん》の武功に非ず。叛逆《ほんぎゃく》を企つるに[56]その辞《ことば》無くして、義貞《よしさだ》を以て

護する寺である。東塔の法華総持院が天子本命道場とされた。

31 朝廷の危難を救う。

32 南都(興福寺)は博陸(関白の唐名)を助ける氏寺である。

33 藤原氏一族の久しい不遇。

34 牒状(文書)を送り、正義の戦いに力を合わせる。

35 事務を執る役所。

36 不詳。底本のみ。

37 心を一つにして策を巡らし。

38 人民。

39 法相宗と天台宗、南都と北嶺の奥深い真理。

40 仏が神として現れた数は、七千余りという。

41 皇位。

42 春日大社に祭る四祭神と、日吉大社に祭る三聖。本巻・4、参照。

その敵と為し、[57]天功《てんこう》を貪《むさぼ》つて己れが力と為す、[58]咎犯《きゅうはん》が恥づる所なり。[59]朝錯《ちょうそ》を仮《か》つて逆謀《ぎゃくぼう》を挙ぐ、[60]劉濞《りゅうび》が亡ずる所なり。臣として君を犯し、恩を忘れて義に背《そむ》く。開闢《かいびゃく》以来、未だその迹《あと》を聞かず。

遂《つい》に乃《すなわ》ち[61]去春《きょしゅん》の初め、猛火《みょうか》[62]燎原《りょうげん》よりも甚だしく、[63]九重《きゅうちょう》の城闕灰燼《じょうけつかいじん》と成る。暴風[64]区宇《くう》を扇《あお》ぎ、[65]辜《つみ》無きの民黎塗炭《みんれいとたん》に堕《お》つ。その積悪《しゃくあく》を論ずるに、誰《たれ》か歎息せざらん。且《かつう》は当時の[66]災孽《さいげつ》を避けんが為《ため》、且《かつう》は[67]和光《わこう》の神助《しんじょ》を仰がんが為、[68]仙蹕《せんぴつ》を[69]七社《しちしゃ》の瑞籬《ずいり》に廻《めぐ》らし、安全を[70]四明《しめい》の懇府《こんぷ》に任《まか》せらる。衆徒《しゅと》の心、この時豈《あ》に聊《やす》からざらんや。爰《ここ》に三千[71]一揆《いっき》して、身命を忘れ、義兵を扶《たす》く。老少同心《どうしん》して、[72]冥威《みょうい》に代はつて異賊《いぞく》を伏《ふく》す。王道未だ衰へず、神威潜《ひそ》かに通《とお》るゆゑに、逆党《ぎゃくとう》旗を巻いて西に奔《はし》る。凶徒戈《きょうとほこ》を倒《さかさま》にして敗北す。喩《たと》へば、猶《なお》[73]紅炉《こうろ》の雪を消すが如く、団石《だんせき》の卵《たまご》を圧《お》すに相似

43 藤原不比等。
44 法相宗で説く唯識の教理をさす。
45 天台宗の教説をさす。
46 真心をつくした祈り。
47 天台宗でいう権教(法華経以外の教え)と実教(法華経)。
48 はじまり。
49 白書(実情を申し述べた書)。つぎにある丹心(赤心。まごころ)と対をなす。
50 鎌倉をさす。他本「辺鄙」。酋長は、夷(えびす=蛮人)の頭。
51 分を超えた朝恩。
52 山犬や狼の貪欲な心。
53 戎・虜は、ともに夷。
54 藩屏。王室を守る垣根。
55 王の国家統治の大業を再興された帝の御運。建武の新政をいう。
56 名分が立たないので。
57 天の功績。

たり。昔、[74]晋《しん》の八公《はちこう》を祈りし、早く苻堅《ふけん》が兵を覆《くつがえ》し、[75](唐の)四王《しおう》を感ぜし、乍《たちまち》に吐蕃《とばん》の陣を却《しりぞ》く。蓋《けだ》し乃《すなわ》ちこの謂《い》はれか。遂《つい》に[76]鑾輿《らんよ》の威儀《いぎ》を儼《おごそ》かにし、[77]鳳城《ほうじょう》の還幸《かんこう》を促す。[78]天欃搶《さんそう》を掃《はら》つて、上下同じく慶雲《けいうん》の色を見る。海は鯨鯢《けいげい》を剪《き》つて、遠近尽《おんきんことごと》く逆浪《げきろう》の声を歇《や》む。[79]併《しか》しながら、是れ学侶教侶《りょきょうりょ》の精誠《せいぜい》なり。豈《あ》に医王山王《いおうさんのう》の加護に非ずや。而《しか》るに今、賊党《ぞくとう》再び帝城《ていじょう》を窺《うかが》ひ覦《み》て、官軍暫《しばら》く[80]征途《せいと》に彷徨《ほうこう》す。仍《よ》つて、先度の朝議《ちょうぎ》に慣《な》らつて、重ねて当社の臨幸《りんこう》に及ぶ。山上山下《さんじょうさんげ》の興廃《こうはい》、只《ただ》この時に在り。仏法の盛衰《せいすい》、豈《あ》に今日に非ずや。天台の教法《きょうぼう》、七社《しちしゃ》の[81]霊鑑《れいかん》、偏《ひと》へに安危を朝廷に共にす。法相《ほっそう》の護持、四所《ししょ》の[82]冥応《みょうおう》、蓋《なん》ぞ贔負《ひいき》を国家に加へざらん。貴寺若《きじも》し報国の忠貞《ちゅうてい》を存ぜば、衆徒《しゅと》須《すべか》らく[83]輔君《ふくん》の計略を運《めぐ》らすべし。[84]満山《まんざん》の愁訴《しゅうそ》、猶音問《なおおんもん》を通《つう》じて合《がっ》体《てい》を成す。[85]一朝《いっちょう》の治乱《ちらん》、何《なん》ぞ群議に随つて与力《よりき》すること無い。

58　晋の文公の舅。文公の受けた天功を咎犯が自分の功績にしていると、文公の別の臣があきれたこと(史記・晋世家)。
59　漢の孝景帝の臣、鼂錯(ちょうそ)。諸侯の領地削減を図り、呉楚七国の乱で殺された(史記・呉王濞列伝)。
60　漢の高祖の兄の子で呉王。鼂錯を除く名目で叛したが殺された(史記・呉王濞列伝)。底本・神田本「劉備」は誤り。
61　建武三年一月。
62　野焼きの火。
63　皇居。闕は、宮城の門。
64　区画。京の市街。
65　罪のない庶民が塗炭の苦しみを味わった。
66　災も孽も、わざわい。
67　神と現れた仏菩薩。
68　行幸。蹕は、さきばらい。

からん。仍《よ》つて、事の由《よし》を勒《ろく》[86]して、牒送件《ちょうそうくだん》の如し。敢《あ》へて猶予《ゆうよ》すること勿《な》かれ。故《ことさら》に牒す。

延元《えんげん》元年六月日　延暦寺《えんりゃくじ》三千衆徒等《しゅとら》

とぞ書かれたる。牒状《ちょうじょう》[87]披聞《ひもん》の後《のち》、南都《なんと》の大衆《だいしゅ》、則ち山門《さんもん》に同心して返牒《へんちょう》を送る。その状に云はく、

興福寺《こうふくじ》の衆徒、延暦寺の衙《が》[88]建渓の衆に牒《ちょう》す　[89]大乗院草す

来牒一紙《らいちょういっし》、尊氏直義《たかうじただよし》等征伐《せいばつ》に載せらるる事

牒す。夫《そ》れ[90]観行五品《かんぎょうごほん》の勝位《しょうい》に居《きょ》するや、[91]円頓《えんどん》を[92]河淮《かわい》の流れに学び、[93]等覚無垢《とうがくむく》の上果《じょうか》に円《えん》するや、[94]了義《りょうぎ》を印度《いんど》の境《さかい》に敷く。是《ここ》を以て、[95]隋《ずい》の高祖《こうそ》の玄文《げんもん》を崇《あが》めし玉泉《ぎょくせん》の水清く、[96]唐《とう》の文皇《ぶんおう》の神藻《しんそう》を奮《ふる》ひし瑶花《ようか》の風芳《かんば》し。遂《つい》に[97]一夏敷揚《いちげふよう》の奥賾《おうさく》、遥《はる》かに叡山《えいざん》に伝はりて、[98]三国相承《そうじょう》の真宗《しんしゅう》、独《ひと》り吾が寺に留《とど》まる。以降《しかっしよりこのかた》、時[99]千祀《せんし》に及び、軌百王《あとひゃくおう》に垂《なんな》んとす。寔《まこと》に是《こ》れ、仏法の[100]宏規《こうき》を弘め、皇基《こうき》を護《まも》る[101]洪緒《こうしょ》なる者

69　日吉山王七社の神域。
70　四明岳の懇ろな役所。延暦寺のこと。
71　一味同心して。
72　仏神の霊威。
73　真っ赤におこった炉の火が雪を溶かし、丸い石が卵を押しつぶすのに似ている。たやすいことのたとえ。
74　東晋の孝武帝を攻めた前秦の三代皇帝苻堅が、八公山(安徽省鳳台県)の草木を晋兵と見誤って敗れた故事(水経注・肥水、資治通鑑綱目二十一)。
75　勅命を受けた唐の三蔵不空が、四天王を感得して西蕃の軍を退けた故事(隆興仏教編年通論十六)。
76　帝の輿。
77　帝都への還御。
78　天には不吉なほうき星が払われ、貴賤上下はめでたい雲を見る。海では凶悪

なり。

彼《か》の尊氏直義等は、[102]遠蛮《えんばん》の亡虜《ぼうりょ》、[103]東夷《とうい》の降卒《こうそつ》なり。[104]鷹犬《ようけん》の才に非ずと雖《いえど》も、屡《しき》りに爪牙《そうげ》の任を忝《かたじけ》なくす。乍《たちまち》に[105]朝奨《ちょうしょう》を忘れ、野心《やしん》を挟《さしはさ》む。[106]楊氏《ようし》を討つを辞《ことば》と為し、[107]藩渓《はんけい》に在つて逆を作《な》す。州縣を劫略《ごうりゃく》して、吏民《りみん》を掠虜《りゃくりょ》す。帝都《ていと》悉《ことごと》く焼灰《しょうかい》し、仏閣多く魔滅《まめつ》す。[108]赤眉《せきび》が咸陽《かんよう》に入るにも軼《す》ぎ、[109]黄《こう》巾《きん》が河北《かほく》に寇《あだ》するにも超えたり。[110]濫吹《らんすい》の甚《はなは》だしきこと、古《いにしえ》へより未だ聞かず。天誅《てんちゅう》の覃《およ》ぶ所、[111]冥譴《みょうけん》何ぞ遁《のが》るることを得ん。

茲《これ》に因つて、去春《きょしゅん》の初め、[112]錫祲棘矜一《しゃくしんきょくきんひと》たび関中《かんちゅう》を摧《くだ》き、[113]匹馬《ひつば》倚《い》輪《りん》纔《わず》かに海西《かいせい》に遁《のが》る。今その敗軍を聚《あつ》むるに、彼《か》の[114]余衆《よしゅう》を擁す。[115]雷霆《らいてい》の威《い》を恐れず、重ねて斧鉞《ふえつ》の罪を待つ。[116]六軍徘徊《りくぐんはいかい》し、群凶《ぐんきょう》益《ますます》振るふ。是れ則ち、[117]盟津再駕《めいしんさいが》の役《えき》、独夫《どくふ》亡《ぼう》ぜん所なり。[118]城濮三舎《せいぼくさんしゃ》の謀《はかりごと》、侍臣《じしん》が傾敗《けいはい》なり。夫

なくじら(逆賊)が斬られ、天下の逆乱はことごとく静まる。「欃搶を掃ひ鯨鯢を戮す」(白氏六帖)。
79 すべて。
80 征伐の道にさまよう。
81 霊妙な照覧。
82 霊妙な御利益。
83 帝を助ける計略。
84 延暦寺全山の嘆き訴えとして、さらに書状を通じて貴寺との同盟を固める。
85 国全体。
86 記して。
87 抜き読み、それを聞く。
88 比叡山(建渓)の僧徒。
89 一乗院と並ぶ興福寺の門跡寺。
90 天台宗で説く六つの悟りの境地(六即)の第三位で、五種の功徳を成就する。勝位は、すぐれた位。
91 天台宗の戒、円頓戒。
92 黄河と淮河。法相宗を

れ天に違《たが》ふ者は、大なる咎《とが》有り。道を失ふ者は、その助け少なし。積暴《せきぼう》の勢《せい》、豈《あ》に又久しからんや。方《まさ》に今、皇輿《こうよ》を花洛《からく》の外に廻《めぐ》らし、軍幕《ぐんばく》を[119]猶渓《ゆうけい》の辺に張る。三千の群侶《ぐんりょ》、定めて[120]懇祈《こんき》の掌《たなごころ》を合はせ、七社《しちしゃ》の霊神、鎮《とこしな》へに擁護《おうご》の眸《まなじり》を廻らさん者か。[121]彼《か》の代宗《だいそう》が長安《ちょうあん》に屯《たむろ》せし師《いくさ》を、香積《こうしゃく》寺《じ》の中に観《み》る。[122]勾践《こうせん》が会稽《かいけい》に在りし兵を、天台山《てんだいさん》の北に陳《つら》ぬ。事先蹤《せんじょう》に叶《かな》ふ。寧《むし》ろ[123]佳模《かも》に非ずや。

爰《ここ》に、当寺の衆徒等《しゅとら》、[124]翠花《すいか》北に幸《みゆき》せしより、[125]丹棘《たんきょく》の中底《ちゅうてい》を抽《ぬき》んず。専《もっぱ》ら宝祚《ほうそ》の長久《ちょうきゅう》を祈り、只[126]妖孽《ようげつ》の滅亡を期《ご》す。精誠《せいぜい》二心《ふたごころ》無し。冥助《みょうじょ》豈《あ》に空しからんや。就中《なかんずく》、寺辺《じへん》の若《じゃく》輩《はい》、国中《くにじゅう》の勇士《ゆうし》、頻《しき》りに官軍に加はる志《こころざし》有り、屢《しばしば》凶賊を退くる策《はかりごと》を廻《めぐ》らす。而《しか》るに、南北境《さかい》阻《へだ》てて、[127]風馬《ふうば》の蹄《ひづめ》及ばず。山川《さんせん》地殊《こと》にして、雲鳥《うんちょう》の勢ひ接《せっ》し難《がた》し。矧《いわ》んや、亦賊徒《ぞくと》旗を構へて、寇《あた》[128]松壖《しょうぜん》の下《もと》に迫る。人心《じんしん》未だ和《か》せず、

日本に伝えた元興寺の道昭が、長安で玄奘三蔵に学んで帰ったことをいう。
93 天台宗の悟りの境地。
94 完全な教え。大乗経典。
95 隋の文帝が天台宗開祖の智顗(ぎち＝智者大師)から「法華玄文」の講義を受けた玉泉寺の法流は澄み。
96 唐の太宗がすぐれた詩文(藻)を記した瑶花(寺の名か。不詳)の風は芳しい。
97 智者大師が一夏講じた「摩訶止観」の奥深い真理。
98 印度・中国・日本へと伝来した釈迦の真の教え。
99 千年。祀は、年。
100 宏大なおきて。
101 偉大な起こり。
102 関東(遠蛮の地)を逃げ出した俘虜。
103 降伏した東夷(あずま えびす)。
104 主君の手先として働く才。爪牙は、武臣。「鷹犬

禍《わざわ》ひ[129]蕭牆《しょうしょう》の中《うち》に在り。前には[130]燕然《えんねん》の虜《りょ》に対し、後ろには[131]宛城《えんじょう》の軍《ぐん》有り。[132]攻守の間《あいだ》進退度《ど》を失ふ。綸命屢降《りんめいしばしばくだ》り、牒《ちょう》送黙《そうもだ》し難《がた》し。速やかに[133]鋭師《えいし》を率《そっ》し、早く凶党《きょうとう》を征《せい》せん。今《いま》状を以て牒《ちょう》す。牒到《いた》りて状に准《じゅん》ず。故《ことさら》に牒す。

延元《えんげん》元年六月日　興福寺《こうふくじ》衆徒等

とぞ書いたりける。

南都《なんと》すでに山門《さんもん》に与力《よりき》すと聞こえければ、畿内近国《きないきんごく》に軍《いくさ》の勝負を計らひかねて、何方《いずかた》へか付かましと案《あん》じ煩《わずら》ひける兵ども、皆山門に志《こころざし》を通じ、力を合はせんとす。しかりと云へども、堺《さかい》敵陣を隔《へだ》てたれば、坂本《さかもと》へ馳《は》せ参《まい》る事叶《かな》ふべからず。「[134]大将を賜《たまわ》つて陣を取つて、京都を攻め落とし候ふべし」とぞ申しける。

さらばとて、[135]八幡《やわた》へは、[136]四条中納言隆資卿《しじょうちゅうなごんたかすけきょう》を差《さ》し遣《つか》はさる。[137]真木《まき》、葛葉《くずは》、禁野《きんや》、(片野、)宇殿《うとの》、賀島《かしま》、神崎《かんざき》、天王寺《てんのうじ》、賀《か》

の才は爪牙に任ずべし」(文選・陳琳・袁紹の為に予州に檄するの文)。

105 朝恩。

106 安禄山が楊国忠を討つ名目で叛したように。

107 藩屏。王室の守り。

108 前漢末の叛乱軍の名。

109 後漢末の叛乱軍の名。

110 分を超えたふるまい。

111 神仏の罰。

112 武器の意。玄玖本「錫耰」。関中は、京都。尊氏が京を攻めたこと。

113 一匹の馬と一台の車。

114 残党。

115 雷にも似た帝の威光。

116 天子の軍隊。

117 周の武王が殷の紂王を討つ際、諸侯と盟約した黄河の渡し。孟津とも。独夫は、孤立した者。

118 城濮(晋の文公が楚を破った地)の戦いで、晋軍

茂《も》、三日原《みかのはら》の者ども、馳《は》せ集《あつ》まつて三千余騎、[138]大渡《おおわたり》の橋より西に陣を取つて、[139]川尻《かわじり》の道を差《さ》し塞《ふさ》ぐ。宇治へは、[140]中院中将《なかのいんちゅうじょう》定平《さだひら》を遣はさる。宇治《うじ》、[141]田原《たわら》、醍醐《だいご》、小栗栖《おぐるす》、木津《こづ》、梨間《なしま》、市《いち》野辺《のべ》、山城脇《やましろわき》の者ども、馳《は》せ参《まい》つて二千余騎、宇治橋二、三間《げん》引き落として、[142]橘《たちばな》の小島《こじま》が前《さき》に陣を取る。[143]北丹波路《きたたんばじ》へは、[144]大《だい》覚寺宮《かくじのみや》を大将とし奉つて、[145]額田左馬助《ぬかださまのすけ》を遣はさる。その勢《せい》三百余騎、白昼に京中を打ち通つて、[146]長坂《ながさか》に打ち上がる。[147]嵯峨《さが》、仁《にん》和寺《なじ》、高尾《たかお》、栂尾《とがのお》、志宇智《しうち》、山内《やまのうち》、芋毛《いもげ》、村雲《むらくも》の者ども、馳《は》せ集《あつ》まつて千余騎、京中を足の下に直下《みおろ》して、嵐山《あらしやま》、高雄《たかお》、栂尾《とがのお》に陣を取る。この外《ほか》、[148]鞍馬路《くらまじ》をば西塔《さいとう》より塞ぎ、[149]勢多《せた》をば[150]儀峨《ぎが》、信楽《しがらき》より差し塞ぐ。

今は四方《しほう》[151]七つの路《みち》、[152]唐櫃越《からとごえ》ばかりなり。国々の運送道《みち》絶えて、[153](洛中の士卒、皆兵粮《ひょうろう》に疲れたり。暫《しばら》くは馬を売り)、物具《もののぐ》を沽《う》つて口中《こうちゅう》の食《じき》を継《つ》ぎけるが、後《のち》には、京、[154]白河《しらかわ》の在家《ざいけ》、寺々へ

が三日分の行程(三舎)を退却した謀。侍臣は、晋に敗れた楚の大夫。

119 建渓(比叡山)を、中国天台宗第六祖、妙楽大師湛然(たんねん)が住んだ荊渓(けいい)になぞらえる。

120 ねんごろに祈ること。

121 唐の代宗(李予)が、安禄山の乱の時、長安の香積寺に陣を張った。

122 越王勾践が、呉と会稽山で戦った時、天台山の北に陣を敷いた。

123 吉例。

124 天子の旗。

125 抽んでた忠誠の真心を朝廷に尽くす。

126 災いをなす者。

127 牡・牝の馬がたがいに慕いあっても、遠く隔たって会うことができない。興福寺と延暦寺との仲をたとえていう。

打ち入つて、衣裳を剝《は》ぎ取《と》り、食物を奪《うば》い喰《く》ふ。卿相雲客《けいしょううんかく》も、兵火《ひょうか》のために焼き出だされて、ここの山、または辻堂《つじどう》、社《やしろ》の拝殿に身を側《そば》め、僧俗男女《そうぞくなんにょ》は、道路に食《じき》を乞うて、築地《ついじ》の陰、[155]唐《から》居敷《いしき》の上に飢ゑ臥す。開闢《かいびゃく》より以来《このかた》、[156]兵革《ひょうがく》の起こる事多しと云へども、これ程の[157]大逆無道《たいぎゃくぶとう》は未だ記さざる処《ところ》なり。

[158]京勢《きょうぜい》は疲れて、山門《さんもん》また強《つよ》ると申すと聞こえければ、国々の勢、百騎、二百騎、東坂本《ひがしさかもと》へ馳《は》せ参《まい》りたる事引きも切らず。中にも阿波《あわ》、淡路《あわじ》より、[159]阿間《あま》、志宇智《しうち》、小笠原《おがさわら》の人々、三千余騎にて参りたりければ、諸卿《しょきょう》皆色を直し、「今は[160]いつをか期《ご》すべき。四方より[161]牒《ちょう》し合《あ》はせて合戦を致せ」とて、四国の勢を[162]阿弥《あみ》陀峯《だがみね》へ差し向けて、夜々篝《かがり》を焼《た》かせられける。その光、二、三里が間に連《つら》なりて、一天の星落ちて[163]闌干《らんかん》たるに異ならず。

或る夜、東寺《とうじ》の軍勢ども、楼門《ろうもん》に上がつてこれを見けるが、「あらおびたたしの阿弥陀峯の篝や」と申しければ、[164]高駿河守《こうのするがのかみ》

128　宮殿と外垣の間の松の生えた場所。
129　門の内側の垣根。
130　燕然山（モンゴル）。後漢と匈奴が戦った地。
131　漢の西域の国、大宛。
132　攻めるか守るか、途方にくれている。
133　精鋭の軍。
134　大将に相応しい方をお遣わしくだされば（その大将を戴いて）陣を敷き。
135　京都府八幡市にある石清水八幡宮。淀の大渡（宇治川・木津川・桂川の合流点）の辺。
136　後醍醐帝の近臣。
137　真木・葛葉・禁野は大阪府枚方市、片野（他本により補う）は交野市、宇殿は高槻市、賀島は大阪市淀川区、神崎は兵庫県尼崎市、天王寺は大阪市天王寺区、賀茂・三日原は京都府木津

これを見て、取りあへず、

　[165]多くとも四十八にはよも過ぎじ阿弥陀峯《あみだがみね》にとぼす篝火《かがりび》

と、一首の狂歌に取りなして戯《たわぶ》れければ、満座、皆[166]ゑつぼに入りてぞ咲《わら》ひける。

　今一度京都に寄せて、[167]先途《せんど》の合戦あるべしと、諸方相図《あいず》定まりにければ、士卒の志《こころざし》を勇ましめんために、忝《かたじけ》なくも[168]十善《じゅうぜん》の天子、[169]紅《くれない》の御袴《おんはかま》を脱《ぬ》がせ給ひ、三寸づつに切つて、所望《しょもう》の兵どもにぞ下されける。

　明くれば[170]七月十三日、大将新田左中将義貞《にったさちゅうじょうよしさだ》、度々《どど》の軍《いくさ》に討ち残されたる一族四十三人引き具して、先《ま》づ皇居へ参ぜらる。主上《しゅしょう》、龍顔麗《りょうがんうるわ》しく、[171]群下《ぐんか》に照臨《しょうりん》ありて、「今日の合戦、いつよりも忠義を尽《つ》くすべし」と仰せ下されければ、義貞、士卒の意に代はつて、「合戦の雌雄《しゆう》は、時の運による事にて候へば、かねて勝負を定《さだ》め難《がた》く候ふ。今日の軍《いくさ》に於ては、尊氏《たかうじ》が籠《こ》もつて

川市。

138　淀の大渡の北にかかっていた橋。

139　淀の大渡あたりで、北に天王山、南に男山がある。

140　討幕戦以来の功臣。

141　田原は、京都府綴喜郡宇治田原町。醍醐・小栗栖は、京都市伏見区、木津は、京都府木津川市、梨間・市野辺は城陽市、山城脇は、木津川市。

142　宇治橋の川下の中州。

143　鞍馬口から丹波へ至る道。

144　性勝親王。後醍醐帝の弟。

145　為綱。新田一族。

146　北丹波路の途中、京都市北区鷹峯（たかがみね）の西北にある坂道。

147　嵯峨・仁和寺・高尾（雄）・栂尾は、右京区、志宇智・山内は、京都府船井郡京丹波町、村雲は、兵庫

候ふ東寺《とうじ》の中へ、矢一つ射入れ候はでは、罷《まか》り帰《かえ》るまじきにて候ふなり」と申して、則ち御前《おんまえ》をぞ退出せられける。

　諸軍勢、大将の前後に馬を早めて、[172]白居《しろい》の前を打ち過ぎける時、見物しける女童部《おんなわらんべ》ども、名和伯耆守長年《なわほうきのかみながとし》が引《ひ》き降《さ》がつて打[173]ちけるを見て、「この比《ころ》、天下に結城《ゆうき》、伯耆、楠《くすのき》、千種頭中将《ちくさのとうのちゅうじょう》とて、三木一草《さんぼくいっそう》と云はれて、あくまで朝恩に誇りたる人々なりしが、三人は討死《うちじに》して、伯耆守一人《いちにん》残りたる事よ」と申しけるを、長年、遥《はる》かに聞いて、「さては、長年が今まで討死《うちじに》せぬ事を、人皆[174]云《い》ひ甲斐《がい》なしと云《い》ひ沙汰《さた》すればこそ、女童部までもかやうに云ふらめ。今日の合戦に、御方《みかた》もし打ち負けば、一人なりとも引《ひ》き留《とど》まつて、討死せんずるものを」と独《ひと》り言《ごと》して、これを最後の合戦と、思ひ定めてぞ向かひける。

県篠山市、芋毛は不詳。
148　北丹波路に同じ。
149　滋賀県大津市瀬田。
150　儀峨は、滋賀県甲賀市甲賀町、信楽は、甲賀市信楽町。
151　京に入る七つの道。
152　京都市西京区下山田から亀岡市篠町へ至る道。山陰道の北側をほぼ平行して通る。
153　神田本により補う。
154　京の鴨川以東の地。
155　門柱を支える石。
156　兵乱。
157　甚だ道に背く行い。
158　足利方。
159　阿間は、兵庫県南あわじ市阿万、志宇智は、同市志知に住んだ武士。小笠原は、同沼島（ぬしま）に住み、阿波の小笠原と同族。
160　いつまで待つ必要があろう。
161　示し合わせて。

隆資《たかすけ》卿《きょう》八幡《やわた》より寄《よ》する事　9

京都の合戦は、十三日の[1]巳刻《みのこく》と、かねて諸方《しょほう》へ触れ送りたりければ、東坂《ひがしざか》より寄する勢《せい》、[2]関山《せきさん》、[3]今路辺《いまみちへん》にひかへて、時刻を待ちける処《ところ》に、敵や謀《たばか》りて火を懸けたりけん、[4]北白川《きたしらかわ》に焼失《じょうしつ》出で来たつて、余煙蒼天《よえんそうてん》に充《み》ち満《み》ちたり、八幡より寄せんとする宮方《みやがた》の勢ども、これを見て、「[5]すはや、山門《さんもん》より寄せて、京中に火を懸けたるは。今日の軍《いくさ》に後《おく》れなば、何の面目《めんぼく》かあるべき」とて、相図《あいず》の刻限をも相待たず、その勢わづかに三千余騎にて、[6]鳥羽《とば》の作道《つくりみち》より、東寺《とうじ》の南大門《なんだいもん》の前へぞ寄せたりける。

東寺の勢は、山門より寄する敵を防かんとて、[7]紀《ただす》、北白川辺へ皆向かひたりければ、卿相雲客《けいしょううんかく》、或いは将軍[8]近習《きんじゅ》の老者《ろうしゃ》、児《ちこ》なんどばかり集まり居て、敵を防くべき兵はなかりけり。寄《よせ》

162　京都市東山区、清水寺の南にある山。
163　星がきらめくさま。
164　師茂(師直の弟)。「梅松論」は、高大和守(重茂)の歌とする。
165　阿弥陀峯の篝火が多くても、阿弥陀の誓願の四十八より多くはあるまい。
166　笑い興ずること。
167　勝敗の分け目。
168　仏教で、前世の十善戒を守った功徳により帝となった君王。
169　帝が着用する紅の長袴。
170　史実は、六月三十日。
171　義貞らをご覧になり。
172　滋賀県大津市坂本と穴太の間。
173　馬を駆って行く。
174　ふがいない。

9

1　午前十時頃。

手《て》の足軽《あしがる》は、[9]鳥羽田《とばた》の南の畔《くろ》を伝ひ、[10]四塚《よつづか》、羅城門《らしょうもん》の辺に立ち渡り、散々《さんざん》に射ける間、作道まで打ち出でたりける高武蔵守師直《こうのむさしのかみもろなお》が勢五百余騎、射立てられて引き退く。敵、いよいよ勝《かつ》に乗つて、[11]持楯《もちだて》、[12]ひしぎ楯つき寄せつき寄せ、かづき入れて攻めける程に、[13]未申《ひつじさる》の角《すみ》なる塀の上の高櫓《たかやぐら》一つ、念なく攻め破られて焼けにけり。

城中これに騒いで、声々にひしめきけれども、[14]将軍、少しも驚き給はず、[15]鎮守《ちんじゅ》の御宝前《ごほうぜん》に[16]看経《かんきん》してぞおはしける。その前に、[17]問注所信濃入道道大《もんちゅうじょしなののにゅうどうどうだい》と[18]土岐伯耆入道存孝《ときほうきのにゅうどうぞんこう》と、二《に》人《にん》支《ささ》へて候ひけるが、存孝、傍《そば》をきつと見て、「あはれ、愚息《ぐそく》にて候ふ[19]悪《あく》源太《げんた》を[20]上《かみ》の手《て》へ向け候はで、これに[21]ばし留《とど》めて置きて候はば、この敵をば軽《かろ》く追ひ払はせ候はんずるものを」と申しける処《ところ》に、悪源太、つと参りたり。存孝、快げに打ち見て、「いかに、上の手の軍《いくさ》は、未だ始らぬか」。「いや、某《それがし》は未だ存知《ぞんち》仕《つかまつ》り候は

2　滋賀県大津市の西部、逢坂関のあった逢坂山。
3　大津市坂本(東坂本)から延暦寺東塔を経て、京都市左京区修学院に至る道。
4　左京区北白川。
5　それ、比叡山からの兵が攻め寄せて。
6　朱雀大路の南端、羅城門から鳥羽へまっすぐ南下する道。
7　下賀茂神社の森。
8　側仕えの老人。
9　作道周囲の低湿地。
10　南区四ツ塚町。羅城門は当時なかった。
11　携帯用の楯。
12　数人でかつぐ楯。
13　南西。
14　足利尊氏。
15　東寺の鎮守八幡宮。
16　読経。
17　太田時連(ときつら)。問注所は、訴訟を司る幕府の役所

ず。[22]三条河原《さんじょうがわら》まで罷《まか》り向《む》かつて候ひつるが、東寺《とうじ》の未申《ひつじさる》に当たつて煙《けぶり》の見え候ひつる間、取つて返して馳《は》せ参《さん》じて候ふ。こなたの御合戦は何と候ふやらん」。武蔵守《むさしのかみ》、「ただ今、作道《つくりみち》の軍《いくさ》に打ち負けて引き退くと云へども、この御陣に兵多からねば、入り替はる事叶《かな》はず。すでに未申の角《すみ》の[23]出塀《だしべい》を打ち破られ、焼き落とさるる上は、将軍の御大事、この時なり。一騎なりとも[24]御辺《ごへん》打ち出でて、この敵追ひ払へかし」。「畏《かしこま》つて承《うけたまわ》り候ふ」とて、悪源太《あくげんた》、御前《おんまえ》を立ちけるを、「暫《しばら》く」とて、将軍、いつも[25]帯添《はきぞえ》にし給ひける[26]御所作《ごしょづく》りの兵庫鏁《ひょうごくさり》の太刀を、引出物《ひきでもの》にぞせられける。

悪源太、この太刀を賜《たまわ》つて、[27]心の置き所なく勇み進んで、[28]洗皮《あらいがわ》の鎧に、[29]白星《しらほし》の甲《かぶと》の緒《お》をしめ、ただ今賜りたる[30]金作《こがねづく》りの太刀の上に、三尺八寸の黒塗《くろぬ》りの太刀帯《は》き添《そ》へ、三十六差《さ》いたる[31]山鳥《やまどり》の引尾《ひきお》の征矢《そや》、森の如くに負ひなし、三人張りの弓に[32]関《せき》

だが、その職名を氏とした。
18 俗名頼貞。美濃の豪族。
19 頼直。頼貞の子。
20 京都の北の方へ向けた軍勢。
21 強調する意の副助詞。
22 三条大路東端の鴨川の河原。
23 射撃や物見のために、城の塀の一部を外へ突きだしたもの。
24 そなた。
25 戦場での用意のため、太刀に添えて腰につけるもう一本の太刀。
26 後鳥羽上皇が作らせた太刀で、菊の紋がある。兵庫鏁は、兵庫寮で作られた装飾的な鏁を帯取り(腰に巻く佩き緒と太刀の鞘とをつなぐ紐)にしたもの。
27 思い残すことなく。
28 鹿のなめし皮で縅(おど)した鎧。

弦《づる》懸けて噛《く》ひしめし、わざと臑当《すねあて》をばせざりけり。時々は馬より下《お》り、[33]深田《ふけだ》を歩まんためなりけり。北の小門《こもん》より打ち出でて、羅城門《らしょうもん》の西へ打ち廻り、馬をば[34]畔《くろ》の影《かげ》に乗り放して、三町余りが外に[35]村立《むらだ》つたる敵を、差しつめ引きつめ射たりける。矢一矢《ひとや》に二人は射落とせども、[36]あだ矢は一つもなかりけり。南大門《なんだいもん》の前に攻め寄せたる寄手《よせて》の兵千余人、一度にばつと引き退く。悪源太、これに利を得て、[37]懸足逸《かけあしばや》の馬に打ち乗り、さしも深き[38]鳥《と》羽田居《ばたい》を[39]真平地《まっぺいじ》に懸け立てて、敵六騎切つて落とし、十一騎に手負はせて、[40]仰《の》りたる太刀を押し直し、東寺の方《かた》をきつと見て、[41]気色《きしょく》ばらだる有様は、いかなる[42]和泉《いずみ》、朝井名《あさいな》も、これに過ぎじとぞ見えたりける。

悪源太一人に懸け立てられて、数万の寄手《よせて》、[43]皆しどろになりぬと見えければ、高武蔵守師直《こうのむさしのかみもろなお》は、千余騎にて、また作道を下《くだ》りへ追つ懸くる。[44]越後守師泰《えちごのかみもろやす》は、七百余騎にて、[45]竹田《たけだ》を下《くだ》りに

29 鉢に銀の鋲（びょう）を打った兜。
30 金細工で装飾した太刀。
31 山鳥の尾羽を矢羽とした実戦用の矢を、森のように繁く箙（えびら）に差して。
32 弦に絹糸を巻き漆で塗り固めた弓弦を口に含んで湿らせて。
33 泥深い田。
34 田の畦のかたわら。
35 群がり立っている敵を、矢を手早く弦につがえて次々に射た。
36 無駄な矢。
37 駆け足のすぐれた馬。
38 鳥羽の田の中。
39 まるで平地を行くように馬を駆け立てて。
40 反り返った太刀。
41 怒りを全身にあらわした様子。
42 和泉親衡と朝夷奈義秀。ともに建保元年（一二一三）

横合《よこあ》ひにと志《こころざ》す。すでに引[46]き立つたる大勢《おおぜい》なれば、なじかは足を留《と》むべき。討たるるをも顧《かえり》みず、手負《ておい》をも助けず、われ先にと逃げ散りて、もとの八幡《やわた》へ引つ返す。

義貞合戦《よしさだかっせん》の事 10

一方の寄手《よせて》の破られたるをも知らず、相図《あいず》の刻限になりぬとて、大手《おおて》の大将新田左中将義貞《にったさちゅうじょうよしさだ》、脇屋次郎義助《わきやじろうよしすけ》、二万余騎を率《そっ》し、今路《いまみち》、西坂《にしざか》より降《お》り下《くだ》つて、三手《みて》に分けて打ち寄する。一手《ひとて》は、義貞、義助、江田《えだ》、大館《おおたち》、千葉《ちば》、宇都宮《うつのみや》、その勢《せい》一万余騎、[1]大中黒《おおなかぐろ》、月に星、左巴《ひだりともえ》、右巴《みぎともえ》、[2]丹《たん》、児玉《こだま》の打輪《うちわ》の旗、三十余流れ差《さ》し連《つら》ねて、糺《ただす》を西へ打ち通つて、大宮《おおみや》を下《くだ》りに押し寄する。一手は、伯耆守長年《ほうきのかみながとし》、仁科《にしな》、高梨《たかなし》、土居《どい》、得能《とくのう》、春日部以下《かすかべいげ》の国々の勢を集めて五千余騎、大将義貞の旗を守つ

の和田合戦で剛勇をうたわれた和田義盛方の勇士。
43 ばらばらになった。
44 師直の弟。侍所頭人。
45 竹田道(京都市伏見区竹田)を南下して敵を横から攻めようと。
46 浮き足だった。

10

1 大中黒は新田、月に星は千葉、左巴は結城、右巴は宇都宮の紋。
2 武蔵七党の丹党と児玉党。うちわを組み合わせた図柄を紋とした。流れは、旗を数える語。
3 魚鱗は、先頭を細くして敵陣を突破する鱗形の陣形。鶴翼は、鶴が翼を広げたように敵を包囲する陣形。
4 東大宮大路の東側の小路。
5 師基。

て、[3]魚鱗《ぎょりん》、鶴翼《かくよく》の陣をなし、[4]猪隈《いのくま》を下《くだ》りに押し寄する。一手は、[5]二条大納言《にじょうだいなごん》、[6]洞院左衛門督《とういんさえもんのかみ》を両大将にて五千余騎、[7]牡丹《ぼたん》、扇《おうぎ》の旗ただ二流れ揚《あ》げて、敵に[8]道を切らせじと、四条《しじょう》を東へ引き渡して、先へはわざと進まれず。

かねてより阿弥陀峯《あみだがみね》[9](に陣を取りたりし)勢、阿波《あわ》、淡路《あわじ》の兵千余騎は、未だ京中へは入《い》らず、[10]泉涌寺《せんにゅうじ》の前、[11]今比叡《いまひえ》の辺まで下《くだ》つて、相図《あいず》の煙《けぶり》を上げたれば、[12]長坂《ながさか》に陣を取つたる額田《ぬかだ》が勢八百余騎、嵯峨《さが》、仁和寺《にんなじ》の辺に打ち散りて、所々《しょしょ》に火を懸けたり。

[13]京方《きょうがた》は大勢《おおぜい》なれども、人疲れ、馬疲れて、しかも今朝《こんちょう》の軍《いくさ》に矢種《やだね》皆射《い》尽《つ》くしたり。寄するは小勢《こぜい》なれども、さしもの名将義貞、先日度々《どど》の軍《いくさ》に打ち負けて、この度《たび》[14]会稽《かいけい》の恥を洗《すす》がんと、[15]牙《きば》を咀《か》み、名を恥づと聞こえければ、[16]御治世両統《ごちせいりょうとう》の聖運《せいうん》も、新田《にった》足利《あしかが》多年の憤《いきどお》りも、ただ今日の軍《いくさ》に定まりぬと、[17]気を詰《つ》め

6　実世。
7　牡丹は、摂関家の紋章。扇は、不詳。
8　道を遮断させまいと。
9　神田本により補う。
10　京都市東山区泉湧寺山内町にある真言宗寺院。
11　東山区妙法院前側町にある新日吉(いまひえ)神社。
12　長坂(北区鷹峯〈たかがみね〉の西北)の大覚寺宮を大将とする額田右馬介の軍勢。本巻・8、参照。
13　足利方。
14　雪辱を期すこと。会稽山の戦いで呉に敗れた越王勾践が、二十年後に雪辱した故事。
15　敵意をもやして歯がみをし。
16　大覚寺統・持明院統の治世のご運。
17　気を張りつめない者はなかった。

ぬ人はなかりけり。

さる程に、[18]六条大宮《ろくじょうおおみや》より軍《いくさ》始まつて、将軍の二十万騎と義《よし》貞《さだ》の一万余騎と、入り乱れて戦ひたり。射違《いちが》ふる矢は、夕立《ゆうだち》の軒端《のきば》を過ぐる音よりもなほしげく、打ち合ふ太刀の鍔音《つばおと》は、空に答ふる山彦《やまびこ》の鳴《な》り止《や》む隙《ひま》もなかりけり。[19]京なる勢《せい》は、小路《こうじ》小路《こうじ》を立《た》ち塞《ふさ》いで、敵を東西より取り籠め、進めば前《さき》を遮《さえぎ》り、左右へ分かるれば中を破《わ》らんと変化《へんげ》し、機に応じて戦ひけれども、義貞の兵、少しも懸け乱されず、中をも破《わ》られず、退《しりぞ》いて跡よりも揉《も》まれず、向かふ敵を懸け立て懸け立て、大宮を下《くだ》りにましぐらに懸かりける程に、仁木《にき》、細川《ほそかわ》、今川《いまがわ》、荒川《あらかわ》、土岐《とき》、[20]佐々木《ささき》、[21]逸見《へんみ》、武田《たけだ》、小笠原《おがさわら》、[22]小早川《こばいかわ》、ここに打ち散らされ、かしこに追つ立てられて、所々《しょしょ》にひかへたれば、義貞の兵一万余騎、東寺《とうじ》の小門《こもん》の前に押し寄せて、一度に[23]時《とき》をどつと作る。

義貞、坂本《さかもと》を打ち出でし時、皇居に参つて、「[24]天下の落居《らっきょ》は

18 六条大路と大宮大路との交点。
19 足利方。
20 佐々木道誉の軍。
21 逸見・小笠原は、甲斐源氏。
22 安芸に住んだ土肥氏の一族。
23 鬨(とき)の声。
24 天下の落ち着く先は、帝のご運にお任せする。

聖運《せいうん》に任《まか》せ奉る。[25]いかさま今度の軍《いくさ》に於ては、尊氏《たかうじ》が籠もつて候ふ東寺の中へ矢一つ射《い》候はでは、帰り参る事候ふまじ」と、申して出でたりしその言《ことば》にも違《たが》はず、敵を[26]一的場《ひとまとば》の内に攻め寄せたれば、[27]今はかうと大きに勇《いさ》み悦《よろこ》びて、旗の影《かげ》に[28]打《う》ち居《す》ゑ、城を睨《にら》み、弓杖《ゆんづえ》にすがつて高らかに宣《のたま》ひけるは、「天下の乱止《や》む事《こと》なくして、罪なき人民《じんみん》身を安くせざる事年《とし》久し。これ[29]国主《こくしゅ》両統の御事《おんこと》とは申しながら、ただ義貞と尊氏卿の作《な》す所なり。わづかに一身《いっしん》の大功を立てんために、多くの人を苦しめんよりは、独《ひと》り身《み》にして戦ひを決せんと思ふゆゑに、義貞自らこの軍門に罷《まか》り向《む》かつて候ふなり。[30]それかあらぬか、矢一つ受けて見給へ」とて、三人張りに十三束二伏《ぞくふたつぶせ》、[31]あくまで堅《かた》めて引きしぼり、弦音《つるおと》高く切つて放つ。その矢二重《にじゅう》に掻《か》いたる高櫓《たかやぐら》の上を越えて、将軍の座《ざ》し給へる[32]帷幕《いばく》の中、本堂の[33]巽《たつみ》の柱に、一揺《ひとゆ》り揺りて[34]沓巻《くつまき》過ぎてぞ立つたりける。

25　何としても。
26　矢の届く範囲内。
27　今はついに尊氏を追いつめたと。
28　馬の足をとどめ。
29　二つの皇統の争いとは申しても、ひとえに。
30　この言葉が偽りかどうか。
31　十分にねらいを定めて。
32　陣幕。
33　南東。
34　鏃の根を矢竹に差して糸で巻きしめた部分。

将軍、これを見給ひて、「われこの軍《いくさ》を起こして、鎌倉《かまくら》を立ちしより、[35]全く君を傾《かたぶ》け奉らんと思ふにあらず。ただ義貞《よしさだ》に逢ひて、憤《いきどお》りを散《さん》ぜんためなりき。しかれば、かれとわれと独《ひと》り身《み》にして戦ひを決せん事、元来悦《もとよりよろこ》ぶ処《ところ》なり。その木戸開《ひら》け、打ち出でん」と宣《のたま》ひけるを、[36]上杉伊豆守《うえすぎいずのかみ》、「これはいかなる御事《おんこと》にて候ふぞ。[37]楚《そ》の項羽《こうう》が漢《かん》の高祖《こうそ》に向かひ、「独り身にして戦はん」と申ししをば、高祖あざ咲《わら》ひて、「汝《なんじ》を討つに、刑徒《けいと》を以てすべし」と[38]欺《あざむ》き候はずや。義貞[39]そぞろに深入りして、引き方のなさに、よき敵《かたき》にや合ふと、[40]敵《ふ》てて狂ひ候ふを、軽々《かろがろ》しく御出《おんい》で(ある)事や候ふべき。思ひも寄らぬ御事に候ふ」とて、鎧の袖に取り付きければ、将軍、力なく[41]義者《ぎしゃ》の諫《いさ》めに付いて、怒りを押さへて座《ざ》し給ふ。

かかる処《ところ》に、[42]土岐弾正少弼頼遠《ときだんじょうのしょうひつよりとお》、三百余騎にて、上賀茂《かみがも》にひかへて立ちけるが、[43]五条大宮《ごじょうおおみや》にひかへたる旗を見て、大将

35　主上(後醍醐帝)を滅ぼし申そうとは全く思っていない。
36　重能(しげよし)。尊氏の母方の従兄弟。
37　「史記」高祖本紀が記す故事。広武山の谷を挟んで対峙する劉邦(高祖)に、項羽が単身決戦をもちかける。劉邦は項羽の九つの罪をあげ、お前は刑に服した罪人に討たせるといった。第二十八巻・9、参照。
38　あざけったではありませんか。
39　軽率に敵陣に深入りして、退却の仕様がないために。
40　やけになって猛り狂っているのを。
41　節義のある者。
42　頼貞の子。頼直の弟。足利方。
43　五条大路と大宮大路と

は公家の人々よと見てければ、後ろより時をどつと作つて、叫《おめ》き呼《さけ》んでぞ懸けたりける。「すはや、敵後ろより取《と》り廻《まわ》しけるは。河原へ引いて広みで戦へ」と、云ふ程こそあれ、一戦《ひといくさ》も闘はず、[44]五条河原《ごじょうがわら》へばつと追ひ出だされて、ここにも足を踏《ふ》み留《とど》めず、西坂《にしざか》を差してぞ逃げたりける。

土岐頼遠、五条大宮の合戦に打ち勝つて、勝時《かつどき》を揚げければ、ここかしこよりの勢《せい》ども、数千騎馳《は》せ集《あつ》まつて、大宮を下《くだ》りに、義貞の後ろへ攻め寄する。[45]神祇官《じんぎかん》にひかへたる仁木《にき》、細川《ほそかわ》、吉《き》良《ら》、石塔《いしどう》の勢二万余騎は、[46]朱雀《しゅしゃか》を直違《すじかい》に、[47]西八条《にしはちじょう》へ押し寄する。東より、[48]少弐《しょうに》、大友《おおとも》、厚東《こうとう》、大内《おおうち》、四国、中国の兵ども三万余騎、七条河原《しちじょうがわら》を下《くだ》りに、[49]針《はり》、[50]唐橋《からはし》へ引き廻して、敵を一人《いちにん》も打ち漏らさじと引《ひ》つ裹《つつ》めば、三方はかくの如く、百重千重《ひゃくじゅうせんじゅう》に取り巻いて、天を翔《かけ》り地を潜《くぐ》らぬより外《ほか》は、漏れて遁《のが》るべき方《かた》もなし。

の交点。

44　五条大路東端の鴨川の河原。

45　大内裏内の神祇祭祀を司った役所の跡地。東大宮大路に近い。

46　朱雀大路を横切って。

47　東寺の西北辺。

48　少弐は筑前、大友は豊後、厚東は長門、大内は周防の豪族。

49　八条大路の南側の針小路。東寺の北。

50　朱雀大路をはさんで東寺と対をなした西寺の跡地。

前には城郭《じょうかく》堅く守つて、数万《すまん》の兵鏃《やじり》をそろへて散々《さんざん》に射る。義貞《よしさだ》、今は今日を限りの運命なりけりと、思ひ定め給ひければ、二万余騎をただ一手《ひとて》になして、八条《はちじょう》、九条《くじょう》にひかへたる敵二十万騎を、四角八方《しかくはっぽう》へ懸け散らし、三条河原《さんじょうがわら》へさつと引いて出でたるに、千葉《ちば》、宇都宮《うつのみや》も、早や所々《しょしょ》に引き分かれ、名和《なわ》伯耆《ほうきの》守《かみ》も、[51]懸《か》け隔《へだ》てられぬと見へたり。

仁科《にしな》、高梨《たかなし》、春日部《かすかべ》、丹《たん》、児玉《こだま》、三千余騎一手《ひとて》になつて、一《いち》条《じょう》を東へ引きけるが、三百余騎討たれて、[52]鷺森《さぎのもり》へ懸け抜けたり。長年《ながとし》は、三百余騎にて、大宮《おおみや》を上《のぼ》りに引きけるが、六条大《ろくじょうおお》宮《みや》にて返し合はせ、[53]われと木戸《きど》を差して、一人も残らず、切り死にに皆死にけり。

その後《のち》は、所々の軍《いくさ》に勝ち誇りたる敵二十万騎、わづかに打ち残されたる義貞の勢《せい》を、真中《まんなか》にまた取り籠む。義貞も、今は思ひ切つたる体《てい》にて、一引《ひとひ》きも引かんとはし給はず、馬を皆

51 敵に間をへだてられてしまったようだ。

52 京都市左京区修学院宮ノ脇町にある鷺森神社。

53 自分から退路の城柵の門を閉ざして。

[54]西頭《にしがしら》に立てて、討死《うちじに》せんとし給ひける処《ところ》に、[55]主上恩賜《しゅしょうおんし》の御衣《ぎょい》を切つて笠符《かさじるし》に付けたる兵ども、所々より馳《は》せ集《あつ》まつて二千余騎、戦ひ疲れたる大敵を、懸け立て懸け立て[56]揉《も》うだりけるに、雲霞《うんか》の如くなる敵ども、馬の足を立てかねて、京中へばつと引きければ、義貞、義助《よしすけ》、江田《えだ》、大館《おおたち》、[57]万死《ばんし》を出でて一生に逢ひ、また坂本《さかもと》へ引つ返さる。

江州軍《ごうしゅういくさ》の事、并《ならびに》道誉《どうよ》を江州守護《ごうしゅうのしゅご》に任《にん》ずる事 11

京都を中に籠《こ》めて四方より寄せば、今度は[1]さりともと憑《たの》もしく思ひしに、諸方の相図《あいず》相違して、寄手《よせて》また打ち負けしかば、[2]四条中納言《しじょうちゅうなごん》も、八幡《やわた》を落ちて、坂本へ参《さん》ぜられぬ。阿弥陀峯《あみだがみね》に陣を取りし阿波《あわ》、淡路《あわじ》の兵どもも、[3]細川卿律師《ほそかわきょうのりっし》定禅《じょうぜん》に打ち負けて、坂本へ帰りぬ。長坂《ながさか》を堅めたりし額田《ぬかだ》も落ちて、山上《さんじょう》

54　西方浄土の方角へ向けることで、死を覚悟しての意。
55　後醍醐帝の紅の袴を切って笠符（敵味方を区別する布きれ）としたことは、本巻・8。
56　攻め立てると。
57　死地から生き延びて。「万死を出でて一生に遇ふ」（貞観政要・君道）。

11
1　それでもきっと（勝てるだろう）と。
2　隆資。
3　頼貞の子。

へ帰参《きさん》しければ、京勢《きょうぜい》は籠《かご》の中を出でたる鳥の如く悦《よろこ》び、宮方《みやがた》は穽《おり》に籠《こ》もる獣《けだもの》の如く縮《しじ》まれり。

南都《なんと》の大衆《だいしゅ》も、[4]山門《さんもん》に与力《よりき》すべき由《よし》、返牒《へんちょう》を送りしかば、定めて力を合はせんずらんと待たれしかども、将軍より数ヶ所《すかしょ》の庄園を寄附して語ら[5]はれける程に目の前の欲に身の後《あと》の恥を忘れければ、山門与力の僉議《せんぎ》を翻《ひるがえ》して、[6]武家合体《がってい》の約諾《やくだく》をぞなしける。今は、[7]君の御憑《おたの》みありける方とては、備後《びんご》の[8]桜山《さくらやま》、備中《びっちゅう》の[9]那須五郎《なすのごろう》、備前《びぜん》の[10]児島《こじま》、今木《いまき》、大富《おおとみ》が、「兵船《ひょうせん》をそろへて、近日罷《まか》り上《のぼ》り候ふなり」と申しけると、伊勢《いせ》の[11]愛曽《あそ》が、「当国の敵を退治して、江州《ごうしゅう》へ発向《はっこう》すべし」と注進《ちゅうしん》したりしばかりなり。

山門の衆徒《しゅと》、財産を尽《つ》くして士卒の兵粮《ひょうろう》を出《い》だすと云へども、公家、武家の[12]従類《じゅうるい》、上下二十万人に余りたるを、六月の始めより十月の中旬まで[13]眷養《けんよう》しければ、家財悉《ことごと》く尽《つ》きて、ともに[14]首《しゅ》

4 興福寺が延暦寺に加勢の返事をしたことは、本巻・8。
5 味方に引き入れようとされたので。
6 武家方と同盟する約束。
7 後醍醐帝。
8 備後国一宮の吉備津神社(広島県福山市新市町)の社家。
9 那須与一の弟、宗隆の子孫という(備中府志)。
10 いずれも児島高徳の一族。
11 伊勢・紀伊に住んだ武田一族。
12 従者。
13 身内のように養うこと。
14 飢餓に瀕すること。伯夷・叔斉兄弟が節義のために首陽山で餓死した故事(史記・伯夷列伝)。
15 斯波高経。越前守護。
16 貞宗。甲斐源氏、信濃

陽《よう》に莅《のぞ》みなんとす。剰《あまつさ》へ、北国《ほっこく》の道をば、[15]足利尾張守高経《あしかがおわりのかみたかつね》、差《さ》し塞《ふさ》ぎて人を通さず。近江国《おうみのくに》には、[16]小笠原信濃守《おがさわらしなののかみ》、[17]野路《のじ》、篠原《しのはら》に陣を取つて、[18]湖上往反《おうへん》の船を留《とど》めける間、ただ官軍、[19]蚣蝑《しょうしょ》の飢ゑを嗜《たしな》むのみにあらず、[20]三千の聖供《しょうぐ》の運送の道塞《ふさ》がつて、谷々の[21]講演《こうえん》も絶えはてて、社々《やしろやしろ》の祭礼もなかりけり。

山門、かくては叶《かな》ふまじ、江州の敵を退治して、美濃《みの》、尾張《おわり》の通《かよ》ひ路《じ》を開《あ》くべしとて、[22]九月十七日、三塔《さんとう》の衆徒五千余人、[23]志那《しな》の浜より上がり、野路、篠原へ押し寄する。小笠原、山門の大勢《おおぜい》を見て、[24]さしもなき平城《ひらじょう》に籠もつて、[25]巻かれなば叶ふまじとて、[26]逆寄《さかよ》せに押し寄す。平野《ひらの》に懸け合はせて戦ひける程に、[27]道場房助注記猷覚《どうじょうぼうのじょちゅうきゆうかく》、一軍《ひといくさ》に打ち負けて、[28]立つ足もなく引きければ、[29]成願房律師源俊《じょうがんぼうのりっしげんしゅん》、[30]同宿《どうじゅく》までも残らず討たれにけり。

山門いよいよ憤《いきどお》りを深くして、同じき二十日、三塔三千人の

守護。
17　滋賀県草津市野路町。野洲市大篠原、同小篠原。
18　琵琶湖を往復する船。
19　いなご(蚣蝑)の害による飢えを味わうだけでなく(春秋左氏伝・宣公十五年)。底本「蚣暮」を改める。他本「朝暮」は誤り。
20　叡山の全ての衆徒(三千)への(信徒からの)お供えの米。
21　聖教講説の学問。
22　神田本「七月十七日」。
23　草津市志那町。底本「志賀」。他本により改める。
24　さしたることもない平地の城。
25　敵に取り巻かれたら。底本「巻レケレハ」を改める。
26　逆に自分の方から攻め寄せること。

衆徒《しゅと》の中より五百坊の[31]悪僧《あくそう》を勝《すぐ》り、二万余人、兵船《ひょうせん》を連《つら》ねて押し渡る。小笠原《おがさわら》が勢《せい》ども、重ねて寄する山門《さんもん》の大勢《おおぜい》に[32]聞《き》き怖《お》ぢして、大半落ち失せければ、勢わづかに三百騎になりにけり。これを聞いて、大衆《だいしゅ》ども、後陣《ごじん》の勢をも待《ま》ち調《そろ》へず、われ先にとぞ進みける。この大勢を敵に受けて、落《お》ち留《とど》まる者どもならば、[33]なじかは少《ち》とも気を屈すべき、ひとへに討死《うちじに》せんと志《こころざ》して、[34]犬上郡《いぬかみのこおり》多賀《たか》と云ふ所に陣を取る。

この所は、後ろは大山を当て、前には犬上川[35]と云ふ河原を当つ。山徒《さんと》、[36]馬の上の合戦心にくからず、ただ一懸《ひとか》けに懸け散らさんと思ひける処《ところ》に、[37]山徒の向かひ陣、[38]四十九院《しじゅうくいん》の宿《しゅく》へ、未だ[39]卯刻《うのこく》に押し寄する。山徒も、[40]安食《あいば》の馬場《ばば》へ出で合ひ、懸け立て懸け立て散々《さんざん》に戦ふ。小笠原が先懸けの者ども、少々打ち合はす処《ところ》に、山徒の後ろにひかへたる雑兵《ぞうひょう》少々引きけるに、大勢[41]引き立てられて、[42]理教坊阿闍梨《りきょうぼうのあじゃり》を始めとして、[43]宗徒《むねと》の衆徒三

27 延暦寺の僧。「祐覚」とも。箱根合戦にも新田方として参戦した僧(第十四巻・8)。
28 たちどころに。
29 不詳。
30 同じ僧坊に住み師を同じくする僧。
31 勇猛な僧兵。
32 聞いただけで恐れをなして。
33 どうして少しでも気おくれすることがあろうか。
34 滋賀県犬上郡多賀町。
35 多賀町を経て彦根市で琵琶湖に注ぐ川。
36 騎馬の戦闘は得意でないから、このまま一気に小笠原勢を蹴散らそうと。
37 山徒が小笠原勢に向かい合って取った陣。
38 犬上郡豊郷(とよさと)町四十九院。
39 午前六時頃。

十余人討たれければ、湖上の舟に棹《さお》さして、[44]堅田《かただ》を差して漕ぎて行く。

かかる処へ、[45]佐々木《ささき》佐渡判官《さどのほうがん》入道《にゅうどう》道誉《どうよ》、[46]将軍の御前《おんまえ》に参つて申されけるは、「江州《ごうしゅう》は、代々《だいだい》佐々木[47]名字《みょうじ》の守護の国にて候ふ。小笠原上洛《しょうらく》して道を隔《へだ》て、不慮に両度に及んで合戦を致し候ふ。その功を以て、やがて国々の[48]管領《かんれい》仕《つかまつ》り候ふ事、道誉面《めん》目《ぼく》を失ふ処にて候ふ。江州の管領を給はり候はば、即ちかの国に下向《げこう》仕り、国中の朝敵を打ち平らげ、坂本《さかもと》の通《かよ》ひ路《じ》を差《さ》し塞《ふさ》ぎ、敵を兵粮攻《ひょうろうぜ》めにし候ふべし」と申されたりければ、将軍も、「しかるべし」とて、道誉が申《もう》し請《う》くる旨《むね》に任せて、当国の管領、並びに[49]便宜《びんぎ》の闕所《けっしょ》数ヶ所《かしょ》、道誉が恩賞に行ひて、やがて江州へぞ遣《つか》はされける。

さて、道誉、京よりひそかに[50]若狭路《わかさじ》を廻《めぐ》つて、当国をば将軍より給はりたる由《よし》申さるる間、小笠原、[51]両度の大敵を退《しりぞ》け、抜《ばっ》

40　犬上郡豊郷町安食(あんじき)。
41　つられて退却して。
42　不詳。阿闍梨は、戒師などを務める僧職。
43　主だった。
44　大津市堅田。
45　俗名高氏。近江の豪族。南北朝内乱を智略をもって勝ち抜き、諸芸に秀でたばさら大名としても著名。
46　神田本「京より潜かに若狭路をめぐつて、東坂本へ降参して申しけるは」(玄玖本・流布本同じ)とあり、佐々木道誉が帝をだまして近江守護職を手に入れた話としており、策謀家としての道誉の一面を強調する。簗田本、底本と同じ。
47　家の名(名字)の由来となった先祖代々の。
48　領有し支配すること。
49　ちょうど領主が不在になった荘園。

群《くん》の忠をなくして[52]上洛《しょうらく》す。その後《のち》、道誉《どうよ》、野州郡《やすのこおり》[53]三上山《みかみやま》の麓、[54]東光寺《とうこうじ》に陣を取って、国を管領《かんれい》し、寺社、[55]本所《ほんじょ》の領を、手の者どもに[56]料所《りょうしょ》と号して取らせ、坂本《さかもと》を遠攻《とおぜ》めにぞしたりける。諸国の料所と云ふ事は、これよりぞ始まりける。山徒の[57]遠類《えんるい》、親類、[58]宮方被官《ひかん》の所縁《しょえん》の者までも、近江《おうみ》の国中《くにじゅう》には、[59]跡を留《とど》むべき様《よう》ぞなかりける。

これを聞いて、坂本より、時刻を移さず退治すべしとて、[60]脇屋右衛門佐《わきやうえもんのすけ》を大将にて、二千余騎を江州《ごうしゅう》へ差し向けらる。この勢《せい》、[61]志那《しな》の渡しをして、舟より下《お》りける処《ところ》へ、道誉、三千余騎にて押し寄せ、船より上げじと防きける程に、或いは遠浅に船を乗《の》り居《す》ゑ、或いは[62]上がり場に馬を下ろしかねて、射落とされ、切《き》り臥《ふ》さるる兵、数を知らず。この日の軍《いくさ》にも、官軍また打ち負けて、わづかに坂本へ漕ぎ返す。

この後《のち》よりは、山上、坂本にいよいよ兵粮尽《つ》きて、始め百騎、

50　京都市左京区大原から、途中峠（龍華越〈りゅうげごえ〉）を越えて滋賀県に入り、今津から福井県小浜へ至る道。
51　この直前で、小笠原貞宗が、山門の軍勢を二度退けた合戦をさす。
52　無にして。
53　底本「三笠山」を改める。滋賀県野洲市にある。近江富士とも。
54　野州市妙光寺にあった天台宗寺院。
55　荘園領主。
56　兵糧を調達する領地。
57　遠縁や近縁の者。
58　宮方の家来のゆかり。
59　留まることができなくなった。
60　義助。義貞の弟。
61　舟で志那へ渡って。
62　船から岸に上がる所。

二百騎ありし者は、五騎、十騎になり、五騎、十騎ありし人は、馬にも乗らずなりにけり。

山門《さんもん》より還幸《かんこう》の事　12

かかる処に、将軍より、内々主上《ないないしゅしょう》へ使者を進《まいら》せて申されけるは、「[1]去年の冬、[2]讒臣《ざんしん》の申すによつて、勅勘《ちょっかん》を蒙《こうぶ》り候ひし時、身を法体《ほったい》に替へて、罪なき様《よう》を申さんと存じ候ふ処に、義貞《よしさだ》以下《げ》の輩《ともがら》、事を[3]逆鱗《げきりん》に寄せて、日来《ひごろ》の鬱憤《うっぷん》を散《さん》ぜんと仕《つかまつ》り候ひし間、止《や》む事《こと》を得ずして、この乱、天下に及び候ふ。これ全く、君に向かひ奉つて反逆《ほんぎゃく》を企てんとには候はず。ただ義貞が[4]一類《いちるい》を亡ぼして、[5]向後《きょうこう》の讒臣《ざんしん》を懲《こ》らさんと存ずるばかりにて候ふなり。もし[6]天鑑誠《てんかんまこと》を照らされば、臣が讒《ざん》に陥《お》ちし罪を、あはれと思《おぼ》し召《め》して、[7]龍駕《りょうが》を九重《ここのえ》の月に廻《めぐ》らされ、鳳暦《ほうれき》を万歳《ばんぜい》の春に復《かえ》

12

1 建武二年(一三三五)十月。第十四巻・2、参照。
2 尊氏が北条時行の乱(中先代の乱)を鎮めた後の義貞との確執は、第十四巻・1、2、参照。
3 帝のお怒りにかこつけ。
4 一族一門。
5 今後の。
6 帝が真実をご照覧くださるなら。
7 帝のお車を皇居へお戻しになり、帝のご治世(鳳暦)をとこしえの春のめでたき世にお返しください。

され候へ。供奉《ぐぶ》の諸卿、并《なら》びに降参の輩《ともがら》に至つては、罪科《ざいか》の軽《けい》重《ちょう》を云はず、悉《ことごと》く[8]本官《ほんかん》、所領に復《かえ》さしめて、天下の[9]成敗《せいばい》を公家に任《まか》せまゐらすべし。且《かつ》は申し入るる条、一々《いちいち》に御不審を散ぜられんために、一紙《いっし》別にこれを進覧《しんらん》仕《つかまつ》り候ふなり」とて、[10]大《だい》師《し》勧請《かんじょう》の起請文《きしょうもん》を添へて、[11]浄土寺《じょうどじ》の忠円僧正《ちゅうえんそうじょう》の方《かた》へぞ進《まいら》せられける。

主上《しゅしょう》、これを叡覧あつて、[12]告文《こうぶん》を進《まいら》する上は偽りてはよも申さじと思《おぼ》し召《め》しければ、傍《かた》への元老智臣《げんろうちしん》にも仰せ合はせられず、やがて[13]還幸《かんこう》なるべき由《よし》、仰せ出だされけり。将軍、勅答《ちょくとう》の趣《おもむき》を聞き給ひて、「叡智《えいち》浅からずと申せども、謀《はか》るも安かりけり」と悦《よろこ》びて、[14]さもありぬべき大名どものもとへ、縁に触れ、趣を伺《うかが》うて、ひそかに状を通《つう》じてぞ語らはれける。

8　元々の官職、所領。
9　政務。
10　神仏に誓いを立てる誓文。元三大師良源(第十八代天台座主)がはじめたので、「大師勧請の起請」という(徒然草二〇五段)。
11　京都市左京区浄土寺にあった天台宗寺院。忠円は、後醍醐帝の信任を得た僧。
12　神仏への誓詞。
13　帝が比叡山から京へ帰ること。
14　足利方に味方しそうな大名のもとへ、つてをたより、様子をうかがって、ひそかに回状を送って味方に引き入れた。

堀口《ほりぐち》還幸《かんこう》を押《お》し留《とど》むる事　13

還幸の儀ひそかに定まりければ、降参の志《こころざし》ある者ども、かねてより今路《いまみち》[1]、西坂本《にしさかもと》の辺まで抜け抜けに[2]行《ゆ》き設《もう》けて、還幸の時分をぞ相待《あいま》ちける。中にも、江《え》田《だ》[3]兵部少輔《ひょうぶのしょう》行義《ゆきよし》、大館《おおたち》[4]佐馬《さまの》助《すけ》氏明《うじあきら》は、新田《にった》の一族にて、いつも一方《いっぽう》の大将たりしかども、いかなる深き所存かありけん、二《に》人《にん》ともに降参せんとて、九日の暁《あかつき》より、先《ま》づ山上《さんじょう》に登つてぞ居たりける。

義貞朝臣《よしさだあそん》、かかる事とは少しも知り給はず。参仕《さんし》の軍勢に対面して、事[5]なきやうにておはしける処《ところ》へ、洞院実世《とういんさねよ》卿《きょう》の方《かた》より、「ただ今、主上、京都へ還幸なるべしとて、供奉《ぐぶ》の人を召され候ふ。御存知《ごぞんち》候ふやらん」と告げられたりければ、義貞、「さ[6]る事やあるべき。御使ひの聞き誤りにてぞあるらん」とて、い

13
1　比叡山延暦寺の東塔から西坂本（京都市左京区修学院）へ下る雲母坂（きららざか）。
2　一人また一人とひそかに抜け出して準備して。
3　世良田有氏の子。
4　宗氏の子。
5　普段と変わらず何ごともない様子で。
6　そのようなことはあるはずがない。

と騒がれたる気色《けしき》もなかりけるを、[7]堀口美濃守貞満《ほりぐちみののかみさだみつ》、[8]聞きもあへず、「江田《えだ》、大館《おおたち》が、何の用としもなきに、この暁[9]中堂《ちゅうどう》へ参らるとて、登山仕《とうざんつかまつ》りつるが怪しく覚え候ふ。貞満、先《ま》づ内裏へ参つて、事《こと》の様《よう》を見まゐらせ候はん」とて、郎等《ろうどう》に着せられたる鎧取つて肩に投げ懸けて、馬の上にて[10]上帯《うわおび》しめ、[11]鞭《むち》に鐙《あぶみ》を合はせて参ぜらる。皇居近くなりければ、馬より下り、冑《かぶと》を解《ぬ》いで[12]中間《ちゅうげん》に持たせ、四方をきつと見給ふに、臨幸《りんこう》[13]はただ今の程と見えて、供奉《ぐぶ》の月卿雲客《げっけいうんかく》、衣冠《いかん》を帯《たい》せるもあり、[14]戎衣《じゅうい》なるもあり。[15]鳳輦《ほうれん》を大床《おおゆか》に差し寄せて、[16]新典侍《しんないしのすけ》、[17]内侍所《ないしどころ》の櫃《ひつ》を取り出だし奉れば、[18]頭弁範国《とうのべんのりくに》、[19]剣璽《けんじ》の役に随つて、御簾《みす》の前に跪《ひざまず》く。

貞満、[20]左右に少し揖《ゆう》して、御前《おんまえ》に参り、鳳輦の[21]轅《ながえ》に取り付き、涙を流して申されけるは、「還幸《かんこう》の事、[22]児女《じじょ》の説幽《かす》かに耳に触れ候ひつれども、義貞《よしさだ》、更《さら》に存知《ぞんち》仕らぬ由《よし》を申し候ふ間、[23]伝説

7 貞義の子。新田一族の中で、堀口は大館とともに嫡流に近い。
8 聞き終わらぬうちに。
9 東塔の本堂、根本中堂。
10 鎧の胴をしめる帯。
11 馬を全速力で駆けるさま。
12 侍と下部の中間の者。
13 今まさに始まっているらしく。
14 いくさに着る服。鎧直垂をさす。
15 帝の輿。
16 新しく典侍になった者。典侍は、内侍司に仕える後宮女官(内侍)の二等官。
17 三種の神器のうち、八咫鏡(やたのかがみ)をさす。鏡を安置する賢所(かしこどころ)に内侍が仕えたため、内侍所という。
18 範嗣の子。頭弁は、弁官(太政官の書記官)で蔵人頭を兼ねる者。

の誤りかと存じて候へば、事の儀式、早や誠《まこと》にて候ひける。そもそも義貞が不義《ふぎ》何事にて候へば、多年[24]粉骨《ふんこつ》の忠功を思《おぼ》し召《め》し捨《す》てられて、[25]大逆無道《たいぎゃくぶとう》の尊氏《たかうじ》に、叡慮《えいりょ》を思《おぼ》し召《め》し移《うつ》され候ひけるや。去《い》んじ元弘《げんこう》の始め、義貞、[26]不肖《ふしょう》の身なりと云へども、忝《かたじけ》なくも綸言《りんげん》を蒙《こうぶ》つて、[27]関東の大敵《たいてき》を数日《すじつ》の内に亡ぼし、[28]海《かい》西《せい》の宸襟《しんきん》を一時《いっし》の間に休めまゐらせ候ひし事、恐らくは、上古《しょうこ》の忠臣類《たぐい》少なく、近日の義卒《ぎそつ》も皆功を譲る処《ところ》にて候ひき。その後《のち》、尊氏《たかうじ》が反逆《ほんぎゃく》の顕《あらわ》れ候ひしより以来《このかた》、[29]大軍を靡《なび》け、その帥《すい》を虜《りょ》にし、万死《ばんし》を出でて一生に逢ふ事、勝《あ》げて計《かぞ》へんとするに遑《いとま》あらず。されば、義を重んじて命を墜《お》とす一族百六十三人、節《せつ》に臨《のぞ》んで尸《かばね》を曝《さら》す郎従《ろうじゅう》一万人に余れり。しかれども、今《いま》洛中数ヶ度《すかど》の戦ひに、朝敵《ちょうてき》勢ひ盛んにして、官軍頻《しき》りに利を失ひ候ふ事、全く戦ひの咎《とが》にあらず、[30]ただ聖運《せいうん》の開敷《かいふ》せざるゆゑか。当家累年《るいねん》の忠義を捨てられて、京都へ御臨幸《ごりんこう》なるべきにて候は

19 宝剣と神璽を奉持する役。
20 左右の者に会釈して。
21 輿を舁く柄。
22 世間の噂。
23 噂。
24 長年の力の限り骨折っての忠節。
25 帝にそむき、道理にはずれた。
26 ふつつかな者ではありますが(謙遜)。
27 北条氏。
28 海の西(隠岐)にいらっしゃる帝の愁い。
29 大敵を退け、その大将(高豊前守師久)を生け捕りにし、決死の戦いを挑んだこと。
30 ひとえに帝のご運が開けきらないゆえか。

ば、ただ義貞《よしさだ》を始めとして、当参《とうざん》の氏族五十余人を、御前《おんまえ》に召し出だされ、首を刎《は》ねて伍子胥《ごししょ》[31]が罪に比し、胸を割《さ》きて比干《ひかん》[32]が刑に処《しょ》せられ候ふべし」と、怒れる面《おもて》に涙を流し、理《り》を砕《くだ》いて申されければ、君も御誤《おんあやま》りを悔《く》いさせ給へる御気色《ごきしょく》なり。供奉《ぐぶ》の人々も、皆理《ことわ》りに服し、義を感じて、首を低《た》れてぞ座せられける。

儲君《ちょくん》を立《た》て義貞《よしさだ》に付《つ》けらるる事 14

暫《しばら》くあつて、義貞朝臣《よしさだあそん》父子兄弟三人、兵三千余騎を召し具して参内《さんだい》せられたり。その気色、皆《みな》怒れる心ありと云へども、しかも礼儀みだりならず、階下庭上《かいかていしょう》に袖を連ねて並《な》み居《い》たり。

主上《しゅしょう》、例より殊《こと》に玉顔《ぎょくがん》を和《やわ》らげさせ給ひ、義貞、義助《よしすけ》を御前近く召し、御涙を浮かべて仰せられけるは、「貞満《さだみつ》が朕《ちん》を恨み

31 呉王夫差の臣。夫差に諫言して斬られ、後に呉は越に滅ぼされた(第四巻・5、史記・伍子胥列伝)。
32 殷の最後の王、紂の叔父。王の暴逆を諫め、胸を裂かれて殺された(史記・殷本紀)。伍子胥とともに、亡国の王の忠臣。

14
1 深い思慮。

申す処《ところ》、一儀《いちぎ》その謂《い》はれあるに似たりと云へども、なほ遠慮《えんりょ》[1]の足らざるに当たれり。尊氏《たかうじ》、超涯《ちょうがい》[2]の皇沢《こうたく》に誇つて、朝家《ちょうけ》を傾《かたぶ》けんとせし刻《きざみ》、義貞[3]もその一家なれば、定めて逆党《ぎゃくとう》にぞ与《くみ》せんずらんと覚えしに、氏族を離れて、志《こころざし》を義にして傾廃《けいはい》[4]を助け、命《めい》を天に懸けしかば、叡感更《えいかんさら》に浅からず。ただ汝《なんじ》が一類を四海《しかい》[5]の鎮衛《ちんえ》として、天下を治めん事をこそ思《おぼ》し召《め》しつるに、天運時《とき》未だ到《いた》らずして、兵疲れ、勢ひ廃《すた》れぬれば、尊氏に一旦の和睦《わぼく》の儀を謀《はか》つて、且《しばら》く時を待たんために、還幸《かんこう》の由《よし》をば仰せ出ださるるなり。この事、かねても知らせたくはありつれども、事遠聞《えんぶん》に達せば、却《かえ》つて難儀《なんぎ》の事もありぬべければ、期《ご》[6]に臨《のぞ》んでこそ仰せられめと打ち置きつるを、貞満が恨み申すに付いて、朕が誤りを知れり。越前国《えちぜんのくに》へは、河島維頼《かわしまこれより》[7]を先立《さきだ》つて下《くだ》されつれば、国の事定めて子細あらじと覚ゆる上、気比《けひ》[8]の社《やしろ》の神官等《ら》、敦賀《つるが》[9]の津《つ》に城を拵《こしら》へて、御方《みかた》を仕《つかまつ》る由《よし》聞こゆれば、先《ま》づかし

2　分を超えた朝恩。
3　義貞も同じ源氏の家なので、きっと叛逆の徒(尊氏)に味方するだろうと。
4　朝廷が傾き廃れるのを救い、運命を天に任せたので。
5　天下を守り鎮める役。
6　時期をみて。
7　福井県鯖江市川島町に住んだ武士。
8　福井県敦賀市にある気比神宮。越前国一宮。
9　敦賀の港。

こへ下つて、暫《しばら》く兵の機を助け、[10]北国《ほっこく》を打ち随へ、重ねて大軍を起こして、天下の[11]藩屏《はんぺい》となるべし。但し、朕《ちん》京都へ還幸《かんこう》ならば、[12]義貞《よしさだ》却《かえ》つて朝敵の名を得《え》つと覚ゆる間、東宮《とうぐう》に天子の位《くらい》を授《さず》け、同じく北国へ下《くだ》し奉るべし。天下の事、[13]大小《なに》となく義貞が成敗《せいばい》として、朕に替はらず、この君を取り立てまゐらすべし。朕すでに、汝《なんじ》がために[14]勾践《こうせん》が恥を忘る。汝早く、朕がために[15]范《はん》蠡《れい》が謀《はかりごと》を廻《めぐ》らせ」と、御涙を押さへて仰せらければ、さしも怒れる貞満《さだみつ》も、理《ことわ》りを知らぬ夷《えびす》どもも、首を低《た》れ、涙を流して、皆鎧の袖をぞ濡らしける。

鬼切日吉《おにきりひよし》に進《まいら》せらるる事 15

[1]九日は、事騒《さわ》がしき[2]受禅《じゅぜん》の儀、還幸の粧《よそお》ひに日暮《く》れぬ。夜更《よふ》くる程になつて、新田左中将《にったさちゅうじょう》、ひそかに日吉の[3]大宮権現《おおみやごんげん》に参社《さんしゃ》

10 士気を高め。
11 王室の守り。
12 義貞が逆に朝敵の汚名をこうむると思われるので、皇太子(恒良〈つねよし〉親王)に天子の位を譲り、その天子を奉じて北陸へ下向せよ。
13 すべて義貞が政治をとりおこない。
14 会稽の戦いに敗れて呉王夫差に囚われた越王勾践の恥辱を甘受する(第四巻・5)。
15 勾践を助けて夫差に復讐させた越の忠臣。

15
1 十月九日。
2 前帝の後を受けて即位すること。
3 日吉山王上七社の第一。

し給ひて、閑《しず》かに啓白《けいびゃく》[4]し給ひけるは、

臣、苟《いやし》くも和光《わこう》[5]の御影《おんかげ》を憑《たの》み奉つて、逆縁《ぎゃくえん》[6]を結ぶ事、日已《すで》に久し。願はくは、征路《せいろ》[7]万里《ばんり》の末までも、擁護《おうご》の御眸《おんまなじり》を廻《めぐ》らされて、再び大軍を起こし、朝敵を亡ぼす力を加へ給へ。我、縦《たと》ひ不幸にして、命《めい》の内にこの望みを達せずと云ふとも、祈念冥慮《きねんみょうりょ》[8]に通応《つうおう》して、子孫の中に、必ず大いに起こる者有つて、父祖の尸《かばね》を清めん事(を請ふ)。この二つの内、一つも達する事を得《え》ば、来葉《らいよう》[9]必ず当社の檀度《だんと》[10]と成つて、霊神《れいじん》の威光を耀《かかや》かし奉るべし。

と、信心《しんじん》の誠《まこと》を致して祈禱《きとう》し、当家累代《るいだい》の重宝《ちょうほう》、[11]鬼切《おにきり》と云ふ太刀を、社壇《しゃだん》にぞ籠《こ》められける。

4　神仏につつしんで申し上げること。
5　威徳の光を和らげて神として現れた仏の力を頼り。影は光。
6　仏道に背く行い(いくさ)を転じ、仏道に入る機縁にすること。
7　遠征の旅路の遥か末までも、加護の目をおかけくださって。
8　祈りが深い神慮に叶って。
9　のちの世。
10　仏法を弘める信徒。
11　源氏累代の名刀で、渡辺綱が鬼の腕を切った太刀(第三十二巻・11)。

義貞北国落《よしさだほっこくお》ちの事　16

明くれば、十月十日の巳刻《みのこく》[1]に、主上《しゅしょう》は腰輿《ようよ》[2]に召して、今路《いまみち》[3]を西へ還幸《かんこう》なれば、東宮《とうぐう》は龍蹄《りゅうてい》[4]に召されて、戸津《とつ》[5]を北へ行啓《ぎょうけい》なる。

還幸の供奉《ぐぶ》にて京都へ出でし人々には、吉田《よしだ》[6]内大臣《ないだいじん》定房《さだふさ》、万里小路《までのこうじ》[7]大納言《だいなごん》宣房《のぶふさ》、御子左《みこひだり》[8]中納言《ちゅうなごん》為定《ためさだ》、侍従《じじゅう》[9]中納言《ちゅうなごん》公明《きんあきら》、坊門《ぼうもん》[10]宰相《さいしょう》清忠《きよただ》、勧修寺《かじゅうじ》[11]中納言《ちゅうなごん》経顕《つねあき》、民部卿《みんぶきょう》[12]光経《みつつね》、左中将《さちゅうじょう》[13]藤長《ふじなが》、

頭弁《とうのべん》[14]範国《のりくに》、武家の人々には、大館《おおたち》左馬助《さまのすけ》氏明《うじあきら》、江田《えだ》兵部少輔《ひょうぶのしょう》行義《ゆきよし》、宇都宮《うつのみや》[15]治部大輔《じぶのたいふ》公綱《きんつな》、菊池《きくち》[16]肥後守《ひごのかみ》武俊《たけとし》、仁科《にしな》[17]信濃守《しなののかみ》重員《しげかず》、春日部《かすかべ》[18]左近蔵人《さこんのくろうど》家縄《いえつな》、南部《なんぶ》[19]甲斐守《かいのかみ》為重《ためしげ》、伊達《だて》[20]蔵人《のくろうど》家貞《いえさだ》、江戸《えど》[21]民部丞《みんぶのじょう》景氏《かげうじ》、本間《ほんま》[22]孫四郎《まごしろう》為頼《ためより》、道場坊《どうじょうぼう》助注記《のじょちゅうき》猷覚《ゆうかく》、都合その勢《せい》七百余騎、腰輿の前後に相順《あいしたが》ふ。

行啓《ぎょうけい》の御供にて、北国へ落ちける人々は、一宮《いちのみや》[23]中務卿《なかつかさきょう》親《しん》

16

1　午前十時頃。
2　柄（ゑ）を腰のあたりで持つ輿。底本「用輿」。
3　東坂本（滋賀県大津市坂本）から延暦寺東塔を経て西坂本（京都市左京区修学院あたり）へ至る道。
4　駿馬。
5　大津市下阪本の浜の称。
6　経長の子。親房、宣房とともに「後の三房」といわれる後醍醐帝の近臣。
7　資通の子。藤房の父。
8　為通の子。「続後拾遺和歌集」の撰者。
9　三条実仲の子。
10　俊頼の子。
11　定資の子。
12　九条光経。定光の子。
13　甘露寺隆長の子。
14　範嗣の子。
15　宇都宮一族の惣領。

王《のう》、[24]洞院《とういん》左衛門督《さえもんのかみ》実世《さねよ》、同じき少将《しょうしょう》定世《さだよ》[25]、三条《さんじょう》[26]侍従《じじゅう》泰季《やすすえ》、[27]御子左《みこひだり》少将《しょうしょう》為次《ためつぐ》、[28]頭大夫《とうのだいぶ》行房《ゆきふさ》、子息少将《しょうしょう》[29]行尹《ゆきまさ》、武士には、新田《にった》左中将《さちゅうじょう》義貞《よしさだ》、脇屋《わきや》左京大夫《さきょうのだいぶ》義助《よしすけ》、越後守《えちごのかみ》義顕《よしあき》義貞の子、式部《しきぶの》大輔《たいふ》義治《よしはる》義助の子、[30]堀口《ほりぐち》美濃守《みののかみ》貞満《さだみつ》、一井《いちのい》兵部少輔《ひょうぶのしょう》義時《よしとき》、額田《ぬかだ》左馬《さまの》助《すけ》為綱《ためつな》、里見《さとみ》大膳亮《だいぜんのすけ》義益《よします》、大井田《おいだ》式部大輔《しきぶのたいふ》義政《よしまさ》、鳥山《とりやま》修理亮《しゅりのすけ》義俊《よしとし》、[31]桃井《もものい》駿河守《するがのかみ》義繁《よししげ》、山名《やまな》兵庫助《ひょうごのすけ》忠家《ただいえ》、[32]千葉介《ちばのすけ》貞胤《さだたね》、[33]宇都《うつの》宮《みや》美濃《みの》将監《のしょうげん》泰藤《やすふじ》、(同じき)狩野《か》将監《ののしょうげん》泰氏《やすうじ》、[34]河野《こうの》備後守《びんごのかみ》通治《みちはる》、同じき備中守《びっちゅうのかみ》通綱《みちつな》、[35]土岐《とき》出羽守《でわのかみ》頼直《よりなお》、都合七千余騎、[36]案内者《あんないしゃ》を先に打たせて、龍駕《りょうが》の前後に打ち囲む。

この外《ほか》、[37]妙法院宮《みょうほういんのみや》は、御舟に召されて、遠江国《とおとうみのくに》へ落ちさせ給ふ。[38]阿曽宮《あそのみや》は、山臥《やまぶし》の姿になつて、吉野《よしの》の奥へ忍ばせ給ふ。四条《しじょう》中納言《ちゅうなごん》隆資卿《たかすけきょう》は、紀伊国《きのくに》へ下《くだ》り、中院《なかのいん》少将《しょうしょう》定平《さだひら》は、河内《かわちの》国《くに》へ隠れ給ふ。

その有様、ひとへにただ、[39]哥舒翰《かじょかん》が安禄山《あんろくざん》に打ち負けて、玄《げん》

16 武時の子。武重の弟。
17 底本・神田本「重員」。玄玖本・流布本「重貞」。
18 時賢の子。
19 甲斐源氏、武田一族。
20 福島県伊達市に住んだ武士。
21 武蔵の武士。秩父氏の一門。
22 前出「重氏」(第十六巻・9)。
23 尊良(たかよし)親王。
24 公賢の子。
25 不詳。二条(御子左)定世か。為定の子。
26 不詳。
27 不詳。
28 世尊寺経尹の子。後醍醐帝の側近。
29 行実の誤りか。行尹は行房の弟。
30 以下鳥山まで新田一族。
31 桃井は足利、山名は新田の一族だが、不詳。

宗《そう》40蜀《しょく》の国へ落ちさせ給ひし時、41公子《こうし》、内宮《ないきゅう》悉《ことごと》く、或いは42玉趾《ぎょくし》跣《すあし》にして、43剣閣《けんかく》の雲に踏み迷ひ、或いは衣冠汚《けが》して、野径《やけい》の草に逃《に》げ蔵《かく》れし昔の悲しみに相似たり。昨日までも、聖運《せいうん》つひに開けば、44錦《にしき》を着て故郷に帰り、知らぬ里、見ぬ海山《うみやま》の旅宿《りょしゅく》をも語《かた》り出《い》ださば、45なかなかに憂かりし事も悲しきも、忘《わす》れ形見《がたみ》となりぬべしと、心々の有様に身を慰めてありつるに、君臣父子万里《ばんり》に隔《へだ》たり、兄弟夫婦十方《じゅっぽう》に別れ行きければ、或いは再会の期《ご》なき事を悲しみ、或いは一身《いっしん》の置《お》き処《どころ》なき事を思へり。46逆旅《げきりょ》の中にして重ねて逆旅の中に行き、行く末もまた敵の陣、帰るもまた敵の陣なれば、誰《たれ》か先に討たれて、あはれと聞かれんずらん、誰《たれ》か後《のち》に死して、47亡《な》き数を添へん。「48南に翔《かけ》り北に嚮《むか》ふ、寒温《かんうん》を春の雁《かり》に付《つ》け難《がた》し。東に出でて西に流る、只瞻望《ただせんぼう》を暁の月に寄す」と、49江相公《えのしょうこう》の書きたりし、別れに贈る筆の跡、今の涙となりにけり。

32 下総の豪族。宗胤の子。
33 時景の子。泰氏は不詳。
34 伊予の豪族。通有の子。通綱は、得能通村の子。
35 頼貞の子。
36 土地の地理に明るい者。
37 宗良(むねよし)親王。
38 懐良(かねよし)親王。
39 安禄山の乱のときの唐の将軍。
40 今の四川省。
41 天子・諸侯の子。内宮は、中国周代の後宮で、天子の妃がいる所。ここは、夫人の意か。
42 美しい足。
43 長安から蜀へ至る難所。
44 朱買臣の故事による(漢書・朱買臣伝、平家物語巻七・実盛、ほか)。
45 かえってこれまでの辛苦も思い出話になるだろう。
46 旅宿。ここは旅の意。
47 故人の数をふやすだろ

還幸《かんこう》供奉《ぐぶ》の人々《ひとびと》禁獄《きんごく》せらるる事 17

還幸すでに[1]法勝寺《ほっしょうじ》辺に近づきければ、左馬頭《さまのかみ》直義《ただよし》、五百余騎にて参向《さんこう》し、先《ま》づ三種《さんじゅ》の神器《じんぎ》を[2]当今《とうぎん》の御方《おんかた》へ渡さるべき由《よし》申されければ、主上《しゅしょう》、かねてより御用意ありけるにや、似物《にせもの》を[3]内侍《ないし》の方《かた》へぞ渡されける。

その後《のち》、主上をば、[4]花山院《かさんのいん》へ入れまゐらせて、四門《しもん》を閉ぢて警固《けいご》を居《す》ゑ、降参の武士どもをば、[5]大名《だいみょう》どもの方へ一人《いちにん》づつ預《あず》けて、[6]召人《めしうど》の体《てい》にてぞ置かれける。かかるべしとだに知りたらば、義貞朝臣《よしさだあそん》もろともに北国《ほっこく》へ落ちて、[7]ともかくもなるべかりけるものをと、後悔すれども甲斐《かい》ぞなき。

十余日を経て後、[8]菊池肥後守《きくちひごのかみ》は、警固《けいご》の宥《ゆる》くなりける隙《ひま》を得て、本国へ逃《に》げ下《くだ》り、[9]宇都宮《うつのみや》は、[10]放《はな》し召人《めしうど》の如くにて、逃ぐべ

うか。

48 「和漢朗詠集」恋。雁は秋には南に飛び、春には北に向かうが、蘇武のように寒暑の便りを雁に託すことができない。月は東から出て西に渡るが、(東の国にいる私は)空しく有明の月を西に望み見るだけである。「春の雁」は、朗詠集では「秋の雁」。

49 後江相公。大江朝綱。十世紀の学者・詩人。

17

1 京都市左京区岡崎法勝寺町にあった天台宗寺院。

2 光明帝。

3 後宮の内侍司の女官。

4 花山上皇の御所で、花山院家が伝領。上京区の京都御苑内にあった。

5 権勢のある武士。

6 囚人。

き隙《ひま》も多かりけれども、出家の体《てい》になつて、[11]徒《いたず》らに向かひ居たりけるを、悪《にく》しと思ふ者やしたりけん、門の扉に[12]山雀《やまがら》を絵に書いて、その下に、一首の狂歌をぞ書いたりける。

[13]山がらがさのみもどりを宇都宮《うつのみや》都《みやこ》に入《い》りて出《い》でもやらぬは

本間《ほんま》孫四郎《まごしろう》は、元《もと》将軍の家来《けらい》の者なりしが、去んぬる正月十六日の合戦より、新田左中将《にったさちゅうじょう》に属《しょく》して、[14]兵庫《ひょうご》の合戦の時は、遠矢を射て弓勢《ゆんぜい》の程を顕《あらわ》し、[15]雲母坂《きららざか》の軍《いくさ》の時は、扇を射て手だれの程を見せたりし、度々《どど》の振る舞ひ悪《にく》ければとて、[16]六条河原《ろくじょうがわら》へ引き出だし、頸《くび》を切られにけり。

道場房助注記猷覚《どうじょうぼうのじょちゅうきゆうかく》は、元は法勝寺《ほっしょうじ》の僧[17]にて、覚応坊《かくおうぼう》と申ししが、先帝船上《ふなのうえ》に御座《ぎょざ》ありし時、[18]大衣《だいえ》を解《ぬ》ぎ、山徒の貌《かたち》に立ち帰り、弓矢に携はつて一時《いっし》に栄花《えいが》を開けり。山門《さんもん》両度の臨幸《りんこう》に[19]軍用を支《ささ》へし事、ひとへに猷覚が作《な》す処《ところ》なりしかば、山徒の中の張本《ちょうぼん》なりとて、十二月二十九日、[20]阿弥陀峯《あみだがみね》にて首を刎《は》ねられ

7 討死すべきだったのに。
8 武俊。
9 公綱。
10 刑具を用いずに一定の場所に拘束された囚人。
11 なすこともなく警固の者と向かい合っていたのを。
12 シジュウカラ科の小鳥。人になつき、飼われる。
13 山雀が籠の中だけを行ったり来たりするように、宇都宮は都に入ったきり外へ出て行かぬことよ。もどりをうつと宇都宮、みやこと籠(こ)を掛ける。
14 第十六巻・9、参照。
15 本巻・2、参照。
16 六条大路東端の鴨川の河原。刑場とされた。
17 他本「律僧にてありしが」。
18 律僧が着る黒衣(大衣)を脱ぎ、延暦寺の僧兵の姿にもどって。

けるが、一首の歌を留《とど》めて、[21]法勝寺の上人《しょうにん》の方《かた》へぞ送りける。

[22]大方《おおかた》の年の暮れかと思ひしにわが身のはても今夜《こよい》なりけり

この外《ほか》、山門より供奉《ぐぶ》して出でられける[23]三公九卿《さんこうきゅうけい》、わづかに死罪一等を宥《なだ》められたれども、[24]解官停任《げかんちょうにん》せられて、あるもなきが如くの身になり給ひぬれば、[25]傍人《ぼうじん》の光彩に向かつて、泥沙《でいしゃ》の塵《ちり》に交はり、今生《こんじょう》の栄耀《えいよう》を望んで、涙を犬羊《けんよう》の天に淋《そそ》ぐ。住みこし跡に帰り給ひたれども、庭には秋の草繁《しげ》りて、通ひし路《みち》も露深く、閨《ねや》には夜の月のみ差し入りて、塵《ちり》打ち払ふ人もなし。

[26]顔子《がんし》が一瓢《いっぴょう》水清くして、独《ひと》り道ある事を知ると云へども、[27]相如《しょうじょ》が四壁《しへき》風冷《すさま》じうして、衣なきに堪へず。[28]五衰退没《ごすいたいもつ》の今の悲しみに、[29]大梵高台《だいぼんこうたい》の閣《かく》の昔の楽しみを思ひ出だし給ふにも、世の憂き事は数《かず》添ひて、涙の尽《つ》くる時はなし。

19　武具・兵糧を調達したこと。

20　京都市東山区、清水寺の南にあり、麓一帯は古くからの葬地。

21　円観、字(あざな)恵鎮。天台系の律僧として法勝寺の大勧進となり、同寺に住持した。

22　世間は年の暮れを迎える頃と思っていたら、私の命の終りも今夜だった。

23　三公は、太政大臣と左右大臣。九卿は、公卿。

24　官職を免ぜられたり、一時やめさせられること。

25　他人が時めいているとき、自分は卑しい泥や砂に交じり、この世での栄誉を願って、獣(逆賊)の天下に涙を流す。「傍人の栄貴に対(むか)へば顔(おもて)泥沙に低(た)る」(本朝文粋巻六・橘直幹・民部大輔を申す状)。

北国《ほっこく》下向《げこう》勢《ぜい》凍死《こごえじに》の事　18

[1]同じき十一日は、義貞朝臣《よしさだあそん》、七千余騎にて、[2]塩津《しおづ》、海津《かいづ》に着き給ふ。[3]七里半《しちりはん》の山中をば、越前《えちぜん》の守護[4]尾張守高経《おわりのかみたかつね》、大勢《おおぜい》にて差《さ》し塞《ふさ》ぎたりと聞こえしかば、これより路《みち》を替へて、[5]木目《きのめ》嶺《とうげ》をぞ越え給ひける。

北国《ほっこく》の習ひ、十月の初めより、高き峰々に雪降りて、麓《ふもと》の時雨《しぐれ》止《や》む時なし。今年は例よりも陰寒《いんかん》烈《はげ》しくして、風交《かぜま》じりに降る山路《やまじ》の雪、甲冑《かっちゅう》に洒《そそ》ぎ、鎧の袖を翻《ひるがえ》して、面《おもて》を打つ事烈《はげ》しかりければ、士卒、寒谷《かんこく》に道を失ひ、暮山《ぼさん》に宿《やど》なくして、木の下、岩の陰《かげ》に縮《しじ》まり臥《ふ》す。

たまたま火を求めたる人は、弓矢を折つて薪《たきぎ》とし、未だ友を離れざる者は、互ひに抱《いだ》き付《つ》いて身を暖む。元来《もとより》[6]薄衣《はくえ》なる人、

26　孔子の弟子顔回(がんかい)が、竹のわりご一杯のめしと瓢(ひさご)一杯の飲み物しか持たない貧しい中で、道義に叶った清い暮らしをした故事(論語・雍也)。

27　前漢の文人司馬相如(しばしょうじょ)が、職を辞して遊説し、帰郷すると、家は四方の壁だけを残して家具も食糧もなくなっていた故事(史記・司馬相如列伝)。

28　天人の死ぬ時に現れる五つの衰相。それにも似た今の悲しい境遇の中で。

29　大梵天王が住む宮殿にも似た立派な家。そこに住んだ昔の楽しい暮らし。

18

1　十月十一日。

2　琵琶湖北岸の水運の要所で、西近江路の起点。滋賀県長浜市西浅井町塩津浜。

[7]飼ふことなき馬ども、ここかしこに凍《こご》え死《し》んで、[8]行人《こうじん》道を去りあへず。かの[9]叫喚《きょうかん》、大叫喚《だいきょうかん》の声耳に満ち、[10]紅蓮《ぐれん》、大紅蓮《だいぐれん》の苦しみ眼《まなこ》に遮《さえぎ》る。[11]今だにかくある、後《のち》の世を思《おも》ひ遣《や》るこそ悲しけれ。知らぬ[12]前《さき》の世《よ》の事までも、思ひ残す事はなし。

[13]河野《こうの》、土居《どい》、得能《とくのう》は、二百余騎にて後陣《ごじん》に打ちけるが、[14]剣《けんの》熊《くま》にて、前陣《せんじん》の勢《せい》に追ひ遅れ、行くべき道を塞がれて、[15]塩津《しおづ》の北に下《お》り居《い》たりけるを、[16]佐々木《ささき》の一族と熊谷《くまがい》、取り籠めて討たんとしける間、[17]相懸《あいが》かりに懸かつて、皆差《さ》し違《ちが》へんとしけれども、馬は雪に凍えてはたらかず。兵は雪に凍え、身を詰《つづ》め、手足すくみて弓を引き得ず、太刀の柄《つか》をも握り得ざりける間、腰の刀を抜いて柄を土につかへ、うつ臥《ぶ》しに貫かれてこそ死ににけれ。

千葉介貞胤《ちばのすけさだたね》は、五百余騎にて打ちけるが、東西暮れて降る雪に、道を踏み迷ひて、敵陣へぞ迷ひ出でたりける。[18]進退度《ど》を失

高島市マキノ町海津。

3　海津から敦賀(福井県)へ至る西近江路。敦賀・海津間の距離(約三〇キロ)から、七里半越えとも。

4　斯波高経。

5　福井県敦賀市と南条郡南越前町の境の峠。近畿から北陸への要路。新田軍は西近江路を避け、東の北国街道に迂回したもの。

6　薄着(うすぎ)。

7　えさを与えない馬。

8　旅人は、通過できないほどである。

9　八大地獄のうちの叫喚・大叫喚地獄。

10　八寒地獄のうちの紅蓮・大紅蓮地獄。

11　現世でさえ地獄の苦しみを味わうのだから、来世はさこそと思われて。

12　前世のことまで思いを廻らさないことはない。

ひ、前後の御方《みかた》に放《はな》れければ、一所《いっしょ》に集まつて自害をせんとしけるを、尾張守高経《おわりのかみたかつね》のもとより、使ひを立てて、「弓矢の道、今はこれまで(にて)こそ候へ。枉《ま》げて御方へ御出《おんい》で候へ。[19]この間の儀をば、身に替へても申《もう》し宥《なだ》むべし」と、慇懃《いんぎん》に宣《のたま》ひ遣《つか》はされければ、貞胤《さだたね》、心ならず降参して、高経の手に[20]属《しょく》しける。

十三日に、義貞朝臣《よしさだあそん》、敦賀《つるが》の津《つ》に着き給へば、[21]気比弥三郎《けひのやさぶろう》大夫《たゆう》、三百余騎にて御迎ひに参じ、[22]東宮《とうぐう》、一宮《いちのみや》、惣大将《そうだいしょう》父子兄弟を、先《ま》づ[23]金崎《かねがさき》の城へ入れ奉り、自余の軍勢をば、津の[24]在家《ざいけ》に宿を点じて、長途《ちょうど》の窮屈《きゅうくつ》を相助く。ここに一日逗留《とうりゅう》あつて後《のち》、この勢《せい》、一処《いっしょ》に[25]つまり居《い》ては叶《かな》ふまじとて、大将を国々の城へぞ分かたれける。大将義貞は、東宮、一宮に付きまゐらせて、金崎の城に留《とど》まり、子息越後守義顕《えちごのかみよしあき》は、北国勢《ほっこくぜい》二千余騎を添へて、越後国《えちごのくに》へ下さる。脇屋右衛門佐義助《わきやうえもんのすけよしすけ》は、千余騎を添へて、[26]瓜生《うりゅう》が[27]杣山《そまやま》の城へ遣《つか》はさる。皆これは、国々の勢を相付《あいつ》けて、

13 伊予の河野一族。
14 七里半越え(西近江路)の難所。
15 塩津の北にまた戻ってきたところを。
16 近江の豪族佐々木氏と、近江浅井郡の熊谷氏。
17 迎え討って。
18 進むことも退くこともできず。
19 これまで新田方として戦った罪は、私の身に替えても取りなしましょう。
20 従った。底本「属シケル間」。
21 名は氏治。気比神宮の神主。
22 恒良親王、尊良親王、新田義貞・義顕父子、義貞の弟義助。
23 敦賀湾に面した新田方の城。敦賀市金ヶ崎町。
24 民家。
25 集まっていては。

金崎の[28]後攻《ごづ》めをせよとのためなり。

瓜生判官心替《うりゅうほうがんこころが》はりの事　19

同じき十四日、義助、義顕三千余騎にて、敦賀の津を立つて、先《ま》づ杣山へ打ち越え給ふ。[1]瓜生判官保《たもつ》、舎弟兵庫助重《ひょうごのすけしげし》、弾正《だんじょう》左衛門照《ざえもんてらす》兄弟三人、種々の酒肴《さけさかな》を[2]舁《か》かせて、[3]鯖並《さばなみ》の宿《しゅく》へ参向《さんこう》す。この外《ほか》、五、六百人に兵粮《ひょうろう》を持たせて、諸軍勢に[4]下行《げぎょう》し、これを一大事と取《と》り沙汰《さた》したる様《さま》、誠《まこと》に[5]他事《たじ》もなげに見えければ、大将も士卒も皆憑《たの》もしき思ひをなし給ふ。

[6]献酌《けんしゃく》順に下《くだ》つて後《のち》、[7]右衛門佐殿《うえもんのすけどの》の飲み給ひたる盃《さかずき》を、瓜生判官に差し給ふ。判官、席を立つて三度傾《かたぶ》けける時、[8]白輻輪《しろぶくりん》の太刀、[9]紺糸《こんいと》の鎧一両引き給ふ。面目《めんぼく》身に余りてぞ見えたりける。

その後《のち》、[10]御内《みうち》、外様《とざま》の軍勢どもの、余りに薄衣《はくえ》なるこそいたは

26　越前市瓜生町に住んだ豪族。嵯峨源氏。
27　南条郡南越前町阿久和の山。山頂北に城址がある。
28　城攻めの敵を背後から攻撃すること。

19
1　いずれも蔵人衡（はかる）の子。保は、検非違使判官。
2　運ばせて。
3　南条郡南越前町鯖波。
4　食事を与え。
5　他心などなさそうに。
6　献盃が順に下位の者に回って後。
7　脇屋義助。
8　柄（かつ）・鍔（つば）・鞘（さや）の縁を銀細工で飾った太刀。
9　紺糸で縅（おど）した鎧一両を義助より賜った。
10　新田一族とそれ以外の。

しけれとて、先《ま》づ小袖一つづつ仕立てて送るべしとて、倉の内より絹[11]三千疋《びき》、綿三百(屯《とん》)同じく取り出だして、俄《にわ》かにこれをぞ裁《た》ち縫《ぬ》はせける。

かかる処《ところ》に、[12]足利尾張守《あしかがおわりのかみ》の方《かた》より、ひそかに使ひを遣《つか》はし、先帝《せんてい》よりなされたりとて、義貞《よしさだ》が一類追罰《ついばつ》すべき由《よし》の綸旨《りんし》をぞ送られける。瓜生判官《うりゅうほうがん》、これを見て、元来《もとより》心に[13]遠慮なかりし者なれば、将軍より欺《たばか》つて申し成されたる綸旨とは、思ひも寄らず、さては、[14]勅勘武敵《ちょっかんぶてき》の人々を許容して、大軍を動かさん事、天の恐れあるべしと、忽《たちま》ちに心を変じて、杣山《そまやま》の城へ取り上がり、木戸を閉ぢてぞ居たりける。

義鑑房義治《ぎかんぼうよしはる》を隠《かく》す事　**20**

ここに、[1]判官が弟に義鑑房と云ふ禅僧のありけるが、鯖並《さばなみ》の

11 一疋(布の長さの単位)は、二反(一反は約八メートル)。屯は、綿の重さを測る単位(一屯は約一二〇〇グラム)。
12 斯波高経。
13 深い思慮。
14 勅命で勘当された武家方の敵。

20
1 瓜生保の弟。

日本海
加賀
三国湊
湊城
河合城
往生院
(長崎道場)
豊原
黒丸城
勝虎城
藤島城
波羅蜜城
九頭龍川
平泉寺
黒龍明神
安居
足羽川
日野川
江守
浅水
足羽
牛ヶ原
大野城
三峯山
鯖江
越前国府
瓜生
越前
新善光寺城
蕪木
鯖並
杣山城
湯尾
今庄
新道
木ノ目峠
金ヶ崎城
三山寺
気比神宮
敦賀
美濃
若狭
疋壇
愛発山
(荒血中山)
塩津
海津
近江
琵琶湖

越前合戦関係図

宿《しゅく》へ参じて申しけるは、「兄にて候ふ保《たもつ》、愚痴《ぐち》なる者にて候ふ間、将軍より[2]押さへて申し成されて候ふ綸旨《りんし》を、誠《まこと》と存じ、忽《たちま》ちに[3]違反《いへん》の志《こころざし》を挾《さしはさ》み候ふ。義鑑《ぎかん》、弓矢を取る身にて候はば、差し違へてともに死すべく候へども、僧体《そうたい》に恥ぢ、[4]仏見《ぶっけん》に憚《はばか》つて、黙《もだ》し候ふ事こそ口惜《くちお》しく覚え候へ。但し、つらつら愚案を廻《めぐ》らし候ふに、保、事《こと》の様《よう》を承《うけたまわ》り、説き候ふ程《ほど》ならば、[5]つひに御方《みかた》に参りぬと存じ候ふ。もし[6]御幼稚《ごようち》の公達《きんだち》あまた御座《ござ》候はば、一人《いちにん》これに留《とど》め置《お》きまゐらせられ候へ。義鑑、懐《ふところ》の中《うち》にも衣の下にも隠し置きまゐらせて、時を得《え》候はば、御旗を挙げて、金崎《かねがさき》の後攻《ごづ》めを仕《つかまつ》り候はん」と、申しもあへず、涙をはらはらとこぼしければ、[7]両大将、これが気色《けしき》を見給ひて、偽りてはよも申さじと、疑ひの心をなし給はず。

　則ち席を近づけて、ひそかに仰せられけるは、「主上《しゅしょう》、坂本《さかもと》を御出でありし時、「尊氏《たかうじ》もし[8]誤《あやま》ちて申す事あらば、休《や》む事《こと》を

2　無理強いして申し下した帝の命令書。
3　約束を破る心。
4　仏のご照覧。
5　しまいには。
6　義貞・義助の子息をさす。
7　脇屋義助と新田義顕。
8　約束をたがえて。

得ずして、義貞《よしさだ》追罰の綸旨を成すぞと覚ゆるぞ。[9]汝《なんじ》、仮《かり》にも朝敵の名を取りぬる事、しかるべからず。されば、東宮《とうぐう》に位《くらい》譲り奉つて、[10]万乗《ばんじょう》の政《まつりごと》を任せまゐらすべし。義貞、[11]股肱《ここう》の臣《しん》として、「王業《おうぎょう》再び本《もと》に帰《き》する大功《たいこう》を致せ」と仰せ下されて、三種《さんじゅ》の神器《じんぎ》を東宮に渡しまゐらせられし上は、たとひ先帝の綸旨とて、尊氏申しなされたりとも、委細の旨《むね》を存知《ぞんち》せずとも思慮ある人は、[12]用ゐるに足らぬ所なりと思ふべし。しかるに、判官《ほうがん》この[13]是非《ひ》に迷へる上は、重ねて[14]子細《しさい》を尽《つ》くすに及ばず。急ぎ兵を引いて、また金崎へ打ち帰るべし。事《こと》すでに難儀に及ぶ時分、[15]一人《いちにん》兄弟の儀を変じ、忠義《ちゅうぎ》を顕《あらわ》さるる条、あり難《がた》くこそ覚えて候へ。心中尤《もっと》も憑《たの》もしく覚ゆれば、幼稚の息男義治《そくなんよしはる》をば、僧に預《あず》け申し候ふべし。かれが生涯の様《よう》、[16]ともかくも御計《おんはか》らひ候へ」と宣《のたま》ひて、脇屋右衛門佐殿《わきやうえもんのすけどの》の子息式部大輔《しきぶのたいふ》義治《よしはる》とて、今年十三になり給ひけるを、義鑑房にぞ預けられける。

9　そなたが一時的でも朝敵の汚名を着ることは、あってはならない。
10　帝の政務。
11　帝の手足となる臣。
12　信ずるに足りない話だと思うだろう。
13　善悪の判断。
14　詳しい事情を話すに及ばない。
15　そなた一人だけが兄弟のよしみを変じて、忠義を示すこと。
16　よいように計らいなされ。

この人は、殊更《ことさら》幼少の一子《いっし》にておはすれば、一日片時《へんし》もあたりを離れ給はず、荒き風にも当てじと労《いたわ》り給ひしに、[17]身近き若《わか》党《とう》の一人《いちにん》をも付けず、心も知らぬ人に預けて、敵の中に留《とど》め置《お》き給へば、恩愛《おんあい》の別れも悲しくて、再会のその期《ご》知《し》り難《がた》し。

今庄《いまじょう》入道《にゅうどう》浄慶《じょうけい》の事 21

夜《よ》明くれば、[1]右衛門佐《うえもんのすけ》は金崎《かねがさき》へ打ち帰り、[2]越後守《えちごのかみ》は越後国へ下《くだ》らんとて、宿《しゅく》にて勢揃《せいぞろ》へし給ふに、瓜生《うりゅう》が心替はりを聞いて、いつの間《ま》にか落ち行きけん、昨日《きのう》までは三千五百余騎と注《しる》したりし軍勢、わづかに二百五十騎になりにけり。この勢《せい》にては、何《なん》としてか越後まで遥々《はるばる》と敵陣を経ては下《くだ》るべき。さては、ともに金崎へ引つ返してこそ、舟に乗つて下らめとて、義助《よしすけ》も義《よし》顕《あき》も、鯖並《さばなみ》の宿《しゅく》より打ち連れて、また敦賀《つるが》へぞ打ち帰り給ひけ

17 側仕えの若い従者。

21
1 義助。
2 義貞の長男、義顕。

る。

ここに、当国の住人[3]今庄九郎入道浄慶《いまじょうくろうにゅうどうじょうけい》、この道より落人《おちうど》の多く下る由《よし》を聞いて、打《う》ち留《とど》めんために、近辺の[4]野伏《のぶし》どもを催《もよお》し集《あつ》めて、嶮岨《けんそ》に[5]鹿垣《ししがき》を結《ゆ》ひ、[6]用害《ようがい》に[7]逆木《さかもぎ》を引いて、鏃《やじり》を調《そろ》へてぞ待ち懸けたる。義助朝臣、これを見給ひて、「これはい[8]かさま、[9]今庄法眼久経《いまじょうほうげんきゅうけい》と云ひし者の、当手に属《しょく》して[10]坂本《さかもと》までありしが一族にてぞあるらん。その者どもならば、さすがに旧《きゅう》功《こう》を忘れじと覚ゆる。誰《たれ》かある。近づいて事《こと》の様《よう》を尋ね聞け」と宣《のたま》ひければ、[11]由良越前守光氏《ゆらえちぜんのかみみつうじ》、「畏《かしこ》まつて承《うけたまわ》り候ふ」とて、ただ一騎、馬を前《すす》めて相近《あいちか》づく。

敵も[12]矢比《やごろ》過ぎて詰《つ》め寄《よ》せければ、光氏、馬をひかへて、「脇《わき》屋右衛門佐殿《やうえもんのすけどの》の、合戦評定《ひょうじょう》のために、杣山《そまやま》の城より金崎へか[13]りそめに御越し候ふを、面々存知《めんめんぞんち》し給ひて、かやうに道を塞《ふさ》がれ候ふやらん。もし矢の一筋《ひとすじ》をも射出《いい》だされ候ひなば、いづく

3　福井県南条郡南越前町今庄の武士。今庄は、敦賀から鯖波・府中へ至る要路で、古来関所が置かれた。
4　農民、浮浪民などの武装集団。
5　鹿や猪よけの垣を戦場に用いたもの。
6　要害。
7　棘のある木の枝で作った防御の柵。
8　きっと。
9　今庄浄慶の父。
10　後醍醐帝の比叡山臨幸にもつき従った一族。
11　群馬県太田市由良町に住んだ武士で、新田の家来。
12　矢の届く範囲。
13　一時的にお出かけになったのを、かたがたはご存じの上で。

に身を置いて罪科《ざいか》を遁《のが》れんと思はれ候ふぞ。早く弓を伏せ、甲《かぶと》を解《ぬ》いで、通し申され候へ」と、高らかに申しければ、今庄《いまじょう》入道《にゅうどう》、馬より下《お》りて、「親にて候ふ卿法眼久経《きょうのほうげんきゅうけい》、御手《おんて》に属《しょく》して[14]軍忠《ぐんちゅう》を致し候ひしかば、御恩《ごおん》の末《すえ》も忝《かたじけ》なく存じ候へども、浄《じょう》慶《けい》、[15]父子各別《かくべつ》の身となつて、[16]尾張守殿《おわりのかみどの》に属《しょく》し申したる事にて候ふ間、この所を支へ申し候はで通し奉る事は、その罪科《ざいか》遁《のが》れ難《がた》く候ふ間、恐れながら、一矢《ひとや》仕《つかまつ》り候はんずるにて候ふ。これ全く[17]愚身《ぐしん》が本意《ほい》にて候はねば、御供《おんとも》仕つて候ふ人々の中に、[18]名字《みょうじ》さりぬべからん人を、一両人《いちりょうにん》出だし給ひ候へかし。その首を取つて、合戦仕りたる[19]支証《ししょう》に立てて、身の咎《とが》を扶《たす》かり候はん」とぞ申しける。

光氏《みつうじ》、打ち帰つてこの由《よし》を申せば、右衛門佐殿《うえもんのすけどの》は、進退谷《きわま》りたる体《てい》にて、とかく思案せられけるを、越後守義顕《えちごのかみよしあき》、聞き給ひて、「浄慶が申す処《ところ》も、その謂《い》はれありとは覚ゆれども、今ま

14 戦場での忠節。
15 父と子がおのおの別。
16 斯波高経。越前守護。
17 拙者。
18 名の知られた身分の高い人。
19 証拠。

で付き随うたる士卒《しそつ》は、親子よりも重かるべし。されば、かれらが命に義顕は替はるとも、わが命に士卒をば替《か》へ難《がた》し。光氏今一度打ち向かつて、この旨《むね》を問答してみよ。なほ難儀《なんぎ》の由を申さば、[20]力なく、われらも士卒もともに討死《うちじに》して、将士ともに道義を重くし、後《のち》の世《よ》に伝へん」とぞ宣《のたま》ひける。

光氏、また打ち向かつて、この旨《むね》を申すに、浄慶、なほ心解《と》けずして、数刻《すこく》を移しける間、光氏、馬より下《お》りて、鎧の[21]上帯《うわおび》切つて投げ捨て、「天下のために重かるべき大将の御身としてだに、軍勢の命に替はらんとし給ふぞかし。況《いわ》んや、[22]義によつて軽《かろ》くすべき郎等《ろうどう》の身として、主《しゅ》の御命《おんいのち》に替はらぬ事やあるべき。光氏が首を取つて、大将を通しまゐらせよ」と云ひもはてず、[23]腰の刀を抜いて腹を切らんとす。その忠義を見るに、浄慶、さすが肝《きも》に銘じけるにや、走り寄つて、光氏が刀に取り付き、「御自害の事あるべからず。げにも、大将の仰せも士卒の御所《ごしょ》

20 やむなく。

21 鎧の胴を巻き締める帯。

22 忠義を重んじて命を軽んずべき家来の身として。

23 腰に差したつばのない短い刀。

存《ぞん》も、皆理《ことわ》りと覚え候へば、浄慶《じょうけい》こそいかなる罪に当たり候ふとも、いかでか情けなき振る舞ひを仕《つかまつ》り候ふべき。早や御通り候へ」と申して、弓を伏せ、逆木《さかもぎ》を引きのけて、泣く泣く道の傍《かたわ》らに畏《かしこ》まる。

両大将、大きに感ぜられて、「われらはたとひ戦場の塵《ちり》に没《ぼっ》すとも、もし[24]一家の内に世を保つ者出で来たらば、これを注《しるし》に出だして、今の忠義を顕《あらわ》さるべし」とて、[25]金作《こがねづく》りの刀抜《ぬ》き出《い》だして、浄慶に与へらる。

光氏《みつうじ》は、主《しゅ》の危ふきを見て、命に替はらん事を請《こ》ふ。大将は、士卒の[26]志《こころざし》をはごくみ、ともに死せんとせらる。浄慶は、敵の義を感じて、後《のち》の罪を顧《かえり》みず。いづれも理《ことわ》りの中《うち》より出でたれば、これを聞き見る人ごとに、感に堪《た》へざる処《ところ》なり。

24 新田家の中で天下に号令する者が現れたなら。
25 金細工の装飾を施した刀。
26 忠義の志を無駄にしまいと。

十六騎《き》の勢《せい》金崎《かねがさき》に入《い》る事 22

初め浄慶が問答の難義《なんぎ》なりし事を聞いて、金崎へ通る事叶《かな》はじとや思ひけん、ただ今まで二百余騎ありつる軍勢、いづちともなく落ち失せて、わづかに十六騎になりにけり。

三山寺《[1]みやまでら》の辺にて行き合ひたる者に、金崎の様《よう》を問ひ給へば、「昨日《きのう》の朝より、国々の勢《せい》二、三万騎にて、城を十重《とえ》二十重《はたえ》に取り巻いて攻め候ふなり」とぞ申しける。「さらば、いかがしてか入《い》るべき。これより東山道《[2]とうせんどう》を経て、忍びて越後《えちご》へや下《くだ》る。ただここにて腹をや切る」と、異儀区《まちまち》なりけるを、栗生左衛門《[3]くりうさえもん》、進み出でて申しけるは、「いづくの道を経ても、越後まで遥々《はるばる》と落ちさせ給はん事、叶はじとこそ存じ候へ。下人《げにん》の独り《ひと》をも列《つ》れぬ旅人の、疲れて道を通り候はんを、誰《[4]たれ》か牢人《ろうにん》よと見ぬ事

22
1　当時敦賀にあった深山寺。
2　近江から信濃の山間部を経て東国へ至る街道。
3　上野国山田郡栗生（群馬県桐生市）の武士で、新田の家来。
4　誰もが自分たちを落人と見るだろう。

の候ふべき。また、面々《めんめん》ここにて腹を切り候はん事も、[5]楚忽《そこつ》に覚え候ふ。今夜《こよい》はこの山中に忍びて夜を明かし、未だ[6]篠目《しののめ》の明けはてざらん比《ころ》ほひ、杣山《そまやま》の城より[7]後攻《ごづ》めするぞと喚《おめ》いて、敵の中へ懸け入つて戦はんに、敵もし騒いで攻め口を引き退く事あらば、[8]差し違へて城へ入り候ふべし。敵もし騒がで路《みち》を遮《さえぎ》り候はば、思ふ程の太刀打ちして、[9]惣大将《そうだいしょう》の御覧ぜん御目の前にて、[10]御眼をすまし討死《うちじに》に仕《つかまつ》つて、御扶持《おんふち》より後《のち》までも、御思ひ出にならせ給ひ候はんわざを仕つてこそ、(名は)[11]九原《きゅうげん》の骨に留《とど》まり候はんずれ」と申しければ、十六人の人々、皆この義に同ぜられける。「さては、[12]大勢《おおぜい》なる体《てい》を敵に見するやうに計《はか》れ」とて、十六人が鉢巻《はちまき》と上帯《うわおび》とを解いて、青竹の末に結《ゆ》ひ付《つ》け、旗のやうに見せて、この木末《こずえ》、かしこの松影《まつかげ》に立て置いて、明くるを遅しとぞ待ち懸ける。

[13]金鶏《きんけい》三たび唱《とな》へて、[14]雪より白《しら》む山《やま》の端《は》に、(横《よこ》)雲《ぐも》漸《ようや》く引き渡

5 軽率。
6 東雲。夜明け方。
7 城攻めの敵をその背後から攻めること。
8 入れちがいに。
9 金ヶ崎にいる新田義貞。
10 目をみはらせるような討死をして、臣下として仕えた後までも、主君の思い出となるような一仕事をいたしてこそ。
11 墓場。
12 味方が大勢だと敵に見せるように工夫せよ。
13 天上に住む鶏。ここは、朝一番に鳴く鶏。
14 いただきの雪から白んでくる山際に、横雲がしだいにかかる時刻になると。
15 新田の紋。流れは、旗を数える語。
16 城に向かい合う陣。
17 石川県金沢市富樫、富

しければ、十六騎の人々、[15]中黒《なかぐろ》の旗一流れ差し上げ、三山寺《みやまでら》の木陰《こかげ》より、敵の[16]向かひ陣の後ろへ懸け出でて、「瓜生《うりゅう》、[17]富樫《とがし》、野尻《のじり》、井口《いのくち》、[18]豊原《とよはら》、[19]平泉寺《へいせんじ》、[20]剣《つるぎ》、[21]白山《しらやま》の衆徒《しゅと》、二万余騎にて後《ご》攻《づ》め仕り候ふぞ。城の中の人々、出で向かはれ候ひて、先懸けの者どもの[22]剛臆《こうおく》の振る舞ひ、委《くわ》しく御覧じて後《のち》の[23]支証《ししょう》に立たれ候へ」と、声々に叫《おめ》き喚《さけ》んで、[24]時《とき》の声《こえ》をぞ揚げたりける。その一番に進みける[25]武田五郎《たけだのごろう》は、京都の合戦に切られたりし右の腕未だ痊《い》えずして、太刀の柄《つか》を握るべき様《よう》もなかりければ、杉の板を以て六尺ばかりに木太刀を作つて、右の腕にぞ結《ゆ》ひ付けたりける。二番に進みける栗生左衛門《くりうさえもん》は、[26]帯副《はきぞえ》の太刀なかりける間、[27]深山柏《みやまがしわ》の回《まわ》り一尺ばかりなるを、一丈二尺に打ち切つて(金)《かな》棒《ぼう》の如くに見せ、右の小脇にかい挟《はさ》み、大勢《おおぜい》の中へ懸け入る。

　これを見て、金崎《かねがさき》を取り巻いたる寄手《よせて》三万余騎、「すはや、

山県南砺市野尻、同市井口に住んだ武士。

18　福井県坂井市丸岡町豊原の豊原寺。白山衆徒の一根拠地だった。

19　勝山市平泉寺町にあった天台宗の大寺。白山信仰の修験道場として栄え、多くの僧兵を擁した。

20　石川県白山市の金劔宮(きんけんぐう)。白山七社の一つ。

21　白山市の白山本宮、白山比咩(しらやまひめ)神社。加賀国一宮。

22　剛勇と臆病と。

23　証人。

24　関(とき)の声。

25　甲斐源氏だが、不詳。

26　予備のためにもう一本腰に差す太刀。

27　深山に生える柏の周囲一尺(約三〇センチ)ぐらいの木を、一丈(一〇尺)二尺の長さに切って。

杣山《そまやま》より後攻《ごづ》めの勢《せい》の懸かりけるは」とて、馬よ、物具《もののぐ》よと周《あ》章《わ》て騒ぐ。案の如く、三山寺《みやまでら》に立て置いたる旗どもの、木々の嵐に翻《ひるがえ》るを見て、後攻めの勢大勢《おおぜい》なりけりと心得て、若狭《わかさ》、越《えち》前《ぜん》の勢ども、楯を捨て、弓矢を忘れて、ばつと引く。城の中の勢八百余人、これに利を得て、[28]浜面《はまおもて》を西へ、[29]大鳥居《おおとりい》の前へ打つて出でたりける間、雲霞《うんか》の如くなる大勢、度《ど》を失ひて十方へ逃げ散る。或いは跡に引くを敵の追ふと心得て、返し合はせて同《ど》士《し》打《う》ちをし、或いは[30]横要《よこぎり》に逃ぐるを敵と思ひ、立《た》ち留《ど》まつて腹を切る。二里、三里が外《ほか》にもなほ留まらず、誰《たれ》が追ふとしもなきに[31]遠引《とおび》きして、皆己れが国へぞ帰りける。

白魚船《はくぎょふね》に入《い》る事　23

百重千重《ひゃくじゅうせんじゅう》に城を囲みたりつる敵ども、一時《いっし》の謀《はかりごと》に破られて、

28　敦賀湾の浜を西へ。
29　気比神宮の大鳥居。
30　前を斜めに横切って。
31　遠くまで退却して。

23

1　入江や入江に臨む山に降る雪は止んで、海に浮かぶ苫葺きの小舟の上に月が照り、陣幕を風がなびかせて、色を変えぬ松の緑は、無数の花を敷きつめたようだ。
2　旅中の(東宮以下の宮々の)お心をお慰めする。
3　船首に、龍の頭と、鷁(想像上の鳥)の首を付けた二艘一対の船。
4　河島維頼。本巻・14、

近き里に敵と云ふ者一人《いちにん》もなかりければ、これただ事にあらずと、城中の人々、悦《よろこ》びあへる事限りなし。

十月二十日のあけぼのに、[1]江山《こうざん》雪晴れて、海舟一篷《かいしゅういっぽう》の月を載《の》せ、帷幕《いばく》風捲《ま》いて、貞松千株《ていしょうせんじゅ》の花を敷《し》けり。この興都《きょうと》にて未だ御覧ぜられぬ風流《ふりゅう》なれば、[2]逆旅《げきりょ》の御意《ぎょい》をも慰《なぐさ》まさせまゐらせんために、浦々の舟を点《てん》ぜられ、[3]龍頭鷁首《りょうどうげきしゅ》になぞらへて、雪中《せっちゅう》の景をぞ興《きょう》ぜさせ給ひける。東宮《とうぐう》、一宮《いちのみや》は御琵琶《おんびわ》、洞院左衛門《とういんさえもんの》督実世《かみさねよ》は琴《こと》の役、義貞《よしさだ》は横笛《よこぶえ》、義助《よしすけ》は笙《しょう》の笛《ふえ》、[4]維頼《これより》は打ち物[5]にて、[6]蘇合《そごう》の三帖《じょう》、[7]万寿楽《まんじゅらく》の破《は》、[8]繁絃急管《はんげんきゅうかん》の声、[9]一唱三歎《いっしょうさんたん》の調子、[10]融々洩々《ゆうゆうえいえい》として、[11]正始《せいし》の音に叶《かな》ひしかば、天人もここに天《あま》下《くだ》り、龍神《りゅうじん》も納受する程なり。[12]韶々《しょうしょう》九度奏すれば、[13]鳳鳥《ほうちょう》も舞ひ、魚《うお》躍る事盛んなり。

誠《まこと》に[14]心なき鱗《うろくず》までもこれを感ずる事やありけん、水中に魚跳《おど》つて、御舟の中へぞ飛び入りける。実世卿、これを見給ひて、

前出。
5　鼓・太鼓・鉦鼓などの打楽器。
6　天竺渡来とされる雅楽曲。三帖は、序の導入部。
7　百済伝来とされる雅楽曲。破は、序に続く部分。
8　激しく絃をかき鳴らし、勢いよく笛を吹く音。底本「繁絃兼管」を改める。
9　一人が歌い、三人がそれに和す声(白居易・五絃の弾)。
10　やわらいでのびのびとして(五絃の弾)。
11　上古の正しい楽の音(五絃の弾)。
12　「韶」は、舜が作ったという音楽。「簫韶九成すれば、鳳凰来儀す」(書経・益稷)。
13　鳳凰。
14　情趣を解することがない魚。

「昔、[15]周《しゅう》の武王《ぶおう》、八百の諸侯を率《そっ》して、殷《いん》の紂《ちゅう》を討たんために[16]孟津《もうしん》を渡りし時、白魚《はくぎょ》飛んで武王の舟に入《い》れり。武王、これを取つて天に祭る。はたして戦ひに勝つ事を得《え》、殷の世つひに亡《ほろ》んで、周[17]八百の祚《そ》を保てり。今の奇瑞《きずい》、古《いにし》へに同じ。早くこれを天に祭り、[18]寿《ことぶき》をなすべし」と申されければ、[19]屠人《とじん》これを調《ちょう》して、その[20]胙《ひもろぎ》を東宮《とうぐう》に奉る。東宮、御盃《おんさかずき》を傾《かたぶ》けさせ給ひける時、[21]鳴吉《なるよし》の袖《そで》と云ひける遊君《ゆうくん》、御酌《おしゃく》に立ちたりけるが、拍子を打つて、「[22]翠帳紅閨《すいちょうこうけい》、万事の礼法異《こと》なりと雖《いえど》も、舟の中波の上、一時《いっし》の歓会これ同じ」と、[23]時の調子の真中《まんなか》を[24]三重《さんじゅう》にしほりて歌ひたりければ、[25]儲君《ちょくん》、儲王《ちょおう》も、恭《うやうや》しく叡感《えいかん》の御心を傾《かたぶ》けられ、武将、軍兵《ぐんぴょう》も、斉《ひと》しく嗚咽《おえつ》の袖をぞ濡らしける。

金崎城詰《かねがさきのじょうつ》むる事　24

15 「書経」秦誓、「史記」周本紀の故事。「平家物語」巻一「鱸」にも見える。
16 黄河の渡し場の名。河南省洛陽市の東。盟津とも。
17 八百年の天子の位。
18 祝いをすべきだ。
19 調理人。
20 神饌。神への供え物。
21 不詳。他本「嶋寺の袖」。
22 「和漢朗詠集」遊女。翠(みどり)の帳(とばり)をたれた紅に飾った閨(ねや)で貴い女性と夜を過ごすのとは、よろずの作法は異なるが、舟の中、浪の上で遊女と過ごす夜も、一時の楽しみに変わりはない。
23 四季折々の楽の調子。
24 高い声(三重)でしみじみと。
25 東宮以下の宮々。

杣山《そまやま》より引つ返す十六騎の勢《せい》に出《だ》し抜《ぬ》かれて、金崎の寄手《よせて》四方に退散したる由《よし》、京都へ聞こえければ、[1]将軍、大きに怒つて、[2]やがて大勢《おおぜい》をぞ下されける。

当国の守護尾張守高経《おわりのかみたかつね》は、北陸道《ほくろくどう》の勢五千余騎を率《そつ》して、[3]蕪木《かぶらき》より向かはる。[4]仁木伊賀守頼章《にきいがのかみよりあき》は、丹波《たんば》、美作《みまさか》の勢千余騎を率して、塩津《しおづ》より向かはる。[5]今川駿河守《いまがわするがのかみ》は、但馬《たじま》、若狭《わかさ》の勢七百余騎を率して、[6]小浜《おばま》より向かはる。[7]荒川三河守《あらかわみかわのかみ》、丹後《たんご》の勢八百余騎を率して、[8]疋壇《ひきた》より向かはる。[9]細川源蔵人《ほそかわげんくろうど》は、四国の勢二万余騎を率して、東近江《ひがしおうみ》より向かはれ、高越後守師泰《こうのえちごのかみもろやす》は、美濃《みの》、尾張《おわり》、遠江《とおとうみ》の勢六千余騎を率して、[10]荒血《あらち》の中山《なかやま》より向かはる。[11]小笠原信濃守《おがさわらしなののかみ》は、信濃国《しなののくに》の勢五千余騎を率して、[12]新道《しんどう》より向かふ。[13]佐々木塩冶判官《ささきえんやほうがん》は、出雲《いずも》、伯耆《ほうき》の勢三千余騎にて、兵船《ひょうせん》七百余艘に取り乗つて、海上《かいしょう》よりぞ向かひける。その勢都合《つごう》四万余騎、山には[14]役所を作り並べ、海には[15]舟筏《ふないかだ》を組み、[16]城

24

1 尊氏。
2 ただちに。
3 福井県南条郡南越前町甲楽城（かぶらぎ）。
4 義勝の子。丹波守護。
5 頼貞。頼基の子。但馬守護。
6 小浜市。
7 詮頼。頼直の子。丹後守護。
8 敦賀市疋田。
9 頼春。公頼の子。阿波守護。
10 滋賀県高島市マキノ町海津から敦賀市へぬける北陸道の要所の峠。愛発山とも。
11 貞宗。本巻・11、前出。
12 南条郡南越前町新道。
13 高貞。出雲守護。第十四巻・9で、宮方から足利方となる。

の四方を囲みぬる事、隙《ひま》、透《す》き間《ま》も更《さら》になかりけり。

かの城の有様、三方は海に寄つて岸高くし、岩滑《なめ》らかなり。[17]辰巳《たつみ》の方《かた》に当たれる山一つ、城より少し高くして、寄手《よせて》、城中を目の下に直下《みおろ》すと云へども、[18]岸絶え、地僻《さが》りにして、近づいて寄らば、城郭一片《じょうかくいっぺん》の雲の上に峙《そば》だち、遠く矢を射れば、[19]万仞《ばんじん》の谷の底に落つ。されば、いかなる巧みを出だして攻むるとも、[20]切岸《きりぎし》の辺までも近づくべき様《よう》なかりけれども、城は小勢《こぜい》にて、しかも新田《にった》の名将、族《やから》を尽くして籠《こ》もられたり。寄手は大勢《おおぜい》にて、しかも将軍の[21]家類《けるい》、威を振るうて向かはれたれば、両家の国の争ひ、ただこの城の勝負にあるべしと、おのおの機[22]を張り、心を巧みにして、攻め戦ふ事片時《かたとき》もたゆまず。矢に当たつて疵《きず》を病み、石に打たれて骨を砕《くだ》く者、日々ごとに千人、二千人に及べども、城は未だ[23]逆木《さかもぎ》一本だにも破られず。

14 戦陣での将士の詰め所。
15 舟をいくつも繫ぎ、その間に板を渡して筏のようにしたもの。
16 金崎城。
17 南東。
18 崖は絶壁となり、その下の地面は低くなって。
19 非常に深い谷。
20 切り立った崖の辺まで近づくすべもなかった。
21 一族。
22 気を引きしめ、工夫をこらして。
23 棘のある木の枝で作った防御の柵。

小笠原軍《おがさわらいくさ》の事 25

これを見て、小笠原信濃守《おがさわらしなののかみ》、究竟《くっきょう》の兵八百人を勝《すぐ》つて、東の山の麓《ふもと》より、辰巳《たつみ》[1]の角《すみ》の尾を直違《すじかい》に、かづき連《つ》れてぞ上がつたりける。誠《まこと》にこれや詰《つ》[2]めらるべき所なりけん、城中の兵三百余人、二の木戸《きど》[3]を開いて、同時に打つて出でたり。両方相近《あいちか》になりければ、矢を留《とど》めて打物《うちもの》[4]になつて、防く兵は、ここを引かば継《つづ》いて攻め入《い》られぬと危ぶみて、一足《ひとあし》も退《しりぞ》かず戦ふ。寄手は、云《い》[5]ひ甲斐《がい》なく引いて敵御方《みかた》に咲《わら》はれじと、命を捨ててぞ攻めたりける。

敵[6]さすがに小勢《こぜい》なれば、戦ひ疲れて見えける処《ところ》に、例の栗生《くりう》左衛門《さえもん》、火威《ひおどし》[7]の鎧に、龍頭《たつがしら》[8]の甲《かぶと》を夕日に耀《かかや》かし、六尺三寸[9]の太刀に、柏木《かしわぎ》の棒の八角に削りたるが長《たけ》[10]一丈二、三尺もあるかと

25

1 東南の隅の尾根を横切って、楯をかざし並べて。
2 攻め破られそうな所。
3 第二の城門。
4 太刀いくさ。
5 みっともなく。
6 城中の新田方の兵。
7 緋色の糸で縅(おど)した鎧。
8 龍の頭を前立物(まえだてもの＝兜正面の飾り)にした兜。
9 約二メートルの大太刀。
10 三メートル六〇―九〇センチ。

覚えたるを打ち振つて、大勢《おおぜい》の中へ走り懸かり、片手打ちに散々《さんざん》に打つて廻《まわ》りけるに、寄手《よせて》の兵四、五十人、[11]犬居《いぬい》に打ち居《す》ゑられ、[12]中天《ちゅうてん》にづんと打ち上げられて沙《すな》の上に倒れ伏し、目鼻より血を吐く。後陣《ごじん》の勢《せい》、これを見て、[13]しどろになつて浪打《なみう》ち際《ぎわ》に打ち立つたる処《ところ》へ、[14]気比大宮司太郎《けひのだいぐうじのたろう》、[15]大学助《だいがくのすけ》、[16]矢島七郎《やしまのしちろう》、[17]太田帥法眼《おおたそつのほうげん》四人、透《す》き間《ま》もなく打つて懸かりける間、叶《かな》はじとや思ひけん、小笠原《おがさわら》が八百余騎の兵、一度にばつと引き、本《もと》の陣へぞ帰りける。

11 四つんばいの姿。
12 中空に。
13 浮き足だって。
14 気比神宮の神主、気比弥三郎太夫の長男。
15 不詳。
16 上野国群馬郡矢島郷(群馬県太田市)に住んだ新田の家来。
17 不詳。他本「赤松太田帥法眼」。第十八巻・9「太田帥法眼賢覚」。

野中八郎軍《のなかのはちろういくさ》の事　**26**

[1]今川駿河守《いまがわするがのかみ》、この日の合戦を見て推量するに、[2]これが有様、攻めらるべき処なればこそ、城よりここを[3]先途《せんど》と打ち出でては戦ふらん。陸地《くがち》より寄すればこそ、[4]足立ち悪《わろ》くてたやすく敵に

26
1 頼貞。
2 今日の合戦での敵方の戦いぶりは。
3 勝負の分け目。
4 足場。

は払はれつれ。船より押し寄せて、一攻《ひとせ》め攻めて見よとて、小船百余艘に取り乗つて、昨日小笠原が攻めたりし浜涯《はまぎわ》よりぞ上がつたりける。[5]寄すると均《ひと》しく、切岸《きりぎし》の下なる[6]鹿垣一重《ししがきひとえ》引き破つて、やがて[7]出塀《だしべい》の下へ付かんとしける処へ、また城中より[8]裹《つつ》みたる兵二百余人、[9]抜《ぬ》き連れて打つて出でたりければ、寄手も[10]踏みしたんで、手を砕《くだ》き散々《さんざん》に戦ひけれども、城より出でけるは、一人当千《いちにんとうぜん》の者ども、喚《おめ》き叫《さけ》んで[11]是非《ぜひ》なく懸かりければ、寄手五百余人、真倒《まっさかさま》[12]にまくり落とされて、われ先と船にぞ込み乗りける。

遥《はる》かに船を出だして跡を見れば、[13]中村六郎《なかむらのろくろう》と云ひける者、痛手《いたで》負うて船に乗り遅れ、儀隠《いそがく》れなる小松の影《かげ》に、[14]太刀を倒《さかさま》についで、「その舟寄せよ」と招けども、あれやあれやとばかりにて、助けんとする者もなかりけり。ここに、播磨国《はりまのくに》の住人[15]野中八郎貞国《のなかのはちろうさだくに》と云ひける者、これを見て、「[16]知らであらんは力

5　浜に寄せると同時に。
6　鹿や猪の進入を防ぐ垣。それを戦場に用いた。
7　射撃や物見のために、城の塀の一部を外へ突きだしたもの。
8　全身を鎧でつつんだ兵。
9　いっせいに刀を抜いて。
10　踏みとどまって。
11　しゃにむに。
12　追い落とされて。
13　不詳。
14　太刀を杖がわりについて。
15　不詳。赤松の家来か。
16　(中村が逃げ遅れたのを)知らずにいたのなら仕方ないが。

なし。御方《みかた》の兵《へい》舟に乗り遅れて、敵に討たれんを目《ま》の当《あ》たり見ながら、助けずと云ふ事やあるべき。この船漕ぎ返せ。中村《なかむら》助けん」と云ひけれども、あへて耳にも聞き入れず。貞国《さだくに》、大きに怒つて、人のもどす櫓《ろ》を引き奪うて、[17]逆櫓《さかろ》に立て、自ら舟を押し返し、[18]遠浅《とおあさ》より下《お》り立つて、ただ一人《いちにん》中村が前へ歩み行く。城の兵ども、これを見て、「手負うて引きかねたる者は、いかさま[19]宗徒《むねと》の人なればこそ、これを討たせじと、[20]遥《はる》かに引いたる敵ども、また返し合はすらん。首を取れ」とて、十二、三人が程、中村が後ろへ走り懸かりける。貞国、少しも騒がす、長刀《なぎなた》の[21]石突《いしづき》取り延べて、向かふ敵一人[22]諸膝薙《もろひざな》いで切《き》り居《す》ゑ、その頸《くび》を取つて鋒《きっさき》に貫《つらぬ》いて、中村を肩に引つ懸けて、閑《しず》かに船に乗りければ、敵も御方《みかた》もこれを見て、「あはれ、剛《こう》の者《もの》や」と、誉《ほ》めぬ人こそなかりけれ。

その後《のち》よりは、寄手《よせて》大勢《おおぜい》なりと云へども、敵痛く防きければ、

17 舟の舳先に櫓を立てて逆向きに漕ぐこと。
18 遠浅のところから海に入って。
19 名のある者。
20 遥か遠くまで退却した敵が、また引き返して戦うのだろう。
21 長刀の柄の先端部分を持ち長く使って。
22 両膝。

攻《せ》め屈《くっ》して、逆木《さかもぎ》を引き、[23]向《む》かひ櫓《やぐら》を高く掻き、徒《いたず》らに[24]矢軍《やいくさ》ばかりにて日を暮らしけり。

23 敵城に向かい合って造る櫓を高く築いて。
24 両軍が隔たって互いに遠矢を射るだけのいくさ。

太平記　第十八巻

第十八巻　梗概

囚われの身であった後醍醐《ごだいご》帝《てい》は、京を脱出して吉野へ向かい、吉野、金峯《きんぷ》山寺《せんじ》に入った。楠《くすのき》正行《まさつら》以下の軍勢が吉野に参じたが、紀州根来《ねごろ》の伝法院は、高野山との長年の確執から、宮方に味方しなかった。十一月二日、帝の吉野臨幸の報せが越前の金ヶ崎城《かねがさきのじょう》にもたらされた。いったんは足利方についた瓜生《うりゅう》保《たもつ》は、宮方に心を寄せる弟たちと同心すべく、本拠地の杣山《そまやま》に帰り、脇屋《わきや》義治《よしはる》（義助《よしすけ》の子）を大将として挙兵した。二十三日、杣山攻めに向かった高師泰《こうのもろやす》の軍は、瓜生の奇襲により敗退した。二十九日、瓜生は斯波《しば》高経《たかつね》の新善光寺城を攻め落とした。建武《けんむ》四年（一三三七＝延元二年）正月十一日、脇屋義治は里見《さとみ》伊賀守《いがのかみ》を金ヶ崎城の後攻めに向かわせたが、今川《いまがわ》頼貞《よりさだ》・高師泰の軍に敗れ、大将の里見と瓜生兄弟は戦死した。瓜生の老母は、義治の前で涙ながらに兄弟の戦死を誉れとする由を述べた。一方、後攻めを失い兵糧につまった金ヶ崎城では、二月五日、新田《にった》義貞《よしさだ》・脇屋義助らが城を脱出して杣山に入った。三月六日、金ヶ崎城は寄せ手の総攻撃をうけて落城した。一宮《いちのみや》尊良親《たかよししん》王《のう》、新田《にった》義顕《よしあき》らが自害し、城中の兵八百余名も自害した。いったんは城を脱出した東宮恒《つね》良親王《よししんのう》も捕らえられた。数奇な運命をへて一宮と結ばれた御息所《みやすどころ》は、悲しみに暮れ、宮の四十九日を待たずして病死した。新田義顕の首は大路を渡され、獄門に懸けられた。足利方の諸将は宮方に与した延暦寺の破却を議論したが、玄恵《げんえ》法印《ほういん》は延暦寺と日吉《ひよし》大社《たいしゃ》の由緒を説いて思いとどまらせた。

先帝吉野《せんていよしの》潜幸《せんこう》の事　1

主上《しゅしょう》は、重祚《ちょうそ》[1]の御事相違《そうい》候はじと、尊氏卿《たかうじきょう》さまざま申されたりし偽りの詞《ことば》を御憑《おたの》みあり、山門《さんもん》より還幸《かんこう》なりたりしかども、元来《もとより》欺《たばか》りまゐらせんための謀《はかりごと》なりしかば、花山院《かさんのいん》[2]の故宮《こきゅう》に押し籠められさせ給ひて、宸襟《しんきん》を蕭散寂寞《しょうさんせきばく》[3]の中に悩まさる。霜《しも》に響《ひび》く遠寺《えんじ》[4]の鐘に御枕を欹《そばだ》てては、楓橋《ふうきょう》[5]の夜の泊《とま》りに御《おん》あはれを添へられ、梢《こずえ》に余る北山《きたやま》の雪に御簾《みす》を撥《かか》げては、梁園《りょうえん》[6]の昔の遊びに御涙を催さる。紅顔《こうがん》花の如くなりし三千[7]の宮女《きゅうじょ》も、一朝《ちょう》の風に誘はれて、いづちともなくなりしかば、夜《よん》[8]の御殿《おとど》に入らせ給ひても、夢より外《ほか》の古《いにし》へもなし。紫宸《ししん》[9]に星を列《つら》ねし百《はく》司《し》の老臣も、満天《まんてん》の雲に掩《おお》はれて、参《まい》り仕《つこうまつ》る人独《ひと》りもなければ、天下の事いかがなりぬらんと、尋ね聞こし召さるべき便り[10]

1

1 (後醍醐帝が)再び帝位に即くこと。
2 式部卿貞保親王の邸で、花山上皇の御所となり、花山院家が伝領。京都市上京区の京都御苑内にあった。
3 静かで物寂しいさま。第十七巻・17。
4 「遺愛寺の鐘は枕を欹てて聴き、香炉峰の雪は簾を撥げて看る」(白居易・重ねて題す其の三)。
5 中国、江蘇省蘇州市の水路にかかる橋。唐の詩人張継が旅愁を詠んだ「楓橋夜泊」「再到楓橋」で有名。
6 漢代の梁の孝王(文帝の子)が造った庭園。
7 「後宮の佳麗三千人」(白居易・長恨歌)。
8 帝の寝室。
9 紫宸殿(内裏の正殿)に

もなし。

そもそも朕《ちん》が不徳《ふとく》何事なれば、これ程まで仏神《ぶつじん》にも放たれ奉つて、逆臣《ぎゃくしん》のために犯さるらんと、[11]旧業《きゅうごう》の程もあさましく、この世の中も憑《たの》みなく思《おぼ》されければ、[12]寛平《かんぴょう》の昔の跡をも尋ね、[13]花《か》山《さん》の近き例をも追はばやと、思《おぼ》し召《め》し立《た》たせ給ひにける処《ところ》に、[14]刑部大輔《ぎょうぶのたいふ》景繁《かげしげ》、武家の許されを得て、ただ一人《いちにん》祗候《しこう》したりけるが、[15]勾当内侍《こうとうのないし》を以てひそかに奏聞《そうもん》しけるは、「越前《えちぜん》の金崎《かねがさき》の合戦に、寄手《よせて》毎度打ち負け候ふなる間、加賀国《かがのくに》の剣《つるぎ》、[16]白山《しらやま》の衆《しゅ》徒《と》等、御方《みかた》に参じ、[17]富樫介《とがしのすけ》が籠《こ》もつて候ふ[18]奈多《なた》の城を攻め落として、金崎の後攻《ごづ》めを仕《つかまつ》らんと企《くわだ》て候ふなる。これを聞いて、還幸《かんこう》の時供奉《ぐぶ》仕つて京都へ出で候ひし[19]菊池掃部助武俊《きくちかもんのすけたけとし》、[20]日吉加《ひよしか》賀法眼《がのほうげん》以下《いげ》、皆《みな》己れが国々へ逃《に》げ下《くだ》つて義兵を起こし、国中を打《う》ち順《したが》へて候ふなる。[21]天下の反覆《はんぷく》遠からじと、謳歌《おうか》の説《せつ》耳に満ち候ふ。急ぎ近日《きんじつ》の間に、夜に紛《まぎ》れて大和《やまと》の方《かた》へ臨幸《りんこう》なり候ひ

星のように列なった多くの役所の老臣。
10 てだて。
11 前世での所業も嘆かわしく。
12 寛平法皇(退位後の宇多帝)が、出家して諸寺を巡礼したことをさす。
13 花山帝が十九歳で譲位・出家したこと。花山法皇の諸国巡礼の伝説は早くから行われた。「寛平の昔をもとぶらひ、花山の古へをも尋ねて」(平家物語巻三・城南の離宮)。
14 不詳。
15 内侍(内侍司に仕える後宮女官の三等官)の第一位で、天皇と外部との取り次ぎ役をつとめた。
16 石川県白山市の金劒宮《きんけんぐう》と白山比咩《しらやまひめ》神社の僧兵。
17 富樫高家。加賀守護。

て、[22]吉野《よしの》、十津川《とつがわ》の辺に皇居を定められ、諸国へ綸旨《りんし》を下《くだ》されて、義貞《よしさだ》が忠心を助け、[23]皇統の聖化《せいか》を耀《かかや》かされ候へかし」と、委細《いさい》にぞ申し入れたりける。

主上《しゅしょう》、事《こと》の様《よう》をよくよく聞こし召されて、さては、天下の士なほ帝徳《ていとく》を慕ふ者も多かりけり。これ天照太神《あまてらすおおみかみ》の、景繁が心に入り替はらせ給ひて示さるるものなりと思し召されければ、「明夜《みょうや》必ず[24]寮《りょう》の御馬《おんうま》を用意して、東の小門《こもん》の辺に相待《あいま》つべし」とぞ仰せ出だされける。

相図《あいず》の刻限になりければ、三種《さんじゅ》の神器《じんぎ》を[25]新勾当内侍《しんこうとうのないし》に持たせられて、[26]童部《わらんべ》の踏《ふ》み開《あ》けたる築地《ついじ》の崩れより、女房の質《すがた》に出でさせ給ふ。景繁、かねてより用意したる事なれば、主上を寮の御馬に舁《か》き乗《の》せまゐらせ、三種の神器を自ら荷担《かたん》して、まだ夜の内《うち》に[27]大和路《やまとじ》に懸かりて、[28]梨間《なしま》の宿《しゅく》までぞ落としまゐらせける。白昼に[29]南都《なんと》をかくの如くにて通らば、人の怪《あや》しめ申す事も

金沢市富樫に住んだ。
18 小松市那谷町。
19 武時の子。武重の弟。帝の還幸に供奉して京に入ったが(第十七巻・16)、本国に逃げ帰った(第十七巻・17)。
20 不詳。
21 足利から帝の治世に戻る日も近いと、世間の噂がしきりでございます。
22 奈良県南部の吉野郡吉野町、同十津川村の一帯。
23 帝の徳による政治。
24 宮中の馬寮(めりょう)の馬。
25 新任の勾当内侍。
26 子どもが毀して踏み広げた土塀の毀れ目。
27 京の五条口から、伏見・木津を経て奈良に通じる道。
28 京都府城陽市奈島まで落ちのびさせた。
29 奈良。

こそあれとて、主上《しゅしょう》をばあやしげなる[30]張輿《はりごし》に召し替へさせまゐらせて、供奉《ぐぶ》の[31]上北面《しょうほくめん》どもを輿舁《こしかき》になし、三種《さんじゅ》の神器《じんぎ》を足付けたる[32]行器《ほかい》に入れて、物詣《ものもう》でする人の、[33]破籠《わりご》なんど入れて持たせたるやうに見せて、景繁《かげしげ》、[34]夫《ぶ》になりてこれを持つ。いづれも皆[35]習はぬ態《わざ》なれば、急ぐとすれども行きやらで、その日の暮れ程に、[36]内山《うちやま》までぞ着かせ給ひける。

ここまでも、もし敵の追つかけまゐらする事もやあらん（と）、安き心もなければ、今夜《こよい》いかにもして、吉野《よしの》の辺までなしまゐらせんとて、また寮《りょう》の御馬《おんうま》をまゐらせたれども、[37]八月二十八日の事なれば、道いと暗うして、行くべき様《よう》もなかりける処《ところ》に、俄《にわ》かに[38]春日山《かすがやま》の上より、[39]金峯山《きんぶせん》の峰まで、光り物の飛び渡る勢ひ見えて松明《たいまつ》の如くなる、終夜《よもすがら》天を耀《かかや》かし、地を照らしける間、道[40]分明《ふんみょう》に見えて、程なく翌夜《つぎのよ》の明け方に、大和国《やまとのくに》[41]賀名生《あのう》と云ふ所へぞ落ち付かせ給ひける。

30 畳表で周囲を張った粗末な輿。
31 院の御所を警固する武士で、四位・五位の者。
32 旅行の際に食料を入れて背中や肩に負う脚付きの容器。

行器

33 弁当。
34 雑兵。
35 慣れない仕事。
36 奈良県天理市内にあった内山永久寺。
37 日付けに乱れがある(他本同じ)。十二月二十一日が正しい。
38 奈良市街の東方の山の

この所の有様、[42]里遠くして人煙《じんえん》幽《かす》かに、山深うして鳥の声も稀《まれ》なり。柴と云ふ物を囲うて家とし、[43]芋野老《いもところ》を堀つて世を渡るばかりなれば、皇居になりぬべき所もなく、[44]供御《ぐご》に備ふべき儲《もう》けも尋《たず》ね難《がた》し。

かくてはいかがあるべきなれば、吉野の大衆《だいしゅ》を語らひて、[45]君を入れまゐらせんと思ひ、景繁、則ち吉野へ行き向かひ、当寺の宿老《しゅくろう》[46]吉水法印《よしみずのほういん》にこの由《よし》を申しければ、満山《まんざん》の衆徒《しゅと》、[47]蔵王堂《ざおうどう》に会合して僉議《せんぎ》しけるは、「この所に、古《いにし》へ[48]清見原天皇《きよみはらのてんのう》、大友《おおともの》皇子《おうじ》に襲《おそ》はれて幸《みゆき》なりしも、程なく天下の泰平を致されき。その先蹤《せんしょう》に付いて、今[49]仙蹕《せんぴつ》を廻《めぐ》らされん事、衆徒何《なん》ぞ異議に及ぶべきや。就中《なかんずく》、昨夜天に光り物あつて臨幸《りんこう》の道を照らす。これ当山の鎮守[50]蔵王権現《ざおうごんげん》、[51]小守《こもり》、[52]勝手明神《かってのみょうじん》、三種の神器を擁護《おうご》し、[53]万乗《ばんじょう》の聖主《せいしゅ》を鎮衛《ちんえ》し給ふ[54]瑞光《ずいこう》なり。暫《しばら》くも猶予《ゆうよ》あるべからず」とて、若大衆《わかだいしゅ》三百余人、皆甲冑《かっちゅう》を帯《たい》して御迎ひにぞ参《さん》じけ

総称。
39 吉野の金峯山寺一帯の山。
40 はっきり見えて。
41 五條市西吉野町。
42 人里離れて人家の煙もまばらで。
43 山芋。
44 帝の食事。
45 吉野金峯山寺に帝をお入れ申しそう。
46 吉野の吉水院（現吉水神社）の住持で、吉野執行の宗信法印。
47 吉野金峯山寺の本堂。
48 天武帝。天智帝の子大友皇子と皇位を争い、飛鳥浄御原宮（あすかきよみはらのみや）で即位した。
49 行幸。蹕は、先払い。
50 役行者が祈り出した修験道の本尊、金剛蔵王菩薩。
51 吉野水分（みくまり）神社とも。
52 蔵王堂の南にあり、蔵

る。この外、55楠《くすのき》帯刀《たてわき》正行《まさつら》、56和田《わだの》次郎《じろう》、57真木《まきの》定観《じょうかん》、58三輪《みわの》西阿《せいあ》、59生地《おうち》、60贄川《にえかわ》、貴志《きし》、湯浅《ゆあさ》、五百騎、三百騎、引きも切らず馳《は》せ参《まい》りける間、雲霞《うんか》の勢《せい》を腰輿《ようよ》の前後に囲ませて、吉野《よしの》へ臨幸《りんこう》なる。

61春雷一度《しゅんらいひとたび》動く時、蟄虫萌蘇《ちっちゅうほうそ》する心地して、聖運忽《せいうんたちま》ちに開け、62臣功《しんこう》すでに顕《あらわ》れぬと、人皆《みな》歓喜の心をなす。

伝法院《でんぼういん》の事　2

近国《きんごく》の軍勢は申すに及ばず、諸寺、諸社の衆徒《しゅと》、神官に至るまで、1王化《おうか》に随って、或いは軍用を支《ささ》へ、或いは御祈禱《ごきとう》を致しけるに、2根来《ねごろ》の大衆《だいしゅ》は、一人《いちにん》も吉野へ参《さん》ぜず。これは必ずしも武家を贔負《ひいき》して、公家を背《そむ》き申すにはあらず。君、3高野山《こうやさん》を御《ご》崇敬《そうぎょう》あつて所領を寄せられ、さまざまの御立願《ごりゅうがん》ありと聞いて、

王権現の眷属神を祭る。
53　天皇。中国、周代の制度で、天子は戦時に一万台の兵車を出したからいう。
54　めでたい光。
55　正成の子。
56　正行の弟、正時。
57　槙野氏。五條市牧町に住んだ武士。
58　大神(おおみわ)氏。
59　恩地とも。大阪府八尾市恩智(おんじ)に住んだ武士。楠一族と終始行動をともにした。
60　和歌山県橋本市、紀の川市貴志川町、有田郡湯浅町に住んだ武士。
61　春の雷がひとたび鳴ると、冬眠していた虫が一斉に動き出すような心地。「蟄虫昭蘇し萌草出づ」(白居易・鶚九〈あきゅう〉の剣)。
62　臣の功績。他本「功臣」。

[4]偏執《へんじゅう》の心を狭《さしはさ》みけるゆゑなり。

そもそも釈門の徒たる者は、[5]柔和《にゅうわ》を以て宗《むね》とし、忍辱《にんにく》を以て衣《ころも》とする事にてこそあるに、根来と高野、何事によってこれ程まで確執《かくしつ》の心をば結ぶぞと、事の起こりを尋ぬれば、中比《なかごろ》、高野の[6]伝法院に、[7]覚鑁《かくばん》とて一人の上人《しょうにん》おはしけり。一度《ひとたび》[8]三密瑜《さんみつゆ》伽《が》の道場に入りしより、永く[9]四曼不離《しまんふり》の行業《ぎょうごう》に懈《おこた》らず。[10]観法《かんぼう》座闌《たけなわ》にして、薫修《くんじゅ》年久しかりけるが、[11]即身成仏《そくしんじょうぶつ》と談じながら、なほ[12]有漏《うろ》の身を替へざる事を歎《なげ》いて、[13]求聞持《ぐもんじ》の法を七度まで行ひ給ふ。されども[14]三品《さんぼん》の成就《じょうじゅ》の内、いづれを得たりとも覚えざりければ、覚洞院《かくとういん》の[15]清憲僧正《しょうけんそうじょう》の室《しつ》に入り、[16]一印一明《いちいんいちみょう》を受けて、また百日行ひ給ひけるに、その法忽《たちま》ちに成就《じょうじゅ》して、[17]自然智《じねんち》を得《え》給ひければ、[18]浅略深秘《せんりゃくじんぴ》の奥義《おうぎ》、習はざるに底を究《きわ》め、聞かざるに旨《むね》を開《ひら》けり。

ここに、[19]我慢邪慢《がまんじゃまん》の大天狗《だいてんぐ》ども、いかがしてこの人の心中に

2

1　帝の威徳。

2　和歌山県岩出市根来にある新義真言宗の本山、根来寺大伝法院。覚鑁によって高野山内に建てられた伝法院が、山内の確執で根来に移転したのが始まり。

3　和歌山県伊都郡高野町にある高野山真言宗の総本山、金剛峯寺。

4　ねたみ恨む心。

5　穏やかな心を持ち、耐え忍ぶ心を持つべきであるのに。

6　注2、参照。

7　新義真言宗の開祖。鳥羽上皇の帰依を得て金剛峯寺の座主となるが、後に根来寺に移る。

8　手に印を結び、口に真言を唱え、心に仏を念じて修行する道場。

依託《えたく》して、[20]不退《ふたい》の行学《ぎょうがく》を妨げんとしけれども、上人の[21]定力《じょうりき》堅固なりければ、間《ひま》を伺《うかが》ふ事を得ず。或る時、この上人、[22]温室《おんしつ》に入つて[23]瘡《かさ》をたでられけるに、心身快《こころよ》くし、わづかの楽しみに婬着《いんじゃく》す。天狗ども、これに力を得て、[24]造作魔《ぞうさくま》の心を付けたりける。これより、覚鑁《かくばん》、伝法院《でんぼういん》を建立《こんりゅう》して、わが門徒を置かばやと思ふ心苦《ねんご》ろになりければ、[25]禅定法皇《ぜんじょうほうおう》に奏聞《そうもん》を経《へ》て、堂舎《どうしゃ》を建て、僧坊《そうぼう》を造らる。[26]一院《いちいん》の草創[27]不日《ふじつ》に事なりし後、覚鑁上人、忽《たちま》ちに[28]入定《にゅうじょう》の扉《とぼそ》を閉ぢて、[29]慈尊《じそん》の出世《しゅっせ》を五十六億七千万載《さい》の暁《あかつき》に待ち給ふ。

高野《こうや》の衆徒《しゅと》、これを聞いて、「[30]何条《なんじょう》その人我慢の心にて掘《ほ》り埋《うず》まれ、[31]高祖大師《こうそだいし》の御入定に同じからんとすべき様《よう》やある。その儀ならば、一院《いちいん》を破却《はきゃく》せよ」とて、伝法院へ押し寄せ、堂舎を焼き払ひ、御廟《ごびょう》を掘り破つてこれを見るに、上人、[32]不動明《ふどうみょう》王《おう》の形像《ぎょうぞう》にて、[33]伽縷羅煙《かるらえん》の内に座《ざ》し給へり。或る若大衆一人《わかだいしゅいちにん》走

9 密教でいう四種の曼荼羅に従った修行。
10 心に真理を念じて座禅を組み、長年修行したが。
11 肉身のまま悟りを開き仏になると唱えながら。
12 煩悩があること。
13 虚空蔵菩薩を本尊として、記憶力を増す修法。
14 密教でいう悟りの三段階。
15 正しくは「勝賢」。藤原通憲(信西)の子で、醍醐寺座主。覚洞院は、醍醐寺の子院。
16 一つの印(身密)と一つの真言(口密)を伝授されて。
17 自然に生ずる悟り。
18 表面的な理解と、深く本質的な理解。
19 高慢で邪な心。天狗は、仏道を妨げる外道。
20 不退転の修行学問。
21 禅定(無念無想の境地)

り寄つて、これを引つ立てんとするに、その身盤石《ばんじやく》の如くにして、[34]那羅延《ならえん》が力も動《うご》かし難《がた》し。[35]金剛《こんごう》の杵《しょ》も砕《くだ》き難《がた》くぞ見えたりける。衆徒、なほこれにも恐れず、「あな、ことごとし。いかなる古狐《ふるぎつね》、古狸《ふるだぬき》なりとも、化《ば》くる程ならば、これにや劣るべき。よしよし、誠《まこと》の不動か、また覚鑁が化けたる形か、打ちて見よ」とて、大きなる石を拾《ひろ》ひかけて、十方よりこれを打つに、投ぐる飛礫《つぶて》の声、[36]大日《だいにち》の真言《しんごん》に聞こえて、更《さら》にその身に当たらず、[37]あやなく微塵《みじん》に砕け去る。覚鑁、この時に、さればこそ、汝等《なんじら》が打つ飛礫、全くわが身に当たる事あるまじと、驕慢《きょうまん》の心を起こされけるにや、一つの飛礫、上人の御額《おんひたい》に当たつて、血の色漸《にじ》みて見えたりけり。「さればこそ」と、大衆、同音《どうおん》にどつと笑ひて、おのおの院々へぞ帰りける。

覚鑁上人の門徒五百坊、心憂き事に思ひて、伝法院の御廟《ごびょう》を根来《ねごろ》へ移して、真言秘密の道場を建つ。その時の[38]宿意《しゅくい》、なほ相《あい》

によって生じる能力。
22 蒸し風呂。
23 できものを湯気で蒸して治療したが。
24 無事平穏を害するもの。
25 鳥羽法皇。
26 伝法院のすべて。
27 日ならずして成った後。
28 悟りの境地に入ること。
29 弥勒菩薩が、釈迦の入滅から五十六億七千万年後にこの世に出現し、衆生済度の法会を行う、龍華三会の暁をお待ちになった。
30 なぜその人は高慢な心にとらわれ。
31 弘法大師空海。
32 五大明王の主尊。真言密教の教主、大日如来が悪魔降伏のために変化した姿。
33 迦楼羅炎。不動明王の光背。仏法守護の鳥カルラが羽を広げた形に似る。
34 帝釈天の眷属で、仏法

残《のこ》つて、高野《こうや》、根来《ねごろ》の両寺、ややもすれば確執《かくしつ》の心を挟《さしはさ》めり。

勅使海上《ちょくしかいしょう》を泳《およ》ぐ事　3

先帝吉野《よしの》に御座《ぎょざ》あつて、近国《きんごく》の兵馳《は》せ参《まい》る由《よし》聞こえければ、京都の[1]周章《しゅうしょう》は申すに及ばず、諸国の武士も、天下また穏《おだ》やかならじと、安き心もなかりけり。

この事、すでに一両月に及びけれども、[2]金崎《かねがさき》の城には、出《しゅっ》入《にゅう》の絶《た》えたるによつて、知る人もなかりける処《ところ》に、十一月二日の朝凪《あさなぎ》に、[3]櫛川《くしかわ》の島崎《しまさき》より金崎を指して泳ぐ者あり。[4]海松布《みるめ》をかづく海士人《あまびと》か、浪《なみ》に漂《ただよ》ふ水鳥かと、目を付けて見れば、それにはあらで、[5]名張新左衛門《なばりしんざえもん》と云ひける者、吉野の帝より成されたる綸旨《りんし》を髻《もとどり》に結《ゆ》ひ付《つ》けて、泳ぐにてぞありける。城の人々、怪しみ驚き、急《いそ》ぎこれを開いて見るに、「先帝ひそかに吉野へ

守護の大力の神。密迹（みっしゃく）と対で二王（仁王）といわれる。

35 仏の智恵を表し、煩悩を打ち砕く密教の法具。

36 大日如来の陀羅尼（呪文）のように聞こえ。

37 たわいもなく。

38 かねてからの恨み。

3

1 あわてぶり。

2 敦賀湾に面した新田方の城。福井県敦賀市金ヶ崎町。

3 敦賀湾を挟んだ金崎の対岸。敦賀市櫛川。島崎は、島の海に突き出た所。

4 海藻。

5 新田の家来。神田本「新左衛門」。玄玖本・流布本「亘理新左衛門」。亘理新左衛門は、第十五巻・3、前出。

臨幸《りんこう》なつて、近国《きんごく》の士卒悉《ことごと》く馳せ参る間、[6]不日《ふじつ》に京都を攻めらるべき」由を載せられたり。

[7]寄手《よせて》は、これを聞いて、隠しつる事を敵に早や知られぬと、安からず思へば、城中には、助けの兵国々に出で来て、今に寄手を追ひ払ひぬと、悦《よろこ》びの心《こころ》身に余れり。

義治旗《よしはるはた》を揚《あ》ぐる事、并《ならびに》杣山軍《そまやまいくさ》の事　4

[1]瓜生判官保《うりゅうほうがんたもつ》、[2]足利尾張守高経《あしかがおわりのかみたかつね》の手に属《しょく》して、金崎の攻め口にあり。その弟兵庫助重《ひょうごのすけしげ》、弾正左衛門照《だんじょうざえもんてらす》、義鑑房《ぎかんぼう》三人は、未だ金崎へも向かはず、[3]杣山の庄《しょう》にありけるが、去んぬる十月に、新田《にった》の人々北国《ほっこく》へ落ちたりし時、[4]義鑑房が隠し置きし脇屋右衛《わきやうえ》門佐《もんのすけ》の子息、式部大輔《しきぶのたいふ》義治《よしはる》を大将として義兵を挙げんと、日々夜々《ひびよよ》にぞ巧《たく》みける。

6　すぐに。

7　足利方。

4

1　福井県越前市瓜生町に住んだ武士。嵯峨源氏。足利尊氏の偽綸旨の謀で、足利方に心変わりした。第十七巻・19、参照。

2　斯波高経。尾張足利家。越前守護。

3　南条郡南越前町杣山。

4　義鑑房が義治を預かったことは、第十七巻・20、参照。

兄の判官《ほうがん》、この事を聞いて、この者ども、[5]もし楚忽《そこつ》に謀反《むほん》を起こさば、われ必ず存知《ぞんち》せぬ事はあらじとて、金崎《かねがさき》にて討たれぬと思ひければ、兄弟一つになつてこそ、[6]ともかくもならめと思ひ返し、あはれ、同心する人のあれかしと、[7]耳を壁に付け、心を腹に並べて居たるに、[8]宇都宮《うつのみや》美濃将監《みののしょうげん》と[9]天野《あまの》民部大夫《みんぶのたいふ》と寄り合ひて、家々の旗の[10]文《もん》どもを云《い》ひ沙汰《さた》しける次《つい》でに、誰《たれ》とは知らず、末座《ばつざ》なる者、「[11]二引両《ふたつひきりょう》と大中黒《おおなかぐろ》と、いづれか勝《すぐ》れたる文にて候ふ」と(問ひければ)、美濃将監、「文の善悪は[12]しばらく。吉凶をいはば、大中黒ほどめでたき文はあらじと覚ゆる。その故《ゆえ》は、[13]前代《せんだい》の[14]三鱗形《みついろこがた》をせられしが、今の世二引両《ふたつひきりょう》になりぬ。これをまた滅《ほろ》ぼさんずる文は、[15]一引両《ひとつひきりょう》にてこそあらんずらめ」と申せば、天野民部大夫、「勿論《もちろん》に候ふ。[16]易《えき》と申す文《ふみ》には、[17]一文字《もんじ》を敵《かたき》無しと読みて候ふなる。この文、[18]いかさま天下を治《しず》めて、[19]五畿《ごき》七道《しちどう》悉《ことごと》く敵なき世になりぬと覚え候ふ」と、

5 弟たちが、もし軽率にも足利方に敵対して兵を挙げたら。
6 討死をもしよう。
7 人の噂に耳を澄まし、心底を探ろうとして。「赤心を推して人の腹中に置く」(後漢書・光武帝紀)。
8 泰藤。大渡、山崎の合戦では新田方。第十四巻・14、参照。第十六巻・12の山門臨幸でも帝に供奉した。
9 政貞。
10 紋。
11 輪の中に横線を二条引いた足利の紋と、輪の中に太い横線が一条の新田の紋。
12 ともかくとして。
13 北条高時。
14 北条の紋。
15 中黒に同じ。
16 「易経」(周易とも)。
17 内閣文庫蔵、室町末期写「周易」繋辞上伝に、

文字に付いて才学《さいがく》を吐きければ、また、傍《そば》なる者、「[20]天に口なし。人を以て云はしむ」と云ひて、憚《はばか》る所《ところ》もなげにぞ笑《わら》ひ戯《たわむ》れける。

瓜生判官《うりゆうほうがん》、これを聞いて、さては、この人々も[21]野心《やしん》を挟《さしはさ》む所存ありけりと、うれしく思ひて、常に酒を送り、茶を勧めて、[22]連々《れんれん》に睦《むつ》び近《ちか》づいて後《のち》、[23]大儀《たいぎ》を思ひ立つ由《よし》を語りければ、宇都宮も天野も皆々、「[24]子細《しさい》あらじ」と同じてけり。さらば、やがて杣山《そまやま》へ帰つて旗を挙げんと、評定《ひょうじょう》しける処《ところ》に、諸国の軍勢どもの暇《いとま》をも乞《こ》はずして、己れが所領へ帰るを留《とど》めんがために、[25]高越後守《こうのえちごのかみ》、四方の口に関を居《す》ゑて、人を通さず。もし所用あつてこの道を行く人は、越後守が判《はん》を取つてぞ通りける。

瓜生判官、さらば、この関をたばかりて通らんと思ひて、越後守のもとに行き、「[26]御馬《おんうま》の大豆《まめ》を進《まいら》せ候はんために、杣山へ夫《ぶ》を百五十人遣《つか》はし候ふ。関所の御札《おんふだ》を給はり候へ」と云ひたり

「陰にも一(かたきなく)、陽にも一(かたきなき)、之を道と謂ふ」の訓があるという(大系本・頭注)。

18　必ずや。

19　日本全土。

20　天はものを言わないが、その意を人の口を通じて言わせる。当時のことわざ(五常内義抄、平家物語巻一・清水寺炎上)。

21　謀叛の心。

22　引き続いてしきりに。

23　大事業。宮方として挙兵すること。

24　異論はない。

25　師泰。師重の子。師直の弟。尊氏の重臣。

26　味方の軍馬の飼料を調達するために。

ければ、越後守《えちごのかみ》が執事[27]山口入道《やまぐちにゅうどう》、杉の板を札に作つて、「この夫《ぶ》百五十人通すべし」と書いて、判をしてぞ出《い》だしたりける。瓜生判官《うりゅうほうがん》、この札を取つて、下なる判形《はんぎょう》ばかりを残し、上なる文字を皆押し削つて、「上下[28]三百人通すべし」と書き直して、宇都宮《うつのみや》、天野《あまの》相共《あいとも》に、[29]三《み》山寺《やまでら》の関所をば事ゆゑなく通つてけり。

瓜生判官、杣山《そまやま》に帰れば、三人の弟ども、大きに悦《よろこ》びて、や[30]がて式部大輔《しきぶのたいふ》義治《よしはる》を大将として、十一月八日、[31]飽和《あくわ》の社《やしろ》の前にして、中黒《なかぐろ》の旗を挙《あ》ぐ。去んぬる十月に坂本《さかもと》より落《お》ち下《くだ》つたりし軍勢の、ここかしこに隠れ居たるが、この事を聞いて、いつのまにか馳せ集《あつ》まりけん、程なく千余騎になりにけり。則ち、その勢《せい》五百騎を差し分けて、[32]鯖並《さばなみ》の宿《しゅく》、[33]湯尾《ゆのお》の峠《とうげ》に関を居《す》ゑて、北国《ほっこく》の道を差《さ》し塞《ふさ》ぎて、昔の[34]火打城《ひうちがじょう》の[35]巽《たつみ》に当たりたる山の、[36]水《すい》木《ぼく》足りて嶮《さが》しく峙《そばだ》てる峰を、[37]攻《つ》めの城に拵《こしら》へて、兵粮《ひょうろう》[38]七千余斛《こく》

27 家老。山口は、静岡県湖西市山口に住んだ高一族。

28 身分にかかわらず。

29 福井県敦賀市深山寺。

30 ただちに。

31 南条郡南越前町阿久和。杣山がある地。

32 南条郡南越前町鯖波。

33 南条郡南越前町湯尾。

34 南条郡南越前町今庄にある源平合戦の古戦場（平家物語巻七・火打合戦）。

35 南東。

36 水や木が豊かにあってけわしく切り立った峰。

37 本城。本丸。

38 一斛（石）は、一〇〇升。約一八〇リットル。

を積みて置く。これは、[39]千万《せんまん》懸け合ひの軍《いくさ》に打ち負けば、楯籠《たてご》もらんための用意なり。

越後守《えちごのかみ》師泰《もろやす》、この由《よし》を聞いて、「これを遅く退治せば、剣《つるぎ》、白山《しらやま》の衆徒《しゅと》[40]成り合ひて、ゆゆしき大事なるべし。時を替へず杣山を打ち落として、金崎《かねがさき》の城を心安く攻むべし」とて、能登《のと》、加賀《かが》、越中《えっちゅう》三ヶ国の勢六千余騎を、杣山城へぞ差し向けける。瓜生、これを聞いて、敵の陣を要害に取らせじと、[41]新道《しんどう》、今庄《いまじょう》、葉原《はばら》、宅良《たくら》、三尾《みお》の川内《かわうち》、四、五里が間の[42]在家《ざいけ》を、一宇《いちう》も残さず焼き払つて、杣山城の麓なる湯尾《ゆのお》の宿《しゅく》ばかりを、わざと焼き残してぞ置きたりける。

さる程に、十一月二十三日、寄手《よせて》六千余騎、深雪《じんせつ》に[43]橇《かんじき》を懸けて、山路《やまじ》八里を一日に越え、湯尾の宿にぞ着いたりける。ここより杣山城へは、[44]五十町を隔《へだ》てて、しかもそのあはひに[45]大河《たいが》あり。日暮れて、路《みち》に歩み疲れぬ。明日こそ相近《あいちか》づいて、[46]矢合

39　万が一両軍が正面からぶつかりあっての戦いに負けたなら。
40　合体して。
41　新道、今庄、宅良は、南条郡南越前町の地名。葉原は、敦賀市葉原、三尾の川内は、不詳。
42　民家。
43　雪の上を歩くために草鞋の下に履く物。枝や蔓を輪状にしてある。
44　一町は、約一〇九メートル。
45　日野川。南条郡に源を発し、越前市、鯖江市を流れ、九頭龍川に合流する。
46　合戦の始めに双方が鏑矢を射交わす儀礼。

はせをもせめとて、わづかなる在家《ざいけ》に詰まり居て、火を焼《た》き身を暖めて、前後も知らでぞ寝たりける。

瓜生《うりゅう》は、[47]かねての案に図《はか》るに、敵を谷底におびき入れて、[48]今はかうと思ひければ、その夜の夜半《やはん》ばかりに、[49]野伏《のぶし》三千余人を後ろの山へ上げ、[50]足軽《あしがる》の兵七百余人を左右へ差《さ》し廻《まわ》して、三方《さんぼう》より[51]時の声をぞ揚げたりける。[52]寝おびたる敵ども、時の声に驚いてあわてふためく所へ、[53]宇都宮《うつのみや》が紀清《きせい》両党《りょうとう》乱れ入つて、家々に火を懸けたれば、[54]物具《もののぐ》をしたる者は、太刀をも持たず、弓を持ちたる者は、矢を負はず、五尺余り降り積もつたる雪の上へ、橇《かんじき》をも懸けずして走り出でたれば、胸の辺まで落ち入つて、足を抜かんとすれども叶《かな》はず、ただ泥に[55]粉《まぶ》れたる魚《うお》の如くにて、生《い》け取《ど》らるる者三百余人、討たるる者は数を知らず。希《け》有《う》にして逃げ延びたる人も、皆物具を捨てぬはなかりけり。

47　もくろんだ通りに敵を谷底におびきよせて。
48　今が頃合いだと。
49　武装した農民・地侍の集団。
50　軽装の歩兵。
51　鬨(とき)の声。
52　寝ぼけた。
53　宇都宮氏配下の紀氏・清原氏の二つの党の武士団。
54　鎧や兜などの武具。
55　まみれた。

越前府軍《えちぜんのこういくさ》の事　5

北国《ほっこく》の道塞《ふさ》がつて、後ろに敵あらば、金崎《かねがさき》を攻めん事難儀《なんぎ》なるべし、いかにもして、杣山《そまやま》の勢《せい》を国中へはびこらせぬやうにせでは叶《かな》ふまじとて、尾張守高経《おわりのかみたかつね》、[1]北陸道《ほくろくどう》四ヶ国の勢三千余騎を率《そっ》して、[2]十一月二十一日、[3]蕪木《かぶらき》の浦《うら》より[4]越前府へ帰り給ふ。瓜生、この事を聞いて、敵に少しも[5]足をためさせてはよかるまじとて、同じき二十九日、三千余騎にて押し寄せ、一日一夜攻め戦つて、つひに高経の楯籠《たてご》もつたる[6]新善光寺《しんぜんこうじ》の城を攻め落とす。この時にまた討たるる敵三百余人、虜《いけどり》百三十人が首を刎《は》ねて、[7]帆山河原《ほやまがわら》に懸け並ぶ。

それより、式部大輔義治《しきぶのたいふよしはる》、勢ひ漸《ようや》く近国《きんごく》に振るひければ、[8]平泉寺《へいせんじ》、[9]豊原《とよはら》の衆徒《しゅと》、当国他国の地頭御家人《じとうごけにん》、引出物《ひきでもの》を捧げ、酒《さけ》

5
1　北陸道は、若狭・越前・加賀・能登・越中・越後・佐渡の七か国。
2　神田本同じ。玄玖本・流布本「十一月二十八日」。
3　福井県南条郡南越前町甲楽城(かぶらぎ)の海岸。
4　越前市国府。
5　足を休めさせては。
6　越前市京町の正覚寺。
7　越前市帆山町を流れる日野川の河原。
8　勝山市平泉寺町にあった天台宗寺院。白山の供僧院として栄えた大寺。
9　坂井市丸岡町豊原にあった天台宗寺院、豊原寺。白山衆徒の一根拠地。

肴《さかな》を舁《か》かせて、日々[10]に群集《くんじゅ》しけれども、義治《よしはる》、世に[11]無興《ぶきょう》なる体《てい》にのみ見え給ひければ、或る時、義鑑房《ぎかんぼう》(御《おん》)前《まえ》に近づいて、「これほどめでたき[12]砌《みぎり》にて候ふに、などかく勇ましげなる御気《ごき》色《しょく》も候はぬやらん」と申しければ、義治、袖を搔き収め給ひて、「御方《みかた》両度の軍《いくさ》に打ち勝つて、敵を多く亡ぼしたる事、尤《もっと》も悦《よろこ》ぶべき処《ところ》なれども、[13]東宮《とうぐう》、一宮《いちのみや》を始めまゐらせて、義貞《よしさだ》、義助《よしすけ》已下《いげ》の当家の人々、金崎城《かねがさきのじょう》に取り籠められておはすれば、さこそ兵粮《ひょうろう》につまり、戦ひに苦しみて、心安き隙《ひま》もなくおはすらめと思ひやり奉る間、珍物《ちんぶつ》に向かへども味もなく、酒宴《しゅえん》に臨《のぞ》めども楽しむ心も候はぬぞ」と宣《のたま》ひ給へば、義鑑房、畏《かしこ》まつて、「その事にて候はば、御心安《みこころやす》く思《おぼ》し召《め》され候へ。この間は余りに吹雪《ふぶき》烈《はげ》しくして、[14]長途《ちょうど》の徒立《かちだち》難儀に候ふ間、天気の少し晴るる程を相待《あいま》つにて候ふ」と申して、感涙を押さへながら御前を立ちにけり。

10 日ごとに大勢になったが。
11 ひどく興ざめな様子。
12 時分。
13 恒良親王と尊良親王。
14 長距離の徒歩の行軍。
15 栃木県下都賀郡岩舟町小野寺に住んだ武士。
16 好堅樹(一日で高さ百丈に至るという仏典中の樹)は、地中にあるときから芽は百かかえもあり、頻伽羅(仏典中の美声の鳥、迦陵頻伽〈かりょうびんが〉)は、卵の中にあるときから、声は他

宇都宮《うつのみや》と[15]小野寺《おのでら》と、牆越《かきご》しにこの事を聞いて、「[16]好堅樹《こうけんじゅ》は地の底に有つて、芽《げ》百囲《ひゃくい》を生《な》し、頻伽羅《びんがら》は殻《かいこ》の中に有つて、声《こえ》衆鳥に勝《すぐ》れたり」と云へり。この人誠《まこと》に[17]大丈夫《だいじょうぶ》の心地《ここち》おはして、[18]この事を明《あ》け晩《く》れ思ひ給ひけるこそ憑《たの》もしけれ。さらば、やがて金崎の[19]後攻《ごづ》めをすべし」とて、兵を集め、楯を[20]はがせて、雪のさしも降らぬ日を門出《かどで》にして相待ちけり。

の鳥に抽んでている。栴檀は双葉より芳しの意。「妙法蓮華経文句」に、ほぼ同じ文句がある。
17　立派な男子。
18　金ヶ崎城に籠もる味方の窮状。
19　援軍。
20　作らせて。

金崎後攻《かねがさきごづ》めの事　6

[1]延元《えんげん》二年丁丑《ひのとうし》正月七日、[2]垸飯《おうばん》事終つて、同じき十一日の天気、雪晴れ風休《や》みて長閑《のどか》なりければ、[3]里見伊賀守《さとみいがのかみ》を大将として、義治、五千余人を金崎の後攻めのために敦賀《つるが》へ差し向けらる。その勢《せい》、皆吹雪の用意をして、物具《もののぐ》の上に蓑笠《みのかさ》を着、[4]踏組《ふぐつ》の上に檋《かんじき》を履《は》いて、山路《やまじ》八里が間の雪を踏み分け、その日は[5]葉原《はばら》ま

6
1　北朝の建武四年（一三三七）。
2　椀飯（おうばん）。正月の祝宴の食事。
3　名は不詳。新田一族。第十四巻・4、前出。
4　踏沓。雪の上を歩くための藁沓。
5　福井県敦賀市葉原。

でぞ寄せたりける。高越後守《こうのえちごのかみ》も、かねて用意したる事なれば、敦賀《つるが》の津《つ》より二十余町東に当たつて、[6]究竟《くっきょう》の用害《ようがい》のありける所へ、[7]今川駿河守《いまがわするがのかみ》を大将として二万余人差し向けて、所々《しょしょ》に[8]掻楯《かいだて》掻かせて、今や寄すると待ち懸けたり。

夜明けければ、先《ま》づ一番に、宇都宮紀清両党《うつのみやのきせいりょうとう》三百余人打ち寄せて、[9]坂中《さかなか》なる敵千余人を遥《はる》かの峰へ[10]まくり上げて、[11]やがて二陣の敵に懸からんとしけるが、両方の峰なる大勢《おおぜい》に射立てられて、北なる峰へ引き退く。

二番に、瓜生《うりゅう》、天野《あまの》、[12]斎藤《さいとう》、小野寺《おのでら》七百余人、鋒《きっさき》を揃《そろ》へて攻め上がりけるに、駿河守が堅めたる陣三ヶ所追ひ破られて、ばつと引きける処《ところ》へ、越後守が勢《せい》三千余人、[13]荒手《あらて》に替はつて相戦ふ。瓜生、小野寺が勢、また追つ立てられて、宇都宮と一つにならんと、傍《そば》なる峰へ引き上がりけるを、里見伊賀守《さとみいがのかみ》、わづかの勢にて、「きたなし、返せ」とて、[14]横合《よこあ》ひに進まれたり。

6 きわめて好都合な要害(とりで)。
7 頼貞。
8 垣のように楯を並べて。
9 敵陣に至る坂の中途。
10 追いあげて。
11 そのまま。
12 北陸に住んだ利仁流藤原氏。
13 ひかえの新しい軍勢として交替して。
14 敵の側面から。

敵、これを大将なりと見てければ、[15]自余《じよ》の勢には懸からず、取り籠めて討たんとしけるを、瓜生判官《うりゅうほうがん》と義鑑《ぎかん》と、きつと顧《かえり》みて、「われら死なでは、御方《みかた》の勢助かるまじき所ぞ」と[16]自歎《じたん》して、ただ二人《ににん》追つて懸かり、敵の中へ破《わ》つて入らんとす。判官が弟に、林二郎《はやしのじろう》入道源琳《にゅうどうげんりん》、兵庫助重《ひょうごのすけしげし》、弾正左衛門照《だんじょうざえもんてらす》三人、これを見て、[17]遥々《はるばる》延びたりけるが、ともに討死《うちじに》せんと取つて返しけるを、義鑑房、[18]尻目《しりめ》にちやうど睨《にら》んで、「日来《ひごろ》再三云ひし所のありしをば、いつの程に忘れけるぞ。われら二人討死したらんは、一旦の負け、兄弟残りなく死したらんは、永世《えいせい》の負けにてあらんずるを。[19]思ひ籠むる心のなかりける云《ゆ》ふ甲斐《かい》なさよ」と、荒《あら》らかに止《とど》めける間、三人の者ども、げにもと思案して、少し猶予《ゆうよ》しけるその間に、大勢の敵に中を追《お》ひ隔《へだ》てられて、里見伊賀守、瓜生判官、義鑑房、三人一所《いっしょ》にて討たれにけり。

葉原《はばら》より深雪《じんせつ》を分けて、[20]重き鎧に肩を引ける者ども、数刻《すこく》の

15　ほかの軍勢。

16　自らの行いを自賛して。

17　遥か後方へ退却していたが。

18　横目に。

19　深い思慮がないのは情けないことよ。

20　重い鎧が肩に食い込んで疲れた者たち。

合戦に、入り替はる勢《せい》もなくて戦ひくたびれければ、返さんとするに力尽《つ》き、引かんとするに足[21]たゆみぬ。されば、ここかしこに行きつまりて、腹を切る者数を知らず。たまたま逃げ延びて帰る兵も、弓箭《ゆみや》、鎧、甲《かぶと》を捨てぬは更《さら》になかりけり。さてこそ、「前《さき》に府《こう》、鯖並《さばなみ》の軍《いくさ》に多く捨てたりし物具《もののぐ》をば、今皆《みな》取り返したり」と、敦賀《つるが》の寄手《よせて》どもは笑ひけり。

瓜生老母《うりゅうろうぼ》の事　7

敗軍の兵ども、杣山《そまやま》へ帰りにければ、手《て》負《おい》、死人の数を注《しる》すに、里見《さとみ》伊《い》賀守《がのかみ》、瓜生兄弟、甥《おい》の七郎が外《ほか》に、討死《うちじに》する者五十三人、疵《きず》を被《こうぶ》る者五百余人なり。子は父に別れ、弟は兄に後《おく》れて、哭《な》きける声家々に満てり。

されども、瓜生判官が老母の尼公《にこう》のありけるは、あへて悲し

21　足の力は抜けた。

める気色《けしき》もなし。この尼公、大将義治《よしはる》の前に参つて、「この度《たび》敦賀へ向かつて候ふこの者どもが、云《い》[1]ひ甲斐《がい》なくて、里見殿を討たせまゐらせて候ふ。さこそ[2]思《おぼ》し召《め》され候ふらめと、御心中推《お》し計《はか》られまゐらせて候ふ。但し、これを見ながら、判官が兄弟、いづれも恙《つつが》[3]なくてばし帰り参つて候はば、いかに今一入《ひとしお》[4]うたてさもやる方なくて候ふべきに、判官[5]、伯《おじ》、甥《おい》三人は、里見殿の最後の御供を申し、残り[6]の弟三人は、大将の御ために生き残りて候へば、悲しみの中の悦《よろこ》びとこそ覚えて候へ。元来《もとより》、大[7]将を取り立てまゐらせんために、この大事を思ひ立ち候はんずる上は、万人千人の甥、子どもが一度に討たれて候ふとも、歎くべきにて候はず」と、涙を流して申しながら、自ら杓《しゃく》を取つて一献《いっこん》を勧め申しければ、機[8]を失へる軍勢も、別れを歎く人も、皆愁《うれ》ひを忘れて勇《いさ》みをなす。

7

1 ふがいなくも。
2 さぞふがいないとお思いでしょうと。
3 無事に。「ばし」は、強調の助詞。
4 いっそう情けなさもつのったでしょうが。
5 判官兄弟(瓜生保と義鑑房)とその甥(七郎)、あわせて三人。
6 源琳(げんりん)、重(しげし)、照(てらす)の三人。
7 大将(義治)を世に出し申すため。
8 気勢をなくした。

程嬰杵臼《ていえいしょきゅう》の事 8

そもそも義鑑房《ぎかんぼう》が討死《うちじに》したる時、弟三人が続いて返しけるを、堅く制《せい》し止《とど》めける謂《い》[1]はれをいかにと尋ぬれば、この義鑑、合戦に出でける度《たび》ごとに、「もしこの軍《いくさ》難儀に及んで、われら兄弟の中に一両人討死《うちじに》するとも、残りの兄弟は命を全く[2]して、式部《しきぶの》[3]大輔《たいふ》殿《どの》を取り立てまゐらすべし」とぞ申しける。これも、古《いにし》へ義を守りし人を規《のり》[4]とせしゆゑなり。

昔、秦《しん》[5]の世に、趙盾《ちょうとん》[6]、智伯《ちはく》[7]と云ひける者二《に》人《にん》、趙の国を争ふこと年久し。或る時、智伯、すでに趙盾に取り巻かれて、夜明けなば討死せんとしける時、その臣に程嬰[8]、杵臼[9]と云ふ者を呼び寄せて宣《のたま》ひけるは、「われ運命すでに極《きわ》まつて、趙盾に囲まれぬ。夜《よ》明けば、必ず討死《うちじに》をすべし。汝等《なんじら》、われに実《まこと》の志《こころざし》

8
1 理由。
2 生き長らえて。
3 脇屋義治。
4 手本。
5 晋の誤り。諸本同じ。以下の話は、「史記」趙世家の原話（晋の諸侯が韓・趙・魏に分立した話）と異なっている。晋の景公の時代、大夫趙朔（ちょうさく）が屠岸賈（とがんこ）に攻め殺された後、趙朔の友程嬰（ていえい）が、遺児を守るために趙朔の食客、杵臼（しょきゅう）と謀り、杵臼は他人の子を趙朔の子と称して山に隠れ、程嬰はそれを屠岸賈に密告して二人を殺させた。程嬰は遺児を養い育て、趙氏を再興した後、自殺した。
6 春秋時代の晋の襄公に仕えた政治家。底本「趙

深くは、今夜《こよい》ひそかに城を逃げ出でて、わが三歳の孤《みなしご》を隠し置いて、[10]長《ひと》とならば、趙盾を亡ぼして、わが生前の恥を洗《すす》ぐべし」とぞ申しける。程嬰、杵臼、これを聞いて、「臣等《しんら》、主君とともに今討死仕《つかまつ》らん事は、近くして易《やす》し。三歳の孤を隠して命を全くせん事は、遠くして難《かた》し。しかれども、臣たる道、豈《あ》に易きを取つて難きを捨てんや。必ず君の仰せに順《したが》ふべし」とて、程嬰、杵臼は、ひそかにその夜城をば落ちにけり。夜明けければ、智伯、忽《たちま》ちに討死して、残る所なかりしかば、多年争ひし趙の国、趙盾に皆随ひにけり。

ここに、程嬰、杵臼二人が間に、智伯が孤を隠さんとするに、趙盾、これを聞いて、討たんとする事頻《しき》りなり。程嬰、これを恐れて、杵臼に向かつて問ひけるは、「旧君《きゅうくん》、三歳の孤を以て、二人の臣に託《あず》けたり。死して敵を欺かんと、暫《しばら》く生きて孤[11]を取り立てんと、いづれか難かるべき」と云ふに、杵臼、答へて曰

遁」を改める。趙朔の父。ただし、智(知)伯と争ったのは、趙盾の六代の孫、趙無恤。
7　晋に仕えた知氏。代々知(智)伯と称す。
8　趙朔(趙盾の子)の友。智伯の臣とするのは誤り。
9　趙朔の客人。
10　成人したら。
11　主君の遺児を守り育ててお家を再興すること。

はく、「死[12]は一心《いっしん》の義に向かふ処《ところ》に定まり、生《せい》は百慮《はくりょ》の智を尽《つ》くす中に全《まった》し。しかれば、われ生を以て難《かた》しとす」。程嬰《ていえい》、「さらば、われは難《かた》きに付《つ》いて、命を全くすべし。汝《なんじ》は易《やす》きに就《つ》いて、先《ま》づ討死をせよ」と云ふに、杵臼《しょきゅう》、悦《よろこ》びて許諾《きょだく》す。「さらば、謀《はかりごと》を廻《めぐ》らすべし」とて、杵臼は、わが子の三歳になりけるを、主《しゅ》の孤《みなしご》なりと披露して、これを抱《いだ》きかかへ、程嬰は、主の孤の三つになるを、わが子なりと云ひて、朝夕これを養育しける。

かくて、杵臼は山深き栖《すみか》に隠れ、程嬰は趙盾《ちょうとん》がもとに行きて降参すべき由を申すに、趙盾、なほ心[13]を置きてこれを許さず。程嬰、重ねて申しけるは、「臣は元《もと》智《ち》伯《はく》が左右《そう》[14]に仕《つか》へて、その行迹《ふるまい》を見たりしに、[15]つひに趙の国を失はんずる人なりと知れり。遥《はる》かに君の徳恵《とくけい》[16]を聞くに、智伯に勝《すぐ》れ給へること千里を隔《へだ》てたり。故《ゆえ》に、臣、苟《いやしく》[17]も趙盾に仕へん事を乞ふ。豈《あ》に亡国《ぼうこく》の先人《せんじん》

12 死は一途に節義を守ろうとすることで定まり、生は多くの深慮・智略をめぐらすことでようやく全うできる。

13 疑って。

14 そば近くに仕えて。

15 しまいには趙の国を滅ぼしてしまう(器量の劣る)人物であると知った。

16 徳のある恵み深い政治。

17 もったいなくも。

のために、有徳《うとく》の賢君《けんくん》を謀《たばか》らんや。君、もしわれをして臣たる事を許されば、亡君智伯が孤の三歳になるを、杵臼が養育して隠れたる所を、われ具《つぶ》さに知れり。これを君に討たさせまゐらせて、趙国を永く安からしむべし」とぞ申したりける。趙盾、これを許し、悦《よろこ》びて程嬰に武官を授《さず》けて、[18]あたり近くぞ召《め》し仕《つか》はれける。さて、杵臼が隠れたる所を委《くわ》しく尋ね聞いて、数万騎の兵を遣《つか》はして、これを召し捕らんとするに、杵臼、かねて相謀《あいはか》りし事なれば、未だ膝の上なる三歳の孤を差し殺し、「亡君智伯が孤、運極まつて、謀《はかりごと》すでに顕《あらわ》れぬ」と呼ばはつて、腹搔《か》き破《わ》つて死ににけり。

趙盾、「これより今は、わが子孫の世を傾《かたぶ》けんとする者あらじ」と悦びて、いよいよ程嬰に[19]心を置かず、剰《あまつさ》へ大禄《たいろく》を与へ、高官を授けて、国の政《まつりごと》を司《つかさど》らしむ。ここに、智伯が孤、程嬰が家に長《ひと》となりしかば、程嬰、忽ちに兵を起こして、三年が

18　そば近く。

19　気をゆるして。

内に趙盾《ちょうとん》を亡ぼし、つひに智伯《ちはく》が孤《みなしご》に趙の国をぞ保たせける。この大功《たいこう》、[20]併《しか》しながら程嬰《ていえい》が謀《はかりごと》より出でしかば、趙王、これを賞して、大官を与へんとし給ひしかども、程嬰、これを受けず、「われ官に昇り、禄を得て、苟《いやしく》も賞を貪《むさぼ》つては、杵臼《しょきゅう》とともに謀《はか》りし道にあらず」と云ひて、杵臼が死して埋《うず》もれし古き塚の前に行きて、自ら剣の上に臥し、同じ土にぞ埋《うず》もれける。

今の保《たもつ》、義鑑《ぎかん》が討死《うちじに》、古《いにし》への程嬰、杵臼が振る舞ひに、いづれを勝《まさ》れりとも云《い》ひ難《がた》し。

金崎城落《かねがさきのじょうお》つる事 9

金崎城には、瓜生《うりゅう》が[1]後攻《ごづ》めをこそ命に懸けて待たれしに、瓜生打ち負けて、[2]若干《そこばく》討たれぬと聞こえければ、憑《たの》む方《かた》なくなりはてて心細く覚えける。日に随つて兵粮《ひょうろう》乏《とぼ》しくなりにければ、

20 すべて。

9
1 城を包囲した敵を背後から攻撃すること。
2 大勢。

或いは江《え》の魚《うお》を釣つて飢えを助け、或いは[3]礒菜《いそな》を取つて日を過ごす。暫《しば》しが程こそ、かやうの物に命を続《つ》ぎて軍《いくさ》をもしけれ、[4]余りに事迫《つま》りにければ、[5]寮《りょう》の御馬《おんうま》を始めとして、諸大将の立て[6]られける秘蔵の名馬どもを、[7]日ごとに二疋《ひき》づつ差し殺して、おのおのこれをぞ朝夕の食《じき》に当てける。

「後攻めをする者なくては、この城、今十日、二十日とも堪《こら》へ難《がた》し。惣大将《そうだいしょう》御兄弟、ひそかに城を御出《おんい》で候ひて、杣山《そまやま》へ入らせ給ひ、[8]与力《よりき》の軍勢催《もよお》されて、寄手《よせて》を追ひ払はれ候へ」と、面々に勧め申されければ、げにもとて、新田《にった》左中将《さちゅうじょう》義貞《よしさだ》、脇《わき》屋《や》右衛門佐《うえもんのすけ》義助《よしすけ》、[9]洞院《とういん》左衛門督《さえもんのかみ》実世卿《さねよきょう》、[10]河島《かわしま》左近蔵人《さこんくろうど》維頼《これより》を道の[11]案内者《あんないしゃ》にて、上下七人、二月五日の夜半ばかりに、城を忍んで抜《ぬ》け出《い》で、杣山へぞ落ち付き給ひける。

[12]瓜生、宇都宮《うつのみや》、斜《なの》めならず悦《よろこ》びて、「今一度金崎へ向かひて、先度《せんど》の恥を洗《すす》いで、[13]城中の息を蘇《そ》せしめん」と、さまざま思案

3　海藻。
4　あまりにも兵糧に窮したので。
5　宮中の馬寮(めりょう)の馬。
6　大切に養っていた。
7　底本「毎日異ニ」を改める。
8　加勢する軍勢を召集して。
9　公賢の子。後醍醐帝の近臣。
10　福井県鯖江市川島町に住んだ武士。
11　土地の地理にくわしい者。河島維頼のこと。
12　戦死した瓜生兄弟の弟たち(源琳、重、照)と、宇都宮泰藤。
13　金ヶ崎城内の瀕死の状態の味方を蘇生させよう。

を廻《めぐ》らしけれども、[14]東風《とうふう》漸《やうや》く暖かになつて、山路《やまじ》の雪も村消《むらぎ》えにければ、国々の勢《せい》いよいよ寄手《よせて》に加はつて、騎馬の兵十万騎に余れり。義貞《よしさだ》の勢は、わづかに五百余人、心ばかりは武《たけ》けれども、馬も物具《もののぐ》もはかばかしからねば、[15]とやせまし、かくやせましと、身を揉《も》うで、二十日余りを過ごされける程に、金崎《かねがさき》には、早や馬をだにも皆食《く》ひ尽《つ》くして、食事を絶つ事十日ばかりになりければ、軍勢皆《みな》足はたらかずなりにけり。

ここに、大手《おおて》の攻め口にありける兵ども、[16]高越後守《こうのえちごのかみ》が前に来たつて、「この城は、[17]いかさま兵粮《ひょうろう》に迫《つま》りて、馬を食ひ候ふやらん。始めは、城中に馬の四、五十疋《びき》もあるらんと見えて、常には湯洗ひをし、水を蹴させ候ひしが、近比《ちかごろ》は一疋も引き出ださず。[18]あはれ、一攻《ひとせ》め攻めて見候はばや」と申しければ、諸大将皆《みな》、「しかるべし」と同《どう》じて、三月六日の[19]卯刻《うのこく》に、大手、搦手《からめて》十万余騎、同時に[20]切岸《きりぎし》の下、堀の影《かげ》にぞ付いたりける。

14 春風。
15 ああしようか、こうしようか。
16 師泰。
17 きっと兵糧に窮して。
18 ぜひ。
19 午前六時頃。
20 切り立った崖の下や、その手前にある堀の陰。

城中の兵ども、これを防かんために、木戸の辺までよろめき出でたれども、[21]走りをつかふべき力もなく、弓を引くべき様《よう》もなかりければ、ただ[22]徒《いたず》らに櫓《やぐら》の上に登り、屏の影に集まつて、[23]息《いき》づき居《い》たるばかりなり。寄手《よせて》、この有様を見て、「[24]さればこそ城は弱りたりけり。[25]日の中《うち》に攻め落とせ」とて、[26]乱杭《らんぐい》、[27]逆木《さかもぎ》引きのけ、屏を打ち破つて、三重《さんじゅう》に構へたる[28]二の木戸までぞ込み入りける。

[29]由良《ゆら》、[30]長浜《ながはま》二《に》人《にん》、[31]新田《にった》越後守《えちごのかみ》の前に参つて申しけるは、「城中の兵、数日《すじつ》の疲れによつて、矢の一つをもはかばかしく仕《つかまつ》り得《え》候はぬ間、敵、すでに一、二の木戸を破つて攻め近づいて候ふなり。今はいかに思《おぼ》し召《め》すとも、叶《かな》ふべからず。[32]東宮《とうぐう》をば、小舟に乗せまゐらせて、いづくの浦へも落としまゐらせ、自余《じよ》の人々は、一所《いっしょ》に集まつて、御自害あるべしと存じ候ふ。[33]その程は、われら攻め口へ罷《まか》り向《む》かひて、[34]相支《あいささ》へ候はんずるなり。

21　走り木。攻め寄せてくる敵を倒すため、城柵の上から落とす丸太。
22　無意味に。
23　苦しそうに息をしているだけであった。
24　思っていたとおり。
25　日の暮れぬうちに。
26　杭を打って縄を張りめぐらした、騎馬への防備。
27　棘のある木の枝で作った防御の柵。
28　第二の城門。
29　新田の家来で、群馬県太田市由良町出身の武士。
30　埼玉県児玉郡上里町長浜に住んだ武士。武蔵七党の丹党。
31　義顕。義貞の子。
32　皇太子、恒良親王。
33　その間は。
34　敵をふせぎましょう。

[35]見苦しからんずる御具足《おんぐそく》どもをば、皆海へ流させられ候へ」と申して、御前《おんまえ》を立ちけるが、余りに疲れて足も立たざりければ、二の木戸の脇に射殺されて臥したりける死人の腹の肉を切つて、二十余人の兵ども、一口づつ食うて、これを力にてぞ戦ひける。

[36]河野《こうの》備後守《びんごのかみ》、搦手《からめて》より攻め入る敵を支へて、[37]半時《はんとき》ばかり戦ひけるが、精力《せいりょく》尽《つ》きて深手《ふかで》あまた所負ひければ、攻め(口)を一足も引《ひ》き退《しりぞ》かず、三十二人腹を切つて、[38]南枕《みなみまくら》にぞ臥したりける。

新田《にった》越後守《えちごのかみ》義顕《よしあき》は、[39]一宮《いちのみや》に向かひまゐらせて、「合戦今はこれまでと覚えて候ふ。われわれは、[40]力なく弓箭《きゅうせん》の名を惜しむべき家にて候ふ間、自害仕《つかまつ》らんずるにて候ふ。[41]上様《うえさま》の御事《おんこと》は、たとひ敵の中へ御出で候ふとも、失ひまゐらするまでの事はよも候はじ。ただかやうにて御座《ござ》候へとこそ存じ候へ」と申されければ、一宮、いつよりも御快《おんこころよ》げにうち笑《え》ませ給ひて、「主上《しゅしょう》、帝都へ還幸《かんこう》なりし時、われを以て[42]元首《げんしゅ》とし、汝《なんじ》を以て[43]股肱《ここう》の臣

35 敵に見られたくない道具類。
36 通治。第十七巻・16の義貞北国落ちに名がみえる。
37 一時間ほど。
38 北枕の反対で、成仏を拒む死に方。
39 尊良親王。
40 弓矢取り(武士)の名誉を惜しむ家の者なので、やむなく自害をいたそうと存じます。
41 一宮のこと。
42 宮方の軍勢のかしら。
43 手足となる臣。「臣は朕の股肱耳目作(た)り」(書経・益稷)。

たらしむ。それ股肱なくして、元首保《たも》つ事を得《え》んや。されば、わが命を白刃《はくじん》の上に縮《しじ》めて、怨《あた》を[44]黄泉《こうせん》の下に酬《むく》はんと思ふなり。そもそも自害をばいかやうにしたるがよきものぞ」と仰せられければ、義顕、感涙《かんるい》を押さへて、「かやうに仕るものにて候ふ」と申しもはてず、左の脇に刀を突き立て、右の小脇のあばら骨三枚懸けて掻き破り、その刀を抜いて宮の御前に差し置き、うつ伏しになつて死ににけり。

一宮、[45]やがてその刀を召されて[46](御覧ずるに、[47]柄口《つかぐち》に血余つて滑りければ、御衣《ぎょい》の袖を以て、刀の)柄《つか》をきりきりと押し巻かせ給ひて、雪の如くなる御膚《おんはだえ》を顕《あらわ》され、御心《おんむな》もとの辺に突き立てて、義顕が枕の上に臥させ給ふ。

[48]頭大夫《とうのだいぶ》行房《ゆきふさ》、[49]武田五郎《たけだのごろう》、[50]里見《さとみ》大炊助《おおいのすけ》時義《ときよし》、[51]気比《けひ》弥三郎《やさぶろう》大夫《たゆう》氏治《うじはる》、[52]太田《おおた》帥法眼賢覚《そつのほうげんけんがく》、御前に候ひけるが、「いざさらば、宮の御供仕らん」とて、前にありける[53]瓦気《かわらけ》に刀の刃をかき合はせ、

44　あの世で。
45　すぐに。
46　神田本により補う。
47　柄の口もと(刀身と柄との境い目)にまで血が流れて。
48　一条経尹の子。後醍醐帝の隠岐配流にも従った側近。
49　甲斐源氏、武田一族だが、不詳。
50　新田一族だが、不詳。
51　気比神宮の大宮司。
52　不詳。第十七巻・25、前出。
53　土器(かわらけ)で刀の刃を研いで。

同音《どうおん》に念仏申して、一度に皆腹を切る。これを見て、庭上《ていしょう》に並《な》み居《い》たる兵三百八十人、互ひに差し違へ差し違へ、上が上に重《かさ》なり臥《ふ》す。

[54]気比大宮司太郎《けひのだいぐうじのたろう》は、元来《もとより》力人に勝《すぐ》れたりける上、水練《すいれん》の達者なりければ、東宮《とうぐう》を小舟に乗せまゐらせて、櫓櫂《ろかい》もなければ、[55]艫綱《ともづな》を己れが[56]横手縄《よこたづな》に結《ゆ》ひ付《つ》け、海の上[57]三十余町を泳ぎ、[58]蕪木《かぶらき》の浦《うら》へぞ着けまゐらせける。これを知る人更《さら》になかりければ、負ひまゐらせて杣山《そまやま》へ落ちんことは、いと安かりけるを、一宮《いちのみや》を始めまゐらせて、城中の人々残らず自害する処《ところ》に、われ一人《いちにん》逃げて命活《い》きたらんは、人の物笑ひなるべしと思ひける間、東宮をば、[59]浦人《うらびと》のあやしげなる家に置きまゐらせ、「これは、日本国の王にならせ給ふべき人にてわたらせ給ふぞ。[60]いかにもして、杣山へ入れまゐらせてくれよ」と申し置きて、蕪木より取つて返し、元《もと》の海上《かいしょう》を泳ぎ返りて、父弥三郎大夫《やさぶろうたゆう》が自害して臥

54 気比弥三郎大夫の長男。
55 船尾に付ける綱。
56 締めたふんどしの腰に巻いた部分。
57 一町は、約一〇九メートル。
58 福井県南条郡南越前町甲楽城(かぶらぎ)。敦賀湾をはさんで金ヶ崎の対岸。
59 漁師のみすぼらしい家。
60 何としてでも。

したるその上に、自らわが首を掻《か》き落《お》として、片手に提《ひっさ》げながら、[61]大膚脱《おおはだぬ》ぎになつて死ににけり。

[62]土岐阿波守《ときあわのかみ》、[63]栗生左衛門《くりうさえもん》、矢島七郎《やしまのしちろう》三人は、一所《いっしょ》にて腹を切らんとて、岩の上に立ち並んで居たりけるを、[64]船田長門守《ふなだながとのかみ》、「そもそも新田殿御一家《ごいっか》の運、これに極《きわ》まりぬと思はば、誰々《たれたれ》も皆ここにて討死すべけれども、惣大将御兄弟、杣山に御座《ぎょざ》あり。公達三、四人まで、ここかしこにおはする上は、われら一《いち》人《にん》も生き残つて御用に立ちたらんずるこそ、長き世の忠にてはあらんずれ。[65]なにと云ふ沙汰《さた》もなく自害し連《つ》れて、敵に所得《しょとく》させての用は何事《なにごと》ぞ。こなたへ来たり給へ。[66]もしやと隠れて見ん」と申しければ、三人の者ども、船田が跡に付いて、遥《はる》かに磯《いそ》へぞ下《くだ》りける。遠浅《とおあさ》の浪を分けて半町ばかり行きたれば、磯打つ浪に穿《うが》たれて、大きに突《とお》れる岩穴あり。「げにも[67]究竟《くっきょう》の隠《かく》れ処《が》なりけり」と云ひて、四人ともにこの穴の中に隠れて、三

61　上半身裸になって。
62　美濃の土岐一族だが、不詳。
63　栗生、矢島は、新田の家来で上野の武士。第十七巻・25、前出。
64　経政。新田家の執事、船田義昌の子。
65　これという深い考えもなく一緒に自害して、敵に得をさせて何になるか。
66　もしや生き延びられるかどうか、ためしに隠れてみよう。
67　ちょうどいい。

日三夜を過ごしける、心の中《うち》こそ悲しけれ。

由良《ゆら》、長浜《ながはま》は、これまでもなほ木戸口《きどぐち》に返して、喉乾《かわ》けば、己れが瘡《きず》より流るる血を受けて飲み、力疲るれば、前に臥したる死人の肉を切り食ひて、皆人《みなひと》の自害しはてんまでと戦ひけるを、[68]安間六郎左衛門《あまのろくろうざえもん》、走《はし》り下《くだ》つて、「[69]いつを期《ご》と合戦をばし給ふぞ。大将早や御自害候ひつるぞ」と申しければ、「いざさらば、[70]とても死なんずる命を、もしやと寄手《よせて》の大将どもの辺へ紛《まぎ》れ寄《よ》つて、よからんずる敵どもと差し違へて死なん」とて、五十余人の兵ども、三所《みところ》の木戸を同時に開《あ》けて打つて出づるに、攻《せ》め口方《くちがた》の寄手三千余人を追ひまくり、その敵に交《まじ》り、高越後《こうのえちごの》守《かみ》が陣へぞ近づきける。いかにすれども、城より出でたる者どもの体《てい》、[71]枯渇憔悴《こかつしょうすい》して、尋常《よのつね》の人に紛《まが》ふべうもなかりければ、人皆これを見知つて押《お》し隔《へだ》てける間、一人《いちにん》もよき敵に逢ふ者なくして、所々《しょしょ》にて討たれにけり。

68　淡路（兵庫県南あわじ市阿万）の武士。
69　いつ勝機があるかと思って。
70　どうせ助からぬ命だから、もしかして敵の大将と差し違えることができるかもしれぬので。
71　痩せ衰えてやつれ果て。
72　月が曇り雨が降って暗い夜は、食を求めて叫ぶ亡

すべて城の中に籠《こ》もる所の勢《せい》八百三十人、その中に降人《こうにん》になつて助かる者十二人、岩の中に隠れて活《い》きたる者四人、その外《ほか》八百十四人は、一時《いっし》に皆《みな》自害して、戦場の土となりにけり。今に至るまで、その怨霊《おんりょう》この地に留《とど》まつて、月[72]陰《くも》り雨暗き夜は、叫呼求食《きょうこくじき》の声啾々《しゅうしゅう》として、人の毛吼《もうく》を寒からしむ。

[73]匈奴《きょうど》を払はんと誓ひて身を顧《かえり》みず
五千の貂錦胡塵《ちょうきんこじん》に喪《ほろ》ぶ
[74]憐《あわ》れむべし無定河《むていか》辺《へん》の骨《ほね》
猶《なお》是れ春閨夢裡《しゅんけいむり》の人

と、[75]己亥《きがい》の歳《とし》の乱を見て、[76]陳陶《ちんとう》が作りし[77]隴西行《ろうせいこう》、かくやと思ひ知られたり。

霊の声が悲しげに響き、人をぞっとさせる。「新鬼煩冤《はんえん》し旧鬼哭す、天陰《くも》り雨湿《うるお》ふときは声啾々たり」(杜甫・兵車行)。

73　北方の蛮族の征伐を誓ってわが身を顧みず、漢の李陵率いる五千の兵士は胡の地の塵となった。貂錦は、貂《てん》の皮の帽子と錦の服(それを身につけた兵士)。

74　憐れむべきは無定河(陝西省北部を流れる川)のほとりに散った兵士たち、今なお故郷で待つ妻の春の夜の夢に現れる。

75　唐の粛宗の乾元二年(七五九)、史思明(安禄山の将)が安慶緒(安禄山の子)の軍を破り、大燕皇帝を称した。

76　九世紀の晩唐の詩人。

77　本文に掲げる陳陶の詩。隴西は、甘粛省の地。

東宮還御《とうぐうかんぎょ》の事 10

夜明けければ、蕪木《かぶらき》の浦《うら》より、[1]東宮御座《ぎょざ》の由《よし》を告げたりける間、[2]今川駿河守《いまがわするがのかみ》、御迎ひに参りて取り奉る。

去んぬる夜、金崎《かねがさき》にて討死《うちじに》、自害《じがい》の頸《くび》八百五十四取り並べて、実検《じっけん》せられけるに、新田《にった》の一族の頸には、越後守義顕《えちごのかみよしあき》、[3]里見《さとみ》大炊助義氏《おおいのすけよしうじ》の頸ばかりあつて、義貞《よしさだ》、義助《よしすけ》二人《にん》の頸はなかりけり。さては、[4]いかさまその辺の淵の底なんどにぞ沈まれたらんとて、海人《あま》を入れて潜《かず》かせけれども、[5]かつて見えざりければ、[6]足利尾張守《あしかがおわりのかみ》、東宮の御前《おんまえ》へ参つて、「義貞、義助二人が死骸、いづくにあるとも見え候はぬは、[7]何《なん》となつて候ひけるやらん」と尋ね申しければ、東宮、御幼稚《ごようち》の御心にも、かの人々杣山《そまやま》にありと敵に知らせなば、[8]やがてこれより寄する事もこそあれと

10

1 皇太子恒良親王が潜んでおられるとの密告があったので。
2 頼貞。
3 不詳。本巻・9には「里見大炊助時義」とあった。諸本も同じ。
4 きっと。
5 全く見つからなかったので。
6 斯波高経。尾張足利家。
7 どうなっているのでしょうか。
8 すぐさまここから攻め寄せるに違いないと。
9 将士の詰め所。
10 相談。
11 何をしなくても、今すぐに降参してくるだろう。

思《おぼ》し召《め》されけるにや、「義貞、義助二人は、昨日《きのう》の暮れ程に自害したりしを、手の者どもが、[9]役所の中にて、火葬にすると曰《い》[10]ひ沙汰《さた》せし」と仰せられければ、「さては、その死骸のなきは道理なりけり」とて、これを求むるに及ばず。さてこそ、杣山にははかばかしき敵なければ、[11]なにとなくとも、今は降人《こうにん》にこそ出でんずらんとて、暫《しばら》くが程は閣《さしお》きけれ。

一宮御息所《いちのみやみやすどころ》の事 11

新田越後守并《なら》びに一族三人、その外宗徒《ほかむねと》の頸七つ八つばかり取り持たせ、東宮をば[1]張輿《はりこし》に載せまゐらせて、京都へ帰《かえ》り上《のぼ》られける。諸大将の事の体《てい》、皆美々《びび》しくぞ見えたりけり。

東宮、京都へ還御《かんぎょ》なりければ、やがて[2]籠《ろう》の御所を拵《こしら》へて押し籠め奉る。一宮の御頸をば、[3]禅林寺《ぜんりんじ》の[4]長老夢窓国師《むそうこくし》の方《かた》へ送ら

11

1　畳表で周囲を張った粗末な輿。
2　牢に同じ。
3　京都市左京区南禅寺にあった禅林禅寺で、南禅寺の前身。
4　夢窓疎石。南北朝時代の禅僧。国師の号を七代の帝より受け、また足利尊氏に勧めて戦死者を弔う安国寺を全国に建立させた。
5　為子。二条為世の娘。
6　御息所は、皇太子・親王の妃。御匣殿は、内裏の貞観殿にあり、帝の装束など身のまわりの世話をする後宮の役所。またそこに勤める女官の長。「増鏡」村時雨によれば、尊良親王との間に一男をもうけた御匣殿(今出川公顕の娘)は、親王の土佐配流以前に早世したという。

れて、葬礼の儀式引《ひ》き繕《つくろ》はる。御母[5]贈従三位殿《ぞうじゅさんみどの》の御局《みつぼね》、[6]御息所《みやすどころ》御匣殿《みくしげどの》の御歎き、[7]なかなか申すもおろかなり。この御匣殿の、[8]一宮《いちのみや》に参《まい》り初《そ》めさせ給ひし古《いにし》への御心《みこころ》づくし、世にたぐひなき事とぞ承《うけたまわ》りし。

一宮、すでに[9]初冠《ういこうぶり》召して、深宮《しんきゅう》の内に人《ひと》とならせ給ひし後《のち》、御才学《ごさいがく》もいみじく、容顔《ようがん》世に勝《すぐ》れておはせしかば、東宮《とうぐう》に立たせ給ひなんと、[10]世の人時めきあへりしに、[11]関東の計らひとして、思ひの外に、[12]後二条院《ごにじょういん》の[13]第一の御子《みこ》、東宮に立たせ給ひしかば、一宮に参《まい》り仕《つか》へし人々も、皆望みを失ひ、宮も、世の中よろづ[14]打《う》ち時雨《しぐれ》たる御心地《おんここち》にて、明け暮れはただ詩歌《しいか》に御心を寄せ、[15]風月《ふうげつ》に思ひを傷《いた》ましめ給ふ。時節《おりふし》に付けたる[16]御遊《ぎょゆう》などあれども、さしも興ぜさせ給ふ事もなし。[17]さるに付けては、宮腹《みやばら》、一《いち》の人の御女《おんむすめ》などを、かくと仰せ出ださるとも、御心を尽《つ》くさせ給ふまではあらじと覚えしに、御心に染む色もなかりけるにや、

7 とても言葉では尽くせないほどである。
8 一宮との馴れ初めの昔の恋物語。 9 元服。
10 世人はもてはやしたが。
11 鎌倉幕府。
12 後宇多帝の皇子で、後醍醐帝の兄。
13 邦良(くによし)親王。文保二年(一三一八)立太子、正中二年(一三二五)死去。
14 もの悲しい思い。
15 風雅の世界に心を尽くしていた。
16 管絃などの遊宴。
17 そうはいっても、皇女腹の姫君や摂政関白の娘などを、妻に迎えたいとおっしゃっても、思い通りにいかないことはないだろうと思われたが、お気に召す人がいなかったからだろうか。
18 鷹司冬教か。
19 左右に分かれて、絵師

これかと思し召《おぼ》されたる気色《けしき》もなく、ただ独《ひと》りのみ年月《としつき》をぞ送らせ給ひける。

或る時、[18]関白左大臣《かんぱくさだいじん》の家にて、上達部《かんだちめ》、雲《くも》の上人《うえびと》あまた集まりて、[19]絵合《えあわ》せのありけるに、[20]洞院左大将《とういんさだいしょう》の出《い》だされたりける絵に、[21]源氏の優婆塞宮《うばそくのみや》の御女《おんむすめ》、少し柱に居隠《いかく》れて琵琶《びわ》を弾き給ひしに、[22]雲隠《くもがく》れたりつる月の、俄《にわ》かにいと明《あか》くさし出でたれば、「扇ならでも招くべかりけり」とて、撥《ばち》を上げてさしのぞきたる顔、[23]いみじうらうたげに匂《にお》やかなる気色を、云ふばかりなく筆を尽《つ》くしてぞ書きたりける。一宮、この絵を御覧ぜられて、限りなく御心に懸かりければ、この絵を暫《しばら》く召し置かれて、[24]見るに慰《なぐさ》む方《かた》もやと、巻き返し巻き返し御覧《ごらん》ぜらるれども、御心更《さら》に慰まず。昔、漢《かん》の[25]李夫人《りふじん》、[26]甘泉殿《かんせんでん》の病《やまい》の床《とこ》に臥《ふ》してはかなくなりたりしを、漢の武帝《ぶてい》、悲しみに堪へかねて、[27]返魂香《はんごんこう》を焼《た》き給ひしに、煙《けぶり》の中に李夫人の面影《おもかげ》幽《かす》かに見えたりしを、[28]似《に》せ

などに描かせた絵を出しあって、優劣を競う遊戯。

20　洞院公賢をさすか。

21　「源氏物語」橋姫巻で、宇治八の宮の娘、大君（おおいきみ）と中君（なかのきみ）が琴、琵琶を弾くのを、薫が垣間見する場面。

22　「雲隠れたりつる月のにはかにいと明（あか）くさし出でたれば、扇ならで、これしても月はまねきつべかりけりとて、さしのぞきたる顔、いみじくらうたげににほひやかなるべし」（源氏物語・橋姫）。

23　とてもかわいらしく輝くように美しい容姿。

24　見れば心が慰むこともあろうかと。

25　漢の武帝が寵愛した妃。

26　もと秦の離宮で、漢の武帝が増築した。

27　反魂香。死者の霊魂を

やかに画《か》かせて御覧ぜられしかども、「[29]言《ものい》はず笑はず人を愁殺せしむ」と、武帝《ぶてい》の歎き給ひけんも、げに理《ことわ》りかなと思ひ知らせ給ふ。

　われながら[30]はかなの心迷ひや。[31]実《まこと》の色を見てだにも、世は皆夢《ゆめ》の幻《うつつ》とこそ思ひ捨つる事なるに、こはそも何事の[32]あだし心ぞや。[33]遍昭僧正《へんじょうそうじょう》の歌を[34]貫之《つらゆき》が難じて、「[35]歌の様《さま》は得たれども、実《まこと》少なし。絵に書ける女を見て、徒《いたず》らに心を動かすが如し」と云ひし、その類ひにもなりぬる物かなと、思ひ捨て給へども、なほ[36]あやにくなる御心、胸に満ちて、早や限りなき御襟《おんものおも》ひになりにければ、傍《かた》への[37]色殊《こと》なる人を御覧じても、御目をだにも廻《めぐ》らされず。まして時々の便りに付けて、言問《こと》ひ交《か》わし給ひし御《おん》方様《かたさま》へは、[38]一急雨《ひとむらさめ》の過ぐる程の笠宿《かさやど》りに立ち寄るべき心ちも思《おぼ》し召《め》さず。せめて世にさる人ありと伝へ聞いて、御心に懸からば、[39]玉垂《たまだれ》の隙《ひま》求むる風の便りもありぬべし。また[40]わづかに人を

呼びもどすという香。
28　いかにも似せて。他本「似せ絵に」。
29　「甘泉殿裏に真(肖像)を写さしむ、丹青(絵の具)画き出だすも竟《つい》に何の益かあらん、言はず笑はず人を愁殺せしむ」(白居易・李夫人)。
30　たわいもない。
31　現実の美しい女性。
32　浮ついた心。
33　九世紀の歌人。六歌仙の一人。
34　紀貫之。
35　歌の形は整っていても、真情に欠ける。「古今和歌集」仮名序の一節。
36　どうにもならぬ恋心。
37　容色のすぐれた女。
38　通り雨が過ぎる間の雨宿りほどの短い時間も立ち寄ろうとは思わない。
39　玉簾の隙間から風のよ

見しばかりなる御心当てならば、[41]水の泡の消え返りても、寄る瀬はなどかなかるべきに、これは見しにもあらず、聞きにもあらず、古《いにしへ》へのはかなき物語、[42]あだなる筆の跡に御心を悩まされければ、せん方なしと、思《おぼ》し召《め》し煩《わずら》はせ給ふ。

せめても[43]御心をやる方もやと、御車に召されて、賀茂《かも》の[44]糺《ただす》の宮《みや》へ詣でさせ給ひ、[45]御手洗川《みたらしがわ》に御手水《おんちょうず》召されて、何となく[46]川《かわ》逍遥《しょうよう》させ給ふにも、昔[47]業平《なりひら》が[48]恋せじと御祓《みそぎ》せし事の、あはれなるさまに思し召し出でて、

[49]祈るとも神やは受けむ影をのみ御手洗川の深き思ひを

と、うち誦《ずん》じ給ふ時しもあれ、村時雨《むらしぐれ》の過ぎ行く程、木《こ》の下露《したつゆ》に立ち濡れて、いとど御袖《おんそで》もしほれぬるに、「日も早や暮れぬ」と申す声に急ぎ御車轟《とどろ》かせて、一条《いちじょう》を過ぎさせ給ふに、誰栖《たれす》む宿《やど》とは知らず、[50]墻《かき》に苔生《お》ひ、瓦《かわら》に松生《お》ひて、年久しく棲《す》み荒《あ》らしたる宿の物寂しげなる内に、撥音《ばちおと》気高《だか》く、[51]青海波《せいがいは》を弾《ひ》く音し

うに入って恋の便りを伝えられよう。「吹く風にわが身をなさば玉すだれ隙求めつつ入るべきものを」(伊勢物語六十四段)。
40 少しでもその人を見たという手がかりでもあれば。
41 いずれは逢う機会も必ずあろうが。「思ひ河あふ瀬も知らぬ水の泡の消え返りてもいつと頼まむ」(新後拾遺和歌集・式乾門院御匣)。
42 かりそめの。
43 心慰むこともあるかと。
44 京都市左京区の下賀茂神社。
45 下賀茂神社の境内を流れる小川。
46 川岸をぶらぶら歩くこと。 47 平安初期の歌人、在原業平。
48 「恋ひせじと御手洗川にせし禊ぎ神は受けずもな

けり。あやしや、誰《たれ》ならんと、過ぎがてに御車を留《とど》めて、遥《はる》かに見入れさせ給ひたれば、見る人ありとも知らで、在明《ありあけ》の月の、時雨《しぐれ》の雲間よりほのぼのと差し出でたるに、御簾《みす》を高く巻き上げて、年の程十七、八ばかりなる女房の、云ふばかりなく[52]あてやかなるが、秋の別れを悲しみて、琵琶《びわ》を弾ずるにてぞありける。[53]節珊瑚《ふしさんご》を砕《くだ》く一両曲、氷玉盤《ぎょくばん》に落つ千万声《せんばんせい》、雑錯《かきみだ》したるその声は、[54]庭の落葉《おちば》に紛《まが》ひつつ、よそには降らぬ急雨《むらさめ》に、袖しぼるばかりぞ聞こえける。

宮、[55]御目もあやにつくづくと御覧ずれば、この程[56]そぞろに御心を尽《つ》くし、夢にもせめて見ばやと、恋ひ悲しませ給ひつる似《にせ》絵《え》に少しも違《たが》はず、なほあてやかにらうたけて、[57]云はん方なくぞ見えたりける。宮の御心地、空に浮かれて、[58]たどたどしき程になり給へば、御車より下《お》りさせ給ひて、築山《つきやま》の松の木陰《こかげ》に立ち寄らせ給ふを、女、見る人ありけると、琵琶をば几帳《きちょう》の傍《そば》に

りにけるかな」(伊勢物語六十五段)。

49　神に祈っても到底聞き届けてもらえまい、面影だけを見て恋い慕う私の思いは。影を見ると御手洗川を掛ける。

50　「牆に衣(けこ)有り、瓦に松有り」(白居易・驪宮高し)。

51　雅楽の曲名。

52　上品で優雅な人が。

53　珊瑚を砕くような激しい調べを一、二曲、氷が宝玉の盤を乱れ打つようなさまざまの音を奏でる。「鉄は珊瑚を撃つ一両曲、氷玉盤に写(そそ)ぐ千万声」(白居易・五絃の弾)。

54　庭の落ち葉に降る雨の音にもまがうようで、村雨が降るわけでもないのに、袖は(涙に)濡れるほど一宮は心を動かされた。

閣《さしお》いて、内へ隠れ入りぬ。[59]引くや裳《も》のあからさまなる面影《おもかげ》に、また立ち出づる事もやと、夜深《よふ》くるまで立ちやすらはせ給ひたれども、[60]あやしげなる御所侍《ごしょざぶらい》の、御隔子《みこうし》[61]まゐらする音して、早や人静まりぬれば、いつまでかかくてもあるべきとて、宮、還《かん》御《ぎょ》なりぬ。絵に書きたりし容《かたち》にだに、御心を悩まされし事なり。まして誠《まこと》の色を御覧ぜられて、[62]いかにせんと恋ひ忍ばせ給ふ、ことはりかな。

その後《のち》よりは、[63]ひたすらなる御気色《みけしき》に見えながら、さすが御《おん》言《こと》の葉《は》には出だされざりけるを、常に[64]御会《ぎょかい》に参りける[65]二条中《にじょうちゅう》将為冬《じょうためふゆ》、「いつぞや賀茂《かも》の[66]御帰《おんかえ》さの、ほのかなりし[67]宵《よい》の間《ま》の月、またも御覧ぜまほしく思《おぼ》し召《め》さるるにや。その事ならば、いと安き事にてこそ侍るめれ。この女房の行末《ゆくえ》を委《くわ》しく尋ねて候へば、[68]今出川右大臣公顕公《いまでがわうだいじんきんあきこう》の女《むすめ》にて候ふなるを、[69]徳大寺右大将《とくだいじうだいしょう》に[70]申《もう》し名付《なづ》けながら、[71]未だ皇太后宮《こうたいごうぐう》の御匣殿《みくしげどの》にて候ふなる。切《せっ》

55 まばゆい思いで。
56 無意味に心を悩ませ。
57 言いようもないほど。
58 ぼうっとする。
59 裳裾を引いて奥へ入った人のわずかの間の面影。
60 邸に仕える身分の賤しい侍。 61 閉める。
62 為すすべもなくて人知れぬ恋の思いにわずらわされるのも、道理であることだ。
63 いちずに恋い慕うご様子。
64 宮の詩歌・管弦の会。
65 二条為世の子。歌人。
66 「帰さ」は、「帰るさ」の音便。帰る折。
67 女を月にたとえた。
68 西園寺実兼の子。
69 公清か。
70 いいなづけとしながら。
71 後京極院禧子(後醍醐帝の后)に仕える女房のま

に思《おぼ》し召《め》し候はば、歌の御会《ぎょかい》に事寄せて、かの亭《てい》へ入らせ給ひて、[72]玉簾《たますだれ》の隙《ひま》にも、自《みずか》ら御心を顕《あらわ》す御事《おんこと》にて候へかし」と申せば、宮、例ならず御快《おんこころよ》げに打ち笑《え》ませ給ひて、[73]やがて、「今夜《こよい》、その亭にて[74]褒貶《ほうへん》の御会あるべし」と、右大臣の方《かた》へ仰せ下さるれば、右大臣、忝《かたじけ》なしと[75]取りきらめきて、[76]数奇《すき》の人あまた集めて、案内申せば、[77]為冬朝臣《ためふゆあそん》ばかり御供にて、ひそかにかの亭へおはしぬ。

[78]歌の事は、今夜さまでの御本意《ごほい》ならねば、[79]披講《ひこう》ばかりにて、褒貶はなし。主《あるじ》のおとど、[80]こゆるぎの急ぎありて、[81]瓦気《かわらけ》もて参りたれば、宮、常《つね》よりも殊《こと》に興《きょう》ぜさせ給ひて、[82]詠曲《えいきょく》、絃歌《げんか》の妙々《たえだえ》に、[83]御盃《おんさかずき》給はせ給ひたるに、主《あるじ》もいたく酔《え》ひ臥《ふ》す。宮も[84]御枕を傾《かたぶ》けさせ給へば、人皆閑《しず》まりて、夜すでに深《ふ》けにけり。媒《なかだち》の[85]左中将《さちゅうじょう》は、心あつて酔はざりければ、それに案内せさせて、かの女房の棲《す》みける[86]西の台《たい》へ、忍びやかに立ち入らせ給

までいる。
72 わずかの隙を見つけて、ご自分でお気持ちを伝えなさい。 73 ただちに。
74 各人が作った歌をその場で批評し合う歌会。
75 邸を飾り立てて。
76 風雅の士。
77 宮は為冬のみを伴って。
78 和歌の件は、今宵の本当の目的ではないので。
79 歌を詠み上げるだけで。
80 急ぎ饗応の支度をし。歌枕のこゆるぎの磯(神奈川県中郡大磯町の海岸)と急ぎ(支度)を掛ける。
81 土器(かわらけ)。盃。
82 郢曲は、歌謡の総称。絃歌は、琴や琵琶を伴奏にした歌謡。妙々には、美しく。
83 主に盃を賜いなさると。
84 酔って仮寝する様子をお見せになると。

ふ。

垣の隙《ひま》より[87]かいそばみ給へば、燈《ともしび》の幽《かす》かなるに、花紅葉《はなもみじ》散り乱れたる屛風《びょうぶ》引《ひ》き廻《まわ》して、[88]起きもせず寝もせぬさまにしほれ臥《ふ》し、ただ今人々の読みたりつる歌の短冊《たんじゃく》取り出だして、顔打《う》ち傾《かたぶ》けたれば、こぼれ懸かりたる[89]髪のはづれより、匂《にお》やかにほのかなる貌《かおばせ》、[90]露を含める花のあけぼの、風に順《したが》へる柳の夕べの気《け》色《しき》、絵に書くとも筆も及《およ》び難《がた》し、語るとも言《ことば》なかるべし。[91]よそながらほのかに見てし形の、世に類《たぐ》ひもやあらんと、怪しむまでに思ひしは、なほ数《かず》ならざりけりと御覧じ居たるに、御心も[92]早やほれぼれとなつて、[93]知らず、わが魂もその袖の中にや入りぬらんと、ある身ともなく覚えさせ給ふ。

時節《おりふし》、あたりに人もなく、燈さへ幽かなれば、[94]妻戸《つまど》を少し押《お》し開《あ》けて、内へ入らせ給ひたるに、女、驚く顔にもあらず、[95]のどやかにもてなして、やをら衣《きぬ》引きかづきて臥したるけはひ、

85　二条為冬。
86　寝殿造りの母屋の西側の建物。
87　かき側む。身を寄せて垣間見すること。
88　起きるでもなく寝るでもない様子で物思いにふけって。「起きもせず寝もせで夜を明かしては春のものとてながめくらしつ」(伊勢物語二段)。
89　髪の間から。
90　露を含んだ明け方の花の風情であり、細い柳の枝が夕方の風になびいているようであり。
91　遠くからちらっと見た容貌の、世の中に並ぶものがあろうかと、不思議にさえ思っていたことも、こうしてまのあたりに見ると、なお物の数ではない。
92　ぼうっとなって。
93　知らない間に、自分の

云ひ知らずなよよかに雅《みや》びやかなり。宮も、傍《そば》に寄り臥させ給ひて、[96]ありしながらの心づくし、あはれなるまでに聞こゆれど、女は、いらへもせず、ただ思ひしほれたる気色、誠《まこと》に匂ひ深くして、花かをり、月幽《かす》かなれば、[97]夜《よ》の手枕《たまくら》に、見はてぬ夢の面《おも》影《かげ》ある御迷ひなり。明くるも知らず、打《う》ち語《かた》らひ給ふに、なほ[98]つれなき色のみなれば、早や[99]八《や》声《こえ》の鳥《とり》も告げわたりて、まだ打《う》ち解《と》けぬ下紐《したひも》の、せき止めがたき御涙に、[100]浮人《あだびと》の袖をさへ濡らしつるかなと打《う》ち侘《わ》びて、立ち帰らせ給ひぬ。

その後《のち》より、たびたび御消息《みしょうそく》あつて、[101]云ふばかりなき御文《おんふみ》の数、早や千束《ちつか》にもなりぬらんと覚ゆる程に積もりければ、女もあはれなる方《かた》に心引かれて、[102]上《のぼ》れば下《くだ》る稲舟《いなふね》の、いなにはあらずと、思へる気色になん顕《あらわ》れたり。

されども、[103]互ひになほ人目を関守《せきもり》になして、月来《つきごろ》過ぎさせ給ひけるに、[104]式部少輔英房《しきぶのしょうひでふさ》と云ふ儒者《じゅしゃ》、[105]文読《もんどく》に参りて、[106]貞観政《じょうがんせい》

魂がその女の袖の中に入ってしまったのだろうかと、わが身がこの世のものとも思われず。「あかざりし袖の中にや入りにけむわが魂のなき心地する」(古今和歌集・陸奥)。

94 両開きの戸。

95 穏やかに応対して、そっと衣を身にかけて横たわった様子。

96 これまでの恋の思いを、しみじみとお話しなさったが、女は返事もせず。

97 夜の仮寝で、見果てぬ夢の面影をたどるように心は惑う。「命にもまさりて惜しくあるものは見果てぬ夢のさむるなりけり」(古今和歌集・壬生忠岑)。

98 うちとけないさま。

99 夜明けに繰り返し鳴く鶏の声。

100 たとえ浮気心な人の袖

要《よう》を談じけるに、「[107]昔、唐《とう》の太宗《たいそう》、[108]鄭仁基《ていじんき》が女《むすめ》を后妃《こうひ》の位に備へて、元和殿《げんわでん》に冊《かしず》き入れんとし給ひしを、魏徴《ぎちょう》諫《いさ》めて、「この女はすでに陸《りく》氏に約せり」と申ししかば、太宗、その諫めに随つて、宮中に召さるる事を休《や》め給ひき」と談じけるを、宮、つくづくと聞こし召して、いかなれば、古《いにし》への君はかく賢人の諫めに付いて、色を好む心を捨て給ひけるぞ。[109]いかなるわれなれば、すでに人に[110]云《い》ひ名付《なづ》けて事《こと》定まりぬる中を割《さ》けて、人の心を破るべきぞと、古への例《ためし》を恥ぢ、世の譏《そし》りを思《おぼ》し召《め》して、ただ御心の中《うち》には、恋ひ悲しませ給ひけれども、御言《おんことば》には出だされず。御文をだに書き絶えて、かくとも聞こえねば、女も、[111]百《もも》夜《よ》の榻《しじ》の端書《はしが》き、[112]今はわれや数《かず》に書かましと、打ち侘びて、[113]海《あ》士《ま》の刈藻《かるも》に思ひ乱れ給ふ。

かくて月日過ぎければ、徳大寺右大将《とくだいじうだいしょう》、この事を伝へ聞いて、「さやうに宮の思し召したらんずるを、[114]いかが便《びん》ならざる事は

であっても。
101 言いようもないほど優美な恋文。
102 「否」を引き出す序詞。「最上川上れば下る稲舟のいなにはあらずこの月ばかり」(古今和歌集・東歌)。稲舟は、稲を積んだ舟。
103 人目を憚って。
104 文章博士藤原基長の孫。
105 漢籍の講義。
106 唐の二代皇帝太宗と臣下との政道談義を、呉兢が編集した書。全十巻。
107 「貞観政要」直諫に見える故事(平家物語巻六・葵の前にも見える)。
108 太宗に仕えた賢臣。
109 いかに不心得な私。
110 いいなづけと定められた仲を割いて。
111 思いをかける男に、女は百夜通ったら恋を受け入れようと約束した。男は回

あるべき」とて、早や[115]あらぬ方に通ふ道ありと聞こえければ、宮も、早や御憚《おんはばか》りなくて、御文《おんふみ》のありしに、いつよりも黒[116]みて、

知[117]らせばや塩焼く浦の煙だに思はぬ風になびく習ひを

女も今は、[118]あまりつれなかりし事、われにもつらきわが心かなと思ひ返す程なれば、さしも言の葉多《おお》からず、

立[119]ちぬべき浮名《うきな》をかねて思はずは風に煙のなびかざらめや

その後《のち》よりは、[120]かなたこなたにむすぼほれし心の下紐《したひも》打ち解《と》けて、小夜《さよ》の枕[121]を川島の、水の心も浅からぬ御契《おんちぎ》りなりしかば、生きては[122]偕老《かいろう》の契《ちぎ》りを深くし、死しては同じ苔の下にと思《おぼ》し召《め》し交《か》はして、十《と》年《とせ》あまりになりにける。

天下の乱出で来て、一宮《いちのみや》[123]土佐《とさ》の畑《はた》へ流されさせ給ひしかば、御息所《みやすどころ》は、独《ひと》り都に留《とど》まらせ給ひて、明くるも知らず歎《なげ》き沈《しず》ませ給ふ。せ[124]めて亡き世の別れなりせば、憂きに堪《た》へぬ命にて、

数を榻(牛車の轅〈ながえ〉を支える台)に記しながら九十九夜通ったが、百夜目に親が死んで思いを遂げられなかった。歌学書「俊頼髄脳」「袖中抄」や謡曲「通小町」にみえる話。

112 今はあの人よりも私のほうが恋に苦しむ。「暁の鴫(しぎ)の羽がき百羽(ももは)がき君が来ぬ夜は我ぞ数かく」(古今和歌集・読み人知らず)。

113 海女の刈る藻のように心乱れて。「いく世しもあらじわが身をなぞもかく海人の刈る藻に思ひ乱るる」(古今和歌集・読み人知らず)。

114 (宮様が女のもとに通われることに)全く不都合なことはない。

115 ほかの女。

116 字をたくさん書いて。

生まれあはん後《のち》の契りを憑《たの》むべし。同じ世ながら、海山を隔《へだ》てて、互ひに風の音信《おとずれ》をだに聞き給はず。古《いにしえ》へ召《め》し仕《つか》はれし[125]青侍《せいし》、官女《かんじょ》の一人《いちにん》も参《まい》り通《かよ》はず、よろづ昔にかはりたる世になつて、[126]人の住み荒らしたる蓬生《よもぎう》の宿の露けきに、御袖の乾《かわ》く間《ひま》もなく、思し召し沈ませ給ふさま、[127]いかでか涙の玉《たま》の緒《お》も長らへぬらんと、あやしき袖なり。

宮も、都を御出でありし日より、公《おおやけ》の御事、御身の悲しみ、一方《ひとかた》ならず晴れやらぬに、また打ち添へて、御息所の御名残り、これや限りと思し召して、[128]つやつや供御《ぐご》も聞こし召し入れられず、道の草葉の露とも消えはてさせ給ひぬと、危ふきまでに見えさせ給ひしが、惜しと思し召されぬ御命長らへて、土佐の畑と云ふ所の、あさましくこの世の中とも覚えぬ浦のあたりに流されて、月日を送らせ給へば、晴るる間もなき御歎き、たとへて云はん方もなし。

117　あなたにお知らせしたい、藻塩を焼く煙さえ思いよらぬ風になびくものだということを。

118　前につれなくしたことを、我ながら恨めしく思っていたので。

119　浮き名が立つことを気にしなくてよいなら、藻塩を焼く煙のように私はあなたになびくでしょう。

120　互いにうち解けなかった心。

121　枕を交わすと、川島を掛ける。「あひ見ては心ひとつを川島の水の流れて絶えじとぞ思ふ」(伊勢物語二十二段)。

122　生きては共に老い、死んでは同じ苔の下に葬られる。偕老同穴。

123　元弘二年(一三三二)三月のこと(第四巻・2)。土佐の畑は、高知県幡多郡。

あまりに思ひくづほれ給ふ御有様、いたはしく見奉りければ、御警固《ごけいご》候ひける[129]有井庄司《ありいのしょうじ》、「[130]何か苦しく候ふべき。忍びやかに御息所《みやすどころ》をこれへ入れまゐらさせ給ひ候へ」とて、御衣一重《おんきぬひとかさね》仕立てて、[131]道の程の用意まで細《こま》やかに沙汰《さた》し申しければ、宮、限りなくうれしく思《おぼ》し召《め》して、ただ一人《いちにん》召し使はれける[132]右衛門《うえもんの》府生秦武文《ふしょうはたのたけふん》と申す随身《ずいじん》を、御迎ひに京へ上《のぼ》せらる。

武文、御文《おんふみ》を給はつて、急《いそ》ぎ京都に上《のぼ》り、[133]一条今出川《いちじょういまでがわ》の御所へ参りたれば、[134]葎《むぐら》繁りて門《かど》を閉ぢ、松の葉積《つ》もりて道もなし。音信《おとずれ》交はすものとては、古き梢《こずえ》の夕嵐《ゆうあらし》、軒漏《のきも》る月の影ならでは、問う人もなく荒れはてたり。さてはいづくに立ち忍ばせ給ひぬらんと、かなたこなた御行末《おんゆくえ》を尋ね行く程に、嵯峨《さが》の奥、[135]深草《ふかくさ》の里に、[136]松の袖垣隙《そでがきひま》あらはなるに、蔦這《つたは》ひ懸《か》かりて、池の姿も寂しく、渚《なぎさ》の松の嵐、秋冷《すさま》じく吹きしほりて、誰棲《たれす》みわびぬらんと、見るも物憂げなる家の中《うち》に、琵琶《びわ》を弾ずる音しけ

124　せめて死別ならば、つらさゆえに自分も死に、来世での再会をあてにもできよう。「思ひ佗びさても命はあるものを憂きに堪えぬは涙なりけり」(千載和歌集・道因法師)。
125　若い身分の低い侍。
126　人がいなくなり蓬の生い茂る荒れはてた邸は涙の露に濡れて。
127　きっと命も絶えてしまうだろうと思うほど、袖は悲しみの涙に濡れている。涙の玉(しずく)と玉の緒(命)を掛ける。
128　少しもお食事を召し上がらず。
129　幡多郡黒潮町有井川に住んだ武士。庄司は、庄園代官。
130　何のさしさわりがありましょう。
131　道中の支度。

り。あやしやと、立ち止まつてこれを聞けば、紛《まが》ふべくもなき御息所の御撥音《おんばちおと》なり。

　武文、うれしく思ひて、[137]なかなか案内も申さず、築地《ついじ》の破れより内へ入りて、[138]中門《ちゅうもん》の縁《えん》の前に畏《かしこ》まりたれば、破れたる御簾《みす》の中より、遥《はる》かに御覧ぜられて、[139]「あれや」とばかりの御声、幽《かす》かに聞こえながら、何とも仰せ出ださるる事もなし。女房達あまたさざめき合ひて、先《ま》づ泣く音《こえ》のみぞ聞こえける。武文、「宮の御使ひに尋ね参りて候ふ」と、申しもあへず、縁に手打《う》ち懸《か》けて、さめざめと泣き居たり。ややあつて、[140]「これまで」と召しあれば、武文、御簾の前に跪《ひざまず》き、[141]「雲井《くもい》の外《よそ》に思ひやりまゐらするも、余りに堪へ忍びがたき事にて候へば、いかにもして田舎《いなか》へ御下り候へとの御使ひに参りて候ふ」とて、御文を捧げたり。急《いそ》ぎ開《あ》けて御覧ぜらるるに、[142]げにも御思ひの切なる色、さこそと覚えて、[143]言の葉ごとに置く露の、御袖に余るばか

132　右衛門府の下級役人。
133　他本「一条堀河」。
134　荒れた邸に生えるつる草の雑草の総称。
135　京都市右京区嵯峨の清涼寺辺にあった地名。
136　門や建物の脇に低く作った垣根。その目の荒い垣に。
137　なまじっか。
138　表門から主殿へ至る中間の門。
139　驚いた時の感嘆詞。
140　ここまでおいでなさい。
141　都を離れた宮は、遥か雲のかなたにあなた様のことを思いやるのも。
142　なるほど宮の思いの切なる様子が、さぞかしとうかがわれて。
143　手紙の一言一言を読むたびに流れる涙。

りなり。「よしや、[144]いかなる鄙《ひな》の住まひなりとも、その中にこそせめては堪へめ」とて、御門出《おんかどい》であれば、武文《たけふん》、かひがひしく御輿《おんこし》なんど尋ね出だし、[145]尼崎《あまがさき》まで先《ま》づ下しまゐらせて、渡海《とかい》の順風をぞ相待《あいま》ちける。

時節《おりふし》、筑紫《つくし》の人に[146]松浦五郎《まつらのごろう》と云ひける武士、この浦に風を待ちて居たりけるが、御息所《みやすどころ》の御形《おんかたち》を垣の隙《ひま》より見まゐらせて、こはそも天人《てんにん》のこの土に天下りたるかと、目も放たず[147]守り居たりける。[148]あなあぢきなや。たとひ主《ぬし》ある人にてもあれ、またいかなる[149]女院《にょういん》、姫宮《ひめみや》にてもおはせよ、一夜《ひとよ》の程の契りに、百年の命を替へんには、なにか惜しからん。奪ひ取つて下らばやと思ひければ、武文が下部《しもべ》の一人《いちにん》、浜の方《かた》に出でてありけるを呼び寄せて、酒飲ませ、[150]引手物《ひきでもの》など取らせて、「さるにても、御辺《ごへん》の主《あるじ》の[151]具足《ぐそく》し奉つて、船に召されんとする女房、いかなる人にて御渡りあるぞ」と問ひければ、[152]下臈《げろう》のはかなさは、酒に耽《ふけ》り、

144 たとえ、どんな田舎住まいの辛さであろうと、そこでなんとか耐えよう。
145 兵庫県南東端の尼崎市の湊。
146 松浦は、長崎・佐賀両県の松浦地方にいた武士団で、水軍を率いた。
147 じっと見まもり。
148 ああ我慢できない。
149 院号を受けた皇族の女性。
150 引出物。贈り物。
151 お連れになって。
152 身分の賤しい者のあさはかさで、酒を悦び、贈り物に感謝して。

引手物にめでて、事《こと》の様《よう》ありのままにぞ語りける。松浦五郎、大きに悦《よろこ》びて、[153]この比《ころ》いかなる宮にてもおはせよ、謀叛人《むほんにん》にて流され給へる人のもとへ、忍んで下り給はんずる女房を奪ひ取りたらんには、さしもの罪科《ざいか》あるまじと思ひければ、郎従《ろうじゅう》どもに家の案内よくよく見置かせて、その日の暮れをぞ相待ちける。

夜《よ》すでに深《ふ》け、人静まる程になりければ、松浦が郎従三十余人、[154]物具《もののぐ》ひしひしと堅めて、[155]車焼松《くるまたいまつ》に火を立て、[156]蔀戸《しとみど》、[157]遣戸《やりど》を踏み破り、前後より打つて入る。武文は、[158]京家《きょうけ》の者と云ひながら、心剛《こう》にして、日来《ひごろ》も度々《どど》手柄《てがら》を顕《あらわ》したる者なりければ、強盗入りたりと心得て、枕に立てたる太刀おつ取り、中門《ちゅうもん》に跳《おど》り出《い》でて、打つて入る敵三人、目の前に切り臥せ、縁に上がりたる敵三十余人を、大庭《おおにわ》へさつと追ひ出だして、「武文と云ふ[159]大剛《だいこう》の者ここにあり。[160]取られぬ物を取らんとて、二つなき命

153　このご時世にどんな宮であろうと。
154　鎧。
155　いくつかの松明を車状に結んだものとも、また強盗提灯(がんどうちょうちん＝中に油壺を仕掛けた鉄や銅製の提灯)のことども。
156　裏に板を張った格子戸。
157　引き戸。
158　公家に仕える侍。
159　きわめて強いこと。
160　分不相応なお方(御息所)を奪おうとして。

を失ふな、盗人ども」とあざ笑ひて、[161]仰《の》りたる太刀を押し直し、門の脇にぞ立つたりける。松浦《まつら》が郎従《ろうじゅう》ども、武文一人《たけふんいちにん》に切り立てられて、門より外へばつと出でたりけるを、「[162]きたなし、敵は一人ぞ、切つて入れ」とて、[163]傍《そば》なる在家《ざいけ》に火を懸け、家の後ろよりまた喚《おめ》いてぞ寄せたりける。

武文、心は武《たけ》しと云へども、浦風に吹《ふ》き覆《おお》はれたる煙に[164]目昏《く》れて、防くべき様《よう》なかりければ、先《ま》づ御息所《みやすどころ》を掻き負ひまゐらせ、向かふ敵を打ち払つて、澳《おき》なる船を招き、「[165]いづれの御船にてもあれ、この女性暫《にょしょうしばら》く乗せまゐらせてたび候へ」と申して、浪打ち際にぞ立つたりける。船しもこそ多かるに、松浦が迎ひに来たる船、これを聞いて、一番に渚《なぎさ》へ差し寄せたれば、武文悦《よろこ》びて、[166]屋形の内に打ち置き奉り、取り落としたる[167]御具足《おんぐそく》、御供の女房達、船に乗せんとて立ち帰りたれば、宿には早や火懸かりて、わが方《かた》ざまの人もなく、敵一人もなかりけり。松浦は、

161　曲がった太刀。
162　だらしがない。
163　近くの民家。
164　目が見えず。
165　どの舟でもいいので、この女性をしばらく乗せて下さい。
166　船に設けた屋根のある船室。
167　お道具類。

たまたまわが船にこの女房の乗らせ給ひたる事、[168]しかるべき契《ちぎ》りの程かなと、限りなく悦びて、「これまでぞ。今は皆船に乗れ」とて、郎[169]従眷属《けんぞく》百余人、取る物も取りあへず、皆船に取り乗つて、遥《はる》かの澳にぞ漕ぎ出だしたる。

武文、また渚《なぎさ》に返り参りて、「その御船寄せられ候へ。先に屋形に暫く置きまゐらせつる[170]上﨟《じょうろう》、陸《くが》へ上げまゐらせ候はん」と呼ばはれども、「[171]耳にな聞き入れそ」とて、順風に帆《ほ》を揚《あ》ぐれば、船は次第に隔《へだ》たりぬ。また武文、[172]手繰《てぐ》りする海人《あま》の小舟に乗つて、自ら櫓《ろ》を押しつつ、いかにもして御船に追ひ付かんと押しけれども、順風を得たる大船《たいせん》に、[173]押手《おして》の小舟追ひ付くべきにあらざれば、扇を揚げて招きけるが、松浦が船にどつと笑ふ声を聞いて、「[174]安からぬものかな。その義ならば、[175]ただ今の程に海底の龍神《りゅうじん》となつて、その船をばやるまじきものを」と怒つて、腹十文字に掻き切り、蒼海《そうかい》の底に沈みけり。

168　そうなるべき定めの間柄であることよ。
169　家来。
170　身分の高い女性。
171　耳に聞き入れるな。
172　磯辺で網を手繰る漁師の小舟。
173　櫓を押す小舟。
174　腹立たしいことよ。
175　今すぐにでも。

御息所《みやすどころ》は、夜討《ようち》の入《い》りたりつる宵《よい》の間《ま》の騒ぎより、肝心《きもこころ》も御身に添はず、ただ夢の[176]浮橋浮き沈み、淵瀬《ふちせ》をたどる心ちして、何となりゆく事とも知らせ給はず。船の中なる者どもが、「あはれ、大剛《だいこう》の者や。主《しゅ》の女房を人に奪はれて、腹を切りつるあはれさよ」と云《い》ひ沙汰《さた》するを、武文《たけふん》が事やらんとは聞こし召しながら、[177]そなたをだにも見やらせ給はず、ただ衣引《きぬひ》き被《かず》かせ給ひて、屋形の中に泣き沈ませ給ふ。見るも恐ろしく[178]むくつけなる髭男《ひげおとこ》の、声いとなまり、色あくまで黒きが、御傍《おそば》に参りて、「何を[179]かさのみむつからせ給ふ。面白き道すがらの名所どもをも御覧じて、御心をも慰《なぐさ》ませ給ひ候へ。さやうにては、いかなる人も船には酔ふものにて候ふぞ」と、とかく慰め申せども、御顔をも更《さら》に持ち上げさせ給はず。ただ[180]鬼と一つ車に乗せられ、巫《ぶ》の三峡《さんこう》に棹《さお》さすらんも、これには過ぎじと御心迷ひして、[181]消え入らせ給ひぬべければ、むくつけ男も舷《ふなばた》に寄り懸かりて、[182]こ

176　はかない夢の浮き橋のように浮いたり沈んだりしながら、深い淵や浅瀬を歩くような不安な思いで。

177　武文が自害した渚の方さえ見やることもなさらず、ただ衣を頭からかぶって。

178　気味の悪い。

179　そのように不機嫌でばかりいらっしゃるのか。

180　危険なことのたとえ。「鬼を一つ車に載すとも何ぞ恐るるに足らむ、巫の三峡に棹さすともいまだ危ふしとせず」(和漢朗詠集・述懐)。巫の三峡は、長江上流の三つの峡谷で、水運の難所(四川省巫山県)。

181　気を失ってしまいそうなので。

れさへあきれたる体《てい》なり。その夜は、[183]大物《だいもつ》の浦《うら》に碇《いかり》を下ろして、世を[184]浦風に漂ひ給ふ。

明くれば、風よくなりぬとて、同じ泊《とまり》の船ども、帆《ほ》を引き、梶を取つて、己《おの》がさまざま漕ぎ行くに、都は早や跡の霞《かすみ》に隔《へだ》たりぬ。「[185]九《く》国《こく》へは、いつか行き着かんずらん」と人の云ふを聞こし召すにぞ、さては[186]心づくしに行く旅なりけりと、御心細きに付けても、[187]北野天神《きたののてんじん》の、[188]荒人神《あらひとがみ》とならせ給ひし、古《いにし》への御悲しみを思《おぼ》し召《め》し知《し》らせ給はば、われを都に帰しおはしませと、御心の中《うち》に祈らせ給ふ。

その日の暮《くれ》程に、阿波《あわ》の[189]鳴渡《なると》を過ぐる処《ところ》に、俄《にわ》かに風変はり、[190]塩《しお》に向かつて、この船更《さら》に行きやらず。船人《ふなうど》、帆を巻いて、近きあたりの浦に船を寄せんとすれば、澳《おき》の[191]塩合ひに大きなる穴の、底も見えず深きが出で来て、船を海底に沈めんとす。[192]水《すい》手梶取《しゅかんどり》、いかがせんと周章《あわ》てて、先《ま》づ[193]苫《とま》、[194]帆《ほ》薦《ごも》なんどを抛《な》げ入

182　こちらも途方に暮れた様子である。
183　淀川河口にあった港(兵庫県尼崎市大物町)。
184　世を恨むと浦を掛ける。
185　九州。
186　心尽くし(思い悩む)と筑紫(九州)を掛ける。
187　北野天満宮(京都市上京区)に祭られる菅原道真(第十二巻・2、参照)。
188　霊威を発揮される神とおなりになった、昔の悲しみを憶えていらっしゃるなら。
189　淡路島と四国の間の鳴門海峡。潮流が渦を巻く難所。
190　潮流が逆になって。
191　潮流がぶつかり合う所。
192　水夫と船頭。
193　筵。むしろ。
194　帆として立てる薦。

れ拋《な》げ入《い》れ、渦《うず》に巻かせて、その間に、船を漕ぎ通らんとするに、船かつて去らず、ただ渦の巻くに随つて、浪とともに廻《めぐ》ること、[195]茶磨《ちゃうす》を押すよりも速やかなり。「これは[196]いかさま、龍神の財宝に目を懸けられたりと覚ゆるぞ。何も皆《みな》海へ入れよ」とて、弓箭《ゆみや》、太刀、刀、鎧、[197]腹巻《はらまき》、数を尽《つ》くして拋げ入るれども、渦の巻くことなほ止《や》まず。「さては、もし色ある衣裳《いしょう》にや目を見入れたるらん」とて、御息所《みやすどころ》の御衣《おんきぬ》、赤き袴《はかま》を取つて投げ入れたれば、白浪《しらなみ》、色変じて、紅《くれない》日を浸《ひた》せる如くなり。これに少し渦は閑《しず》まりたれども、船はなほ本《もと》の所を廻《めぐ》りゐたり。

　かくて三日三夜になりければ、船中の人、一人も起き上がらず、皆船底《ふなぞこ》に酔《え》ひ臥《ふ》して、声々に喚《おめ》き叫《さけ》ぶ事限りなし。御息所は、[198]さらでだに生きてある御心もなきに、この浪の騒ぎに、なほ[199]肝《きも》消えて、更《さら》に人の心地もおはせず。よしや、生きて憂き目を見んよりは、いかなる淵瀬《ふちせ》にも身を沈めばやとこそ思《おぼ》し召《め》し

195　葉茶を粉にする石臼を回すよりも速い。
196　きっと海底の龍神が船の財宝に目を付けたのだと思われる。
197　腹に巻きつけ右脇で合わせた略式の鎧。
198　そうでなくても。
199　肝をつぶして。

つれども、さすがに今を限りと泣き騒ぐ声を聞こし召せば、千《ち》尋《ひろ》の底の藻屑《もくず》となりて、深き罪に沈みなん後の世をだに、誰《たれ》[200]か は知りて弔《とぶら》はんと思し召すに、涙さへ尽《つ》きて、今は[201]つやつや御頭《みぐし》をも擡《もた》げさせ給はず。むくつけ男も、早や惘然《ぼうぜん》[202]となつて、「かかる貴人を取り奉つて下るゆゑに、龍神の咎《とが》めもあるやらん。詮《せん》[203]なき事をしつるものかな」と、誠《まこと》に後悔の気色《けしき》なり。

かかる処《ところ》に、梶取《かんどり》、船底より這ひ出でて、「この鳴渡《なると》と申すは、龍宮城の東門に当たつて候ふ程に、何にても候へ、龍神の欲しがらせ給ふ物を、海へ沈め候はねば、いつもかやうの不思議ある所にて候ふ。これはいかさま、屋形に召されて候ふ上藹《じょうろう》女房《にょうぼう》を、龍神の思ひ懸けまゐらせたりと覚え候ふ。申[204]すも余りに邪見《じゃけん》に情けなく候へども、この御事《おこと》独《ひと》りのゆゑに、若干《そこばく》[205]の者どもが皆非分《ひぶん》の死を仕《つかま》り候はん事、不便《ふびん》の事にて候へば、この上藹を海へ入れまゐらせて、百余人の命を助けさせ給ひ候へか

200　わが後世を誰が知って弔ってくれよう。
201　少しも。
202　呆然。
203　愚かなこと。
204　申し上げるのも余りに無慈悲で冷酷ですが。
205　大勢の者が非業の死を遂げますのは、気の毒なことですので。

し」とぞ申しける。元来《もとより》情けなき田舎人《いなかびと》なれば、[206]かくても、もしわが命や助かると、松浦五郎《まつらのごろう》、屋形の内に参りて、御息所《みやすどころ》を荒《あら》らかに引き起こし奉り、「[207]余りにつらき御気色《みけしき》をのみ見奉るが、本意《ほい》なら存じ候へば、海へ沈めまゐらすべきにて候ふ。[208]御《おん》契《ちぎ》り深く候はば、土佐《とさ》の畑《はた》へ流れ寄らせ給ひて、流され宮と一つ浦に住ませ給ひ候へ」とて、情けなく掻《か》き懐《いだ》きまゐらせて、海へ投げ入れ奉らんとす。これ程の事になつては、[209]何の御言《おんこと》の葉《は》かあるべきなれば、ただ夢のやうに思《おぼ》し召《め》して、つやつや息をも出ださせ給はず、御心の中《うち》に仏の御名《みな》ばかり唱へさせ給ひて、早や[210]絶《た》え入《い》らせ給ひぬると見えたり。

　これを見て、僧の一人便船《いちにんびんせん》したりけるが、松浦が袖をひかへて、「いかなる御事にて候ふぞ。龍神と申すも、[211]南方無垢《なんぼうむく》の成《じょう》道《どう》を遂《と》げて、仏の[212]授記《じゅき》を得たるものにて候へば、全く[213]罪業《ざいごう》の手《た》向《むけ》を受くべからず。しかるを、生きながら人を取つて海中へ沈

206 こうすれば、わが命が助かるかもしれぬ。
207 あまりに薄情なご様子ばかり拝見するのが、残念に思われますので。
208 前世からの因縁で宮と深く結びついておられるなら。
209 もはや何も言うことができずに。
210 気を失う。
211 「法華経」提婆達多品(だいばだったほん)で説かれる龍女(娑竭羅〈しゃから〉龍王の八歳の娘)の故事。法華経の力で南方の無垢世界(浄土)に赴き成道(成仏)したとされる。
212 仏が修行者に与える成仏の保証。
213 罪深い供物。

められば、いよいよ龍神怒つて、一人も助かる者や候ふべき。ただ経を読み、214陀羅尼《だらに》を満《み》て、法楽《ほうらく》に備へられ候はんこそ、しかるべく覚え候ふ」と、堅く制《せい》し留《とど》めければ、松浦、理《ことわ》りに折れて、「さらば暫《しばら》く」とて、御息所を屋形の中《うち》に荒らかに投げ捨て奉る。「さらば、僧の儀215に付いて祈りをせよ」とて、異口《いく》同音《どうおん》に観音の名号《みょうごう》を唱へけるに、不思議の物ども、浪の上に浮かび出でて見えたり。

先《ま》づ一番に、216退紅《たいこう》着たる217仕丁《じちょう》が、長櫃《ながびつ》を舁《か》きて通ると見えて、打《う》ち失《う》せぬ。その次に、218白葦毛《しろあしげ》なる馬に219白鞍《しろくら》置いて、220舎人《とねり》八人引きて通ると見えて、打ち失せぬ。その後《のち》、先日大物《だいもつ》の浦《うら》にて腹切つて死したりし右衛門府生秦武文《うえもんのふしょうはたのたけふん》、221火威《ひおどし》の鎧に、222五枚甲《ごまいかぶと》の緒《お》をしめ、223黄鴾毛《きつきげ》なる馬に乗つて、弓杖《ゆんづえ》にすがり、松浦が船に向かつて、紅《くれない》なる扇を揚げ、その船止まれ、止まれと、招くやうに見えて、浪の底へぞ入りにける。

214 陀羅尼（梵語の呪文）を十分唱え、法楽（神仏への手向けの業）として捧げ。
215 意見に従って。
216 薄紅の狩衣（しもべの着衣）。
217 公家に仕えるしもべ。
218 白毛の多い葦毛（白毛に黒または茶の毛が混じった馬）。
219 縁を銀で飾った鞍。
220 馬や牛を引く従者。
221 緋色の糸で縅（おど）した鎧。
222 錣（しころ＝鉢から垂らす首おおい）の板が五段からなる兜。
223 黄色がかった鴾毛（葦毛で赤みを帯びた馬）。

梶取《かんどり》これを見て、「[224]灘《なだ》を走る船に、不思議を見る事は、常の事にて候へども、これはいかさま、武文《たけふん》が怨霊《おんりょう》と覚えて候ふ。[225]その験《しるし》を御覧ぜんために、船中の[226]艇《かこ》を一艘《いっそう》引き下ろし、この上《じょう》﨟女房《ろうにょうぼう》を乗せまゐらせ、浪の上につき流して、龍神の心をいかにと御覧候へかし」と申せば、「この儀、げにも」とて、艇を一艘引き下ろし、水手《すいしゅ》と御息所《みやすどころ》とを乗せ奉り、渦《うず》の漲《みなぎ》つて巻き返る浪の上にぞ浮かべける。

かの[227]早離《そうり》、速離《そくり》の海岸《かいがん》(山《さん》)に放たれし、飢寒《きかん》の愁へ深うして、涙尽《つ》きせずと云へども、人住む島の中なれば、立ち寄る方もありぬべし。これは浦にもあらず、[228]いかに鳴渡《なると》の浪の上に、[229]身を捨て舟の浮き沈みに、[230]塩瀬《しおぜ》に廻《めぐ》る水の泡の、消えなん事こそ悲しけれ。龍神ただ[231]得成《えな》らぬ仲をや裂けられけん、風俄《にわ》かに吹き分けて、松浦《まつら》が船は、西を指して吹かれ行くと見えけるが、[232]一谷《いちのたに》の奥より[233]武庫山《むこやま》おろしに放たれて、行き方知らずなりに

224 潮流の速い航行の難所。
225 その証拠を確認するために。
226 小舟。底本・神田本「カコ」。玄玖本「艇(カコ フネ)」。
227 摩涅婆吒(まねばだ)国の早離・速離兄弟が、継母により南海の孤島に捨てられ、餓死したという話(観世音菩薩浄土本縁経、宝物集ほか)。底本「蒼利則利」。
228 いかなる身に成るのかわからぬ鳴門の海に。成ると鳴渡を掛ける。
229 身を捨てると捨て舟(乗る人のない舟)を掛ける。「恨みても身を捨て舟のいつまでと寄るべも波に袖濡らすらむ」(続後拾遺和歌集・藤原行朝)。
230 潮流に流される水の泡のように消える。
231 あってはならない仲。御息所と松浦の仲。

けり。
その後《のち》、浪静まり、風止《や》みければ、御息所の御舟に乗せられたりつる水手、かひがひしく舟漕ぎ寄せて、淡路《あわじ》の[234]六島《むしま》と云ふ所へ付け奉る。

この島と申すは、回《まわ》り一里に足らぬ所にて、釣りする海士《あま》の家ならでは、住む人もなき島なれば、[235]隙《ひま》あらはなる蘆《あし》の屋の、[236]浮き節《ふし》繁き栖家《すみか》に入れまゐらせたるに、この四、五日の浪風に、御肝《おんきも》消え、御心弱りて、やがて絶《た》え入《い》らせ給ひにけり。[237]心なき海士《あま》の子どもまでも、[238]「これいかにし奉るべき」と泣き悲しみて、御顔に水をそそぎ、[239]櫓床《ろとこ》を洗うて御口に入れなんどしければ、[240]半時《はんとき》ばかりあつて、また生き出でさせ給へり。さらでだに、涙のかかる御袖は乾《かわ》く間《ま》もなかるべきに、[241]篷《とま》漏る滴《しずく》、藻塩草《もしおぐさ》、敷き忍ぶべき旅寝《たびね》ならねば、[242]「いつまでかかくてもあり侘《わ》ぶべき。土佐《とさ》の畑《はた》とやらん云ふ浦へ、[243]送りてもあれかし」と、[244]打《う》ち

232　兵庫県神戸市須磨区の海岸。
233　六甲山(武庫山)から吹き下ろす風。
234　武島とも。南あわじ市の沼島(まぬし)。
235　透き間だらけの葦ぶきの家。
236　憂き節(つらい時)と葦の節を掛ける。
237　道理のわからない漁師の子ども。
238　これはどうしてさしあげればよいのか。
239　櫓床は、舟の櫓をかける所。櫓床を洗った水で気絶者を蘇生させる風習があったか(大系本頭注)。
240　半時(約一時間)ほどして、(気を失っていたのが)また息を吹き返した。
241　苫ぶきの屋根を漏るしずくや、海藻を敷いた粗末な寝床が堪えられるもので

侘《わ》びさせ給へば、海士《あま》ども、皆《みな》同じ心に、「これ程うつくしく御渡り候ふ上﨟《じょうろう》を、われらが船に乗せまゐらせて、遥々《はるばる》と土佐《とさ》まで送りまゐらせ候はんに、いづくの泊りにても、人の奪ひ取りまゐらせぬ事の候ふべきか」とて、叶《かな》ふまじき由《よし》をのみ申せば、力なく浪の立ち居に御袖をしぼり、今年はここにて暮らし給ふ。

一宮《いちのみや》は、武文《たけぶん》を京へ上《のぼ》せし後《のち》、月日遥《はる》かになりぬれども、何とも[245]御左右《おんそう》を申さぬは、いかなる目にも合ひぬるにかと、[246]静《しず》心《こころ》なく思《おぼ》し召《め》して、京より下りたる人に御尋ねありければ、「去年九月に、御息所《みやすどころ》は都を御出であつて、畑《はた》へ御下りありとこそ慥《たし》かに承《うけたまわ》り候ひしか」と申せば、さては、道にて人に奪はれぬるか。また[247]世を浦風に放たれて、[248]千尋《ちひろ》の底にも沈みぬるかと、[249]一方《ひとかた》ならず思ひくづほれさせ給ふ。

或る夜、御警固《ごけいご》に参りたる武士ども、中門《ちゅうもん》に宿直《とのい》して、[250]四方《よも》

はないので。
242 いつまでもこうしてわび暮らしをしていられぬ。
243 送り届けてください。
244 つらがって嘆きなさるので。
245 安否のしらせ。
246 心配に。
247 恨めしい世(男女の仲)と、浦風(海を吹き渡る風)を掛ける。
248 非常に深い海底。
249 ひどく落胆して悲しまれた。
250 さまざまな世間話。
251 不安に。
252 綾織物の模様。
253 命日。

山《やま》の事ども物語しけるに、或る人、「さるにても、去年の九月に、阿波《あわ》の鳴渡《なると》を過ぎて当国へ渡りし船の、梶《かじ》に懸かりてありし絹を、取り寄せて見しかば、尋常《よのつね》の人の装束とも見えず、うつくしかりし事よ。これはいかさま、内裏、院の御所の上臈《じょうろう》女房《にょうぼう》なんどの、田舎へ下らせ給ふが、難風《なんぷう》に逢うて、海に沈まれける装束にてぞあるらん」と云ひて、「あな、あはれやな」と申しければ、宮、垣越《かきご》しに聞こし召して、もしその行末《ゆくえ》にてやあらんと、251覚束《おぼつか》なく思し召して、「いささか御覧ぜられたき御事《おんこと》あり。その絹末だあらば、持ちて参れ」と、御使ひあるに、「色こそ損じて候へども、未だこれに候ふ」とて進《まいら》せたり。よくよくこれを御覧ずれば、御息所の御迎ひに武文を上せられし時、有井庄司《ありいのしょうじ》が仕立てて進せたりし御絹《おんきぬ》なり。あな、不思議やとて、裁《た》ちて残したる切れを召し出だして、さし合はせられたるに、252綾《あや》の文《もん》少しも違《たが》はず続きたれば、宮、二目《ふため》とも御覧ぜら

254 故人の霊魂。
255 死者の霊魂。歿は、死ぬ意。
256 三界は、衆生が輪廻転生する欲界・色界・無色界。苦海は、「苦界」で、苦悩に満ちた人間界をさすが、海で死んだことも掛けている。
257 九種(品)の浄土。
258 元弘三年。
259 晋の王質が信安山の山中で二童子の囲碁を見て半日を過ごすうちに、斧の柄が朽ちて、家に帰ったら数百年が経っていた話(列仙伝)と、漢の劉・阮という二人の男が天台山中で仙女と契り、留まること半年、家に帰ると七世の孫の代になっていた話(幽明禄)を合わせたもの。「謬《あやま》ちて仙家に入りて、半日の客たりといへども、恐らくは旧

れず、この絹を御顔に当てて、御涙を押《お》し拭《のご》はせ給ふ。有井《ありい》も御前《おんまえ》に候ひけるが、涙に咽《むせ》びて罷《まか》り出《い》でにけり。

今は、御息所《みやすどころ》をこの世におはするとは、露《つゆ》程も思《おぼ》し召《め》さず、この絹の梶に懸かりし日を、亡き人の[253]忌日《きじつ》と定めさせ給ひて、手づから御経をあそばし、念仏唱へさせ給ふ。「[254]過去《かこ》幽霊《ゆうれい》藤原《ふじわら》氏女《しのむすめ》、并《なら》びに[255]歿故《もっこ》聖霊《しょうりょう》秦武文《はたのたけぶん》、ともに[256]三界《さんがい》の苦海《くかい》を出でて、速やかに[257]九品《くほん》の浄刹《じょうせつ》に至れ」と、祈らせ給ひけるぞあはれなる。

さる程に、[258]その年の春の比《ころ》より、諸国に軍《いくさ》起こつて、六波羅《ろくはら》、鎌倉《かまくら》、九国《くこく》、北国《ほっこく》の朝敵ども、同時に亡びしかば、先帝は、隠《お》岐国《きのくに》より還幸《かんこう》なり、一宮《いちのみや》は、土佐《とさ》の畑《はた》より都へ帰り入らせ給ふ。天下皆公家一統の御代《みよ》となつて、めでたかりしかども、一宮は、ただ御息所の世におはせぬ事をのみ歎き思し召す処《ところ》に、「淡路《あわじ》の六島《むしま》と云ふ所に、未だ生きて御座《ぎょざ》あり」と聞こえければ、急《いそ》ぎ御迎《おんむか》ひを下されて、都へ帰し入れまゐらせらる。ただ、[259]王質《おうしつ》

里に帰りて、纔(わず)かに七世の孫に逢はんことを」(和漢朗詠集・仙家)。

260 方士(仙術を使う者)が玄宗皇帝の依頼で亡き楊貴妃を仙山に訪ねたこと(長恨歌)。

261 心を傷めながら筑紫に向かった。心尽くしと筑紫を掛ける。

262 「天の川とわたる舟の梶の葉に思ふことをも書きつくるかな」(後拾遺和歌集・上総乳母)。「門(海峡)渡る舟」は、梶の葉の序詞。梶の葉に願いごとを書いて祈る七夕の風習。

263 御息所が亡くなったと思い、その弔いをした年月。

264 いくら語っても言葉が足りない。

265 尋ね問うにつけても、つらかったことが思い出されて流れる涙。

行きて[284]旧《ふる》き跡を訪《とぶら》へば、[285]竹苑故宮《ちくえんこきゅう》の月《つき》心を傷《いた》ましめ、帰りて[286]寒閨《かんけい》に臥せば、[287]椒房寡居《しょうぼうかきょ》の風《かぜ》夢を吹く。見るにつけ、聞くに随ふ御歎き、日ごとに深くなり行きければ、やがて御息所、御心地煩《わずら》ひて、[288]御中陰《ごちゅういん》の日《ひ》数《かず》未だ終らざる前《さき》に、はかなくならせ給ひにけり。

義顕《よしあき》の首《くび》を梟《かく》る事　12

[1]越後守義顕《えちごのかみよしあき》の頸《くび》をば、大路《おおじ》を渡して、獄門《ごくもん》に梟《かけ》らる。「新帝御即位の初め三年《みとせ》が間は、天下に刑を行はざる法なり。未だ河[2]原の御禊《ごけい》、[3]大嘗会《だいじょうえ》も遂げ行はれざる前《さき》に、首を渡されん事はいかがあるべからん。[4]先帝重祚《ちょうそ》の初め、[5]規矩兵庫助時秋《きくのひょうごのすけときあき》、糸田《いとだ》左近将監《さこんのしょうげん》、上総掃部助高政《かずさかもんのすけたかまさ》が頸を渡されたりしも、不吉の例とこそ覚ゆれ」と、諸人の意見同《おな》じかりけれども、これは朝敵《ちょうてき》の

284 宮が以前住んでいた邸。
285 皇族(竹苑)の住んだ邸。
286 独り寝の寂しい閨(ねや)。
287 夫を失った後宮の独り住まい。椒房は、皇后の室。
288 四十九日。

12
1 新田義貞の長男。金ヶ崎城で自害。
2 大嘗会に先立って新帝が鴨川の河原で行う禊ぎ。
3 帝が即位後はじめての年にできた穀物を神に供える祭儀。一代一度の盛儀。
4 後醍醐帝が隠岐から戻り、再び帝位についたこと。
5 建武元年春頃、筑紫の北条一門、喜久兵庫助時秋、糸田左京亮頼時、上総掃部助高政らが蜂起して敗れ、首を獄門に懸けられたこと。第十二巻・3、参照。

棟梁《とうりょう》、義貞朝臣《よしさだあそん》の長男なればとて、大路《おおじ》をば渡されけるなり。

比叡山開闢《ひえいざんかいびゃく》の事、并《ならびに》山門領安堵《さんもんりょうあんど》の事 13

金崎城《かねがさきのじょう》の攻め落とされて後《のち》、国々の宮方《みやがた》[1]、力を失ひけるにや、或いは降参し、或いは退散して、天下、将軍[2]の威《い》に随ふ事、恰《あた》か吹く風の草木《くさき》を靡《なび》かすが如し。

在々所々《ざいざいしょしょ》に宮方の城あつて、山門[3]またいかなる事をかし出ださんずらんと、危《あや》ぶまれし程こそ、衆徒《しゅと》の心に違《たが》はじと、山門の所領安堵をなされたりしが、今、天下すでに武威に帰《き》して、静謐《せいひつ》しぬる上は、何の慎しみかあるべきとて、以前の成敗[4]《せいばい》の事変じて、山門を三井寺《みいでら》の末寺にやせまし、また、若干[5]《そこばく》の所領を塞[6]《ふさ》ぎたるも無益《むやく》なれば、ただ一円[7]に九院《きゅういん》を没倒《もっとう》し、衆徒を追ひ出だして、その跡を軍勢にや取らすべきと、高[8]《こう》、上杉《うえすぎ》の人々、

13

1 後醍醐方。
2 足利尊氏。
3 比叡山の衆徒がまたぞろ何をするかと危惧していた間は、足利方も衆徒の心を得ようと、その所領を認めていたが。
4 政治の処置。
5 多くの。
6 占拠している。
7 根こそぎすべて比叡山を没収し。九院は、延暦寺の主要な九つの堂塔、転じて延暦寺全体。
8 高は、足利家の執事(家老)、師直ほか。上杉は、外戚。
9 天台の学僧。初期足利政権の政治顧問となり、「太平記」の成立に関与したとされる。北小路(今の今出川通)辺に住んでいた。

将軍の前に参《さん》じて評定《ひょうじょう》しける処《ところ》へ、北小路《きたのこうじ》の[9]玄恵《げんえ》法印《ほういん》、所用の事あつて出で来たれり。師直《もろなお》、これを見て、「この人こそ物知りにて候ふなれば、かやうの事も存知《ぞんち》仕《つかまつ》り候はんずれ。これに山門の事よくよく尋ね問ひ候はばや」と申しければ、将軍、「げにも」とて、「法印、こなたへ」とぞ呼ばれける。

法印、席になほりて、[10]四《し》海静謐《かいせいひつ》の事賀《が》し申して、そぞろなる物語どもに及びける時、[11]上杉伊豆守《うえすぎいずのかみ》、法印に向かつて申されけるは、「山門、両度の臨幸《りんこう》を許容申して、将軍に[12]敵し申す事他《た》事《じ》なし。しかれども、武運天命に叶《かな》ひしゆゑに、つひに朝敵を一時《いっし》に滅ぼして、泰平《たいへい》を四海に及ばしめ候ひき。そもそも山門、毎年の祭礼に洛中の人民を煩《わずら》はし、[13]三千の聖供《しょうぐ》に天下の庄園を領する事、世の費《つい》え多しと雖《いえど》も、公家武家これを止《や》むる事をえざることは、[14]ただ御祈禱を専《もっぱ》らにして、天下の静謐を仰ぐゆゑなり。しかるを、今武家のためには怨《あた》を結び、朝敵のために[15]懇《こん》

10 天下太平のお慶びを申し上げ。四海は、天下。
11 重能。尊氏の母方の従兄弟。
12 敵対いたすことに余念がない。
13 延暦寺の三千の衆徒への供米。
14 ひとえに延暦寺が祈禱を専らの業とし、天下の静穏を祈るからである。
15 熱心な祈禱。
16 しみ(衣類や書籍を食う虫)の害。
17 仏法を破る不埒な僧。
18 七八二―八〇六年。桓武帝の年号。
19 他本「五十代」。
20 高大なさま。
21 徳化(仁政)を喜ぶ。
22 流布本「白河院」。以下、「平家物語」巻一・願立。
23 知りたいと存じます。

祈《き》を致すは、当家の[16]蠹《と》害《がい》、[17]釈門《しゃくもん》の残賊《ざんぞく》なるべし。ほのかに比叡《ひえい》山草創《ざんそうそう》の事を聞くに、時は[18]延暦《えんりゃく》の末の年に当たり、君は桓武《かんむ》の治天《ちてん》に始まれり。この寺未だなかりし前《さき》、聖主《せいしゅ》国を治め給ふこと、相継《あいつ》いで五十六代[19]、かつて異国にも犯されず、妖怪《ようかい》にも悩まされず、君[20]巍々《ぎぎ》の徳を敷き、民堂々《どうどう》の[21]化《か》に誇る。これを以て思ふに、あつて無益《むやく》の物は山門《さんもん》なり。なくてよかるべきは山《やま》法師《ほうし》なり。但し、山門なくては叶《かな》ふまじき故《ゆえ》の候ふやらん、[22]後《ご》白河院《しらかわいん》、「朕《ちん》が心に任《まか》せぬは、双六《すごろく》の賽《さい》、賀茂川《かもがわ》の水、山法師なり」と仰せられ候ひけんなる。その儀、殊《こと》に[23]訝《いぶか》しく覚え候ふ。委《くわ》しく御物語り候へ。[24]次《つい》での才学に仕《つかま》つり候はん」とぞ申されける。

法印、つくづくとこれを聞いて、言語道断《ごんごどうだん》の事なり、口を閉ぢて去り、耳を塞《ふさ》いでも帰らばやと思ひけれども、もし[25]一言《いちごん》の下《もと》に、邪《じゃ》を翻《ひるがえ》して、正《せい》に帰《き》する事もやあらんずらんと思ひけれ

24 何かの折の参考といたしましょう。

25 もしやわが一言で、相手の邪を翻し、正道に戻すこともできようかと思ったので。

26 なまじ相手の所存に逆らい、異議を唱えるのをやめて。

27 ここではしばらく書物に記載された一つの説に拠らない。

28 仏説で、人間の寿命が百年ごとに一歳減って八万歳から十歳になるまでを減劫、逆に十歳から八万歳になるまでを増劫という。それが十回ずつ繰り返される間この世が存続する。その九回目で、人の寿命が二万歳だった頃。

29 釈迦の前に出現した仏。

30 釈迦の尊称。

31 仏が修行者に与える成

ば、なかなか[26]旨《むね》に逆《さか》ひ、儀を犯す言《ことば》をば留《とど》めて、長物語《ながものがたり》をぞ始めたりける。

「それこの国の起こりは、家々に伝はる所おのおの別にして、その説区々《まちまち》なりと申せども、[27]暫《しばら》く記《き》する所の一儀《いちぎ》に依《よ》らず。天地すでに分かれて後《のち》、[28]第九の減劫《げんこう》、人寿《にんじゅ》二万歳の時、[29]迦葉世尊《かしょうせそん》西天《さいてん》に出世し給ふ時、[30]大聖釈尊《だいしょうしゃくそん》、その[31]授記《じゅき》を得て[32]都率天《とそつてん》に住《じゅう》し給ひしが、われ[33]八相成道《はっそうじょうどう》の後《のち》、[34]遺教流布《ゆいきょうるふ》の地、いづれの処《ところ》にかあるべきと、[35]南瞻部洲《なんせんぶしゅう》を遍《あまね》く飛行《ひぎょう》して御覧じけるに、滔々《とうとう》たる大海の上に、「[36]一切衆生《いっさいしゅじょう》、悉有仏性《しつうぶっしょう》、如来常住《にょらいじょうじゅう》、無有変《むうへん》易《やく》」と、立つ浪の音あり。釈尊、これを聞こし召して、この波の流れ止《とど》まらんずる所、一つの国となつて、わが教法[37]弘通《ぐつう》する霊地たるべしと思《おぼ》し召《め》されければ、則ちこの浪の流れ行くに随つて、遥《はる》かに十万里の滄海《そうかい》を凌《しの》ぎ給ふに、この波、忽《たちま》ちに一《いち》葉《よう》の葦《あし》の海中に浮かべるにこそ留《とど》まりにけれ。この葦の葉、は

仏の保証。
32 欲界六天の第四。その内院に、弥勒菩薩が住む。
33 釈迦の生涯における八つの出来事のうち、悟りを開き成道した後。
34 釈迦が遺した教えを広めるべき地。
35 世界の中心の須弥山（しゅみせん）の南に浮かぶ島、人間界。南閻浮提（なんえんぶだい）。
36 「涅槃経」の句。すべての衆生に仏性が備わり、仏は常住して変易することがない。
37 あまねく広まること。
38 日吉山王上七社の第一。
39 橋殿。大宮権現の前の小川にかけ渡された建物。
40 古代の中インドの国。釈迦の生地は、北インドの、迦毘羅衛（かびらえ）国。
41 釈迦の父王の宮殿。
42 上旬八日。

たして一つの島となる。今の比叡山《ひえいざん》の麓《ふもと》、[38]大宮権現《おおみやごんげん》の跡を垂《た》れ給ふ[39]波止土濃《はしどの》、これなり。このゆゑに、波止《とど》まつて土濃《つちこまや》かなりとは書けるなるべし。

その後《のち》、人寿《にんじゅ》百歳の時、釈尊《しゃくそん》、中天竺《ちゅうてんじく》の[40]摩竭提国《まかだこく》、[41]浄飯王《じょうぼんおう》宮《ぐう》に降誕《こうたん》し給ふ。御年十九にして、二月[42]上八《じょうはち》の夜半《やはん》に、王宮を出でて、六年難行《なんぎょう》して[43]雪山《せっせん》に身を捨て、[44]寂場樹下《じゃくじょうじゅか》に端座《たんざ》し給ふこととまた六年、[45]後夜《ごや》に[46]正覚《しょうがく》をなし給ふ後《のち》、[47]頓大三七日《とんだいさんしち》、[48]偏《へん》小《しょう》十二年、[49]尽浄虚融《じんじょうこゆう》の宣説《せんせつ》三十年、[50]一実無相《いちじつむそう》の開顕《かいけん》八ヶ年、つひに[51]滅《めつ》を抜提河《ばつだいが》の辺《ほと》り、双林樹《そうりんじゅ》の下に唱へ給ふ。しかれども、仏は元来《もとより》[52]本有常住《ほんうじょうじゅう》、周遍法界《しゅうへんほっかい》の妙体《みょうたい》なれば、遺教《ゆいきょう》流布のために、昔、葦の葉の国となりし[53]南閻浮提《なんえんぶだい》、[54]豊葦原《とよあしはら》の中津国《なかつくに》に至つて見給ふ。

時は[55]鵜羽不葺合尊《うのはふきあわせずのみこと》の御代《みよ》なれば、人未だ仏法と云ふ名字《みょうじ》をだにも聞かず。しかりと雖《いえど》も、この地、[56]大日遍照《だいにちへんじょう》の本国として、

43 ヒマラヤ山脈のこと。
44 釈迦が悟りを開いたマガダ国の寂滅道場の菩提樹の下。
45 夜を三等分した夜半から暁の間。 46 悟り。
47 「華厳経」の異称。それを二十一日間説いた。
48 「阿含経」の異称。それを十二年間説いた。
49 「般若経」の異称。それを三十年間説いた。
50 究極の一つの真理。それを説き顕わすこと八年間。「法華経」の異称。
51 抜提河(中インドの川)畔、沙羅双樹の下で涅槃に入られた(入滅)。
52 生滅することなく、世界に遍在する霊妙な体。
53 南贍部洲に同じ。
54 日本をさす。
55 神武帝の父神。
56 大日如来の本国。「日

[57]仏法東漸《とうぜん》の霊地たるべければ、いづれの処《ところ》にか、[58]応化利生《おうげりしょう》の門を開くべきと、かなたこなた遍歴し給ふ処に、比叡山の麓、[59]さざなみや志賀《しが》の辺《ほと》りに、釣りを垂《た》れて座せる老翁《ろうおう》あり。釈尊、これに向かつて、「翁《おきな》、もしこの地の主《あるじ》たらば、この山をわれに与へよ。[60]結界《けっかい》の地として仏法を弘めん」と宣《のたま》ひければ、この翁、答へて申さく、「われ、人寿六千歳の始めより、この所の主《あるじ》として、[61]この湖の七度まで桑原《くわばら》に変ぜしを見たり。但し、この地結界とならば、釣りする所を失ふべし。釈尊、早く去つて他国に求め給へ」とぞ惜しみける。この翁は、これ[62]白髭明神《しらひげのみょうじん》なり。釈尊、これによつて、[63]寂光土《じゃくこうど》に帰らんとし給ひける処に、[64]東方浄瑠璃《とうほうじょうるり》世界《せかい》の教主[65]医王善逝《いおうぜんぜい》、忽然《こつぜん》として来たり給へり。釈尊、大きに歓喜し給ひて、先に老翁が云ひつる事を語り給ふに、医王善逝、称歎《しょうたん》して曰《のたま》はく、「善き哉《かな》、釈尊、この地に仏法を弘通《ぐつう》し給はん事。われは、人寿二万歳の始めより、この国

本」の国号の由来とも。
57 仏法が東方へ広まる。
58 仏が種々の形で現世に現れ衆生を利益する道場。
59 志賀を含む琵琶湖西岸の枕詞。 60 俗人の立ち入りを禁止する場所。
61 世の中の激しい変遷が、神仙の世界では束の間でしかないことをいう。「已に東海の三たび桑田と為るを見る」(葛洪・神仙伝)。
62 琵琶湖西岸(滋賀県高島市)の白髭神社の祭神。
63 仏の住む常寂光土。
64 薬師如来の浄土。
65 薬師如来の異称。
66 ふさわしい時が来て。
67 釈迦入滅後に五つの五百歳があり、第一・二は正法一千年、第三・四は像法一千年、第五は仏法が衰え邪見がはびこるという末法一万年の開始期であり、後

の地主《じしゅ》たり。かの老翁、未だわれを知らず。何ぞこの山を惜しみ奉るべき。[66]機縁時《とき》至りて、仏法東流《とうりゅう》せば、釈尊《しゃくそん》は教へを伝ふる大師《だいし》となつて、この山を開闢《かいびゃく》し給へ。われはこの山の王となつて、久しく[67]後《ご》(五)《ご》百歳《ひゃくさい》の仏法を守るべし」と、堅く誓約をなし、二仏《じぶつ》おのおの東西へ去り給ひにけり。

かくて千八百年を経て後、釈尊、[68]伝教大師《でんぎょうだいし》とならせ給ふ。[69]延暦《えんりゃく》二十二年、伝教大師、始めて求法《ぐほう》のために漢土《かんど》に渡り給ふ。則ち[70]顕密戒《けんみつかい》の三学、[71]淵底《えんてい》に玉を拾ひて、同じき二十四年に、わが朝《ちょう》に帰り給ふ。ここに、桓武皇帝《かんむこうてい》、法の[72]檀度《だんと》とならせ給ひて、比叡山《ひえいざん》を草創せらる。

始め伝教大師、勅《ちょく》を承《うけたまわ》つて、[73]根本中堂《こんぽんちゅうどう》を立てんとて、地を引かれけるに、[74]紅蓮《ぐれん》の如くなる人の舌《した》一つ、土の底にあつて、法華経《ほけきょう》を読誦《どくじゅ》する事止《や》まず。大師、怪しみてその故《ゆえ》を問ひ給ふに、この舌、答へて曰はく、「われ、古《いにし》へこの山にして六万部

五百歳という。
68 最澄。日本天台宗の開祖。
69 八〇三年。実際は、延暦二十三年。
70 顕教(法華・華厳等)と密教と戒律を合わせた三学。
71 物事の奥深い所まで究めて。
72 仏法を弘める信徒。
73 延暦寺の中心の堂。東塔にあり、本尊は薬師如来。以下の話は、「山家要略記」等の縁起類に見える。
74 紅色の蓮の花。
75 「高僧伝」巻二・鳩摩羅什伝に、火葬しても舌だけが焼け残ったとある。
76 伝教大師が本尊を安置したとき唱えた偈(九院仏閣抄)。釈迦入滅後の正法から五百年たった像法の時代に移る時、衆生を利益する故に、薬師瑠璃光仏(薬

の法華経を読誦仕《つかまつ》りしが、寿命限りあつて、身はすでに壊《やぶ》れぬと云へども、音声《おんじょう》尽くる事なくして、[75]舌はなほ存せり」とぞ申しける。

また、中堂の造営終つて、本尊のために、大師手づから薬師《やくし》の像を作り給ひしに、一度《ひとたび》斧を下《くだ》しては、「[76]像法転時《ぞうぼうてんじ》、利益衆《りやくしゅ》生《じょう》、故号薬師《こごうやくし》、瑠璃光仏《るりこうぶつ》」と唱へて、礼拝《らいはい》し給ふ度《たび》ごとに、木像の薬師、御頭《みぐし》を屈《くっ》してうなづかせ給ひけり。

その後《のち》、大師は[77]小比叡《おひえ》の峰を過ぎさせ給ひけるに、[78]光明赫奕《かくやく》たる三つの日輪《にちりん》、空中より飛び下《くだ》れり。その光の中に、釈迦《しゃか》、薬師、阿弥陀《あみだ》の三尊《さんぞん》、光を並べて座し給ふ。この三尊、或いは僧形《そうぎょう》或いは俗体《ぞくたい》に変じて、大師を礼《らい》し奉つて、「[79]十方大菩薩《じっぽうだいぼさつ》、愍衆故行道《みんしゅごぎょうどう》、応生恭敬心《おうしょうくぎょうしん》、是則我大師《ぜそくがだいし》」と讃《ほ》め給ふ。大師、大きに礼敬《らいきょう》し給ひて、「願はくは、その名を聞かん」と問ひ給ふに、三尊答へて曰はく、「[80]竪《たて》の三点に横の一点を加へ、横の

師如来)と号する、の意。
77 大比叡(大宮権現)に対し、二宮の地主権現をさす。
78 光り輝く三つの太陽。
79 「法華経」安楽行品の句。すべての菩薩(仏になる修行をする者)は、衆生を憐れむゆえに修行する。そのような菩薩こそわが師なりとの敬いの心を起こすべきであるの意。
80 山の字と王の字。後出。
81 天台宗。
82 悟りを開かせる手だて。
83 何度も焼き鍛えた上質の銅鏡。鸞鏡は、背に鸞(鳳凰の一種)をかたどる。
84 天・地・人を治め整える徳。
85 日吉山王上七社の第一。
86 遥か昔に悟りを開いた仏(釈迦)で、天照大神が姿を変えて現れた神。
87 神仏が衆生を救うため、

三点に竪《たて》の一点を添ふ。われ内には[81]円宗《えんしゅう》の教法を守り、外には[82]済度《さいど》の方便《ほうべん》を助けんために、この山に来たれり」と答へ給ひて、その光《ひかり》天に懸かれる事、[83]百練《ひゃくれん》の鸞鏡《らんけい》の如し。大師、この言を以て字をなすに、竪の三点に横の一点を加へては、山と云ふ字なり。横の三点に竪の一点を添ふれば、王と云ふ字なり。山はこれ高くして動《どう》ぜざる形、王は[84]天地人《てんちじん》の三才に経緯《けいい》たる徳を顕《あらわ》し給へる称号なるべしとて、その神を山王《さんのう》と崇《あが》め奉る。

所謂《いわゆる》[85]大宮権現《おおみやごんげん》は、[86]久遠実成《くおんじつじょう》の古仏《こぶつ》、天照太神《あまてらすおおみかみ》の[87]応作《おうさ》、専《もっぱ》ら円宗《えんしゅう》の教法を護《まも》つて、久しく比叡山に宿《しゅく》し給ふ。ゆゑに法宿大《ほうしゅくだい》菩薩《ぼさつ》とも申し奉る。すでにこれ[88]三界《さんがい》の慈父《じふ》、われらが本師《ほんし》なり。

[89]聖真子《しょうしんじ》は、[90]九品安養界《くほんあんようかい》の化主《けしゅ》、八幡大菩薩《はちまんだいぼさつ》の分身、光を[91]四明《しめい》の麓に和らげ、速やかに[92]三聖《さんしょう》の形を示す。[93]十悪《じゅうあく》たりと雖《いえど》もなほ引接《いんじょう》することは、疾風《しっぷう》の[94]雲霧《うんむ》を披《ひら》くよりも甚《はなは》だし。[95]一念《いちねん》たりと雖も必ず感応《かんのう》なる事は、これを[96]巨海《こかい》の涓露《けんろ》を納《い》るるに喩《たと》ふ。[97]和《わ》

姿を変えて現われること。
88 衆生が輪廻する世界。
89 日吉山王上七社の第三。
90 功徳によって九種の異なる浄土に衆生を導く教主。
91 比叡山。
92 大宮・二宮・聖真子。
93 十種の大罪を犯した者も浄土に引き導く。
94 迷いの心のたとえ。「雲霧を披きて晴天を覩(み)るが若し」(晋書・楽広伝)。
95 一度祈っただけでも信心が仏に通ずる。
96 巨大な海が露のしずくを受ける。「巨海諸流水を納るる」(法苑珠林十八)。
97 仏が威光を和らげ俗世に現れたのは、仏縁を結ぶ始め。
98 悟りを得ること。
99 日吉山王上七社の第二、二宮は薬師如来の化身。
100 日本の土地の神。

光同塵《こうどうじん》は、すでに結縁《けちえん》の始めたり。往生極楽《おうじょうごくらく》は、豈《あ》に[98]得脱《とくだつ》の終りにあらざらんや。

[99]二宮《にのみや》は、初め大聖釈尊《だいしょうしゃくそん》と約《やく》をなし給ふ東方浄瑠璃《とうほうじょうるり》世界《せかい》の如来、わが国[100]秋津島《あきつしま》の地主《じしゅ》なり。[101]随所示現《ずいしょじげん》の誓ひ、すでに叶《かな》ふ。[102]現世安穏《あんのん》の人望《じんもう》、願生西方《がんしょうさいほう》、[103]豈《あ》に後生菩提《ごしょうぼだい》の指南にあらざらんや。

[104]八王子《はちおうじ》は、千手観音《せんじゅかんのん》の垂跡《すいじゃく》、[105]無垢三昧《むくざんまい》の力を以て、奈落伽《ならくか》の重苦《じゅうく》を済《すく》はせ給ふ。[106]灌頂大法王子《かんじょうだいほうおうじ》のゆゑに、大八王子《だいはちおうじ》と云ふ。

[107]本地清涼《ほんじしょうりょう》の月は、安養界《あんようかい》に処《お》ると雖も、応化随縁《おうげずいえん》の影は、遥《はる》かに叢祠《そうし》の露《ろ》に顕《あらわ》る。おのおの[108]所居《しょこ》の浄土を表《ひょう》するは、これ[109]しかしながら[110]補陀洛山《ふだらくせん》とも申すべし。

[111]客人《きゃくじん》は、十一面観音《じゅういちめんかんのん》の応作、[112]白山禅定《しらやまぜんじょう》の霊神《れいじん》なり。しかれども山王《さんのう》の行化《ぎょうけ》を助け、北陸《ほくろく》の崇峰《そうほう》より出でて、[113]東山《とうせん》の霊地に来たり給ふ。ゆゑに客人と号す。[114]現在生《げんざいしょう》の中には、十種の勝利《しょうり》を得たり。臨命終《りんみょうじゅう》の時には、九品《くほん》の[115]蓮台《れんだい》に生ず。

101 いたる所に様々な姿で現れて衆生を救う誓い。
102 現世安穏の望みと、西方浄土に生まれる願い。
103 必ずや来世往生の導き手である。
104 日吉山王上七社の第四、八王子は千手観音の化身。
105 煩悩のけがれのない力で、堕地獄の苦しみを救う。
106 仏が慈悲の水を菩薩にそそぐ儀式(灌頂)で仏弟子(王子)となったゆえに。
107 清涼の月のごとき本地仏は浄土にいるが、衆生を救う光は祠(ほこら)の露に映る。
108 仏の居る浄土。
109 すべて。
110 観音が住む山。
111 日吉山王上七社の第五。
112 加賀の白山神社。
113 東山道の近江の日吉。
114 現世では十種のすぐれた利益(りやく)を得る。底本

[116]十禅師《じゅうぜんじ》の宮は、[117]無仏世界《むぶつせかい》の化主《けしゅ》、地蔵薩埵《じぞうさった》の応化《おうげ》なり。忝《かたじけ》なくも[118]牟尼《むに》の遺教《ゆいきょう》を受けて、懇《ねんご》ろに[119]忉利《とうり》の付嘱《ふしょく》に預かり、[120]二仏《にぶつ》中間《ちゅうげん》の大導師、[121]三聖執務《さんしょうしつむ》の法体《ほったい》なり。御託宣《ごたくせん》に云はく、「三千の衆徒《しゅと》を養ひて、わが子と為し、[122]一乗の教法を守りて、わが[123]命《めい》と為す」と示し給ふ。たとひ微少《びしょう》の結縁《けちえん》たりと雖《いえど》も、宜《よろ》しく莫《ばく》大《だい》の利益《りやく》を蒙《こうぶ》るべし。

[124]三宮《さんのみや》は、普賢菩薩《ふげんぼさつ》の権化《ごんげ》、妙法蓮華《みょうほうれんげ》の正体《しょうたい》なり。[125]一乗読誦《いちじょうどくじゅ》の窓の前には、[126]影向《ようごう》を垂《た》れて哀愍納受《あいみんのうじゅ》し給ふ。即ちこれ[127]慚愧懺《ざんぎさん》悔《げ》の教主《きょうしゅ》たり。[128]六根罪障《ろっこんざいしょう》のわれら、何《なん》ぞこれを仰ぎ奉らざらんや。

次に、[129]中《なか》の七社《しちしゃ》は、牛《うし》の御子《みこ》は大威徳《だいいとく》、大行事《だいぎょうじ》は毘沙門《びしゃもん》、早《はや》尾《お》は不動《ふどう》、気比《けひ》は聖観音《しょうかんのん》、下八王子《しもはちおうじ》は虚空蔵《こくうぞう》、王子宮《おうじのみや》は文殊《もんじゅ》、(聖女《しょうにょ》は)如意輪《にょいりん》。

次に、[130]下《しも》の七社《しちしゃ》の、小禅師《こぜんじ》は弥勒龍樹《みろくりゅうじゅ》、[131]悪王子《あくおうじ》は愛染明王《あいぜんみょうおう》、

「一種」を改める。
115 浄土の蓮のうてな。
116 日吉山王上七社の第六。
117 釈迦滅後、弥勒出世までの末法の世の教主。
118 釈迦の遺した教え。
119 須弥山(しゅみせん)の頂上の忉利天(とうりてん)に住む帝釈天の高弟となり。
120 釈迦滅後、弥勒如来が現れるまでの世を導く師。
121 天台の三つの教え(蔵教・別教・円教)を司る。
122 法華経の教え。
123 使命。
124 日吉山王上七社の第七。
125 法華経。
126 この世に現れて衆生を哀れみ、願いを聞き届ける。
127 罪を慚愧・懺悔する者たちの教主。
128 眼・耳・鼻・舌・身・意により罪を犯す衆生。
129 山王二十一社を上中下

新行事《しんぎょうじ》は吉祥天女《きちじょうてんにょ》、岩滝《いわたき》は弁才天《べんざいてん》、山末《やまずえ》は摩利支天《まりしてん》、剣宮《つるぎのみや》は不動、大宮の竈殿《へついどの》は大日《だいにち》、その[132]権因《ごんいん》は不動、聖真子《しょうしんじ》の竈殿は金《こん》剛界《ごうかい》の大日、二宮《にのみや》の竈殿は日光月光《にっこうがっこう》、(おのおの)[133]大悲《だいひ》の門を出でて、利生《りしょう》の道に趣《おもむ》き給ふ。

その後《のち》、[134]四所《ししょ》の菩薩、[135]化《け》を助けて十方《じっぽう》より来たり、[136]二七《にしち》の霊神、光を並べて四辺《しへん》に囲繞《いにょう》し給ふ。その済度《さいど》利生《りしょう》の区《まちまち》なる徳、[137]百千劫《ひゃくせんごう》の間に、舌を暢《の》べて説くとも、尽《つ》くすべからず。山は、戒定恵《かいじょうえ》の[138]三学を表《ひょう》して、三塔《さんとう》を建つ。人は、[139]一念三千《いちねんさんぜん》の義を以て、三千を数とす。[140]十二願主《がんしゅ》の眸《まなじり》を廻《めぐ》らすゆゑに、天下の治乱、[141]この冥応《みょうおう》に懸《か》からざるなしと云へり。七社《しちしゃ》の権現、化《け》を垂《た》るるゆゑに、海内《かいだい》の吉凶、その[142]玄鑑《げんかん》に依《よ》らざるなしと云へり。されば、朝廷に事ある日は、これに祈つて、災ひを除《のぞ》き福を致す。[143]山門《さんもん》に訴へある時は、これを傷《いた》みて、非を以て理とせらる。

の各七社に分け、中七社は、大行事、牛の御子、新行事、下八王子、早尾、王子、聖女。気比は、下七社の第七。

130 下七社は、小禅師、大宮竈殿、二宮竈殿、山末、岩滝、剣宮、気比。新行事は、中七社の第三。

131 不詳。

132 もう一つの本地。

133 慈悲深い浄土。

134 八王子・客人・十禅師・三宮の本地の菩薩。

135 衆生を化導すること。

136 中・下七社の神十四。

137 一劫は、仏教でいうきわめて遠大な時間。

138 修行者が修学実践すべき三学(戒律・禅定・智恵の修得)。

139 天台の根本教説。一念に三千の諸法(宇宙の全てのあり方)を具有すること。それに因んで、衆徒の数を

ここに両度の臨幸《りんこう》を許用《きょよう》申したりしは、[144]一儀衆徒《いちぎしゅと》の咎《とが》に似《に》て候へども、[145]窮鳥懐《きゅうちょうふところ》に入れば、則ちこれを猟《か》る人もあはれみて殺さざる事にて候ふ。況《いわ》んや、[146]十善《じゅうぜん》の君《きみ》の御憑《おたの》みあらんに、誰《たれ》か与《くみ》し申さで候ふべき。譬《たと》へば、その時の[147]大執《だいしゅう》の輩《ともがら》少々あつて、野心《やしん》を挟《さしはさ》み候へども、武将、その恨みを忘れて、恩を厚くし、徳を行はれ候はば、敵の運を祈らんずる勤めは、却《かえ》つて御一家の祈りとなり、朝敵を贔負《ひいき》せし心《こころ》変じて、剰《あまつさ》へ[148]御方《みかた》の御ために、二心《ふたごころ》なき者となり候ふべし」と、内外《ないげ》の理致《りち》明らかに、言《ことば》を尽《つ》くして申されたりければ、将軍、[149]左馬頭《さまのかみ》を始め奉つて、高《こう》、上杉《うえすぎ》、[150]頭人《とうにん》、評定衆《ひょうじょうしゅう》に至るまで、さては、山門《さんもん》なくては天下を治むる事あるまじかりけりと、信仰《しんごう》して、則ち旧領安《きゅうりょうあん》堵《ど》の外《ほか》に、なほ武家寄進《きしん》の地をぞ添へられける。

三千とする。

140 衆生救済のための十二の大願を立てた薬師如来。

141 この神仏のご利益を蒙らぬものはない。

142 神仏の深遠な照覧。

143 山門が訴訟を起こした時は、その言い分に同情して、たとえ道理に合わぬことでも道理とする。

144 ひとえに。

145 「窮鳥懐に入るは、仁人の憫む所」(顔子家訓・省事)。

146 天子。前世に十善戒を保った功徳で王位を得たとされる。

147 大きな恨みを抱く輩。

148 武家方=足利方。

149 足利直義。

150 頭人は、訴訟の審理にあたる引付衆の首席。評定衆は、評定所で裁判や政務を合議する幕府高官。

太平記　第十九巻

第十九巻　梗概

建武《けんむ》四年(一三三七)六月、北朝では光厳上皇《こうごんじょうこう》が重祚した。十月に暦応《りゃくおう》と改元され(史実は翌年八月)、十一月に足利尊氏《あしかがたかうじ》は征夷大将軍となった。越前府城《えちぜんのこうのじょう》の斯波《しば》高経《たかつね》と戦う新《にっ》田《た》義貞《よしさだ》は、暦応元年二月、越前府を攻略し、斯波は足羽城《あすわのじょう》へ逃れた。四月、金ケ《かねが》崎《さき》で囚われて足利方に幽閉されていた東宮恒良親王《つねよししんのう》と将軍の宮成良親王《なりよししんのう》が毒殺された。その頃、大《おお》館《たち》氏明《うじあきら》、江田《えだ》行義《ゆきよし》らの新田一族や、宗良親王《むねよししんのう》が、諸国で蜂起し、また北条時行《ほうじょうときゆき》は、吉野へ使者を送って後醍醐帝《ごだいごてい》から勅免を得た。建武四年八月、奥州国司兼鎮守府将軍の北畠顕《きたばたけあき》家《いえ》は、軍勢を集めて白河の関を越え、鎌倉管領足利義詮《あしかがよしあきら》の軍と利根川で戦って勝利した。北条時行、新田《にった》徳寿丸《とくじゅまる》(義興《よしおき》)も、伊豆と上野で挙兵し、鎌倉の足利方は、敵の大軍を迎え撃ったが敗走した。暦応元年正月、北畠顕家の大軍が鎌倉を発って西上したが、鎌倉で敗れた足利方も、軍勢を集めて西上した。顕家軍とその跡を追って西上した足利軍は、美濃国墨俣川《すのまたがわ》、青野原《あおのがはら》一帯で戦い、足利方は、土岐《とき》頼遠《よりとお》と桃井直常《もものいただつね》の奮戦にもかかわらず敗れた。京都の足利方は、高師泰《こうのもろやす》の進言により、師泰を大将として、顕家軍を近江と美濃の境で迎え撃った。師泰は、嚢砂背水《のうしゃはいすい》の陣の故事をふまえて、黒地《くろじ》川《がわ》を背にして布陣した。顕家軍は、進撃して越前の新田義貞の軍と合流すべきところを、なぜか黒地川の敵と戦わず、越前へも向かわずに進路を伊勢にとり、吉野へ向かった。

光厳院殿重祚《こうごんいんどのちょうそ》の御事　1

建武《けんむ》[1]四年六月十日、光厳院太上天皇《こうごんいんだじょうてんのう》、重祚の御位《みくらい》に即《つ》かせ給ふ。この君は、故相模入道《さがみのにゅうどう》崇鑑《そうかん》[2]が亡びし時、御位に即けまゐらせたりしが、三年の内に天下反覆《はんぷく》して、関東亡びはてしかば、その例いかがあるべからんと、諸人異儀《いぎ》多かりけれども、この君は、将軍尊氏卿《たかうじきょう》筑紫《つくし》より攻《せ》め上《のぼ》り給ひし時、院宣《いんぜん》[3]をなされしもこの君なり。今また東寺《とうじ》へ潜幸《せんこう》[4]なりて、武家に威《い》を加へられしもこの御事《おんこと》なれば、いかでかその天恩《てんおん》[5]を報じ申さぬ事なかるべきとて、尊氏卿平《ひら》に計らひ申されける上は、末座《まつざ》の異見、再往《さいおう》[6]の沙汰《さた》に及ばず。

されば、その比《ころ》、物[7]にも覚えぬ田舎者《いなかもの》ども、茶の会、酒宴の砌《みぎり》[8]にては、そぞろごと[9]となる物語しけるにも、「あはれ、この持《じ》[10]

1

1　一三三七年。光厳院が重祚(再び即位)した史実はない。建武三年八月の光明帝(豊仁〈ゆたひと〉親王。光厳院の弟で猶子)の践祚(第十六巻・13)にともなう光厳院の院政を重祚としたものか(「梅松論」も光厳院「重祚」とする)。太上天皇は、退位した天皇の尊称。

2　北条高時の法名。高時以下一門が自害したのは、元弘三年(一三三三)五月。光厳院は、元弘元年に践祚、正慶二(元弘三)年、後醍醐帝により廃位。

3　第十六巻・4、参照。

4　おしのびの行幸。

5　帝の恩。

6　再度の異議は取り上げられなかった。

7　とるにたりない。

明院殿《みょういんどの》ほど大果報《だいかほう》の人こそおはしまさざりけれ。軍《いくさ》の一度をもし給はで、将軍より王位を給はらせ給ひたり」と、申《もう》し沙汰《さた》しけるこそ、をかしけれ。

本朝《ほんちょう》将軍《しょうぐん》兄弟《きょうだい》を補任《ふにん》するその例《れい》なき事 **2**

同じき年十月三日、[1]改元《かいげん》あつて、暦応《りゃくおう》に移る。その[2]霜月《しもつき》五日の[3]除目《じもく》に、[4]足利宰相尊氏《あしかがさいしょうたかうじ》、上首《じょうしゅ》十一人を越え、正三位《しょうざんみ》に上がり、大納言《だいなごん》に遷《うつ》つて、征夷大将軍《せいいたいしょうぐん》に備はり給ふ。舎弟左馬頭直義《さまのかみただよし》は、五人を超越《ちょうおつ》して、[5]位従上四品《くらいじゅしょうのしほん》に叙し、官《つかさ》[6]宰相《さいしょう》に任じて、日本《ひのもと》の将軍になり給ふ。

それわが朝《ちょう》に将軍を置きし首《はじめ》は、養老《ようろう》四年に[7]多治比真人県守《たじひのまひとあがたもり》、神亀《じんき》元年に[8]藤原朝臣宇合《ふじわらのあそんうまかい》、宝亀《ほうき》十一年に[9]藤原朝臣継縄《ふじわらのあそんつぐただ》、その後《のち》、時代遥《はる》かに阻《へだ》たりて、[10]藤原朝臣小黒麿《ふじわらのあそんおぐろまろ》、[11]大伴宿禰家《おおとものすくねやか》

8 席。
9 たわいもない雑談。底本「鶩破（ソトロコト）」。
10 光厳院をさす。

2
1 暦応（光明天皇の年号）改元の史実は、建武五年（一三三八）八月。
2 十一月。
3 大臣以外の官位任命式。
4 尊氏は、建武元年に正三位参議、同三年に従二位権大納言、同五（暦応元）年に正二位征夷大将軍。
5 従四位上。直義は、暦応元年八月に従四位上左兵衛督（公卿補任）。
6 参議の唐名。直義の参議任命の事実はなく、「日の本の将軍」の呼称も不明。
7 左大臣多治比島の子。真人は、上代の姓《かばね》（＝家格の称号）の第一位。持節

持《もち》、[12]紀朝臣古佐美《きのあそんこさみ》、[13]大伴宿禰乙丸《おおとものすくねおとまる》、[14]坂上宿禰田村麿《さかのうえのすくねたむらまろ》、[15]文室《ふんやの》宿禰綿麿《すくねわたまろ》、[16]藤原宿禰忠文《ふじわらのすくねただふん》、[17]右大将宗盛《うだいしょうむねもり》、[18]新中納言知盛《しんちゅうなごんとももり》、[19]右大将《うだいしょう》　源頼朝《みなもとのよりとも》、[20]木曾左馬頭義仲《きそさまのかみよしなか》、[21]右大臣実朝《うだいじんさねとも》、[22]左衛門督頼家《さえもんのかみよりいえ》に至るまで、その人わづかに十六人、皆武功の抽賞《ちゅうしょう》によつて、父子その先を追ふことありと云へども、兄弟一時《いっし》に相並《あいなら》んで[23]大樹《たいじゅ》の武将に備はる事、古今《こきん》未だその例を聞かずと、[24]その方様《かたざま》の人は、皆驕逸《きょういつ》の思ひ気色《きしょく》に顕《あらわ》れたり。

この外《ほか》、宗徒《むねと》の一族四十三人、或いは[25]象外《しょうがい》の撰に当たり、俗骨《ぞっこつ》忽《たちま》ちに蓬萊《ほうらい》の雲を踏み、或いは乱階《らんかい》の賞によつて、庸才《ようさい》立ちどころに台閣《たいかく》の月を攀《よ》づ。しかのみならず、その門葉《もんよう》たる者は、諸国の守護、[26]吏務《りむ》を兼ねて、[27]銀鞍《ぎんあん》未だ解かず、五馬《ごば》忽《たちま》ち重山《ちょうざん》の雲に鞭《むちう》ち、蘭橈《らんにょう》未だ乾《かわ》かず、巨船《こせん》遥《はる》かに滄海《そうかい》の浪に棹《さお》さす。すべて[28]博陸輔佐《はくりくふさ》の臣も、これに向かつて上位《しょうい》に臨《のぞ》まん事を憚《はばか》る。況《いわ》んや、[29]名家儒林《めいかじゅりん》の輩《ともがら》は、かれに列《つら》なつて下風《かふう》に立たん事をも喜

征夷将軍。
8　藤原不比等の三男。持節大将軍。
9　藤原豊成の子。蝦夷征伐に征東大使となる。
10　藤原鳥養の子。持節征東大使。
11　大伴旅人の子。宿禰は、姓の第三位。陸奥按察使・鎮守将軍。
12　紀宿奈麿（すくなまろ）の子。征東大使。
13　乙麿。大伴古茲美（こしみ）の子。
14　坂上苅田麿の子。蝦夷征伐に征夷大将軍となる。
15　三諸（みもろ）大原の子。田村麿と蝦夷征伐に従軍。
16　藤原枝良の子。平将門追討の征東大将軍となる。
17　平清盛の子。治承五年（一一八一）に畿内総官。
18　宗盛の弟。壇ノ浦合戦の総大将。

べり。

義貞《よしさだ》越前《えちぜんの》府城《こうのじょう》を攻《せ》め落《お》とさるる事　3

左中将《さちゅうじょう》義貞朝臣《よしさだあそん》、舎弟脇屋《わきや》右《う》衛門佐《えもんのすけ》義助《よしすけ》は、金崎城《かねがさきのじょう》没落の後《のち》、1杣山《そまやま》の麓《ふもと》、瓜生《うりゅう》が館《たち》にあるもなきが如くにておはしけるが、2いつまでかくても徒《いたず》らに知らぬ時を待つべき。国々所々《くにぐにしょしょ》に隠れ居たる敗軍の兵を集めて、国中へ打つて出でて、吉野《よしの》に御《ぎょ》座《ざ》ある3先帝の宸襟《しんきん》をも休《やす》めまゐらせ、金崎にて討たれし亡魂《ぼうこん》の恨みをも散ぜばやと思はれければ、国々へひそかに便りを通《かよ》はして、旧功の輩《ともがら》を招き集められけるに、4龍鱗《りょうりん》に付いて鳳翼《ほうよく》を攀《よ》ぢ、宿望達せばやと、5蟄戸《ちっこ》に時を待ちける在々所々《ざいざいしょしょ》の兵ども、聞き伝へ聞き伝へ、6抜け抜けに馳《は》せ集《あつ》まりけるほどに、馬、物《ものの》具《ぐ》なんどこそきらきらしくはなけれども、心ばかりはいかなる

19　源義朝の子。鎌倉幕府の初代将軍となる。
20　源義賢の子。寿永三年（一一八四）一月に征夷大将軍となる。
21　源頼朝の次男。鎌倉幕府の三代将軍。
22　実朝の兄で、鎌倉幕府の二代将軍。
23　将軍の異称。
24　足利方の者は、皆奢った思いが気配に表れた。
25　高位高官に抜擢されること。「昇殿はこれ象外の選び（予想外の抜擢）なり、俗骨（俗人）もつて蓬萊の雲を踏む（雲上人となる）べからず。尚書（太政官の弁官）はまた天下の望みなり、庸才（凡人）もつて台閣の月を攀（よ）づ（弁官となる）べからず」（和漢朗詠集・述懐）。乱階の賞は、順序を飛び越えた賞。

[7]樊噲《はんかい》、周勃《しゅうぼつ》にも劣らじと思ひける[8]義心金鉄《ぎしんきんてつ》の兵ども、三千余騎になりにけり。

この事やがて京都へ聞こえければ、[9]将軍より、[10]足利尾張守高経《あしかがおわりのかみたかつね》、舎弟[11]伊予守《いよのかみ》二人《にん》を大将として、[12]北陸道《ほくろくどう》七ヶ国の勢《せい》六千余騎を差し添へて、[13]越前府へぞ下されける。かくて数月《すげつ》を経れども、府は大勢《おおぜい》なりしかども、杣山へは要害なれば、城へも寄せ得ず、府へもかかり得ず、ただ両陣の堺、[14]大塩《おおしお》、松崎《まつざき》の辺に兵を出だし合はせ、日々夜々《ひびよよ》に軍《いくさ》の絶《た》ゆる隙《ひま》もなし。

かかる処《ところ》に、加賀国《かがのくに》の住人[15]敷地伊豆守《しきじいずのかみ》、山岸新左衛門尉《やまぎししんざえもんのじょう》、上木平九郎《うえきへいくろう》以下《いげ》の者ども、[16]畑六郎左衛門時能《はたろくろうざえもんときよし》が[17]語らひに付いて、越前と加賀の堺、[18]細呂木《ほそろぎ》の辺に城郭《じょうかく》を構へて、[19]津葉五郎《つばのごろう》が[20]大《だい》聖寺《しょうじ》の城を攻め落として、国中を押領《おうりょう》す。この時までは、[21]平泉《へいせん》寺《じ》の衆徒《しゅと》等、皆二心《ふたごころ》なき将軍方にてありけるが、これもいかが思ひけん、[22]過半引き分かれて宮方《みやがた》へ[23]与力《よりき》申し、[24]三峯《みつみね》と云ふ所へ

26　国司の職務。
27　官位の昇進の早いこと。「五馬」は、国守の異称。「蘭橈」は、香木で作った櫂。「馬鞍未だ解かず、早く重山の雲に鞭(むちう)つ、船檝未だ乾かず、急いで畳浪の岸に棹(さおさ)す」(本朝文粋・平兼盛・遠江駿河等の守を申す状)。
28　博陸(関白の唐名)を輔(たす)ける公卿たち。
29　大納言を上限とする家や儒学を業とする家。

3

1　福井県南条郡南越前町杣山にあった瓜生氏の館。
2　いつまでもこうして、無駄にあてにならぬ再起の時を待ってはおられぬ。
3　後醍醐帝のお心。
4　英明な君主に仕えて年来の望みを達しようと。

打ち出でて、城を構へて敵を待つ処《ところ》に、[25]伊自良次郎左衛門尉《いじらじろうざえもんのじょう》、これに与力《よりき》し、三百余騎にて馳《は》せ加《くわ》はる間、近辺の地頭《じとう》、御家《ごけ》人等《にんら》、防き戦ふに力を失つて、皆己れが家々に火を懸けて、[26]府《こう》の陣へ落ち集まる。北国《ほっこく》これより動乱して、[27]汗馬《かんば》の足を休め得ず。

三峯《みつみね》の衆徒《しゅと》の中より、杣山《そまやま》へ使者を立てて、大将を一人《いちにん》給はるべき由《よし》を申しける間、脇屋右衛門佐義助《わきやうえもんのすけよしすけ》に五百余騎を相添へて、三峯の陣へ差《さ》し遣《つか》はす。[28]牒使《ちょうし》また加賀国《かがのくに》に来たつて、相図《あいず》を定めける間、敷地《しきじ》、上木《うえき》、山岸《やまぎし》、畑《はた》、[29]結城《ゆうき》、江戸《えど》、深町《ふかまち》の者ども、[30]細屋右馬助《ほそやうまのすけ》を大将として、その勢《せい》三千余騎、越前国《えちぜんのくに》に打ち越え、[31]長崎《ながさき》、河合《かわい》、川口《かわぐち》三ヶ所に城を構へて、[32]漸々《ぜんぜん》に府へぞ攻め寄せける。

尾張守高経《おわりのかみたかつね》は、六千余騎の勢を随へて、府中《ふちゅう》に楯籠《たてご》もりけるが、敵にかく国中を押さへ取られて、一所《いっしょ》に籠もり居ては、兵《ひょう》

「龍鱗を攀(よ)じ鳳翼に付き、以てその志す所を成すのみ」(後漢書・光武帝紀)。
5　隠れ家。
6　一人また一人と抜け出すさま。
7　ともに漢の高祖の危急を救った功臣。
8　忠義心の堅い兵。
9　足利尊氏。
10　斯波高経。尾張足利家、宗氏の子。越前守護。
11　斯波家兼。
12　若狭・越前・加賀・能登・越中・越後・佐渡の七か国。　13　越前市国府。
14　越前市大塩町。松崎は、大塩近辺だが不詳。
15　敷地・上木は、石川県加賀市大聖寺、山岸は、福井県坂井市三国町山岸。
16　新田軍の剛勇の武士。第十五巻・3。

粮《ろう》につまり、つひにはよかるまじとて、三千余騎をば府に残し置き、三千余騎を[33]一国《いっこく》に分《わ》かち遣《つか》はして、山々峰々に城を構へ、兵を二百騎、三百騎づつ、三十余ヶ所にぞ置かれける。戦場雪深くして、馬の足の立たぬ程は、城と城とを引き合はせて、[34]昼《ちゅう》夜《や》朝暮《ちょうぼ》に合戦を致すと云へども、わづかに一日の雌雄《しゆう》を争ふばかりにて、誠《まこと》の勝負は未だなかりけり。

　さる程に、[35]あらたまの年立ちかへつて、二月中旬にもなりければ、[36]余《よ》寒《かん》も漸《ようや》く退きて、士卒弓を張《ひ》くに手亀《ここ》えず。今は残雪《ざんせつ》半ば[37]村消《むらぎ》えて、[38]疋馬《ひつば》地を踏むに、蹄《ひづめ》を労せざる時分によくなりぬ。次第に府の辺へ近づいて、敵の往反《おうへん》する道々に城を構へ、四方をさし塞《ふさ》いで攻め戦ふべし。いづくかその要害によかるべき所あると、見試《みこころ》みしめんために、脇屋右衛門佐、わづかに百四、五十騎にて、[39]鯖江《さばえ》の宿《しゅく》へぞ打つて出でられける。名将の小《こ》勢《ぜい》にて城の外へ打つて出でたるを、[40]よき隙《ひま》なりと、敵にや人の

17　仲間に引き入れること。
18　福井県あわら市細呂木。
19　石川県小松市津波倉町の武士。
20　加賀市大聖寺。
21　福井県勝山市平泉寺町の天台宗寺院。比叡山末寺。
22　半数以上が分かれて。
23　味方。
24　鯖江市上戸口町の三峯山。
25　福井市美山町の武士。
26　府中の足利方の陣。
27　疾駆して汗をかいた馬。
28　文書を携えた使者。
29　結城は、石川県白山市河内町、深町は、福井県坂井市丸岡町の武士。
30　名は秀国。新田一族。
31　坂井市丸岡町長崎、福井市川合鷲塚町の辺、あわら市指中(ゆびなか)の地名。
32　次第に。　33　国中。

告げたりけん、尾張守《おわりのかみ》の副将軍[41]細川出羽守《ほそかわでわのかみ》、五百余騎にて府《こう》の城より打つて出でて、鯖江《さばえ》の宿《しゅく》へ押し寄せ、三方より相近づき、一人も余さじとぞ取り巻きける。

脇屋右衛門佐《わきやうえもんのすけ》、前後の敵に囲まれて、とても遁《のが》れぬ処《ところ》なりと思ひ切つてければ、[42]なかなか心を一つにして、少しも機を撓《た》めらはず、後ろに[43]高木《たかぎ》の杜《もり》を当てて、左右に[44]瓜生縄手《うりゅうなわて》を当てて、矢種を惜しまず散々《さんざん》に射る。射立てられて、敵少し[45]馬の足を立てかねたる所へ、轡《くつばみ》を並べて蒐《か》け入《い》る。敵に且《しば》くも馬の足を立てさせず、七、八度が程、[46]遭《あ》うつひかへつ、追つ立て追つ立て攻めつけたるに、細川、[47]鹿草《ししくさ》が五百余騎、わづかの勢《せい》に懸け立てられて、鯖江の宿の後ろなる川の[48]浅瀬を打ち渡り、向かひの岸へさつと引く。

[49]結城《ゆうき》上野介《こうずけのすけ》、[50]河野七郎《こうののしちろう》、[51]熊谷備中守《くまがいびっちゅうのかみ》、[52]伊東大和次郎《いとうやまとのじろう》、[53]足《あ》立新左衛門尉《だちしんざえもんのじょう》、[54]小島越後守《おじまえちごのかみ》、[55]中野藤内左衛門《なかのとうないざえもん》、[56]瓜生次郎左衛門《うりゅうじろうざえもん》

34 城の兵を互いに城外で出会わせて。
35 あらたまのは、年の枕詞。文脈から暦応二年(一三三九)のことになるが、史実は暦応元年(延元三年)。
36 立春後の寒さ。
37 まだらに消えて。
38 馬は地を踏んでも蹄を傷めない。
39 鯖江市。
40 好機。
41 名は不詳。
42 かえって皆心を一つにし、全く気力をゆるめず。
43 越前市高木町。
44 越前市瓜生町。縄手は、田の間の細い道。
45 乗馬の体勢をくずした所へ。
46 寄せたり控えたり。
47 越中の豪族。斯波高経の被官。第二十巻・1「鹿草兵庫助」。

八騎の兵ども、川の瀬の頭《ほとり》に打ち莅《のぞ》んで、継《つづ》いて渡さんとしけるを、大将右衛門佐、馬を打ち寄せて制せられけるは、「小勢《こぜい》の大勢《おおぜい》に勝つことは、[57]暫時《ざんじ》の不思議なり。もし[58]難所に向かって敵に懸からば、水沢《すいたく》に利を失つて、敵却《かえ》つて機に乗るべし。今日の合戦は、[59]不慮に出で来たりつる事なれば、遠き所の御方《みかた》、これを知らで、[60]左右《そう》なく馳《は》せ来《き》たらじと覚ゆるぞ。この辺の[61]在《ざい》家《け》に火を懸けて、合戦ありと知らせよ」と下知《げじ》せられければ、[62]篠塚五郎左衛門《しのづかごろうざえもん》馳《は》せ廻《まわ》つて、高木、瓜生、[63]真柄《まがら》、北村《きたむら》の在家《ざいけ》二十余ヶ所に火を懸けて、[64]狼煙《ろうえん》天を焦《こ》がせり。

所々《しょしょ》の宮方《みやがた》ども、この煙《けぶり》を見て、「すはや、鯖江の辺に軍《いくさ》ありけるは。馳《は》せ合はせて、御方に力を勠《あわ》せよ」とて、[65]宇都宮美濃将監泰藤《うつのみやみののしょうげんやすふじ》、[66]天野民部大夫政貞《あまのみんぶのたいふまささだ》、三百余騎にて[67]鯖並《さばなみ》の宿《しゅく》より馳せ来たる。[68]一条少将行実朝臣《いちじょうしょうしょうゆきざねあそん》、二百余騎にて[69]飽和《あくわ》より打ち出でらる。[70]瓜生越前守重《うりゅうえちぜんのかみしげし》、弟の加賀守照《かがのかみてらす》、五百余騎にて[71]妙《みょう》

48 日野川。
49 名は不詳。新田義貞とともに自害(第二十巻・10)。
50 通為。通有の子。
51 武蔵出身の武士。
52 第六巻・7「伊藤大和入道」、第十六巻・2「伊東大和守」の一族か。
53 武蔵出身の武士。
54 新潟県新発田市小島(じおま)に住んだ武士。
55 群馬県邑楽(おうら)郡邑楽町中野に住んだ武士。義貞とともに自害(第二十巻・10)。
56 保の子、豪。
57 一瞬の不思議な出来事。
58 川(難所)を渡して敵を攻撃したら、川中で足場の悪い味方が不利となり、向こう岸の敵が逆に勢いづくだろう。
59 思いがけず起こった。
60 やみくもに加勢には来

法寺《ほうじ》の城より馳《は》せ下《くだ》る。[72]山徒《さんと》、三百余騎にて大塩《おおしお》の城より下《お》り合《あ》ひ、[73]河島左近蔵人維頼《かわしまさこんのくろうどこれより》、三百余騎にて三峯《みつみね》の城より馳《は》せ来《き》たる。惣大将左中将義貞朝臣《さちゅうじょうよしさだあそん》は、千余騎にて杣山《そまやま》よりぞ出でられける。

合戦の相図《あいず》ありと覚えて、所々の宮方鯖江《みやがたさばえ》の宿《しゅく》に馳《は》せ集《あつ》まる由《よし》聞こえければ、「未だ川端《かわばた》にひかへたる御方《みかた》討たすな」とて、尾張守高経《おわりのかみたかつね》、同じき伊予守《いよのかみ》、三千余騎を率《そっ》して[74]国分寺《こくぶんじ》の北へ打ち出でたる。両陣相去る事[75]十余町の中に、一つ川を隔《へだ》てたり。

この川、さしもの大河にてはなけれども、時節《おりふし》、雪消《ゆきげ》の水まさりて、漲《みなぎ》る浪《なみ》岸を浸《ひた》しければ、互ひに浅瀬を伺《うかが》ひ見て、いづくをか渡さましと、暫《しばら》く猶予《ゆうよ》しける処《ところ》に、[76]船田長門守《ふなだながとのかみ》が[77]若党《わかとう》、[78]葛葉新左衛門《くずはしんざえもん》と云ひける者、川端へ打ち寄せて、「この川は、[79]水だにまされば、若洲俄《わかすにわ》かに出で来て、案内知らぬ人は、いつも謬《あやま》ちする川にて候ふぞ。いでわれ瀬踏《せぶ》みせん」と云ふまま

るまい。
61 民家。
62 群馬県邑楽郡邑楽町篠塚に住んだ武士。剛勇で知られる篠塚伊賀守の一族。
63 福井県越前市真柄町。同市北町。
64 のろしの煙。
65 美濃守時景の子。
66 景光の子。
67 南条郡南越前町鯖波。
68 一条行房の子。新田義貞の室、勾当内侍の兄弟。
69 南条郡南越前町阿久和。
70 ともに保の弟。
71 越前市妙法寺町。
72 比叡山末寺の平泉寺の僧。
73 鯖江市川島町に住んだ武士。
74 越前市京町。
75 一町は、約一〇九メートル。
76 経政。義貞の重臣。

に、[80]白葦毛《しらあしげ》なる馬に、[81]かし鳥威《どりおどし》の鎧着て、三尺六寸の太刀を抜き、[82]冑《かぶと》の真向《まっこう》に差しかざし、たぎりて落つる[83]瀬枕《せまくら》に、ただ一騎馬を打ち入れて、白浪を立ててぞ泳がせたる。われ先に渡さんと打《う》ち莅《のぞ》みたる兵三千余騎、これを見て、一度にさつと打ち入れて、[84]弓の本括《もとはず》末括《うらはず》取りちがへ、馬の足の立つ所をば、[85]手綱《たづな》をさしくつろげて歩ませ、足の立たぬ所をば、[86]馬の頭《かしら》をたたき上げて泳がせ、一文字に流れを切つて向かひの岸へ懸け上げたり。

葛葉新左衛門は、御方の勢《せい》に二町余り先立つて渡したれば、敵に[87]馬の諸膝《もろひざ》薙がれて徒立《かちだち》になり、敵六騎に取り籠められて、既に討たれぬと見えける処に、宇都宮《うつのみや》が郎等《ろうどう》[88]清左衛門為直《せいのさえもんためなお》、馳《は》せ合《あ》はせて敵二騎切つて落とし、三騎に手を負はせて、葛葉新左衛門をば助けてけり。

寄する勢も三千余騎、防く勢も三千余騎、大将はいづれも名

77　若く身分の低い侍。
78　不詳。他本「葛(かつら)」。
79　一旦増水すると、急に新しい洲が出来たりして。
80　白毛の多くまじった葦毛(黒・茶のまじり毛)の馬。
81　かし鳥の羽のような色の糸で縅(おど)した鎧。かし鳥は、かしの実を好んで食べるカケス。ハトほどの赤褐色の鳥で、白、青、黒の羽が混ざる。
82　兜の正面にふりかざし。
83　早瀬の流れが、石などに当たって盛り上がった所。
84　前後の者が弓の両端を互いに(命綱のように)持って。
85　手綱をゆるめて。
86　馬の頭を立たせて。
87　馬の両膝を払い斬りにされて。
88　宇都宮氏に仕えた清(せい)の党の武士。

を惜しむ[89]源氏一流の棟梁《とうりょう》なり。しかも、馬の懸け引きたやすき[90]在所《ざいしょ》たる間、敵御方《みかた》六千余騎、前後左右に入り乱れて、追つつ返しつ、[91]半時《はんとき》ばかり闘《たたか》うたる。[92]かくてはただ命を限りの戦ひにて、いつ勝負あるべしとも見えざりける処《ところ》に、[93]帆《ほ》山河原《やまがわら》より廻《まわ》りける三峯《みつみね》の勢《せい》と大塩《おおしお》より降《お》り下《くだ》る山法師《やまほうし》と、[94]差し違へて敵の陣の後ろへ廻り、府中《ふちゅう》に火を懸けたりける。尾張守《おわりのかみ》の兵二千余騎、敵を[95]新善光寺《しんぜんこうじ》の城へ入り替はらせじと、府中を指して引つ返す。

　義貞朝臣《よしさだあそん》の兵三千余騎、逃ぐる敵に追つすがうて、透《す》き間《ま》もなく攻め入りける間、城へ籠もらんと逃げ入る勢ども、已れが拵《こしら》へたる関《きど》、逆木《さかもぎ》に[96]支《ささ》へられて、城へ入るべき[97]逗留《とうりゅう》もなかりければ、新善光寺の前を府《こう》より西へ打ち過ぎて、伊予守《いよのかみ》の勢千余騎は、若狭《わかさ》を指して引きければ、尾張守の兵二千余騎は、[98]織田《おだ》、大虫《おおむし》を打ち廻り、[99]足羽《あすわ》の城へぞ引かれける。

89 源氏の同じ流れの一族のかしら。
90 場所。
91 約一時間。
92 こうなってはもう命尽きるまでの戦いとなって。
93 越前市帆山町の日野川の河原。
94 入れ替わって。
95 越前市京町の正覚寺。
96 妨げられて。
97 時間の余裕。
98 丹生(にゅう)郡越前町織田。越前市大虫町。
99 足羽川流域(越前国足羽郡・吉田郡)にあった城砦郡の総称。足羽七城。

すべてこの日一日の戦ひに、府の城すでに攻め落とされぬと聞き及びて、未だ敵も寄せざる先に国中の城の落つる事、同時に七十三ヶ所なり。

金崎《かねがさき》の東宮《とうぐう》并《なら》びに将軍宮《しょうぐんのみや》御隠《おかく》れの事　4

新田義貞《にったよしさだ》、義助《よしすけ》、杣山《そまやま》より打ち出で、尾張守[1]、伊予守、府中その外所々《ほかしょしょ》落とされぬと聞こえければ、尊氏卿《たかうじきょう》、直義朝臣《ただよしあそん》、大きに怒つて、「この事はひとへに、東宮[2]の宮の、かれらを御扶《おんたす》けあらんとて、金崎にて皆腹を切りたりと仰せられけるを、誠《まこと》と心得て、杣山へ遅く討手《うって》を差し下しつるによつてなり。この宮、これ程に当家を失はんと思《おぼ》し召《め》しけるを知らで、ただ置き奉らば、いかさま不思議の御企《おんくわだ》てもありぬと覚ゆれば、ひそかに鴆毒《ちんどく》[3]をまゐらせて失ひ奉れ」と、粟飯原下総守氏光《あいばらしもうさのかみうじみつ》[4]に下知《げじ》

4
1　斯波高経と弟の家兼。
2　皇太子恒良親王が、義貞自害を告げたことは、第十八巻・10、参照。
3　中国南方にいる鴆という鳥から採れる猛毒。日本ではヒ素などをさして鴆毒と呼んだ。
4　千葉一族。貞胤の弟。

せられける。

東宮《とうぐう》は、[5]連枝《れんし》の御兄弟に[6]将軍宮《しょうぐんのみや》とて、直義朝臣《ただよしあそん》の先年鎌倉へ申し下しまゐらせられたりし先帝の[7]第七宮《だいしちのみや》と、一つ御所に押《お》し籠《こ》められて御座《ぎょざ》ありける処《ところ》へ、氏光《うじみつ》、薬を一裹《つつ》み持参して、「[8]いつとなくかやうに打ち籠もりて御座《ござ》候へば、御病気なんどの萌《きざ》す御事もや候はんずらんとて、[9]三条殿《さんじょうどの》より調進《ちょうしん》せられて候ふ。毎朝《まいちょう》に[10]一七日《ひとなぬか》の間《あいだ》聞こし召し候へ」とて、御前《おんまえ》にぞ差し置かれける。

氏光罷《まか》り帰《かえ》つて後《のち》、将軍宮、この薬を御覧ぜられて仰せられけるは、「病《やまい》の未だ見えぬ前《さき》に、[11]かねて療治《りょうじ》を加ふる程に、われらをいたはしく思ふならば、この一室の中に押し籠めて、朝《ちょう》暮《ぼ》物を思はすべしや。これ必ず病を治《じ》する薬にはあるべからず。ただ命を縮《しじ》むる毒なるべし」とて、庭へ打ち捨てんとせさせ給ひけるを、東宮、御手に取らせ給ひて、「そもそも尊氏《たかうじ》、直義

5 兄弟。
6 成良（ただよし）親王。征夷将軍。母は、東宮と同じく新待賢門院（阿野廉子）。征夷将軍として鎌倉に下ったことは、第十三巻・4、参照。
7 第十三巻・4に「八の宮」とある。他本同じ。
8 いつも。
9 足利直義。京都の三条坊門高倉に邸があった。
10 七日間。
11 前もって。
12 助かる命。
13 早く命を終えよう。
14 人の常として一日一夜を経ると無数の煩悩・悪念が生じる。「人世間に生まれて、凡そ一日一夜を経るに八億四千万の念有り」（道綽〈どうしゃく〉・安楽集）。
15 籠の中の鳥が雲を恋い、水のない所にいる魚が水を求めるように。「唯（ただ）籠鳥

等《ら》、それ程に情けなき所存を挟《さしはさ》むものならば、たとひこの薬を飲まずとも、[12]遁《のが》るべき命にても候はず。これ元来《もとより》願ふ所の成就《じょうじゅ》なり。ただこの毒を飲んで、[13]世を早くせばやとこそ思ひ候へ。「それ[14]人間の習ひ、一日一夜を経《ふ》る程に、八億四千の思ひあり」と云へり。富貴栄花《ふっきえいが》の人に於て、なほこの苦しみを遁《のが》れず。況《いわ》んや、われら[15]籠鳥《ろうちょう》の雲を恋ひ、涸魚《かくぎょ》の水を求むる如くになつて、[16]聞くに付け見るに随ふ悲しみの中に、待つ事もなき月日を送らんよりは、命を鴆毒《ちんどく》のために縮めて、[17]後生善処《ごしょうぜんしょ》の望みを達せんには如《し》かじ」と仰せられて、毎日に法華経《ほけきょう》を一部あそばされて、この鴆毒をぞまゐりける[18]。将軍宮、これを御覧じて、「誰《たれ》とても浮世《うきよ》に心を留《とど》むべきにあらず。同じ[19]暗き路《みち》に迷はん後世《ごせ》までも、御供申さんこそ本意《ほい》なれ」とて、もろともにこの毒を七日までぞまゐりける。

　やがて東宮は、その翌日《つぎのひ》より御心地《おんここち》例に違《たが》はせ給ひけるが、

の雲を恋ふるの思ひ有り、未だ轍魚肆（せみ）に近づくの悲しみを免れず」（本朝文粋・平兼盛・勘解由次官図書頭を申す状）。

16　聞くにつけ見るにつけて増す悲しみ。

17　来世には極楽浄土に生まれること。

18　召し上がった。

19　煩悩の闇路に迷う来世でも。

20　ご臨終のさまは平静で。

21　肝臓の障害で皮膚が黄色くなる症状。

22　体中。

23　尸鳩（鳩の一種）のとまる木の同じ幹から出た枝先に咲く二つの花が、ある朝の雨でたちまちに散り。「尸鳩の仁」は、子を養う仁愛の意で。尸鳩（鳲鳩）は、子を愛しむ親鳥。連枝は、兄弟。

[20]御終焉《ごしゅうえん》の儀閑《しず》まりて、四月十三日の暮《くれ》程に、忽《たちま》ちに御隠れありてけり。将軍宮《しょうぐんのみや》は、二十日余りまで恙《つつが》もなくて御座《ぎょざ》ありけるが、[21]黄疸《おうだん》と云ふ御労《おんいたわ》り出で来て、[22]御遍身黄《ごへんしんき》にならせ給ひて、これもつひにはかなくならせ給ひにけり。

あはれなるかな、[23]尸鳩樹頭《しきゅうじゅとう》の花、連枝《れんし》一朝《いっちょう》の雨に随ひ、悲しいかな、[24]鶺鴒原上《せきれいげんじょう》の草、同根《どうこん》忽ちに三秋《さんしゅう》の霜に枯れぬる事を。去々年、[25]兵部卿親王《ひょうぶきょうのしんのう》鎌倉《かまくら》にて失はれさせ給ひ、また去年の春は、[26]中務卿親王《なかつかさきょうのしんのう》御自害ありぬ。これらをこそ、例《ためし》少なくあはれなる事に聞く人心を傷《いた》ましめつるに、今また、東宮《とうぐう》、将軍宮、同時に御隠れありぬれば、心あるも心なきも、これを聞き及ぶ人ごとに、悲しまずと云ふ事なし。

諸国宮方蜂起《しょこくみやがたほうき》の事　5

24　鶺鴒のいる野原の根を同じくする草が、秋三か月の霜にはかなく枯れてしまう。鶺鴒は、「詩経」小雅・常棣の「脊令原に在り、兄弟難に急ぐ」から、兄弟。同根は、曹植「七歩の詩」の「本は是れ根を同じくして生ず」で、兄弟。
25　護良親王。建武二年（一三三五）七月に殺害。
26　一宮尊良親王。建武四年（延元二年）三月、金崎城で自害。

5

1　先帝、後醍醐。
2　広く世間に伝わること。
3　宗氏の子。新田一族。第十七巻・16で、京都還幸に従った一人。
4　ともに伊予の河野一族。
5　一緒になって。
6　有氏の子。新田一族。

[1]主上山門《しゅしょうさんもん》より還幸《かんこう》なり、官軍金崎《かねがさき》にて皆討たれぬと[2]披露《ひろう》ありしかば、今は再び皇威《こうい》に服せん事、近き世にはあらじと、世こぞつて思ひ定めける処《ところ》に、先帝また、三種《さんじゅ》の神器《じんぎ》を帯して吉《よし》野《の》へ潜幸《せんこう》なり、また義貞《よしさだ》、義助《よしすけ》、すでに数万騎《すまんき》の軍勢を率《そっ》して、越前国《えちぜんのくに》に出で給ひたりと聞こえければ、山門より降参したりし[3]大館左馬助氏明《おおたちさまのすけうじあきら》、伊予国《いよのくに》へ逃《に》げ下《くだ》つて、[4]土居《どい》、得能《とくのう》が子ども[5]と引き合うて、四国を順《したが》へんとす。[6]江田兵部大輔《えだひょうぶのたいふ》行義《ゆきよし》も、丹《たん》波国《ばのくに》に馳《は》せ下《くだ》つて、[7]足立《あだち》、本庄等《ほんじょうら》を相語らひて、[8]高山寺《こうせんじ》に楯籠《たてご》もる。

[9]金谷治部大輔《かなやじぶのたいふ》経氏《つねうじ》は、播磨国《はりまのくに》[10]東条《とうじょう》より打つて出でて、[11]吉川《よかわ》、高田《たかだ》が勢《せい》を付けて、[12]丹生《にう》の山に城郭《じょうかく》を構へて、山陰《せんおん》の中道《なかみち》を支へ塞ぐ。遠江《とおとうみ》の[13]井伊介《いいのすけ》は、[14]妙法院宮《みょうほういんのみや》を取り立てまゐらせて、[15]奥山《おくのやま》に楯籠《たてご》もる。[16]宇都宮治部少輔入道《うつのみやじぶのしょうにゅうどう》は、紀清両党《きせいりょうとう》五百余騎を率《そっ》して、吉野へ馳《は》せ参《まい》りければ、旧功を捨てざる志《こころざし》を、君

大館氏明とともに、京都還幸に従った。

7　武蔵国出身で、兵庫県丹波市青垣町、三田(さんだ)市東本庄に住んだ武士。

8　丹波市氷上町。弘浪山の高山寺跡にあった城。

9　新田氏の大館一族。

10　加東市天神。

11　三木市吉川町に住んだ武士。高田は不詳。

12　神戸市北区山田町、丹生山(たんじょうさん)。

13　井伊道政。静岡県浜松市北区引佐(いなさ)町井伊谷(いいのや)に住んだ武士。

14　延元二年(一三三七)春に還俗。尊澄法親王から、宗良(むねよし)親王に改名。後醍醐帝の山門よりの還幸の際、遠江国へ落ちた。第十七巻・16、参照。

15　浜松市北区引佐町奥山の半僧坊方広寺。

殊《こと》に叡感《えいかん》あつて、則ち還俗《げんぞく》せさせられ、四位《しい》の少将《しょうしょう》にぞなされける。

この外《ほか》、[17]四夷《しい》八蛮《はちばん》、ここかしこより起こるとのみ聞こえしかば、[18]先帝旧労《きゅうろう》の功臣、義貞《よしさだ》が恩顧《おんこ》の軍勢等《ら》、[19]病雀《びょうじゃく》花を喰《くら》うて飛揚《ひよう》の翅《つばさ》を展《の》べ、轍魚《てつぎょ》の雨を得て噞喁《げんぐう》の唇《くちびる》を湿《うるお》しぬと、喜び思はぬ人もなし。

相模次郎《さがみのじろう》時行勅免《ときゆきちょくめん》の事　6

[1]先亡相模入道崇鑑《せんぼうさがみのにゅうどうそうかん》が二男《じなん》、[2]相模次郎時行は、一家忽《たちま》ちに亡《ほろ》びし後《のち》は、[3]天に跼《せぐくま》り、地に蹐《ぬきあし》して、一身を置くに安《やす》き処《ところ》なかりしかば、ここの禅院《ぜんいん》、かしこの[4]律院《りついん》に、一夜、二夜を明かして隠れありきけるが、ひそかに使者を吉野《よしの》へ進《まい》せて申しけるは、「亡親高時法師《ぼうしんたかときほうし》、臣たる道を弁《わきま》へずして、つひに滅亡を[5]勅勘《ちょっかん》の

16　公綱。流布本「宇都宮治部大輔入道」が正しい。後醍醐帝の山門よりの還幸後、第十七巻・17に「出家の体」とある。
17　四方八方の夷(えびす)。将軍の命に従わない武士の意。
18　後醍醐帝の古い功臣。
19　衰えた者が勢いを盛り返すたとえ。轍魚は、轍(わだち)にたまったわずかな水にあえぐ魚。噞喁は、魚が水面に口を出して息づくこと。

6
1　亡んだ先代、北条高時。
2　高時の次男。中先代の乱を起こして失敗（第十三巻・8）、身を隠していた。
3　天の下で体をちぢめ、地も抜き足で歩く。身の置き所のないこと。「天に跼(せぐくま)り地に蹐(ぬきあし)して、容るる所無きが如し」（文選・

下《もと》に得《え》候ひき。しかりと雖《いえど》も、6天誅《てんちゅう》の理《り》に当たる故《ゆえ》を存ずるによつて、時行、一塵《いちじん》も君を恨み申す所存《しょぞん》候はず。7元弘《げんこう》に、義貞は関東を滅ぼし、尊氏《たかうじ》は六波羅《ろくはら》を攻め落とす。かの両人、いづれも8勅命《ちょくめい》によつて征罰《せいばつ》を事とし候ふ間、憤《いきどお》りを公儀《こうぎ》に忘れ候ひし処に、尊氏、忽《たちま》ちに朝敵《ちょうてき》となりしかば、9威《い》を綸命《りんめい》の下に仮《か》つて後、世を叛逆《ほんぎゃく》の中に奪はんと企《くわだ》てける心中《しんちゅう》、事すでに露顕《ろけん》候ひ訖《おわ》んぬ。そもそも、尊氏が人たる事、ひとへに当家10優恕《ゆうじょ》の厚《こう》恩《おん》に依《よ》り候ひき。しかるを、恩を荷《にな》うて恩を忘れ、天を戴《いただ》きて天を乖《そむ》く。その11大逆無道《たいぎゃくぶとう》の甚だしき事、世の悪《にく》む処、人の指《ゆび》さす所なり。ここを以て、当家の氏族等《ら》、悉《ことごと》く12敵を他《た》に取らず、推《お》して尊氏、直義《ただよし》等がために恨みを散ぜん事を存ず。13天鑑《てんかん》明らかに下情《かじょう》を照らされば、枉《ま》げて勅免《ちょくめん》を蒙《こうぶ》つて、朝敵誅罰《ちゅうばつ》の計略を運《めぐ》らすべき由《よし》、14綸旨《りんし》を成《な》し下《くだ》されて、官軍の義戦《ぎせん》を資《たす》け、15皇統《とう》の大化《たいか》を仰ぎ申すべきにて候ふ。それ不義の父を誅《ちゅう》せられて、

陸機・平原内史を謝する表)。
4　律宗寺院。
5　帝によるおとがめ。
6　天が下す罰が道理に叶っていること。
7　元弘三年(一三三三)、新田義貞が鎌倉を滅ぼし(第十巻)、足利高氏が六波羅を滅ぼしたこと(第九巻)。
8　勅命により北条氏を討った以上、公の決定に対し憤ることはしなかったが。
9　(持明院統の)帝の命に威を借りて。
10　北条家が寛大な心で与えた大恩。
11　悪逆非道。
12　敵を他に求めず。
13　帝のご照覧によって下々の真情が明らかにされるなら、何とぞ帝のお許しを得て。
14　帝の命を奉じて蔵人が

忠功の子を召《め》し仕《つか》はるる例《ためし》、異国には[16]趙盾《ちょうとん》、わが朝《ちょう》には[17]義朝《よしとも》、その外《ほか》、[18]泛々《はんぱん》たる類ひ、勝計《しょうけい》すべからず。[19]用捨偏《ようしゃへん》なくして、弛《し》(張)時《ちょうとき》あるは、[20]明王《めいおう》の士を撰ばるる徳なり。[21]豈《あ》に既往《きおう》の罪を以て、当然《とうぜん》の理《ことわ》りを棄《す》てられ候はんや」と、[22]伝奏《てんそう》に属《しょく》して、委細にぞ奏聞《そうもん》したりける。

主上《しゅしょう》、よくよく聞こし召して、「[23]犂牛《りぎゅう》の喩《たと》へ、[24]その理《ことわ》りしかなり。罰その罪にあたり、賞その功に依《よ》るを、善政の最《さい》とする」とて、乃《すなは》ち[25]恩免《おんめん》の綸旨《りんし》を下されける。

奥州国司《おうしゅうのこくし》顕家卿《あきいえきょう》上洛《しょうらく》の事、付《つけたり》新田《にった》徳寿丸《とくじゅまる》上洛《しょうらく》の事 7

奥州国司[1]北畠源中納言顕家卿《きたばたけのげんちゅうなごんあきいえきょう》は、去んぬる[2]元弘《げんこう》三年正月に、園城寺合戦《おんじょうじかっせん》の時、上洛せられて、義貞《よしさだ》に力を勠《あわ》せ、尊氏《たかうじ》卿《きょう》を西海《さいかい》の濤《なみ》に漂はせし、無双《ぶそう》の大功なりとて、[3]鎮守府将軍《ちんじゅふのしょうぐん》に

発給する文書。
15 正統な帝の大いなる徳化。
16 中国春秋時代、晋の霊公に仕えて国政を司ったが、主君を諫めて殺されかけて亡命。景公の代に、趙盾の子趙朔は国政についた(史記・趙世家)。
17 源為義の子。保元の乱で後白河帝方につき、乱後、崇徳上皇方についた父為義を斬った。
18 些末な前例は、かぞえきれないほどだ。
19 扱いが公平で、寛大と厳格が時機を得ているのは。
20 英明な王。
21 過去の罪によって、しかるべき理を捨ててはならない。
22 取り次ぎの臣。
23 犂牛は、まだらの牛。微賤の出ながら人格優れた

なされて、奥州へぞ下されたりける。その[4]翌年《つぎのとし》、官軍戦ひ破れて、君山門《さんもん》より還幸《かんこう》なり、[5]花山院《かさんのいん》の故宮《こきゅう》に幽閉せられさせ給ひ、義貞朝臣《よしさだあそん》金崎《かねがさき》にて自害したりと聞こえし後《のち》は、顕家卿に付《つ》き順《したが》ふ郎等《ろうどう》も、皆落ち失せて、勢ひ微々になりしかば、わづかに伊達郡《だてのこおり》 [6]霊山《りょうぜん》の城一つを守つて、あるもなきが如くにてぞおはしける。

かかる処《ところ》に、主上は吉野《よしの》へ潜幸《せんこう》なり、義貞朝臣は北国《ほっこく》に打つて出でたりと、披露《ひろう》ありければ、いつしかまた人の心替はつて、催促《さいそく》に順《したが》ふ人多かりけり。

顕家卿、時を得たりと悦《よろこ》びて、[7]廻文《かいぶん》を以て[8]便宜《びんぎ》の輩《ともがら》を催《もよお》さるるに、[9]結城《ゆうき》上野入道源秀《こうずけのにゅうどうげんしゅう》を始めとして、[10]伊達《だて》、信夫《しのぶ》、南部《なんぶ》、下山《しもやま》、六千余騎にて馳《は》せ参《まい》る。国司、則ちその勢《せい》を并《あわ》せて三万余騎、[11]白河関《しらかわのせき》へ打ち越え給ふに、[12]奥州五十四郡の勢、[13]多分《たぶん》馳《は》せ付《つ》いて、程なく十万余騎になりにけり。さらば、やがて鎌倉《かまくら》を

仲弓を、孔子が牛にたとえ、まだらな毛色の牛の子でも毛並と角がよければ神の供え物に抜擢されるとした故事(論語・雍也)。

24　その申すところは道理に叶っている。

25　恩赦。

7

1　親房の子。

2　簗田本「建武三年」(一三三六)が正しい。他本は底本に同じ。第十五巻・2、参照。

3　奥州平定のため、陸奥国に置かれた軍政府の長官。顕家が鎮守府将軍になったのは、三井寺合戦前年の建武二年十一月(第十六巻・2)。尊氏追討の功により、あらためて陸奥大守として任国に赴いた。

4　同じ建武三年。翌年と

攻め落として上洛《しょうらく》すべしとて、八月十九日[14]、白河関《しらかわのせき》を立つて、下野国《しもつけのくに》へ打ち越え給ふ。鎌倉《かまくら》の管領《かんれい》[15]足利左馬頭義詮《あしかがさまのかみよしあきら》、この事を聞き給ひて、[16]上杉民部大輔《うえすぎみんぶのたいふ》に、[17]細川阿波守《ほそかわあわのかみ》、[18]高大和守《こうのやまとのかみ》、武蔵《むさし》、相模《さがみ》の勢《せい》八万余騎を相添へて、[19]戸祢川《とねがわ》にて[20]支《ささ》へらる。

さる程に、両陣の勢、東西の岸に打《う》ち莅《のぞ》んで、互ひにこれを渡さんと、渡るべき瀬やあると見けれども、時節《おりふし》、余所《よそ》の時雨《しぐれ》に水増さりて、逆浪《さかなみ》高く漲《みなぎ》り落《お》つ。[21]浅瀬はさてもありやなしやと、事《こと》問ふべき渡守《わたしもり》さへなければ、両陣ともに、水の[22]干落《ひお》つる程を相待《あいま》ちて、徒《いたず》らに一日一夜は過ぎにけり。

ここに、国司の兵、[23]長井斎藤別当実永《ながいのさいとうべっとうさねなが》と云ふ者あり。大将の前に進み出でて申しけるは、「古《いにし》へより今に至るまで、川を阻《へだ》てたる陣を渡して、勝たずと云ふ事なし。たとひ水増さりて日来《ひごろ》より深くとも、この川、[24]宇治《うじ》、勢多《せた》、藤戸《ふじと》、富士川《ふじがわ》にまさるまではよもあらじ。敵に先《せん》をせられぬさきに、[25]こなたより渡

するのは誤り。
5 京都市上京区京都御苑内にあった花山上皇の御所で、花山院家が伝領した。
6 福島県伊達市と相馬市の境にある霊山。山頂に天台宗の霊山寺があった。
7 回覧して用件を伝える文書。
8 折よく召集できる者。
9 俗名宗広。福島県白河市に住んだ豪族。法名は、道忠とも(本巻・9)。
10 伊達は、伊達市に住んだ武士、信夫(佐藤氏を称する)は、福島市に住んだ武士。南部・下山は、奥州に住んだ甲斐源氏。
11 白河市にあった関所。歌枕。
12 陸奥国。五十四の郡があったという。
13 大部分。
14 建武四年(一三三七)。

して、気を援《たす》けて戦ひを決し候はばや」と申しければ、国司、「[26]合戦の道をば、勇士に任《まか》するに如《し》かず。ともかくも計らふべし」とぞ許されける。実永、大きに悦《よろこ》び、馬の[27]腹帯《はるび》をしめ、甲《かぶと》の緒をしめて、渡さんと打つ立ちけるを見て、いつも軍《いくさ》の先を争ひける[28]閉《へ》伊十郎《いのじゅうろう》、高木三郎《たかぎのさぶろう》、少しも前後を見繕《みつくろ》はず、ただ二騎、馬をさつと打ち入れて、「今日の軍の先懸け、後《のち》に論ずる人あらば、[29]河《か》伯水神《はくすいじん》に向かつて問へ」と、高声《こうしょう》に呼ばはりて、[30]箆《の》撓形《ためがた》に流れを塞《せ》いてぞ渡しける。

長井斎藤別当、同じき舎弟豊後次郎《ぶんごのじろう》、兄弟二人《ににん》これを見て、「人の渡したらん処《ところ》を渡しては、何の高名《こうみょう》かあるべき」と、ともに腹を立てて、これより三町ばかり上《かみ》なる瀬を、ただ二騎渡しけるが、岩波高くして、逆巻《さかま》く波に巻き入れられて、馬人《うまひと》ともにまたも見えず、底に沈んで失せにけり。その身は徒《いたず》らに溺《おぼ》れて、尸《かばね》は急流の底に漂ふと云へども、その名は止《とど》まつて、武[31]

15 尊氏の三男。
16 憲顕。憲房の子。
17 和氏。公頼の子。
18 重茂(しげもち)。師重の子。師直・師泰の兄弟。
19 関東平野を流れる利根川。 20 待ち構える。
21 浅瀬はあるのかないのかと、尋ねようにも渡し守もいない。「伊勢物語」九段の「名にしおはばいざ事問はむ都鳥わが思ふ人はありやなしやと」をふまえる。
22 水かさが引く。
23 越前出身で、武蔵国幡羅郡長井荘(埼玉県熊谷市永井太田)を領した武士。利仁流藤原氏。源平合戦で有名な長井斎藤別当実盛の子孫。
24 いずれも源平合戦の古戦場(平家物語巻四・橋合戦、巻五・富士川、巻九・宇治川先陣、巻十・藤戸)。

を九泉《きゅうせん》の先に耀《かかや》かす。「誠《まこと》にかくてこそ、[32]鬢髭《びんひげ》を染めて討死《うちじに》せし実盛《さねもり》が末《すえ》とは覚えたれ」と、万人《ばんにん》の感ぜし言《ことば》の下に、先祖の名をさへぞ揚《あ》げたりける。

これを先として、奥州《おうしゅう》の勢《せい》十万余騎、一度にさつと打ち入れて真十文字《まじゅうもんじ》に渡せば、鎌倉勢《かまくらぜい》八万余騎、同時に渡し合はせて、川中にして勝負を決せんとす。されども、[33]先《ま》づ一番に渡しつる奥州の人馬に、東岸《とうがん》の流れ塞《せ》かれて、西岸《せいがん》の水の早き事、恰《あた》か龍門三級《りゅうもんさんきゅう》の滝の如くなれば、鎌倉勢の先陣三千余騎、[34]馬筏《うまいかだ》を押し破られて、浮きぬ沈みぬ流れ行く。後陣《ごじん》の勢は、これを見て、叶《かな》はじとや思ひけん、川中《かわなか》より引つ返して、[35]平野《ひらの》に支へて戦ひけるが、[36]引き立つたる軍《いくさ》なれば、右往左往《うおうさおう》へ懸け散らされて、皆鎌倉へ引つ返す。

奥州国司《おうしゅうのこくし》、戸祢川《とねがわ》の合戦に打ち勝つて、勢ひ漸《ようや》く強大なりと云へども、鎌倉になほ[37]東《とう》八ヶ国の勢馳《は》せ集《あつ》まつて、雲霞《うんか》の如

25 こちらから先に渡って、士気を励まして。
26 合戦の仕方は、勇士にまかせるのが何よりだ。
27 鞍を固定するため馬の腹にしめる帯。
28 閉伊は、陸奥国閉伊郡(岩手県久慈市周辺)に住んだ武士。高木は不詳。
29 川の神。
30 箆撓(反った矢を撓め直す道具)の形のように斜めに流れを塞いで。
31 武名を死後に残した。九泉は、九重の地の底で死後の世界。
32 「平家物語」巻七・実盛に基づく。老武者とあなどられぬよう、鬢髭を黒く染めて戦い討死した。
33 先に渡った奥州勢に、川の東の流れがせき止められ、川の西の方の流れが速くなった。龍門三級は、中

くなりと聞こえければ、[38]武蔵《むさし》の府《こう》に五ヶ日逗留《とうりゅう》して、ひそかに鎌倉の様《よう》をぞ伺《うかが》ひ聞き給ひける。

かかる処《ところ》に、宇都宮左少将公綱《うつのみやさしょうしょうきんつな》が手の物に[39]紀清両党《きせいりょうとう》、千余騎にて国司に馳《は》せ参《まい》る。しかれども、[40]芳賀兵衛入道禅可《はがひょうえにゅうどうぜんか》一人《いちにん》は、[41]国司に属《しょく》せず、公綱が子息[42]加賀寿丸《かがじゅまる》を大将にて、なほ[43]宇都宮が城に楯籠《たてご》もる。これによつて国司、伊達《だて》、信夫《しのぶ》の兵二万余騎を差《さ》し遣《つか》はして、宇都宮が城を攻めらるるに、禅可、三日が中《うち》に攻め落とされて降参したりけるが、四、五日経《へ》て後《のち》、また将軍方へぞ馳《は》せ付《つ》きける。

この時に、[44]先亡《せんぼう》の余類相模次郎時行《さがみのじろうときゆき》も、すでに[45]吉野殿《よしのどの》より勅《ちょく》免《めん》を蒙《こうぶ》つてければ、伊豆国《いずのくに》より起こつて五千余騎、[46]足柄《あしがら》、箱根《はこね》に陣を取つて、相共《あいとも》に鎌倉を攻むべき由《よし》、国司へ牒《ちょう》せらる。

また、新田左中将義貞《にったさちゅうじょうよしさだ》の次男[47]徳寿丸《とくじゅまる》、上野国《こうずけのくに》より起こつて二万余騎、武蔵国《むさしのくに》へ打ち越えて、[48]入間川《いるまがわ》にて[49]着到《ちゃくとう》を付けらる。

国の黄河中流の龍門山(山西省と陝西省の境)付近の急流。三段の滝になる。
34 馬を筏のように並べて川を渡ること。
35 平地に陣取って。
36 浮き足だった。
37 相模・武蔵・安房・上総・下総・上野・下野・常陸の関東の八か国。
38 東京都府中市にあった武蔵国府。
39 宇都宮配下の紀氏・清原氏の二つの党の武士団。
40 俗名高名(たかな)。宇都宮氏に仕える清(いせ)の党の旗頭。栃木県芳賀郡に住んだ。
41 北畠顕家の軍勢(官軍)に従わず。
42 宇都宮氏綱。
43 栃木県宇都宮市本丸町に城址がある。
44 亡んだ先代(北条氏)の残党、北条時行。

国司の合戦もし延引《えんいん》せば、[50]自余《じよ》の勢《せい》を待たずして鎌倉《かまくら》へ寄すべしとぞ、相謀《あいはか》りける。

鎌倉には、上杉民部大輔《うえすぎみんぶのたいふ》、同じき[51]中務大輔《なかつかさのたいふ》、[52]志和三郎《しわのさぶろう》、[53]桃《もも》井《のい》播磨守《はりまのかみ》、高大和守《こうのやまとのかみ》以下《いげ》、宗徒《むねと》の大名《だいみょう》数十人、大将足利左馬頭《あしかがさまのかみ》義詮《よしあきら》の前に参つて[54]評定《ひょうじょう》しけるは、「戸祢川《とねがわ》の合戦の後《のち》、御方《みかた》気[55]を失つて、大半落ちにけり。敵は勢ひに乗つて、いよいよ猛勢になりぬ。今は重ねて戦ふとも、勝つ事を得難《えがた》し。ただ安房《あわ》、上総《かずさ》へ引き退《しりぞ》いて、[56]東《とう》八ヶ国の勢何方《いずかた》へか付くと見て、時の変《へん》違《い》に随ひ、軍《いくさ》の[57]安否《あんぴ》を計らうて戦ふべきか」なんど、[58]延び延びとしたる評定のみあつて、[59]誠《まこと》に冷《すず》しく聞こえたる義勢《ぎせい》は、かつてなかりけり。

桃井坂東勢奥州勢《もものいばんどうぜいおうしゅうぜい》の跡《あと》を追《お》つて道々合戦《みちみちかっせん》の事　8

45　後醍醐帝。
46　神奈川県南足柄市の足柄峠と、足柄下郡箱根町。
47　新田義興。
48　埼玉県入間郡名栗村(現、飯能市)に源を発し、入間市、狭山市を流れ、東京都墨田区の隅田の渡で、古利根川すなわち隅田川に合流。
49　軍勢の来着を記す帳簿。
50　他の軍勢。
51　憲藤。憲顕の兄。
52　斯波高経の子、家長。
53　直常。貞頼の子。
54　評議。ここは作戦会議。
55　士気を失って。
56　関東八か国の軍勢がどちらに付くか見定めて。
57　成否。
58　気の長い評定を延々と続けて。
59　いさぎよく戦おうとする意気込み。

[1]大将左馬頭は、その比《ころ》、年わづかに十一歳になり給ひしかば、未だ思慮あるべき程にてもおはせざりけるが、つくづくとこの評定を聞き給ひて、「そもそもこれは、[2]面々《めんめん》の異見《いけん》とも覚えぬ事かな。軍《いくさ》をする程にては、一方《いっぽう》負けずと云ふ事あるべからず。[3]打ち負けて叶《かな》ふまじとそぞろに畏《お》ぢ恐《おそ》れば、軍《いくさ》をせぬものにてこそあらめ。苟《いやしく》も義詮東国《とうごく》の管領《かんれい》として、たまたま鎌倉にありながら、敵大勢《おおぜい》なればとて、ここにて一軍《ひといくさ》もせざらんは、[4]後難《こうなん》遁《のが》れがたく、敵の[5]欺《あざむ》かん事尤《もっと》も当たるべし。されば、たとひ御《み》方小勢《かたこぜい》なりとも、敵寄せ来たらば、馳《は》せ向《む》かつて戦はんに、叶はずは討死《うちじに》すべし。もしまた[6]遁れぬべくは、一方打ち破つて、安房、上総へも引き退いて、敵の後ろに付いて上洛《しょうらく》し、[7]宇治《うじ》、勢多《せた》の辺にて前後より攻めたらんに、などか敵を亡《ほろ》ぼさざらん」と、[8]謀《はかりごとこま》濃やかに、義に当たつて宣《のたま》ひければ、[9]首将猛卒《しゅしょうもうそつ》、均《ひと》しくこの一言《いちごん》に励《はげ》まされて、さらば、討死《うちじに》するより外《ほか》の事な

8

1　足利義詮。元徳二年(一三三〇)の生まれであるから、この年八歳。
2　おのおのがた。
3　負けては困るとむやみに恐れるなら、戦さなどしないにこしたことがない。
4　後々の非難。
5　あざける。
6　逃れることができたら。
7　宇治川にかかる宇治橋(京都府宇治市)と、琵琶湖から瀬田川への注ぎ口にかかる瀬田橋(滋賀県大津市)。
8　作戦を緻密に、理屈に叶っておっしゃったので。
9　大将と勇猛な士卒。

しと、[10]一偏《いっぺん》に思ひ定めて、鎌倉中《かまくらちゅう》に楯籠《たてご》もる。その勢《せい》一万騎に過ぎざりけり。

　これを聞いて、奥州国司《おうしゅうのこくし》、新田徳寿丸《にったとくじゅまる》、相模次郎時行《さがみのじろうときゆき》、宇《う》都宮《つのみや》の紀清両党《きせいりょうとう》、かれこれ都合十万余騎、十二月二十八日に、諸方《しょほう》皆[11]牒《ちょう》し合《あ》はせて、鎌倉へぞ寄せ来たりける。鎌倉には、敵の様《よう》を聞いて、とても勝つべき軍《いくさ》ならずと、[12]一筋《ひとすじ》に皆思ひ切つたりければ、城を堅くし、塁《ほり》を深くする謀《はかりごと》をも事とせず、一万余騎を四手に分けて、道々に出で合ひて、懸け合はせ懸け合はせ、[13]一日《いちにち》、おのおの身命を惜しまず戦ひける程に、一方の大将にて向かはれたる志和三郎《しわのさぶろう》、[14]杉下《すぎもと》にて討たれにければ、この陣より軍《いくさ》破れて、寄手《よせて》[15]谷々《やつやつ》に乱れ入る。寄手三方を囲んで、御方《みかた》一所に集まりしかば、討たるる者は多くして、戦ふ兵少なし。かくては、始終叶《しじゅうかな》ふべしとも見えざりければ、大将左馬頭《さまのかみ》を[16]具足《ぐそく》し奉つて、高《こう》、上杉《うえすぎ》、桃井以下《もものいいげ》の人々、思ひ思ひ心々[17]に

10 ひたすらに。
11 合図を取り合って。
12 一途に皆(討死しかないと)心に決めたので。
13 終日。
14 神奈川県鎌倉市二階堂の杉本寺のあたり。
15 鎌倉の町を構成する谷あいの地。
16 お連れして。
17 それぞれの心まかせに。

なつてぞ落ちられける。

　かかりし後《のち》は、東国《とうごく》の勢、宮方《みやがた》に随ひ付く事雲霞《うんか》の如し。今鎌倉に逗留《とうりゅう》しても、何の用かあるべきとて、国司顕家卿《あきいえきょう》、正月[18]八日、鎌倉を立つて、[19]夜《よ》を日《ひ》に継《つ》いで上洛《しょうらく》し給へば、その勢都合五十万騎、前後五日路《いつかじ》、左右四、五里を押して通るに、元来《もとより》[20]無道不造《ぶとうふぞう》の夷《えびす》どもなれば、[21]路次《ろし》の民屋《みんおく》を追補《ついぶ》し、神社仏閣を壊《こぼ》ちたり。惣《すべ》てこの勢の打ち過ぎける跡、塵《ちり》を払うて、海道《かいどう》二、三里が間には、家の[22]一宇《いちう》も残らず、草木の一本もなかりけり。かくて前陣《せんじん》すでに尾張《おわり》の[23]熱田《あつた》に着きければ、[24]摂津大宮司《つのだいぐうじ》入道《にゅうどう》源雄《げんゆう》、五百余騎にて馳《は》せ付《つ》く。同じき日、美濃国《みののくに》の[25]根尾《ねお》、鳥籠《とこ》山《やま》より、[26]堀口美濃守貞満《ほりぐちみののかみさだみつ》、千余騎にて馳《は》せ加《くわ》はる。今は、これより西、京までの道には、誰《たれ》ありとも、この勢《せい》を聊《いささ》かも支[27]へんとする者あり難《がた》しとぞ見えたりける。

　ここに、鎌倉の軍《いくさ》に打ち負けて、方々《ほうぼう》へ落ちられたりし上杉《うえすぎ》

18　暦応元年(一三三八)。
19　昼夜兼行で。
20　無道は、人の道にそむくこと。不造は、いたらないこと。神田本・玄玖本「無道不善」、流布本「無慚無愧」。
21　道中の民家を略奪し。
22　一軒。
23　愛知県名古屋市熱田区。熱田神宮がある。
24　熱田大宮司昌能。
25　岐阜県本巣市根尾、揖斐郡揖斐川町徳山。根尾は、宮方の根尾氏の拠点。
26　貞義の子。新田一族。
27　防ごうとする。

民部大輔《みんぶのたいふ》、舎弟[28]宮内少輔《くないのしょう》は、相模国《さがみのくに》より起こり、桃井播磨守直常《もものいはりまのかみただつね》は、箱根《はこね》より打ち出でて、[29]高駿河守《こうのするがのかみ》、安房《あわ》、上総《かずさ》より鎌倉《かまくら》へ渡り、武蔵《むさし》、相模の勢《せい》を催さるるに、所存あつて[30]国司の方《かた》へは付かざりつる[31]江戸《えど》、葛西《かさい》、三浦《みうら》、鎌倉、[32]坂東《ばんどう》の八平氏、[33]武蔵の七党《しちとう》、三万余騎にて馳《は》せ参《まい》る。また、清《せい》の党《とう》の旗頭《はたがしら》芳賀《はが》兵衛《ひょうえ》入道禅可《にゅうどうぜんか》も、元来《もとより》将軍方に志《こころざし》ありければ、紀清《きせい》両党《りょうとう》が国司に属《しょく》して上洛《しょうらく》しつる時、[34]虚病《きょびょう》して国に留《とど》まりけるが、清の党千騎を率《そっ》して馳せ参る。この勢また五万余騎、国司の跡を追うて、先陣すでに[35]三河国《みかわのくに》に着きければ、当国の守護[36](高《こうの》)尾張守《おわりのかみ》、六千余騎にて馳《は》せ加《くわ》はる。中《なか》一日あつて遠江《とおとうみ》に着けば、その国の守護[37]今川五郎入道《いまがわごろうにゅうどう》、二千余騎にて馳せ加はる。美濃国《みののくに》[38]墨俣《すのまた》に着けば、[39]土岐《とき》弾正少弼《だんじょうのしょうひつ》頼遠《よりとお》、七百余騎にて馳せ加はる。

国司の勢は六十万騎、前《さき》を急ぎて将軍を討ち奉らんと欲して上洛すれば、高、上杉、桃井が勢八万余騎、国司を討たんと跡

28 宮内少輔憲成か。憲顕の弟ではなく、従兄弟。
29 師茂。師直・師泰の弟。
30 奥州国司北畠顕家。
31 いずれも坂東平氏。江戸は、武蔵国豊島郡(東京都中央区)、葛西は、下総国葛飾郡(江戸川区)、三浦は、相模国三浦郡(神奈川県横須賀市)、鎌倉は、相模国鎌倉郡(鎌倉市)に起こった武士。
32 関東に勢力を張った桓武平氏の八つの豪族。
33 武蔵国に勢力を張った七つの党の武士団。丹・私市《きさいち》・児玉・猪股・西・横山・村山。
34 仮病。
35 神田本「駿河国」。
36 高師秀または師業か。
37 範国。基氏の子。
38 岐阜県大垣市墨俣町。
39 頼貞の子。美濃守護。

に付いて行く。「[40]蟷螂蟬《とうろうせみ》を窺《うかが》へば、野鳥《やちょう》蟷螂を窺ふ」と云ふ荘《そう》子《じ》が人間世《じんかんせい》の人の喩《たと》へ、げにもと思ひ知られたり。

青野原軍《あおのがはらいくさ》の事　9

[1]坂東《ばんどう》の後攻《ごづ》めの勢は、美濃国に着いて評定《ひょうじょう》しけるは、「[2]将軍は定めて宇治《うじ》、勢多《せた》の[3]橋を引いてぞ、支《ささ》へられんずらん。さる程ならば、国司、勢多川を渡しかねて、徒《いたず》らに日を送るべし。その時、[4]老兵《ろうへい》の弊《つい》えに乗つて、国司の勢を前後より攻めんに、勝つ事を立《た》ち所《どころ》に得つべし」と申し合はれけるを、土岐頼遠、黙然《もくねん》として耳を傾《かたぶ》けけるが、「そもそも、目の前を打つて通る敵を、大勢《おおぜい》なればとて、矢一つをも射ずして、徒《いたず》らに後日《ごじつ》の弊《つい》えに乗らん事を待たん事は、ただ[5]楚の宋義《そうぎ》が、「虻《あぶ》を殺すには、その馬を撃《う》たず」と云ひしに似たるべし。[6]天下の人口《じんこう》、ただこ

40　獲物をねらうあまり、自分に迫る危険を忘れるたとえ。蟷螂は、かまきり。わが身に迫る危険に気づかぬたとえ(荘子・山木、説苑・正諫)。

9

1　北畠顕家の軍勢を追う関東の足利勢。
2　尊氏。
3　橋板を取り外して、応戦なさるだろう。
4　疲れた兵が弱ったところに乗じて。
5　趙を包囲した秦軍を攻める楚の項羽に対して、宋義が、「牛の蝱(あぶ)を搏(う)つに、以て蟣蝨(しらみ)を破るべからず」(牛に付いた虻をたたいても、中の虱は殺せない)として、秦軍が疲れるのを待って攻撃すべきだと主張した故事(史記・項

の[7]一挙《いっきょ》にあるべし。所詮《しょせん》、[8]自余《じょ》の事は未だ知るべからず。頼遠《よりとお》に於ては、[9]命を際《きわ》の一合戦《ひとかっせん》して、義に曝《さら》せる尸《かばね》を九原《きゅうげん》の苔に留《とど》むべし」と、また[10]余儀《よぎ》もなう申されければ、諸大将、皆理《り》に服して、悉《ことごと》くこの儀にぞ同《どう》じける。

　また、奥勢《おくぜい》すでに、先陣[11]垂井《たるい》、赤坂《あかさか》辺に着いたりけるが、跡より追うて上《のぼ》る後攻《ごづ》めの勢《せい》近づきぬと聞こえければ、先《ま》づその敵を退治せよとて、三里引つ返して、美濃《みの》、尾張《おわり》両国の間に陣を取らずと云ふ処《ところ》なし。

　後攻めの勢は、八万余騎を五手《いって》に分けて、[12]前後を鬮《くじ》に取りたりければ、先づ一番に、[13]小笠原信濃守《おがさわらしなののかみ》、芳賀《はが》清兵衛入道禅可《せいひょうえにゅうどうぜんか》、二千余騎にて、[14]自貴《じぎ》の渡《わたり》へ馳《は》せ向《む》かへば、奥州《おうしゅう》の伊達《だて》、信夫《しのぶ》の者ども、三千余騎にて川を渡して、芳賀、小笠原、散々《さんざん》に懸け散らされて、残り少なに討たれにけり。

二番に、高大和守《こうのやまとのかみ》、三千余騎にて墨俣川《すのまたがわ》を(渡る処に)、渡し

羽本紀)。
6 世間の評価。
7 一戦。
8 他の人々のこと。
9 命がけの一戦をして、義によってさらす屍を墓場の苔に朽ちさせよう。
10 断固として。
11 岐阜県不破郡垂井町、大垣市赤坂町。
12 出陣の順序をくじで決めたので。
13 貞宗。信濃守護。
14 食(きじ)とも。羽島郡岐南町の旧地名。
15 敵味方を区別する布きれ。兜や鎧の袖につける。
16 約一時間。
17 ばらばらになって逃げて、山を退却場として。
18 名は高継。
19 羽島市足近(あじか)町。
20 俗名は宗広。

も立てず、相模次郎時行《さがみのじろうときゆき》、五千余騎にて乱れ合ひ、互ひに[15]笠《かさ》符《じるし》をしるべにて、組んで落ち、(落ち)重なつて首を取る。[16]半時《はんとき》ばかり戦うたるに、大和守、憑《たの》み切つたる兵三百余騎討たれにければ、東西に[17]あらけ靡《なび》いて、山を便りに引き退く。

三番に、今川五郎入道《いまがわごろうにゅうどう》、[18]三浦新介《みうらのしんすけ》、[19]阿字賀《あじか》に打ち出でて、横合ひに懸かる処を、南部《なんぶ》、下山《しもやま》、[20]結城入道道忠《ゆうきにゅうどうどうちゅう》、一万余騎にて懸け合はせ、火出《い》づる程に戦うたり。三浦、今川、元来勢《もとよりせい》劣りなれば、ここの軍《いくさ》にも打ち負けて、川より東へ引き退く。

四番に、上杉民部大輔《うえすぎみんぶのたいふ》、同じき宮内少輔《くないのしょう》、武蔵《むさし》、上野《こうずけ》の勢都合一万余騎を率して、[21]青野原《あおのがはら》に打ち出でたり。新田徳寿丸《にったとくじゅまる》、宇《う》都宮《つのみや》の紀清両党《きせいりょうとう》、三万余騎にて相向かふ。[22]両陣の旗の紋、皆知り知られし兵どもなれば、後《のち》の嘲《あざけ》りをや恥ぢたりけん、互ひに一引《ひとひ》きも引かず、命を際《きわ》に相戦ふ。[23]毘嵐《びらん》断えて大地忽《たちま》ちに無間《むけん》獄《ごく》に堕《お》ちて、[24]水輪《すいりん》湧いて世界尽《ことごと》く有頂天《うちょうてん》に翻《ひるがえ》らんも、かくや

21　大垣市青野町から不破郡垂井町一帯の野原。後の関ヶ原。

22　上杉の旗の紋は、竹に対雀(むかいすずめ)、新田は、大中黒、宇都宮は、右三つ巴。

竹に対雀

右三つ巴

23　毘嵐は、仏説で世界の初めと終わりに吹く暴風。無間獄は、八熱地獄の第八。

24　水輪は、仏説で須弥山世界を支えている巨大な水の層。有頂天は、三界の最上。

と覚ゆるばかりなり。されども、大敵拉《とりひし》ぐに難《かた》ければ、上杉《うえすぎ》つひに打ち負けて、右往左往に落ちて行く。

五番に、桃井播磨守直常《もものいはりまのかみただつね》、土岐弾正少弼頼遠《ときだんじょうのしょうひつよりとお》、鋭卒《えいそつ》をすぐりて千余騎、[25]渺々《びょうびょう》たる青野原《あおのがはら》に打ち出でて、敵を西北に受けてひかへたり。ここには、国司鎮守府将軍顕家卿《ちんじゅふのしょうぐんあきいえきょう》、[26]春日少《かすがのしょう》将《しょう》顕信《あきのぶ》、出羽《でわ》、奥州《おうしゅう》の勢《せい》六万余騎を率して相向かふ。敵御方《みかた》を見合はするに、[27]千騎に一騎を合はすれども、なほ当たるに足らずと見えける処《ところ》に、土岐と桃井と、少しも機[28]を呑まれず、前に畏《おそ》るべき敵なく、後ろに退くべき心ありとも見えざりけり。

[29]時《とき》の声《こえ》揚《あ》ぐる程こそありけれ、千余騎ただ一手《ひとて》になつて、大《おお》勢《ぜい》の中へさつと懸け入り、半時《はんとき》ばかり戦うて、つと懸け抜けてその勢を見れば、三百余騎は討たれにけり。相残《あいのこ》る勢七百余騎をまた一手に聯《つら》ねて、副将軍春日少将のひかへ給へる二万余騎が中へ懸け入つて、東へ追《お》ひ靡《なび》け、南へ懸け散らし、[30]汗馬《かんば》の足

25 はるかに開けた。
26 北畠顕信。顕家の弟。
27 奥州勢千騎に足利勢一騎で向かっても、まだ足利方が足りない。
28 ひるむことなく。
29 鬨(とき)の声。
30 疾駆し汗をかいた馬。

を休めず、太刀の鐔音止《つばおとや》む時なく、[31]や声を出《い》だしてぞ切《き》り合《あ》うたる。

千騎が一騎になるまでも、引くな、引くなと、互ひに気を励《はげ》まして、ここを[32]先途《せんど》と戦ひけれども、敵雲霞《うんか》の如くなれば、ここに囲まれ、かしこに取り籠められ、[33]勢尽《つ》き、気《き》屈しければ、七百余騎の勢も、わづかに二十三騎に討ちなされ、土岐も、左の目の下より右の口脇《くちわき》、鼻まで鋒深《きっさきふか》に切り付けられて、[34]長森《ながもり》の城へ引き籠もる。桃井、三十余ヶ度の懸け合ひに、七十六騎に討ちなされ、馬の[35]三図《さんず》、[36]平頸《ひらくび》二太刀《ふたたち》切られ、[37]草摺《くさずり》のはづれ三《み》所《ところ》突かれ、余りに戦ひ疲れければ、「この軍《いくさ》、これに限るまじ。いざや人々、馬の足ちと休めん」とて、[38]墨俣川《すのまたがわ》に馬追《お》ひ漬《ひた》し、太刀、長刀《なぎなた》の血を洗うて、日暮るれば、野に下《お》り居《い》て、つひに川より東へは超《こ》さざりける。

[39]京都には、奥勢上洛《おくぜいしょうらく》の由《よし》、先立《さきだ》つて聞こえけれども、[40]土岐《とき》美《み》

31　や、というかけ声。
32　勝負の分け目。
33　勢いが尽き、気力も衰えたので。
34　岐阜市長森。
35　馬の尻の方の、骨の高くなっている部分。
36　馬の首のたてがみの下、左右平らな部分。
37　草摺（鎧の胴の下に垂れて大腿部を覆う防具）のはずれの覆われていない部分。
38　大垣市墨俣町を流れる長良川。
39　京都にいる尊氏たち。
40　土岐勢が美濃にいるので、「そうは言っても一戦はもちこたえるだろう」。

濃国《ののくに》にあれば、さりとも一支へはせんずらんと憑《たの》まれける処《ところ》に、頼遠《よりとお》、すでに青野原《あおのがはら》の合戦に打ち負けて、行方《ゆくえ》知らずとも聞こえ、または討たれたりとも披露《ひろう》ありければ、洛中の[41]周章斜《しゅうしょうなの》めならず。

さらば、宇治《うじ》、勢多《せた》の橋をや引いて相待《あいま》たん、しからずは、先《ま》づ西国《さいごく》の方《かた》へ引《ひ》き退《しりぞ》いて、四国、九州の勢《せい》を[42]付けて、却《かえ》つて敵をや攻むべきと、異儀区々《まちまち》に分かれて、評定《ひょうじょう》未だ[43]一途《いちず》に落《らっ》居《きょ》せざりけるを、[44]高越後守師泰《こうのえちごのかみもろやす》、且《しばら》く思案して申されけるは、「古《いにし》へより今に至るまで、都へ敵の寄せ来たる時、宇治、勢多の橋を引いて戦ふ事、その数を知らず。しかれども、この川にて敵を支へて、都を落とされずと云ふ事を未だ聞かず。これ、寄する者は、後ろを御方《みかた》にして勢ひに乗り、防く者は、わづかに[45]洛中を管領《かんれい》して気を失ふゆゑなり。不吉の例を逐《お》うて大敵を帝都《ていと》の辺にて相待たんよりは、[46]兵勝《へいしょう》の利に付いて、急ぎ近江《おうみ》、

41 あわてぶりは、ひととおりではない。
42 味方に加えて。
43 一つの案にまとまらなかったのを。
44 師直の弟。侍所頭人。
45 かろうじて洛中を維持して気力をなくしているからだ。
46 いくさに勝つその機を窺って。

美濃《みの》の辺に馳《は》せ向《む》かひ、戦ひを王畿《おうき》[47]の外に決せんには如《し》かじ」と、勇みその気に顕《あらわ》れ、謀《はかりごと》その理《り》に叶《かな》うて申されければ、将軍も左馬頭《さまのかみ》も、「この儀、しかるべし」とぞ、甘心《かんしん》[48]せられける。

さらば、時刻を移さず向かへとて、大将軍には、高越後守師泰、同じき播磨守師冬《はりまのかみもろふゆ》[49]、細川刑部大輔頼春《ほそかわぎょうぶのたいふよりはる》[50]、佐々木大夫判官《ささきたいふほうがん》[51]氏頼《うじより》崇永、が事同じき佐渡判官入道道誉《さどのほうがんにゅうどうどうよ》[52]、子息近江守秀綱《おうみのかみひでつな》[53]、この外《ほか》、諸国の大名《だいみょう》五十三人、都合一万余騎、二月四日に都を立つて、同じき六日の早旦《そうたん》[54]に、近江と美濃との堺なる黒地川《くろじがわ》[55]にぞ着きにける。奥勢も垂井《たるい》、赤坂《あかさか》に着きぬと聞こえければ、ここにて相待つべしとて、前には関《せき》[56]の藤川《ふじかわ》を隔《へだ》て、後ろには黒地川を当てて、その際《きわ》に陣をぞ取つたりける。

そもそも古《いにし》へより今に至るまで、勇士猛将の陣を取つて敵を待つには、後ろは山により、前には水を堺《さか》[57]ふ事にてこそあるに、今大河を後ろに当てて陣を取られける事は、一つの兵法《ひょうほう》なるべ

47　帝の直轄地たる畿内(山城・大和・摂津・河内・和泉)の外。
48　納得して満足された。
49　師行の子。師直の猶子。
50　公頼の子。阿波守護。
51　佐々木六角時信の子。近江守護。
52　俗名高氏。佐々木京極家。
53　道誉の長男。
54　早朝。
55　黒血川。岐阜県不破郡関ヶ原町を流れる。底本「黒治」。後出「黒地」(他本同じ)。
56　滋賀県の伊吹山中(米原市藤川)から岐阜県関ヶ原町へ流れる藤古《ふじ》(こ)川。
57　境にする。

し。

嚢砂背水《のうしゃはいすい》の陣《じん》の事　10

昔[1]、漢《かん》の高祖《こうそ》と楚《そ》の項羽《こうう》と、天下を争ひて八ヶ年が間、戦ふ事暫《しばら》くも休《や》まざりけるに、或る時、高祖、軍《いくさ》に負けて逃ぐる事三十里、討ち残されたる兵を数ふるに、三千騎にも足らざりけり。項羽、四十余万の勢《せい》を以てこれを追ひけるが、その日はすでに暮れぬ、夜《よ》明けなば、漢の陣へ押し寄せて、高祖を一時《いっし》に亡ぼさん事、隻手《せきしゅ》[2]の内にありとぞ、勇《いさ》み詈《ののし》りける。

ここに、高祖は、韓信《かんしん》[3]と云ひける兵を大将になして、陣を取らせける。韓信、わざと後ろに大河を当て、橋を焼き落とし、舟うちわりてぞ棄てたりける。これは、遁《のが》るまじき所を知つて、士卒《しそつ》一引《ひとひ》きも引く心なく、皆討死《うちじに》せよと示さんための謀《はかりごと》なり。

10
1　以下、「史記」淮陰侯列伝を原拠とする。嚢砂は、漢の韓信が楚の龍且(りゅうしょ)の大軍と戦ったときの策、背水は、韓信が趙を攻めるのに用いた策。二つを一続きの話として、漢楚合戦の故事としたもの。
2　たやすいことのたとえ。隻手は、片手。
3　高祖に仕えた智将、淮陰侯。蕭何(しょうか)・張良とともに三傑といわれる。

夜明けければ、項羽が兵、四十万騎にて押し寄せ、敵を小勢《こぜい》なりと侮《あなど》つて、戦ひを即時《そくじ》に決せんと、勢ひ参然《さんぜん》[4]として、左右を顧《かえり》みず懸かりける。韓信が兵三千余騎、一足《ひとあし》も引かず、死を争[5]うて戦ひける程に、項羽、忽《たちま》ちに討ち負けて、討たるる兵二十万人、却《かえ》つて逃ぐる事五十余里、沼を堺《さか》ひ、沢を隔《へだ》て、ここまでは敵よも懸かる事を得じと、橋を引いてぞ居たりける。

漢兵、勝《かつ》に乗つて、今夜《こよい》やがて項羽が陣へ寄せんとしけるに、韓信、兵どもを集めて申しけるは、「われ思ふ様《よう》あり。汝等《なんじら》、所持の兵粮《ひょうろう》を皆捨てて、その袋に砂を入れて持つべし」とぞ下知《げじ》しける。兵皆《みな》、心得《こころえ》[6]ぬ事かなとは思ひながら、大将の命に随つて、士卒皆、所持の粮《かて》を捨て、その袋に砂を入れて、項羽が陣へぞ押し寄せたる。

夜に入りて、項羽が陣の様《よう》を見るに、四方皆沼を堺《さか》ひ、沢を隔《へだ》てて、馬の足も立たず、渡るべき橋もなき所にぞ陣を取つた

4　群がり立つさま。
5　命を捨てて。
6　その意図がよく分からぬことだ。

りける。この時に、韓信《かんしん》、持たせたる所の砂の嚢《ふくろ》を、沢に投げ入れ投げ入れ、塡《うね》[7]になしてそれを渡るに、深泥更《じんでいさら》に平地《ひらち》の如くなり。項羽《こうう》が兵二十万騎、終日《ひねもす》の軍《いくさ》にはくたびれぬ。ここまでは敵寄すべき道なしと、油断して帯紐《おびひも》解いて寝たる所へ、高祖《こうそ》の兵七千余騎、時をどつと作つて押し寄せたれば、一戦にも及ばず、項羽が兵十万余騎、皆川水《かわみず》に溺れて討たれにけり。

　これを名づけて、韓信が嚢砂背水《のうしゃはいすい》の謀《はかりごと》と申すなり。されば今、師泰《もろやす》、師冬《もろふゆ》、頼春《よりはる》が、敵を大勢《おおぜい》なりと聞いて、わざと水沢《すいたく》を後ろになして、関《せき》の藤川《ふじかわ》に陣を取りけるも、士卒の心を一つにして、韓信が謀を二度《ふたたび》示すものなるへし。

　さる程に、国司の勢《せい》十万余騎、垂井《たるい》、赤坂《あかさか》、青野原《あおのがはら》に充満して、東西六里、南北三里に陣を張る。夜々《よよ》の篝火《かがりび》を見渡せば、一天《いってん》[8]の星斗《せいと》落ちて闌干《らんかん》[9]たるに異ならず。この時、越前国《えちぜんのくに》に、新田義貞《にったよしさだ》、義助《よしすけ》、北陸道《ほくろくどう》を打《う》ち順《したが》へて、天[10]をめぐらし、地を略

7　土手。

8　天のすべての星。

9　星がきらめくさま。

10　天を動かし、地を治める勢い。

する勢ひ専《もっぱ》ら昌《さか》んなり。[11]奥勢《おくぜい》、黒地《くろじ》の陣を払はん事難儀《なんぎ》ならば、北近江《きたおうみ》より越前へ打《う》ち超《こ》えて、義貞朝臣と一つになり、比叡山《ひえいざん》に攀《よ》ぢ上《のぼ》り、洛中を脚下《あしもと》に直下《みおろ》して、[12]南方《なんぼう》の官軍と牒《ちょう》し合《あ》はせ、東西よりこれを攻めば、京都は一日も[13]堪忍《かんにん》し給はじと覚えしを、顕家卿《あきいえきょう》、わが大功の[14]さすがに義貞の忠にならんずる事を猜《そね》みて、北国《ほっこく》へも[15]引き合はず、黒地をも破らず、俄《にわ》かに士卒を引いて、伊勢《いせ》より吉野《よしの》へぞ廻られける。

さてこそ、日来《ひごろ》鬼神《きじん》の如くに聞こえし奥勢、黒地をだにも破り得ず、まして後攻《ごづ》めの東国勢《とうごくぜい》京都に着きなば、恐るるに足らぬ敵なりとぞ、京勢《きょうぜい》には[16]思ひくたされける。[17]

11 奥州勢は、近江と美濃の境の黒地に陣取る足利軍を追い払うのが難しいなら。
12 吉野の宮方の軍勢。
13 もちこたえられまい。
14 そのまま全部。
15 力を合わさず。
16 侮られた。
17 流布本はこのあと、阿倍野(大阪市阿倍野区)で北畠顕家が戦死するまでの経緯を増補する。古本系なし。なお、史実は、暦応元年(一三三八)五月に堺の浦(堺市)で戦死。

太平記 第二十巻

第二十巻　梗概

暦応《りゃくおう》元年（延元三年）五月、新田義貞《にったよしさだ》は、斯波高経《しばたかつね》の足羽城《あすわのじょう》を攻めた。七月、越後勢を合わせた新田軍のもとへ、吉野から、八幡山《やわたやま》の宮方に加勢せよとの勅書が届いた。義貞は延暦寺へ牒状を送り、同心の旨の返牒を受けとると、弟の義助《よしすけ》を京へ発たせた。新田軍上洛の報せに、足利尊氏《あしかがたかうじ》は八幡攻めの大将高師直《こうのもろなお》を京に呼び返すと、師直は包囲していた八幡に火を放った。八幡炎上の報せをうけた義助は、敦賀まで来たところで引き返し、八幡の宮方も、河内へ退却した。斯波高経は足羽に七つの城を築き、平泉寺《へいせんじ》を味方に付けた。平泉寺で調伏の祈禱が行われる中、義貞は不吉な夢を見た。閏七月二日、足羽攻めに向かう義貞の名馬水練栗毛が、にわかに荒れ狂うなどの凶兆が現れた。はたして足羽の藤島《ふじしまの》城《じょう》へ出陣した義貞は、流れ矢に眉間を射られて討死した。義貞が討たれた新田軍では、裏切りが相次ぎ、義助は越前府《えちぜんのこう》に退却した。義貞の北の方勾当内侍《こうとうのないし》は、義貞からの迎えの使者に伴われて杣山《そまやま》まで来て、義貞の死を知った。京へもどった内侍は、獄門に懸けられた義貞の首を見て尼となり、嵯峨に隠棲した。北畠顕家《きたばたけあきいえ》が阿倍野で戦死し、義貞も失った後醍醐帝《ごだいごてい》は、結城道忠《ゆうきどうちゅう》の進言で、八宮《はちのみや》を奥州へ下したが、伊勢の鳥羽から船出した一行は、天龍灘で遭難し、八宮の船だけが無事に伊勢へもどった。伊勢の安濃津《あののつ》に漂着した結城道忠は、病を患い、臨終の悪相を現じて他界したが、ゆかりの山伏は、地蔵の導きで、道忠が無間地獄に堕ちているさまを見て、道忠の子息にこれを伝えた。

黒丸城《くろまるのじょう》初度《しょど》の合戦《かっせん》の事　1

新田左中将義貞朝臣《にったさちゅうじょうよしさだあそん》は、[1]去んぬる正月の始めに、[2]越前府《えちぜんのこう》の合戦に打ち勝ち給ひし刻《きざみ》、国中の城郭《じょうかく》七十余ヶ所を攻め落として、勢ひまた強大になりぬ。山門《さんもん》より、三千の衆徒《しゅと》、旧好《きゅうこう》を以て内々[3](心を通ぜしかば、先《ま》づ叡山《えいざん》に取り上《のぼ》り、南方の官軍に)力を合はせ、京都を攻められん事は、[4]無下《むげ》にたやすかるべかりしを、[5]足利尾張守高経《あしかがおわりのかみたかつね》なほ越前の[6]黒丸城《くろまるのじょう》に[7]落ち残つておはしけるを、攻め落とさで上洛《しょうらく》せん事は無念なるべしと、[8]詮《せん》なき小《しょう》事《じ》に目を懸けて、大儀《たいぎ》を次になされけるこそうたてけれ。

五月二日に、義貞朝臣、自ら六千余騎の大将として、国府《こう》へ打ち出でられ、[9]波羅蜜《はらみ》、[10]安居《あご》、[11]河合《かわい》、[12]春近《はるちか》、[13]江守《えもり》五ヶ所へ、五千余騎の兵を差し向けられ、[14]足羽城《あすわのじょう》を攻めさせらる。

1

1　暦応元年(南朝の延元三年＝一三三八)二月中旬。第十九巻・3、参照。
2　福井県越前市国府。
3　神田本により補う。
4　(義貞としては)とても容易なこと。
5　斯波高経。尾張足利家。越前守護。
6　福井市黒丸町にあった。
7　踏みとどまって。
8　(義貞が)つまらない小事にとらわれて、大事を後回しにしたのは残念なことであった。
9　以下は、足羽川流域の地名。福井市原目町。いわゆる足羽七城の一、波羅蜜城があった。
10　福井市金屋町。足羽七城の一、安居城があった。
11　福井市川合鷲塚町の辺。

先《ま》づ一番に、義貞《よしさだ》の[15]小舅《こじゅうと》一条《いちじょう》少将《しょうしょう》行実《ゆきざね》朝臣《あそん》、五百余騎にて江守《えもり》より押し寄せて、[16]黒龍明神《くずれのみょうじん》の前にて相戦《あいたたか》ふ。行実朝臣の軍《いくさ》、利あらずして本《もと》の陣《じん》へ引つ返さる。

二番に、[17]船田長門守《ふなだながとのかみ》、五百余騎にて[18]安居《あご》の渡《わたり》より押し寄せて、兵半ば川を渡る時、[19]細川出羽守《ほそかわでわのかみ》、百五十騎にて川向かひに馳《は》せ向《む》かひ、[20]高岸《たかぎし》の上に相支へて散々に射させける間、漲《みなぎ》る浪《なみ》に馬《うま》人《ひと》溺れて、[21]若干《そこばく》討たれにければ、これもまた、さしたる合戦もなくて引つ返す。

三番に、[22]細屋右馬助《ほそやうまのすけ》、千余騎にて河合《かわい》の庄《しょう》より押し寄せ、北の端《はし》なる[23]勝虎城《しょうとらがじょう》を取り巻いて、即時に攻め落とさんと塀に付き、堀に付かんと攻めける処《ところ》へ、[24]鹿草兵庫助《ししくさひょうごのすけ》、三百余騎にて[25]後攻《ごづ》めに廻《まわ》り、大勢《おおぜい》の中へ懸け入つて、面《おもて》を振らず攻め戦ふ。細屋が勢《せい》、城と後攻めの敵とに追つ立てられて、本の陣へ引つ返す。

足羽七城の一。
12 坂井市春江町。足羽七城の一。
13 福井市南江守町。足羽七城の一。
14 足羽川流域（越前国足羽郡・吉田郡）にあった城砦群の総称。足羽七城。
15 行房の子。勾当内侍（義貞室）の兄弟。
16 福井市西南部の足羽山東麓の毛谷黒龍（けやくろたつ）神社。
17 経政。義貞の重臣。前出、第十八巻・9。
18 足羽川と日野川が合流する辺り。
19 斯波高経の副将。名は不詳。前出、第十九巻・3。
20 高くそびえ立った岸の上に陣取って。 21 大勢。
22 名は秀国。新田一族。
23 福井市舟橋町。九頭龍川西岸、北国街道の渡河地点にあった。足羽七城の一。

かくて早や寄手《よせて》足羽《あすわ》の合戦に打ち負くる事、三ヶ度に及べり。この三人の大将は皆、天下の人傑《じんけつ》、武略の名将たりしかども、余りに敵を侮《あなど》つて、[26]驕《おご》ろに大早《おおはや》りなり。そのゆゑに、毎度の軍《いくさ》には負けけるなり。されば、後漢《ごかん》の[27]光武《こうぶ》、戦ひに臨《のぞ》みしに、大[28]敵を見ては[29]欺《あざむ》き、小敵を見ては恐れけるも、理《ことわ》りなりと覚えたり。

越後《えちご》勢越前《ぜいえちぜん》に打《う》ち越《こ》ゆる事　2

[1]越後国は堺上野《こうずけ》に隣《とな》りて、新田《にった》一族充満したる上、元弘《げんこう》以後、義貞朝臣[2]勅恩《ちょくおん》の国として、拝任《はいにん》すでに多年《たねん》なりしかば、一国の地頭《じとう》、御家人《ごけにん》、その[3]烹鮮《ほうせん》に随ふ事やや久し。義貞すでに京都へ攻《せ》め上《のぼ》らんとし給ふ由《よし》を聞いて、[4]大井田《おいだ》弾正少弼《だんじょうのしょうひつ》、同じき[5]式部大輔《しきぶのたいふ》、[6]中条入道《ちゅうじょうにゅうどう》、[7]鳥山左京亮《とりやまさきょうのすけ》、[8]風間信濃守《かざましなののかみ》、[9]禰智掃部《ねちかもんの》

24　越中の豪族で、斯波の被官。前出、第十九巻・3。
25　城攻めの敵を背後から攻めること。
26　甚だしく血気にはやること。
27　中国、後漢の初代皇帝。
28　「平生小敵を見るも怯え、今大敵を見て勇む」(後漢書・光武帝紀)。「明文抄」等に引かれる諺。
29　侮り。

2

1　越後は新田の本領上野と接し。
2　帝からの恩賞。
3　国の政治。小魚(鮮)を烹(に)るのと同じで、国を治めるのにも手を加えすぎないことのたとえ(老子)。
4　氏経。新田一族。
5　義政。前出、第十七巻・16。

助《すけ》、[10]太田滝口《おおたのたきぐち》を始めとして、その勢《せい》都合二万余騎、七月三日、[11]越後《えちご》の府《こう》を立つて、越中国《えっちゅうのくに》へ打ち越ゆるに、越中の守護[12]普《ふ》門蔵人俊清《もんくろうどとしきよ》、国の堺に出で合ひて、これを[13]支へんとす。俊清、無勢《ぶぜい》なりければ、若干《そこばく》討たれて、[14]松倉城《まつくらのじょう》へ引つ籠もる。

越後勢、ここを打ち捨てて、[15]やがて加賀国《かがのくに》へ打ち通る。[16]富樫《とがし》介《すけ》、これを聞いて、五百余騎にて、[17]阿多賀《あたか》、篠原《しのはら》の辺に出で合ふ。これも、敵に対揚《たいよう》すべき程の勢ならねば、富樫が兵二(百)余騎討たれて、[18]奈多城《なたのじょう》へ引つ籠もる。

越後勢、[19]両国二ヶ度の合戦に打ち勝つて、北国所々《ほっこくしょしょ》の敵恐るるに足らずと思へり。このままにて、やがて越前《えちぜん》へ打ち越ゆべかりしが、これより京都までは、多年の兵乱《ひょうらん》に国弊《つい》え、民疲れて、兵粮《ひょうろう》あるべからず。加賀国に暫《しばら》く逗留《とうりゅう》して、行末《ゆくすえ》の兵粮を用意すべしとて、[20]今湊《いまみなと》の宿《しゅく》に十余日まで逗留す。その間に、[21]剣《つるぎ》、[22]白山《しらやま》、その外《ほか》所々の神社仏閣に打ち入つて、仏神《ぶつじん》の物を

6 新潟県長岡市中条に住んだ武士。
7 家成か。新田一族。前出「右京亮」(第十四巻・4)。
8 信濃(長野市)出身で越後に住んだ武士。
9 禰津。長野県東御市祢津出身の武士。
10 群馬県太田市出身の武士か。
11 新潟県上越市国府の辺。
12 越中の豪族。藤原氏。
13 防ぎとめようとする。
14 富山県魚津市松倉にあった山城。
15 すぐに。
16 高家。加賀守護。石川県金沢市富樫に住んだ。
17 小松市安宅町。加賀市篠原町。
18 小松市那谷(なた)町にあった城。
19 越中国と加賀国。

奪ひ取る。「[23]霊神《れいじん》怒りを為せば、災害岐《ちまた》に満つ」と云へり。この勢の悪行《あくぎょう》を見るに、[24]罪一人《いちにん》に帰せば、この度《たび》義貞《よしさだ》朝臣《あそん》[25]大功《たいこう》を立つる事、いかがあらんずらんと、[26]兆前《ちょうぜん》に機を見る人、ひそかにこれを思へり。

御《ご》宸翰勅書《しんかんちょくしょ》の事　3

越後勢すでに越前国河合《かわい》に着きければ、義貞の勢いよいよ強大になつて、足羽城《あすわのじょう》[1]拉《とりひし》ぐ事、[2]隻手《せきしゅ》の中《うち》にありと、人皆《ひとみな》、[3]掌《たなごころ》をさす思ひをなせり。げにも尾張守高経《おわりのかみたかつね》、義を守る心は奪《うば》ひ難《がた》しと云へども、わづかなる平城《ひらじょう》に、三百余騎にて楯籠《たてご》もり、敵三万余騎を四方に受けて、[4]籠鳥《ろうちょう》の雲を恋ひ、涸魚《かくぎょ》の水を求むる如くなれば、いつまでの命をかこの世の中に残すらんと、敵はこれを[5]欺《あざむ》きて哀れみ、御方《みかた》はこれを云はで悲しめり。

20　白山市美川にあった宿場。
21　白山市の金劔宮（きんけんぐう）。白山七社の一つ。
22　白山市の白山神社の本宮、白山比咩（しらやまひめ）神社。
23　「人怨み神怒れば、則ち災害必ず生ず」（貞観政要・君道）。「霊神怒りをなせば災害岐（ちまた）に満つと云へり」（平家物語巻一・内裏炎上）。
24　その罪が一人にあるとするなら、大将義貞が負うべきであるから。
25　大事業をなしとげるのは、どうであろうか。
26　前兆が現れる前に結果を洞察する人。

3

1　押しつぶす。
2　片手（隻手）でできる。たやすいこと。

すでに来たる二十一日には、黒丸城《くろまるのじょう》を攻めらるべしとて、堀《ほり》溝《みぞ》を埋めんために、埋め草[6]三万余荷《か》を国中の人夫に持ち寄せさせ、楯の板三千帖《ちょう》をはがせて[7]、様々《さまざま》の攻《せ》め支度《じたく》をせられける処《ところ》に、[8]吉野《よしの》殿《どの》より、勅使《ちょくし》を立てられて仰せられけるは、「[9]義興《よしおき》、[10]顕信《あきのぶ》以《い》下《げ》の官軍、[11]八幡山《やわたやま》に楯籠《たてご》もる処に、洛中の凶徒《きょうと》、数を尽《つ》くしてこれを囲む。城中すでに食乏《じきとぼ》しくして、兵疲れたり。しかりと雖《いえど》も、かの士卒《しそつ》、北国《ほっこく》の上洛《しょうらく》近々あるべしと聞いて、[12]梅酸《ばいさん》の渇《かつ》を忍ぶ者なり。もし進発延引《しんぱつえんいん》せしめば、官軍の没落、疑ひあるべからず。天下の安危、ただこの[13]一挙《いっきょ》にあり。早やその堺の合戦を閣《さしお》いて、京都の征戦《せいせん》を専らにすべし」と仰せられて、[14]御宸翰《ごしんかん》の勅書《ちょくしょ》をぞ下されける。

義貞朝臣《よしさだあそん》、勅書を拝見して、「源平両家《げんぺいりょうけ》の武臣、代々大功《たいこう》ありと云へども、直《じき》に宸筆《しんぴつ》の勅書を下されたる例を聞かず。これ当家[15]累葉《るいよう》の面目《めんぼく》なり。この時、[16]命を軽《かろ》んぜずんば、いづれの

3 手の内をさすように容易なこと(論語・八佾)。
4 籠の中の鳥が雲を恋い、水がない所にいる魚が水を求める(本朝文粋・平兼盛・勘解由次官図書頭を申す状)。
5 みくびって。
6 城攻めのときに堀を埋める草。
7 作らせて。
8 吉野の後醍醐帝。
9 義貞の次男、徳寿丸(第十九巻・7)。
10 春日少将。北畠親房の次男。顕家の弟。第十九巻・9、前出。
11 石清水八幡宮のある男山。京都府八幡市。
12 唾液で喉の渇きをいやすこと。「梅酸渇を止む」。魏の曹操が、山上の梅を士卒に見せて渇きを止めた故事(世説新語、祖庭事苑)。

時をか期《ご》すべき」とて、足羽《あすわ》の合戦を閣かれ、先《ま》づ京都の進発を急がれける。

義貞朝臣《よしさだあそん》山門《さんもん》へ牒状《ちょうじょう》を送《おく》る事　4

[1]児島備後三郎高徳《こじまびんごのさぶろうたかのり》、義貞朝臣に向かつて申しけるは、「先年[2]、京都の合戦の時、官軍[3]山門を落ちて候ふ事、全く軍《いくさ》の[4]雌雄《しゆう》にあらず。ただ北国を敵に塞《ふさ》がれて、兵粮《ひょうろう》運送の路《みち》絶《た》えしに依《よ》つてなり。[5]向後《きょうこう》も、その如くに、たとひ山上《さんじょう》に御陣を召され候ふとも、また先年のやうなる事、[6]決定《けつじょう》たるべく候ふ。しかれば、越前《えちぜん》、加賀《かが》の[7]宗徒《むねと》の城々は、[8]皆御勢《おんぜい》を六、七千騎残されて、山門に陣を召され、京都を日々夜々《ひびよよ》に攻められば、[9]根を深くし蔕《ほぞ》を堅くする謀《はかりごと》となり、八幡の官軍にまた力を付け、凶徒《きょうと》を滅ぼすべき道たるべし。但し、小勢《こぜい》にて山門へ御上《おんのぼ》り候はば、衆徒《しゅと》、

13 一戦。
14 帝みずからの書簡。
15 子々孫々に伝えるべき名誉。
16 命を投げ出して戦わなければ。

4
1 岡山県瀬戸内市邑久町、倉敷市児島あたりの武士。終始宮方に仕える。前出、第十六巻・3。
2 建武三年(一三三六)。第十七巻、参照。
3 比叡山延暦寺。
4 勝敗。　5 今後も。
6 必定。
7 主要な城には。
8 神田本・玄玖本・流布本等の他本「皆御勢を残し置かれて、兵粮を運送せさせ、大将一両人に御勢を六、七千騎差し添へられて、山門に御陣を召され…」。

案に相違して、御方《みかた》を背《そむ》く者や候はんずらん。山門《さんもん》へ[10]牒状《ちょうじょう》を送られて、衆徒《しゅと》の心を伺《うかが》ひ御覧ぜられ候へかし」と申しければ、義貞朝臣《よしさだあそん》、「誠《まこと》にこの儀、謀《はかりごと》[11]濃《こま》やかにして、慮《おもんばか》り遠し。さらば、[12]やがて牒状を書いて、山門へ送るべし」と宣《のたま》へば、高徳《たかのり》、かねて心に草案をやしたりけん、筆を採つてこれを書く。その詞《ことば》に云はく、

正四位上《しょうしいじょう》行左近衛中将《ぎょうさこんえのちゅうじょう》源朝臣義貞《みなもとのあそんよしさだ》、延暦寺《えんりゃくじ》の[13]衙《が》に牒《ちょう》す

早く山門[14]贔屓《ひいき》の一諾《いちだく》を得て、逆臣尊氏直義《ぎゃくしんたかうじただよし》以下《いげ》の党類を誅罰《ちゅうばつ》し、仏法王法《ぶっぽうおうほう》の光栄を致さんと請《こ》ふ状

竊《ひそ》かに[15]素昔《そせき》を覿《み》、眇《はる》かに玄風《げんぷう》を聴くに、桓武皇帝《かんむこうてい》、詔《しょう》を下《くだ》して、専《もっぱ》ら叡山《えいざん》を[16]基《き》せしことは、[17]聖化《せいか》を以て、顕密《けんみつ》両宗を億載《おくさい》に昌《さか》んなることを期《ご》す。[18]伝教大師《でんぎょうだいし》、[19]表《ひょう》を上《たてまつ》つて、九たび王城を鎮ぜしことは、法威《ほうい》を以て、国家の太平を[20]無疆《ぶきょう》

9 着実なことのたとえ(文選・左思・魏都の賦)。蔕(ほぞ)は果実のへた。
10 書状。
11 緻密で思慮深い。
12 ただちに。
13 寺務を執る役所。
14 味方する同意を得て。
15 「式(もつ)て元始を観、眇かに玄風を覿(み)るに」(文選・昭明太子・序)をふまえる。素昔は、事の起こり。玄風は、深遠な出来事。
16 開基した。
17 帝の徳化。
18 天台宗の開祖、最澄。
19 上表文。これに類似することは、「延暦寺護国縁起」等の縁起類にみえるが、事実関係は、不詳。
20 果てがないこと。
21 徳を備えた天子の位(易経・乾卦)。
22 延暦寺全山の僧は、天

に護《ご》する為《ため》のみなり。然《しか》れば則《すなわ》ち、山門の衰微《すいび》を聞いて、これを悼《いた》み、朝廷の傾廃《けいはい》を見て、これを悲しむ。[21]九五《きゅうご》の聖《せい》位《い》にあらずんば、[22]三千の衆徒孰《たれ》とせんや。

去んぬる元弘《げんこう》の始め、[23]天地命《めい》を革《あらた》め、四海風《しかいふう》に帰せる後《のち》、源家《げんけ》の末流《ばつりゅう》、尊氏、直義と云ふ者有つて、忠無きに大禄《たいろく》を貪《むさぼ》り、材にあらずして高官に登る。忽《たちま》ちに君臣の義を棄て、剰《あまっさ》へ[24]豺狼《さいろう》の心を懐《いだ》く。聿《つい》に害[25]蒸民《じょうみん》に流れ、禍《わざわ》ひ[26]八極《はっきょく》に溢《あふ》る。公議《こうぎ》、止《や》むことを獲《え》ず、将《まさ》に天誅《てんちゅう》を行はんとする日、[27]煙塵《えんじん》暗《あん》に九重《きゅうちょう》の月を侵《おか》し、翠華《すいか》再び四明《しめい》の雲を払ふ。この時、貴寺方《まさ》に危ふきを輔《たす》け、[28]庸臣《ようしん》の暴《ぼう》を退《しりぞ》くることを謀《はか》る。然《しか》りと雖《いえど》も、[29]死を善道《ぜんどう》に守る者は寡《すく》なく、[30]党を利門《りもん》に求むる者は多し。これに依《よ》つて、官軍戦ひ破れて、聖主《せいしゅ》忝《かたじけ》なくも[31]牖里《ゆうり》の囚《とら》はれに遭《あ》ひ、[32]氈城《せんじょう》食竭《しょくつ》きて、[33]書王《しょおう》自《みずか》ら戦場の刃《やいば》に臥す。それより以来《このかた》、逆徒弥《いよいよ》意を恣《ほしいまま》にし、[34]婬《いん》

子以外の誰のために祈ろうか。
23 天命によって世の中が改まり、天下が天子の徳に従って後。風は、徳風。建武の新政をさす。
24 山犬と狼。貪欲な心。
25 万民。
26 世界の果てにまで。
27 戦塵が宮中(九重)を覆い、帝の旗(翠華)は再び比叡山(四明)に翻った。安禄山の乱による玄宗の蜀への行幸になぞらえた、後醍醐の比叡山臨幸のこと。
28 凡庸な臣。自分の謙称。
29 命がけで人として正しい道を守ろうとする者(論語・泰伯)。
30 利益のある方へ結びつこうとする者。
31 西伯(周の文王)が殷の紂王により牖里(羑里)の獄に囚われた故事(史記・周

刑濫罰《けいらんばつ》、35凶戻残賊《きょうれいざんぞく》、悪として極めざること無し。且《しばら》く疑ふらくは、36天維《てんい》云《ここ》に絶《た》えて、日月《じつげつ》懸かるに所無く、37地軸《ちじく》既に摧《くだ》けて、山川《さんせん》も載《の》することを得ざるかと。耳を側《そば》だて、目を奪ひ、苟《いやしく》も時を待つに忍びず。38炭を呑み、刃《やいば》を含んで、径《ただ》ちに敵に近づくことを計《はか》らんと欲する処《ところ》に、欻《たちま》ち39鑾輿《らんよ》南山に幸《みゆき》し、衆星北極《しゅうせいほっきょく》に拱《たんだく》するを聴く。

是《ここ》に於て、40思ひを蘇《そ》し、憤《いきどお》りを発《おこ》して、嶮隘《けんあい》の中より起《お》こつて、纔《わず》かに郡県《ぐんけん》の衆《しゅう》を得たり。則ち41金牛《きんぎゅう》を駆《か》つて路《みち》を開き、42火鶏《かけい》を飛ばして城を劫《おびや》かす。戦ひ未だ半ばならざるに、勝《かつ》を一挙《いっきょ》に快《こころよ》くし、敵を四方に退け畢《おわ》んぬ。疇昔《むかし》、43范蠡黄《はんれいこう》池《ち》に闘うて、呉の三万の旅《たむろ》を破り、44周郎赤壁《しゅうろうせきへき》に挑《いど》んで、魏の十万の軍を虜《とりこ》にせし、把《と》り来《き》たること何ぞ比するに足らん。如今《いま》、国を挙《こぞ》つて朝敵《ちょうてき》を誅《ちゅう》せんと量《はか》るに、45天慮《てんりょ》臣を以て爪牙《そうげ》の任と為す。肆《かるがゆえ》に、46否泰《ひたい》を卜《ぼく》するに遑《いとま》あらず、

本紀)。

32 辺境の城。ここは金崎城をさす。

33 中書王、尊良親王。

34 婬刑、濫罰はともに、みだりに刑罰を行うこと。

35 凶悪で世を害する賊。「仁を賊(そこな)ふ者、之を賊と謂ひ、義を賊ふ者、之を残と謂ふ」(孟子・梁恵王下)。

36 天を支える綱。

37 大地を支える軸。

38 主君を討たれた晋の予譲が、体に漆を塗り、炭を呑み声をつぶして変装し、仇の趙襄子を狙った故事(史記・刺客列伝、蒙求・予譲呑炭)。

39 帝の輿は吉野山に行幸し、星々が北極星を中心に動くように群臣は帝の供をしたと聴いた。

40 思いを新たにし、逆賊

[47]臂《ただむき》を振るうて、将《まさ》に京師《けいし》に至らんとす。貴山、儻《もし》若故旧を捨《す》てずんば、[48]大敵を隻手《せきしゅ》の裏《うち》に握《とりひし》がんこと必《ひっ》せり。伝へ聞く、当山の護持、古《いにし》へに亘《わた》り今に亘り、[49]乾坤《けんこん》に卓礫《たくらく》たることを。[50]承和《じょうわ》に大威徳《だいいとく》の法を修《しゅ》して、二帝《じてい》乃《すなわ》ち玉扆《ぎょくい》に座し給ふ。[51]承平《じょうへい》に四天王《してんのう》の像を安置《あんじ》せしかば、将門《まさかど》自《おの》づから鉄身《てっしん》を傷《やぶ》る。是《ここ》を以て、佳運《かうん》を[52]七社《しちしゃ》の冥応《みょうおう》に頼み、旧規《きゅうき》を[53]一山《いっさん》の精祈《せいき》に復《かえ》す。倩《つらつら》これを思ふに、悪《あく》の彼に在ると、義の我に在ると、天下の治乱、[54]山上《さんじょう》の安危に孰《いず》れぞ。早く[55]一諾《いちだく》の群議を聞いて、遠く[56]虎竹《こちく》を合はせ、[57]三軍《さんぐん》の卒伍《そつご》を靡《なび》かして、[58]龍旗《りょうき》を揺《うご》かさんとす。牒送件《ちょうそうくだん》の如し。状を以てす。

延元《えんげん》[59]二年七月日

とぞ書きたりける。

山門《さんもん》の大衆《だいしゅ》は、[60]先年の春夏両度、山上へ臨幸《りんこう》なりたりし時、

に怒りを発して。

41　蜀を攻める道を求めた秦の恵王が、石の牛を作り、金の糞をすると偽り告げると、蜀王はそれを手に入れるために道を作り、秦に亡ぼされた故事(芸文類聚所引・蜀王本紀)。

42　縄でつないだ鶏に火をつけ、敵陣に放して混乱させ勝利した故事(晋書・江逌伝、蒙求・江逌爇鶏)。

43　越王の臣范蠡が、呉王が黄池で会盟している隙に呉に攻め込んだ故事(史記・越王勾践世家)。

44　三国時代の呉の将軍周瑜(周郎とも)が、長江の赤壁の戦いで魏を破った故事(呉志・周瑜伝)。

45　帝は私を将軍に任じた。爪牙は、主君を守る臣(詩経・小雅・祈父)。

46　いくさの成否を占う。

粉骨《ふんこつ》の忠功を致して、若干《そこばく》の所領を給ひたりしが、官軍北国《ほっこく》に敗没《はいぼつ》し、主上《しゅしょう》京都に還幸《かんこう》なりしかば、本望《ほんもう》一々に相違して、あはれ、いかなる不思議もあつて、また前朝《せんちょう》の御代《みよ》になれかしと、祈念《きねん》しける処《ところ》に、北国より牒状《ちょうじょう》到来したりしかば、一山挙《いっさんこぞ》つて悦《よろこ》び合《あ》へる事限りなし。同じき七月二十三日、大講堂《だいこうどう》の庭に61三塔会合《さんとうかいごう》して、則ち返牒《へんちょう》を送る。その詞《ことば》に云はく、

延暦寺《えんりゃくじ》、左《さ》近衛中将家《こんえのちゅうじょうけ》の衙《が》に牒《ちょう》す

来牒一紙《らいちょういっし》、朝敵追罰《ついばつ》の事を載せられたり

右、四夷《しい》の擾乱《じょうらん》を鎮めて、国家の太平を致すは、武将の節《せつ》を失はざる所なり。62百王の宝祚《ほうそ》を祈つて、天地の63妖孽《ようげつ》を銷《け》すは、吾が山の他《た》に譲らざる所なり。64途殊《みちこと》にして、帰《おもむき》同じ。豈《あ》にその間に一線の路《ろ》を措《お》かんや。

夫《そ》れ尊氏《たかうじ》、直義《ただよし》等の暴悪《ぼうあく》、千古《せんこ》未だその類を聞かず。これ啻《ただ》、仏法王法の怨敵《おんてき》のみに匪《あら》ず、兼ねて又民《たみ》を害し、国を

47 腕を振るって。
48 大敵を片手で取りつぶすことは必定である。
49 世に卓越すること。
50 文徳帝の死後、兄維喬と弟維仁(のちの清和帝)が位を争い、延暦寺の恵亮が大威徳の法を修して弟の維仁側が勝った故事(平家物語巻八・名虎)。
51 第十六巻・13に、将門の乱の際、延暦寺で「四天合行の法」を修したとある。
52 日吉山王七社。
53 全山の精魂こめた祈り。
54 比叡山の存亡はどちらにあるか。
55 比叡山僧の同意の議決。
56 銅虎符と竹使符(漢代に将軍が天子から授かった割符)。符節を合わせて挙兵すること。
57 諸侯の軍勢。
58 天子の旗。

害する残賊《ざんぞく》たり。[65]孟軻《もうか》言へること有つて曰はく、[66]「己れより出づる者は、己れに帰《き》す」と。渠《かれ》が今亡びずは、何《いつ》の時をか待たん。然《しか》りと雖《いえど》も、逆臣 益《ますます》勢を振るひ、義士恒《つね》に困《くる》しみ有るは何ぞや。類を取りこれを見るに、[67]夫差《ふさ》越《えつ》を并《あわ》する威、遂《つい》に勾践《こうせん》が為に摧《くだ》かれ、[68]項羽《こうう》山を抜く力、却《かえ》つて沛公《はいこう》が為に得《え》らる。是《これ》、呉は義《ぎ》無うして猛く、漢は仁《じん》有つて正しかりし所以《ゆえん》なり。[69]安危《あんき》の拠《よ》る所、未だ曾《かつ》て天命に如《し》かざるは無し。是《ここ》を以て、山門《さんもん》、内《うち》には[70]武侯《ぶこう》の忠烈《ちゅうれつ》を重んじて佳運《かうん》を期《ご》し、外には聖主《せいしゅ》の尊崇を忝《かたじけ》なうして[71]皇猷《こうゆう》を祈る。上下[72]庶幾《こいねが》ひて聴《きき》を貪《むさぼ》る処に、儻《たまたま》[73]青鳥《せいちょう》を投じて[74]丹心《たんしん》を竭《つ》くさる。[75]一山《いっさん》の欣悦《きんえつ》、底事《なにごと》かこれに如《し》かん。七社《しちしゃ》の霊《れい》験《げん》、この時に露顕す。

倩《つらつら》往昔《おうせき》を把《と》つて吉凶を量《はか》るに、当山如《も》し棄つる則《とき》んば、世を挙《こぞ》つて起これども立たず。[76]治承《じしょう》の季《すえ》に、高倉宮《たかくらのみや》聿《つい》に外《がい》

59　諸本同じだが、「三年」が正しい。
60　建武三年一月と五月の二度。第十四巻・16、第十六巻・12。
61　比叡山の僧すべてが一山の方針を評議して。
62　永久に続く帝位。
63　災い。
64　新田義貞と比叡山とでは方法は異なれど、期するところは同じ。　65　孟子。
66　「爾(なんじ)より出づる者は、爾に返(かえ)るなり」(孟子・梁恵王下)。
67　呉王夫差と越王勾践の呉越合戦の故事(第四巻・5)。
68　漢の高祖(沛公)に敗れた楚の項羽が「力は山を抜き」と歌った漢楚合戦の故事(史記・項羽本紀、第九巻・6)。
69　世の治乱の由来は、こ

都《と》の塵《ちり》に没し給ふ。当山専《もっぱ》ら与《くみ》する則《とき》んば、衆を合はせて禦《ふせ》げども得ず。[77]元暦《げんりゃく》の初め、源義仲《みなもとのよしなか》忽ちに中夏《ちゅうか》の月を攀《よ》づ。是《これ》、[78]人の情《こころ》は神慮より起こつて、彼《かれ》を取り此《これ》を取るゆゑなり。満山《まんざん》の群儀、今かくの如し。凶徒の[79]誅戮《ちゅうりく》、何ぞ疑ひ有らん。時已《すで》に到りぬ。暫《しばら》くも[80]遅擬《ちぎ》すること勿《な》かれ。仍《よ》つて牒送件《ちょうそうくだん》の如し。状を以てす。

延元[81]二年七月日

とぞ書きたりける。

山門《さんもん》の返牒《へんちょう》、越前《えちぜん》に到来しければ、義貞朝臣《よしさだあそん》大きに悦《よろこ》びて、やがて上洛《しょうらく》せんとし給ひけるに、ひたすら北国《ほっこく》を打ち捨てなば、高経朝臣《たかつねあそん》[82]いかさま跡より起こつて、北陸道《ほくろくどう》を差《さ》し塞《ふさ》ぎぬと覚ゆれば、二手《ふたて》に分けて、国をも支へ京都をも攻むべしとて、義貞朝臣は、三千余騎を順《したが》へて、なほ越前《えちぜん》に留《とど》まり、[83]脇屋右衛門《わきやうえもんの》佐《すけ》は、二万余騎を順へて、[84]六月三日、越前の府《こう》を立つて、同じ

れまでひとえに天命にかかってきた。
70 諸葛亮(字は孔明)。ここは義貞をさす。
71 帝の治世。
72 宮方の武運を願って朗報に聴き耳を立てる所に。
73 西王母の使いの鳥。転じて、使者。
74 忠義の誠。
75 全山のよろこび、これに勝るものはない。
76 治承四年(一一八〇)、高倉宮以仁王が三井寺を頼って平家討伐の兵を挙げたが、延暦寺の協力を得られずに、宇治から奈良へ向かう途中で討たれたこと(平家物語巻四)。外都は、都の外。
77 寿永二年(一一八三)、平家と戦う木曾義仲が、比叡山の協力を得て入京を果たしたこと。中夏は、都。

き五日、敦賀《つるが》の津《つ》にぞ着かれける。

八幡宮炎上《やわたのみやえんしょう》の事　5

[1]将軍、この事を聞き給ひて、「[2]八幡の城未だ攻め落とさずして、兵の攻戦《こうせん》に疲れぬる処《ところ》に、義助《よしすけ》と山門と[3]成り合うて上洛する事こそ、[4]ゆゆしき珍事《ちんじ》なれ。[5]期《ご》に臨《のぞ》んで引かば、[6]南方《なんぽう》の敵勝《かつ》に乗るべし。未だ事の急ならぬ前《さき》に、急《いそ》ぎ八幡の合戦を閣《さしお》いて京都へ帰るべし」と、[7]執事高武蔵守《こうのむさしのかみ》が方《かた》へぞ下知《げじ》せられける。

師直《もろなお》、この由《よし》を聞いて、攻め落とさで引つ返さば、南方の敵に利を得られつべし。さてまた京都を閣《さしお》かば、北国の敵に隙《ひま》を伺《うかが》はれつべし。いかがはせんと、進退谷《きわ》まつて覚えければ、或る夜の雨風《あめかぜ》の紛《まぎ》れに、[8]逸物《いちもつ》の忍びを八幡山《やわたやま》へ入れて、神殿《しんでん》に火を懸けたりける。

78　人心の帰趨は神慮に由来して。
79　罰し滅ぼすこと。
80　遅滞。
81　「三年」が正しい。諸本同じ。
82　必ずや。
83　義助。義貞の弟。
84　神田本同じ。玄玖本「八月三日」。流布本「七月廿九日」。この前後の記事は、年月日に矛盾が多い。

5

1　足利尊氏。
2　新田義興と北畠顕信が立て籠もる。本巻・3。
3　一緒になって。
4　ゆゆしい一大事。
5　戦闘が始まってから退却したら。
6　吉野の宮方。
7　将軍補佐の要職、高師直。

かの八幡大菩薩《はちまんだいぼさつ》と申すは、忝《かたじけ》なくも王城鎮守《ちんじゅ》の宗廟《そうびょう》[9]にて、殊《こと》[10]更源家《さらげんけ》崇敬《すうけい》の霊神《れいじん》なれば、敵よも社壇《しゃだん》を焼く程の事はあらじと、官軍油断《ゆだん》しけるに、城中周章《あわ》て騒ぎて、煙の下に迷ひ倒る。これを見て、四方の寄手《よせて》十万余騎、谷々より攻《せ》め上《のぼ》つて、すでに一[11]、二の木戸口《きどぐち》までぞ攻めたりける。この城、三方《さんぽう》は嶮岨《けんそ》にして、敵たやすく近《ちか》づき難《がた》ければ、防くにその便りあり。西へ流れたる尾崎《おさき》[12]は、地平《たい》らにして続きたれば、わづかに堀切《ほりき》[13]つたる乾堀一重《からほりひとえ》を憑《たの》んで、春日少将顕信卿《かすがのしょうしょうあきのぶきょう》[14]の手の者ども、五百人にて支へたりけるが、敵の大勢《おおぜい》にて攻め上りける勢ひに辟易《へきえき》[15]して、皆引き色にぞなりにける。

ここに、城の中の官軍に、多田入道《ただのにゅうどう》[16]が手の者に、高木十郎《たかぎのじゅうろう》[17]、松山九郎《まつやまのくろう》[18]とて、名を知られたる兵二人《ににん》あり。高木は、心剛《こう》[19]にして力足らず。松山は、力世《よ》に勝《すぐ》れてその心劣《れつ》[20]なり。二人ともに、この木戸を堅めさせてありけるが、一の木戸を敵に攻

8 すぐれた忍びの者。
9 皇室の祖先(応神天皇と神功皇后)を祭る神社。
10 足利は、清和源氏。源頼義が石清水八幡を崇敬し自邸に勧請して以来、八幡神は源氏の氏神とされた。
11 第一、第二の城門。
12 山の尾根の下がってくる先端。
13 堀を切り通した。
14 北畠顕信。顕家の弟。
15 しりごみして。
16 名は不詳。兵庫県川西市多田院を拠点とした摂津源氏。多田満仲を祖とする。
17 西宮市高木に住んだ武士か。
18 摂津国有馬郡松山(神戸市北区有馬町)に住んだ武士か。
19 勇敢なこと。
20 臆病なこと。

め破られて、二の木戸になほ支へてぞ居たりける。敵すでに[21]逆木《さかもぎ》を引きのけて、城中へ打つて入らんとしけれども、例の松山が僻《くせ》なれば、手足振るひわななきて、戦はんともせざりけり。高木十郎、これを見て、眼《まなこ》をいらげ、[22]腰の刀に手を懸けて申しけるは、「敵四方を取り巻いて、一人《いちにん》も余さじと攻め戦ふ合戦なり。ここを破られなば、[23]宗徒《むねと》の大将達を始めとして、われわれに至るまで、何《なん》ぞ遁《のが》るべき。しかれば、ここを[24]先途《せんど》と戦ふべき処《ところ》なるを、御辺《ごへん》、以《もつ》ての外《ほか》に臆《おく》して見え給ふこそ、あさましけれ。平生《へいぜい》百人、二百人が力ありと自称せられしは、何のためぞや。詮《せん》ずる所、御辺、ここにて手を摧《くだ》きたる合戦をし給はずは、われ、敵の手に懸からんより、御辺と差し違へて死ぬべし」と怒つて、誠《まこと》に思ひ切つたる体《てい》をぞ見せたりける。

松山、この気色《けしき》を見て、[25]覿面《てきめん》の勝負、敵よりもなほ恐ろしくや思ひけん、「暫《しばら》くしづまり給へ。[26]私《わたくし》の大事この時なれば、わ

21　棘のある木の枝で作った防御の柵。
22　腰にさすつばのない短刀。
23　主だった。
24　勝敗の分け目。
25　高木と面とむかっての勝負。
26　私個人にとっても一大事は今この時なので。

が命を惜しむべきにあらず。いで、一軍《ひといくさ》して敵に見せん」と云ふままに、傍《そば》にありける大石《たいせき》の、五、六人して持ち上ぐる程なるを、軽々《かろがろ》と提《ひっさ》げて、敵の群がつて立つたる中へ、十四、五が程、大山《たいざん》の頽《くず》るるが如くにぞ抛《な》げたりける。寄手《よせて》数万《すまん》の兵、この大石に打たれて、将棋倒《しょうぎだお》しをするが如く、一同《いちどう》に谷底へ込み落ちければ、己《おの》が太刀、長刀《なぎなた》に貫《つらぬ》かれて、命を墜《お》とし疵《きず》を蒙《こうぶ》る者、幾千万と云ふ数を知らず。今夜《こよい》、すでに攻め落とさるべかりつる八幡山《やわたやま》、思ひの外《ほか》にこらへてこそ、松山《まつやま》が力は高木《たかぎ》が身にありけりと、咲《わら》はぬ人はなかりけり。

さる程に、敦賀《つるが》まで着きたりける越前《えちぜん》[27]の勢《せい》は、八幡の炎上の事を聞いて、攻め落とされたりと心得《こころえ》て、実否《じっぷ》[28]を聞き定めんために、数日《すじつ》逗留《とうりゅう》[29]して進まず。八幡の官軍は、兵粮《ひょうろう》を社頭《しゃとう》[30]に積んで焼き失はれしかば、一粒《いちりゅう》の割置《かっち》[31]もなくして、一日もこらへ難《がた》かりけれども、ほのかに、北国《ほっこく》の勢攻《せいせ》め上《のぼ》ると聞こえしを

27 脇屋義助の軍勢。
28 真実であるか否か。
29 ぐずぐず留まること。
30 境内。
31 備蓄。

[32]命《いのち》にして、四、五日は待ちけるが、余りに延引《えんいん》しければ、力なく、[33]六月二十七日の夜半にひそかに八幡の御山《おやま》を落ちて、また河内国《かわちのくに》へ帰りける。

この時、もし八幡の城、未だ四、五日もこらへ、北国の勢、逗留もなく上《のぼ》りたりしかば、京都はただ一戦の中《うち》に利を失つて、将軍また九州の方《かた》へ落ちらるべかりしを、[34]聖運《せいうん》未だ時到らざりけるにや、官軍の[35]相図《あいず》相違して、敦賀、八幡の両陣ともに引つ返しける、薄運《はくうん》の程こそ顕《あらわ》れたれ。

義貞黒丸《よしさだくろまる》に於《おい》て合戦《かっせん》の事 6

[1]京都の進発《しんぱつ》を急ぎつる事は、八幡に力を付け、洛中《らくちゅう》の隙《ひま》を伺《うかが》はんためなりき。しかるに、その相図違《たが》ひぬる上は、心閑《しず》かに北国の敵を一々《いちいち》に退治して、重ねて[2]南方《なんぼう》に牒《ちょう》し合はせてこそ、

32　生きる頼みとして。
33　神田本・玄玖本・流布本同じ。梵舜本「七月廿七日」。築田本「七月廿九日」。この前後の記事は、年月日に矛盾が多い。
34　帝の御運。
35　連絡がゆきちがいになって。

6
1　義貞が京都への出発を急いだのは。
2　吉野の宮方。

合戦をば致さめとて、義貞《よしさだ》も義助《よしすけ》も、[3]河合庄《かわいのしょう》へ打ち越えて、先《ま》づ[4]足羽城《あすわのじょう》を攻めらるべき企《くわだ》てなり。

[5]尾張守《おわりのかみ》、この事を聞いて、御方《みかた》わづかに三百騎に足らざる勢《せい》を以て、義貞が三万騎の勢に囲まれなば、千に一つも勝つ事を得難《えがた》しと云へども、敵早や方々《ほうぼう》の路々《みちみち》を差《さ》し塞《ふさ》ぎぬと聞こゆれば、落つとも、いづくまでか落ち延ぶべき。ただひとへに討死《うちじに》と志《こころざ》して、城に籠もるより外《ほか》の道やあるべきとて、[6]深田《ふけだ》に水を懸け入れて、馬の足の立たぬやうにこしらへ、路々を掘り切つて、橋をはねはづし、溝《みぞ》を深くして、その中に[7]七つの城をこしらへ、敵攻めば、互ひに力を合はせて、後ろより廻《まわ》り合《あ》ふやうに構へたりける。

平泉寺《へいせんじ》衆徒《しゅと》調伏《ちょうぶく》の法《ほう》の事　7

3　九頭龍川と日野川とが合流する地点の北にあった荘園(福井市川合鷲塚町)。
4　底本「羽川城」を改める。本巻・1、参照。
5　斯波高経。
6　泥の深い田。
7　いわゆる足羽七城。本巻・1、参照。

7

1　福井市の九頭龍川の南一帯にあった荘園(福井市藤島町)。源頼朝が流域の平泉寺に寄進した荘園だが、

この足羽と申すは、半ば[1]藤島庄《ふじしまのしょう》に相並《あいなら》んで、城郭《じょうかく》半ばはかの庄を籠《こ》めたり。これによつて、[2]平泉寺の衆徒の中より、「藤島庄は、当寺、多年山門《さんもん》と相論する地にて候ふ。もし当庄を平泉寺へ付けらるべきにて候はば、[3]若輩《じゃくはい》を城々に籠《こ》めて、[4]軍忠《ぐんちゅう》を致させ、[5]宿老《しゅくろう》は[6]惣持《そうじ》の扉《とぼそ》を閉ぢて、御祈禱《ごきとう》を致すべきにて候ふ」と申したりける。尾張守、大きに悦《よろこ》びて、

今度の合戦、[7]併《しか》しながら衆徒の合力《ごうりき》を借り、霊神《れいじん》の擁護《おうご》を憑《たの》む上は、藤島庄、平泉寺に付する所なり。若《も》し[8]勝軍《しょうぐん》の利を得ば、重ねて恩賞を申し行ふべし。

と、[9]御教書《みきょうじょ》をぞなされける。衆徒これに勇みて、若輩《じゃくはい》五百人は、藤島へ下《くだ》つて三つの城に楯籠《たてご》もり、宿老五十人は、怨敵調伏《おんできちょうぶく》の法をぞ行ひける。

年貢の多くが本寺の比叡山延暦寺に分与されたため、領有をめぐって両寺の対立が続いていた。
2 勝山市平泉寺町にある天台宗寺院。延暦寺末寺。
3 若い僧。
4 いくさの手柄を立てさせ。
5 長老の僧。
6 惣持は、陀羅尼(梵語の呪文)。堂に籠もって一心に陀羅尼を誦すること。
7 ひとえに。
8 勝ちいくさのご利益。
9 本来将軍の発給する文書。斯波高経は、足利一門でも宗家と並ぶ家格。

斎藤七郎入道道猷義貞《さいとうしちろうにゅうどうどうゆうよしさだ》の夢《ゆめ》を占《うらな》ふ事、付《つけたり》 孔明仲達《こうめいちゅうたつ》の事 8

平泉寺《へいせんじ》、調伏《ちょうぶく》の法を行ひける最中、義貞朝臣《よしさだあそん》、不思議の夢をぞ見給ひける。所は、今の足羽《あすわ》辺かと覚えたる川の辺《ほと》りにて、義貞と高経《たかつね》と、相対《あいたい》して陣を張り給ふ。未だ戦はずして数日《すじつ》を経《ふ》る処《ところ》に、義貞朝臣、俄《にわ》かに長《たけ》[1]三十丈ばかりなる大蛇になつて臥《ふ》し給へり。高経これを見て、兵を引かせ楯を捨てて逃ぐる事、数十里なりと見給ひて、夢は則ち醒《さ》めにけり。義貞朝臣、[2]夙《つと》に起きて、この夢を語り給ふに、「龍はこれ、[3]雲雨《うんう》の威を起こす者なり。高経[4]雷霆《らいてい》の響《ひび》きに怖《お》ぢて、逃ぐる事候ふべし。めでたき御夢なり」とぞ[5]合はせける。

ここに、[6]斎藤入道道猷《さいとうにゅうどうどうゆう》、牆《かき》を隔《へだ》てて聞きけるが、眉を顰《ひそ》めて申しけるは、「これは全くめでたき御夢にあらず。天の凶を

8

1 一丈は、約三メートル。
2 朝早く。
3 雲と雨の猛威。
4 かみなり。
5 夢について吉凶をうらなった。
6 基任の子、基傅（もとすけ）〈参考太平記〉）。利仁流藤原氏。
7 中国のこと。
8 三国時代の蜀の創始者。諸葛孔明を参謀とし、呉の孫権とともに魏の曹操を赤壁に破り、二二一年に成都で帝位につく。
9 三国時代の呉の初代。劉備とともに赤壁の戦いで曹操を破り、江南に呉を建国した。
10 三国時代の魏の始祖。後漢末の混乱で華北を統一したが、赤壁で呉・蜀の連合軍に敗れ、天下三分の形

告ぐるものなり。その故《ゆえ》は、昔、[7]宋朝《そうちょう》に蜀《しょく》の[8]劉備《りゅうび》、呉《ご》の[9]孫権《そんけん》、魏《ぎ》の[10]曹操《そうそう》、三人して天下を三つに分けて、これを保つ。その志《こころざし》皆《みな》二つを滅ぼして、一つに并《あわ》せんとす。しかれども、曹操は才智世《よ》に勝《すぐ》れたりしかば、謀《はかりごと》を[11]帷帳《いちょう》の中《うち》に運《めぐ》らして、敵を[12]方域《ほういき》の外に防く。孫権は[13]弛張《ちちょう》時あつて、士を施《ほどこ》し、普《あまね》く衆を撫《な》でしかば、[14]国を賊《おか》し郡を掠《かす》むる者、競ひ集まつて邪《よこしま》に帝都を侵《おか》し奪へり。劉備は[15]王氏を出でて遠からざりしかば、その心仁[16]義に近くして利欲の心を忘るるゆゑに、忠臣孝子《ちゅうしんこうし》、四方より来たつて文教《ぶんきょう》を計《はか》り、武徳《ぶとく》を行ふ。この三人、智仁勇《ちじんゆう》の三徳を以て、天下を保ちしかば、呉魏蜀の三邦《ぼう》相並んで、鼎《かなえ》の如くに峙《そばだ》てり。

　ここに、その比《ころ》、[17]諸葛孔明《しょかつこうめい》と云ふ賢人、世を背《そむ》き、[18]南陽山《なんようさん》にあり。[19]劉備、これが賢《けん》を聞き給ひて、[20]幣《へい》を重くし、礼を厚くして召されけれども、孔明、あへて勅《ちょく》に応ぜず。ただ[21]潤飲巌栖《かんいんがんせい》し

勢となった。子の曹丕(文帝)が魏を建国し、太祖武帝と追号された。

11　陣幕。

12　国土の外で防いだ。

13　寛大さと厳格さが時宜を得て、臣下をねぎらい、人民を手なずけたので。

14　国郡を侵し奪う者たちが競い集まって、無法にも他国の都に攻め入った。

15　前漢の景帝の子孫を称した劉備の蜀(蜀漢)は、宋学の名分論で正統王朝とされた。

16　道義を重んじ利を求めなかったので。

17　名は亮。劉備の「三顧の礼」により仕官した。

18　河南省新野県。

19　玄玖本・簗田本・流布本は、ここに孔明の五言詩「粱父の吟」を載せる。神田本・梵舜本は底本に同じ。

て、生涯を送らん事を楽《ねが》ふ。劉備《りゅうび》、三度《みたび》かれが草廬《そうろ》の中へおはして宣《のたま》ひけるは、「朕《ちん》、[22]不肖《ふしょう》の身を以て、天下の泰平《たいへい》を望む。全く身を安んじ、欲を恣《ほしいまま》にせんとにはあらず。ただ道の[23]塗炭《とたん》に落ち、民《たみ》の溝壑《こうがく》に塡《しず》みぬることを、救はんためのみなり。公、もし[24]良佐《りょうさ》の才を出だして、朕が[25]中心《ちゅうしん》を輔《たす》けられば、[26]残《ざん》に勝つて殺《さつ》を捨てん事、何如《いかん》がそれ百年を待たん。それ[27]石を枕にし、泉に嗽《くちすす》ぎて幽深《ゆうしん》を楽しむは、一身《いっしん》のためなり。国を治め、民を利して[28]大化《たいか》を致さんは、万人のためなり」と、誠《まこと》を尽《つ》くし、理《ことわ》りを究《きわ》めて宣《のたま》ひければ、孔明《こうめい》、辞するに言《ことば》なくして、つひに蜀《しょく》の[29]丞相《じょうしょう》となりにけり。

　劉備、これを[30]貴寵《きちょう》して、「朕が孔明あるは、[31]魚《うお》の水あるが如し」と悦《よろこ》び給ふ。つひに諸[32]侯の位を与へて、その名を武侯《ぶこう》と称せられしかば、天下の人これを見て、[33]臥龍《がりょう》の勢ひありと怖《お》ぢ合《あ》へり。その徳すでに天下を[34]朝《ちょう》せしめつべしと見えければ、魏《ぎ》の

20　贈り物。
21　谷川の水を飲み、岩屋に隠棲して。
22　未熟な者。謙称。
23　道義が地に堕ち、民がのたれ死ぬこと。
24　すぐれた補佐を行う臣。
25　心の内に思うこと。志。
26　道義に背く者をおさえて死刑をなくすのに、百年も要さない。「善人邦(くに)を為(おさ)むること百年、亦た以て残に勝ちて殺を去るべし」(論語・子路)。
27　山中に隠棲して自由な生活をすること。「石に枕し流れに漱がんと欲す」(三国志・蜀志・彭羕〈ほうよう〉伝)。
28　すぐれた徳化。
29　天子補佐の大臣。
30　貴び重用して。
31　「水魚の交わり」の故事。「孤の孔明有るは、猶魚の水有るがごとし」(蜀

曹操《そうそう》、これを愁《うれ》へて、[35]司馬仲達《しばちゅうたつ》と云ふ将軍に、百万騎の兵を添へて、蜀《しょく》の国へ差し向けらる。

劉備、これを聞いて、孔明に三十万騎の勢《せい》を付けて、魏と蜀との堺、[36]五丈原《ごじょうげん》と云ふ所へ差し向けらる。魏、蜀の兵、川《かわ》を隔《へだ》てて相支《あいささ》ふる事五十余日、魏の兵漸《ようや》く馬疲れ、食《じき》尽きて、日々に竈《かまど》を減《げん》ぜり。これによつて、魏の兵皆闘はんと請《こ》ふに、仲達、「不可《ふか》なり」と云ひて、これを許さず。

或る時、仲達、蜀の[37]芻蕘《すうじょう》を捕らへて、孔明が軍陣の成敗《せいばい》を尋ね問ふに、答へて申しけるは、「蜀の将軍武侯《ぶこう》、[38]士卒を撫《な》でて礼を譲り、義を厚くし給ふ事疎《おろそ》かならず。[39]一豆《いっとう》の食を得ても、衆《しゅう》とともに食し、一樽《いっそん》の酒を得ても、士《し》と等しく飲《いん》す。[40]楽しみをば諸卒の後に楽しみ、愁《うれ》へをば万人《ばんにん》の前に愁ふ。しかのみならず、夜は終宵《よもすがら》の睡《ねむ》りを忘れて、自ら城を廻《まわ》り、昼は終日《ひねもす》に[41]面《おもて》を和らげて、謁《えつ》を尽くさる。未だ[42]須臾《しゅゆ》の間《ま》も、心を恣《ほしいまま》にせ

志・諸葛亮伝)。
32 古代中国で、天子から封土を受け、その領域内を支配した領主。
33 「諸葛孔明は臥龍なり」(蜀志・諸葛亮伝)。
34 朝貢させる。
35 名は懿(い)。魏の将軍として領土を広げ、実権を握る。孫の炎(えん)が晋を興して初代皇帝となり、宣帝と追号された。
36 陝西省鳳翔県。五丈原の戦いのとき、劉備はすでに没し、子の劉禅の代。
37 草刈りや木こり。賤しい民。
38 兵士をいつくしんでへりくだった態度をとり、道義を大切に思うこと、ひととおりではありません。
39 わずかな食事。
40 「天下の憂ひに先んじて憂へ、天下の楽しみは後

ず。[43](これによって、その兵三十万騎、)身を一つにして、ともに死せん事を争へり。その[44]余《よ》は、得て聞かざる処《ところ》なり」とぞ語りける。仲達《ちゅうたつ》、これを聞いて、「さては、われ、[45]孔明《こうめい》が病《やまい》の弊《つい》えに乗つて、戦はずして必ず勝つこと得《う》べし。その故《ゆえ》は、この炎暑《えんしょ》に向かつて昼夜《ちゅうや》心身を労《ろう》せんに、[46]温気《うんき》骨に入つて、病《やまい》に臥さずと云ふ事あるべからず」と云ひて、士卒の嘲《あざけ》りをも顧《かえり》みず、いよいよ陣を遠く取つて、徒《いたず》らに数月《すげつ》をぞ送りける。

或る夜の暁《あかつき》、天に[47]客星《きゃくしょう》出でて、その光煌々《こうこう》たり。仲達、これを驚き見て、「これは、七日が中《うち》に、天下の[48]仁傑《じんけつ》を失ふべしと云ふ星なり。必ず孔明が死すべきに当たれり。魏《ぎ》必ず蜀《しょく》を得んこと、疑ひあるべからず」と悦《よろこ》べり。はたして孔明病《やまい》に臥すこと七日にして、[49]油幕《ゆばく》の下に死にけり。蜀の[50]末将等《ばっしょうら》、魏の兵の利を得て進まん事を怖《お》ぢて、孔明が死せる事を隠し、その旗を進め、その兵を[51]靡《なび》けて、魏の陣へ懸け入る。仲達は元来《もとより》、

れて楽しむ」(范仲淹・岳陽楼記)。

41 穏やかな顔で、すべての士卒に謁見する。

42 ほんの短い間も勝手気ままな心を起こさない。

43 神田本により補う。

44 その他のことは、聞いたことがありません。

45 孔明の病気という弱点につけこめば。

46 熱気。

47 彗星など、一時的に現れる星。不吉の予兆とされた。

48 傑出した仁義の士。

49 雨露をしのぐために油を塗った陣幕。

50 下級の将軍達。

51 従えて。

戦ひを以ては、蜀の兵に勝つことを得じと思ひければ、一戦をも致さず、馬に鞭《むち》を打つて走る事、五十里にして止《とど》まる。[52]世俗の諺《ことわざ》に、「死せる孔明、生ける仲達を走らしむ」と云ふは、これを[53]欺《あや》しむ詞《ことば》なり。軍《いくさ》散じて後《のち》、蜀の兵、孔明が死せる事を聞いて、皆仲達にぞ降《くだ》りける。それより蜀つひに滅んで、魏、天下を一つにせり。

この事を以て、今の御夢を[54]料簡《りょうけん》するに、[55]事《こと》の様《よう》、皆三国の争ひに似たり。就中《なかんずく》、龍は[56]陽気《ようき》に向かつて威を震《ふる》ひ、[57]陰《いん》の時に至つては[58]蟄戸《ちっこ》を閉づ。時、今《いま》陰の初めなり。しかも、龍の姿にて水辺に臥したりと見給へるも、孔明を臥龍《がりょう》と云ひしに異ならず。されば、かたがたは、皆めでたき御夢なりと合はせられつれども、道猷《どうゆう》は、あながちに感心せず」と申しければ、諸人皆げにもと思へる気色《けしき》なれども、心に忌《い》み、言《ことば》に憚《はばか》つて、凶とする人はなかりけり。

52 「百姓これを諺に為（つく）りて曰はく、死せる孔明生ける仲達を走らすと」（蜀志・諸葛亮伝注所引・漢晋春秋）。
53 非難する。
54 解釈する。
55 北国の新田、京都の足利、吉野の後醍醐、三つの勢力が鼎立している今の情勢。
56 中国の易学でいう、万物生成の根本となる二気の一で、万物が動き出し、外へ生じようとする気。
57 万物の動きが衰え、内へ籠もろうとする陰の気の時節。
58 虫が地中に冬ごもりするように閉じこもる。

水練栗毛《すいれんくりげ》付《つ》けずまひの事 9

閏《うるう》七月二日は、足羽城《あすわのじょう》へ寄すべしと、かねてより[1]催《もよお》されたりければ、国中の官軍、河合庄《かわいのしょう》へ馳《は》せ集《あつ》まる。その勢《せい》、恰《あた》か雲霞《うんか》の如し。

義貞朝臣《よしさだあそん》、赤地の錦の[2]鎧直垂《よろいひたたれ》に、[3]脇立《わいだて》ばかりして、[4]遠侍《とおさぶらい》の座上に座し給へば、脇屋右衛門佐《わきやうえもんのすけ》は、紺地《こんじ》の錦の直垂に、[5]小具足《こぐそく》ばかりにて、左の一の座に着《ちゃく》し給ふ。この外《ほか》、[6]山名《やまな》、里見《さとみ》、鳥山《とりやま》、一井《いちのい》、細屋《ほそや》、中条《ちゅうじょう》、大井田《おいだ》、桃井《もものい》以下《いげ》の一族三十余人は、思ひ思ひの鎧、小具足に、奇麗《きれい》を尽《つ》くして、東西二行に座を列《れっ》せり。

外様《とざま》の大名は、[7]宇都宮美濃将監《うつのみやみののしょうげん》、[8]禰智《ねち》、風間《かざま》、敷地《しきじ》、上木《うえき》、瓜生《うりゅう》、河島《かわしま》、太田《おおた》、金子《かねこ》、江戸《えど》、伊自良《いじら》を始めとして、着到《ちゃくとう》の

9

1 召集されていたので。
2 鎧の下に着る装束。
3 脇楯。鎧の胴の右脇の合わせ目の隙間に当ててふさぐ防具。
4 主殿から離れた所にある侍の詰め所。
5 脇立、小手、脛当など。
6 以下は新田一族。中条は三浦、桃井は足利一族。
7 泰藤。
8 禰智(禰津)・風間は信濃、敷地・上木は加賀、瓜生・河島・伊自良は越前、金子・江戸は武蔵の武士。太田は上野の武士か。
9 旗竿を傾け傾け。
10 殿上と庭先。
11 ともに新田の家臣。
12 謁見し、会釈した様子。
13 おごそかな出で立ち。
14 足利尊氏。

軍勢三万人、[9]旗竿《はたさお》を引きそばめ引きそばめ、膝を屈し、手を束《つか》ねて、[10]堂上庭前《とうしょうていぜん》に畏《かしこ》まれば、[11]由良《ゆら》、船田《ふなだ》に大幕《おおまく》をかかげさせて、大将は遥《はる》かに[12]謁《えつ》をなし、色代《しきだい》し給ひたる体《てい》、[13]巍々《ぎぎ》たる粧《よそお》ひ、堂々たる礼、誠《まこと》に[14]将軍の天下を奪はんずる人は、必ず義貞朝臣なるべしと、思はぬ者はなかりけり。

その日の軍奉行《いくさぶぎょう》は、[15]上木《うえき》平九郎《へいくろう》家光《いえみつ》、人夫《にんぶ》六千余人に、[16]まくり楯、[17]掻楯《かいだて》、[18]埋め草、[19]塀柱《へいばしら》、[20]勢櫓《せいろ》の具足《ぐそく》どもを持たせて参りたりければ、惣大将《そうだいしょう》、[21]中門《ちゅうもん》にて鎧の[22]上帯《うわおび》しめさせ、[23]水練栗毛とて[24]五尺三寸ありける名馬に、[25]厚総《あつぶさ》懸けさせて、門前にて乗らんとし給ひけるに、この馬、俄《にわ》かに[26]付けずまひをして、騰《あが》りつ跳《おど》りつ狂ひけるに、左右に付きたる[27]舎人《とねり》二人《ににん》、胸を踏まれて半死半生《はんしはんしょう》になりにけり。

属強《つけずまい》、これをこそ不思議の事かなと見る処《ところ》に、[28]旗差《はたさし》進んで足羽川を打ち渡りけるに、乗つたる馬[29]川伏《かわぶし》をして、旗差水に漬《ひた》

15　石川県加賀市大聖寺の武士。
16　携帯用の楯(持楯)。
17　垣のように連ねる楯。
18　城の堀を埋める草。
19　城柵に用いる柱。底本「桂矢」を改める。神田本「塀柱」。玄玖本「坪柱」。
20　井楼。材木を井桁に組んで作る櫓。具足は、道具。
21　主殿と表門の間の門。
22　鎧の胴を巻きしめる帯。
23　水練(泳ぎが上手の意)の栗毛(赤茶色の毛色)の馬。
24　肩までの高さが五尺三寸の馬(標準は四尺)。
25　馬の胸や尻にかける紐の総飾り。
26　馬が人を乗せるのを嫌がって跳ねること。後出「属強(ツケズマヒ)」。
27　馬の世話をする従者。
28　旗持ち。
29　馬が川の中で臥すこと。

りにけり。

かやうの様々《さまざま》の変異、未然《みぜん》に凶を示しけれども、すでに打《う》ち臨《のぞ》みぬる戦場なれば、おめおめしく引つ返すべきにあらずと思ひて、[30]人なみなみに馳《は》せ向《む》かひける軍勢ども、心に危ぶまぬはなかりけり。

義貞朝臣自殺《よしさだあそんじさつ》の事 10

[1]東郷寺《とうごうじ》の前にて、三万余騎を七手《ななて》に分けて、七つの城を押《お》し隔《へだ》てて、先《ま》づ[2]向かひ城をぞ取られける。[3]かねての廃立《はいりゅう》には、「前なる兵は、向かひ合うて合戦を致し、[4]後ろなる足軽《あしがる》は、櫓《やぐら》を掻《か》き、塀《へい》を塗り、向かひ城を取りすましたらんずる後《のち》、[5]漸々《ぜんぜん》に敵の城を攻め落とすべし」と、[6]儀《ぎ》せられたりけるが、平泉寺《へいせんじ》の衆徒《しゅと》の籠もつたる[7]藤島城《ふじしまのじょう》、[8]以《もっ》ての外《ほか》に色めき渡り、[9]やがて

30　武士らしく人並みに。

10

1　不詳。梵舜本同じ。神田本・流布本「燈明寺」。玄玖本・簗田本「東門寺」。天正本「東明寺」。足羽にあった平泉寺の末寺か。
2　城攻めのとき、敵城に相対して造る城。
3　前もっての手配。配立。
4　後方にいる軽装の歩兵は、櫓を造り。
5　徐々に。
6　命令してあったが。

落つべう見えける間、数万《すまん》の寄手《よせて》、これに機を得て、先づ向ひ城の沙汰《さた》を閣《さしお》き、塀に付き、堀に浸《つか》りて、呼《おめ》き叫《さけ》んで攻め戦ふ。

衆徒も始めは落[10]ち色に見えけるが、とても遁《のが》るべき方《かた》のなき程を思ひ知りけるにや、身命《しんめい》を捨ててこれを禦《ふせ》く。木戸《[11]きど》の前なる官軍、立ち渡つて櫓《やぐら》の下へかづき入《い》れば、衆徒、走木《[12]はしりぎ》を出だして突き落とす。衆徒、橋を渡つて打ち出づれば、官軍、鋒《[13]きっさき》を揃《そろ》へて切つて落とす。

その戦ひに時移つて、日すでに西山に沈まんとす。新田左《[14]にったさ》中将《ちゅうじょう》は、東郷寺の前にひかへて、手負《[15]ておい》の実検《じっけん》しておはしけるが、藤島城強《こわ》くして、官軍ややもすれば追つ立てらるる体《てい》に見えける間、安からぬ事に思はれけるにや、馬に乗り替へ、鎧《よろひ》を着替へて、わづかに五十余騎の勢《せい》を相随《あいしたが》へ、路《みち》を要《よこぎ》り、田を渡つて、藤島城へぞ向かはれける。

7　福井市藤島町にあった城。前出、本巻・7。
8　ひどく動揺して一斉に浮き足だち。
9　今にも。
10　逃げる気配。
11　城柵の前まで寄せた官軍が、堀を渡って櫓の下にもぐりこむと。
12　上から落とす丸太。
13　太刀で一斉に。
14　義貞。
15　味方の負傷者を見てまわっておられたが。

その時節《おりふし》、[16]黒丸城《くろまるのじょう》より、[17]細川出羽守《ほそかわでわのかみ》、鹿草彦太郎《ししくさひこたろう》、両大将にて、藤島城《ふじしまのじょう》を攻むる寄手《よせて》を追ひ払はんとて、三百余騎の勢《せい》にて、[18]横縄手《よこなわて》を廻《まわ》りけるに、義貞朝臣《よしさだあそん》、[19]覿面《てきめん》に行き合ひ給ふ。細川が方《かた》には、徒立《かちだち》にて楯をつきたる射手《いて》ども多かりければ、[20]深田《ふけだ》に走《はし》り下《お》り、前に[21]持楯《もちだて》をつき並べて、鏃《やじり》を支《そろ》へて散々《さんざん》に射る。左中将《さちゅうじょう》の方には、射手は一人《いちにん》もなく、楯の一帖《いちじょう》をも持たざりければ、前なる兵、義貞の矢面《やおもて》に塞《ふさ》がつて、ただ的《まと》になつてぞ射られける。[22]中野藤左衛門《なかのとうざえもん》、大将に[23]目加《めくわ》せして、「[24]千鈞《せんきん》の弩《ど》は、鼷鼠《けいそ》のために機を発《はっ》せず」と云ひけるを、義貞、聞きもあへず、「[25]士を失《しっ》して独《ひと》り免《まぬか》れんこと、何の面目《めんぼく》あつてか人に見《まみ》えん」とて、なほ敵の中へ懸け入らんと、駿馬《しゅんめ》に一鞭《いちべん》を進めらる。

この馬名誉《めいよ》の駿足《しゅんそく》なりければ、一、二丈の堀をば[26]前々《さきざき》たやすく越えけるが、五筋《いつすじ》まで射立てられたる矢にや弱りたりけん、小溝《こみぞ》一つ越えかねて、屏風《びょうぶ》を返すが如く岸の下にぞ倒れたりけ

16 福井市黒丸町。
17 細川は、斯波高経の副将。鹿草は、越中の豪族。ともに前出、本巻・1。
18 田の間を横に通うあぜ道。
19 まのあたりに、ばったりと。
20 泥深い田。
21 携行用の楯。
22 群馬県邑楽(おうら)郡邑楽町中野の武士。
23 目で合図して。
24 「三国志」魏志・杜襲伝のことば。重い石弓で、はつかねずみを撃つことはしない。大将は雑兵相手に戦うべきではないの意。
25 士卒を死なせて私一人死を免れては。
26 これまでは。

る。義貞、[27]弓手《ゆんで》の足を敷かれて、起き上がらんとし給ふ処《ところ》に、白羽《しらは》の矢一筋《ひとすじ》、[28]真向《まっこう》のはづれ、眉間《みけん》の真中《まんなか》にぞ立つたりける。義貞、今は叶《かな》はじとや思はれけん、腰の刀を抜いて、自ら頸《くび》を掻き落とし、深泥《じんでい》の中にぞ臥《ふ》し給ひける。

[29]氏家中務丞光範《うじいえなかつかさのじょうみつのり》、これを見て、畦《あぜ》を伝つて走り寄り、その頸を取つて、黒丸城へ馳《は》せ帰《かえ》る。[30]結城上野守《ゆうきこうずけのかみ》、中野藤左衛門、[31]金持太郎左衛門《かなじたろうざえもん》三騎、馬より飛んで下《お》り、義貞の死骸の前に跪《ひざまず》いて、腹を掻き切つて重なり伏す。この外《ほか》、四十余騎の兵、皆堀溝《ほりみぞ》の中に射落とされて、敵の独《ひと》りも取り得ず、犬死《いぬじに》してこそ臥したりける。

この時、左中将の兵三万余騎、皆猛《たけ》く勇める者どもなれば、身に替はり、命に替はらんと思はぬ者はなかりけれども、小雨《こさめ》交《ま》じりの夕霧に、誰《たれ》を誰とも見え分かねば、大将の自《みずか》ら戦うて討死《うちじに》し給ひける事を、知らざりけるこそ悲しけれ。ただ[32]余所《よそ》に

27　左側。
28　兜の正面の下。
29　宇都宮氏の一族。栃木県さくら市氏家に住んだ武士。
30　福島県白河市に住んだ結城一族の武士だが、不詳。
31　鳥取県日野郡日野町金持(かもち)出身の武士。
32　遠くに。
33　乗馬の主が誰かを見定めることもなく、陣を乱して勝手に落ち延びた。
34　英布。漢の高祖の功臣。黥(いれずみ)の刑を受けたので黥布という。高祖に淮南(淮水の南部)王に封ぜられたが、叛いて討伐される。こ

ありける郎等《ろうどう》の、主《しゅ》の馬に乗り替へて河合《かわい》を指して引きけるを、数万の官軍遥《はる》かに見て、大将の跡に随はんと、見定めたる事[33]もなく、心々にぞ落ち行きける。

漢《かん》の高祖《こうそ》は、自ら淮南《わいなん》の[34]黥布《げいふ》を討ちし時、流れ矢に当たつて[35]未央宮《びおうきゅう》の裏《うち》に崩《ほう》じ給ひ、[36]斉《せい》の宣王《せんおう》の太子は、自ら楚《そ》の[37]短兵《たんぺい》と戦うて、[38]干戈《かんか》の場《にわ》の下に死し給ひにき。されば、「[39]蛟龍《こうりょう》は深淵《しんえん》の中に保つ。若《も》し浅渚《せんしょ》に遊ぶ則《とき》は、漁網釣者《ぎょもうちょうじゃ》の愁《うれ》へ有り」と云へり。[40]この人、君の[41]股肱《ここう》として、武将の位に備はりしかば、身を慎しみ、命を全くして、[42]大儀の功をこそ致さるべかりしに、自ら[43]さしもなき戦場に赴《おもむ》いて、[44]匹夫《ひっぷ》の矢先に命を留《とど》めし事、運の窮《きわ》めとは云ひながら、うたてかりける振る舞ひなり。

義貞朝臣《よしさだあそん》の頸《くび》を洗《あら》ひ見《み》る事　11

の時、高祖も流れ矢に当たり、のちにこの矢傷が元で死去した(史記・高祖本紀)。

35 漢の宮殿の名。高祖が没したのは、長楽宮。

36 典拠不明。戦国時代の斉の王だが(史記・田敬仲完世家)、楚と戦った事実はない。なお、斉の宣王は孟子の政道論の聞き役。孟子が宣王に説いた「君、臣を視ること土芥の如くする則(とき)は…」(孟子・離婁下)は、本書第二巻・5に引かれる。

37 短い武器(刀剣)を持つ雑兵。

38 干(たて)と戈(ほこ)。戦場。

39 水中の龍は普段深淵の中におり、浅瀬に遊ぶと、網にかかったり釣り上げられたりする(劉向・新序二)。優れた人物も、油断すると思わぬ失敗をするというた

軍《いくさ》散じて後《のち》、氏家中務丞《うじいえなかつかさのじょう》、尾張守《おわりのかみ》[1]の前に参つて、「それがしこそ、新田殿《にったどの》の御一族かと思《おぼ》しき敵を討つて、首を取つて候へ。誰《たれ》とも名乗り候はねば、名字《みょうじ》をば知り候はねども、馬、物具《もののぐ》の様《よう》、相順《あいしたが》ひし兵どもの、尸骸《しがい》を見て腹を切り、討死《うちじに》を仕《つかまつ》り候ひつる有様は、いかさま宗徒《むねと》[2]の人と覚えて候ふ。これぞ、この死人の膚《はだ》に懸けて候ひつる守《まもり》にて候ふ」とて、血をも未だ洗《すす》がぬ首に、土の付いたる金襴《きんらん》[3]の守を添へてぞ出だしたりける。

尾張守、この首をよくよく見給ひて、「あな不思議や。よに[4]新田が顔つきに似たる所のあるぞや。もしそれならば、左の眉の上に矢疵《やきず》の跡あるべし」とて、自ら鬢櫛《びんぐし》[5]を以て、髪を搔き上げ、付いたる土を洗い落とさせて、これを見給ふに、はたして左の眉の上に疵の跡あり。さればこそとて、心付《こころづ》[6]きて、帯《は》きたる二振《ふたふり》の太刀を、召し出だして見給ふに、上[7]は皆金銀を打ち含みて作りたるに、一振《ひとふり》は、銀《しろかね》を以て金《こがね》の鎺《はばき》[8]の上に、鬼切《おにきり》[9]と云ふ

とえ。
40 義貞。
41 手足となって働く臣。
42 大事業での勲功。
43 さほど重要でない戦場。
44 身分の低い兵。

11

1 斯波高経。
2 主だった武将。
3 金糸で模様を織り出した錦の織物。
4 まことに。
5 鬢の髪をかき上げる櫛。
6 思いついて。
7 柄(つか)の部分は金と銀で飾って作ってあるが。
8 鎺金(はばきがね)。鍔(つば)の上下にはめて鍔元を固定する金具。
9 源氏累代の名刀で、渡辺綱が鬼の腕を切った太刀(第三十二巻・11)。だが、義貞の北国落ちに際して、

文字を沈めたり。一振《ひとふり》は、金を以て銀の鎺《はばき》の上に、[10]鬼丸《おにまる》と云ふ文字を入れたり。この二振の太刀は、源氏重代《じゅうだい》[11](の重宝《ちょうほう》にて)、義貞《よしさだ》の方《かた》に伝はりたりと聞こえしを、ただ今見つる不思議さよ。さては疑ひなしとて、また、膚《はだ》の守《まもり》を開《あ》けて見給ふに、[12]吉野殿《よしのどの》より御宸筆《ごしんぴつ》にて、

朝敵征伐《せいばつ》の事、叡慮《えいりょ》の向かふ所、ひとへに義貞が武功に在り。[13]選ぶこと未だ他《た》に異《こと》ならざるに、殊に早速《さっそく》の計略を運《めぐ》らすべき者なり。

とぞ遊ばされたりける。さては、義貞朝臣なりけりとて、尸骸《しがい》をば輿《こし》に乗せ、[14]時衆《じしゅう》八人に舁《か》かせて、葬礼追善《そうれいついぜん》のために、[15]往生院《おうじょういん》へ送らる。頸《くび》をば朱の唐櫃《からびつ》に入れ、[16]氏家八郎重国《うじいえのはちろうしげくに》に持たせて、ひそかに京へぞ上《のぼ》せらる。

日吉の大宮権現に奉納したとされる(第十七巻・15)。

10 北条時政が小鬼を切った太刀で、時行まで北条氏に伝わったという(第三十二巻・11)。

11 他本により補う。

12 後醍醐帝。

13 (義貞にのみ期待し)他に代えようと思わない。

14 時宗の僧。時衆は陣僧として従軍し、最期の十念を授けたり、葬礼を行なった。

15 福井県坂井市丸岡町長崎にある往生院称念寺。北陸の時宗の中心的道場として発展。長崎道場の名で知られる。新田義貞の墓所がある。

16 氏家中務丞光範(本巻・10)の同族の武士。神田本・玄玖本「氏家中務丞」。

義助朝臣《よしすけあそん》敗軍《はいぐん》を集《あつ》め城《しろ》を守《まも》る事 12

脇屋左京大夫義助《わきやさきょうのだいぶよしすけ》は、河合《かわい》の石丸城《いしまるのじょう》[1]へ打ち帰つて、左中《さちゅう》[2]将《じょう》の行末《ゆくえ》を尋ね給ふに、始めの程は、分明《ふんみょう》[3]にも知る人なかりけるが、事《こと》の様《よう》次第に顕《あらわ》れて、討たれ給ひぬと聞こえければ、「日を替へず黒丸《くろまる》へ押し寄せて、大将の討たれ給ひたらん所にて討死《うちじに》せん」と宣《のたま》ひけれども、士卒《しそつ》皆あきれ迷ふて[4]、ただ惘然《ぼうぜん》[5]たる外《ほか》は、さしたる義勢《ぎせい》[6]もなかりけり。

剰《あまっさ》へ、いつしか野心の者[7]出で来《き》けるにや、石丸城に火を懸けんとする事、一夜《いちや》の内に三ヶ度なり。これを見て、斎藤五郎兵《さいとうごろうびょう》衛《え》[8]、同じき七郎入道道猷《しちろうにゅうどうどうゆう》二人《にん》、随分《ずいぶん》左中将の近習者《きんじゅしゃ》[9]にてありしかば、門前[10]の左右の脇《わき》に役所を並べて居たりけるが、幕を捨てて、夜《よ》の間《ま》にいづちともなく落ちにけり。これを始めとして、

12

1 福井市石盛町にあった城。
2 新田義貞。
3 はっきりとは。
4 途方にくれて。
5 呆然。
6 気勢。
7 裏切り者。
8 季基。伊予房玄基の子。季基と道猷(本巻・8)は従兄弟。
9 側近。
10 大将義貞の役所(将士の詰め所)の門前の左右。

或いは心も発《おこ》らぬ出家して、往生院長崎《おうじょういんながさき》の道場に入《い》り、或いは[11]縁に属《しょく》し、罪を謝して、黒丸城《くろまるのじょう》へ降参する程に、昨日まで三万騎に余りたりし[12]外様《とざま》の軍勢、一夜の程に落ち失せて、今日はわづかに二千騎にだに足らざりけり。

かくては北国《ほっこく》を擁護《おうご》せんこと叶《かな》ふまじとて、[13]三峯城《みつみねのじょう》に[14]河島《かわしま》を籠められ、[15]杣山城《そまやまのじょう》に[16]瓜生《うりゅう》を置き、[17]湊城《みなとのじょう》に[18]畑六郎左衛門時《はたろくろうざえもんとき》能《よし》を残されて、七月五日の暮れ程に、義助朝臣《よしすけあそん》父子ともに、禰《ね》智《ち》、風間《かざま》、江戸《えど》、宇都宮《うつのみや》が勢《せい》七百余騎を率《そっ》して、当国の府《こう》へ帰り給ふ。

左中将《さちゅうじょう》の首《くび》を梟《かく》る事 **13**

義貞朝臣《よしさだあそん》の首、京都に着きにければ、これ朝敵《ちょうてき》の[1]最《さい》、武敵《ぶてき》の雄《ゆう》たりとて、大路《おおじ》を渡して、[2]獄門《ごくもん》に懸けらる。この人、[3]前朝《せんちょう》の

11 縁者をたよって、詫びを入れて、足利方の黒丸城へ降参したので。
12 新田一族以外の軍勢。
13 福井県鯖江市上戸口町の三峯山にあった城。
14 河島維頼。
15 南条郡南越前町阿久和の杣山の城。
16 瓜生重(しげ)と照(てらす)。
17 坂井市三国町の九頭龍川河口、三国湊の城。
18 新田の家来で、剛勇で知られる。

13
1 第一。
2 獄舎の門。
3 先帝、後醍醐帝。
4 武勲で世に益していたので。
5 頼りにする人物。
6 好意。

寵臣《ちょうしん》にて、武功[4]世に被《こうぶ》らしめしかば、天下の[5]倚頼《いらい》として、その[6]芳情《ほうじょう》を悦《よろこ》び、その恩顧《おんこ》を待つ者、幾千万と云ふ事を知らず、京中に相交《あいまじ》はり[7]たれば、車馬《しゃば》路《みち》に横たはり、男女岐《ちまた》に立ちて、これを見るに堪へず、泣き悲しむ声[8]呦々《ゆうゆう》たり。

中にも、かの北《きた》の台勾当内侍《たいこうとうのないし》の局《つぼね》の悲しみを、伝へて聞くこそあはれなれ。この女房は、[9]頭大夫《とうのだいぶ》行房《ゆきふさ》の女《むすめ》にて、[10]金屋《きんおく》の内に粧《よそお》ひを閉ぢて、[11]鶏障《けいしょう》の下に媚《こび》を深くせしを、[12]二八《にはち》の春の比《ころ》より、[13]内侍に召されて、君王《くんおう》の傍らに侍《はんべ》り。[14]羅綺《らき》にだも堪へざる貌《かたち》は、春の風一片《いっぺん》の花を吹くかと疑はれ、[15]紅粉《こうふん》を事とせざる顔《かんばせ》は、秋の雲半江《はんこう》の月を吐き出だすに似たり。されば、[16]椒房《しょうぼう》の三十六宮、[17]五雲《ごうん》の徐《しず》かに遶《めぐ》るを聴き、[18]禁漏《きんろう》の二十五声、一夜の正《まさ》に長きことを恨む。

去《い》んじ建武《けんむ》の始め、天下また乱れんとせし時、義貞朝臣、常に召され、内裏に仕《つこうまつ》り候《さぶら》はせられけるが、或る夜、月冷《すさま》じく、

7　底本「タル」を改める。
8　むせび泣くさま(白居易・新豊の臂を折りし翁)。
9　後醍醐帝の側近。金ヶ崎城で戦死。第十八巻・9。
10　黄金で飾った家(白居易・長恨歌)。
11　天上の金鶏を描いたついたて(白居易・胡旋の女)。
12　十六歳。
13　内侍司に仕える後宮女官。
14　薄絹や綾絹の重さにも堪えられない、たおやかな容姿。「羅綺に任(た)えざるが若(ご)とし」(陳鴻・長恨歌伝)。
15　紅や白粉の必要ない顔は、雲間に秋の月が現れ、大河に映ったようだ。
16　後宮の多くの御殿。三十六宮は、漢の宮殿の数。「漢家の三十六宮」(和漢朗詠集・十五夜)。

風秋《ひやや》かなるに、この内侍《ないし》、[19]半簾《はんれん》を巻いて、琴を弾じ給ひけるに、左中将《さちゅうじょう》、その[20]怨声《おんせい》に心引かれて、[21]禁庭《きんてい》の月に立ちさまよふ。[22]あやなく心そぞろにあくがれにければ、御簾《みす》の傍《かたわ》らに立《た》ち紛《まぎ》れて窺《うかが》ひけるを、内侍、見る人ありと、物侘《ものわ》びしげにて琴を弾かずなりぬ。夜《よ》いたく深《ふ》けて、有明の月の隈《くま》なく差し入りたるに、「[23]たぐひやは侍るべき」と、

[24]わが袖の涙にやどる影とだに知らで雲井の月や澄《す》むらむ

と打《う》ち詠《えい》じて、しほれ伏したる気色《けしき》の、云ふばかりなく[25]あてやかなれば、[26]行末《ゆくえ》も知らぬ道に迷ひぬる心地し給ふ。

[27]朝《ちょう》より夙《つと》に帰りて後《のち》も、ほのかなりつる面影《おもかげ》の、なほここもとにあるやうに覚えて、[28]世の諺《ことわざ》人の云ひかよはす事も、耳の外《ほか》なれば、いつとなく、[29]起きもせず寝もせで夜《よ》を明かし、日を暮らしけるが、もし知る[30]べする海士《あま》のたよりもがなと、思ひ沈み給ふ。余りにせんかたのなく、乳母《めのと》になかだちすべきたより

17 五雲は、天子の車。後宮の他の女性のもとへ帝の訪れがなくなったことをいう。
18 禁中の漏刻(水時計)が、一夜二十五刻を告げる間。
19 半分ほどおろした簾。
20 悲しみをさそう音色。
21 宮中の庭。
22 わけもなくむやみに心が引かれたので。
23 (もののあわれは)たとえようもない。
24 涙に濡れた私の袖に月の光が映っているが、それを知らずに月は空高く輝いているのだろう。他本は、この歌を義貞の歌とする。
25 上品で美しい。
26 「由良の門を渡る舟人梶をたえ行方も知らぬ恋の道かな」(新古今和歌集・曾禰好忠)。
27 朝廷から早朝に帰った後も。

を尋ね出だして、たびたび[31]消息ありたるに、「[32]君の聞こし召されん事をはばかりて、内侍、手にだにも取らず」と云ひければ、中将、いといたう打《う》ち佗《わ》びて、あはれや、さぞ思ふらんとばかりの言葉をだに、せめて聞かばやと、恨み佗びて、[33]なかなか云はずなりにけり。いよいよせんかたなくぞ思ひける。

知らず、誰人《たれひと》か奏し申しけん、君、この事を聞こし召して、[34]えびす心の分く方なく思《おも》ひ初《そ》めけるも理《ことわ》りなりと、叡慮《えいりょ》、あはれなる方に思《おぼ》し召《め》し知《し》らせ給ひければ、[35]御遊《ぎょゆう》の次《つい》でに、中将を召され、御酒《おんみき》たまはらせ給ひけるに、「[36]内侍をばこの盃《さかずき》に付けて」とぞ仰せ出だされける。

義貞《よしさだ》、限りなく忝《かたじけ》なしと思ひて、次の夜、やがて牛車《うしぐるま》さはやかにしたてて、[37]かくと案内せさせたるに、内侍も、早や[38]誘ふ水あらばと思ひけるにや、さのみ更《ふ》け過《す》ぎぬ程に、[39]車の音して、中門に轅《ながえ》をさし廻《まわ》せば、[40]おもと人《びと》独《ひと》り二人《ふたり》、[41]妻戸《つまど》をさしかくし

28　世間の諺で人の言い慣わす言葉も、耳に入れずに。
29　「起きもせず寝もせで夜をあかしては春のものとてながめくらしつ」(古今和歌集・在原業平)。
30　手引きする海士のつてでもないものかと。「磯菜つむ海士の知るべをたづねつつ君を見るめにうく涙かな」(新勅撰和歌集・高松院右衛門佐)。
31　手紙を送ると。
32　帝。
33　(その後は)かえって何も便りをしなくなった。
34　東国武士の荒々しい心が一途に恋い慕うのも。
35　詩歌・管弦の宴。
36　内侍をこの盃とともにお前(義貞)に賜ろう。
37　かくかくと事情を話して申し入れたので。
38　「わびぬれば身を浮き

て、ときめきあへり。

中将、この年月《としつき》恋ひ忍びて、相逢《あいあ》ふ今の心の内、譬《たと》へて云ふに足らざるべし。[42]珊瑚《さんご》の枕の上に、陽台《ようだい》の夢長く覚めて、[43]連理《れんり》の枝の頭《ほと》りに、驪山《りざん》の花自《おの》づから濃《こま》やかなりしかば、去《い》んじ建《けん》武《む》の末に、[44]朝敵西海《さいかい》の浪に漂《ただよ》ひし時も、中将、この内侍《ないし》に暫《しば》くの別れを悲しみて、征路《せいろ》に滞《とどこお》り、[45]後《のち》の山門臨幸《さんもんりんこう》の時、敵大嶽《おおだけ》より追ひ落とされて、寄せば落ちんとせし時も、義貞《よしさだ》、この内侍に迷ひて、勝《かつ》に乗り、[46]疲れを攻むる謀《はかりごと》を事ともせず。その[47]弊《つい》え、はたして敵のために国を奪はれたり。誠《まこと》に、「[48]一度《ひとたび》笑《え》みてよく国を傾く」と、古人のこれを誡しめしも、理《ことわ》りなりと覚えたり。

左中将《さちゅうじょう》、[49]坂本《さかもと》より北国《ほっこく》へ落ち給ひし時も、路次《ろし》の難儀《なんぎ》を顧《かえり》みて、この内侍をば、[50]今堅田《いまかただ》と云ふ所にぞ留《とど》め置《お》かれける。[51]かからぬ時の別れだに、互ひに心を想像《おもいや》りて、[52]涙を天涯《てんがい》の雨に注《そそ》ぐ。


草の根を絶えて誘ふ水あらばいなむとぞ思ふ」(古今和歌集・小野小町)。
39 車の音をさせて、義貞邸の中門に車の轅をさしかけると。
40 侍女。
41 開き戸から内侍を入れて、にぎやかに立ち騒いだ。
42 珊瑚の夢枕で巫山の神女と契った楚の懐王(文選・宋玉・高唐の賦)のようにありたいと願った思いが現実のものとなり。陽台は、巫山の神女の住んだ山。
43 玄宗と楊貴妃が「地に在りては連理の枝とならん」(長恨歌)と誓った驪山の華清宮の花の色のように情愛がこまやかだったので。
44 建武三年(一三三六)春、九州に敗走した足利尊氏の追撃に義貞が遅れたこと。第十六巻・1。

況《いわ》んや中将は、行末《ゆくすえ》とても憑《たの》みなき、[53]北狄《ほくてき》の国に趣《おもむ》き給へば、生きて再びめぐり合はん後《のち》の契《ちぎ》りも[54]いさ知らず。内侍はまた、都路《みやこじ》近き[55]海士《あま》の磯屋《いそや》に身をかくし給へば、[56]今もやさがし出だされて、憂き名を人に聞かれんずらんと、一方《ひとかた》ならず歎《なげ》き給ふ。その[57]前年の春ぞかし、父行房朝臣《ゆきふさあそん》金崎《かねがさき》にて討たれ給ひぬと聞こえしかば、思ひの上に悲しみを添へて、明日までの命も[58]よしや何かせんと、歎き給ひしかども、さすがに消えぬ露《つゆ》の身なれば、明け暮れ袖を干《ほ》し侘《わ》びて、二年《ふたとせ》余りになりにけり。

　左中将も、越前《えちぜん》に下り着き給ひし日より、やがて迎ひをも上《のぼ》せばやと思ひ給ひけれども、道の程もなほたやすからず、また人の云ひ思はんずる所も憚《はばか》りありければ、時々の[59]音信《おとずれ》をのみ互ひに残る命にて、年月《としつき》を送り給ひけるが、その秋の始め、今は路《みち》の程もたやすくなりぬればとて、迎ひの人を上《のぼ》せられたれば、内侍は、この三年《みとせ》が間暗き夜の闇に迷へるが、俄《にわ》かに夜の明け

45　建武三年五月、後醍醐帝が再び山門に臨幸した際の延暦寺の攻防戦で、足利方が比叡山から敗走したこと。第十七巻・6。大獄は、比叡山の主峰、大比叡。
46　敵の疲れ。
47　失敗。
48　「一顧せば人の城を傾け、再顧せば人の国を傾く」(漢書・外戚孝武李夫人伝)。
49　義貞の北国落ちは、第十七巻・16。
50　滋賀県大津市今堅田。
51　いつもの逢瀬の時の別れでさえ。
52　天の果てほど遠い恋人を慕って涙の雨を注ぐ。
53　北方の蛮人の国。越前国をさす。
54　どうだかわからない。
55　琵琶湖の漁師の家。
56　今にも敵に見つけられ

たる心地して、やがて先《ま》づ杣山《そまやま》まで着き給ひぬ。

[60]時節《おりふし》、中将は足羽《あすわ》と云ふ所へ向かひ給ひたりとて、また、杣山より[61]輿《こし》の轅《ながえ》を廻《めぐ》らして、[62]浅生津《あそうづ》の橋を渡り給ふ。時に、[63]瓜生《うりゅう》弾正左衛門《だんじょうざえもん》と云ふ者、行き逢ひ奉りたるが、馬より下《お》り、「これは、いづくへとて御渡り候ふやらん。新田殿《にったどの》は、昨日の暮れ程に、足羽と申す所にて討たれさせ給ひて候ふなり」と申しもはてず、涙をはらはらとぞ流しける。内侍《ないし》の局《つぼね》、こはいかになりぬる事ぞやと、肝魄《きもたましい》も消《き》えはてて、なかなか涙も落ちやらず。輿の中に臥《ふ》し沈《しず》み給ひても、せめては、あはれ、その人の討たれ給ひつらん野原の草の露《つゆ》の上に、[64]捨て置きても帰れかしと思ひ給へども、[65]「早やその輿昇《か》き帰《かえ》せ」とて、急ぎまた本《もと》の杣山へ入れ奉りぬ。

　これぞこの程中将の住み給ひし所とて、色紙《しきし》押し散らしたる障子の中《うち》を見給へば、何となき手すさみの筆の跡にも、[66]「いつ

て。

57　今からみて「前年」。文脈からは「翌年」が正しい。建武四年(一三三七)三月、金ヶ崎城が落城。第十八巻・9。

58　ままよ、なんになろう。

59　手紙だけを互いに唯一の生きる頼みとして。

60　折しも。

61　輿を引く轅の向きを転じて。

62　福井市浅水(あそうず)町。

63　瓜生照(てらす)。新田に加勢した瓜生兄弟の一人。前出、第十九巻・3。

64　私を捨て置いて帰って下さい。

65　瓜生弾正左衛門の言。

66　早く都へとの心中の思いをつづった和歌。

か都へ」と、忍び給へる言《こと》の葉をのみ読み捨て、書き置き給ふ。かかる空《むな》しき形見《かたみ》を見るにつけても、いとなほ歎きは深くなり行きて、慰《なぐさ》むたよりはなけれども、中将の住みなれ給ひし跡なれば、ここにて中陰《ちゅういん》[67]の程をも過ごさばやと思ひけるに、その辺《あた》りもやがて騒がしくなつて、敵の近づくなんど聞こえしかば、この御住居《おすまい》も叶《かな》はじとて、やがて京へ上《のぼ》せ奉つて、仁和寺《にんなじ》[68]なる所へ送り付け奉る。

　今[69]は都も旅なれば、栖《す》み所《どころ》も未だ定まり給はず。心[70]うかれ、袖しほれて、いづくにか立ちやどるべきとて、昔見し人の行末《ゆくえ》を尋ねて、陽明《ようめい》[71]の辺りへ行き給ひける。道に、人あまた立ち逢ひて、「あな、あはれや」なんど云ひけるを、何事にやと聞き給へば、越路《こしじ》遥《はる》かに尋ね行きて、逢はで帰りし左中将《さちゅうじょう》の首を、獄門《ごくもん》の木にぞ懸けたりける。眼塞《まなこふさ》がり、色変《へん》ぜり。内侍の局、これを二目《ふため》とも見給はず、あたりなる築地《ついじ》[72]の陰《かげ》に泣き倒れ給ふ。

67　人の死後の行き先が決まるまでの四十九日間。
68　京都市右京区御室にある真言宗御室派の本山。
69　今は都にいても旅住まいのようなもので。
70　心はぼうっとして、袖は涙に濡れて。
71　陽明門。大内裏の東門。
72　土塀。

見る人、これを哀れまずと云ふ事なし。暮《く》れ果《は》つるまで、立ち帰るべき心地もし給はねば、[73]蓬《よもぎ》が露《つゆ》の底に泣きしほれておはしけるを、その辺りなる道場[74]の聖《ひじり》、「余りに御いたはしければ」とて、持仏堂《じぶつどう》にいざなひ入れ奉れば、内侍《ないし》の局《つぼね》、その夜やがて御髪《みぐし》下《お》ろされて、[75]紅顔《こうがん》を墨染《すみぞめ》の袖にやつし給ふ。

暫《しば》しが程は、亡き面影《おもかげ》を身に添へて、泣き悲しみ給ひしが、[76]会者定離《えしゃじょうり》の理《ことわ》りに[77]哀別《あいべつ》の夢を醒《さ》まして、[78]厭離穢土《おんりえど》の心は日々に進み、[79]欣求浄土《ごんぐじょうど》の念時々《ときどき》に増さりければ、嵯峨《さが》の奥、[80]往生《おうじょう》院《いん》の辺《あた》りなる、柴の扉《とぼそ》の明け暮れは、行[81]なひすましてぞおはしける。

奥勢難風《おくぜいなんぷう》に逢《あ》ふ事　**14**

[1]吉野《よしの》殿《どの》には、[2]奥州国司《おうしゅうのこくし》安部野《あべの》にて討たれ、[3]新田《にった》兵衛佐《ひょうえのすけ》八《や》

73　（光源氏と別れた末摘花のように）生い茂る蓬の露に泣きしおれて。
74　道場は寺。聖は、勧進や乞食（こつじき）して修行する僧。ここは時衆の聖か。
75　年若くつややかな顔を尼僧の衣にみすぼらしく変えた。
76　仏教でいう、会う者は必ず別れる定め。
77　愛（哀）別離苦。（親子夫婦など）愛する者と別れ離れる定め。人間が体験せざるをえない八苦の一つ。
78　穢れた俗世を厭い離脱を願う心。
79　死後の往生を欣び求める思い。
80　京都市右京区嵯峨にあった寺。法然の弟子念仏房の草創という。
81　仏の道に専念していらっしゃった。

幡《わた》の城を落とされて、諸卒皆《みな》力を失ふと云へども、義貞朝臣《よしさだあそん》北《ほっ》国《こく》より攻《せ》め上《のぼ》る由奏聞《よしそうもん》したりけるを御《お》憑《たの》みあつて、今や今やと待ち給ひける処《ところ》に、義貞また足羽《あすわ》にて討たれぬと聞こえければ、[4]蜀《しょく》の後主《こうしゅ》の孔明《こうめい》を失ひ、唐《とう》の太宗《たいそう》の[5]魏徴《ぎちょう》に哭《こく》せしが如く、[6]叡《えい》襟《きん》更《さら》に穏やかならず、諸臣皆《みな》望みを失へり。

奥州《おうしゅう》の住人[7]結城《ゆうき》上野《こうずけの》入道《にゅうどう》道忠《どうちゅう》と申しける者、参内《さんだい》して奏し申しけるは、「国司顕家卿《あきいえきょう》、三年《みとせ》の内に両度まで上洛《しょうらく》せられ候ひつる事、出羽《でわ》、奥州の両国の者ども、悉《ことごと》く随ひ付きしによつてなり。されば、国人《くにびと》の心未だ変ぜざる前《さき》に、宮を一人《いちにん》下《くだ》しまゐらせられて、忠功の輩《ともがら》には直《じき》に賞を行ひ、不忠《ふちゅう》[8]不烈《ふれつ》の族《やから》をば、根を切り葉を枯らして御沙汰《おんさた》候はんに、などか攻め随へでは候ふべき。国の[9]差図《さしず》を見候ふに、[10]奥州五十四郡は、恰《あた》か日本国の半ばに及べり。もし[11]兵底《そこ》を尽《つ》くして一方《いっぽう》に属《しょく》せば、四、五十万騎も候ふべし。道忠、宮を先立てまゐらせて、老年の頭《こうべ》

14

1　後醍醐帝。

2　北畠顕家。阿倍野（大阪市阿倍野区）での戦死の記述は、流布本の巻十九末尾にみえるが、古本系には存在しない。なお、史実は、堺の浦（堺市）で戦死。

3　義興。義貞の次男。他本「春日少将」（北畠顕信）。

4　諸葛孔明は、劉備没後、その子劉禅（後主）を補佐して蜀を守ったが、魏との戦いのさなか病没した。

5　魏徴は、唐の二代皇帝太宗にその死を惜しまれた諫臣。太宗との政治問答は「貞観政要」にのせられ、日本でも広く読まれた。

6　帝の心。

7　俗名宗広。福島県白河市に住んだ豪族。新田義貞の鎌倉攻めに加わって功績

に冑《かぶと》を戴《いただ》く程ならば、重ねて京都に攻《せ》め上《のぼ》り、[12]会稽《かいけい》の恥を雪《きよ》めん事、一年の内をば過ぎ候ふまじ」と申しければ、君を始めまゐらせて、左右の近臣悉《ことごと》く、「げにも、この儀しかるべし」とぞ定められける。

　これによつて、[13]第八宮《だいはちのみや》の今年七歳にならせ給ひけるを、[14]初冠《ういこうぶり》召させて、[15]春日少将顕信卿《かすがのしょうしょうあきのぶきょう》を[16]扶弼《ふひつ》とし、結城道忠《ゆうきどうちゅう》を[17]衛府《えふ》として、奥州《おうしゅう》へ下《くだ》し奉らる。これのみならず、新田左兵衛佐義興《にったさひょうえのすけよしおき》、[18]相模次郎時行《さがみのじろうときゆき》、[19]宇都宮加賀寿丸《うつのみやかがじゅまる》三人をば、「[20]東《とう》八ヶ国を打ち平《たい》らげて、宮に力を添へ奉るべし」とて、武蔵《むさし》、上野《こうずけ》の間へぞ下《くだ》されける。

　陸地《くがち》は皆《みな》敵強くして通《とお》り難《がた》しとて、この勢《せい》皆伊勢国《いせのくに》[21]鳥羽《とば》の津《つ》に集まつて、船を揃へ、順風を待つ。八月十五日の宵《よい》より、風止《や》み、雲収まつて、海上殊《かいしょうこと》に閑《しず》かなりければ、舟人纜《ふなうどともづな》を解いて、[22]万里《ばんり》の雲に帆《ほ》を飛ばす。兵船《ひょうせん》五十余艘、宮の御座船《ござぶね》を中

があり、奥州に勢力を張り、北畠顕家軍の侍大将をつとめた。この頃、七十余歳。

8 不義。

9 地図。

10 広大な奥州全域をいう通称。

11 あるかぎりの兵全部が。

12 復讐すること。会稽山の戦いで呉王夫差に敗れて辱めを受けた越王勾践が、二十余年後に呉を滅ぼした故事による(第四巻・5)。

13 義良(のりよし)親王。後の後村上帝。母は、新待賢門院廉子。

14 元服させて。

15 北畠親房の次男。顕家の弟。鎮守府将軍。

16 輔弼。補佐の臣。

17 護衛の武臣。

18 北条高時の次男。

19 氏綱。公綱の子。

20 関東八か国。

に立てて、[23]天龍灘《てんりゅうなだ》を過ぎける時に、海風《かいふう》俄《にわ》かに吹き荒れて、[24]逆浪《さかなみ》天を巻《ま》き翻《かえ》す。或いは梶をかき折られて、[25]廻流《かいりゅう》に漂《ただよ》ふ船もあり。或いは檣《ほばしら》を吹き折られて、[26]片帆《かたほ》にて行く船もあり。暮れければ、いよいよ風荒くなつて、一方《いっぽう》に吹きも定めざりければ、伊豆《いず》の[27]大島《おおしま》、[28]目羅《めら》の湊《みなと》、[29]亀川《かめがわ》、[30]三浦《みうら》、[31]由居浜《ゆいのはま》、津々浦々《つつうらうら》に、船の寄らぬ所もなかりけり。

宮の召されたる御船一艘《そう》は、殊更漫々《ことさらまんまん》たる大洋《たいよう》に放《はな》たれて、すでに覆《くつがえ》らんとしける処《ところ》に、[32]光明赫奕《かくやく》たる日輪《にちりん》、御船の舳先《へさき》に現じて見えさせ給ひけるが、風俄かに取つて帰して、[33]伊勢の国《くに》崎《さき》の神風浜《かみかぜのはま》へ、吹きもどし奉る。そもそも[34]若干《そこばく》の船ども皆《みな》行き方も知らずなりぬるに、この御船ばかり日輪擁護《おうご》し給ひて、伊勢国へ吹きもどされたる事、ただ事にあらず。いかさまこの宮[35]継体《けいたい》の君として、[36]九五《きゅうご》の天位を践《ふ》ませ賜《たま》ふべき所を、天照《あまてらす》太神《おおみかみ》の示されけるものなりとて、忽《たちま》ちに奥州の下向《げこう》を留《とど》められ、

21 三重県鳥羽市鳥羽の湊。
22 遥か遠方の東国へ向けて空翔るように帆をあげた。
23 遠州灘。天龍川の河口の沖合。
24 逆巻く波は天にも届く激しさ。
25 渦をまく潮流。
26 毀れていない帆の片方。
27 伊豆七島の最大の島。東京都大島町。
28 千葉県館山市布良(らめ)。
29 今川家本「神奈川」。神奈川県横浜市神奈川区。
30 神奈川県の三浦半島。
31 神奈川県鎌倉市由比ヶ浜。
32 盛んに光り輝く太陽。
33 伊勢国の突端。志摩半島の伊勢市の浜。
34 多くの。
35 皇位を継ぐ君主。
36 天子の位(易経・乾卦)。

則ち[37]吉野殿《よしのどの》へ帰し入れまゐらせられけるが、はたして、先帝崩《ほう》御《ぎょ》の後《のち》、この君、天子の御位《みくらい》を継がせ給ひて、[38]吉野の新帝《しんてい》と申せしは、則ちこの宮の御事なり。

結城《ゆうき》入道堕地獄《にゅうどうだじごく》の事 **15**

中にも、結城上野入道《ゆうきこうずけのにゅうどう》が乗つたりける船は、悪風《あくふう》に放たれて、[1]渺々《びょうびょう》たる海上《かいしょう》にゆられ漂《ただよ》ふ事、七日七夜《なぬかななよ》なり。すでに海底に沈むか、[2]羅刹国《らせつこく》に堕つるかと覚えしが、風少し静まりて、これも伊勢国《いせのくに》[3]安濃津《あのつ》へぞ吹き着けける。

ここにて十余日を経て、なほ奥州《おうしゅう》へ下らんと、渡海《とかい》の順風を待ちける処《ところ》に、道忠《どうちゅう》、俄《にわ》かに病《やまい》を出だして、起居《ききょ》も叶《かな》はず、[4]定業《じょうごう》極《きわ》まりぬと見えてければ、[5]知識の聖《ひじり》、枕に寄つて、[6]「この程はさりともとこそ存じ候ひつるに、御労《おんいたわ》り日々に随つて重《おも》

37 後醍醐帝の吉野の御所。
38 後村上帝。

15
1 水が広々として果てしないさま。
2 仏教で、人を食う悪鬼が住む国。
3 三重県津市の湊。
4 報いを受ける時期が定まっている業。
5 仏の道へ導く僧。
6 これまではなんとか助かると思っていましたが、ご病気が日々に重くなるますので。

らせ給ひ候へば、今は御臨終《ごりんじゅう》の日遠からずと覚えて候ふ。[7]相構へて往生極楽《おうじょうごくらく》の御望み惰《おこた》る事なくして、[8]称名《しょうみょう》の声の中《うち》に、[9]三尊《さんぞん》の来迎《らいごう》を御待ち候ふべし。さても、この世には何事をか思《おぼ》し召《め》し置《お》かれ候ふ。御心に思し召されん事をば、仰せ置かれ候へ。御子息の御方《おんかた》へも伝へ申し候はん」と申しければ、この入道、すでに目を塞《ふさ》がんとしけるが、かつぱと起きて、からからと打ち笑ひ、わななきたる声にて申しけるは、「われすでに[10]七旬《しちじゅん》に及んで、栄花《えいが》身に余りぬれば、今生《こんじょう》に於て一事《いちじ》も思ひ残す事候はず。但し、今度罷《まか》り上《のぼ》つて、つひに朝敵を滅《ほろ》ぼし得ずして、空しく[11]黄泉《こうせん》の旅に趣《おもむ》き候ひぬる事、[12]多生曠劫《たしょうこうごう》の妄念《もうねん》ともなりぬと覚え候ふ。されば、愚息にて候ふ[13]権少輔《ごんのしょう》にも、わが後生《ごしょう》を弔《とぶら》はんと思はば、[14]供仏施僧《くぶっせそう》の作善《さぜん》を致すべからず。称名読経《どきょう》の[15]追賁《ついひ》をもなす事なかれ。ただ朝敵《ちょうてき》の首を取り、わが墓の前に懸けて見すべしと申し置きける由《よし》を、伝へて給はり候

7　くれぐれも。
8　念仏。
9　阿弥陀、観音、勢至の三尊が現れて臨終者を浄土へ迎えること。
10　七十歳。
11　あの世への旅。
12　成仏できずに永劫に苦界を輪廻転生する煩悩ともなろう。
13　結城親朝(ちかとも)。
14　仏に供え物をし、僧に施しをして、死者を追善供養すること。
15　追善供養。

へ」と、これを最後の言《ことば》にて、刀を抜いて逆手《さかて》に持つて、歯喰《はがみ》をしてぞ死にける。罪障深重《ざいしょうじんじゅう》[16]の人多しと云へども、終焉《しゅうえん》の刻《きざみ》、これ程の悪相《あくそう》を現ずる事は、未だ聞かざる所なり。

げにもこの入道が平生《へいぜい》の振る舞ひを聞くに、十悪五逆《じゅうあくごぎゃく》[17]の大悪人なり。鹿を狩り、鷹を使ふ事は、せめて世俗のする所なれば、いかがせん。咎《とが》なき者を打《う》ち縛《しば》り、僧尼《そうに》を害《がい》する事、勝《しょう》[18]計《けい》すべからず。常に死人の生頸《なまくび》を見ねば、心地《ここち》の蒙気《もうき》[19]するにとて、僧俗男女《そうぞくなんにょ》を云はず、日《ひ》ごとに二、三人が頸を切つて、わざと目の前にぞ懸けさせける。されば、かれが暫《しばら》くも居たるあたりは、死肉満ちて屠所《としょ》[20]の如く、尸骸《しがい》積んで九原《きゅうげん》[21]の如し。

この入道、伊勢《いせ》にて死したる事、道遠《とお》ければ、故郷の妻子《さいし》未だ知る事なかりけるに、その比《ころ》、所縁《しょえん》[22]なりける山伏《やまぶし》、武蔵国《むさしのくに》より下総《しもうさ》へ下る事あり。日暮れ、野遠くして、宿《やど》取るべき宿《しゅく》[23]を尋ぬる所に、律僧一人《りっそういちにん》[24]出で来て、「いざさせ給へ[25]。この辺に接待《せったい》[26]

16 成仏の障りとなる罪業が甚だしい人。
17 仏教でいう、殺生・偸盗などの十種の悪行と、父母や僧を殺すなどの五種の逆罪。
18 数えきれない。
19 気分が晴れない。濛気。
20 屠畜場。
21 墓場。
22 ゆかりのある。
23 宿場。
24 律宗の僧。時衆(時宗の僧)とともに、しばしば死者の葬礼にたずさわった。
25 さあいらっしゃい。
26 旅の僧に食事をふるまったり、宿泊させる施設。

所《しょ》の候へば、連れまゐらせん」と申しける間、この山伏、喜びて律僧の引導《いんどう》に相随ふ。遥《はる》かに行きて見るに、一つの楼門《ろうもん》[27]を開けり。その額《がく》を、「大放火寺《だいほうかじ》」と書きたり。中《うち》へ入りて見るに、奇麗《きれい》なる玉《ぎょく》を懸けたる仏殿《ぶつでん》あり。その額をば、「理非断《りひだん》[28]」とぞ書きたりける。山伏をば旦過《たんが》[29]に置いて、律僧ばかり内に入りぬ。やや暫《しばら》くあつて、前《さき》の律僧、内より螺鈿《らでん》[30]の匣《はこ》に法華経《ほけきょう》の入りたるを持《も》て来たつて、「ただ今、これに不思議の事あるべきにて候ふ。いかに恐ろしく思《おぼ》し召《め》すとも、息をも荒くせず、三業《ごう》[31]を静めて、この経を読誦《どくじゅ》候ふべし」とて、山伏には六の巻を与へて寿量品《じゅりょうぼん》[32]を読ませ、僧は普門品《ふもんぼん》[33]をぞ読誦しける。山伏、何事にかと怪しく思ひながら、僧の云ふに任《まか》せて、口には経を誦《じゅ》し、心に妄想《もうそう》を払つて、寂々《じゃくじゃく》[34]としてぞ居たりける。

夜半《やはん》過ぐる程に、月俄《にわ》かに掻《か》き陰《くも》り、雨荒く、電《いなびかり》頻《しき》りにして、牛頭馬頭《ごずめず》[35]の阿放羅刹《あぼうらせつ》ども、その数を知らず、大庭《おおにわ》に群がり

27　二階造りの門。
28　理非(正邪)を裁く。
29　修行僧を一夜だけ宿泊させる所(禅語)。
30　漆の蒔絵に光沢のある貝殻をはめこみ装飾した箱。
31　身・口(く)・意を静めて。
32　久遠成仏の釈迦仏を説いた、「法華経」巻六・如来寿量品第十六。
33　観音による衆生の救済を説いた、「法華経」巻八・観世音菩薩普門品第二十五。
34　無念無想のさま。
35　頭が牛や馬の形をした暴悪な地獄の鬼。

集まれり。[36]乾坤須臾《けんこんしゅゆ》に[37]横尽《おうじん》して、[38]鉄城《てつじょう》堅く閉ぢ、鉄網《てつもう》四方に張れり。烈々《れつれつ》たる猛火《みょうか》燃え出でて、[39]一由旬《ゆじゅん》が間《あいだ》盛んなるに、毒《どく》蛇《じゃ》舌を延べて焔《ほのお》を吐き、鉄《くろがね》の犬牙《きば》をといで吠《ほ》え怒る。

　山伏《やまぶし》これを見て、あな恐ろし、これは[40]無間地獄《むけんじごく》にてぞあるらんと、恐怖して見居たる処《ところ》に、火の車に罪人を独《ひと》り乗せて、牛《ご》頭《ず》馬《め》頭《ず》の鬼ども、轅《ながえ》を引いて虚空《こくう》より来たれり。待《ま》ち設《もう》けつる悪鬼《あっき》ども、鉄《くろがね》の俎《まないた》の[41]磐石《ばんじゃく》の如くなるを庭に置いて、その面《おもて》に罪人を一人取つて、あふのけに伏せて、その上にまた鉄の俎を重ねて、諸《もろもろ》の鬼ども膝《ひざ》を屈《かが》め、腕《かいな》を延べて、「えいやえいや」と押すに、俎の[42]はづれより血の流るる事、油を絞《しぼ》るが如し。これを受けて、大きなる鉄の桶《おけ》に入れ集めたれば、十分に湛《たた》へて[43]江水《こうすい》の如くなり。その後《のち》、二つの俎を取つてのけて、紙の如く押《お》し平《ひら》めたる罪人を、鉄の串に刺《さ》し貫《つらぬ》き、炎の上に立てて打ち返し打ち返し烘《あぶ》ること、[44]庖人《ほうじん》の肉味《にくみ》を調するに異《こと》ならず。

36　天地はまたたくまに。
37　すべて激変して。他本「換尽」。
38　阿鼻地獄のさま。「七重の鉄城、七重の鉄網あり」(往生要集)。
39　古代インドの距離の単位。帝王の一日の行軍の距離。四十里とも、三十里とも。
40　八大地獄の最下位で最も苦しい阿鼻地獄。五逆罪を犯した者が間断なく責め苦を受ける。
41　大きな岩。
42　端。
43　長江(揚子江)の流れ。
44　料理人。

至極《しごく》烘《あぶ》り乾《かわ》らかして後《のち》、また俎の上に置き、[45]鑾刀《れんとう》に鉄の魚箸《まなばし》を取りそへて置いたるを、或る鬼、さし寄つて押し平め、分々《つだつだ》にこれを割り切つて、銅《あかがね》の[46]箕《み》の中へ投げ入れたるを、牛頭馬頭、「活々《かつかつ》」と唱へてこれを[47]簸《ひ》るに、罪人忽《たちま》ちに蘇《よみがえ》つて、また本《もと》の姿になりぬ。時に、阿放羅刹《あぼうらせつ》、鉄の笞《しもと》を取つて罪人に向かひ、怒れる言《ことば》を出だして曰はく、「[48]地獄、地獄にあらず。これ汝《なんじ》が罪《つみ》汝を責む」と。罪人、この苦《く》に責められて、泣かんとすれども、涙落ちず、猛火眼《みょうかまなこ》を焦がすがゆゑに。叫ばんとすれども、声出でず、鉄丸《てつがん》喉《のど》を塞《ふさ》ぐがゆゑに。[49]片時《へんし》の苦患《くげん》を語るとも、聞く人地に倒れつべし。

山伏これを見て、[50]魄《たましい》も浮かれ、骨髄《こつずい》も消えぬる心地して、恐ろしく覚えければ、[51]僧に向かつて、「これは、いかなる罪人をかやうに呵責《かしゃく》し候ふやらん」と問ひければ、「これこそ奥州《おうしゅう》の住人結城《ゆうき》上野《こうずけの》入道《にゅうどう》道忠《どうちゅう》と申す者、伊勢国《いせのくに》にて死して候ふが、

45　肉切り包丁。魚箸は、魚を調理するのに用いる長い箸。
46　穀物の実と殻をふるい分ける道具。
47　箕でふるい分けると。
48　「地獄非地獄、我心有地獄」(延慶本平家物語第六末)。
49　地獄での責め苦のほんの一端を語っても、(その恐ろしさに)聴く人は卒倒するだろう。
50　魂も抜けて、正気を失う心地。
51　山伏を導いた律僧。

[52]阿鼻地獄《あびじごく》へ落ちて、呵責《かしゃく》せらるるにて候へ。もしその方様《かたざま》の御縁にて候はば、跡の妻子どもに、[53]一日経《いちにちきょう》を書《か》き供養《くよう》して、この苦患《くげん》を救ふべしと仰せられ候ふべし。われはかの入道が今度上洛《しょうらく》せし時、鎧の袖に書きたりし[54]六道能化《ろくどうのうげ》の主《あるじ》、地蔵薩埵《じぞうさった》にて候ふなり」と、委《くわ》しくこれを教えける。

その言《ことば》未だ終らざるに、暁を告ぐる野寺《のでら》の鐘、松吹く風に響《ひび》いて幽《かす》かに聞こえければ、鉄城《てつじょう》も忽《たちま》ちに掻き消すやうに失せ、主人の僧も見えずなつて、野原の草の露の上に[55]惘然《ぼうぜん》としてぞ居たりける。

夢幻《ゆめうつつ》の堺《さかい》も未だ覚えねども、夜《よ》すでに明けければ、[56]現化《げんげ》の不思議に驚いて、急ぎ奥州《おうしゅう》へ下《くだ》り、結城入道《ゆうきにゅうどう》が子息宮内権少輔《くないのごんのしょう》にこの事を語るに、父の入道が伊勢《いせ》にて死したる事、未だ聞き及ばぬ前《さき》なれば、これ夢中の忘想《もうそう》か、幻《うつつ》の間《ま》の怪異《けい》かと、驚く事もなかりしに、後《のち》三、四日を経て、伊勢より飛脚下《くだ》つて、父

52 無間地獄に同じ。

53 複数の人が法華経などを一日で書写し、死者を供養すること。

54 六道の衆生を能く教化する地蔵菩薩。地蔵は、釈迦入滅後、弥勒菩薩がこの世に現れるまでの無仏世界の教主とされる。

55 呆然。

56 仏が姿を変えて現れること。地蔵菩薩が律僧に姿を変えて現れたこと。

の遺言《ゆいごん》、臨終《りんじゅう》の様《よう》、委《くわ》しく語りけるにこそ、かの山伏《やまぶし》の云ふ所一つも誤まらざりけりと信を取つて、[57]七日七日《なぬかなぬか》の追賁《ついひ》に、一日経を書き供養して、[58]追孝作善《ついきょうさぜん》の誠《まこと》をぞ致しける。[59]「若有聞法者《にゃくゆうもんほうしゃ》、無一不成仏《むいちふじょうぶつ》」は、如来《にょらい》の金言《きんげん》、この経《きょう》の大意なれば、[60]八寒八熱《はっかんはちねつ》の底までも、悪業《あくごう》の猛火《みょうか》忽《たちま》ちに消えて、[61]清《せい》冷《りょう》の池水《ちすい》とぞなるらん」と、[62]導師《どうし》称揚《しょうよう》の舌を暢《の》べ、聴衆随喜《ずいき》の涙をぞ流しける。

57　死後七日目ごとに(四十九日まで)行う追善供養。
58　亡き親などの菩提を弔う孝行のための追善の仏事。
59　「法華経」巻一・方便品第二の句。「若(も)し法(のり)を聞くこと有らん者は、一(ひと)りとして成仏せずといふこと無し」。
60　寒さと熱さの苦を受ける八寒地獄と八熱(八大)地獄。
61　極楽浄土の池に満ちる八功徳水に、清・冷の功徳がある。
62　追善の仏事を主宰する僧が仏徳を称える言葉を述べ。聴衆は、子息親朝など結城入道の遺族。

太平記 第二十一巻

第二十一巻 梗概

南朝の勢力が衰え、武家は公家を軽んじたため、北朝の朝儀もすたれた。とくに佐々木《ささき》道誉《どうよ》は、些細ないさかいから、延暦寺《えんりゃくじ》の門跡寺院妙法院《みょうほういん》を焼き討ちするという暴挙におよんだ。延暦寺の強訴によって、道誉は上総へ流されたが、その配流の道行きは、物見遊山にでも行くような言語道断なものだった。その頃、朝廷の祈願所である法勝寺《ほっしょうじ》が炎上するという不吉な前兆があった。はたして暦応《りゃくおう》二年(延元四年＝一三三九)八月、後醍醐帝《ごだいごてい》が病となり、十六日、八宮義良親王《はちのみやのりよししんのう》への譲位などを遺言して死去した。南朝の公家の落胆は大きかったが、吉野執行宗信《よしののしゅぎょうそうしん》が、諸国に宮方が少なくないことを説いて公家を励ました。十二月、吉野では八宮が即位した(後村上帝《ごむらかみてい》)。北畠親房《きたばたけちかふさ》が幼い帝を補佐して政務を執り、諸国の宮方に先帝の遺勅を告げて忠戦を促した。越前では、脇屋《わきや》義助《よしすけ》の家来畑時能《はたときよし》が、湊城《みなとのじょう》を出て近隣を劫略し、由良《ゆら》光氏《みつうじ》が、西方寺城《さいほうじのじょう》を出て足利方の城を落とし、新田一族の堀口氏政《ほりぐちうじまさ》が、居山城《いのやまのじょう》を出て勢力を張った。越前河合庄《かわいのしょう》に集まった新田方の軍勢が足羽《あすわ》の黒丸城《くろまるのじょう》を包囲すると、斯波《しば》高経《たかつね》は加賀へ落ちた。黒丸城落城の報せに、足利方は、高師治《こうのもろはる》、土岐《とき》頼遠《よりとお》、佐々木《ささき》氏頼《うじより》、塩冶《えんや》高貞《たかさだ》らを北国へ向かわせた。そのさなか、塩冶高貞は、彼の妻に思いをかけた高師直《こうのもろなお》の策略によって謀叛の罪をきせられ、出雲へ逃げ下ったが、追手の山名《やまな》時氏《ときうじ》に攻められて自害した。

蛮夷階上《ばんいかいしょう》の事　1

暦応《りゃくおう》[1]元年の末に、四夷《しい》[2]八蛮《はちばん》悉《ことごと》く王化《おうか》を資《たす》けて、大軍《たいぐん》同時に起こりしかば、今ぞ早や聖運《せいうん》[3]開けぬと見えけるに、北畠顕家《きたばたけあきいえ》[4]卿《きょう》と新田《にった》[5]義貞朝臣《よしさだあそん》と、ともに流れ矢のために命を墜《お》とし、剰《あまっさ》へ奥州下向《おうしゅうげこう》[6]の諸卒《しょそつ》、渡海《とかい》の難風《なんぷう》に放たれて、皆行き方を知らずと聞こえしかば、今は世の中さてとや思ひけん[7]、結城《ゆうき》[8]上野入道《こうずけのにゅうどう》が子息宮内権少輔《くないのごんのしょう》[9]も、父が遺言《ゆいごん》を背《そむ》いて降人《こうにん》に出でぬ。芳賀兵衛入道禅可《はがひょうえにゅうどうぜんか》[10]も、主《しゅ》の宇都宮《うつのみや》が子息加賀寿丸《かがじゅまる》[11]を取り籠《こ》めて将軍方[12]に属《しょく》し、主従の礼を乱り、己《おの》が威勢を恣《ほしいまま》にす。

　この時、新田の氏族なほ残つて、城々に楯籠《たてご》もり、竹園《ちくえん》[13]の連《れん》枝《し》時を待つて、国々に御座《ぎょざ》ありと雖《いえど》も、猛虎《もうこ》の檻《おり》に籠もり、冥《めい》[14]鵰《ちょう》の翅《つばさ》を鎩《そ》ぎたるが如くになりぬれば、涙眼《るいがん》[15]空しく威を閉ぢて、

1

1　一三三八年。

2　四方八方の夷(えびす)が帝の徳治を助けて。北畠顕家と新田義貞の挙兵をさす。

3　後醍醐帝の運。

4　暦応元年五月に堺の浦で戦死。流布本には、阿倍野(大阪市阿倍野区)での戦死の記述がある。第十九巻・10・注17、参照。

5　同年閏七月に藤島城で戦死。第二十巻・10、参照。

6　第二十巻・14、参照。

7　世の趨勢は定まったと思ったのか。

8　道忠。俗名宗広。伊勢国安濃津に漂着後、病死。第二十巻・15。

9　結城親朝(ちかとも)。

10　宇都宮氏に仕える清(せい)の党の旗頭。俗名高名(たかな)。第十九巻・7、参照。

[16]帰心《きしん》遠く九霄《きゅうしょう》の雲を望んで、ただ時々の変あらん事を待つばかりなり。

天下の危ふかりし時だにも、世の譏《そし》りをも知らず、侈《おご》りを極《きわ》め、心を恣《ほしいまま》にせし足利《あしかが》の氏族、[17]高《こう》、上杉《うえすぎ》の党類なれば、能もなく芸もなくして、[18]乱階不次《らんかいふじ》の賞に預《あず》かり、例にあらず法にあらずして、[19]警衛判断《けいえいはんだん》の職を司《つかさど》る。初めの程こそ、朝敵の名を憚《はばか》つて、毎事[20]天慮《てんりょ》を仰ぎ申す体《てい》にてありしが、今は、天下ただ武徳に帰して、公家あつて何の用にか立つべきとて、[21]月卿雲客《げっけいうんかく》、諸司《しょし》格勤《かくご》の所領は云ふに及ばず、[22]椒房《しょうぼう》の御領までも、皆《みな》武家の輩《ともがら》押して領知《りょうち》しける間、[23]曲水《きょくすい》、[24]重陽《ちょうよう》の宴《えん》も絶えはて、[25]白馬《あおうま》、[26]踏歌《とうか》の節会《せちえ》も行はれず。[27]禁園仙洞《きんえんせんとう》さびかへりて、[28]参仕拝趨《さんしはいすう》の人も希《まれ》なりけり。

況《いわ》んや、朝廷の政《まつりごと》武家の計らひにありしかば、[29]三家《さんけ》の台輔《たいふ》も奉行頭人《ぶぎょうとうにん》の前に媚《こ》び、[30]五門《ごもん》の曲阜《きょくふ》も執事《しつじ》侍所《さぶらいどころ》の辺に賄《まいな》ふ。

11 氏綱。宇都宮公綱の子。
12 足利方。
13 皇族のご兄弟。
14 人に知られない大鳥。鵬は、大鵬。玄玖本「冥鴻」。
15 涙に曇る目は威を失い。
16 望郷の思いで遥か遠い空の雲を見て。
17 高は、将軍の執事。上杉は、外戚。
18 序列を無視した褒賞。
19 警察や司法の官職。
20 帝の意向。
21 公卿と殿上人、諸役人と親王・大臣家の下役人。
22 後宮。
23 三月三日の詩歌の宴。
24 九月九日の菊花の宴。
25 正月七日、帝が紫宸殿で左右馬寮の白馬(あおうま)を見る儀式。
26 正月十四日の男踏歌と十六日の女踏歌。年始の祝言を歌い舞わせる儀式。

されば、[31]納言宰相《なごんさいしょう》なんどの言《ことば》を聞いても、「[32]意得《こころえ》がたの畳字《じょうじ》や」と欺《あざむ》き、[33]廷尉《ていい》北面《ほくめん》の道に行き合ひたるを見ても、「[34]はや、例の長袖《ながそで》垂れたる俎烏帽子《まないたえぼし》よ」と云ひ、声を学《まね》び、指をさして軽慢《きょうまん》しける間、公家の人々、いつしか云ひも習はぬ[35]坂東声《ばんどうごえ》をつかひ、着も習はぬ折烏帽子《おりえぼし》を着て、武家の人に紛《まぎ》れんとしけれども、立ち振る舞へる体《てい》さすがに[36]なまめいて、[37]額付《ひたいつき》の跡以《もっ》ての下《ほか》に下がりたれば、公家にも付かず、武家にも似ず、いよいよ物笑ひにぞなりにける。ただ歩みを失ひし人の如し。

天下時勢粧《てんかじせいそう》の事、道誉《どうよ》妙法院御所《みょうほういんのごしょ》を焼《や》く事　2

この比《ころ》、殊《こと》に時を得て、栄耀《えいよう》人の目を驚かしける[1]佐々木《ささき》佐渡《さどの》判官入道道誉《ほうがんにゅうどうどうよ》の一族若党《わかとう》ども、例の[2]ばさらに[3]風流《ふりゅう》を尽《つ》くして、[4]西山、[5]東山の路《みち》の紅葉《もみじ》を見て帰りけるが、[6]妙法院の御所の前を

27 宮中と院の御所。
28 参上して伺候する人。
29 三家(中院・閑院・花山院)の大臣も、幕府の訴訟審理の役人に媚び。
30 五摂家(近衛・九条・二条・一条・鷹司)の摂政も、幕府の行政・軍事の高官に賄賂を送る。
31 大・中・少納言や参議。
32 小難しい漢字を使うことよと馬鹿にし。畳字は、冗字(むだな文字)。
33 検非違使の役人や院の御所警固の武士。
34 いやはや、(手首まで覆う)長い袖の衣を着た俎烏帽子(公家の立烏帽子を嘲った語)よ。武士は、括り袖に折烏帽子を着用。
35 関東なまり。
36 なよなよして。
37 額深く被る立烏帽子の額ずれの跡が(折烏帽子の

打ち過ぐるとて、跡にさがりたる下人《げにん》どもに、[7]南庭《なんてい》の紅葉《もみじ》の枝をぞ折らせける。

時節《おりふし》、[8]門主《もんしゅ》、御簾《みす》の内より、晩《く》れなんとする秋の気色《けしき》を御覧ぜられて、「[9]霜葉《そうよう》は二月《じげつ》の花よりも紅《くれない》なり」と、[10]風詠閑吟《ふうえいかんぎん》して興《きょう》ぜさせ給ひけるが、色殊《こと》なる紅葉の下枝《したえだ》を、[11]不得心《ふとくしん》なる下部《しもべ》ども折りけるを御覧ぜられ、「人やある、あれ制せよ」と仰せられける間、[12]房官一人《ぼうかんいちにん》、庭に立ち出でて、「誰《たれ》なれば、御所中の紅葉をばかやうに折るぞ」と制しけれども、あへて承引《しょういん》せず、[13]結句《けっく》、「御所とは何ぞ。かたはらいたの言《ことば》や」なんど嘲哢《ちょうろう》して、いよいよなほ大きなる枝をぞ引き折りける。折節《おりふし》、[14]御門徒《ごもんと》の山《やま》法師《ほうし》、あまた宿直《とのい》に候ひけるが、これを見て、「にくい奴原《やつばら》が狼藉《ろうぜき》かな」とて、持つたる紅葉の枝を奪ひ取り、散々《さんざん》に打擲《ちょうちゃく》して、門より外へ追ひ出だす。

道誉《どうよ》、これを聞いて、「いかなる門主にてもおはせよ。この

額の下に）あきらかに見えるので。

2

1 俗名高氏。南北朝内乱を智略をもって勝ち抜き、連歌・茶・花・香などの諸芸にも秀でた。
2 常軌を超えた派手な風俗。当時の流行語。「近日婆佐羅と号し専ら過差を好み…」（建武式目）。
3 華美に飾りたてて。
4 京都市西京区の桂川西岸の山。
5 鴨川の東に連なる山。
6 延暦寺三門跡の一。当時、祇園に近い綾小路にあった。
7 主殿の南にある表庭。
8 亮性（りょうしょう）法親王。後伏見院皇子。
9 霜で赤くなった木の葉は二月の花よりもいっそう

比《ころ》、道誉が内の者に向かつて、さやうの事を振る舞ふべき者は覚えぬ」と怒つて、三百余騎、妙法院《みょうほういん》の御所へ押し寄せて、[15]則ち火をぞ懸けたりける。

折節、風烈《はげ》しく吹いて、余煙《よえん》十方に覆《おお》ひければ、[16]建仁寺《けんにんじ》の輪《りん》蔵《ぞう》、[17]開山《かいざん》の塔頭《たっちゅう》、瑞光庵《ずいこうあん》、同時に焼け上がる。門主は、[18]御行法《ごぎょうぼう》の最中にて、持仏堂《じぶつどう》に御座《ぎょざ》ありけるが、俄《にわ》かに[19]北門《きたもん》より徒跣《かちはだし》にて、[20]光堂《ひかりどう》へ逃げ入らせ給ふ。御弟子《おんでし》の[21]若宮《わかみや》は、常の御所に御座ありけるが、板敷《いたじき》の下へ逃《のが》させ給ひけるを、道誉が子息[22]源三《げんぞう》判官《ほうがん》、走り懸かつて差し殺し奉る。その外《ほか》の[23]出世《しゅっせ》、房官、[24]児達《ちごたち》、侍法師《さぶらいほうし》ども、逃げ方を失うて、[25]手《て》膝《ひざ》をすりけるを、[26]「さな云はせそ」とて、追《お》つ攻め追《つ》つ攻め打《う》ち縛《しば》りける。

夜中の事なれば、[27]時の声、京、[28]白河《しらかわ》に響《ひび》き、兵火《ひょうか》、四方に鳴り覆ふ。在京の武士ども、「こは何事ぞ」と周章《あわ》て騒いで、[29]上下《かみしも》へ馳《は》せ違《ちが》ふ。事の由《よし》を聞き定めて後《のち》に、宿所に帰りける

赤い。杜牧「山行」の詩句。
10 しずかに詩を吟じて。
11 無作法な。
12 寺務を差配する妻帯僧。
13 あげくのはて。
14 妙法院門跡に仕える叡山僧。
15 即座に。
16 東山区小松町の臨済宗寺院。妙法院はその東隣にあった。輪蔵は回転式経蔵。
17 建仁寺開山の栄西を祀る堂。瑞光庵は不詳。
18 密教の修法。
19 裏門。
20 祇園社南にあった。
21 妙法院門跡に仕える若い皇族。門主がその若宮を板敷の下へ逃げさせた。
22 佐々木秀綱。
23 清僧(不妻帯僧)。
24 高僧に仕える童形の少年。侍法師は、警護役の僧。
25 許しを乞うしぐさ。

人ごとに、「あなあさまし、前代未聞《ぜんだいみもん》の悪行《あくぎょう》かな。山門《さんもん》の嗷訴《ごうそ》[30]今にありなん」と、云はぬ人こそなかりけれ。

神輿《しんよ》動座《どうざ》の事　3

山門の衆徒《しゅと》この事を聞いて、「古《いにし》へより今に至るまで、喧嘩《けんか》不慮《ふりょ》に出で来る事ありと雖《いえど》も、未だ門主《もんしゅ》、貫長《かんちょう》[1]の御所を焼き払ひ、出世《しゅっせ》、房官《ぼうかん》を面縛《めんばく》[2]する程の事を聞かず。詮《せん》ずる所、道誉《どうよ》、秀綱《ひでつな》を給はつて、断罪《だんざい》[3]に行ふべき」の由《よし》、公家に奏聞《そうもん》し、武家に触《ふ》れ訴《うった》ふる。

この門主と申すも、まさしき仙洞《せんとう》[4]の連枝《れんし》にて御座《ぎょざ》あれば、道誉が振る舞ひ、憤《いきどお》り思《おぼ》し召《め》して、あはれ、断罪流刑《るけい》にも行はせばやな(ど思し召しけれ)ども、[5]公家の御計らひとしては、叶《かな》ひ難《がた》き時節《おりふし》なれば、力なく武家へ仰せらるる処《ところ》に、[6]将軍も左兵衛《さひょうえの》

26 許し乞いなど言わせぬ。
27 鬨(とき)の声。合戦のとき一斉に発する大声。
28 京の北東部、鴨川以東の地。
29 京の南北を馬で駆け回った。
30 強訴。武力で威嚇して朝廷や幕府に訴えること。

3
1 貫頂。天台座主。
2 両手を後ろ手に縛り、顔を前に突き出してさらすこと。
3 斬罪。
4 上皇(光厳院)のご兄弟。
5 朝廷の一存で処罰するのは難しい時勢ゆえ。
6 足利尊氏も弟の直義も。
7 道理のある訴え。
8 嘆願書。
9 法で禁じられたこと。
10 衆をたのんだ若い僧た

督《かみ》も、道誉を贔屓《ひいき》せられける間、山門は理訴《りそ》[7]疲れて、款状《かんじょう》[8]徒《いたず》らに積もり、道誉は法禁《ほっきん》[9]を恣《ほしいまま》に軽んじて、奢侈《しゃし》いよいよ恣なり。

これによつて、強儀《ごうぎ》[10]の若輩《じゃくはい》、大宮《おおみや》[11]、二宮《にのみや》[12]、八王子《はちおうじ》[13]の神輿《しんよ》を根本中堂《こんぽんちゅうどう》[14]へ上げ奉つて、鳳闕《ほうけつ》[15]へ振り入れ奉らんと僉議《せんぎ》し、諸院御堂《みどう》の講筵《こうえん》[16]を留《とど》めて、御願《ごがん》[17]を停廃《ちょうはい》し、末寺末社の門戸《もんこ》を閉ぢて、祭礼を打《う》ち止《とど》む。山門の安否、朝家《ちょうか》の大事、この時にありとぞ見えたりける。

武家もさすが山門の強訴《ごうそ》は黙《もだ》し難《がた》く覚えければ、「道誉が事、死罪一等を減じて、遠流《おんる》に処《しょ》せらるべきか」と奏聞《そうもん》[18]しければ、即ち院宣《いんぜん》をなされて、山門に宣下《せんげ》せらる。前々《さきざき》ならば、衆徒の強訴はこれには惣《すべ》て休《や》むまじかりしかども、「時、折節《おりふし》にこそよれ。五刑《ごけい》[19]のその一を以て、山門に理を付けらるる上は、群訴《ぐんそ》[20]眉目《びもく》を開くに似たり」と、宿老《しゅくろう》[21]これを宥《なだ》めて、四月十二日[22]、三

ち。
11 日吉山王上七社の第一。
12 日吉山王上七社の第二。
13 日吉山王上七社の第四。
14 比叡山の東塔にあり、延暦寺の中心となる堂。
15 宮中。
16 仏法の学問をやめて。
17 朝廷の祈願による仏事を停止し。
18 幕府が朝廷に伺いを立てると、すぐにその旨の院宣が山門に下された。
19 律令に定められた笞・杖・徒・流・死の五種の刑。
20 多勢の訴えが面目を施したようなものだ。
21 年功を積んだ僧。
22 史実は、暦応三年(一三四〇)十月のこと。
23 日吉大社のある滋賀県大津市坂本。
24 千葉県山武郡の南部。
25 滋賀県大津市国分にあ

社の神輿《しんよ》を坂本《さかもと》[23]へ御帰し入れ奉る。

同じき二十五日に、道誉《どうよ》、秀綱《ひでつな》が配所の事定まつて、上総国《かずさのくに》山辺郡《やまべのこおり》[24]へ流さる。

道誉、近江《おうみ》の国分寺《こくぶんじ》[25]に着きける時、若党《わかとう》三百余騎、打ち送りのためとて、前後に相順《あいしたが》ふ。その輩《ともがら》、悉《ことごと》く[26]猿の皮の靫《うつぼ》[27]に、猿の皮の腰当《こしあて》[28]をして、手ごとに鶯《うぐいす》[29]の籠《こ》を持たせたり。道々に、酒肴《さけさかな》を儲《もう》け、傾城《けいせい》[30]を弄《もてあそ》びて、事《こと》の体《てい》、尋常《よのつね》の流人には替はつて、美々《びび》しく見えたりける。これもただ、武家の成敗《せいばい》[31]を軽忽《きょうこつ》し、山《さん》門《もん》の鬱陶《うっとう》を嘲哢《ちょうろう》したる振る舞ひなり。

聞かずや、古《いにし》へより、山門の訴訟を負ひたる者、十年を過ぎざるに皆滅亡すと云ひ習はせり。治承《じしょう》には、新大納言成親卿《しんだいなごんなりちかきょう》[32]、西光《さいこう》[33]、西景《さいけい》、安元《あんげん》には、二条関白師通公《にじょうかんぱくもろみちこう》[34]、その外《ほか》、泛々《はんぱん》[35]の輩《ともがら》は勝計《しょうけい》すべからず。さればこそ、道誉も行末《ゆくすえ》いかがあらんずらんと、智ある人は、眼を付けて怪しみ見けるが、はたして

った。
26 猿は、日吉大社の神使。
27 腰や背に帯びる矢入れ。
28 腰の後ろに当てる毛皮。
29 鶯は当時愛玩された。
30 遊女。
31 処罰を軽んじ。
32 後白河院の近臣。嘉応元年（一一六九）、尾張の知行をめぐって山門と対立。後に治承元年（一一七七）に平家討伐を企てた鹿ヶ谷事件で滅んだ（平家物語巻二）。
33 後白河院の近臣。子息師高が白山騒動を起こして山門と対立。やがて鹿谷事件で滅んだ（平家物語巻二）。西景は、西光とともに信西入道に仕えた。
34 師実の子。嘉保二年（一〇九五）に山門の強訴を武力で防いだために呪詛され、早逝した（平家物語巻一・願立）。「安元」は誤り。

[36]文和《ぶんわ》三年の六月十三日に、[37]持明院《じみょういん》の新帝、[38]山名伊豆守《やまないずのかみ》に襲《おそ》はれて、近江国へ臨幸《りんこう》なりける時、道誉が[39]鍾愛《しょうあい》の嫡子源三判官秀綱《げんぞうほうがんひでつな》は、[40]堅田《かただ》にて山法師《やまほうし》に討たれぬ。その弟[41]四郎左衛門《しろうざえもん》は、大和国《やまとのくに》[42]内郡《うちのこおり》にて野伏《のぶし》どもに射殺《いころ》されぬ。嫡孫[43]近江判官秀詮《おうみのほうがんひであきら》、舎弟[44]次郎左衛門尉《じろうざえもんのじょう》二人《にん》は、摂津国《つのくに》[45]中島《なかしま》の合戦の時、南方《なんぽう》の敵に討たれにけり。

これらは皆、[46]医王山王《いおうさんのう》の冥見《みょうけん》に懸けられしゆゑにてぞあるらんと、見聞《けんもん》の人、舌を振るひ、怖《お》ぢ恐《おそ》れぬ人はなかりけり。

法勝寺《ほっしょうじ》の塔炎上《とうえんしょう》の事　4

[1]康永《こうえい》元年三月二十二日、[2]岡崎《おかざき》の在家《ざいけ》より俄《にわ》かに失火出来《しゅったい》して、四隣《しりん》の在家一両宇《りょうう》焼失しけるが、わづかなる細くづ一つ、遥《はる》かに[3]十余町を飛び去つて、[4]法勝寺の九重《くじゅう》の塔の上に落《お》ち止《とど》まる。

35　取るに足らぬやからまで入れると数えきれない。
36　正しくは文和二年(一三五三)。　37　後光厳帝。
38　時氏。　39　最愛の。
40　大津市堅田。　第三十二巻・5、参照。
41　秀宗。貞和三年(一三四七)宇智郡で討死。
42　宇智郡。奈良県五條市内。　43　秀綱の子。
44　氏詮。兄秀詮とともに、康安元年(一三六一)摂津で討死。巻三十六・8。
45　淀川沿いの大阪市北部の地。
46　根本中堂の本尊薬師如来(医王)と日吉山王権現の冥罰を蒙ったゆえだろうと。

4
1　一三四二年。
2　京都市左京区岡崎法勝寺町。在家は、民家。

暫《しばら》くが程は、[5]燈炉《とうろ》の火の如くにて、消えもせず燃えもせで見えける間、寺中の僧達、身を懐《もが》いて、いかがせんと周章《あわ》て迷ひけれども、登るべき梯《はし》もなく、打ち消つべき便りもなければ、ただ徒《いたず》らに空をのみまもり[6]揚《あ》げて、手をあがいてぞ走りたりける。

さる程に、この細くづ、乾《かわ》いたる[7]檜皮《ひわだ》に燃え付いて、黒煙《くろけぶり》天を掠《かす》めて燃え上がる。猛火《みょうか》雲を焦がして翻《ひるがえ》る色は、[8]非想天《ひそうてん》の上までも昇り、[9]九輪《くりん》の地に響《ひび》きて落つる声は、[10]金輪際《こんりんざい》の底までも聞こえやすらんとおびたたし。魔風《まふう》頻《しき》りに吹いて、[11]瘴煙《しょうえん》四方に覆ひければ、金堂《こんどう》、阿弥陀堂《あみだどう》、講堂《こうどう》、鐘楼《しょうろう》、経蔵《きょうぞう》、[12]惣社宮《そうしゃのみや》、[13]八足《やつあし》の南大門《なんだいもん》、十六間の廻廊《かいろう》、一宇《う》も残らず焼け失せて、灰《かい》燼《じん》忽《たちま》ちに地に満てり。

焼けける最中に、余所《よそ》よりこれを見ければ、煙の上に、或いは鬼の形なる物、燃ゆる火を諸堂に吹き懸け、或いは天狗《てんぐ》の形なる物、松明《たいまつ》を振り上げて塔の[14]重々《じゅうじゅう》に火を付けけるが、金堂

3 一町は、約一〇九メートル。
4 岡崎にあった天台宗寺院。白河上皇の勅願寺。八角九重の塔があった。
5 燈籠。
6 目を離さず見上げて。
7 屋根を葺く檜の皮。
8 非想非非想天の略。無色界（むしきかい）の第四天で、三界の諸天のうち最高の天。
9 塔の最頂部に立てる九重の金具の輪。
10 地層の最下底。
11 毒気のある煙。
12 数社の神をまとめて鎮守として祭った社。
13 八本柱の南表の総門。
14 塔の各層。
15 屋根の頂上の横木。
16 京都の西北の山。丹波との国境をなす修験道の霊場。東の比叡山と相対する。
17 比叡山の最高峰。

の[15]棟木《むなき》の落ちけるを見て、同時に手を打ちてどつと笑ひて、[16]愛宕山《あたごやま》、[17]大嶽《おおだけ》、[18]金峯山《きんぶせん》を指して飛び去ると見えて、暫《しばら》くあれば、[19]花頂山《かちょうざん》の五重《ごじゅう》の塔、[20]醍醐寺《だいごじ》の七重《しちじゅう》の塔、同時に焼けける事こそ不思議なれ。[21]院は[22]二条河原《にじょうがわら》まで御幸《ごこう》なつて、法滅《ほうめつ》の煙《けぶり》に御胸を焦がされ、将軍は[23]西門《さいもん》の前に馬をひかへて、[24]回禄《かいろく》の災《さい》を怪しまる。

そもそもこの寺と申すは、専《もっぱ》ら四海《しかい》の太平を祈つて、殊《こと》に[25]百王《ひゃくおう》の安全を致さんために、[26]後白河院《ごしらかわいん》の御建立ありし霊場なり。されば、金堂の構へ、善を尽《つ》くし美を尽くす。本尊の[27]鑠鎊《れきほう》、金《こがね》を鑠《ちりば》め玉を礫《みが》く。中にも、八角九重《はっかくくじゅう》の塔婆《とうば》は、横竪《よこたて》ともに八[28]十四丈にして、重々に[29]金剛九会《こんごうくえ》の曼陀羅《まんだら》を安置せらる。その[30]奇麗崔嵬《れいさいかい》に於ては、[31]三国無双《さんごくぶそう》の雁塔《がんとう》なり。この塔始めて造り出だされし時、天竺《てんじく》の[32]無熱池《むねっち》、震旦《しんだん》の[33]昆明池《こんめいち》、わが朝の[34]難波《なにわ》の浦《うら》に、その影明らかに移りて見えける(こそ)奇特《きどく》なれ。

18　奈良県吉野郡吉野町にある修験道の霊場。
19　京都市東山区粟田口にあった花頂院。天台宗寺門派。
20　伏見区醍醐にある真言宗醍醐派の本山。
21　光厳上皇。　22　二条大路東端の鴨川の河原。
23　尊氏の邸の西門か。
24　火の神。転じて火災。
25　永代の帝。
26　流布本「白河院」が正しい。　27　金銀の飾り。
28　一丈は、約三メートル。記録類には、高さ二十七丈とある。
29　金剛界曼荼羅。九の領域に等分されている。
30　堂塔が美しく高くそびえるさま。
31　印度・中国・日本に双びない仏塔。雁塔は、玄奘三蔵が長安に建てた雁塔に

霊徳無双《れいとくぶそう》の[35]御願所《ごがんしょ》、一時《いっし》に煙滅《えんめつ》しぬる事、ひとへにこの寺ばかりの荒廃にあるべからず。ただ今より後《のち》、天下いよいよ静かならずして、仏法も王法もあつてなきが如くになり、公家、武家ともに衰微すべき前相《ぜんそう》を、かねて顕《あらわ》すものなりと、歎《なげ》かぬ人はなかりけり。

先帝崩御《せんていほうぎょ》の事　5

[1]康永《こうえい》三年八月九日より、吉野《よしの》の[2]先帝《せんてい》、[3]御不豫《ごふよ》の御事《おんこと》ありけるが、次第に重《おも》らせ給ひて、今は[4]医王善逝《いおうぜんぜい》の誓約《せいやく》も、祈るにその[5]験《げん》なく、[6]耆婆《ぎば》、[7]扁鵲《へんじゃく》が霊薬《れいやく》も、施すにその験おはしまさず。

玉体《ぎょくたい》日に増して[8]消えて、[9]晏駕《あんが》の期《ご》遠からじと見えさせ給ひければ、[10]大塔《おおとう》の忠雲僧正《ちゅううんそうじょう》、御枕《おんまくら》に近づき奉つて、涙を押さへて申されけるは、「[11]神路山《かみじやま》の花二度《ふたたび》咲く春を待ち、石清水《いわしみず》の流れの

ちなんだ仏塔の呼称。
32　大雪山(だいせっせん＝ヒマラヤ)の北にあり、龍王が住むとされる清涼な池。
33　漢の武帝が水軍訓練のため掘らせた池。
34　今の大阪湾。
35　朝廷の祈願寺。

5
1　暦応二年(南朝の延元四年＝一三三九)が正しい。前段の法勝寺焼失の三年前。
2　後醍醐帝。
3　ご病気。
4　主上の病苦を救うという薬師如来の十二の誓願。
5　効果。
6　釈迦の弟子で、古代インドの名医。
7　中国戦国時代の伝説的名医(史記・扁鵲倉公列伝)。
8　衰えて。
9　天子の遅いお出ましの

つひに澄むべき時あらば、さりとも、[12]仏神三宝《ぶつじんさんぼう》も捨てまゐらせらるる事はよも候はじと、憑《たの》もしくこそ存じ候ひつるに、[13]御《おん》脈《みゃく》すでに替はらせ給ひて候ふ由《よし》、[14]典薬頭《てんやくのかみ》驚き申し候へば、今はひとへに[15]十善《じゅうぜん》の天位《てんい》を捨てて、[16]三明《さんみょう》の覚路《かくろ》に趣《おもむ》かせ賜《たま》ふべき御事をのみ、思《おぼ》し召《め》し定《さだ》められ候ふべし。さても、[17]最後の一念によつて三界《さんがい》の生《しょう》を引くと、経文《きょうもん》に説き置かれて候へば、[18]万歳《ばんぜい》の後《のち》の御事、万《よろ》づ叡慮《えいりょ》に懸かり候はん事をば、悉《ことごと》く仰せ置かれ候ひて後《のち》、ひたすら[19]後生善処《ごしょうぜんしょ》の御望みをのみ、叡心《えいしん》に懸けられ候ふべし」と申されたりければ、主上《しゅしょう》、苦しげなる御息をつかせ給ひて、「[20]妻子珍宝及王位《さいしちんぽうきゅうおうい》、臨命終時不随者《りんみょうじゅうじふずいしゃ》」、これは如来《にょらい》の金言《きんげん》にして、平生朕《へいぜいちん》が心に感ぜし事なれば、[21]秦《しん》の穆公《ぼくこう》が三老《さんろう》を埋《うず》み、([22]始皇帝《しこうてい》の宝玉《ほうぎょく》を随へし事、一つも朕が心に取らず。ただ[23]生々世々《しょうじょうせぜ》)妄執《もうじゅう》ともなるべきは、朝敵《ちょうてき》を亡ぼして、四海《しかい》をして太平ならしめんと思ふ事のみ。朕《ちん》が早逝《そうせい》の後《のち》は、[24]第八《だいはちの》

意で、その死去を忌んでいう語。
10 中院光忠の子。大塔は、梶井門跡の一派で、法勝寺大塔付近に門室があった。
11 皇室の再び栄えるのを待ち、皇統の流れが正しくなる日が来れば。神路山は、伊勢神宮内の山。石清水は、皇室の宗廟神の石清水八幡宮。 12 仏と神。
13 脈拍。
14 医薬を司る役所の長。
15 前世の十善戒の功徳により得た天子の位。
16 過去・現在・未来を覚(さと)る仏の道。
17 臨終の一念で衆生が輪廻する迷いの世界に再び生まれると。
18 死後の事。万歳は、天子の寿命。
19 来世の極楽往生。
20 妻子も宝物も王位も、

宮《みや》を天子の位に即《つ》け奉つて、忠臣賢士世事《せじ》を謀《はか》り、義貞《よしさだ》、義助《よしすけ》が忠功《ちゅうこう》を賞して、[25]子孫不義《ふぎ》の行ひなくは、[26]股肱《ここう》の臣として天下を鎮撫《ちんぶ》せしむべし。これを思ふゆゑ、玉骨《ぎょくこつ》はたとひ[27]南山《なんざん》の苔に埋《うず》まると雖《いえど》も、魂魄《こんぱく》は常に[28]北闕《ほっけつ》の天を臨《のぞ》まんと思ふ。もし命《めい》を背《そむ》き、義を軽《かろ》んぜば、君も[29]継体《けいたい》の君にあらず、臣も忠烈《ちゅうれつ》の臣にあらず」と、委細に綸言《りんげん》を残されて、左の御手《みて》には、法華経《ほけきょう》の[30]五の巻《まき》を持たせ給ひ、右の御手には、御剣《ぎょけん》を[31]按《あん》じて、[32]八月十六日の[33]丑刻《うしのこく》に、御年《おんとし》五十二にして、つひに崩御《ほうぎょ》なりにけり。

悲しいかな、[34]北辰《ほくしん》の位高くして、百官《ひゃっかん》星の如くに列《つら》なると雖も、[35]黄泉《こうせん》の旅の道には、供奉《ぐぶ》仕《つかまつ》る臣独《ひと》りもなし。如何《いかん》せん、南山《なんざん》の地[36]僻《さがり》にして、万卒《ばんそつ》雲の如く集まると雖も、[37]無明《むみょう》の敵の来たるをば、防《ふせ》き止《とど》むる兵吏に更《さら》になし。ただ[38]中流《ちゅうる》に舟を覆《くつがえ》して、一壺《いっこ》の浪に漂ひ、[39]暗夜《あんや》に燈《ともしび》消えて、五更《ごこう》の雨に向かふが如し。

葬礼の御事は、かねて遺勅《ゆいちょく》ありしかば、[40]御終焉《ごしゅうえん》の御形《おんかたち》を替へ

死ぬ時には持って行けない。「大方等大集経」虚空蔵菩薩品の偈の一句。
21 春秋時代の秦の王穆公の殉死者一七七人の中に、三人の旧臣がいたこと（史記・秦本紀）。
22 玄玖本・流布本等により補う。始皇帝陵に多くの宝物が副葬されたこと（史記・始皇本紀）。
23 未来永劫。
24 義良親王。後村上帝。
25 義貞・義助の子孫。
26 手足となる臣。
27 吉野山。
28 北方の皇居。
29 皇位を継承する君。
30 提婆達多品(でいばだったぼん)などを収める。提婆達多は生きながら地獄に堕ちた人物。
31 持って。
32 底本傍注「延元三年」。
33 午前二時頃。

ずして、棺槨《かんかく》を厚くし、御座《ぎょざ》を直《なお》くして、吉野山《よしのやま》の麓《ふもと》、41蔵王堂《ざおうどう》の42艮《うしとら》なる林の奥に、43団丘《だんきゅう》を高く築《つ》いて、44北向きに葬り奉る。寂寞《じゃくまく》たる45空山《くうざん》の中《うち》、鳥啼《な》いて日すでに暮れぬ。46土墳《どふん》数尺《すしゃく》の草に一径《いっけい》涙尽《つ》くるとも、愁《うれ》へ未だ尽きず。高臣后妃《こうしんこうひ》の泣《なみだ》、日々に47鼎《てい》湖《こ》の雲を瞻望《せんぼう》して、恨みを天辺《てんぺん》の月に添へ、48覇陵《はりょう》の風に49夙夜《しゅくや》して、別れを夢裏《むり》の花に慕ふ。あはれなりし事どもなり。

吉野新帝受禅《よしののしんていじゅぜん》の事、同《おなじく》御即位《ごそくい》の事　6

天下久しく乱に向かふ事は、末法《まっぽう》の風俗なれば、暫《しばら》く言ふに足らず。1延喜天暦《えんぎてんりゃく》より以来《このかた》は、先帝《せんてい》程の2聖主神武《せいしゅしんぶ》の君は、未だおはしまさざりしかば、何となくとも聖徳一度《せいとくひとたび》開けて、3拝趨《はいすう》忠功《ちゅうこう》の臣私《わたくし》の望みを達せぬ事はあらじと、人皆憑《たの》みをなしけるが、君の崩御あるを見まゐらせて、今は4御裳濯川《みもすそがわ》の流れの末《すえ》

34 北極星。天子をさす。
35 冥土の旅。
36 僻遠で。
37 煩悩の罪障。流布本「無常の敵」は、死をいう。
38 川の中ほどで舟が沈み、波に漂う瓢箪一つしか頼るもののないような不安（鶡冠子・学問）。
39 燈火の消えた深夜に、外の雨に向き合うような暗澹たる気持。五更は、夜を五分した最後の時刻。
40 臨終のお姿のまま、柩の厚みをもたせ、お座りになった姿勢で。　41 金峯山寺の本堂。
42 北東。　43 円丘。
44 京の都の方向。
45 人のいない山中。
46 墓は高い草に覆われて墓への小径は尽き、涙も尽きて出ないが、悲しみが尽きることはない。白居易

も絶《た》えはてて、[5]筑葉山《つくばやま》の陰《かげ》による人もなくて、天下皆[6]魔魅《まみ》の掌握《しょうあく》に落つる世になりぬと、あぢきなく覚えければ、多年付《つ》き纏《まと》ひまゐらせし卿相雲客《けいしょううんかく》、皆、或いは[7]東海《とうかい》の流れを踏んで、仲《ちゅう》連《れん》が跡を尋ね、或いは[8]南山《なんざん》の歌を唱へて、甯戚《ねいせき》が行ひを学ばんと、思ひ思ひに身の隠れ家をぞ求め給ひける。

ここに、[9]吉野《よしの》の執行吉水法印宗信《しゅぎょうよしみずのほういんそうしん》、ひそかにこの形勢《けいせい》を伝へ聞いて、急ぎ参内《さんだい》して申しけるは、「先帝崩御《せんていほうぎょ》の刻《きざみ》、勅《ちょく》を遺《のこ》され、第八宮《だいはちのみや》を御位《みくらい》に即《つ》けまゐらせ、朝敵追伐《ちょうてきついばつ》の御本意《ごほい》を遂《と》げらるべしと、諸卿《しょきょう》にまのあたり綸言《りんげん》を含ませ給ひし事、未だ日を経ざるに、退散隠遁《たいさんいんとん》の御企《おんくわだ》てありと承《うけたまわ》り及び候ふこそ、意《こころ》得難《えがた》く存じ候へ。異国の例を以て、わが朝《ちょう》の今を計《はか》り候ふに、[10]文王草昧《ぶんおうそうまい》の主《あるじ》として、武王周《ぶおうしゅう》の業を起こし、[11]高祖《こうそ》崩じて後《のち》、孝恵漢《こうけいかん》の代《よ》を保たずや。今、[12]一人万歳《いちじんばんぜい》を早くし給ふと云ふとも、旧労《きゅうろう》の輩《ともがら》、その功を捨てて、敵に降参せんと思ふ者あるべか

「隋堤の柳」による。贅の限りを尽くした隋の煬帝とその亡国をうたう。
47 中国古代の黄帝が銅で鼎(かなえ)を鋳て、龍に乗って昇天した地。残された臣・民は天を仰ぎ嘆いた(史記・封禅書)。「秋の風に悵望す鼎湖の雲」(和漢朗詠集・親王)。 48 漢の文帝の陵。
49 朝から晩まで、先帝とのはかない別れを悲しむ。

6

1 醍醐・村上帝の盛代。
2 徳が高く神のごとき力をもつ君主。
3 側近く忠義を尽くす。
4 伊勢神宮を流れる五十鈴川。皇位の流れのたとえ。
5 皇恩に浴す人。「筑波嶺のこのもかのもに陰はあれど君が御陰に増す陰はな

らず。就中《なかんずく》、世の危ふきを見て、いよいよ命[13]を軽《かろ》んぜん官軍を数ふるに、先《ま》づ上野国《こうずけのくに》に、新田《にった》左中将《さちゅうじょう》義貞《よしさだ》の長男[14]左兵衛佐《さひょうえのすけ》義興《よしおき》、武蔵国《むさしのくに》に、その家嫡[15]左少将《かちゃくさしょうしょう》義宗《よしむね》、越後国《えちごのくに》に、[16]脇屋《わきや》刑部《ぎょうぶ》卿《きょう》義助《よしすけ》が子息左《さ》衛門佐《えもんのすけ》義治《よしはる》、この外《ほか》、江田《えだ》、大館《おおたち》、里見《さとみ》、鳥山《とりやま》、田中《たなか》、羽川《はねかわ》、山名《やまな》、桃井《もものい》、額田《ぬかだ》、大井田《おいだ》、一井《いちのい》、金谷《かなや》、堤《つつみ》、青龍寺《しょうりゅうじ》、籠守沢《こもりざわ》の一族四百余人、国々に隠れ、所々《しょしょ》に楯《たて》籠《ご》もつて、暫《しばら》くも忠戦《ちゅうせん》を計らずと云ふ事なし。他家《たけ》の輩《ともがら》には、筑紫《つくし》に、[17]菊池《きくち》、松浦《まつら》鬼《き》八郎《はちろう》、山鹿《やまが》、四国に、[18]土居《どい》、得能《とくのう》、安芸《あきの》国《くに》に、[19]有元《ありもと》、江田《えだ》、羽床《はゆか》、(淡路国《あわじのくに》に、)[20]阿間《あま》、斯知《しうち》、(石見国《いわみのくに》に、)三角《みすみ》、伯耆国《ほうきのくに》に、[21]長年《ながとし》が一族ども、備後国《びんごのくに》には、[22]桜山《さくらやま》、備《び》前国《ぜんのくに》に、[23]児島《こじま》、今木《いまき》、大富《おおとみ》、和田《わだ》、射越《いのこし》、播磨国《はりまのくに》に、[24]吉川《よかわ》、河内国《かわちのくに》に、[25]和田《わだ》、楠《くすのき》、大和国《やまとのくに》に、[26]三輪西阿《みわのせいあ》、[27]槙木宝珠丸《まきのほうじゅまる》、紀伊《きの》国《くに》には、[28]湯浅《ゆあさ》、山本《やまもと》、田辺別当《たなべのべっとう》、遠江国《とおとうみのくに》に、[29]伊井介《いいのすけ》、美濃国《みののくに》に、[30]根尾入道《ねのおのにゅうどう》、尾張国《おわりのくに》に、[31]摂津大宮司《つのだいぐうじ》、越前国《えちぜんのくに》に、[32]瓜生《うりゅう》、河島《かわしま》、

し」(古今和歌集・東歌)。
6　人をたぶらかす魔物。
7　中国戦国時代の斉の魯仲連が、秦の天下になれば東海の波を踏んで(飛び込んで)死ぬと言った故事(史記・魯仲連列伝、蒙求・仲連踏海)。
8　春秋時代の衛の甯戚が、南山云々と太平を望む歌を歌い、斉の桓公に取り立てられた故事(新序・雑事、蒙求・甯戚扣角)。
9　金峯山寺の寺務を取りしきる吉水院(現吉水神社)の住持で、吉野潜幸時から後醍醐帝に味方した(第十八巻・1)。
10　文王が周の礎をなし、その子武王が建国し。
11　高祖の死後、長子の孝恵(恵帝)が漢の代を継いだ。
12　帝が早逝された。
13　命を惜しまず戦う官軍。

越後国《えちごのくに》に、[33]小国《おぐに》、河内《かわち》、池《いけ》、風間《かざま》、禰智越中守《ねちえっちゅうのかみ》、太田信濃守《おおたしなののかみ》、[34]山徒《さんと》には、南岸円宗院《なんがんのえんじゅういん》。この外《ほか》、[35]泛々《はんばん》の輩《ともがら》は勝計《しょうけい》すべからず。これらは皆、義心金石《ぎしんきんせき》の如くにして、一度《ひとたび》も翻《ひるがえ》らざる者どもなり。身不肖《ふしょう》に候へども、宗信《そうしん》かくて候はん程は、当山に於ては、また何《なん》の御怖畏《ごふい》か候ふべき。いかさま先《ま》づ御遺勅《ごゆいちょく》に任《まか》せて、継《けい》体《たい》の君を御位《みくらい》に即《つ》けまゐらせ、国々へ綸旨《りんし》を成《な》し下《くだ》され候へかし」と申されければ、諸卿《しょきょう》皆げにもと思はれけり。

かかる所にまた、[36]楠帯刀《くすのきたてわき》、[37]和田和泉守《わだいずみのかみ》、二千余騎にて馳《は》せ参《まい》り、皇居を守護し奉つて、誠《まこと》に[38]他事《たじ》もなき体《てい》に見えければ、人々皆《みな》退散の思ひを翻《ひるがえ》して、山中また[39]無為《ぶい》になりにけり。

同じき[40]十二月三日、[41]太神宮《だいじんぐう》へ[42]由《よし》の奉幣使《ほうべいし》を下され、[43]第八宮《だいはちのみや》、天子の位に即《つ》かせ給ふ。

それ継体《けいたい》の君[44]登極《とうきょく》の御時《おんとき》、様々《さまざま》の大礼《たいれい》あるべし。先づ、新帝[45]受禅《じゅぜん》の日、[46]三種《さんじゅ》の神器《じんぎ》を伝へて、御即位《ごそくい》の儀式あり。明年《みょうねん》

14 長男は義顕。流布本「次男」がよい。
15 義貞の三男。兄義顕の戦死後、家嫡となる。
16 以下は新田一族。桃井は足利一族、青龍寺は不詳。
17 菊池は肥後、松浦は肥前、山鹿は筑前の武士。
18 伊予の河野一族。
19 有元は美作の菅党、江田は広島県安芸高田市、羽床は讃岐出身の武士。
20 阿間・斯知(底本「斯波」を改める)は淡路、三角(兼連)は石見の武士。
21 名和長年。
22 備後一宮吉備津神社の神官。
23 岡山県瀬戸内市、玉野市にいた児島高徳の一族。
24 兵庫県三木市吉川(よかわ)町の武士。
25 楠一族。
26 大神神社の神官。

の三月に、[47]卜部宿禰《うらべのすくね》、陰陽博士《おんようはかせ》、[48]軒廊《こんろう》にして国郡を卜定《ぼくじょう》す。則ち、[49]行事所初《ぎょうじどころはじ》めありて、百司《はくし》千官《せんかん》、次第の神事を取り行はる。同じき年の十月に、[50]東河《とうが》に行幸《ぎょうこう》なつて、[51]御悠《おんおさめ》の禊《はらい》あり。また、[52]神泉苑《しんせんえん》の北に於て、[53]斎庁所《さいちょうしょ》を立てて、[54]旧主《きゅうしゅ》一日抜穂《ぬきぼ》を御覧ぜらる。[55]龍《りょうび》(尾)道《どう》を立てられ、壇上《だんじょう》に回立殿《かいりゅうでん》を建て、新帝[56]大嘗宮《だいじょうぐう》の行幸あり。七日の湯沐《ゆあみ》、その日ごとに、堂上《とうしょう》の[57]伶倫《れいりん》、[58]正始《せいし》の曲を調《しら》べて、一度雅音《ひとたびがいん》を奏すれば、堂上の舞人《まいびと》、[59]小忌衣《おみころも》を袒《かたぬ》いで、五度《いつたび》袖を飜《ひるがえ》す。これを[60]五節《ごせち》の宴水《えんずい》と云ふ。その後《のち》、大嘗宮に行幸なつて、[61]大牲《おおにえ》の祭を行はるる程に、[62]悠紀《ゆき》、主基《すき》に風俗《ふぞく》の歌を唱へて帝徳を称《しょう》じ、[63]童女《いむこ》の者ども、[64]稲春歌《いなつきうた》を歌ひて神饌《しんせん》を奉る。

これ皆、代々の[65]儲君《ちょくん》、御位を天に継《つ》がせ給ふ時の例なれば、[66]三載《さんさい》数度《すど》の大礼、一つも欠けずあるべしと雖《いえど》も、[67]洛外山中《らくがいさんちゅう》の皇居の事、周備《しゅうび》すべきにあらざれば、形《かた》の如く三種の神器を拝

27　奈良県五條市牧町の武士。前出、真木定観(第十八巻・1)の子。
28　和歌山県有田郡湯浅町の武士。山本は熊野、田辺別当は田辺市に住んだ熊野別当。
29　静岡県浜松市北区引佐(いなさ)町井伊谷(いいのや)の武士。
30　岐阜県本巣市根尾の武士。
31　熱田大宮司昌能(まさよし)。
32　瓜生は福井県越前市瓜生町、河島は大野市川嶋の武士。
33　いずれも越後の武士。
34　叡山僧。南岸円宗院は、比叡山の坊舎。第二巻・11。
35　取るに足らない者まで入れると数えきれない。
36　楠正行。正成の嫡男。
37　楠一族。名は正氏。
38　平然と忠義を尽くす様子。
39　平穏になった。

せられたるばかりにて、新帝、位にぞ即《つ》かせ給《たま》ひける。

義助黒丸城《よしすけくろまるのじょう》を攻《せ》め落《お》とす事　7

同じき十一月五日、群臣相議《あいはか》つて、先帝《せんてい》に尊号《そんごう》を奉る。御在位の間の風教《ふうきょう》[1]、多くは延喜《えんぎ》[2]の聖代《せいだい》を追はれしかば、尤《もっと》もその由《よし》[3]ありとて、後醍醐天皇《ごだいごてんのう》とぞ諡《おくりな》し奉る。

新帝幼主《ようしゅ》にて御座《ぎょざ》ある上、君崩《ほう》じ給ひぬる後《のち》は、百官冢宰《ちょうさい》[4]に総《す》べて、三年[5]政《まつりごと》を聞こし召されぬ事なれば、万機《ばんき》[6]悉《ことごと》く北《きた》[7]畠入道源大納言《ばたけにゅうどうげんだいなごん》の計らひとして、洞院左衛門督実世《とういんさえもんのかみさねよ》[8]、四条《しじょう》[9]中納言隆資卿《ちゅうなごんたかすけきょう》二人《にん》、専《もっぱ》ら執奏《しっそう》せらる。

同じき十二月十七日に、先《ま》づ北国《ほっこく》にある脇屋刑部卿義助《わきやぎょうぶきょうよしすけ》[10]朝臣《あそん》の方《かた》へ綸旨《りんし》を成されて、先帝の御遺勅《ごゆいちょく》[11]他《た》に異《こと》なる上は、故義貞朝臣《よしさだあそん》の例に替はらず、官軍の恩賞以下《いげ》の事、先づ[12]相計《あいはか》つ

40　他本「十月三日」。
41　伊勢神宮。
42　新帝即位の由を伊勢神宮に告げるための勅使。
43　義良親王。後村上帝。
44　即位。
45　先帝の譲りを受け位につくこと。
46　皇位を象徴する宝器。
47　亀卜をもって神祇官に仕える卜部家と、占筮を司る陰陽寮の長官。
48　紫宸殿の渡り廊下で、大嘗祭に用いる新穀を献上する国郡を亀卜で定める。
49　大嘗祭を差配する役所の執務初めがあって。
50　鴨川。梵舜本「東川」。
51　大嘗祭に先立って行われる新帝のみそぎ。「おさめ」は、格別な公儀の意。
52　大内裏南の園池。
53　神饌の準備を行う所。
54　先帝が一日神饌の初穂

て追つて奏聞《そうもん》を経《ふ》べき由《よし》、宣下《せんげ》せらる。その外《ほか》、筑紫《つくし》の[13]征西《せいせい》将軍宮《しょうぐんのみや》、遠江国《とおとうみのくに》[14]伊井城《いいのじょう》に御座ある妙法院《みょうほういん》、[15]奥州《おうしゅう》新国司《しんこくし》顕《あき》信卿《のぶきょう》の方へも、旧主の遺勅に任せ、殊《こと》に忠戦を致さるべき由の宣旨《せんじ》をぞ下されける。

義助朝臣は、義貞討たれて後、勢ひ微々《びび》なりと云へども、所々《しょしょ》の城郭に軍勢を籠《こ》めて、さまでは狭《せば》められざりければ、「いつまでかくてはあるべきぞ。城々の勢《せい》を一つに合はせて、[16]黒丸城に楯籠《たてご》もりたる[17]尾張守高経《おわりのかみたかつね》を攻めばや」と、評定《ひょうじょう》ありける処《ところ》に、先帝崩御《ほうぎょ》の御事《おんこと》を承《うけたまわ》つて、惘然《ぼうぜん》たる事、闇夜《あんや》に燈《ともしび》を失へるが如し。さはありながら、御遺勅《ごゆいちょく》他に異なる(忝《かたじけ》)なさに、忠義いよいよ心肝《しんかん》に銘じければ、いかにもして一戦《いっせん》に利を得て、吉野《よしの》の官軍どもの[18]機をも助けばやと、[19]御国忌《みこっき》の御中陰《ごちゅういん》の過ぐるを遅しとぞ相待《あいま》ちける。

この両三年、越前《えちぜん》には、敵御方《みかた》の城三十余ヶ所相交《あいまじ》つて、合

を見られる。
55 大極殿前庭に壇(龍尾壇)を作り、そこに新帝が沐浴する回立殿を建て。
56 大嘗祭を行う神殿。
57 楽人。
58 上古の正しい楽を奏し。
59 神事に仕える際に着る藍摺りの衣を肩ぬぎして。
60 五節の豊明節会(とよのあかりのせちえ)で行われる少女の舞と、その後の酒宴(淵酔)。
61 新帝が神に新穀を捧げ、自らも食する儀式。
62 神饌を献上する悠紀・主基国に伝わる歌謡。
63 清浄な童女。
64 神饌の餅をつく歌。
65 皇太子が皇位を継承する時の慣例なので。
66 三年に数度の大礼。
67 京に遠い吉野の山中では、大嘗祭の儀式を怠りなくは整えられないので。

戦の止《や》む日なし。中にも、[20]湊城《みなとのじょう》と聞こえて、加賀《かが》、能登《のと》、越《えっ》中《ちゅう》、越前四ヶ国の勢《せい》どもが攻めかねて引きし城は、義助《よしすけ》の若党[21]畑六郎左衛門時能《はたろくろうざえもんときよし》が、わづかに二十三人にて籠もりたりし方《ほう》[22]二町に足らぬ平城《ひらじょう》なり。「新帝御即位の初め、[23]天運図《と》に当たる時なるべし。諸卒《しょそつ》早く城を出でて所々《しょしょ》に集まり、当国の敵を平らげて、他国に趣《おもむ》くべき」由《よし》を、大将義助朝臣の方より牒《ちょう》せられければ、[24]七月三日、畑六郎左衛門時能、三百余騎にて湊城を出でて、[25]金津《かなつ》、長崎《ながさき》、河合《かわい》、川口《かわぐち》にあらゆる所の城十二ヶ所を打ち落とし、首を切る事八百余人、女童部《おんなわらんべ》、三歳の嬰児《えいじ》までも残さず皆差し殺す。

同じき五日、[26]由良越前守光氏《ゆらえちぜんのかみみつうじ》、五百余騎にて[27]西方寺城《さいほうじのじょう》より出でて、[28]和田《わだ》、江守《えもり》、波羅蜜《はらみ》、深町《ふかまち》、[29]安居《あご》の庄の内に、敵のきびしく構へたる六ヶ所の城を二日が中《うち》に攻め落とし、御方《みかた》の勢を入れ替へて、六つの城を守らしむ。

7

1 徳による教化。
2 醍醐帝の聖代を先例としたので。
3 追号のいわれ。
4 百官は摂政(冢宰)に統率され。「君薨(こう)ずれば、百官己れを総べて以て冢宰に聴くこと三年なり」(論語・憲問)。
5 先帝の喪の期間三年。
6 天下の政務。
7 親房。顕家・顕信の父。但し、親房はこの頃、常陸小田城にあって東国経営。
8 公賢の子。南朝の重臣。
9 隆実の子。南朝の重臣。
10 新田義貞の弟。第二十巻・12で越前府に退却した。
11 格別なものだったので。
12 先ず(義助が)差配して後に帝に奏上するよう。
13 懐良(かねよし)親王。義貞北

同じき七日、堀口兵部大輔《ほりぐちひょうぶのたいふ》[30]氏政《うじまさ》、五百余騎にて居山城《いのやまのじょう》[31]より打ち出でて、香下《かした》[32]、鶴沢《つるさわ》、穴間《あなま》、川北《かわきた》十一ヶ所の城を五ヶ日が中《うち》に攻め落として、降人《こうにん》千余騎の人を引率《いんそつ》し、河合の庄へ出で合はる。

惣大将脇屋刑部卿義助朝臣《そうだいしょうわきやぎょうぶきょうよしすけあそん》は、禰智《ねち》、風間《かざま》、瓜生《うりゅう》、河島《かわしま》、宇都宮《うつのみや》、江戸《えど》、波多野《はだの》[33]が勢三千余騎の大将として、国府《こう》より三《み》手《て》に分かれ、織田《おだ》[34]、田中《たなか》、荒神峯《こうじんがみね》、安居の渡《わたり》の城、十七ヶ所を三日三夜《みっかみや》に攻め落として、その城々の大将七人を生け虜《いど》り、士卒五百余人を誅《ちゅう》して、河合の庄へ打ち出でらる。

同じき十六日、四方の官軍[35]一所《いっしょ》に相集《あいあつ》まつて六千余騎、三方より黒丸城《くろまるのじょう》[36]五つを取り籠めける。未だ戦はざる先に、河合弥《かわいや》[37]五郎種経《ごろうたねつね》、降人《こうにん》になつて畑六郎左衛門に属《しょく》す。畑、その勢を率《ひき》ゐて、夜半に足羽《あすわ》[38]の乾《いぬい》なる小山に打ち上がり、終夜《よもすがら》、城の四辺を打《う》ち廻《めぐ》つて、時[39]を作り、遠矢《とおや》を射懸けて、後陣《ごじん》の大勢《おおぜい》相集ま

国落ちの際、吉野へ向かった。第十七巻・16。
14 静岡県浜松市北区引佐（いなさ）町井伊谷にいた宗良（むねよし）親王。義貞北国落ちの際、遠江国へ向かった。第十七巻・16。
15 北畠親房の次男。前出、第二十巻・14。
16 福井県福井市黒丸町。
17 斯波高経。越前守護。
18 士気を高めたい。第二十巻・10で義貞を討つ。
19 先帝の服喪期間の四十九日。
20 坂井市三国町の三国湊にあった。
21 剛勇で知られた武士。
22 二町（二百余メートル）四方足らずの平地の城。
23 天運が味方する。
24 延元四年八月に後醍醐帝崩御。同年七月では、日時に矛盾。諸本同じ。

らば、一番に城へ攻め入らんと、勢ひを見せて待ち明かす。

　[40]上木《うえき》平九郎家光《へいくろういえみつ》は、元は新田左中将義貞《にったさちゅうじょうよしさだ》の兵たりしが、義貞朝臣討たれし後《のち》、将軍方に属《しょく》して黒丸城《くろまるのじょう》にありけるが、尾《お》張守高経《わりのかみたかつね》の前に来たつて申しけるは、「この城、先年[41]新田殿の攻められし時、不思議の御運によつて、打ち勝たせ給ひ候ひしに[42]御習《おんなら》ひ候ひて、なほも子細あらじと思《おぼ》し召《め》され候はんには、うたてかるべき御計らひにて候ふべし。その故《ゆえ》は、先年この所へ向かひ候ひし敵どもは、皆々東国《とうごく》、西国《さいごく》の兵にて、[43]不知案内《ふちあんない》に候ひし間、[44]深田《ふけだ》に馬を馳《は》せ籠《こ》めて、堀溝《ほりみぞ》に落ち入つて、つひに[45]大将を流れ矢の先《さき》に懸け候ひき。[46]今は御方《みかた》に候ひつる者ども多く敵になつて候ふ間、寄手《よせて》皆城の案内を知らぬはなくして候ふ上、畑六郎左衛門《はたろくろうざえもん》と申して、日本一《にっぽんいち》の大力《だいちから》の剛《こう》の者、命をこの城に向かつて止《とど》めんと、思ひ定めて候ふなる。恐らくは今時《こんじ》、御方《みかた》に、かれに対して懸け合ひに戦《いくさ》をしつべき人は、誰《たれ》にて候

25　あわら市北金津・南金津、坂井市丸岡町長崎、福井市川合鷲塚町、あわら市指中の辺。
26　群馬県太田市由良町に住んだ武士。新田の家来。
27　坂井市春江町木部西方寺。
28　福井市和田中町、同市南江守町、同市原目町、あわら市後山の旧地名。
29　福井市金屋町。安居城は足羽七城の一。日野川と足羽川との合流点をのぞむ。
30　新田一族だが、不詳。
31　大野市日吉町にあった。
32　大野市上舌(かみした)、同市富嶋(とびしま)の古称、同市朝日の九頭龍川上流一帯の古称、福井市河北町。
33　吉田郡永平寺町に住んだ武士。
34　丹生郡越前町織田、同町田中、福井市笹谷町。

ふぞや。後攻《ごづ》めもなき平城《ひらじょう》に、名将の小勢《こぜい》にて御籠《おんこ》もり候ひて、命を失はせ給はん事は、世のため[47]しかるべからざる御計らひにて候はずや。ただ今夜《こよい》の中《うち》に、加賀国《かがのくに》へ引《ひ》き退《しりぞ》かせ給ひて、京都の御(勢)下向《げこう》の(時、)力を合はせ兵を集めて、敵を御退治候はんに、何《なん》の子細か候ふべき」と申しければ、[48]細川出羽守《ほそかわでわのかみ》、[49]鹿草兵庫助《ししくさひょうごのすけ》を始めとして、[50]黒丸入道《くろまるのにゅうどう》、朝倉彦三郎《あさくらひこさぶろう》、[51]斎藤三郎《さいとうのさぶろう》等《ら》に至るまで、皆この義に同じければ、尾張守高経、五つの城に火を懸けて、その光を焼松《たいまつ》にして、夜の間《ま》に加賀国[52]富樫《とがし》が城へ落ちられにけり。

畑六郎左衛門が謀《はかりごと》を以て、義助《よしすけ》、黒丸を落として、義貞朝臣の討たれし[53]会稽《かいけい》の恥をば洗《すす》がれける。

35 南朝方。
36 五つの城郭。
37 河合庄の武士。利仁流藤原氏。
38 福井市足羽。乾は北西。
39 鬨(とき)の声。
40 石川県加賀市大聖寺に住んだ武士。前出、第二十巻・9。
41 延元三年。第二十巻・10。
42 (戦勝に)慣れて、今回も大丈夫とお思いなら、気がかりなお考えです。
43 土地の様子を知らないこと。
44 深い泥田。 45 義貞。
46 今はかつての味方の多くが敵になっているので。
47 あってはならぬ計略。
48 名は不詳。
斯波高経の副将軍。
49 越中の豪族で、守護代をつとめた。
50 黒丸に居住した朝倉広

塩冶《えんや》判官《ほうがん》讒死《ざんし》の事　8

北国《ほっこく》の宮方《みやがた》頻《しき》りに起こつて、尾張守高経《おわりのかみたかつね》、黒丸城《くろまるのじょう》を落とされぬと聞こえければ、[1]京都、以《もっ》ての外《ほか》に騒いで、急ぎ助けの兵を下さるべき評定《ひょうじょう》あり。則ち四方《しほう》の大将を定めて、[2]便宜《びんぎ》の国々の勢《せい》をぞ添へられける。

[3]高上野介師治《こうのこうずけのすけもろはる》を、大手《おおて》の大将として、加賀《かが》、能登《のと》、越中《えっちゅう》の勢を率《そっ》し、[4]甲斐《かい》を経て[5]宮腰《みやのこし》より向かはる。[6]土岐弾正少弼頼《ときだんじょうのしょうひつより》遠《とお》は、搦手《からめて》の大将として、美濃《みの》、尾張《おわり》の勢を率し、[7]穴間《あなま》、求上《くじょう》を経て[8]大野郡《おおののこおり》へ向けらる。[9]佐々木三郎判官氏頼《ささきさぶろうほうがんうじより》は、近江国《おうみのくに》の勢を率し、[10]木目峠《きのめとうげ》を打ち越えて敦賀《つるが》の津《つ》より向かはる。[11]塩冶判官《えんやほうがん》高貞《たかさだ》は、船路《ふなじ》の大将として、出雲《いずも》、伯耆《ほうき》の勢を率《そっ》し、兵船《ひょうせん》三百余艘をそろへて、三方の寄手《よせて》の相近づかんずる勢ひを伺《うかが》ひ、

景。法名覚性。　51　越前の武士。利仁流藤原氏。

52　石川県金沢市富樫。加賀守護の富樫氏の城。

53　雪辱を果たすこと。会稽山で呉に敗れた越王勾践が、後に呉を滅ぼした故事による。

8

1　足利方。

2　軍勢催促に都合のよい。

3　師春とも。師直の叔父。

4　古本系「甲斐」。流布本は「加賀」とする。

5　石川県金沢市金石(かないわ)町の旧名。

6　頼貞の子。美濃守護。巻十九・9で活躍。

7　穴間は、福井県大野市朝日の九頭龍川上流域の古称。求上は、岐阜県郡上市。

8　福井県大野市。

9　時信の子。佐々木六角

津々《つつ》浦々《うらうら》より押し寄せて敵の後ろを襲ひ、陣のあはひを隔《へだ》てて、戦ひを[12]不遠《ふおん》の間に致すべしと、相図《あいず》を堅くぞ定めける。

陸地《くがち》三方の大将、すでに京を立つて、[13]分国《ぶんこく》の軍勢を催しければ、塩冶判官も、わが国に下つて、その用意を致さんとしける最中、不慮の事出で来て、高貞、つひに[14]高武蔵守師直《こうのむさしのかみもろなお》がために討たれにけり。その[15]宿意《しゅくい》何事ぞと尋ぬれば、多年相馴《あいな》れたりける妻女《さいじょ》を、師直に思ひ懸けられて、謂《い》はれなく討たれけるとぞ聞こえし。

その比《ころ》、高武蔵守、ちと[16]違例《いれい》の事あつて、且《しばら》く出仕《しゅっし》もせで居たりける間、恩顧《おんこ》の者ども、毎日、酒肴《さけさかな》を調《ととの》へて、道々[17]の遊び者どもを召し集めて、その芸能を尽《つ》くさせて、病中の気をぞ慰《なぐさ》めける。

或る夜《よ》、月深《ふ》けて夜閑《しず》まりて、荻《おぎ》の葉渡る風の音も、身に沁《し》みたる心地しける時節《おりふし》、[18]覚都検校《かくいちけんぎょう》と[19]真城《しんじょう》と、[20]連《つ》れ平家《へいけ》をうたひ

氏。近江守護。前出、第十九巻・9。
10 福井県敦賀市から南条郡南越前町今庄へ至る峠。途中鉢伏山がある。
11 佐々木高貞。出雲守護。第十四巻・9で、足利方となる。
12 短期間。
13 各自の領国の軍勢を召集したので。
14 足利尊氏の執事(補佐役)として権力を振るった。
15 かねての恨み。
16 病。
17 各種の専門の芸能者。
18 南北朝期に「平家」の名人といわれた琵琶法師。
19 覚一と同じく南北朝期の琵琶法師。玄玖本「真性」、流布本「真一」。
20 二人の掛け合いによる平家演奏。
21 在位一一四一－五五年。

けるに、「[21]近衛院《こんえいん》の御時《おんとき》、[22]紫宸殿《ししんでん》の上に、[23]鵺《ぬえ》と云ふ怪鳥《かいちょう》飛び来たつて、夜な夜な鳴きけるを、[24]源三位《げんざんみ》頼政《よりまさ》、勅を承《うけたまわ》つて射落としたりければ、上皇《しょうこう》、限りなく叡感《えいかん》あつて、「この[25]勧賞《けんじょう》には、官も封国《ほうこく》もなほ充《あ》つるに足らず。誠《まこと》やらん、頼政は、[26]藤壺《ふじつぼ》の菖蒲《あやめ》に心を懸けて、堪へぬ思ひに沈むなんなる。今夜《こよい》の勧賞には、この菖蒲を頼政に下さるべし。ただし、この女をば、頼政音《おと》にのみ聞いて、未だ見参《げんざん》せざれば、[27]同じやうなる女をあまた出だして、あやめもしらぬ恋をするかなと笑はんずるぞ」と仰せられて、後宮《こうきゅう》三千の侍女《じじょ》の中より、[28]花を妬《ねた》み月を猜《そね》む程の女房達を、十二人、同じやうに装束せさせて、[29]なかなかほのかなる気色《けしき》もなく、[30]金紗《きんしゃ》の薄物《うすもの》の中に備《そな》へ置《お》かれける。

さて、頼政を[31]清涼殿《せいりょうでん》の孫廂《まごびさし》へ召され、[32]更衣《こうい》を勅使にて、「今夜《こよい》の勧賞には、[33]浅香《あさか》の沼《ぬま》の菖蒲草《あやめぐさ》を下さるべし。その手はたゆむとも、自《みずか》ら引いて、わが宿《やど》の妻となせ」とぞ仰せ下され

以下の鵺退治と菖蒲前の話は、「源平盛衰記」巻十六に、別の話としてのる。

22 内裏の正殿。

23 トラツグミの異称とも。夜に奇怪な声で鳴く。

24 清和源氏頼光流。武勇のほか歌人としても有名。

25 功労に対する褒賞。

26 後宮五舎の一つ、飛香舎（ひぎょうしゃ）の別名。菖蒲は、藤壺に仕える女房の名。

27 姿形の似た女房を大勢召し出し、頼政はあやめもかきつばたも見分けられぬ恋をするよと笑ってやろう。「郭公（ほととぎす）鳴くや五月のあやめぐさあやめも知らぬ恋もするかな」(古今和歌集・読み人しらず)。

28 花や月と美しさを競うような。

29 なまじおぼろげにも見分けられぬように。

ける。頼政、勅《ちょく》なれば、なかなか辞し申すに恐れあり。清涼殿の[34]大床《おおゆか》に、手を懸けて候ひけるが、いづれも齢《よわい》[35]二《に》八《はち》ばかりなる女房の、みめ形画《かたちえ》に書くとも筆にも及《およ》び難《がた》き程なるが、[36]金翠《きんすい》の粧《よそお》ひを餝《かざ》り、桃顔《とうがん》の媚《こび》を含んで並び居たれば、頼政、心いよいよ迷ひ、目うつろひて、いづれを菖蒲と、引くべき心地ぞなかりける。更衣、打ち笑うて、「[37]水の増さらば、浅香の沼の名さへまぎるる事もこそあれ」と申されければ、頼政、取りあへず、

[38]五月雨《さみだれ》に沢辺の真薦《まこも》水越えていづれ菖蒲と引きぞわづらふ

とぞ読みたりける。時に、[39]近衛《このえ》関白太政大臣《かんぱくだいじょうだいじん》、[40]余りの感に堪《た》へかねて、自ら菖蒲前《あやめのまえ》の袖を引き、「これこそ、汝《なんじ》が宿の妻よ」とて、頼政にこそ引き下されけれ。

頼政、鵼を射て弓矢の名を揚ぐるのみならず、一首の御《ぎょ》感《かん》によりて、年比《としごろ》久しく恋ひ忍びつる菖蒲前を賜《たまわ》りつる、[41]数奇《すき》

30　金糸を混ぜた薄い絹織物。
31　帝の常の御所。孫廂は、孫廂の間。清涼殿東面に張り出た廂の間。
32　女御(后の候補者)の下位の後宮女官。
33　浅香沼は福島県郡山市の歌枕。「あやめ草ひく手もたゆく長き根のいかで浅香の沼に生ひけむ」(金葉和歌集・藤原孝善)。たゆしは、くたびれた状態。
34　孫廂の間(大床)に、手をつき畏まって。
35　十六歳ぐらいの。
36　金と翡翠の飾りで美しく装い、桃の花のようになまめかしく並んでいたので。
37　水かさが増えれば、浅い沼という名の浅香沼でもあやめは区別できない。
38　五月雨が降り続いて沢辺の真薦さえ隠れ、どれが

の程こそ面目《めんぼく》なれ」と、真城《しんじょう》[42]三重《さんじゅう》の甲《こう》を上ぐれば、覚都《かくいち》[43]初《しょ》重《じゅう》の乙《おつ》に収めてうたひすましたれば、師直《もろなお》も、枕を押しのけ耳を欹《そばだ》てて、簾中簾外《れんちゅうれんがい》もろともに、声を調《そろ》へてぞ感じける。

[44]平家はてて後《のち》、居残りたる若党《わかとう》、[45]遁世者《とんせいしゃ》ども、「さても、頼《より》政《まさ》が鵺《ぬえ》を射たる勧賞《けんじょう》に、[46]傾城《けいせい》を賜《たまわ》りたるは面目なれども、[47]所領を賜りたるには、莫大《ばくだい》の劣りかな」と申しければ、武蔵守《むさしのかみ》、聞きもあへず、「御辺達《ごへんたち》は[48]無下《むげ》に不当《ふとう》なるものかな。師直、菖蒲《あやめ》程の傾城《けいせい》には、国の十ヶ国、所領の二、三十ヶ所なりとも、替[49]へて賜らでは叶《かな》はじ」とぞ[50]恥《はじ》しめける。

ここに、もとは公家の[51]なま上達部《かんだちめ》に仕《つか》へて、[52]めでたかりし御《み》世《よ》をも見たりける女房の、今は時とともに衰へはてて、身の寄るべなきままに、この武蔵守のもとへ常に立ち寄りける侍従殿《じじゅうどの》と申す女房、これを聞いて、打ち笑ひて、「[53]あらあやなの御心当たりや。事《こと》の様《よう》を推《お》し量《はか》るに、昔の菖蒲前は、さまでの美人

菖蒲か引き当てかねます。
39 藤原忠通か。
40 頼政の歌にとても感じ入り。
41 風雅の道にも通じているのは名誉なことであった。
42 平家演奏の最高音域。
43 最低音域。
44 平家演奏が終わった後。
45 技芸をもって貴人に仕える出家者。主に時衆の僧。
46 美女。
47 所領を賜るのに比べたら、ずいぶん劣ることよ。
48 ひどく道理のないことをいうものよ。
49 所領に替えてでも(あやめを)ぜひとも賜りたい。
50 たしなめた。
51 なまは、軽蔑の意。かつて栄えていた公卿。
52 かつて公家が栄えていた時代。
53 筋の通らぬ心づもり。

にてはなかりけるとこそ覚えて候へ。[54]楊貴妃《ようきひ》[55]一度《ひとたび》笑めば、六《りく》宮《きゅう》に顔色《がんしょく》なしと申す事候へば、たとひ千人万人の女房を並《なら》べ居《す》ゑて置かれたりとも、菖蒲誠《まこと》に世に勝《すぐ》れたらんには、頼政これを撰《え》りかね候ふべきや。これ程の女にだにも、多くの所領に替へんと候はんには、先帝の御外戚《ごがいせき》[56]早田宮《はやたのみや》の御娘、弘徽殿《こきでん》の西《にし》の台《たい》なんどを御覧ぜられては、[57]唐土《とうど》、天竺《てんじく》にも替へさせ給はんずるか。かの御姿の好ましき、世に類《たぐ》ひなき程をば、思《おぼ》し召《め》し知り候へ。[58]一年《ひととせ》、花待《はなま》ち遠《どお》の春のつれづれに、[59]雲の上人《うえびと》集まりて、禁裏《きんり》仙洞《せんとう》の[60]美夫人《びふじん》、嬪女《ひんじょ》の更衣《こうい》達《たち》を、花の喩《たと》へにせられしに、或いは[61]裏紫《うらむらさき》の本《もと》あらの萩、[62]浪も色なる井出《いで》の山吹《やまぶき》、或いは[63]遍照僧正《へんじょうそうじょう》の[64]われ落ちにきと戯《たわむ》れし、嵯峨野《さがの》の秋の女郎花《おみなえし》、[65]光源氏《ひかるげんじ》の大将の[66]白く咲けるはと名を問ひし、たそかれ時の夕《ゆう》顔《がお》の花、見るに思ひの[67]深見草《ふかみぐさ》、色々様々《さまざま》の花どもを、とりどりに喩へられしに、「梅は匂ひ深くして、枝たわやかならず。桜

54　唐の玄宗皇帝の妃。
55　「一たび笑めば百媚生じ、六宮の粉黛顔色無し（中略）後宮の佳麗三千人」（長恨歌）。六宮は、後宮。
56　宗尊親王（後嵯峨院皇子）の子の娘で、清涼殿北の後宮（弘徽殿）の西の対に住む女房。
57　中国やインドと引き替えにしてでも、この女房を得ようとするだろう。
58　先年、花が咲くのを待ちわびる所在なさの折。
59　殿上人。
60　夫人・嬪は、天子の側室の称。
61　恨むを掛ける。根もとの枝のまばらな紫の萩。「宮城野の本あらの小萩露を重み風を待つごと君をこそまて」（古今和歌集・読み人しらず）。
62　「浪のよるかげさへ花

は色異《こと》なれども、その香《か》もなし。柳は露を含める翠《みどり》の糸を貫《つらぬ》く枝殊《こと》なれども、匂ひもなくまた花もなし。梅が香を桜の色に移して、柳が枝に咲かせたらんこそ、げにもこの[68]御形《おんかたち》には喩《たと》へめ」とて、[69]つひに花の喩への数にも入らせ給はざりし上は、なかなか言《ことば》にも及ばざる事にて候ふ。かかる人をば、二つとなき命にも替へさせ給はんずるやらん」とぞ語りける。

武蔵守《むさしのかみ》、聞くとひとしく誠《まこと》に面白げに打ち笑みて、「さて、その娘宮《ひめみや》はいづくに御渡り候ふぞ。また御年《おんとし》はいか程にならせ給ふぞ」と問ひけるに、侍従《じじゅう》の局《つぼね》、「近来《ちかごろ》は、田舎人《いなかうど》の妻とならせ給ひぬれば、御形も定めて雲の上の昔には替はり、御齢《おんよわい》も盛り過ぎさせ給ひぬらんと、[70]思ひやりまゐらせ侍るに、一日《ひとひ》、物詣での帰るさに立ち寄りて見奉りしかば、古《いにし》への春待《ま》ち遠《どお》にありし若木の花よりも、なほ色深く匂ひあつて、在明《ありあけ》の月の隈《くま》なく差し入りたるに、南向きの簾《すだれ》を高くかかげさせて、琵琶《びわ》を

と見ゆるかなさかりに咲ける井手の山吹」(長元二年大納言家歌合・源親範)。

63 六歌仙の一人。

64 「名にめでて折れるばかりぞ女郎花われ落ちにきと人に語るな」(古今和歌集・秋)。

65 「源氏物語」夕顔巻。

66 「打ち渡す遠方人(おちかたびと)にもの申す我そのそこに白く咲けるは何の花ぞも」(古今和歌集・雑体)。

67 牡丹の異称。「形見とて見れば嘆きのふかみ草なになかなかの匂ひなるらん」(新古今和歌集・太宰大弐重家)。

68 この弘徽殿の西の対の女房の容姿。

69 ついに花にも喩えられなかったほどなので、その美しさはとても言葉に尽くせません。

かき鳴らし給へば、はらはらとこぼれ懸かりたる鬢《びん》のはづれより、ほのかに見えたる眉の匂ひ、[71]芙蓉《ふよう》の眸《まなじり》、[72]丹花《たんか》の唇《くちびる》、いかなる[73]笙《しょう》の岩屋《いわや》の聖《ひじり》なりとも、心迷はではあらじと、[74]われさへ目もあてやかに覚えてこそ候ひしか。[75]恨めしの結ぶの神の御計らひや。いかなる[76]女院《にょういん》、后《きさき》、御息所《みやすどころ》とも見奉るか、しからずは、今程天下の権を取りたる人々の妻ともなしまゐらせで、声は[77]唐《から》の鳩《はと》の鳴くやうにて、[78]御添《おんそ》へ臥《ぶ》しもさこそはごはしく、ひたたけなるらめと覚ゆる出雲《いずも》の塩冶判官《えんやほうがん》に、先朝《せんちょう》より下されて、賤《いや》しき鄙《ひな》の御栖居《おんすまい》にのみ、御身を捨てはてさせ給へるは、ただ[79]王昭君《おうしょうくん》が胡国《ここく》の夷《えびす》に嫁《か》しけるも、かくやと覚えて、見奉るもあはれにこそ覚え侍れ」とぞ語りける。

師直《もろなお》、[80]いとど目もなく笑みまげて、「御物語の余りに面白きに、先《ま》づ引出物《ひきでもの》を申さん」とて、[81]色ある小袖十重《こそでとかさね》に、[82]沈《じん》の枕を取り添へて、侍従の局の前にぞ懸けられける。侍従は、俄《にわ》かに

70　ご想像申しあげていたが、ある日、物詣での帰り道に。
71　蓮の花のように清らかで涼しげな目元。
72　赤い花のような唇。
73　笙の岩屋（吉野の奥の修行場）で修行に励んだあの日蔵上人であっても。
74　私までも目を奪われるほど上品で美しく思われました。
75　残念で悲しいのは縁結びの神の計らいごとよ。
76　院号をもつ後宮の女性。御息所は、帝に侍する女性。
77　田舎武士の訛り声を、異国の鳩のさえずりにたとえた。
78　夜の共寝もさぞ無骨で、田舎びていよう。
79　漢の元帝の宮女。帝の命により、匈奴の王妃として遣わされ、胡国で生涯を

[83]徳ついたる心地しながら、[84]けしからずの今の引出物《ひきでもの》や。これは何事ぞやと、[85]思ひわきたる方なくて、帰りなんとするに、師直《もろなお》、「暫《しばら》く、一大事に申すべき事あり」と留《とど》むれば、罷《まか》りかねて居たるに、武蔵守《むさしのかみ》、この侍従《じじゅう》を[86]二間《ふたま》なる所へ呼び寄せて云ひけるは、「御物語の面白さに、師直が[87]労《いたわ》りはやがて散じたる心地して、また[88]あらぬ病《やまい》の付いて候ふぞや。さりとては、平《ひら》に憑《たの》み申し候ふぞ。この塩冶判官《えんやほうがん》が女房、いかなる秘計《ひけい》をも回《めぐ》らして、われに[89]たび候へ。さる程ならば、所領なりとも、また家中の財宝なりとも、御所望《ごしょもう》に随つて進《まいら》すべし」とぞ語らひける。

侍従、思ひも寄らぬ事かな、ただ[90]独《ひと》りのみおはする事にてもなし。いかにしてかくとも申し出づべきぞと思ひながら、[91]事《こと》の外《ほか》に叶《かな》ふまじき由《よし》を申して、一命《いちめい》をも失はれ、思はざる外《ほか》の目にもや逢はんずらんと、恐ろしければ、「[92]申してこそ見候はめ」とて、立ち帰りぬ。

終えた。
80 いよいよ目を細めて相好をくずして。
81 美しい筒袖の衣十枚。
82 沈の香木で作った枕。
83 もうかった気はしたが。
84 不審な。
85 判断を下しかねて。
86 柱と柱の間を一間(ひとま)として、二間四方の部屋。
87 病。
88 別の恋の病。
89 お与え下さい。
90 お独りの身でいらっしゃるのではない。
91 どうしたって無理であると申して。
92 女房に申し上げてみましょう。
93 ああしようか、こう言おうか。
94 お返事が遅い。
95 私の思慮のなさが知れてしまうので、気がとが

二、三日は、[93]とやせまし、かくや云はましと、ためらひて案じ居たるに、武蔵守の、日ごとに様々《さまざま》の酒肴《さかな》なんどを送りなんどして、「[94]御左右《おんそう》遅し」とぞ責めければ、やむ事を得ずして、侍従、かしこへ行きて、忍びやかに申しけるは、「かやうの事は、申し出だすにつけて、[95]心の奥をも知られまゐらすべければ、つつましく侍れど、かかる事の侍るをば、いかが御計らひ候ふべき。[96]露《つゆ》ばかりのかごとに、人の心をも慰《なぐさ》められば、[97]公達《きんだち》の御ためにも、行末《ゆくすえ》たのもしく、また憑《たの》む陰《かげ》なきわらはなどが、[98]露の身を置《お》き侘《わ》ぶる事の候はじ。[99]さのみ度重《たびかさ》ならばこそ、あこぎが浦に引く網の、人目に余る計らひも候《さぶら》はめ。[100]篠《しの》の小笹《おざさ》の下臥《したぶ》しは、露かかる事ありとも、誰《たれ》かは思ひ寄り候ふべき」など、かき口説《くど》きて聞こゆれども、北《きた》の台《たい》は、事の外なる事かなとばかり打《う》ち笑《え》みて、少しも云ひ寄るべき言の葉もなし。

さても、[101]錦木《にしきぎ》の千束《ちつか》を重ねば、人の心の奥もあはれと思《おぼ》し知《し》

めるが。
96　ほんの少しの情けの言葉で。
97　(あなたの)ご子息。
98　露のようなはかない私の身も置きかねることがなくなりましょう。
99　あまり度重なれば、人目にも立つ心配もございましょう。「逢ふことをあこぎの島に引く網の度重ならば人も知りなむ」(古今六帖・壬生忠岑)。あこぎが浦は、三重県津市の海岸。伊勢神宮に供える魚をとる漁場。網と目は、縁語。
100　小笹の葉の下臥しのようなわずかな一夜の共寝をするのであれば、このようなことがあったと一体誰が想像するでしょうか。「臥しわびぬ篠の小笹の仮枕はかなの露や一夜ばかりに」(新古今和歌集・藤原有家)。

る事もやと、日ごとにまうで来て、「われに憂き目を見せ、深き淵にも沈めさせて、[102]あはれやとばかりの後《のち》の御情けはあつても、よしや何かせん。ただ日来《ひごろ》より参り仕へて、[103]故宮《こみや》の御名残りとも思《おぼ》し召《め》されん甲斐《かい》には、一言《ひとこと》の御返事をなりとも承《うけたまわ》り候へ」と、とかく云ひ恨みければ、この女房も、早や[104]気色《けしき》過ごしげもなくて、[105]いでや、むつかしや。なかなかかくと聞かせてぞ、あはれなる方《かた》に心引かれば、[106]高師《たかし》の浜《はま》のあだ浪に、浮き名の立つ事もこそあれと、[107]かこち顔なり。

侍従《じじゅう》帰りて、かくこそと語れば、師直《もろなお》、いよいよ[108]心あくがれて、「度重《たびかさ》ならば、情けに弱る心もなどかなかるべき、文をやりて見ばや」とて、[109]兼好《けんこう》と云ひける[110]能書《のうしょ》の遁世者《とんせいしゃ》を喚《よ》び寄《よ》せて、[111]紅葉重《もみじがさ》ねの薄様《うすよう》の、[112]取る手も燻《く》ゆるばかりなるに、引き返し引き返し、黒み過ごしてぞ遣《つか》はしける。返事遅しと待つ所に、[113]やがてまうで来て、「御文《おんふみ》をば手に取りながら、あけてだに見

101 錦木が千本になれば、相手の心も同情することがあろうかと。「錦木の千束に限りなかりせばなほこりずまに立てましものを」(千載和歌集・賀茂重保)。奥州の夷が、求愛のため錦木(五色に彩色した一尺ほどの木)を毎日女の家の門口に立て、それを千日続けると女は求愛を受け入れたという。歌学書「俊頼髄脳」「袖中抄」や謡曲「錦木」にみえる話。
102 その後で気の毒だとばかりお情けをいただいても、何の役にたちましょう。
103 亡き父宮。
104 見過ごすこともできぬ様子で。
105 ああ気味が悪い。なまじそのような言葉を伝えて、相手が恋心を募らせたら。
106 「音に聞く高師の浦の

給はず。庭に捨てられたりつるを、人目に懸けじと、取つて帰り候ひぬる」と語りければ、師直、大きに気を損じて、「[114]いやいや物の用に立たぬ物は、[115]手書《てがき》なりけり。今日よりして、兼好法師これへ[116]経回《けいかい》すべからず」とぞ怒りける。

かかる処《ところ》に、[117]薬師寺《やくしじ》次郎左衛門《じろうざえもん》公義《きんよし》、所用あつてふと差し出でたり。師直、ひそかに傍《かたわら》へ招きて、「ここに文をやれども、気色《けしき》つれなき女のあるをば、いかがすべき」と、打ち笑ひければ、公義、「人皆[118]岩木《いわき》ならねば、詩歌《しいか》になびかぬ者や候ふべき。今一度《ひとたび》、御文を遣《つか》はされて御覧候へ」とて、師直にかはりて文を書きけるが、言葉はなくて、

[119]返すさへ手にふれけむと思ふにぞわが文ながらうちも置か
　れず

と、押し返してこの文を持ちて行きたるに、女、いかが思ひけん、歌をつくづくと見て顔打ちあかめ、懐《ふところ》に入れて立ちけるを、

浮浪(あだなみ)はかけじや袖の濡れもこそすれ」(金葉和歌集・一宮紀伊)。高師の浦(高師の浜)は、大阪府高石市の海岸。
107 思いわびた様子。
108 うわのそらになって。
109 卜部兼好。「徒然草」の著者で、二条派の歌人。
110 達筆な世捨て人。
111 表は赤、裏は濃い赤(一説に表が紅、裏が青)を襲(かさ)ねた薄い上質紙。
112 取る手に薫りが移るほど香を焚きしめた懐紙を折り返しては、黒くなるほど文字を書きつらねて。
113 すぐに(侍従が)やって来て。
114 なんともはや。
115 能書家。
116 出入りすること。
117 師直の家来で、武蔵守護代。歌人として「元可法

媒袖《なかだち》をひかへて、「さて御返事はいかに」と申しければ、「重《おも》きが上の小夜衣《さよごろも》」とばかり云ひ捨てて、内へ紛《まぎ》れ入《い》りぬ。

使ひ帰りて、かくと語れば、師直《もろなお》、打ち案じて、「これは、そも何と云ふ心ぞ」と、薬師寺《やくしじ》に問ふに、公義《きんよし》、「これは、新《しん》古今《こきん》の[120]十戒《じっかい》の歌に、

[121]さなきだに重きが上の小夜衣わが妻ならぬ妻なかさねそ

と云ふ歌の心にて候ふ。これは、心はなびきながら、人目ばかりをはばかるとこそ覚えて候へ」と申しければ、師直、大きに悦《よろこ》びて、「御辺《ごへん》は、弓箭《きゅうせん》の道のみならず、歌道《かどう》さへ達者なりけり。いで、引出物《ひきでもの》せん」とて、[122]金作《こがねづく》りの団鞘《まるさや》の太刀一振《ひとふり》自ら取り出だして、公義にこそ引かれけれ。兼好《けんこう》が不運、公義が高《こう》運《うん》、栄枯《えいこ》一時《いっし》に地を易《か》へたり。

師直、この返事を聞きしより、ひたすらに恋の病《やまい》となつて、万事をさし置かれければ、[123]いつとなく侍従《じじゅう》を招き寄せて、「由《よし》

師集」(公義集)がある。第十六巻・10、前出。

118 木石と違って情があるので。「人、木石にあらざれば皆情有り」(白氏文集・李夫人)。

119 読まずに返された文でさえ、あなたの手にふれたろうと思うと、わが文ながら捨てておかれず(もう一度さしあげる次第です)。

120 釈教歌の一類。沙弥(しゃみ=初心の僧)が守るべき十種の戒律を詠んだ歌。

121 「新古今和歌集」釈教、寂然法師。「さらぬだに重きが上に…」。十戒を説く四首の一で、不邪婬戒の歌。ただでさえ夜の衣は重いのに、自分のものではない褄(妻)を重ねてはいけない。

122 丸く削った鞘の、金で細工した太刀。

なき御物語ゆゑに、身をいたづらになさんずるこそ悲しけれ。日来《ひごろ》は、君の御大事にこそ命を捨てんと思ひしに、[124]詮《せん》なき人の妻ゆゑに、空《むな》しくならんずる事の悲しさよ。片時《へんし》も御身の見えさせ給はぬ時は、いとど心迷ひして、[125]付く便りもなければ、[126]相構へて相構へて帰り給ふべからず。この事に師直いかにもならん時、御身ともろともに火にも水にも消えて、冥途《めいど》まで杖柱《つえはしら》とも思ひ奉らん」など、恐ろしきまでに云ひ恨みければ、侍従も、[127]怒《なまじ》ひにかかる物語をしたりけん、物の狂はかしにやありけんと、実《まこと》に後悔の色ぞ深かりける。

侍従、余りに[128]もてあつかひて、或る夜、かしこのしかるべき折節《おりふし》、[129]しるべして師直を塩冶《えんや》が館《たち》へ忍び入れぬ。とある所に身を側《そば》めて、垣の隙《ひま》より見ければ、この女房、折節《おりふし》、湯より上がりたると覚えて、[130]体《み》弱く力微々《びび》にして、[131]羅綺《らき》にだもたへざるがごとく、[132]紅梅《こうばい》の色殊《こと》なるに、氷の如くなる[133]練貫《ねりぬき》しほしほとした

123 絶えず。
124 恋してもむだな。
125 頼む手づるもないので。
126 決して自分の宿所にお戻りにならぬよう。
127 なまじっかこんな話をしたため、物が憑いて狂わせたのだろうかと。
128 もてあまして。
129 道案内して。
130 「長恨歌」で、湯あみ後の楊貴妃が、初めて玄宗の愛情を受ける場面に、「嬌(きょう)として力無し」。
131 薄絹や綾絹の重みにさえ堪えられないほどなよやかなこと。「羅綺に任(た)えざるが若(ごと)し」(陳鴻・長恨歌伝)。
132 襲(かさ)ねの色で、表は紅梅色で、裏は蘇芳(暗い赤)。
133 生糸を縦糸に、練り糸を横糸にして織った光沢の

るをかい取りて、濡れ髪の[134]行末《ゆくえ》なく懸かりたる袖の下に、焼《た》きすさめたる[135]空焼物《そらだきもの》の匂ふばかりに残りて、その人はいづくにかあるらんと、[136]心たどたどしくなりぬれば、[137]巫女廟《ふじょびょう》の花は夢の中《うち》に残り、昭君村《しょうくんそん》の柳は雨の外《ほか》に疎《おろそ》かなる心地して、師直《もろなお》、立ちも去らず、やや久しくありければ、さのみ程経《へ》ば、人の怪しむる事もこそあれと思ひて、侍従《じじゅう》、[138]とかくこしらへて帰りぬ。

かやうにつくろはぬ姿をも見せ申さば、思《おも》ひ焦《こ》がるる心も慰まんやとばかり見せければ、師直、[139]あやにくになほ思ひのみや増さりてん、恋の病《やまい》に臥し沈んで、寝てもさめても、物狂はしき事なんど云ひければ、すべき様《よう》なくて、侍従、やうやうして少しの隙《ひま》を得、行末《ゆくえ》も知らず失せにけり。

師直は、侍従にさへ離れぬれば、いとど云ひ寄るべき便りもなし。われながら、はかなき心迷ひや、一目《ひとめ》も見ざる人ぞかし。思ひ捨てばやと思へども、日に随つて、いとど思ひぞ増さりけ

ある絹織物。そのしっとり濡れた裾をからげ。

134 (髪が)乱れて懸かる袖。

135 どこからともなく匂うように焚いた香。

136 ぼんやりとなったので。

137 巫山《ふざん》の神女を祀る霊廟の花のような美しさは、夢から覚めても心に残り、王昭君の生まれた村の柳が雨に濡れたなよやかさも及ばない心地がして。「巫女廟の花は紅にして粉に似たり、昭君村の柳は眉よりも翠《みどり》なり」(和漢朗詠集・柳)。巫女廟は、楚の懐王が夢で巫山の神女と契った故事(文選・宋玉・高唐の賦)により建てた廟。王昭君は、前注79。

138 あれこれ理由を作って。

139 侍従の予期に反して。

る。いやいや[140]あぢきなや、世の中にこれ程の思はしき人に、逢はで心を尽《つ》くしては、天下持《たも》ちても何かせん。ただ[141]理不尽《りふじん》に押し寄せて、奪ひ取らばやと思ひけるが、暫《しばら》くすべき様《よう》ありと案じ返して、様々《さまざま》の[142]讒《ざん》を回《めぐ》らし、高貞《たかさだ》陰謀の企《くわだ》てある由《よし》を、[143]将軍、左兵衛督《さひょうえのかみ》にぞ申しける。

ある夜、女房、枕の上の私語《ささめごと》ありけるは、「かかる[144]現《うつつ》なき事を、師直に云ひ懸けられ、早や[145]玉章《たまずさ》の数は千束《ちつか》にもなる。うつつなきかな。庭柴《にわしば》の[146]うなびく事はなけれども、[147]人は何とか思《おぼ》し召《め》すらんと、御恥づかしく候へども」と語りければ、高貞、この事を聞いて、安からぬ事に思ひければ、とても遁《のが》るまじきわが命なり。さらば、[148]本国に下つて旗を挙げ、兵を率ゐて、師直がために一合戦《ひとかっせん》せばやと思ひければ、[149]三月二十七日の暁、二心《ふたごころ》あるまじき若党《わかとう》三十余人、狩装束《かりしょうぞく》に出で立たせ、[150]小鷹《こたか》手ごとに居《す》ゑさせて、[151]蓮台野《れんだいの》、西山辺《にしやまへん》へ狩のために出づるやうに見せて、

140　苦々しいことよ。
141　無理矢理。
142　讒言（人を陥れる虚言）をあれこれ思案し。
143　尊氏と直義。
144　正気とは思えぬ事。
145　手紙。
146　項（なう）引く。靡く。庭芝のは、枕詞。
147　あなた。
148　領国の出雲。
149　文脈上は、暦応三年のことになるが、史実は暦応四年。
150　隼（はやぶさ）など小型の鷹を手に手に止まらせて。
151　京都市北区紫野の船岡山の西の野。西山は、西京区の桂川西岸の山。

[152]寺戸《てらど》より[153]山崎《やまざき》へ[154]引き違へて、[155]播磨路《はりまじ》より落ち行きける。この外《ほか》の身近き郎等《ろうどう》二十余人、女房子共《こども》に付けて物詣でするやうに見せて、半時《はんとき》ばかり[156]引きさがりて、[157]丹波路《たんばじ》をぞ落しける。

この比《ころ》の人の心様《こころざま》、子は親に敵し、弟は兄を失はんとする習ひなれば、塩冶判官《えんやほうがん》が舎弟[158]四郎左衛門尉《しろうざえもんのじょう》、急ぎ[159]武蔵守《むさしのかみ》がもとに行きて、高貞《たかさだ》が企ての様《よう》、ありのままに告げたりけり。師直《もろなお》、これを聞いて、この事[160]余りに長僉議《ながせんぎ》して、取りはづしつる事の安からずさよと思ひければ、急ぎ将軍に参りて申しけるは、「高貞がこの間の陰謀《いんぼう》、事すでに露顕《ろけん》して、この暁、西国《さいごく》を指して逃げ下り候ひけんなる。[161]時を替へず、討手《うって》を遣《つか》はさるべきにて候ふ。かの者、出雲《いずも》、伯耆《ほうき》に下着《げちゃく》し、一族を催《もよお》し、城に楯《たて》籠《ご》もる程ならば、ゆゆしき御大事《おんだいじ》にてあるべう候ふなり」と申しければ、将軍、げにもと驚き騒がれて、「さらば、誰《たれ》をば追《おっ》手《て》に下すべき」と、[162]その器用をえらばれける処《ところ》に、折節《おりふし》、[163]山名《やまな》

152 京都府向日市寺戸町。
153 乙訓（おとくに）郡大山崎町。
154 方向をかえて。
155 山崎から播磨へ向かう山陽道。
156 後に遅れて。
157 京都から丹波へ向かう山陰道。
158 名は貞泰。
159 師直。
160 あまりに長々と考えあぐんで、取り逃がしたことの無念さよ。
161 直ちに。
162 追手にふさわしい人物。
163 政氏の子。塩冶高貞討伐後、塩冶に代わって出雲守護となり、山陰諸国を領国とする有力守護大名となる。

伊豆守時氏《いずのかみときうじ》、[164]桃井播磨守直常《もものいはりまのかみただつね》が出仕したりける。将軍、宣《のたま》ひけるは、「高貞、ただ今西国を指して逃げ下り候ふなる。いづくまでも追つ詰めて、討《う》ち止《とど》められ候へ」なんどぞ宣ひける。両人ともに、[165]一儀にも及ばず、畏《かしこ》まつて領状《りょうじょう》申さる。

伊豆守は、[166]かかる事とも知らず、俄《にわ》かに参られければ、直垂《ひたたれ》装束《しょうぞく》にて、郎等六人に騎馬打たせられたり。宿所に帰り、武具を帯《たい》し若党《わかとう》に触れて勢《せい》を率《そっ》せば、時刻押《お》し遷《うつ》つて、追つ付く事得難《えがた》し。一騎なりとも追つ懸けて、敵を目に[167]懸くる程ならば、などか路を遮《さえぎ》つて打つ散らさざらんと思はれければ、武蔵守が若党に着せたりける[168]物具《もののぐ》取つて、肩に打ち懸けて、馬の上にて[169]上帯《うわおび》をしめ、門前より懸け足を出だして、主従七騎の者ども、播磨路に懸かり、[170]揉みに揉うでぞ追うたりける。

播磨守も、宿所へは帰らず、[171]中間《ちゅうげん》を一人《いちにん》返して、「乗《の》り替《が》への馬、物具《もののぐ》をば、[172]路へ追つ付けよ」と下知《げじ》して、丹波路を追う

164　貞頼の子。越中守護、観応擾乱では足利直義に従い、以後幕府から離反する。前出、第十九巻・8。
165　一も二もなく。
166　このような事になるとは思いもせず、あわてて参上したので、鎧をつけぬ平服で。
167　視野に入れたならば。
168　鎧などの武具。
169　鎧の胴をしめる帯。
170　馬を激しく駆って。
171　侍と下部の中間の者。
172　後から持って来て途中で追いつけ。

てぞ下りける。路に行き合ふ人ごとに、「怪しげなる人や通りつる」と問へば、「女性《にょしょう》かと覚えて、輿《こし》に乗りたる人を先に立てて、殿原《とのばら》二十二、三騎、馬を早めて通り候ひつる。その人、今は五、六里ぞ隔《へだ》たり候ふらん」と答へければ、「さては、[173]幾程《いくほど》も延びじ」とて、遅《おく》れ馳《ば》せの勢《せい》ども待ち連れて五十余騎、落人《おちうど》の跡を問うて、夜昼の境《さかい》もなく追つ懸けたり。

塩冶《えんや》が若党《わかとう》ども、追手《おって》[174]定めて懸かるらんと、一足《ひとあし》も先へと心ばかりは急ぎけれども、女性、少《おさな》き人を具足して、[175]とかくのしつらひに滞《とどこお》つて、播磨《はりま》の[176]蔭山《かげやま》にて追つ付かれにけり。塩冶が郎等《ろうどう》ども、これを見て、今は落ち延びじと思ひければ、路《みち》の傍《かたわ》らなる小家《こいえ》に輿をば舁《か》き入《い》れさせて、向かふ敵に立ち向かひ、[177]押膚脱《おしはだぬ》いで散々《さんざん》に射る。追手の兵ども、[178]物具《もののぐ》したる者は少なかりければ、懸け寄せては、射落とされ、抜いて懸かれば、射すゑられて、[179]矢庭《やにわ》に死ぬる者十二人、手負ふ者は数を知らず。

173 いくらも落ち延びていまい。
174 必ずや追い懸けてくるだろう。
175 あれこれの支度。
176 兵庫県姫路市東北部の船津町・山田町のあたり。一行は丹波から播磨へ出たことになる。
177 上半身の着物をはだけて肌を現して。
178 太刀を抜いて。
179 あっという間に。

かくても、追手は次第に勢重《かさ》なる。[180]矢種《やだね》もすでに尽《つ》きければ、皆、家の内へ走り入つて、先《ま》づ女性、少き子共差し殺して、腹を切らんとしけるが、[181]見るもあてやかにしほれわびたる女房の、終宵《よもすがら》涙に沈みて、[182]さらずとも己れと消えぬと見ゆる気色《けしき》なるが、膝《ひざ》の傍《かたわ》らに二人の少き子をかき寄《よ》せて、これやいかがせんと、[183]あきれ迷へる有様を見るに、さしも武《たけ》く勇める武士《もののふ》も、落つる涙に目も昏《く》れつつ、ただ惘然《ぼうぜん》として居たりける。その上懐《かい》妊《にん》して七月《ななつき》にぞなりにける。

さる程に、追手の兵ども間近く取《と》り籠《こ》めて、「この事の趣《おもむき》は何《なん》ぞ。たとひ塩冶を討つたりとも、女性を奪ひ奉らでは、[184]執事《しつじ》の所存に叶《かな》ふべからず。[185]相構《あいかま》へ相構へ、その旨を存知《ぞんち》せよ」と下知《げじ》したるを聞いて、塩冶判官《えんやほうがん》が一族に、[186]山城守宗村《やましろのかみむねむら》と申しける者、「敵に主《しゅ》の女性を奪はれて、後《のち》までの浮き名を止《とど》めんよりは、われらが手に懸け奉り、[187]多生《たしょう》の縁を深くせんには如《し》か

180 塩冶側は矢もすでに尽き。
181 上品に美しく悲しみに暮れている。
182 刺し殺さずともひとりでに消えてしまう。
183 途方にくれている有様。
184 高師直。
185 心して。
186 高貞の甥、宗貞か(佐々木系図)。
187 来世で巡り逢う因縁。

じ」とて、持つたる太刀を取り直して、雪よりも清く花よりも妙《たえ》なる女房の胸の下を、鋒《きっさき》に紅《くれない》の血を淋《そそ》いで突き通せば、「あ」と云ふ声幽《かす》かに聞こえて、薄絹《うすぎぬ》の下に臥し給ふ。五つになる少《おさな》き人、太刀《たち》影《かげ》に驚いてわつと啼《な》いて、[188]「母御《ははご》なう」とて、[189]空しき人に取り付きたるを、山城守《やましろのかみ》、心強くかき懐《いだ》きて、太刀の柄《つか》を掻き当て、[190]もろともに鍔本《つばもと》まで貫《つらぬ》かれて、抱《いだ》き付《つ》いてぞ死ににける。

自余の輩《ともがら》二十二人、[191]今は心安しと悦《よろこ》びて、髪を乱し[192]大膚脱《おおはだぬ》ぎになつて、敵近づけば、走り懸かり走り懸かり、火を散らしてぞ切り合うたる。とても遁《のが》るまじき命なり、[193]さのみ罪を造つては何かせんと思ひけれども、ここにて[194]敵暫《しばら》くも支《ささ》へたらば、判官《ほうがん》少しも落ち延ぶる事もやあらんとて、「高貞《たかさだ》ここにあり。討ち取つて師直《もろなお》に見せよや」と、[195]名乗り懸け名乗り懸け、時移るまで戦ひける。また、判官が次男、今年三歳になりける、何《なに》

188 お母様、ねえ。
189 絶命した人。
190 自分とともに。
191 今は（奥方を奪われる）心配はなくなった。
192 上半身裸になって。
193 そのように殺生ばかりしては。
194 敵を暫時も防いだならば。
195 塩冶の若党たちは主人の名を名のり。

心《こころ》もなく空しき母の絹の下に這ひ入つて、恩愛の乳房《ちぶさ》に取り付き、血にまみれて啼きけるを、196八幡六郎《はちまんのろくろう》抱《いだ》き取《と》り、あたりなる197辻堂《つじどう》に修行者のありけるに、「この少《おさな》き人、汝《なんじ》が弟子にして、出雲国《いずものくに》へ下《くだ》しまゐらせて御命を助けよ。必ず所領一所《いっしょ》の主《あるじ》になすべし」と云ひて、小袖一重《ひとかさね》添へてぞ取らせける。修行者、かひがひしく請《う》け取つて、「198子細《しさい》候はじ」と申しければ、八幡六郎、限りなく悦《よろこ》びて、また本《もと》の小家《こいえ》に立ち帰り、「今はこれまでぞ。いざや人々、打ち連れて冥途《めいど》の旅に趣《おもむ》かん」とて、家の戸口に火を懸けて、二十二人の者ども、思ひ思ひに自害し、猛火《みょうか》の中へ走り入り、焼《や》け焦《こ》がれてぞ失せにける。

199火を湿《しめ》しければ、追手《おって》の兵、200一堆《いったい》の灰を払ひのけてこれを見るに、傍《かたわ》らに女性《にょしょう》かと覚しき人、懐妊したるよと見え、201焼野《やけの》の雉《きぎす》の雛《ひな》を翅《つばさ》に隠して焼け死にたる如くにて、胎内にある子、刃《やいば》の先に懸かりながら、腹の内より半ばばかり出で懸かりて、血

196　塩冶の家来。不詳。
197　道ばたの仏堂。
198　承知しました。
199　水をかけて消すと。
200　ひと盛り。
201　巣のある野を焼かれた雉の親が、子を翼でおおい救おうとして。親が子をいつくしむたとえの慣用句。

と灰とにまみれたり。目も当てられぬ有様なり。また、腹切つて多く重なり臥したる死人《しにん》の中に、少《おさな》き子を抱きて、一つ太刀に貫《つらぬ》かれたる兵あり。「これは[202]いかさま塩冶判官《えんやほうがん》にてあるらん。さりながら、焼け損じたる首なれば、取つて帰るに及ばず」とて、桃井播磨守《もものいはりまのかみ》は、これより京へぞ上《のぼ》りける。追手《おつて》の兵どもも、岩木《いわき》ならねば互ひに語り、涙を落とさぬ人はなかりけり。

山陽道《せんようどう》を追つて下《くだ》りける山名伊豆守《やまないずのかみ》が若党ども、山崎　[203]財寺《たからでら》を打ち過ぎける処《ところ》に、[204]跡に呼ぶ音《こえ》しければ、立《た》ち留《とど》まつて顧《かえり》みれば、扇を上げてぞ招きける。「何事《なにごと》やらん、様《よう》あり」とて、おのおの馬をひかへて待つ処に、二、[205]三町が程近づいて、「これは[206]執事《しつじ》よりの御使ひにて候ふ。余りに強く走つて候ふ程に苦しく候ふ。[207]これまで打ち返らせ給へ。一大事を仰せられたる事候へば、委《くわ》しく申すべし」とぞ招きける。「それ聞け」とて、若《わか》党《とう》を四、五騎帰されければ、「人伝《ひとづて》に申すべき事にあらず」と云

202　きっと。

203　京都府乙訓郡大山崎町の宝積寺（ほうしやくじ＝通称宝寺）。
204　後ろから呼ぶ声。
205　一町は、約一〇九メートル。
206　師直。
207　ここまで引き返しなされ。

ひければ、伊豆守、自ら馬の鼻を引つ返し、「何事ぞ」と問ひければ、この者莞爾《にっこ》と打ち笑ひ、「執事の使ひにては候はず。これは、塩冶殿の御内《みうち》に、208新座《しんざ》の者にて候ふが、落ちられけるを知り候はで、供仕《ともつかまつ》り候はず。いづくに捨てん命も同じ事、ここにて面々の手に懸かりて、冥途《めいど》にてこの様《よう》を語り申すべし」と云ひも終らず、太刀を抜いて懸かりければ、「さては欺《たばか》りけるや。さらば討ち取れ、者ども」とて、209押し開いて、十方より散々《さんざん》にこれを射る。その矢210蓑毛《みのけ》の如く身に立つたれども、少しも傷《いた》まず、走り懸かり走り懸かり、切つて落とし、あまたに手負はせて、今は叶《かな》はじとや思ひけん、腹掻《か》き切《き》つて死ににけり。

後《のち》に聞こえけるは、この者、去年の比《ころ》より塩冶に211契約《けいやく》したりけるが、新座の者なりける程に、212心もや置きける、また宿もや遠かりける、落《お》ち下《くだ》りけるをも終《つい》に知らせざりければ、内々《ないない》心213

208　新参。

209　隊形を横に開いて。

210　蓑(雨具)の毛のように矢が(鎧の上に)刺さったが、ものともせず。

211　主従の契りを結んでいたが。

212　心を許さなかったのか。

213　不満に思った。

もとなく思ひける処《ところ》に、すでに討手《うつて》下る由《よし》を聞きければ、さては判官殿《はんぐわんどの》討たれなん。それがし、一日なりとも奉公[214]の名字《みようじ》を懸くるに、何《なん》の用に会ふべきかと見限りけるか、また身の不肖[215]《ふしよう》によりけるか。今[216]ここにて遁《のが》れたりとも、百年《ももとせ》をも過ぎじ。路《みち》にても追つ付き奉らば、一所[217]《いつしよ》にていかにもなるべしと思ひける程に、太刀ばかり取つて、馬の一疋《ぴき》も持つ身ならねば、ただ一人《いちにん》走《はし》り下《くだ》りけるが、山名《やまな》伊《い》豆守《ずのかみ》に追つ付きける程に、これにてわれ討死《うちじに》せば、時[218]の間《ま》も判官一足《ひとあし》も行き延ぶる事もありぬと思ひけるによつて、時[219]刻移る程戦ふとぞ聞こえし。日本一《にっぽんいち》の大剛《だいこう》の者なりとて、感ぜぬ人はなかりけり。

この者が謀《はかりごと》に時刻移りければ、落人《おちうど》今は遥《はる》かに延びぬらんと、いよいよ馬を早めて追つ懸けけり。京より湊川[220]《みなとがわ》までは十八里の道を、三[221]《み》時《とき》に打つて、余りに馬疲れければ、「今日はとても追つ付く事あり難《がた》きぞ。なかなか[222]一夜《いちや》馬の足を休めてこそ追

214 家来の列に入れられたのに、何の役にも立たぬと見限られたのか。
215 役立たずの者。
216 今ここで逃れられたとしても、百年も生きることはできない。
217 主君と一緒にどうとでもなろう(討死しよう)。
218 わずかの時間でも。
219 かなりの時が過ぎるまで。
220 兵庫県神戸市兵庫区湊川町にあった宿場。
221 約六時間。
222 いっそ。

はめ」とて、山名伊豆守、湊川《みなとがわ》の宿《しゅく》に留《とど》まり給ひける処《ところ》に、子息[223]右衛門佐師義《うえもんのすけもろよし》、[224]気早《きばや》なる若党どもを少々呼び抜いて宣《のたま》ひけるは、「逃ぐる敵は跡を恐れて、[225]夜《よ》を日《ひ》に継《つ》いで下《くだ》る。われらは馬を休めて、徒《いたず》らに明くるを待つ。かやうにしては、追つ詰めて討つと云ふ事あるべからず。[226]馬強からん人々は、われに同心し給へ。[227]豆州《とうしゅう》には知らせ奉らで、今夜《こよい》この敵を追つ詰めて、道にて討《う》ち止《と》めん」と云ひもはてず、馬引き寄せて乗り給へば、[228]小林《こばやし》以下《いげ》の侍《さぶらい》ども十二騎、われもわれもと同心して、夜の中《うち》に追うてぞ馳《は》せ行《ゆ》きける。

湊川より[229]賀古川《かこがわ》までは、十六里の道を一夜《いちや》に打つて、夜も早やほのぼのと明けければ、[230]遠方人《おちかたびと》の袖見ゆる、川瀬《かわせ》の霧の絶《た》え間《ま》より、向かひの方《かた》を見渡したれば、ただの旅人とは覚えず、騎馬の客[231]三十騎ばかり、馬の足しどろ[232]に聞こえて、われ先にと馬を早め[233]て行く人あり。「すはや[234]、これこそ塩冶《えんや》よ」と見けれ

223 時氏の嫡男。本名師代。
224 血気さかんな。
225 昼夜兼行で。
226 馬の得意な人は、自分と同行しろ。
227 父の伊豆守時氏。
228 後に「左京亮」とある。名は重長。上野国出身の山名の重臣。
229 加古川市を流れる川。
230 遠方の人の袖が見える川霧の切れ目から。「あけぬるか川瀬の霧のたえだえにをちかた人の袖の見ゆるは」(後拾遺和歌集・大納言経信母)。
231 旅人。
232 乱れて。
233 急がせて。
234 それ。

ば、右衛門佐《うえもんのすけ》、川端《かわばた》に馬懸《か》け居《す》ゑて、「あの馬を早められ候ふ人々は、塩冶判官殿《えんやほうがんどの》と見奉るは[235]僻目《ひがめ》か。将軍を敵に思ひ、われらを追手《おって》に受けて、いづくまでか落ちられ候ふべき。踏《ふ》み止《とど》まつて[236]尋常《じんじょう》に討死《うちじに》して、[237]長河《ちょうが》の流れに名を残され候へかし」と言《ことば》を懸けられて、判官が舎弟[238]塩冶六郎《えんやのろくろう》、若党どもに向かつて申しけるは、「それがしはここにて先《ま》づ討死すべし。御辺達《ごへんたち》は細《ほそ》路《みち》の[239]つまりつまりに防き矢射て、[240]廷尉《ていい》を落とし奉れ。一度《ど》に討死する事あるべからず」と、[241]亡《な》からん跡の事までも、委《くわ》しくこれを相謀《あいはか》つて、主従七騎引つ返す。

右衛門佐の兵十二騎、一度《ど》に川へ打ち入れて、轡《くつばみ》を並べて渡せば、塩冶が舎弟七騎、向かひの岸に、鏃《やじり》をそろへて散々《さんざん》に射る。右衛門佐が甲《かぶと》の[242]吹返《ふきかえし》、[243]射向《いむけ》の袖に三筋《みすじ》請けて、岸の上にさつと懸け上ぐれば、塩冶六郎、抜き合はせて、懸け合はせ懸け合はせ、時移る程ぞ切り合うたる。小林左京亮《こばやしさきょうのすけ》、塩冶に切つ

235 見誤りか。
236 立派に。
237 加古川をさす。
238 名は不詳。
239 要所要所。
240 検非違使の役人の唐名。塩冶判官を落ち延びさせられよ。
241 自分が討死した後の事。
242 兜の錣の前面の、左右に開いた部分。
243 左側の鎧の袖に矢を三本受けて。

て落とされて、すでに討たれぬと見えけるを、右衛門佐、[244]馳《は》せ塞《ふさ》がつて、[245]当《とう》の敵を切つて落とす。残る七騎の者ども、思ひ思ひに討死しければ、路次《ろし》にその首を切り懸けて、時刻を移さず追うて行く。

この間に、塩冶はまた、五十余町ばかり落ち延びたりけれども、郎等《ろうどう》どもが乗つたる馬くたびれて、[246]更にはたらかざれば、路《みち》に乗り捨て、歩跣《かちはだし》にて相随ふ。かくてもなほ、[247]本道《ほんどう》をば落ち得じとや思ひけん、[248]御着《ごちゃく》の宿《しゅく》より道を替へて、[249]小塩山《おしおやま》へぞ懸かりける。山名《やまな》、なほ跡を追うて、小塩山へかかりければ、塩冶が郎等三人、また返し合はせて、松の一村《ひとむら》繁りたるを[250]木楯《こだて》に取り、[251]指しつめ引きつめ散々に射る。面《おもて》に進む敵六騎射て落とし、矢種《やだね》尽きれば、[252]打物《うちもの》になつて、切り死ににこそ死ににけれ。これより高貞《たかさだ》落ち延びて、追手の馬ども、皆老《つか》れにければ、今は道にて追つ付く事は叶《かな》ふまじとて、山陽道《せんようどう》の追手は、心閑《しず》かに

244　塞ぐように駆け寄ってきて。
245　塩冶六郎。
246　これ以上は動かなかったので。
247　山陰道。
248　兵庫県姫路市御国野町御着。
249　姫路市夢前(ゆめさき)町にある。
250　木を楯代わりにすること。
251　矢を次々に弓につがえて。
252　太刀。

ぞ下《くだ》りける。

三月晦日《つごもり》に、塩冶《えんや》、出雲国《いずものくに》に下着《げちゃく》すれば、四月一日に、追手《おって》の大将山名《やまな》伊豆守時氏《いずのかみときうじ》、子息右衛門佐師義《うえもんのすけもろよし》、三百余騎にて、同国の屋杉《やすぎ》[253]の庄《しょう》に着き給ふ。則ち国中に相触《あいふ》れて、「高貞《たかさだ》が叛逆《ほんぎゃく》露顕《ろけん》の間《あいだ》、誅罰《ちゅうばつ》せしめんために下向《げこう》する処《ところ》なり。これを討つて出だしたらん輩《ともがら》は、非職凡下《ひしょくぼんげ》[254]を謂《い》はず、恩賞を申し与ふべき」由《よし》を披露《ひろう》しける。これによつて、他人は云ふに及ばず、同姓一体《どうせいいったい》[255]の親類一族までも、皆同心《どうしん》に年来《としごろ》の好《よし》みを忘れて、道を塞《ふさ》ぎ、前を要《よぎ》[256]つて、ここやかしこにて討たんとす。

高貞、「今は、一日も身を隠すべき所なし。さりながら、たとひ討死をし、自害をするとも、暫《しばら》く要害《ようがい》[257]に籠《こ》もつて、女性《にょしょう》、少《おさな》き人の行末《ゆくすえ》をも聞かばや」とて、出雲国[258]佐々布山《さそうやま》と云ふ処に籠もらんとて、馬を早め給ひける処に、女性に付いて落ちける中間一人《ちゅうげんいちにん》、遁《のが》れ出《い》でて塩冶が馬の七寸《みずつき》[259]に取り付いて、「これ

253 島根県安来市。
254 無官の者や(侍身分でない)凡夫。
255 塩冶の一族同類まで、誰も彼も、塩冶との長年のよしみを忘れて。
256 待ちぶせして。要撃。
257 要害。
258 松江市宍道町佐々布(さそう)にある。
259 馬の轡に手綱を結びつける金具。

は誰《た》がために御身をたばはせ給ひて、城に楯籠《たてご》もらんと思《おぼ》し召《め》し候ふやらん。御台《みだい》の御供申して候ひつる人々は、播磨国蔭山《はりまのくにかげやま》と申す処にて、敵に追つ付かれ、御台も公達《きんだち》をも、皆差し殺しまゐらせて、一人《いちにん》も残らず自害し給ひて候ふなり。それがしも、同じ所にて屍《かばね》を曝《さら》すべく候ひしかども、この事告げ申し候はんために、甲斐《かい》なき命生きて、これまで参つて候ふ」と云ひもはてず、腰[261]の刀を以て、腹十文字に掻《か》き切《き》つて、馬の前にぞ臥したりける。

判官《ほうがん》、これを見給ひて、「時《とき》の間《ま》も離れじと思ひつる妻子を失はれぬる上は、命生きても何かせん。安[262]からぬものかな。かくあるべしと知りたらば、京都に於て、武蔵守《むさしのかみ》が宿所《しゅくしょ》に行き向かつて、差し違へて死なんずるものを。これまで落《お》ち下《くだ》つて、次々所々《つぎつぎしょしょ》[263]にて空しくなりぬる事こそ無念なれ。この上は、最後の合戦までもあるべからず」とて、小高き所に下《お》り居《い》て、

260　大切になさって。

261　腰にさすつばのない短刀。

262　腹立たしいことよ。

263　一家の者が次々とあちこちで命を落とした事。

「師直《もろなお》に於ては、[264]七生《しちしょう》までの敵となり、思ひ知らせんずるものを」とて、念仏[265]百返ばかり申し、腹十文字に掻《か》き切《き》り、つひに空しくなりにけり。

若党三十余騎ありしも、ここかしこにて討たれ、或いは、[266]城になるべき所を見よとて、所々《しょしょ》に遣《つか》はしぬ。[267]木村源三《きむらげんぞう》一人《いちにん》、付《つ》き順《したが》つてありけるが、馬より飛《と》び下《お》り、判官《ほうがん》の頸《くび》を取つて、鎧《よろい》直垂《ひたたれ》の袖に裹《つつ》んで、遥《はる》かなる深田《ふけだ》の泥中《でいちゅう》に埋《うず》みて後《のち》、腹掻き切つて判官の頸の切り口を隠し、上に打ち重なりて臥したりける。後に、伊豆守《いずのかみ》が兵ども、木村が足の泥によごれたるを[268]しるべにて、深田の中より高貞《たかさだ》が頸を求め出でて、師直が方《かた》へぞ送りける。

見聞く人ごとに、[269]さしも忠功他《た》に異なり、(咎《とが》)なかりつる塩《えん》冶判官《やほうがん》、[270]一朝《いっちょう》の讒《ざん》に合うて、万年の命を失ひつる事のあはれさよ。ただ[271]晋の石季倫《せききりん》、緑珠《りょくしゅ》がゆゑに亡ぼされて、金谷《きんこく》の花と散

264 七たび生まれ変わっても敵となり。七は、六道輪廻を超える数で、未来永劫の意。
265 百回ほど唱え。
266 城作りに都合のよい場所を捜してこい。
267 塩冶の重臣。天正本「木村三郎兼総」。
268 手がかりに。
269 あれほど忠功が傑出し。
270 ある突然の讒言。
271 晋の石崇(字は季倫)の愛妾緑珠に、趙王の権臣孫秀が横恋慕したが得られず、王に讒したため、緑珠は金谷園(石崇の別荘)の楼上より飛び降り、石崇は処刑された故事(晋書・石崇伝、蒙求・緑珠墜楼)。

りはてし、昔の悲しみに異ならずとて、涙を流さぬ人もなし。
[272]そもそも高武蔵守師直《こうのむさしのかみもろなお》は、[273]当御所様《とうごしょさま》、足利殿《あしかがどの》にて東国《とうごく》に久しく御座《ぎょざ》ありけるより、[274]譜代相伝《ふだいそうでん》の人なりければ、尊氏御代《たかうじみよ》を召されしかば、肩を双ぶる人はなし。しかれば、[275]執事職《しつじしょく》に至り、天下を[276]管領《かんれい》せしかば、何事に付けても心に任《まか》せずと云ふ事なし。政道《せいどう》正しく、天下の乱をも鎮《しず》め、私《わたくし》の心なくは、子孫も繁昌《はんじょう》あつて、今にめでたくもあるべきに、[277]代《よ》を納《おさ》むるまでこそなからめ、かくの如く放埒《ほうらつ》の振る舞ひのみありしかば、諸人眉を嚬《ひそ》め、[278]人口《じんこう》に余る間、諸大名これに背《そむ》く。よりて、洛中に足を留《とど》め難《がた》くして、京都を落《お》ち下《くだ》りける程に、追つ懸けられて、塩冶が如く、[279]武庫川《むこがわ》の端《はた》にて一門皆々亡びけるなり。何事も酬《むく》ひある事なれば、塩冶最後の時、「七生《しちしょう》までも敵となり、ただ今思ひ知らせんずる」と云ひし、詞《ことば》の末も恐ろしや。相構へて相構へて、人は高きも賤しきも、思慮あつて振る舞ふべきものなり。

272　以下は、底本独自の記述。流布本等は簡略。
273　現在の将軍家が、足利殿といって東国に久しくいらっしゃった時から。
274　代々足利家に仕えてきた重臣。
275　幕府執事。将軍補佐の要職。
276　管理・支配する。
277　世を平穏に保つほどではなくても。
278　悪いうわさが世に充満したので。
279　兵庫県尼崎市を流れる川。師直の最期は、巻二十九・12「師直以下討たるる事」。

付録

赤松氏系図

村上天皇―具平親王―師房―(略)―季則―頼範―則景―赤松 家範―久範―茂則

- 茂則
  - 則村(円心)
    - 範資
      - 光範
      - 朝範
      - 師範
      - 直頼
      - 範実
    - 貞範(世貞)―顕範
    - 則祐―義則―満祐
    - 氏範
  - 円光―飽間 光泰

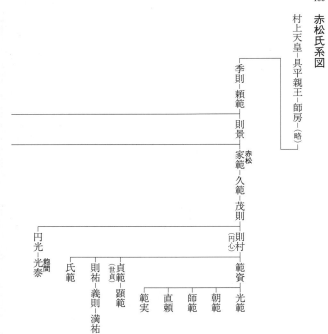

- （上位の系線、前頁より続く）
  - 上月 景盛―盛忠―義景―景満―景祐
  - 間島 景能
    - 景長
    - 中山 光能―光義
  - 櫛田 有景
- 宇野 為助
  - 為頼
    - 景頼―頼定
      - 頼季（小寺相模）
      - 国頼
    - 江見川原 景俊
    - 柏原 為永
  - 範重―為範―佐用 範家
- 得平 頼景―頼助―範重―秀光

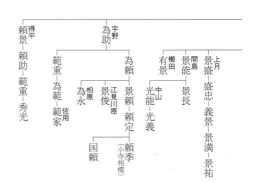

佐々木氏系図

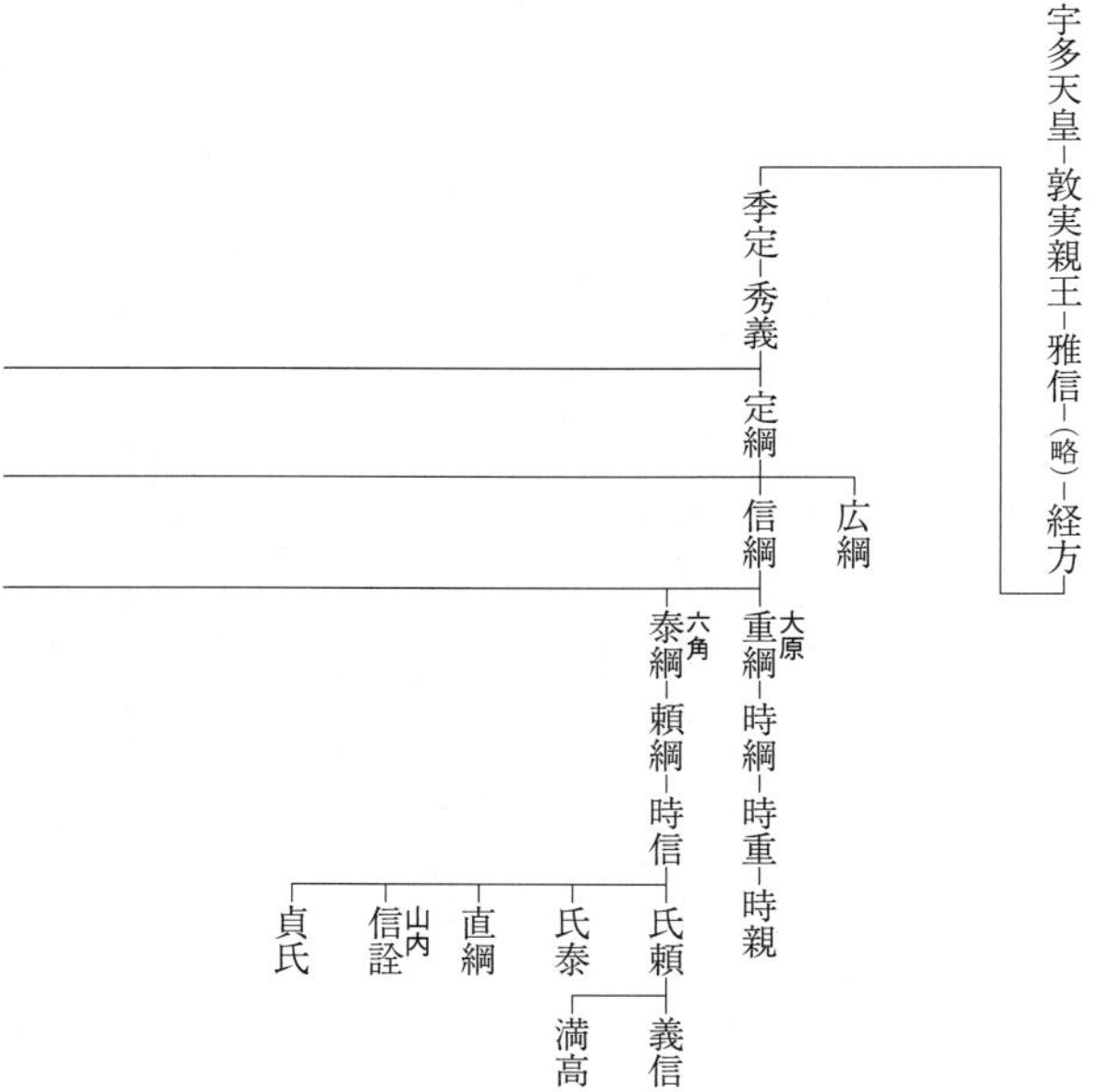
宇多天皇
敦実親王
雅信
(略)
経方
季定
秀義
定綱
広綱
信綱
大原
重綱
時綱
時重
時親
六角
泰綱
頼綱
時信
氏頼
氏泰
直綱
山内
信詮
貞氏
義信
満高

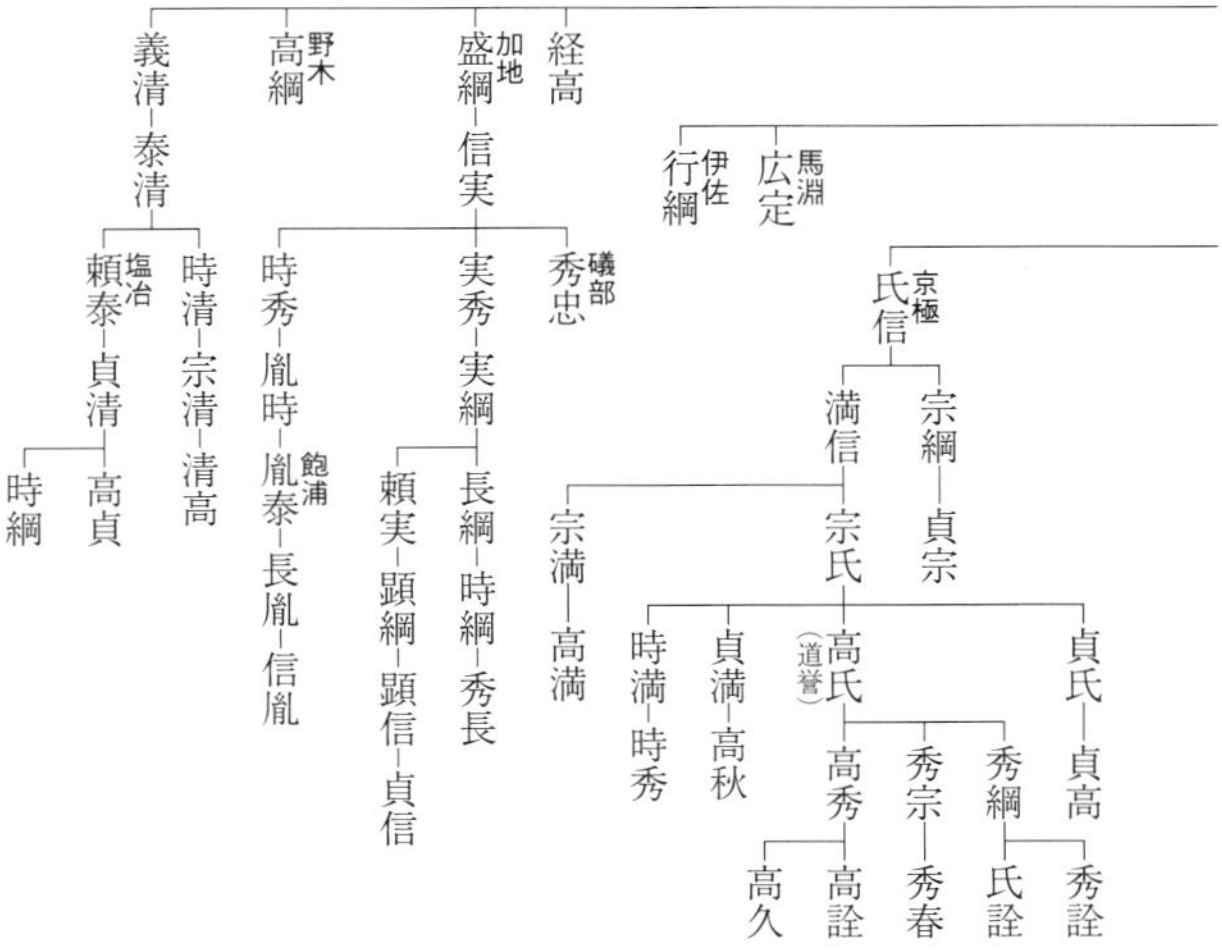
義清
泰清
塩冶 頼泰
貞清
時綱
高貞
時清
宗清
清高
野木 高綱
加地 盛綱
信実
時秀
胤時
飽浦 胤泰
長胤
信胤
実秀
実綱
頼実
顕綱
顕信
貞信
長綱
時綱
秀長
磯部 秀忠
経高
伊佐 行綱
馬淵 広定
京極 氏信
満信
宗満
高満
宗氏
時満
時秀
貞満
高秋
高氏
（道誉）
高秀
高久
高詮
秀宗
秀春
秀綱
氏詮
秀詮
貞氏
貞高
宗綱
貞宗

『太平記』記事年表3

※『太平記』の記事を、年月順に配列した。記事のあとに、(巻数・章段番号)を付し、史実と年月が大きく相違するものは、(史実は、……)と注記した。また、『太平記』に記されない重要事項は、( )を付けて記載した。

年(西暦 和暦)	月	『太平記』記事
一三三六 建武三(延元元)	三	・新田義貞、勾当内侍を寵愛して、西国進発を延引する。(十六・1) ・赤松円心以下の西国の諸将、後醍醐帝に背いて蜂起。(十六・1) ・後醍醐帝、北畠顕家を鎮守府将軍・奥州国司に任じる。(十六・2) ・病中の義貞に代わり、新田一族の江田行義・大館氏明が赤松討伐に向かい、緒戦に勝利。(十六・2) ・病が回復した義貞、赤松の白旗城を攻める。赤松、策を用いて時をかせぎ、城の防備を固める。義貞、攻めあぐむ。(十六・2) ・義貞、弟の義助に白旗城攻めをまかし、中国地方を制圧すべく船坂峠へ向かう。(十六・2)
	四	・七日、後伏見院、崩御。(十六・4)

五

・十七日、備前の和田(児島)高徳、義貞軍に呼応して熊山で挙兵。敵に不意を襲われ負傷するが、父の叱咤により蘇生。(十六・3)
・義貞・義助軍、備前、備中、美作へ軍を進める。(十六・3)
・二十六日、足利尊氏、太宰府を発ち、二十八日、船で東上。(十六・4)
・一日、尊氏、安芸の厳島に着き、三日間参籠。結願の日に、都から後伏見院(正しくは光厳院)の院宣がもたらされる。(十六・4)
・四日、尊氏、厳島を発ち、七日、備後の鞆の浦に着く。直義は陸路から、尊氏は海路から義貞討伐に向かう。(十六・4)
・十五日、尊氏、観音の瑞夢をえて、勝利を確信する。(十六・4)
・同日宵、直義軍、備中福山城の大井田氏経を追い落とす。(十六・5)
・十八日、福山落城の報せに、義貞、備前、美作から撤退。(十六・5)
・義貞、摂津兵庫へ退却する。(十六・6)
・義貞からの早馬の報せで、後醍醐帝は、楠正成に兵庫下向を命じる。正成、京で足利軍を迎え撃つよう献策して容れられず、死を覚悟して兵庫へ下る。途中、桜井の宿で、嫡子正行に遺訓する。(十六・7)
・二十四日、正成、兵庫で義貞と一夜を語り明かす。(十六・8)

六

・二十五日、尊氏の水軍、兵庫に着く。（十六・8）
・新田方の本間重氏、尊氏の船に遠矢を射て弓芸を披露し、戦闘が開始される。（十六・9）
・正成、弟の正氏とともに直義の命を狙う。直義、危うく難を逃れる。（十六・10）
・正成と正氏、七生まで朝敵を滅ぼすことを誓って湊川で自害。（十六・10）
・義貞、生田の森で戦うが、衆寡敵せず退却する。（十六・11）
・義貞敗戦の報せに、後醍醐帝、皇居を出て比叡山へ向かう。（十六・12）
・持明院殿の花園法皇・光厳上皇・豊仁親王、比叡山へ赴く途中、足利方の武士に助けられる。（十六・13）
・正成の首が、河内の妻子のもとに返される。正行が自害しようとするのを、母、父の遺訓を説いて思いとどまらせる。（十六・14）
・二十七日、後醍醐帝、山門に臨幸。（十七・1）
・二日、足利方、東西から比叡山に攻め寄せる。（十七・1）
・三日、花園法皇・光厳上皇・豊仁親王、石清水八幡宮に臨幸。（十六・13）
・六日、搦め手の高師久、防備の手薄な西坂から攻め登る。千種忠顕が戦死するが、義貞らの奮戦で寄せ手を退ける。（十七・1）

七

・七日、大手の軍勢、大津から攻め寄せるが、敗退する。（十七・1）
・十四日、花園法皇・光厳上皇・豊仁親王、足利方が陣を張る東寺に臨幸。（十六・13）
・十六日、熊野八庄司、足利方に合流し、十七日、搦め手の先陣をつとめるが、本間重氏と相馬忠重の弓勢に恐れて逃走。（十七・2）
・十八日、比叡山の僧金輪院律師光澄、足利方に内通して今木隆賢に夜討ちの手引きをさせるが失敗し、隆賢は、同族の今木範景に斬られる。（十七・3）
・八王子権現が般若院の童に憑いて託宣する。朝廷と公家の衰微、高師久の敗退などを予言。（十七・4）
・二十日、宮方の急襲で、東西の寄せ手が総崩れとなり、高師久、捕らえられて斬られる。（十七・5）
・三十日、宮方、比叡山を下り、京に攻め寄せるが敗退。千葉新介戦死。（十七・6）
・五日、二条師基の北国勢、東坂本に着く。（十七・7）
・宮方、東西二手から京へ寄せるが、内通する者があり、敵に待ち伏せされて敗退。（十七・7）（底本「十八日」）
・後醍醐帝、山門に庄園を寄進。（十七・8）
・山門、南都へ牒状を送って与力を求める。南都、承諾の返牒を送る。（十七・8）（底本では「六月日」）

・京の七口を塞がれた足利方の兵、兵糧に困窮し略奪。(十七・8)
・十三日、義貞、帝の前で決意を述べる。出陣する名和長年、見物の女童部の噂話を耳にし、最期の合戦と思い定める。(十七・8)(史実は六月三十日)
・四条隆資、八幡から東寺に攻め寄せるが、土岐頼直の活躍で、八幡へ退く。(十七・9)
・義貞・義助兄弟、三方から京を攻める。義貞、東寺の門前まで攻め寄せ、尊氏との一騎打ちを求めるが、尊氏、上杉重能の諫めで思いとどまる。足利軍に包囲された義貞、囲みを破って退却。名和長年が戦死する。義貞、東坂本へ帰る。(十七・10)
・四条隆資、八幡を捨て坂本へ。(十七・11)
・南都、尊氏から庄園を寄進され、山門との約諾を翻す。(十七・11)
・信濃から上洛した小笠原貞宗、近江を押さえる。山門の衆徒、小笠原と戦い、二度とも撃退される。(十七・11)
・佐々木道誉、尊氏から近江管領職を申し受け、近江へ。小笠原は、京に上る。(十七・11)
・脇屋義助、佐々木道誉を攻めて敗退。比叡山の宮方、兵糧につまる。(十七・11)
・尊氏、後醍醐帝に密使を送り、京への還幸を促す。(十七・12)
・還幸する帝を、義貞の臣堀口貞満が諫める。(十七・13)

十八

・帝、義貞に東宮を託し、北国下向を命じる。(十七・14)
・十五日、後伏見院第二皇子豊仁親王、践祚(光明帝)。(十六・13)
・九日、後醍醐帝、東宮恒良親王に譲位。(十七・15)
・義貞、日吉大宮権現に祈念し、鬼切の太刀を奉納する。(十七・15)
・十日、帝は京へ、義貞は東宮・一宮らと北国へ発つ。(十七・16)
・帝、出迎えた足利直義に偽の三種の神器を渡す。花山院に幽閉され、お付きの者も禁獄される。(十七・17)
・十一日、北国へ向かう義貞、斯波高経に行く手を阻まれ、木目峠を越えて、多くの凍死者を出す。千葉貞胤、降伏。(十七・18)
・十三日、義貞、敦賀に着き、金ヶ崎城に入る。(十七・18)
・十四日、義助・義顕(義貞の長男)、杣山の瓜生保を頼る。瓜生、斯波高経の送った偽綸旨にだまされて変心。(十七・19)
・瓜生の弟義鑑房、斯波の謀を見抜き、義助の子義治を大将として預かる。(十七・20)
・十五日、義助・義顕、金ヶ崎への帰途、今庄浄慶に行く手を阻まれる。今庄、由良光氏の忠義に感じて道をあける。(十七・21)
・義助・義顕の一行、金ヶ崎城の包囲を謀をもって破り帰還。(十七・22)
・二十日、金ヶ崎の海上で、管弦の宴。白魚が船に飛び入る奇瑞が起こる。(十七・23)

十一

・帝の還幸に随った菊池武俊、京を脱出して九州へ下り、本間重氏らは斬られる。（十七・17）
・足利方の大軍、金ヶ崎城を攻める。（十七・24）
・小笠原貞宗、城を浜際から攻め、栗生左衛門に撃退される。（十七・25）
・今川頼貞、船で浜際から攻め、撃退される。（十七・26）
・後醍醐帝、京を脱出し、吉野へ向かう。（十八・1）（底本「八月二十八日」。この前後、諸本ともに日付が混乱。史実は、十二月二十一日）
・帝、吉野金峯山寺に入り、楠正行以下の宮方の軍勢が集まる。（十八・1）
・紀州根来の伝法院、高野山との確執から、宮方に味方せず。（十八・2）
・二日、名張新左衛門、海を泳いで金ヶ崎に来て、後醍醐帝の吉野臨幸を報せる。（十八・3）
・瓜生保、宮方に与する弟たちと同心すべく、宇都宮泰藤・天野政貞を伴って杣山に帰る。（十八・4）
・八日、瓜生保、脇屋義治を大将として挙兵。（十八・4）
・二十三日、杣山へ向かう高師泰の軍、瓜生の奇襲で敗退。（十八・4）

	十二	・二十九日、瓜生、斯波高経の新善光寺城を攻め落とす。(十八・5) ・二十九日、道場坊助注記猷覚、山徒の張本として斬られる。(十七・17)
一三三七 建武四 (延元二)	一	・十一日、義治、里見伊賀守を金ヶ崎の後攻めに向かわせるが、今川頼貞と高師泰の軍に敗れ、里見・瓜生兄弟は戦死。(十八・6) ・瓜生の老母、義治の前で、兄弟の戦死を誉れとする。(十八・7) ・後攻めを失った金ヶ崎城、兵糧につまり飢餓状態となる。(十八・9)
	二	・五日、新田義貞・脇屋義助、金ヶ崎を脱出して杣山へ入る。(十八・9)
	三	・六日、金ヶ崎城、寄せ手の総攻撃をうけて落城。一宮・新田義顕らが自害し、城中の兵八百余人も自害または討死。(十八・9) ・金ヶ崎を脱出した東宮、捕らえられる。(十八・10) ・一宮・義顕らの首とともに、東宮、京に還御。(十八・11) ・数奇な運命をへて一宮と結ばれた御息所、宮の火葬の煙を見て、四十九日を待たずして病死。(十八・11) ・新田義顕の首、大路を渡され、獄門に懸けられる。(十八・12) ・足利方の諸将、延暦寺の破却を議論する。玄恵法印、延暦寺と日吉大社の由緒を説いて破却を思いとどまらせる。(十八・13)
	六	・十日、光厳上皇、重祚。(十九・1)(光厳院が重祚した史実はない)

・尊氏、斯波高経・家兼を大将とし、越前の府に大軍を派遣。（十九・3）
・平泉寺の衆徒、三峯城を構え、脇屋義助を大将に迎える。（十九・3）
・越前府に籠もる斯波高経、国中に兵を派遣し、新田方と合戦を繰り返す。（十九・3）
・大館氏明・江田行義・金谷経氏らの新田一族と、宗良親王ら、諸国で蜂起。（十九・5）
・北条時行、吉野へ使者を送り、後醍醐帝の勅免を得る。（十九・6）

八
・十九日、奥州の北畠顕家の軍勢、白河の関を越える。（十九・7）
・鎌倉管領足利義詮、利根川で奥州勢と対陣。先に渡河した奥州勢に破れた義詮、鎌倉へ引き返す。（十九・7）
・北条時行・新田徳寿丸（義興）が、伊豆、上野で挙兵。（十九・7）

十
・三日、北朝、建武から暦応に改元。（十九・2）（史実は、翌年八月二十八日）

十一
・五日、足利尊氏、征夷大将軍となる。（十九・2）（史実は、翌年八月十一日）

十二
・二十八日、北畠顕家・新田徳寿丸、北条時行の勢十万余、鎌倉に攻め寄せる。（十九・8）
・義詮の言に励まされた足利方の諸将、鎌倉で宮方の大軍を迎え撃つ

一三三八 暦応元（延元三）		が敗走。（十九・8）
	一	・八日、北畠顕家の大軍、鎌倉を発って西上。尾張熱田に着く。鎌倉で敗れた足利方も、軍勢を集めて西上。（十九・8） ・北畠軍と、跡を追って西上した足利軍、美濃国墨俣川、青野原一帯で合戦。足利方は土岐頼遠らが奮戦するが敗れる。（十九・9）
	二	・六日、京の足利方、高師泰を大将として、北畠軍を近江と美濃の境で迎え撃つ。（十九・9） ・高師泰、嚢砂背水の陣の故事をふまえて、川を背にして布陣。北畠軍は、進路を変えて吉野へ向かう。（十九・10） ・中旬、脇屋義助、鯖江の宿に打って出、新田義貞、越前府城を攻め落とし、斯波高経は足羽城へ逃れる。（十九・3）
	四	・十三日、足利尊氏、越前府城の敗戦に怒り、幽閉中の東宮を毒殺する。同じく将軍の宮成良親王も、毒殺される。（十九・4）
	五	・二日、新田義貞、足羽城の斯波高経を攻めるが、攻め落とせず。（二十・1） （二十二日、北畠顕家、和泉堺の浦で高師直と戦い戦死。）
	七	・三日、新田方の越後勢、越中・加賀を越えて越前へ向かう。（二十・2） ・越後勢を合わせた義貞のもとに、吉野から、京の八幡山の新田義興・北畠顕信らに加勢せよとの勅書が届く。（二十・3）

閏七

・義貞、児島高徳の献策で延暦寺へ牒状を送る。児島が牒状を書く。（二十・4）
・二十三日、延暦寺の衆徒、義貞に同心の旨、返牒を送る。（二十・4）
・延暦寺の返牒をうけ、脇屋義助、京へ向かう。義貞は、足羽攻めのため越前に留まる。（二十・4）（底本「六月三日」。この前後、諸本ともに日付が混乱）
・新田軍上洛の報せに、足利尊氏、八幡攻めの大将高師直を京へ呼びもどす。師直、八幡に火を放つ。（二十・5）
・脇屋義助、八幡炎上の報せに、敦賀まで来て軍を引き返す。（二十・5）
・八幡の宮方、北国の援軍を待ちかねて河内へ退却。（二十・5）（底本「六月二十七日」。この前後、諸本ともに日付が混乱）
・義貞と義助、足羽攻めに向かう。斯波高経、足羽に七つの城を造る。（二十・6）
・平泉寺の衆徒、斯波高経から藤島庄を得て寝返り、義貞調伏の祈禱を行う。（二十・7）
・平泉寺で調伏の祈禱が行われる中、義貞は不思議な夢を見る。斎藤道猷、諸葛孔明の故事をもとに凶夢とトう。（二十・8）
・二日、義貞の出陣に際し、名馬水練栗毛がにわかに荒れ狂う。新田

軍が渡河するとき、軍旗が水に浸るなどの凶兆。(二十・9)
・新田軍、足羽の藤島城に籠もる平泉寺衆徒の頑強な抵抗にあう。(二十・10)
・義貞自ら藤島城へ向かい、流れ矢に眉間を射られて討死。(二十・10)
・斯波高経、義貞の首を京へ送る。(二十・11)
・義貞が討たれた新田軍、裏切りが相次ぐ。五日、脇屋義助、足羽攻めを断念し、越前府へ退却する。(二十・12)
・義貞の首、京の大路を渡される。義貞の北の方勾当内侍、獄門に懸けられた義貞の首を見て尼となり、嵯峨の往生院に隠棲。(二十・13)

八

・後醍醐帝、結城道忠の進言により、八宮(のちに後村上帝)を、北畠顕信、結城道忠とともに奥州へ下す。(二十・14)
・新田義興、北条時行・宇都宮加賀寿丸を関東へ下す。(二十・14)
・十五日、奥州下向の勢、伊勢の鳥羽から船出。(二十・14)
・奥州下向の勢、天龍灘で遭難し、八宮の船は無事伊勢国に吹きもどされる。(二十・14)
・伊勢の安濃津に漂着した結城道忠(俗名宗広)、病を患い、臨終の悪相を現じて他界。(二十・15)
・結城道忠ゆかりの山伏、地蔵の導きで、道忠が無間地獄に堕ちてい

		るさまを見て、道忠の子息にこれを語る。（二十・15）
	秋	・この頃、朝廷の諸儀礼がすたれる。（二十一・1） ・佐々木道誉、妙法院を焼き討ちする。（二十一・2） ・比叡山の衆徒、道誉の処罰を求めて強訴。（二十一・3）
一三三九 暦応二（延元四）	四	・二十五日、道誉の上総流罪が決まる。（二十一・3）（史実は、暦応三年十月）
	八	・九日、後醍醐帝、病にかかる。（二十一・5）（底本、康永三年は誤り） ・十六日、後醍醐帝、八宮（他本、七宮）義良親王への譲位を遺言して、崩御。（二十一・5） ・吉野執行宗信、落胆する南朝の公家を励ます。楠正行ら、吉野に参る。（二十一・6）
	十一	・五日、先帝に後醍醐の追号。（二十一・7）
	十二	・三日、南朝、後村上帝、即位。幼主のため、北畠親房が政務を執る。（二十一・6）（他本・十月三日） ・十七日、南朝、諸国の宮方に、先帝の遺勅を告げ、忠戦を促す。（二十一・7） ・脇屋義助の家来畑時能、湊城を出て近隣を劫略。（二十一・7）（底本「七月三日」とあるが、この前後、事件の年次と記事配列に、かなり錯誤がみられる）

		・脇屋義助の家来由良光氏、西方寺城を出て敵城を落とす。(二十一・7) ・堀口氏政、居山城を出て近隣の城を落とす。(二十一・7) ・脇屋義助、越前府より出て、近隣の城を落とす。(二十一・7) ・河合庄に集まった新田方の軍勢、足羽の黒丸城を包囲する。斯波高経、上木家光の進言で加賀へ落ちる。(二十一・7) ・黒丸城落城の報せに、足利方は、高師治・土岐頼遠・佐々木氏頼・塩冶高貞らを北国へ向かわせる。(二十一・8) ・塩冶高貞、下向の準備を進める最中、彼の妻に思いをかけた高師直の策略で謀叛の罪をきせられ、出雲へ逃げ下るが、追手の山名時氏に攻められて自害。(二十一・8)(史実は、塩冶の死は暦応四年)
一三四二 康永元(興国三)	三	・二十二日、法勝寺、炎上する。(二十一・4)

［解説3］
『太平記』の歴史と思想

はじめに　――歴史とはなにか

歴史の「史」は、フミと訓読されるように、叙述すること、過去のできごとを文章にして記録することを意味している。「歴」は、歴世・歴代などの熟語があるように、過ぎ去ったことを意味する漢字である。

歴史は、その語の成り立ちからして、叙述(語り narrative)の問題をわかちがたく含んでいる。それは、ヨーロッパ諸語で歴史を意味する言葉、たとえば、英語のヒストリー history、フランス語のイストワール histoire、ドイツ語のゲシヒテ Geschichte などがそうであるように、物語ないしは叙述を内在させた言葉だが、ここから歴史についての最初の定義がみちびかれる。

歴史とは、事実として与えられるものではなく、過去のできごとをいかに物語るかという語り方、叙述のしかたの問題だということだ。そして歴史が所与の事実ではなく、過去の語りである以上、歴史家の著述と、歴史に取材した物語・小説との境界は、ほんらいきわめてあいまいなのである。

歴史という観念をこの列島の社会にもたらした本場の中国では、はやくから叙述のしかたによって正史(国家が正統と認める歴史)と、稗史《はいし》(歴史に取材した民間の物語・小説)の区別が立てられた。だが、官撰の正史が正統的な歴史と認知されても、民衆レベルでは、稗史とそれを口演する演史・講史のたぐいが歴史として受容された。

日本のばあい(このいい方じたいが歴史的だが)、八世紀から九世紀にかけて、中国にならって、『日本書紀』以下の漢文の正史(六国史)がつくられた。また十一世紀には、仮名文の歴史が、中国正史の紀伝体や、編年体のスタイルで書かれるようになる(『大鏡』『栄花物語』など)。だが、歴史書の枠組みで書かれたそれらの歴史物語は、叙述の面では、『源氏物語』以下の「つくり物語」(フィクションの物語)の影響を受けていた。『源氏物語』は、歴史上の醍醐・村上朝(九世紀末から十世紀なかば)をモデルとして書かれた一種の歴史小説だが、成立から一世紀もたたないうちに、漢文正史以上の正典として受容された。

『源氏物語』が貴族社会を中心に受容され、かれらのあいだに歴史的・文化的な共同性を形成したとすれば、中世をつうじて、この列島の社会(東北から九州)に、列島規模の歴史的な共同性をつくりあげたのは、『平家物語』である。琵琶法師の語りものとして、地域や階層をこえて流通した『平家物語』は、「日本」(『平家物語』にしばしば登場する語である)という国の成り立ちを語る歴史として受容された。

語りものとしての『平家物語』演奏が流行のピークを迎えたのは十四世紀、まさに南北朝内乱の時代である。書冊として享受される物語文学とちがって、語りものとして耳から享受された『平家物語』は、文字を読めない階層にも広く受容されたのだが、そのような『平家物語』の広汎な受容に関連して注意したいのは、『太平記』に記されたこの時代の政治史が、現実においても『平家』の物語に規制されて推移していたことだ。

たとえば、源頼朝の没後に鎌倉幕府の実権をにぎった北条氏は、桓武平氏(維将流)を称していた。その北条氏にたいする反乱軍をたばねた足利尊氏と新田義貞は、ともに源義国(八幡太郎義家の子)を祖とする清和源氏の嫡流である。

北条氏(平家)がほろんだ元弘の乱は、『平家物語』の源平交替史をなぞるようにして推移したのだが、北条氏が滅亡したのち、内乱が、後醍醐天皇の新政として落着することなく、ただちに源氏一門(足利と新田)の覇権抗争へ展開した事実をみても、この時代の武士たちの動向が、いかに源平交替の物語に左右されていたかがうかがえる。

内乱が社会的・経済的な要因から引き起こされたにしても、それは政治史レベルでは、ある一定のフィクションの枠組みのなかで推移したのである。そのような物語的な現実に規定されるかたちで、『太平記』はさらに強固な歴史＝物語の枠組みをつくりだしてゆく。

この第三分冊「解説」では、『太平記』の歴史が書かれる思想的な諸前提について述べる。それは『太平記』の叙述(語り)の枠組みを問うことであり、また「南北朝」時代にかんするわたしたちの歴史認識の枠組みを問いかえすことにもなるだろう。

一　名分の思想

『太平記』全四十巻は、つぎのような序文で説き起こされている(やや難解な文章なので、参考までに現代語訳を付す)。

蒙竊《ひそ》かに古今の変化を探つて、安危の所由を察《み》るに、覆つて外なきは天の徳なり。明君これに体《てい》して国家を保つ。載せて棄つることなきは地の道なり。良臣これに則つて社稷《しゃしょく》を守る。若《も》しその徳欠くる則《とき》は、位ありと雖《いえど》も持《たも》たず。所謂《いわゆる》夏の桀は南巣に走り、殷の紂は牧野に敗る。その道違ふ則《とき》は、威ありと雖も保たず。曾《かつ》て聴く、趙高は咸陽に死し、禄山は鳳翔に亡ぶと。ここを以て、前聖慎んで法《のり》を将来に垂るることを得たり。後昆顧みて誡めを既往に取らざらんや。

（わたくしに古今の歴史の推移をたずねて、天下の安泰と危機の由来を考えてみると、すべての物にあまねく慈愛を施すのは天の徳である。明君は、天の徳を体現して国家を保つ。すべての物を載せて棄てることのないのは地の道である。良臣は、地の道に則って政治を行なう。かりに帝王にその徳が欠けるときは、たとえ位にあっても維持することはできない。暴君として名高い夏の桀王が南巣に逃げ、殷の紂王が牧野の戦いで敗れたようにである。また、臣の道にそむくときは、たとえ勢威ある臣といえども長つづきはしない。秦の始皇帝の王子を殺害した趙高が咸陽で殺され、唐の玄宗皇帝に叛した安禄山が鳳翔の戦いで亡んだようにである。こうした過去の先例にもとづいて、いにしえの聖人たちは教えを後世に垂れることができた。後世のわれわれは過去の歴史から教訓を得ないでよいものだろうか。)

この序文は、原文は漢文で書かれている。おなじ戦記物語でも、「祇園精舎の鐘の声、諸行無常の響きあり」ではじまる『平家物語』の序文が、七五調の和漢混淆文であるのにたいして、『太平記』の序文は、東アジア世界の共通語ともいえる正格の漢文体で書かれている。『太平記』が成立した南北朝時代は、五山の禅僧などを介して大陸の文物がさかんに流入した時代である。正規の交易ルート以外に、非合法な交流・接触もさかんだったが(『太平記』第三十九巻「高麗人来朝の事」は、元と高麗が、日本の「国王」に倭寇の取り締まりをもとめた外交文書をのせる)、『太平記』の序文が正格の漢文体で書かれたことも、当代における〈知〉の東アジア的な広がりを反映するだろう。

また、『平家物語』の序文が、「おごれる」「たけき」者のほろんだ先例として中国と日本の先例を列挙するのにたいして、『太平記』があげるのは、夏の桀王、殷の紂王、秦の趙高、唐の安禄山など、いずれも中国の先例である。しかも注意したいのは、『平家物語』の序文が、朝廷に敵対してほろんだ悪臣の先例のみを列挙するのにたいして、

『太平記』は、悪王の先例に言及する。あるべき理想の帝王について、「覆つて外なきは天の徳なり。明君これに体《てい》して国家を保つ」としたあと、「若《も》しその徳欠くる則《とき》は、位ありと雖《いえど》も持《たも》たず」として、国をほろぼした代表的な悪王として、夏の桀王と殷の紂王の先例をあげるのだ。

『太平記』は、すでに序文からして帝王のあるべき姿、帝王のいわば名分に言及するのだが、名分とは、名(立場や地位)に応じた人それぞれの本分のこと。君臣上下の名分をもとに、過去・現在の政治社会に道義的な裁定をくだす(名分を正す)のが、政治イデオロギーとしての名分論である。政治的な序列の同義語としても使用される名分の語は、もともと法家の用語とされ、儒家ではあまり用いられなかったものらしい。それを儒学の中心テーマに位置づけたのは、十二世紀の朱熹(朱子)によって大成された宋代の儒学、いわゆる宋学である(諸橋轍次『儒学の目的と宋儒の活動』)。

宋代に形成された官僚国家のイデオロギーとしての宋学は、すでに十三世紀には、渡宋した禅僧らによって日本にもたらされ、鎌倉時代末には、朝廷や寺院社会を中心にさかんに受容された。たとえば、『花園院宸記』(持明院統の花園院の日記)は、後醍醐天皇の宮廷でひんぱんに催された経書の談義(講釈)が、「宋朝の義」に拠るもので、そうした風潮の流行には、日野資朝や日野俊基、吉田冬方らの廷臣とともに、比叡山の学僧「玄恵僧都」が関与していたとする(元応元年〈一三一九〉閏七月二十二日、同年九月六日、元亨二年〈一三二二〉七月二十七日、同三年七月十九日条)。

また、一条兼良の『尺素往来』も、「玄恵法印」の講席をとおして「宋朝濂洛の義」(濂は周子〈周敦頤《しゅうとんい》〉、洛は二程子〈程顥《ていこう》・程頤《ていい》〉)、「程朱二公の新釈」(二程子と朱子の経学)が朝廷に広められ、「紀伝」(史書、史学)も、「玄恵の議に付き」、宋朝の「資治通鑑・宋朝通鑑等」が伝授されたとしている。宋学の流行にともなう「紀伝」への関心が、『太平記』が成立する一つの時代背景としてあったことは注意されてよい。

とくに玄恵による「紀伝」の講席で、「北畠入道准后、蘊奥を得らる」とあるのは、北畠親房の『神皇正統記』に、宋学の正統論や大義名分論の影響をみとめた発言として注意される(我妻建治『神皇正統記論考』)。建武三年(一三三六)冬の後醍醐天皇とその廷臣たちの吉野潜幸にしても、それを決断した背景には、北方の偽朝にたいする南方(あるいは山間)の正統王朝——たとえば、三国時代の魏にたいする蜀、宋代の金・元にたいする南宋という、宋学の正統論の図式が意識されていただろう。

後醍醐天皇の宮廷で宋学を講じた玄恵は、建武政権の崩壊後は、足利直義(尊氏の弟。

初期足利政権で行政・司法面を担当した）につかえ、建武三年冬に制定された幕府法、『建武式目』の起草に参加している。たとえば、『建武式目』の第十三条「礼節を専らにすべき事」の、「君に君礼あるべし、臣に臣礼あるべし。凡そ上下おのおの分際を守り」云々などは、まさに宋学を背景にした君臣上下の名分論である。玄恵はまた、今川了俊の『難太平記』によれば、足利直義の命で『太平記』の改訂に従事したとされる（第一分冊「解説」、参照）。『太平記』が宋学の名分論によって整序される条件はととのっていたわけだ。

『太平記』に引用される経書について調査した宇田尚は、『太平記』は『論語』を引用することもっとも多く、それに次ぐのは『孟子』であるとしている（『日本文化に及ぼせる儒教の影響』）。『論語』『孟子』に五経以上のウェートをおくのは、程頤（伊川）や朱熹の経学の特徴である。『論語』『孟子』『大学』『中庸』を、いわゆる「四書」として特立したのも朱熹にはじまるが、そのような四書の引用に関連して注意されるのは、『太平記』がしばしば臣下の立場から天皇の廃立に言及していることだ。

たとえば、『太平記』第一巻「長崎新左衛門尉異見の事」で、元弘元年（一三三一）五月、後醍醐天皇の倒幕の企てが露顕し、鎌倉幕府では天皇の処遇をめぐって評定が行われる。

天皇とその側近たちへの厳罰を主張する内管領(執事)長崎高資にたいして、賢才の士二階堂道蘊は、「君君たらずと雖も、臣以て臣たらずんばあるべからず」と述べて、天皇への恭順を主張する。あきらかに『平家物語』の巻二、鹿ヶ谷事件の陰謀発覚後の、平重盛の父清盛にたいする諫言をふまえた一節である。『平家物語』では、後白河法皇の幽閉・流罪を企てる清盛にたいして、それを諫めた重盛を賞賛する言葉として、「君君たらずと云ふとも、臣以て臣たらずんばあるべからず」とあるのだが(典拠は、『古文孝経』孔安国序)、しかし『太平記』では、二階堂道蘊の諫言にたいして、長崎高資はつぎのように反駁する。

文王、武王、臣として無《ぶ》道《とう》の君を討ちし例あり。わが朝には、義時、泰時、下《しも》として不善の主を流す例あり。されば、古典に、「君、臣を視ること土《ど》芥《かい》の如くする則《とき》は、臣、君を視ること寇《こう》讎《しゅう》の如し」と云へり。

周の武王が「無道の君」殷の紂王を討伐した先例と、北条義時・泰時が後鳥羽上皇を流罪に処した承久の乱の先例をあげ、その「古典」(典拠)として、『孟子』離婁章下の、

「君、臣を視ること土芥の如くする則は、臣、君を視ること寇讎の如し」を引くのである。この長崎の強硬意見によって衆議一決し、北条高時は、後醍醐天皇の流罪と側近たちの処罰を決定する。『平家物語』をふまえながら、『太平記』では独自の展開が語られるわけだが、その典拠となるのが、不徳の帝王の放伐（追放と討伐）を是認する『孟子』の思想である。

また、第二十七巻「妙吉侍者の事」には、足利直義に高師直の討伐をすすめる妙吉侍者の言として、『孟子』梁恵王章下の、「一人《いちにん》天下に横行するをば、武王これを恥ぢしめたり」が引かれている。やはり周の武王による殷の紂王の放伐を正当化した『孟子』の一節である。『太平記』は、すでに第一巻の冒頭から『孟子』の語句を多用するが（第一分冊、三八頁脚注、参照）、宋学以前には諸子の一書とされ、経書に数えられなかった『孟子』がしばしば引かれるところに、『太平記』作者の宋学にたいする関心のほどがうかがえる。『太平記』序文が、夏の桀王と殷の紂王の放伐の先例をあげ、「若《も》しその徳欠くる則《とき》は、位ありと雖も持《たも》たず」と主張する背景にも、宋学の受容を背景にした『孟子』の影響が考えられてよい（注）。

（注）『孟子』梁恵王章下に、夏の桀王と殷の紂王の放伐について、「斉の宣王問ひて曰く、湯、

桀を放ち、武王、紂を伐てること、これありやと。孟子対《こた》へて曰く、伝に於てこれありと。曰く、臣にしてその君を弑《しい》す、可ならんやと。曰く、仁を賊《そこ》なふ者これを賊と謂ひ、義を賊なふ者これを残と謂ふ、残賊の人は、これを一夫と謂ふ、一夫紂を誅せるを聞くも、未だ君を弑せるを聞かざるなりと」とある(ほかに、離婁章上、万章章下など)。なお、増田欣は、『太平記』における『孟子』の引用が、しばしば宋学以前の旧注(趙岐注)によることを指摘している(『『太平記』の比較文学的研究』)。『太平記』作者の教養の質をうかがわせるが、しかし序文で表明される名分の思想とともに、宋学以前には経書として扱われなかった『孟子』がさかんに引かれるところに、『太平記』作者の宋学への関心の深さがうかがえる。たとえば、第二十六巻「黄粱の夢の事」末尾に掲載される七言絶句は、程顥・程頤に師事して宋儒の正統を伝えた楊時の作である。また、第二十九巻「仁義血気勇者の事」の、「血気の勇」という語(『太平記』のキーワードの一つ)も、朱熹の新注に拠っている(『孟子集注』公孫丑章上)。

二　「武臣」の名分

『太平記』の序文は、帝王のあるべき姿を説き、それを基準として帝王の廃立に言及する。帝王のいわば名分を論じるのだが、そのような序文は、当然のことながら臣下の名分にも言及する。すなわち、「載せて棄つることなきは地の道なり。良臣これに則って社稷《しゃしょく》を守る」であるが、注意したいのは、ここでいわれる「臣」は、臣下一般をさすのではないということだ。序文につづく第一巻冒頭の章段名は、「後醍醐天皇武臣を亡ぼすべき御企ての事」であり、つぎのように語りだされる。

ここに、本朝人皇の始め神武天皇より九十六代の帝、後醍醐天皇の御宇に、武臣相模守平高時と云ふ者ありて、上には君の徳に違《たが》ひ、下には臣の礼を失ふ。……

後醍醐天皇と対《つい》のかたちで「武臣」「平高時と云ふ者」があげられる。序文でいう「臣」は、臣下一般ではなく、源平の「武臣」をさしている。そのような「武臣」「平高時」を「下には臣の礼を失ふ」(武臣高時においては臣下の礼儀を失う)とするのは、源平交替史の枠組みからする当然の評価である。

『太平記』全四十巻は、ふつう三部にわけて考えられているが、第一部(第一―十二巻)は、後醍醐天皇の即位にはじまり、北条氏(桓武平氏)の滅亡と建武政権の成立までを記す。北条氏＝平家の滅亡を十二巻構成で記すのは、あきらかに『平家物語』全十二巻

(灌頂巻を除く)を模した構成である。平清盛の「悪行」になぞらえて平高時の所行を批判する姿勢は、第一巻「主上御告文関東に下さるる事」、第五巻「相模入道田楽を好む事」、同「犬の事」などに顕著だが、そのような世を乱す平家をほろぼすのは、源氏嫡流の「武臣」である。

第七巻にはじめて登場する新田義貞は、「源家嫡流の名家」と紹介され、第九巻に登場する足利尊氏は、「源家累葉の貴族」といわれる。とくに第七巻「義貞綸旨を賜る事」で、新田義貞が北条氏(平家)討伐の挙兵を決意する箇所は、つぎのように語られる。

「古へより、源平両家朝家に仕へて、平氏世を乱る時は、源氏これを鎮め、源氏上《かみ》を侵す日は、平家これを治む。義貞、不肖なりと云へども、当家の門楣《もんび》として譜代弓箭《きゅうせん》の名を汚せり。しかるに今、相模入道(注、高時)の行迹《こうせき》を見るに、滅亡遠きにあらず……」

あきらかに『平家物語』巻一にみえる「昔より今に至るまで、源平両氏、朝家に召しつかはれて、王化にしたがはず、おのづから朝権をかろんずる者には、互ひにいましめを加へしかば、世の乱れもなかりしに……」（「二代の后」）をふまえたいい方である（類似句は、『平家物語』の巻四「永僉議」、巻十「千手の前」などにみえる）。『平家物語』的な源平交替史の延長上で、新田義貞と足利尊氏は、まさに『太平記』の歴史叙述の枠組みをになう人物として登場する。

『太平記』が、『平家物語』の源平交替史をふまえて構想されていることはあきらかだが、にもかかわらず、『太平記』が『平家物語』と大きく相違する点は、序文ですでに帝王のあるべき姿（名分）が説かれ、第一巻冒頭では、悪臣の北条氏（平家）をほろぼした後醍醐天皇も、「上には君の徳に違ひ……」（帝におかせられては帝徳に違い……）といわれていることだ。

文保二年（一三一八）に即位した後醍醐天皇が、即位の当初から意欲的に政務にとりくんだことは知られている。『太平記』第一巻の冒頭は、即位してまもない帝が、商人が利潤目的でたくわえた米を適正価格で売る制度をつくり、往還のわずらいとなる国々の関所を廃止し、また「下の情上《こころ》に通ぜざる事もやあらん」とて、「直《じき》に訴へを聞」いて、みずから「理非を決断」したことを記している。

また、即位三年後の元亨元年（一三二一）には、父の後宇多上皇の院政を停止し、院の庁にかわる天皇直属の政務機関として、記録所を復活させた。こうした一連の(過剰ともいえる)天皇の政治意欲が、最終的になにをめざしていたかは、即位から十五年目に実現した建武政権においてあきらかにされる。

元弘三年(一三三三)に樹立された建武政権にあって、後醍醐天皇は執政の臣(摂政・関白)をおかずに、みずから政務を統括する体制をつくっている。すなわち、三公(太政大臣・左右大臣)以下の公卿を、太政官八省の各長官にわりあて、平安時代以来の公卿による合議制を解体して、天皇がみずから行政機構を掌握する体制をつくっている(佐藤進一『日本の中世国家』)。このような「新たなる勅裁」政治について、『梅松論』は、後醍醐天皇本人が、

「今の例は昔の新儀なり。朕が新儀は未来の先例たるべし。」

と述べたことを伝えている。天皇の「勅裁」政治は、たしかに人事面での旧儀・先例を破壊することで実現したのだ。

天皇が行政機構を統括して、直接「民」に君臨する統治形態が、後醍醐天皇が企てた

新政の内実である。かれの脳裡にあったのは、宋学とともに受容された中国宋代の中央集権(＝皇帝専制)的な官僚国家のイメージだろう。後醍醐天皇がうちだした「新儀」は、君と民のあいだに介在する臣下のヒエラルキーを解体すること、その一点に向けられていたといっても過言ではない。

門閥や家格の序列を無視して行われた後醍醐天皇の人事については、重臣であった北畠親房も、「累家(注、家代々)もほとほと、その名ばかりになりぬる」と嘆いている(『神皇正統記』下巻)。「累家」の「臣」の立場を代弁する北畠親房の政治思想は、天皇が直接(「臣」を介さずに)「民」に君臨する統治形態を認めないという点で、『太平記』序文の思想や、『建武式目』第十三条の「君に君礼あるべし、臣に臣礼あるべし。凡そ上下おのおの分際を守り」云々の思想と(意外にも！)近似するものだった。

後醍醐天皇がもくろんだ「新たなる勅裁」政治にとって、最大の障害となるのは、いうまでもなく源平の「武臣」である。『太平記』の構想する歴史叙述の枠組みは、後醍醐天皇がイメージした新政(親政)の理念とはあきらかに矛盾・対立している。『太平記』が、天皇と「武臣」(源平両氏)の二極関係を軸として構想される以上、「武臣」を廃して、天皇親政を企てた後醍醐天皇は、けっして「天の徳」を体現した「明君」ではありえない。第一巻の冒頭において、すでに「上には君の徳に違《たが》ひ……」といわれ、後醍醐天皇の帝徳の欠如が批判される理由である。

『平家物語』から引き継がれた源平交替史が、『太平記』では「武臣」の政権を既成事実化する枠組みとして機能している。また、そのような「武臣」の政権交替史の枠組みを可能にしているのが、『太平記』序文の名分思想だった。

三　「南北朝」の起源

『太平記』の序文は、「天の徳」を体現すべき帝王について、「若《も》しその徳欠くる則《とき》は、位ありと雖も持《たも》たず」と明言している。不徳の帝王の交替を是認するのだが、もちろんそれは、中国ふうの易姓革命の是認に直結するものではない。玄恵の講席に列して「蘊奥を得」(『尺素往来』)たといわれる北畠親房が、その著『神皇正統記』のなかで、皇統の「一種姓《いっしゅしょう》」を大前提として天皇の名分(帝徳の有無)に言及したように、『太平記』の革命是認の思想も、あくまでも日本的な家職、「種姓」の観念を大前提として表明されるのだ。

しかし家職や種姓の条件付きではあっても、『太平記』が天皇の名分に言及したことの意味は重大である。「徳」なるものの評価に絶対的な基準が存在しない以上、帝徳に言及する名分論は、天皇の廃立にかんするどのような便宜的・ご都合主義的な解釈も可能にするはずだからだ。

『太平記』序文でイメージされる「太平」の世とは、君と臣、天皇と「武臣」とが、それぞれの名分をまっとうすることで維持される秩序社会である。序文の思想は、たんなる一般論として、君臣上下の名分を論じているのではなかった。

「君」としての後醍醐天皇の評価は、そのような序文の名分思想の枠組みからおのずと決定されている。『太平記』序文で表明されるのは、平家(北条氏)に替わる源氏嫡流の「武臣」の名分であり、それは要するに、不徳の帝王後醍醐を廃した「武臣」足利氏の名分だった。

たとえば、建武政権から離反した足利尊氏は、建武三年(一三三六)正月、京都の合戦にやぶれて九州へ敗走した。『太平記』は、尊氏がみずからの敗因を分析したことばとして、つぎのように記している(第十五巻「薬師丸の事」)。

「今度の京都の合戦に、御方《みかた》毎度打ち負けぬる事、全く戦ひの咎《とが》にあらず。つらつら事の心を案ずるに、ただ尊氏徒《いたず》らに朝敵たるゆゑなり。されば、いかにもして持明院殿の院宣を申し賜つて、天下を君と君との御争ひになして、合戦を致さばやと思ふなり。」

負けいくさの原因が、「武臣」としての名分が立たない点にもとめられている。「尊氏徒《いたず》らに朝敵たるゆゑなり」であるが、そこで尊氏は、天下を「君と君との御争ひ」にすることで、「武臣」としてのみずからの名分の回復を企てる。『太平記』によれば、尊氏が敵対する後醍醐天皇は、すでに「天の徳」を体現した「明君」ではなかった。

帝王としての後醍醐の不徳は、建武政権の失政を批判した第十二―十三巻ですでにくり返し語られていた。はたして建武三年(一三三六)五月、京都を奪回した尊氏は、ただちに持明院統の光厳上皇以下をみずからの陣営に迎えいれている(第十六巻「持明院殿八幡東寺に御座の事」)。『太平記』はそのことを、「尊氏卿の運の開かるる始め」と位置づけている。「一方の皇統を立て申し、征伐を院宣に任せ」たことで、尊氏は、後醍醐天皇とその「武臣」新田義貞とたたかうための大義名分を手に入れたのだ。

吉野殿（南朝）―新田義貞にたいする、持明院殿（北朝）―足利尊氏という、「南北」両朝の抗争の図式が成立するのだが、もちろん抗争の主役は、両朝をいただく足利・新田の「武臣」である。たとえば、建武三年七月の東寺合戦において、新田義貞が足利尊氏に一騎打ちをいどんだときの言葉は、つぎのようにある（第十七巻「義貞合戦の事」）。

「これ国主両統の御事とは申しながら、ただ義貞と尊氏卿の作《な》す所なり。」

たしかに、「国主両統」の争いは、新田義貞と足利尊氏が覇権を争ううえでの大義名分でしかない。平家（北条氏）滅亡後の「源氏一流」（清和源氏の同じ流れ）の「両家の国の争ひ」（第十七巻）という『太平記』第二部（第十三―二十一巻）の叙述の枠組みにあって、「武臣」の覇権抗争を正当化する名分論上の図式が、「南北朝」時代という歴史認識の起源だった。

四 「南北朝」の正閏問題

『平家物語』によって流布した源平交替の物語を、宋学ふうの大義名分論によって捉えなおしたところに、『太平記』における源平の「武臣」交替史、また「南北」両朝の抗争の図式が成立する。それは『太平記』の叙述の枠組みであると同時に、この時代の抗争の当事者たちによって共有された歴史認識の枠組みである。

南北両朝の抗争という歴史上の「事実」がまずあって、つぎに「南北朝」という時代名称がつくられたのではない。「南北朝」とは、中国宋代に形成された正統論の図式である。それは北方の異民族の侵寇に苦しんだ宋代において、朱熹の『資治通鑑綱目』などに結実してゆく正閏(正統と非正統)弁別の大義名分思想であり、すでに鎌倉時代末の日本で知られていた思想である。「南北朝」とは、なによりもまず宋学の流行とともにもたらされた政治思想上の観念だった。

まず観念(言葉)があって、つぎにそれに対応する現実がつくられたのが、「南北朝」というすぐれてイデオロギッシュな時代の特徴である。歴史を語る言葉と、語られる現実（事実）との関係は、歴史叙述の現場にあってしばしば逆転するのだが、ここでは以下、「南北朝」という歴史認識の枠組みについて考えておく意味でも、明治期のアカデミズム史学における「南北朝」問題について一言しておく。

明治三十四年（一九〇一）二月、東京帝国大学史料編纂掛（現在の史料編纂所の前身）から、『大日本史料』の最初の一冊として、第六編之一（元弘三年五月―建武元年十月）が刊行された。編纂の中心的役割をになったのは、史料編纂掛委員で国史科助教授の田中義成である。

『大日本史料』の第六編すなわち南北朝時代史は、南朝と北朝の天皇および元号を併記する方針をとっている。水戸学や国学のファナティックな南朝正統論が横行していた明治期にあって、『大日本史料』が採用した両朝併記の方針は、編纂主任の田中義成の見識として高く評価されている（ただし、両朝併記は、田中のかつての上司で、明治二十六年に国史科教授を解任された重野安繹《やすつぐ》の持論でもあった。――「大日本史の特筆に就き私見を述ぶ」『重野博士史学論文集』ほか）。

田中義成の没後に、その講義ノートを整理して刊行されたのが、近代の南北朝史研究の起点と目されている『南北朝時代史』（大正十一年〈一九二二〉）である。その第一章「時代の名称」において、田中は、「南北朝時代」という名称が、室町時代や江戸時代など、「史家が便宜上時代を区画せるに過ぎざる」名称とは異なり、「当時既にこの名称存し」、「明かにその当時より用ひられし」名称であることを述べて、この時代を「南北朝時代」と呼称することが「至当」であるとしている。

「南北朝」という時代名称を使用するにあたって、こうした断り書きが必要だった背景には、明治末年に政治問題化した南北朝の正閏問題があった。当時の国定教科書（『尋常小学日本歴史』）は、南朝と北朝を併記する方針をとっていたが、明治四十四年（一九一一）一月十九日の『読売新聞』は、「南北朝対立問題――国定教科書の失態」と題した社説を掲載し、教科書における両朝併記を、「もし両朝の対立をし許さば、国家の既に分裂したること、灼然火を睹《み》るより明かに、天下の失態之《これ》より大なるは莫《な》かる可《べ》し」と批判した。

この新聞記事は、時の野党に政府批判の絶好の口実を与え、立憲国民党の犬養毅らは、前年の大逆事件ともからめて、桂太郎内閣の政治責任を国会で追及した。それをうけて、文部省はただちに教科書編纂官の喜田貞吉《きたさだきち》を更迭して新教科書の作成にとりかかり、その結果、「南北朝」という時代名称はすべての教科書から廃され、以後、昭和二十年（一九四五）の敗戦まで、「吉野朝時代」の名称が行われることになる。

この事件で文部省を休職処分になった喜田貞吉は、東京帝国大学国史科で田中義成の薫陶をうけた人物である。そのような喜田の免官事件の記憶も新しい大正初年の学界にあって、田中があえて「南北朝」の時代名称を採用したことには、たしかにそれなりの見識をみるべきだろう。だが、ここで考えてみたいのは、「南北朝」という時代名称と、その時代の「事実」との関係である。

田中によれば、「南北朝時代」とは、「天下南北に分れて抗争せる」時代であり、南朝と北朝という二つの朝廷がならび存したことは「歴史上の事実」である。よって、「学術的」には「大義名分の為に事実を全く犠牲にする必要を見」ぬのであり、「この時代を称して南北朝時代と云ふを至当とす」るという。

だが問題は、田中が「事実」に基づいて立証したと自負する「南北朝」という時代名称の起源である。たとえば、田中は、「南北朝」の名称を使用する根拠として、それが「当時より用ひられし」名称であることを論じている。だが、それは要するに、「南北朝」が「事実」であるよりも以前に、この時代の内乱の当事者たちによって用いられた歴史認識の枠組みであり、さらにいえば、それは「天下南北に分れて抗争せる」この時代の「事実」をつくりだした言葉であるということだ。

「南北朝」という名分論上の観念(言葉)がまずあって、しだいにそれに対応する現実がつくられたのが、このすぐれてイデオロギッシュな時代の特徴である。そこに「南北朝」という時代名称を採用する(積極的な)根拠もみいだされるとすれば、「必ずや事実を根拠として論ぜざる可からず」とする田中の議論は、「歴史」について考えるさいのある重要な契機をとり落とすことになる。

まず事実があって、つぎにその名称(言葉)がつくられるのではない。言葉と事実との関係は、歴史叙述の現場にあってしばしば逆転するのだが、そのような歴史を語る言葉のあり方に十分に自覚的だったのは、田中義成やかれの先輩(上司)だった重野安繹、久米邦武らの帝国大学国史科の初代教授たちよりも、むしろかれらの実証史学によって批判された水戸の史学者たちだったろう。

「事実」をありのままに記述できる――そうした考えじたいが近代の幻想でしかないのだが――言文一致体の文章が流通しはじめる明治三十年代よりも以前、言葉は、現実記述の道具である以前に、あらたな現実をつくりだす方法であったはずだ。「事実」の客観記述についてきわめて楽天的に語る明治のアカデミズム史学には、認識の客観性にたいする過度の信頼、あるいは言語使用における記述主義的な誤謬といった近代科学の共有する弱点さえ指摘できるのだ（拙著『太平記〈よみ〉の可能性』第九章）。

はじめにも述べたように、語り（叙述）の問題をはなれて、「事実」としてアプリオリに存在する歴史などありえない。歴史が過去を認識・表象する一定の方法である以上、言葉の問題を棚上げにしたあらゆる歴史論は、事実か虚構かといった二項対立的な議論に終始するしかないだろう。

鎌倉末から南北朝期にかけての宋学流行の立て役者、玄恵法印は、足利直義の命によって『太平記』の改訂に従事したという（『難太平記』）。『太平記』第二部（第十三―二十一巻）は、北条氏（平家）滅亡後の足利・新田両氏の抗争を、「国主両統」（南北両朝）をいただく源氏嫡流の「武臣」の抗争史として図式化している。

そのようなつくられた歴史の枠組みに規定されるかたちで、以後の「日本」の政治史は推移してきた。足利将軍を京都から追放した織田信長は桓武平氏を自称しており（『織田系図』）、足利氏・織田氏に代わった徳川家康は、清和源氏新田流の由緒を主張している（梵舜本『尊卑分脈』ほか）。まさに源平の「武臣」交替史だが、『太平記』が「小説・物語の類」であるとするなら（久米邦武「太平記は史学に益なし」『史学会雑誌』明治二十四年)、わたしたちの歴史的な現実も、ある一定のフィクションの枠組みのなかで推移してきたのだ。

五 「あやしき民」の名分

さきに述べたように、『太平記』の「武臣」交替史の枠組みからすれば、「武臣」を排して天皇親政をくわだてた後醍醐天皇は、およそ「天の徳」を体現した「明君」ではありえない。後醍醐天皇の不徳は、すでに第一巻の冒頭で、「上には君の徳に違ひ……」といわれていた。だが、注意したいのは、第一巻の二、三の章段や、建武政権批判をテーマとした第十二―十三巻(いずれも足利政権周辺での改訂が想像される巻である。第一分冊「解説」、参照)をのぞけば、後醍醐天皇はけっして「君の徳に違」う不徳の帝王としてばかり描かれているのではないということだ。

『太平記』の第一部(第一―十二巻)で一貫して批判の対象となるのは、北条高時であり、後醍醐天皇はむしろ高時の専横に苦しむ被害者としての造形がめだっている。また、第一部から第二部が、「源平天下の諍ひ」(第十巻)、足利・新田の「両家の国の争ひ」(第十七巻)として構想されていても、そこに語られるのは、もちろん源平の「武臣」の動向ばかりではない。たしかに「源家嫡流の名家」新田義貞(第七巻)と、「源家累葉の貴族」足利尊氏(第九巻)は、登場のはじめから、『太平記』の歴史の枠組みをになう人物として特筆されている。しかし第一―二部をつうじて、新田義貞や足利尊氏以上に好意的に描かれるのは、「武臣」の範疇には入らない楠正成である。

第三巻「笠置臨幸の事」に登場する楠正成は、「敏達天皇四代の孫、井手右大臣橘諸兄卿の後胤たりといへども、民間に下つて年久し」といわれる。いわゆる「民間」の「庶人」だが(『孟子』万章章下に「……野《や》に在るを草莽《そうもう》の臣と曰ふ。皆庶人を謂《い》ふ」とある)、そのような在野・草莽の「庶人」である楠正成の英雄的活躍は、『太平記』の歴史叙述の枠組みからする、どのような整合的な解釈が可能なのか。

元弘元年(一三三一)八月、倒幕の企てが露顕した後醍醐天皇は、内裏を脱出して笠置山にたてこもる。思いわずらう天皇がみた夢は、紫宸殿の南側に常盤木《ときわぎ》がしげり、そこに御座がしつらえてあるというもの。みずから夢解きをして、河内の楠正成の存在を知った後醍醐天皇は、さっそく使いをだして正成を呼びよせる。

史実がどうであったかはともかく、正成はじっさい、夢告でもなければ、天皇にはその存在さえ知られない身分である。天皇に直接つかえる立場にはない河内の一土豪であり、『太平記』の身分カテゴリーにしたがえば、「臣」にたいする「民」である。そのような天皇と「民」との、君臣上下の序列(礼)を無視した結びつきが、神秘的な夢告によって説明されるわけだ。

笠置に参上した正成は、「正成未だ生きてありと聞こし召し候はば、聖運はつひに開かるべしと思し召し候へ」とたのもしげにいい、さっそく河内に帰って挙兵する。流離する天皇とその神秘的な救済者正成という物語のパターンは、柳田国男のいう「神を助けた話」や、折口信夫の「貴種流離譚」などの神話的な定型さえおもわせるが、おなじような登場のしかたは、第四巻の児島高徳や、第七巻の名和長年にも共通する。

たとえば、『太平記』第四巻で、児島高徳は、隠岐に配流される後醍醐天皇の道行き譚のなかに、「その比《ころ》、備前国の住人に、今木三郎高徳と云ふ者あり」として、とつじょ登場する(「和田備後三郎落書の事」)。そして天皇を幕府方から奪還すべく支度をめぐらした高徳は、事ならずして備前に引きあげるのだが、そのさい、天皇の宿所の庭にあった桜の樹に、「天勾践《こうせん》を冗《いたず》らにすること莫《な》かれ、時に范蠡《はんれい》無きに非《あら》ず」という詩句を書きつけた話は、「桜樹題詩」の成句として知られる古来有名な話である。

近世幕末に流布した「志士」という言葉（人のあり方）も、児島高徳がみずからの決意を述べた一節、「志士仁人は、身を殺して仁を為すことあり」によって流布したのだが（典拠は、『論語』衛霊公篇）、このような流離する天皇とその救済者という物語のパターンは、第七巻の名和長年にも共通する。

隠岐を脱出した後醍醐天皇が名和長年をたよったのは、天皇をのせた舟がたまたま伯耆名和湊に漂着したからだとされる（第七巻「長年御方に参る事」）。そして名和一族が天皇をたすけて船上山で挙兵することで、山陰地方はまたたくまに天皇方の制圧するところとなる。いわゆる「三木一草」の一人とされる建武の功臣であるが、しかし鎌倉期の史料類には、名和長年の名は（楠正成や児島高徳と同様）見いだせない。

『増鏡』に、名和長年は「あやしき民（注、身分の卑しい民）なれど、いと猛に富める」と紹介され（巻十七「月草の花」）、また『蔗軒日録』（禅僧季弘大叔《きこうだいしゅく》の日記）には、もとは「鰯売り」だったとする巷説も記される（文明十八年〈一四八六〉三月十一日条）。名和湊を拠点に、漁業や海上交易によって富をたくわえた武装した商人だったとみられるが、そのような名和長年と大差ない出自とみられるのが、播磨の赤松円心である。

第六巻で、「その比《ころ》、播磨国に、具平親王六代の苗裔従三位季房が末孫に、赤松次郎入道円心と云ふ武士あり」として登場する赤松円心は、「元来《もとより》その心闊如《かつじょ》として、人の下風《したて》に立たん事」を潔しとしない人物とされる(「赤松禅門令旨を賜る事」)。そして護良親王の令旨をえた円心は、ただちに倒幕の兵を挙げるが、「その比、播磨国に……」という登場のしかたは、第四巻の児島高徳とも共通する。また、「具平親王六代の苗裔」云々は、具平親王(村上天皇第七皇子)の末裔の村上源氏ということ。中国地方には村上源氏を称する土豪が少なくないが、赤松氏の「具平親王」云々も、名和長年が系図類で村上源氏を自称したのとほぼ同類の出自とみてよいだろう。

北条氏(平家)から足利氏(源氏)へという源平の「武臣」交替史を語る『太平記』が、いっぽうで、「武臣」交替史の枠組みからはおよそ浮上する余地のない人物たちの活躍をいきいきと語ってしまう。それは要するに、『太平記』の叙述の枠組みに起源をもち、以後の政治史の推移さえ規定してきた源平の「武臣」交替史の枠組みが、必ずしも『太平記』全体を統括する原理にはなりえていないということだ。

たとえば、『太平記』でもっとも好意的に描かれる楠正成は、つねに数百人の小勢で数万・数十万の鎌倉幕府軍を翻弄・撃退している。ゲリラ戦(いわゆる「野戦《のいくさ》」)に秀でた正成の合戦談は、どれも源平合戦的な世界のパロディといってよい(第三巻「赤坂軍の事」、第六巻「楠天王寺に出づる事」、第七巻「千剣破城軍の事」ほか）。

源平交替史の枠組みをパロディ化してしまう楠的な世界を必要としたのは、じっさいにも、「武臣」の政権をみとめない後醍醐天皇である。『太平記』は、楠正成や赤松円心の軍勢に、「野伏」や「足軽」など、武装した農民や浮浪民の集団が多数混じっていたことを伝えている。天皇の軍事力は、鎌倉幕府の支配体制を支えた軍事力とはべつのところに求められなければならず、そこに見いだされたのが、河内の楠氏や伯耆の名和氏、播磨の赤松氏など、およそ源平の「武臣」の範疇には入らない勢力だった。

六　対立軸の統合

天皇と「武臣」、および天皇と「民」とをめぐる二つの異質な思想が、『太平記』で重層している。源平の「武臣」の名分論にたいして、「武臣」の名分を相対化、あるいは無化してしまう草莽・在野の思想である。あるいは、天皇と「武臣」という二極関係で構成される（近世の幕藩国家に引きつがれた）天皇制にたいして、後醍醐天皇の親政に文字どおり「無礼講」（第一巻「無礼講の事」）的に結びついていった「あやしき民」の天皇制である。

『太平記』におけるこのような政治思想の重層性は、第一分冊「解説」で述べたように、『太平記』の重層的な成立過程に由来している。足利政権の周辺で整備・編纂された『太平記』は、いっぽうで、「卑賤の器」といわれるような「法師」形の者たちがその生成に関与していたのだが、そのような重層的な成立過程にはらまれた「あやしき民」たちの名分が、『太平記』の「武臣」交替史の枠組みを内側から突き崩すようなかたちで露出してしまう。

たとえば、近世社会で士農工商の身分制の頂点に位置した「武臣」徳川氏は、武士社会さらに四民(士農工商)を代表して、独占的に天皇に忠義をつくしていた。その奉公にたいする御恩として、徳川氏は代々征夷大将軍に任じられ、朝廷から日本国の統治権を委任された。徳川将軍が天皇を囲いこむかたちで行われた奉公と御恩、その密室的関係における尊王と統治権委任が、幕藩体制をささえていた天皇制だった。

だが、起源において天皇をかかえこんだ幕藩国家は、法制度とモラルとの関係において、潜在的な緊張をはらんでしまう。体制の起源が天皇にある以上、社会モラルの起源というのも、いきつくところ天皇にあるはずだ。(天皇—)将軍—藩主—藩士—郷士(下士」として序列化された忠義のヒエラルキーは、つねに制度の枠組みをとびこえて、隠蔽された天皇に向かう危険をはらんでいる。

たとえば、十八世紀の後半以降、脱藩をとおして、武家社会の序列・ヒエラルキーを無視して、勝手に天皇に忠義をつくす「志士」たちが輩出してしまう。幕藩体制の外にあることで、「武臣」徳川氏をとびこえて天皇に直結する名分を手に入れるのだが、そのようなアナーキーな天皇制の回路が、『太平記』の語る楠正成や児島高徳の物語によって開かれてゆく。それはいいかえれば、天皇と「武臣」という二極関係で構成された近世国家の物語的な枠組みじたいが、その対立項、ないしは補完物として、くりかえし草莽・在野の「志士」たちの物語を呼びおこしていたということだ。

『太平記』の成立過程にはらまれた二つの異質な思想が、その異質性をしだいにきわだたせるかたちで、近世社会の広汎な『太平記』享受の現場へ引きつがれてゆく。日本歴史における体制と反体制、権力と反権力という二つの対立軸が、「南北朝」時代史の語り(語りかえ)の現場で再生産されてゆく。その対立軸が統合される過程に、日本近代の国民国家の誕生の秘密もあるのだが、対立軸が統合・止揚される契機は、その対立軸をつくりだした物語じたいに原因がもとめられなければならない。

『太平記』の歴史叙述について、事実か虚構かといった二項対立的な議論に終始した明治のアカデミズム史学は、近代の「日本」を形成したフィクショナルな枠組みを対象化できないままに、やがては昭和の皇国史観に手もなくからめとられてゆくだろう。くりかえしいえば、「南北朝」時代とは、過去の「事実」である以前に、日本歴史を成り立たせた物語的な枠組みの問題である。近世・近代の天皇制は、「南北朝」時代史というフィクションのうえに成立する。歴史《イストワール》とは物語《イストワール》であり、物語として共有された歴史が、あらたな現実の物語をつむぎだしている。

太《たい》平《へい》記《き》（三）〔全6冊〕

2015年4月16日　第1刷発行
2022年5月25日　第6刷発行

校注者　兵藤《ひょうどう》裕己《ひろみ》

発行者　坂本政謙

発行所　株式会社　岩波書店
〒101-8002 東京都千代田区一ツ橋 2-5-5

案内 03-5210-4000　営業部 03-5210-4111
文庫編集部 03-5210-4051
https://www.iwanami.co.jp/

印刷 製本・法令印刷　カバー・精興社

ISBN 978-4-00-301433-2　　Printed in Japan

読書子に寄す

――岩波文庫発刊に際して――

岩波茂雄

真理は万人によって求められることを自ら欲し、芸術は万人によって愛されることを自ら望む。かつては民を愚昧ならしめるために学芸が最も狭き堂宇に閉鎖されたことがあった。今や知識と美とを特権階級の独占より奪い返すことはつねに進取的なる民衆の切実なる要求である。岩波文庫はこの要求に応じそれに励まされて生まれた。それは生命ある不朽の書を少数者の書斎と研究室とより解放して街頭にくまなく立たしめ民衆に伍せしめるであろう。近時大量生産予約出版の流行を見る。その広告宣伝の狂態はしばらくおくも、後代にのこすと誇称する全集がその編集に万全の用意をなしたるか。千古の典籍の翻訳企図に敬虔の態度を欠かざりしか。さらに分売を許さず読者を繫縛して数十冊を強うるがごとき、はたしてその揚言する学芸解放のゆえんなりや。吾人は天下の名士の声に和してこれを推挙するに躊躇するものである。このときにあたって、岩波書店は自己の責務のいよいよ重大なるを思い、従来の方針の徹底を期するため、すでに十数年以前より志して来た計画を慎重審議この際断然実行することにした。吾人は範をかのレクラム文庫にとり、古今東西にわたって文芸・哲学・社会科学・自然科学等種類のいかんを問わず、いやしくも万人の必読すべき真に古典的価値ある書をきわめて簡易なる形式において逐次刊行し、あらゆる人間に須要なる生活向上の資料、生活批判の原理を提供せんと欲する。この文庫は予約出版の方法を排したるがゆえに、読者は自己の欲する時に自己の欲する書物を各個に自由に選択することができる。携帯に便にして価格の低きを最主とするがゆえに、外観を顧みざるも内容に至っては厳選最も力を尽くし、従来の岩波出版物の特色をますます発揮せしめようとする。この計画たるや世間の一時の投機的なるものと異なり、永遠の事業として吾人は微力を傾倒し、あらゆる犠牲を忍んで今後永久に継続発展せしめ、もって文庫の使命を遺憾なく果たさしめることを期する。芸術を愛し知識を求むる士の自ら進んでこの挙に参加し、希望と忠言とを寄せられることは吾人の熱望するところである。その性質上経済的には最も困難多きこの事業にあえて当たらんとする吾人の志を諒として、その達成のため世の読書子とのうるわしき共同を期待する。

昭和二年七月

《日本文学（古典）》〔黄〕

古事記　倉野憲司校注
日本書紀　全五冊　坂本太郎・家永三郎・井上光貞・大野晋校注
万葉集　全五冊　佐竹昭広・山田英雄・工藤力男・大谷雅夫・山崎福之校注
原文万葉集　全二冊　佐竹昭広・山田英雄・工藤力男・大谷雅夫・山崎福之校注
竹取物語　阪倉篤義校訂
伊勢物語　大津有一校注
玉造小町子壮衰書 ―小野小町物語　杤尾武校注
古今和歌集　佐伯梅友校注
土左日記　紀貫之　鈴木知太郎校注
蜻蛉日記　今西祐一郎校注
紫式部日記　池田亀鑑・秋山虔校注
源氏物語　全九冊（既刊八冊）　柳井滋・室伏信助・大朝雄二・鈴木日出男・藤井貞和・今西祐一郎校注
枕草子　池田亀鑑校訂
更級日記　西下経一校注
今昔物語集　全四冊　池上洵一編
三条西家本栄花物語　全三冊　三条西公正校訂

堤中納言物語　大槻修校注
西行全歌集　久保田淳・吉野朋美校注
梅沢本古本説話集　川口久雄校訂
後拾遺和歌集　久保田淳・平田喜信校注
詞花和歌集　工藤重矩校注
古語拾遺　斎部広成撰　西宮一民校注
王朝漢詩選　小島憲之編
落窪物語　藤井貞和校注
新訂方丈記　市古貞次校注
新訂新古今和歌集　佐佐木信綱校訂
新訂徒然草　西尾実・安良岡康作校注
平家物語　全四冊　梶原正昭・山下宏明校注
神皇正統記　北畠親房　岩佐正校注
義経記　島津久基校訂
御伽草子　全二冊　市古貞次校注
王朝秀歌選　樋口芳麻呂校注
定家八代抄 ―続王朝秀歌選　全二冊　樋口芳麻呂・後藤重郎校注

中世なぞなぞ集　鈴木棠三編
謡曲選集 読む能の本　野上豊一郎編
東関紀行・海道記　玉井幸助校訂
おもろさうし　外間守善校注
太平記　全六冊　兵藤裕己校注
好色五人女　井原西鶴　東明雅校註
武道伝来記　井原西鶴　横山重・前田金五郎校注
西鶴文反古　井原西鶴　片岡良一校訂
芭蕉紀行文集 付 嵯峨日記　中村俊定校注
芭蕉おくのほそ道 付 曾良旅日記・奥細道菅菰抄　萩原恭男校注
芭蕉俳句集　中村俊定校注
芭蕉連句集　中村俊定・萩原恭男校注
芭蕉書簡集　萩原恭男校注
芭蕉文集　潁原退蔵編註
芭蕉俳文集　全二冊　堀切実編注
芭蕉自筆奥の細道　上野洋三・櫻井武次郎校注
蕪村俳句集 付 春風馬堤曲 他二篇　尾形仂校注

蕪村七部集	伊藤松宇校訂
蕪村文集	藤田真一編注
国性爺合戦・鑓の権三重帷子	近松門左衛門 和田万吉校訂
折たく柴の記	新井白石 松村明校注
東海道四谷怪談	鶴屋南北 河竹繁俊校訂
鶉衣 全二冊	横井也有 堀切実校注
近世畸人伝	伴蒿蹊 森銑三校註
うひ山ふみ・鈴屋答問録	本居宣長 村岡典嗣校訂
排蘆小船・石上私淑言 ―宣長「物のあはれ」歌論	本居宣長 子安宣邦校注
雨月物語	上田秋成 長島弘明校注
宇下人言 修行録	松平定信 松平定光校訂
訳註 良寛詩集	大島花束 原田勘平訳註
新訂 一茶俳句集	丸山一彦校注
一茶 父の終焉日記・おらが春 他一篇	矢羽勝幸校注
増補 俳諧歳時記栞草 全二冊	曲亭馬琴編 藍亭青藍補 堀切実校注
近世物之本江戸作者部類	曲亭馬琴 徳田武校注
北越雪譜	鈴木牧之編撰 京山人百樹刪定 岡田武松校訂

東海道中膝栗毛 全二冊	十返舎一九 麻生磯次校注
浮世床	式亭三馬 和田万吉校訂
梅暦 全二冊	為永春水 古川久校訂
日本民謡集	町田嘉章 浅野建二編
誹諧 武玉川 全四冊	山澤英雄校訂
芭蕉臨終記 花屋日記 付 芭蕉翁終焉記・前後日記・行状記	小宮豊隆校訂
醒睡笑 全二冊	安楽庵策伝 鈴木棠三校注
与話情浮名横櫛 切られ与三	瀬川如皐 河竹繁俊校訂
江戸怪談集 全三冊	高田衛編・校注
柳多留名句選	山澤英雄選 粕谷宏紀校注
橘曙覧全歌集	水島直文 橋本政宣編注
万治絵入本 伊曾保物語	武藤禎夫校注
鬼貫句選・独ごと	復本一郎校注
井月句集	復本一郎編
花見車・元禄百人一句	雲英末雄 佐藤勝明校注
江戸漢詩選 全二冊	揖斐高編訳

《日本思想》〔青〕

風姿花伝 (花伝書)	世阿弥 野上豊一郎 西尾実 攷訂
五輪書	宮本武蔵 渡辺一郎校注
政談	荻生徂来 辻達也校注
葉隠 全三冊	山本常朝 和辻哲郎 古川哲史校訂
養生訓・和俗童子訓	貝原益軒 石川謙校訂
貝原益軒 大和俗訓	石川謙校訂
町人嚢・百姓嚢・長崎夜話草	西川如見 飯島忠夫 西川忠幸校訂
日本水土考・水土解弁・増補華夷通商考	西川如見 飯島忠夫 西川忠幸校訂
蘭学事始	杉田玄白 緒方富雄校註
吉田松陰書簡集	広瀬豊編
島津斉彬言行録	牧野伸顕序
塵劫記	吉田光由 大矢真一校注
兵法家伝書 付 新陰流兵法目録事	柳生宗矩 渡辺一郎校注
南方録	西山松之助校注
長崎版 どちりな きりしたん	海老沢有道校註
仙境異聞・勝五郎再生記聞	平田篤胤 子安宣邦校注

茶湯一会集・閑夜茶話	井伊直弼 戸田勝久校注
新訂 海舟座談	巌本善治編 勝部真長校注
西郷南洲遺訓 附 手抄言志録及遺文	山田済斎編
文明論之概略	福沢諭吉 松沢弘陽校注
新訂 福翁自伝	富田正文校訂
学問のすゝめ	福沢諭吉
福沢諭吉家族論集	中村敏子編
日本道徳論	西村茂樹 吉田熊次校
新島襄の手紙	同志社編
新島襄 教育宗教論集	同志社編
新島襄自伝 —手記・紀行文・日記	同志社編
近時政論考	陸羯南
日本の下層社会	横山源之助
中江兆民 三酔人経綸問答	桑原武夫 島田虔次訳・校注
中江兆民評論集	松永昌三編
憲法義解	伊藤博文 宮沢俊義校註
日本開化小史	田口卯吉 嘉治隆一校訂

新訂 蹇蹇録 —日清戦争外交秘録	陸奥宗光 中塚明校注
茶の本	岡倉覚三 村岡博訳
新撰讃美歌	植村正久 奥野昌綱 松山高吉編
武士道	新渡戸稲造 矢内原忠雄訳
余はいかにしてキリスト信徒となりしか	内村鑑三 鈴木範久訳
代表的日本人	内村鑑三 鈴木範久訳
後世への最大遺物・デンマルク国の話	内村鑑三
宗教座談	内村鑑三
ヨブ記講演	内村鑑三
足利尊氏	山路愛山
徳川家康 全二冊	山路愛山
豊臣秀吉 全二冊	山路愛山
妾の半生涯	福田英子
善の研究	西田幾多郎
思索と体験	西田幾多郎
続思索と体験・『続思索と体験』以後	西田幾多郎
西田幾多郎哲学論集 I —場所・私と汝 他六篇	上田閑照編

西田幾多郎哲学論集 II —論理と生命 他四篇	上田閑照編
西田幾多郎哲学論集 III —自覚について 他四篇	上田閑照編
西田幾多郎随筆集	上田閑照編
西田幾多郎歌集	上田薫編
西田幾多郎講演集	田中裕編
西田幾多郎書簡集	藤田正勝編
帝国主義	幸徳秋水 山泉進校注
麺麭の略取	クロポトキン 幸徳秋水訳
基督抹殺論	幸徳秋水
日本の労働運動	片山潜
吉野作造評論集	岡義武編
貧乏物語	河上肇 大内兵衛解題
河上肇評論集	杉原四郎編
西欧紀行 祖国を顧みて	河上肇
中国文明論集	宮崎市定 礪波護編
中国史 全二冊	宮崎市定
大杉栄評論集	飛鳥井雅道編

女工哀史　細井和喜蔵
奴隷 —小説・女工哀史1　細井和喜蔵
工場 —小説・女工哀史2　細井和喜蔵
初版 日本資本主義発達史 全二冊　野呂栄太郎
寒村自伝 全二冊　荒畑寒村
谷中村滅亡史　荒畑寒村
遠野物語・山の人生　柳田国男
青年と学問　柳田国男
木綿以前の事　柳田国男
こども風土記・母の手毬歌　柳田国男
不幸なる芸術・笑の本願　柳田国男
海上の道　柳田国男
婚姻の話　柳田国男
都市と農村　柳田国男
十二支考 全二冊　南方熊楠
特命全権大使 米欧回覧実記 全五冊　久米邦武編 田中彰校注
明治維新史研究　羽仁五郎

古寺巡礼　和辻哲郎
風土 —人間学的考察　和辻哲郎
イタリア古寺巡礼　和辻哲郎
和辻哲郎随筆集　坂部恵編
倫理学 全四冊　和辻哲郎
人間の学としての倫理学　和辻哲郎
日本倫理思想史 全四冊　和辻哲郎
時と永遠 他八篇　波多野精一
宗教哲学序論・宗教哲学　波多野精一
「いき」の構造 他二篇　九鬼周造
九鬼周造随筆集　菅野昭正編
偶然性の問題　九鬼周造
時間論 他二篇　九鬼周造 小浜善信編
復讐と法律　穂積陳重
パスカルにおける人間の研究　三木清
古代国語の音韻に就いて 他二篇　橋本進吉
漱石詩注　吉川幸次郎

吉田松陰　徳富蘇峰
林達夫評論集　中川久定編
新版 きけわだつみのこえ —日本戦没学生の手記　日本戦没学生記念会編
新版 第二集 きけわだつみのこえ —日本戦没学生の手記　日本戦没学生記念会編
君たちはどう生きるか　吉野源三郎
地震・憲兵・火事・巡査　山崎今朝弥 森長英三郎編
懐旧九十年　石黒忠悳
武家の女性　山川菊栄
覚書 幕末の水戸藩　山川菊栄
おんな二代の記　山川菊栄
忘れられた日本人　宮本常一
家郷の訓　宮本常一
大阪と堺　三浦周行 朝尾直弘編
新編 歴史と人物　三浦周行 林屋辰三郎 朝尾直弘編
国家と宗教 —ヨーロッパ精神史の研究　南原繁
石橋湛山評論集　松尾尊兊編
湛山回想　石橋湛山

岩波文庫の最新刊

バーリン著／桑野 隆訳

ロシア・インテリゲンツィヤの誕生 他五篇

ゲルツェン、ベリンスキー、トゥルゲーネフ。個人の自由の擁護を徹底して求めた十九世紀ロシアの思想家たちを、深い共感をこめて描き出す。

〔青六八四-四〕 定価一一一一円

正岡子規著

仰臥漫録

子規が死の直前まで書きとめた日録。命旦夕に迫る心境が誇張も虚飾もなく綴られる。直筆の素描画を天然色で掲載する改版カラー版。

〔緑一三-五〕 定価八八〇円

宗像和重編

鷗外追想

近代日本の傑出した文学者・鷗外。同時代人の回想五五篇から、厳しさと共に細《こま》やかな愛情を持った巨人の素顔が現れる。鷗外文学への最良の道標。

〔緑二〇一-四〕 定価一一〇〇円

……今月の重版再開……

トーマス・マン著／青木順三訳

講演集 リヒァルト・ヴァーグナーの苦悩と偉大 他一篇

〔赤四三四-八〕 定価七二六円

コンドルセ他著／阪上 孝編訳

フランス革命期の公教育論

〔青七〇一-一〕 定価一二一〇円

定価は消費税 10% 込です　　2022. 5